KB163097

악녀 카루나가 작아졌어요

문이경 장편소설

V

동아

악녀 카루나가 작아졌어요 V

초판 1쇄 인쇄일 | 2020년 05월 20일
초판 1쇄 발행일 | 2020년 06월 08일

지은이 | 문이경
펴낸이 | 박성면
펴낸곳 | (주)동아

출판등록 | 제406-2007-000071호
주소 | 경기도 파주시 문발로 115, 세종출판벤처타운 201-A호
전화 | (031)8071-5201
팩스 | (031)8071-5204
E-mail | bear6370@hanmail.net

정가 | 12,000원

ISBN 979-11-6302-344-9 (04810)
      979-11-6302-304-3 (set)

ⓒ 문이경, 2020

※이 책은 (주)동아와 저작자의 계약에 의해 출판된 것이므로, 무단 전재 및 유포 공유를 금합니다.

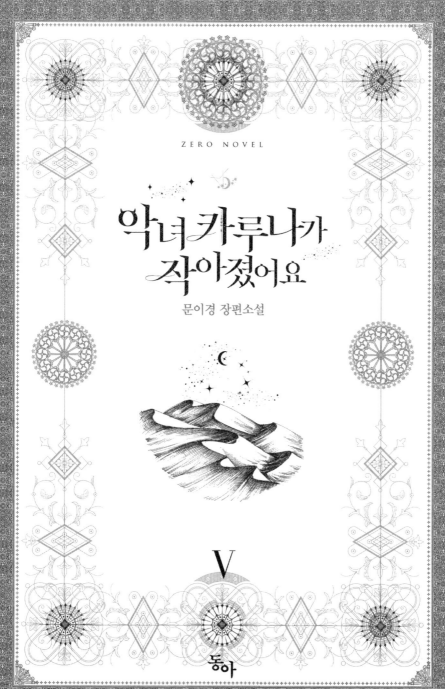

ZERO NOVEL

악녀 카루나가 작아졌어요

문이경 장편소설

V

동아

목   차

chapter 12
예정된 몰락

어둠 속 사내는 품에서 여러 번 접은 종이를 꺼내 마카레나 백작에게 내밀었다. 마카레나 백작은 그것을 펼쳐 안의 내용을 확인하고는 미련 없이 촛불에 태워 버렸다. 종이가 불타며 사내의 입매가 드러났다. 더없이 충성스러워 보이는 입매가, 그가 진정으로 충성하는 주인을 향해 입을 열었다.

"그들은 기밀뿐 아니라, 이 수도에 바이켈드 공작의 발을 묶어 놓기를 바라고 있습니다."

"그렇겠지."

"하지만 백작님께서는 바이켈드 공작이 이 일로 인해 변경으로 떠나기를 바라지 않으십니까."

"그렇다네."

"양쪽이 원하는 게 극명히 다른데, 어찌 조율하려 하십니까. 시간이 얼마 없습니다. 우리 쪽에 시간이 없는 걸 알고 저쪽에서 갑자기 이런 요구를 하고 있고 말입니다."

사내의 말에 마카레나 백작이 쯧, 혀를 찼다. 못마땅한 기색이 역력했다. 사내는 마카레나 백작이 바라는 만큼 생각이 깊지는 않으나 눈치는 빠른 편이었다. 그는 곧장 고개를 숙였다. 잠시 드러났던 얼굴이 어둠 속에 감춰졌다.

"아둔하여 백작님께 도움이 되지 못해 송구합니다."

"……."

사내의 정수리를 바라보는 마카레나 백작의 속내는 사내의 생각 이상으로 복잡했다. 단지 사내의 멍청함을 탓하는 것만은 아니었다.

'주인을 배신하는 여우보다야 미련한 곰이 낫다 생각하려 해도, 이런 부분에서까지 이해가 달리니. 부려먹는 게 귀찮군.'

그는 제가 놓쳐 버린 여우를 생각하고 있었다. 만약 눈앞에 루시온이 앉아 있다면, 그는 마카레나 백작에게 결코 이런 의미 없는 대화를 걸지 않았을 것이다.

아니, 그는 아예 마카레나 백작이 이런 밀서를 받아 보는 일도 없게 했을 것이다. 마카레나 백작이 신경 쓸 것도 없이 모든 일을 자신이 알아서 처리할 터. 마카레나 백작은 그저 며칠 이곳에 머물며, 저 사슬로 잠긴 문을 열고 루시온이 걸어 들어오기를 기다리고만 있으면 됐을 것이다.

하지만 이제 루시온이란 여우는 마카레나 백작의 패가 아니었다. 그의 손을 떠나, 앙큼하기 그지없는 계집의 손아귀로 들어간 지 오래였다. 아쉬운 대로 충성스러운 곰을 쓰고 있으나, 여우의 잔재주가 아쉬운 건 어찌할 도리가 없었다. 그렇다고 아무것도 알려 주지 않고 일을 시키기에는, 곰이 해야 하는 일이 무겁고 중했다.

마카레나 백작은 애써 한숨을 삼키며 입을 열었다. 지금 그가 써먹을 수 있는 패가 많지 않으니 충성스러운 패를 잘 아껴 써야 했다. 그럴 리는 없으나 혹여 배신할 생각을 못 하게, 적절히 달래 줄 필요도 있었다. 여우를 잃어버린 뒤, 마카레나 백작의 달라진 점이라 할 수 있었다.

"내게 왜 시간이 없다고 생각하는가?"

"곧 황제가 국무 회의에서 백작님과 영애의 처리를 논하겠다고 합니다. 필시, 사형이나 추방령일 터. 그 전에 거사를 시행해야 되지 않겠습니까."

사내의 눈이 형형하게 빛났다.

"일단 두 가지를 말해 두지. 첫째, 내겐 시간이 부족하지 않다네. 둘째, 우린 꼭 그들과 의견을 조율할 필요가 없다네."

"백작님?"

"고작 기밀 몇 개를 넘겨준다고 그들이 우리 제국을 이길 것 같나? 천만에. 그럴 리도 없거니와 그래서도 안 되지. 누가 뭐래도 우린 제국의 귀족이 아닌가. 나라를 팔아먹어서야 쓰나."

"하, 하지만……."

'지금 우리가 하는 일이 나라를 팔아먹는 일이 아니면 무엇이겠습니까.'

사내가 하고 싶은 말이 무엇인지는 명확했다. 그에 대한 마카레나 백작의 답은 철저한 비웃음이었다.

"내가 바라는 건 작은 틈이라네. 빌어먹을 바이켈드 공작을 전쟁 핑계로 변방으로 보낸 뒤, 내가 이곳에서 황제를 상대로 얻을 수 있는 작은 틈말일세."

마카레나 백작의 어머니는 이웃 왕국 후작 가문의 막내딸이었다. 후작가는 부유하고 광활한 영지를 가지고 있었으나 그녀의 지참금은 그리 풍족하지 않았다. 그녀는 가문에서 사랑을 듬뿍 받고 자랐을 뿐, 자신의 몫을 만족스레 챙기진 못했다. 마카레나 백작의 아버지, 전대 마카레나 백작은 그런 그녀를 자신의 아내로 삼았다.

아무리 후작가라 하나 제국도 아닌 일개 왕국의 후작. 작위를 상속받는 장녀도 아니고 지참금이 많은 것조차 아닌 막내를 아내로 삼다니. 제국의 귀족들은 전대 마카레나 백작을 이해하지 못했다.

전대 마카레나 백작은 그 대에도 귀족파의 수장이었다. 그가 원한다면,

그에게 제 딸을 내어 줄 제국의 귀족 가문은 수두룩했다. 그중에는 제국에서도 손꼽히는 명문가로 이름 높은 가문도 있었다.

실제로 전대 마카레나 백작의 청혼이 알려지자 제국의 어느 후작가에서 은밀하게 연락을 해 왔다. 둘째 딸을 전대 마카레나 백작에게 들이밀었던 것이다.

은밀한 연락이었음에도 며칠 지나지 않아 사교계에선 그 후작가의 비밀 청혼에 대한 소문이 파다하게 퍼졌다. 전대 마카레나 백작이 정중히 거절했다는 결과까지.

제국의 귀족들은 다들 전대 마카레나 백작이 밑지는 결혼을 한다며 수군댔다. 초상화로만 보았을 뿐, 직접 만난 적도 없는 여자에게 홀렸다는 말이 떠돌아 한동안 이웃 왕국 후작가 막내딸의 초상화가 제국 귀족들 사이에 돌기도 했다.

초상화를 본 귀족들의 평은 한결같았다. '예쁘기는 한데…….' 수군거림은 조롱하는 수준까지 커졌으나 전대 마카레나 백작은 침묵했다. 제국 귀족들은 항상 두려워하던 귀족과 수장을 마음껏 씹고 맛보고 물어뜯으며 즐거워했다.

결혼식을 앞둔 지 얼마 안 되어, 아내 될 여인의 오라비 세 명이 연달아 죽어 나가기 전까지는.

첫째 오라비는 사냥을 나갔다가 낙마해 흥분한 말에게 밟혀 죽었다. 그 소식을 들은 부인은 남편의 죽음을 비관하여 어린 아들을 안고 성의 탑에 올라갔단다. 둘의 시체가 성 바깥에 판 해자에서 발견되었다.

둘째는 첫째의 장례식 중 남몰래 술을 마시고 정부를 찾아갔다가 복상사로 죽었다.

셋째는 연이은 두 형의 죽음 소식을 듣고 아카데미에서 집으로 돌아오던 중 강도를 만나 잔인하게 살해당했다.

지참금이 많지도 않았던 막내딸은 후작가의 상속녀가 됐다.

이웃 왕국의 귀족들은 어땠을지 모르나, 적어도 제국의 귀족들은 연이은 죽음이 신의 뜻인지 어느 한 인간의 계획인지 고민하지 않았다. 그 이전까지 그리도 방정맞게 떠들어 대던 입들이 일제히 침묵했다.

화려한 결혼식 날, 전대 마카레나 백작이 '나팔수'라고 불릴 정도로 입이 싼 사교계의 명사에게 건넨 말이 오래도록 회자되었다.

"어떤가, 이 정도면 내가 밑지지 않은 결혼을 한 것 같은가?"

초상화 안 모습보다 작고 얌전했던 여인은 제 남편이 그리 말했다는 것을 죽는 순간까지 알지 못했다.

어머니의 권리를 상속받아 지금의 마카레나 백작은, 제국의 백작이며 이웃 왕국의 후작이기도 했다. 스스로 제국의 백작이기를 선택했음에도 제국의 황제 모르게 이웃 왕국과 꾸준히 교류하였다.

제국의 방패, 제일의 기사, 피의 광전사라고까지 불리는 라크안이 수년 동안 제국의 변방을 지켰음에도 변경의 국지전이 종결되지 않았던 이유가 여기에 있었다. 모두 다 마카레나 백작이 적절히 '관리'한 덕이었다.

전대 마카레나 백작이 제 아들의 어머니로 이웃 왕국의 후작가 상속녀를 선택한 것은 여러 이유가 있었을 것이다. 그 이유 중에 아들이 제국을 배신하게 될지 모른다는 계산도 들어 있었을까. 그건 아니리라. 마카레나 백작역시, 클레이엔이 그렇게 되기 전까지는 생각조차 안 했던 일이니.

고작 열 살밖에 안 된 어린 딸이 황태자의 냉대를 받다가 제 얼굴을 망가 뜨렸다. 아버지를 꼭 닮은 얼굴을 황태자가 끔찍해한다는 이유로. 그녀는 그리되어서도 황태자에 대한 마음을 버리지 못했다. 울부짖는 어린 딸을 끌어안고, 아비가 할 수 있는 일은 단 하나뿐이었다.

"반드시 널, 황태자비로 만들어 주마. 이 아비가 그리 만들어 줄 것이다."

마카레나 백작은 제 딸에게 맹세했다. 그다음의 맹세는 오직 마음속에 새겼다.

'만약 황태자가 끝까지 널 거부한다면, 나는 널 비참하게 만든 황태자에게,

그리고 황제와 황실에 그 대가를 치르게 할 것이다. 반드시.'

그날 이후로 한시도 그 맹세를 잊은 적이 없었다.

마카레나 백작은 카루나를 클레이엔의 대역으로 삼은 후, 이웃 왕국과 은밀히 내통하며 두 번째 맹세에 대한 준비를 시작했다. 지난 10년간 황궁에 자주 드나들지 않고, 중요한 일을 카루나와 루시온에게 맡긴 건 그런 이유에서였다. 아무리 유능하다 하나 그는 역시 인간이었다. 감당할 수 있는 일엔 한계가 있었다.

"이웃 왕국이 내 말을 믿고 전쟁을 선포한다면, 바이켈드 공작은 변경으로 떠날 수밖에. 전쟁에 신경이 쏠리니 당연히 틈이 생길 터. 그 틈을 이용해 황태자를 암살하고, 황성을 장악한다."

이게 마카레나 백작이 이웃 왕국에 보낸 밀서의 내용이었다.

이웃 왕국은 마카레나 백작이 전면에 나서서 반역을 일으킬 것으로 생각하고 있겠지만, 마카레나 백작은 직접 움직일 생각이 조금도 없었다. 그를 대신하여 움직일 수족들이 황궁 안팎에서 준비를 마친 후 그의 명령만 기다리는데 왜 그러겠는가. 어둠 속의 사내는 그들 중 한 명이며, 그들과 마카레나 백작을 잇는 전령이기도 했다.

"그쪽에서는 백작님께서 황제의 칙서를 위조하여 바이켈드 공작을 다시 수도에 불러들이고, 농성하며 시간을 벌어 주길 바라고 있습니다. 자신들이 이곳으로 군대를 끌고 올 때까지 말입니다."

어둠 속 사내가 이웃 왕국의 요구 사항을 말했다. 마카레나 백작은 픽, 웃었다. 비웃음이었다. 이웃 왕국의 속셈은 안 봐도 뻔했다. 바이켈드 공작, 라크안을 상대할 엄두가 나지 않으니 마카레나 백작에게 떠넘기려는 것이다.

라크안은 변경에서 꽤 악명을 쌓은 듯했다. 이웃 왕국은 라크안만 없으면 제국 따윈 문제 될 것 없다는 오만을 드러냈다. 라크안이 너무도 강력하기에 주위의 다른 것들이 하찮아 보이는 효과였다.

이웃 왕국은 마카레나 백작이 이길 거라 기대하지 않았다. 둘이 싸우다 자멸하면 더없이 좋으나, 그 역시 거의 불가능하리라 생각할 게 분명했다. 마카레나 백작이 최대한 라크안의 진을 빼 놓으면, 약해진 라크안을 상대하거나, 아니면 수도에 꼭 도달하지 못하더라도 제국의 영토를 어느 정도 점령한 뒤 평화 조약을 맺으려는 생각 정도나 하고 있을 터였다.

마카레나 백작은 이웃 왕국의 얕은 수작에 넘어가 줄 마음이 없었다. 애초부터 그의 목적은 제국의 멸망이나 이웃 왕국의 승리가 아니었다. 클레이엔에게 상처를 입히고, 끝까지 클레이엔을 거부한 황태자에 대한 복수였다. 또한, 그 복수 이후에도 마카레나 백작가는 제국 최고의 권세가로 건재해야 하며, 클레이엔은 제국의 꽃이 되어야 했다.

황태자 암살에 성공하고, 수족들이 황제를 인질로 삼고 라크안을 새로운 황태자로 세우고자 움직이기 시작하면. 마카레나 백작은 또 다른 수족들과 함께 그 반역의 무리를 덮쳐 황제를 구출할 예정이었다.

반역 무리가 라크안의 명령을 받아 움직였다는 증거는 이미 준비해 두었다. 그리되면 마카레나 백작과 클레이엔은, 제국을 집어삼키려는 음모를 꾸몄던 라크안으로부터 황제를 구출하고 제국을 지켜 낸 공신이 된다. 지금까지의 죄명도 모두 라크안이 씌운 누명이라 주장하면 된다.

'빈 황태자 자리에는 방계 황족 중 한 명을 세우면 되겠지. 내 딸의 말을 잘 듣고 순종할 만한 자로.'

마카레나 백작은 벌써 다음번 황태자를 고르고 있었다. 반드시 처리해야 할 사람을 챙기는 것도 잊지 않았다.

'카루나, 그 계집은 반드시 사지를 찢어 죽이리라.'

마카레나 백작이 눈을 번뜩였다.

'천한 것이 무슨 수작으로 내 딸이 하는 일을 또 막아선 건지는 모르겠지만, 이번에도 방해하진 못할 거다.'

클레이엔이 기이한 힘으로 황태자궁을 집어삼켰을 때, 카루나 역시 기이한 힘을 펼쳐 클레이엔을 막고 황태자를 구했다. 마카레나 백작은 카루나가 그랬으리라고는 믿지 않았다. 아마 사라졌다던 마탑의 마법사가 해 낸 일일 것이리라.

우리겐 길튼. 청부 길드의 길드장이 죽였다고 말한 카루나가 되살아난 건 분명 그 마법사의 짓일 터. 이번 일 또한 그 마법사가 힘을 쓴 것이리라.

"바이켈드 공작과 그 약혼녀는 철저히 감시하고 있겠지?"

"여부가 있겠습니까. 백작님께서 특별히 명령을 내리셨을 때부터 계속 감시하고 있습니다. 공작저 안까지 우리 사람을 들이지는 못했지만, 한시 도 놓치지 않고 따라붙고 있습니다."

"그래, 그래야지."

비로소 마카레나 백작의 입가에 만족스러운 웃음이 어렸다. 이후 마카레나 백작은 어둠 속 사내에게 몇 가지 지시를 내렸다. 사내는 백작에게 정중히 인사를 올리고 어둠 속으로 사라졌다. 밖에 십수 명의 황실 기사단이 경비를 서고 있었으나 누구 하나, 그가 나고 드는 걸 알아차리지 못했다.

사내는 매일 밤, 마카레나 백작을 찾았다. 감옥 안에서 매일 비밀회의가 열리듯, 낮의 황궁에서는 매일 국무 회의가 열렸다.

가장 중요한 건 마카레나 백작과 클레이엔의 처리에 대한 안건이었다. 한 줌만 남은 귀족파 귀족들이 필사적으로 마카레나 백작과 클레이엔을 변호했다. 이웃 왕국과 맞닿은 국경선의 분위기가 심상치 않다는 보고가 들어왔으나, 그 보고는 뒷전으로 밀렸다.

"이건 다 음모입니다. 제국을 무너뜨리기 위한 누군가의 음모란 말입니다."

"억울합니다. 마카레나 백작님이 그간 우리 제국을 위해 얼마나 헌신 하셨는데!"

황제파 귀족들은 눈살을 찌푸리면서도 딱하게 여겼다.

"자신들도 아는 거겠지요, 자기들 앞날을."

"저리 명청할 줄은 몰랐습니다. 지금이라도 손 털고 이쪽으로 오면 좋을 것을."

이런 상황에 와서조차 귀족파랍시고 남아 있는 귀족들을 얕본 것이었다. 몇몇 귀족들은 불쌍할 정도로 발악하며 시간을 끄는 귀족과 귀족들을 보며 이상한 낌새를 눈치채기도 했다. 철십자 기사단의 단장이 그중 한 명이었다. 그는 확실히 말하지는 못하나 뭔가 미심쩍은 느낌을 지우지 못했다. 그리하여 라크안에게 간언했건만.

"뭔가 이상하지 않습니까? 저렇게 단순무식한 자들은 아니었던 것 같은데."

"쓸데없는 소리. 저들을 괜히 과대평가하지 말게."

그것을 미심쩍어했으나 라크안은 들은 척도 하지 않았다. 라크안에게 외면당하고도 찜찜함을 벗을 수 없었던 철십자 기사단장은 바이켈드 공작저를 찾아가 카루나에게 면담을 요청했다. 하지만 그는 카루나를 만날 수 없었다.

"아가씨께서는 황태자궁에서 겪으신 일에 큰 충격을 받으셔서, 절대적으로 안정을 취하셔야 합니다. 오직 의사만 들이라 하셨으니, 죄송하지만 다음에 다시 찾아오셔야 할 것 같습니다."

하녀장은 문을 열어 주지 않았다. 모시는 주인의 약혼녀가 앓고 있다고 말하는 하녀장의 입가엔 은은한 웃음이 드리워져 있었다.

마카레나 백작과 클레이엔이 황궁에 연금된 지 열흘째 되던 날. 황제가 황태자에게 공식적으로 명령을 내렸다. 사형이든 유배든, 아니면 용서든, 더는 지체하지 말라는 것이었다. 주어진 시간은 사흘이었다.

같은 날 저녁.

사내가 마카레나 백작을 찾았다. 그의 품에서 이웃 왕국 국왕의 친서가 나왔다. 대군을 국경으로 옮겼으며, 곧 선전 포고 없이 제국의 국경을 공격하겠다는 것이었다.

"언제 공격하겠다고 하던가?"

마카레나 백작이 물었다. 국왕의 친서에는 날짜가 적혀 있지 않았다. 그게 의아했으나 기밀이 새어 나갈까 봐 적지 않은 거라 생각하고 넘어갔다.

"열흘 뒤라고 합니다."

"너무 늦군. 국무 회의의 분위기는 어떠한가?"

"황제가 황태자에게 사흘의 말미를 주었습니다."

"사흘이라."

마카레나 백작이 비웃음을 흘렸다.

"황제가 정말로 나를 쳐내겠다고 마음먹었나 보군."

일이 이 지경에 이르러서도 마카레나 백작은 혹시나 하는 기대를 버리지 못했다. 의심이 병 수준인 황제라면, 그래도 속으로는 바이켈드 공작을 경계하며 자신을 아예 놓지는 못하지 않을까. 아쉽게도 황제의 의심병이 그 정도까진 아닌 듯했다.

"어떻게든 나와 내 딸에 대한 처벌 선고를 열흘 뒤까지 끌어 보라고 하게. 무슨 수를 써도 좋아. 국경에서 소식이 올 때까지는 버텨야 하네."

마카레나 백작이 어둠 속 사내에게 명령을 내렸다.

그리고 사흘 뒤, 국무 회의가 열렸다. 황태자는 마카레나 백작과 클레이엔에 대한 처벌을 최종적으로 결정하고자 했다. 한 줌 남은 귀족파의 필사적인 저항과 거대해진 황제파 무리의 여유로움. 그 속에서 막 선고를 하려던 차였다.

"마카레나 백작은 모든 작위를 몰……."

그 순간. 회의실 문이 활짝 열리며, 시종이 뛰어 들어왔다.

"큰일 났습니다. 아린느 왕국에서 국경을 공격했습니다. 문트 변경백이 성문을 닫아걸고 농성을 하며 버티고 있다고 합니다. 구원군을, 지원을 요청해 왔습니다!"

시종이 목 놓아 외쳤다. 회의실은 단번에 얼어붙었다. 전쟁이 두려워서가 아니었다. 시종이 전해 온 소식이 이해되지 않아서였다.

"미치지 않고서야 어떻게?"

"우리 제국에게 아린느 따위가 전쟁을 걸었다고?"

귀족과 귀족들이 서로를 돌아보았다. 모두 얼떨떨해했다.

"그냥 늘 있던 연례행사 아니겠습니까. 툭하면 변경 근방 귀족들 간의 영지전을 핑계로 깔짝거리던 놈들 아닙니까. 이번에도 그런 거겠지요."

과장된 전보가 아닌지 의심하는 귀족들도 생겼다. 귀족과 귀족들만이 입을 꾹 다문 채 서로에게 눈짓을 했다.

'열흘 뒤라고 하지 않았던가?'

'오늘일 리가 없을 텐데?'

'뭔가 잘못된 거 아냐?'

'사실 오늘인데 열흘 뒤라고 잘못 전달된 건가?'

그들은 황제과 귀족들과 전혀 다른 이유로 당황하고 있었다.

제일 먼저 정신을 차린 것은 수년간 제국의 변경을 지켜 온 바이켈드 공작, 라크안이었다.

"정말인가? 아린느 왕국은 지금 왕세자와 셋째 왕자의 왕위 다툼이 심각할 텐데?"

"정말입니다. 지금 문트 백의 전령이 와 있습니다. 화살을 어깻죽지에 맞은 채로 달려와, 일단 의사를 불러 치료를 받게 하고 있습니다."

시종이 전령이 들고 왔다는 문트 백의 서한을 황태자에게 올렸다. 얇은 양피지에 피가 묻어 얼룩덜룩했다. 국무 회의에 참석한 귀족들은 대부분 중앙 귀족들이었다. 하나같이 변경의 피 튀기는 전쟁터와는 거리가 먼 삶을 살았기에, 피 묻은 양피지만 보고도 몸을 움찔 떨었다.

황태자는 그 가늘고 고운 손으로 양피지의 밀랍 봉인을 뜯었다. 안의 내용을 빠르게 확인한 뒤, 옆에 앉아 있는 라크안에게 넘겼다.

"정말인 거 같군."

황태자가 침통한 목소리로 말했다. 그러자 회의실은 아까와는 또 다른 의미로 고요해졌다. 그 침묵을 깬 건, 몇몇 남은 귀족파 귀족들이었다.

"제, 제국을 지켜야 합니다!"

"아린느가 우리 제국에 비할 바는 아니나, 그것들이 이렇게 구는 건 분명 무슨 이유가 있을 겁니다."

"지금은 내부의 분열을 조장하는 일을 처리하는 것보다 외부의 적을 상대하는 게 우선입니다!"

그들이 목청 높여 외치며 아린느 왕국의 도발에 맞서야 한다고 주장했다.

"또 일개 국지전으로 끝날 가능성이 큽니다. 언제나 그랬지 않습니까."

"문트 백이 지키는 몽텐령은 원래 아린느가 호시탐탐 노리던 곳입니다. 그간은 바이켈드 공작 각하께서 계셔서 조용했으나, 원래 문트 백은 아린느 쪽에서 조그만 군사의 움직임만 있어도 무조건 수도에 원조를 요청하지 않았습니까."

황제파 귀족들이 조심스럽게 의견을 냈으나, 귀족파 귀족들에게 바로 공격당했다. 귀족파 귀족들은 그야말로 일당백을 자랑했다.

"저자가 지금, 제국을 팔아먹으려고 하고 있습니다!"

"그저 작은 국지전이 아닙니다. 이건 커다란 전쟁의 서막입니다! 당장 문트 백을 도와야 할 것입니다."

"거참, 말 한번 잘했습니다. 바이켈드 공작 각하께서 그동안 그곳에 계셔서 아무 문제가 없었던 거라면, 이번에도 바이켈드 공작 각하께서 가시면 되겠군요!"

"옳소, 옳소!"

귀족파 귀족들은 기다렸다는 듯 라크안을 변경으로 보내야 한다고 주장했다. 별생각 없이 라크안을 언급했던 황제파 귀족은 주변의 따가운 눈빛 공격을 받아야 했다.

"음……."

황태자는 쉽게 결정을 내리지 못하고 고민했다.

"전하, 저를 보내 주십시오. 제가 가겠습니다."

"라, 아니, 공작. 공이 가겠다고?"

"저들의 말이 맞습니다. 제가 있었기에 국경이 안전했다면, 이번에도 역시 제가 필요하지 않겠습니까."

"하지만……."

"물론 다른 의견들도 일리가 있습니다. 문트 백은 겁이 많은 인물이라 작은 전투만 일어나도 전쟁이 일어났다고 엄살을 부리니. 무턱대고 그의 말을 믿을 수는 없습니다."

"그러면?"

"일단 제가 철십자 기사단을 이끌고 내려가 보겠습니다. 가서 상황을 파악한 뒤 제 선에서 해결할 수 있는 일이라면 해결하고 오겠습니다."

라크안이 서늘히 웃어 보였다. 귀족파 귀족들은 괜히 입 안이 바싹 마르고 등줄기가 서늘해졌다.

"아니라면 일단, 문트 백을 구하고 몽텐령에서 탈출하여 옆의 베로우령에 진을 구축하고 수도로 연락을 보내겠습니다. 그때 군대를 파견해 주십시오."

귀족파 귀족들은 모두 제 귀를 의심했다. 라크안의 말은 귀족파 귀족들이 바라 마지않던 상황이었다. 라크안은 그들의 마음에 들어갔다 나온 것처럼 말했다.

'……일이 너무 잘 굴러가는데?'

'괜, 찮은 건가? 이거, 원. 백작님께 물어볼 수도 없고.'

'일단, 백작님께서 말씀하셨던 것처럼 진행되고 있긴 한데…….'

아무 노력도 하지 않았는데, 상황이 착착- 원하는 대로 굴러가고 있었다. 귀족파 귀족들은 라크안의 말이 옳다고 밀어붙이지도 못하고, 서로 눈치만 봤다. 그러는 사이 황태자가 마음을 정하고 라크안에게 명령했다.

"그럼, 부탁하겠네. 이번에 내 궁에서 일어난 일은 공과 공의 약혼녀도 큰 피해를 본 일이니만큼, 공 없이 처리하지는 않겠네. 기다릴 테니, 속히 국경을 안정시키고 돌아오게."

"명을 받들겠습니다."

귀족파가 뭘 어찌할 새도 없이, 귀족파가 원하는 대로 모든 게 진행되었다.

당연히 그날 밤, 마카레나 백작은 국무 회의의 결과를 보고받았다.

"열흘 뒤라고 하지 않았나?"

"그것이, 저는 분명 그리 들었는데……."

"되었네."

쯧. 마카레나 백작이 혀를 찼다. 사내가 고개를 수그렸다. 또다시 루시온이 아쉬워졌다. 마카레나 백작은 탁자를 손으로 두드리며 분노를 다스렸다. 거사가 며칠 남지 않았는데, 이런 식으로 '빈틈'이 생기는 게 불안했다.

'저쪽에 빈틈이 생기길 원했건만, 내 계획에 빈틈이 생겼군.'

위험했다. 완벽하게 계획대로 되어도 실패할 위험이 큰일이건만. 마카레나 백작은 본능적으로 이상한 낌새를 눈치챘다. 평소였다면, 이런 기분이 드는 즉시 모든 일을 중단하고 꼬리를 끊었을 것이다. 하지만.

'……더는, 물러설 곳이 없다.'

이번이 마지막 기회였다. 마카레나 백작은 애써 긍정적으로 생각했다. 이런 찜찜한 기분이 드는 데도 일을 진행해 성공했던 기억을 애써 끄집어냈다. 그 이전에도 항상 성공했으니 이번에도 반드시 성공하리라. 마카레나 백작은 그렇게 자신을 합리화시켰다.

사내는 마카레나 백작의 비위를 맞추기 위해 노력했다. 가장 좋은 방법은 백작의 수족들이 백작이 원하는 것을 만들어 냈다는 소식을 전하는 것이었다. 마침 사내가 전할 소식 중 하나가 그런 내용이었다.

사내는 국무 회의에 참석한 귀족들이 했던 말을 전했다. 귀족파 귀족들은 회의실에서 스스로 목을 베어 죽겠다는 각오로 황태자에게 매달리고 대들어서, 바이켈드 공작이 변경에 가도록 설득해 냈다고. 귀족파 귀족들이 이미 한차례 말을 부풀렸으나, 사내는 과장을 더해 말했다.

황궁 곳곳에 마카레나 백작의 눈과 귀가 있었다. 그러나 국무 회의 회의실은 오로지 국무 위원만 참석할 수 있으니, 다른 신분 낮은 눈과 귀로 감시할 수도 없었다. 그러니 마카레나 백작은 그들이 전하는 말을 믿을 수밖에 없었다.

마카레나 백작은 귀족파 귀족들이 겨우겨우, 어렵사리, 최선을 다해 이룩해 낸 성과를 들으며 겨우 만족스러워했다.

"잘했군. 수고들 했네."

"모든 것이 백작님께서 계획하신 대로 될 겁니다."

사내가 안도의 한숨을 내쉬며 말했다.

다음 날 아침.

라크안이 철십자 기사단을 이끌고 수도를 떠났다. 그의 약혼녀는 아파서 그를 배웅하지도 못했다. 사안이 급한 만큼, 그의 출정을 기념하는 연회나 행사도 열리지 않았다. 그래서 백성들은 무장한 기사단이 도로를 지나도, 그들이 변경으로 떠나는 거라는 걸 짐작도 하지 못했다.

"키야, 멋있다! 역시 기사단 하면 철십자 기사단이지."

"곧 무슨 행사가 열리는 건가 봐. 그걸 연습하려는 건가 보지?"

"그러게 말이야. 우리 같은 평민들도 황태자 전하 얼굴이라도 한번 볼 수 있게, 구경할 기회를 줬으면 좋겠는데."

국경에서 이웃 왕국이 쳐들어오고, 황궁에서는 황태자 살해 음모가 진행되고 있는데도, 수도는 더없이 평화로웠다. 백성들은 명랑했다.

* * *

라크안이 떠나고 이틀 뒤.

황궁 곳곳에서 검은 복면을 쓴 괴한들이 나타났다. 그들은 눈에 보이는 족족, 병사들과 시종들을 기절시키거나 죽이고 황태자궁 쪽으로 달려갔다.

황태자궁은 황궁의 여러 건물 중에서 가장 눈에 띄었다. 궁의 외벽 전체에 꽃 넝쿨이 얽혀 있어, 하나의 거대한 꽃나무처럼 보였다. 처음엔 안팎이 모두 그 상태였으나, 이제는 외벽만 식물에 뒤덮여 있었다. 황태자는 식물로 뒤덮인 제 궁을 마음에 들어 했다.

괴한들 십수 명이 황태자궁에 도착했을 때. 청량한 바람이 불며 그들을 맞이했다. 황태자궁을 뒤덮은 식물들이 바람에 따라 살랑살랑 흔들렸다. 그 바람은 밤바람이라 하기엔 따뜻하고 부드러웠다.

괴한들은 그 바람이 무슨 의미인지 알지 못하고, 황태자궁에 발을 디뎠다. 그들은 황태자궁의 구조에 익숙했다. 헤매지 않고 가야 할 길을 나아가 황태자궁의 가장 깊숙한 곳에 있는 황태자의 침실에 도착했다.

문이 소리 없이 열렸다. 침대는 열 명이 뒹굴어도 넉넉할 듯 컸다. 괴한들은 침대에 빙 둘러서서 봉긋이 솟아오른, 누군가 누워 있는 형태를 노려보았다. 어둠 속에서 각자의 눈빛이 빛났다. 그들 중 가장 건장한 체구의 사내가 칼을 뽑아 들었다. 뒤이어 모두가 품속에서 단검을 빼어 들었고, 일제히 침대 위에 내리꽂았다.

푹— 십수 개의 검들이 침대에 박혔다. 비명이나 피는, 들리지도 느껴지지도 않았다. 무엇보다 검 손잡이를 통해 느껴지는 감촉이, 사람을 찌른 감촉이 아니었다.

"이런."

모두를 이끌었던 사내의 눈에 낭패 어린 기색이 흘렀다.

"설마?"

뒤늦게 이 상황을 의심하는 순간, 사방에 불이 들어왔다.

"기다렸어요. 어제나 오실까, 내일이나 오실까 했건만. 성급하지도 느긋하지도 않으시네요? 이틀 만에 오다니."

상큼한 목소리가 그들의 등 뒤에서 울려 퍼졌다. 또각또각. 구두 굽 소리가 이어 들렸다. 사락사락. 드레스 자락이 끌리는 소리도 들렸다. 소리는 거기서 멈추지 않았다.

소 떼가 우르르 몰려오는 듯 바닥이 진동했다. 괴한들이 검을 빼어 들고 뒤돌아보았을 때는 이미 포위된 상태였다. 못해도 서른 명은 될 것 같았다. 하나같이 괴한들 못지않게 가벼운 복장을 하고 있었다.

다른 점이 있다면 옷이 검지 않다는 것, 그리고 얼굴에 복면을 쓰지 않았다는 것 정도일 것이다. 당당히 드러낸 얼굴은 하나같이 괴한들에게 익숙했다.

"……철십자 기사단."

괴한 중 가장 덩치 큰 사내가 이를 갈았다.

"어머나? 알아주시니 영광이네요."

유일하게 기사가 아닌 여인이 생긋 웃으며 말했다. 그녀는 침실에 모인 사람 중 황태자궁에 가장 어울리는 모습이었다. 하지만 그렇기에 지금 이 순간, 가장 이질적이기도 했다.

치맛자락을 부풀린 개나리색 드레스는 더없이 화려했다. 꽃잎처럼 자잘한 리본이 잔뜩 달려 있어, 커다란 꽃다발에 파묻힌 것처럼 보였다. 긴 갈색 머리카락은 땋지 않고 길게 늘어뜨렸는데, 새끼손톱만 한 나비 모양의 보석 핀을 군데군데 달았다.

무엇보다 녹색 눈. 즐거워 견딜 수 없다는 듯 반짝반짝 빛나는 그 눈동자가 가장 눈에 띄었다. 굳이 불을 밝히지 않아도 그녀의 존재 자체로 주변이 환해질 것 같았다.

괴한들은 그녀가 누군지 알고 있었다. 마카레나 백작 영애, 클레이엔에게 얼굴을 빼앗겼던 여인. 바이켈드 공작의 약혼녀. 최근엔 황태자와 염문을 뿌리며, 황태자의 숨겨진 연인이라고까지 불리는.

카루나였다.

그녀가 이 한밤중에 황태자궁에 있는 이유는, 황태자와 밀애를 즐기기 위해서는 아닐 터였다. 덩치 큰 괴한은 침대 시트를 거칠게 열어젖혔다. 당연한 말이지만 사람은 거기 없었다. 사람 모양의 인형이 있을 뿐이었다. 방금 괴한들의 공격을 받아 구멍이 숭숭 뚫려 있었다. 괴한은 그걸 카루나에게 집어던졌다.

"어딜!"

세나가 바로 검을 휘둘렀다. 인형은 허공에서 여러 조각으로 잘려 바닥에 떨어졌다.

"이런, 딱 황태자 전하의 키에 맞춰서 만든 건데."

비단과 최고급 솜을 듬뿍 넣기까지 했다고. 카루나는 진심으로 아까워했다.

"뭐, 비용은 나중에 청구할게요. 여러분 가문의 작위와 재산을 몰수하면 되니까."

카루나는 금세 서운한 마음을 털고 방긋 웃어 보였다.

"그러려면 일단, 얼굴을 확인해 봐야 할 것 같은데."

"……!"

카루나의 말에 괴한들이 바짝 긴장했다. 그들은 말없이 눈빛을 교환했다.

"우리가 누군지 알아봐 줬으니까, 우리도 그쪽이 누군지 알아야 공평한 거잖아요?"

뚜벅, 뚜벅. 카루나의 뒤에서 또 다른 발소리가 들렸다. 무언가 질질 끌리는 소리도 덩달아 들렸다. 피비린내도 확- 퍼졌다. 그 모두가 단 한 명의 등장을 예고하고 있었다. 그의 존재감은 이 침실 안의 누구보다 거대하고 무거웠다.

"그렇죠, 라안?"

카루나가 뒤돌아보며 사르르 웃었다. 어두운 복도를 지나쳐 밝은 침실로 들어선 그가 이를 드러내며 사납게 웃어 보였다.

까마귀 깃털처럼 까만 머리카락, 피처럼 붉은 눈. 황실에서 내려 준 온갖 훈장을 단 검은 예복과 금술로 장식한 어깨의 에클렛. 이틀 전, 수도를 떠났던 라크안이 그때의 모습 그대로 이 자리에 나타났다.

검은 가죽 장갑을 낀 손에는 누군가의 머리가 들려 있었다. 피투성이에 살아 있나 싶을 정도로 상처투성이였다. 온몸엔 마치 짐승의 발톱에 찢긴 듯한 상처가 나 있었다.

질질 끌리는 소리는 그의 몸이 바닥에 끌리며 나고 있었다. 쿨럭. 아직 죽은 건 아닌지, 붙들린 사내가 몸을 들썩이며 피를 토했다. 그를 본 괴한들이 눈을 부릅떴다. 검은 복면 위로 눈이 툭, 튀어나올 것만 같았다. 복면으로 가려진 입에서 신음이 끓어올랐다.

그는 괴한들이 황태자궁 외부에 남겨 둔 감시조였다. 만일의 사태를 대비해 주변을 감시하도록 하고, 여차할 시 퇴로를 확보하도록 명령했다. 감시조는 황태자궁에 들어온 괴한들의 수보다 많았다. 그들을 이끄는 우두머리가 라크안의 손에 붙들린 자였다.

'전멸이군.'

덩치 큰 괴한은 곧바로 상황을 파악했다. 거의 동시에 라크안이 제가 들고 온 사내를 괴한들에게로 던졌다. 사람의 몸이 솜을 넣어 만든 인형보다 가치 없게 바닥을 굴렀다.

덩치 큰 괴한의 발끝에 그의 이마가 닿았다. 그는 복면이 벗겨진 채였다. 그런데도 그가 누군지 알아보기 힘들었다. 그만큼 얼굴이 엉망이었다. 너희가 누군지 따위는 중요하지 않다는 비웃음이나 다름없었다.

괴한은 이를 악물고 라크안을 노려보았다. 라크안은 나른히 웃으며 장갑을 벗었다. 후두둑, 묻어 있던 핏물이 바닥에 떨어졌다. 손을 까딱이니, 세나가 맡아 놓고 있던 검을 내밀었다.

"내 약혼녀께서 굳이 네 얼굴을 확인하고 싶다는군."

라크안이 한 발 앞으로 나서며 덩치 큰 괴한에게 칼을 겨누었다. 칼끝이 까딱까딱, 경박하게 흔들렸다. 전혀 긴장감 없는 몸짓이었다. 그게 덩치 큰 괴한의 성질을 부추겼다.

"뚫는다! 퇴로를 확보하라, 내가 앞장서겠다!"

덩치 큰 괴한이 고함을 지르며 라크안에게 달려들었다. 다른 괴한들이 그를 말리려 하였으나, 그의 반응 속도를 따라잡는 건 불가능했다. 눈 깜짝할 새 그가 라크안의 코앞까지 밀고 들어왔다.

챙! 두 사람의 검이 부딪쳤다. 다른 괴한들이 그를 엄호하듯 달려들었다. 라크안 주변에 서 있던 철십자 기사들은 장식이 아니었다. 그들 역시 괴한들을 상대하고자 검을 빼어 들었다.

황태자궁의 침실에서 전투가 벌어졌다. 수십 명의 기사와 괴한들이 뒤엉켜 서로를 찌르고 베었다.

"난잡한 것들. 아가씨가 보고 계시는데 좀 깔끔하고 우아하게 처리할 것이지."

세나는 끌끌 혀를 차며 카루나를 제 뒤로 숨겼다.

"난 괜찮아요."

카루나는 세나의 등에 얼굴을 기대어 조그만 목소리로 말했다. 그냥 하는 말이 아니라, 정말로 카루나는 별로 충격을 받지 않았다. 시체와 피를 두려워하기에는, 그녀가 살아온 세월이 너무도 거칠었다.

클레이엔의 대역으로 살던 시절에는 일주일이 멀다 하고 침실에 암살자가 찾아왔다. 그들은 하나같이 끔찍하게 죽음을 맞이했다. 죽는 순간까지 카루나에게서 눈을 떼지 못하고, 눈도 감지 못한 채 죽은 암살자도 있었다. 온몸이 갈가리 찢겨 죽은 암살자도 있었다.

그럴 때마다 카루나는 제 위로 떨어져 내리는 피의 비를 맞으며, 저를 지켜 주는 루시온을 올려다보았다. 피를 뒤집어쓴 무표정한 얼굴은 항상 이렇게 물었다.

"괜찮으십니까?"

처음에는, 당연히 안 괜찮았다. 너무 놀라서 숨도 제대로 못 쉬었다. 루시온이 안고 등을 쓰다듬어 주어야 겨우 숨을 내쉴 수 있었다. 시간이 좀 지나서는, 놀랍게도 익숙해졌다.

"괜찮으냐고? 매번 그렇게 묻지 말고, 좀 얌전히 죽이면 안 돼? 너무 요란하잖아. 매일 침실 실내 장식을 바꾸는 게 얼마나 귀찮은 줄 알아? 모처럼 마음에 드는 베개였다고!"

피에 푹 젖은 베개를 들고 투덜거릴 정도가 되었다.

"글쎄요. 감히 아가씨의 침실에 찾아든 사내를, 곱게 죽이는 방법까지는 알지 못하여."

루시온은 피 묻은 검을 크게 한 바퀴 휘둘러 검을 털어 내며 이렇게 대꾸하곤 했다. 그때에 비하면 지금의 상황은 아주 얌전했다.

철십자 기사단이 루시온보다 얌전한 검술을 쓰는 건지, 황태자궁 침실이라 특별히 몸을 사리는 건지는 모를 일이나. 카루나는 정말 아무렇지 않았기에, 세나의 등에 매달려 울거나 무서워하지 않았다. 세나는 그런 카루나를 자랑스러워하면서도 아쉬운 마음을 감추지 못했다.

자고로 기사란, 이런 피 튀기는 상황에서 두려움에 질려 우는 아가씨를 지키는 로망 하나쯤은 마음속에 품기 마련 아닌가. 아쉬움은 카루나를 노리는 괴한들에 대한 철저한 응징으로 산화되었다.

세나와 다섯 명의 철십자 기사들은 카루나를 빙 둘러싸고 철통같이 방어했다. 간혹 겁을 상실한 괴한들이 인질을 잡을 생각으로 카루나에게 달려들었다. 하지만 그들 중 누구도 카루나의 머리카락 한 올조차 건드리지 못했다. 모두 다 세나의 선에서 처리되었다. 다른 기사들이 나설 것도 없었다.

"이크, 아가씨, 죄송합니다."

세나는 피가 튈 때마다 화들짝 놀라며 카루나에게 사과했다. 카루나는 제 드레스에 핏자국이 난 걸 보고 울상을 지었지만, 애써 밝은 표정을 지으며 괜찮다고 말해 주었다.

황태자궁 침실의 난전은 딱 이만큼의 분위기였다. 카루나와 세나가 드레스에 튄 핏자국을 걱정할 정도의 수준.

복면을 쓴 괴한들은 철십자 기사들을 뚫지 못했다. 실력은 비슷한 듯했으나 머릿수가 두 배 이상 차이가 났다. 게다가 이쪽에는 라크안이 있었다.

라크안은 덩치 큰 괴한과 맞닥뜨리며 밀리지 않았다. 팽팽한 접전이 시작되려는가 싶을 때, 라크안이 그의 검을 흘렸다. 괴한의 검이 라크안의 검신을 타고 미끄러져 내렸다. 그그극- 칼날 긁히는 소리가 귀청을 찢을 듯 울렸다.

괴한은 곧바로 자세를 바로잡으려 했지만, 살짝, 아주 잠깐 몸이 흔들렸다. 붉은 눈이 보기 좋게 휘며, 그 틈으로 검을 찔러 넣었다. 검이 괴한의 허벅지를 관통했다. 괴한은 신음 한 번 내지 않고, 라크안의 가슴을 찌르려고 했다. 하나 라크안은 뒤로 한 발 물러서며 그의 공격을 피했다.

덩치 큰 괴한이 공격당하자, 주변의 다른 괴한들이 라크안에게 몰려들었다. 라크안은 혼자서 네댓 명의 괴한들을 상대하여 가볍게 거꾸러뜨리고, 다시 덩치 큰 괴한과 맞섰다.

그런 라크안을 지켜보던 세나가 한마디 했다.

"놀고 계시네."

카루나를 지키고 서 있던 철십자 기사들도 고개를 끄덕였다. 멀찍이 떨어져 지켜보고 있는 기사들의 말처럼, 라크안은 덩치 큰 괴한을 데리고 놀고 있었다.

매섭게 몰아붙였다가도 괴한이 쓰러질 것 같으면 물러서 숨 고를 시간을 주었다. 그러면서 주변의 다른 괴한들을 처리했다. 얼마 지나지 않아 두 발로 땅을 딛고 선 괴한은 그 하나밖에 남지 않게 되었다.

그제야 라크안은 기다렸다는 듯 너무도 쉽게 그를 제압해서 바닥에 내리꽂았다. 거센 소리가 나며 덩치 큰 괴한의 얼굴은 엉망이 되었다. 그래도 얼굴을 못 알아볼 정도는 아니었다.

라크안은 그의 머리를 바닥에 짓누르고 복면을 벗겼다. 그의 얼굴이 드러났다. 카루나는 세나의 호위를 받으며 다가가 그 얼굴을 확인했다. 이마가 찢기고 입술이 터져 피가 줄줄 흐르는 그 얼굴은, 불과 몇 시간 전까지 황제의 곁에 서 있던 사내의 얼굴이었다. 카루나는 놀라는 대신 그에게 인사를 건넸다.

"안녕하세요, 역시 당신이었네요. 황실 기사단장님."

"역시라고? 나에 대해 알고 있었나? 어떻게……."

"알고 있긴. 알아맞힌 거지."

존댓말 따윈 생략했다. 마카레나 백작의 체스 말끼리 존중해 무엇 할까. 카루나가 생글생글 웃으며 황실 기사단장의 얼굴 옆에 웅크려 앉았다.

"위……."

세나는 말을 하려다가 말고.

"……."

카루나는 입을 굳게 닫고 못마땅한 표정을 지었다. 그간 카루나가 말린다고 들을 사람이 아니라는 걸 충분히 경험했기에, 더는 말리지 않았다. 대신 라크안이 세나에게 눈짓했다. 세나는 얼른 카루나의 바로 옆에서 허리춤에 손을 올렸다. 여차하면 황실 기사단장을 벨 생각이었다.

'제압 중 반항이 심해서 죽일 수밖에 없었다고 하면 되겠지.'

라크안은 아무렇지 않게 황태자가 알면 기겁할 생각을 했다. 황실 기사단장은 제 목숨이 오락가락하는지도 모른 채 카루나만을 올려다봤다. 답을 원하는 눈빛이었다.

"연기를 아주 잘하던데? 그런데 별로 세심한 성격은 아닌가 봐. 무대가 바뀐다고 성격까지 바뀌면 쓰나? 사람이 일관성이 있어야지."

붉은 입술이 호선을 그렸다. 무대 최고의 프리마 돈나가 감히 제 무대에 난입한, 실력 없는 단역을 내려다보는 비웃음이었다.

호색한. 라크안은 황실 기사단장을 그렇게 평가했다. 치마를 두른 여자만 보면 정신을 못 차리고 추파부터 던져 댄다고.

하지만 카루나가 본 황실 기사단장은 그런 호색한이 아니었다. 바이켈드 공작저를 포위했을 때는 목이 쉬어라 황제의 칙서를 반복해 읽었다. 황제의 의심을 받는 라크안을 황궁으로 데리고 갈 때는 깍듯했다.

어쩌면 중대한 임무 때는 정신을 차리나? 대신 라크안이 착각을 했을 수도 있지. 황제나 황태자가 그를 신뢰해서 쓰는 것도 그렇고.

그렇게 생각했기에 카루나는 제 눈으로 본 것을 믿고 황실 기사단장에 대한 평가를 다시 했다. 중립파인 그를 황제파로 끌어들여 라크안을 위해 일하도록 만들고 싶다는 생각도 했다.

그가 황태자궁을 뒤덮은 막에 일부러 손을 집어넣어 다치기 전까지는.

그때 당시는 황태자를 구해야 한다는 생각에 사로잡혀 깊이 생각하지 않았으나, 시간이 지나고 보니 무언가 이상했다. 황실 기사단장씩이나 되는 사람이, 위험한 줄 알고 있으면서도 그 구멍에 손을 집어넣다니?

어깨 위의 머리는 장식으로 달고 다니는가 욕을 먹어도 할 말 없을 정도로 조심성 없는 행동이었다. 일개 기사라면 충성심이 앞서 그랬다는 변명이 통할 수도 있지만 황실 기사단장은 그러면 안 됐다.

그는 황제와 황후, 황태자, 그리고 황궁의 안전을 책임지는 자였다. 그의 충성심은 전투 불능에까지 빠지는 충성심이어서는 안 됐다.

정말로 기사단장의 역할을 다하려면 오히려 구멍에 손을 넣으려는 다른 기사들을 제지해야 했다. 혹시 모를 사태를 대비해 싸울 수 있는 전투력을 보존하고, 어떻게든 카루나를 이용해 방어막을 뚫을 생각을 해야 했다. 그런데 그러지 않았다. 카루나가 도착해 황태자를 구할 실마리가 생기자마자 기다렸다는 듯 다치고 그 자리를 벗어났다.

무언가 이상했다. 하지만 알아차린 사람은 적었다. 황태자궁에서 일어난 일이 워낙 기이한지라 모두의 시선이 거기에 집중되어 있었다. 황태자는 물론 이거니와 황제마저도 황실 기사단장을 수상하게 여기지 않았다. 오히려 끝까지 황태자를 구출하려 했던 공로를 인정받아 신뢰를 쌓았다.

그래서 카루나는 루시온을 시켜 은밀히 황실 기사단장을 조사해 보았다. 그의 기록은 역시나 깨끗했다. 깨끗해도 너무 깨끗해서, 이렇게 아무 흠도 틈도 없는 사람이 어떻게 황실 기사단장이 됐나 싶을 정도였다.

이 정도로 기록이 깨끗한 경우는 둘 중 하나였다. 너무 강직하고 청렴결백해서 상사들에게 밉보이고 기사단 말석에서 세월을 허비하는 경우, 아니면 엄청난 뒷배를 가지고 있는 경우.

무엇보다 그는 완벽한 중립파였다.

제국에서 중립파라고 자처하는 귀족들은, 그런데도 어느 정도 황제파와 귀족파 양측과 교류는 한다. 한쪽에 살짝 기울기도 하고, 적당한 친분을 유지하기도 한다. 그런데 그는 그런 게 없었다. 황제파나 귀족파, 누구와도 가까이 지내지 않았다.

마카레나 백작은 그런 그를 가만히 놔뒀다. 황실 기사단장을 제 편으로 끌어들이려는 노력을 전혀 하지 않았다. 이상한 일이었다. 카루나가 탐낼 정도라면 이미 마카레나 백작의 눈에 띄었을 텐데.

'어째서? 왜 마카레나 백작이 수작을 부리지 않은 거지? 황실 기사단장이 너무 강직하고 곧은 인물이라서? 아니, 그럴 리가. 만약 그랬다면 마카레나 백작은 더 쉽게 그를 부하로 만들었을 거야.'

이 세상에서 가장 변심하기 쉬운 사람은 가장 강직하고 고결한 사람이다. 한 번 구겨진 마음은, 설사 자신의 마음이라 하더라도 용서치 않고 버리고 마니까 금방 타락시킬 수 있다. 황실 기사단장 정도 되는 인물이라면 마카레나 백작이 어떻게 해서든 손에 넣으려고 했을 것이다.

'가질 수 없으면 망가뜨리기라도 했겠지.'

하지만 마카레나 백작은 그러지 않았다. 이유는 이번에도 둘 중 하나.

마카레나 백작이 손댈 만큼 매력적인 인재가 아니었거나, 이미 마카레나 백작의 사람이라거나. 전자는 카루나가 이미 그를 탐낸 적이 있으므로 탈락. 그러면 남은 가능성은 후자, 하나였다.

카루나는 제 생각을 라크안과 루시온에게 말해 주었다. 둘 다 카루나의 말에 동의했다.

"연회장에서 몇 번, 그자가 미혼의 귀족 영애들에게 음흉한 표정을 짓는 걸 봤다. 그리고 소문을 들었지. 그게 위장이었던 건가?"

라크안은 상대의 위장에 홀라당 넘어가 버린 자신을 조소했다.

"확실히 마카레나 백작 밑에서 일할 때 그자에 대해서 들은 바가 없습니다. 백작의 하인으로서든 포섭해야 하는 인재로서든, 아니면 적대하고 경계해야 하는 적으로서든 말입니다."

'적'을 말할 때, 루시온은 라크안을 지그시 바라보았다. 그와 마카레나 백작이 말하는 '적'이 누구인지는 분명했다. 그날 이후로 카루나는 루시온을 시켜 황실 기사단장을 감시하도록 했다.

황실 기사단장은 마카레나 백작이 황궁에 연금된 뒤, 조급해졌다. 그래서인지 평소라면 하지 않았을 행동을 하며 흔적을 남겼다. 그는 마카레나 백작이 갇혀 있는 건물에 찾아가지 않았다. 단 한 번도. 마치, 무슨 일이 일어났을 때 의심받지 않으려고 일부러 의심 범위에서 벗어난 사람처럼.

평소 그의 성격대로라면, 온종일 건물을 지키고 서 있어야 했다. 바이켈드 공작저를 포위할 때도 가장 앞장서지 않았던가. 그렇게 완벽히 마카레나 백작에게서 멀어진 걸 보고, 카루나와 루시온은 동시에 외쳤다.

"그자가 연락책이야."

"그자가 연락책이었군요."

그리하여 카루나는 라크안과 루시온의 도움을 받아, 마카레나 백작이 황실 기사단장을 전령으로 삼아 무슨 일을 벌이는지 알아내고 모두 막아

버렸다. 라크안이 예정된 열흘 뒤가 아니라 이틀 전에 변경으로 떠난 척했던 이유도 그 때문이었다.

"열흘 뒤, 아니 이제는 며칠 안 남았지? 너희가 원래 정했던 날 말이야. 그때도 변경에서는 아무 일도 일어나지 않을 거야. 이틀 전에도 사실, 아무 일도 안 일어났던 것처럼."

"······!"

"왜냐고? 너희가 밀어 주던 왕세자가 실각됐거든."

카루나가 밥은 먹고 다니느냐고 묻듯, 평소와 다름없는 어투로 말했다.

"네 주인처럼 이웃 왕국의 어딘가에 감금됐을 거야. 감히 제국에 나라를 팔아먹으려고 한 죄로 말이야."

"그, 그럴 수가······ 그, 그럴 리 없어!"

"아니, 그럴 리 있어. 참, 왕세자의 역모를 밝힌 공으로 둘째 왕자가 정권을 장악했어. 그 사람은 제국, 특히나 바이켈드 공작 각하와 매우 친하게 지내고 싶어 하는 친제국파 인물이고."

'내 보석함을 채우던 상단 주인이 후원하는 인물이기도 하고.'

예전에, 진짜 클레이엔이 카루나가 대역 생활을 하며 모았던 보석들을 모두 자선 경매로 팔아 버렸다. 그 보석들을 팔았던 상단의 주인이 둘째 왕자에게 정치 자금을 대주고 있었다.

카루나는 그 상인을 통해 비공식적으로 연락하여 일을 꾸몄다. 둘째 왕자는 안 그래도 왕세자에게 살해 위협을 당하고 벼르고 있던 차라, 바로 거래에 응했다.

며칠 전 일어났던 국지전을 꾸며 내는 건 문트 변경백의 도움이 컸다. 문트 변경백은 라크안의 오랜 동지였다. 그는 라크안이 제국을 위해 황궁을 공격해야 한다고 말하면 그 즉시 군대를 이끌고 수도로 달려올 인물이었다.

또한, 변경을 지키며 오랫동안 부족한 보급품에 진력이 나 있는지라. 삐쩍 마른 병사를 공격당한 척 꾸며 수도에 올려 보내 보급품을 더 타내는 건 그의 특기 중의 특기였다.

"당신이 마카레나 백작의 명령을 받아 일을 꾸미는 동안, 우리도 당신 뒤를 쫓아다니며 열심히 일을 꾸몄어. 어때? 대단하지?"

카루나가 활짝 웃으며 물었다.

"바, 반역자! 감히, 적국과 내통하다니!"

황실 기사단장이 고래고래 소리를 질렀다.

"황, 황태자 전하! 들리십니까? 들으셨습니까? 방금, 이 여자가 제국에 반역했다고 제 입으로 실토했습니다. 전하, 전하! 어딘가에서 보고 계신다면 부디, 제게 해명할 기회를 주십시오! 모든 게 이자들이 누명을 씌운 겁니다. 저는, 저희는, 바이켈드 공작이 오늘 이곳에 황태자 전하를 해치러 온다는 첩보를 입수하고 황태자 전하를 지키러 온 것입니다!"

황실 기사단장이 발악하였다. 하나 카루나와 라크안, 철십자 기사 중 누구도 눈썹 하나 깜짝하지 않았다. 황태자 또한 모습을 드러내지 않았다.

"내가 한 게 반역이라면 네가 한 건 뭐지?"

제국의 역모 위조 사건을 해결하기 위해 이웃 왕국에 역모 위조 사건을 만들었다. 라크안을 구하기 위해 이웃 왕국에 괜한 파란을 일으킨 것이다. 황태자에겐 나고 자란 조국, 파라 제국을 지키기 위해서라고 눈물로 호소했지만. 카루나의 목표는 애초부터 라크안을 지키는 것뿐이었다.

'감히 라안에게 역모죄를 뒤집어씌우려고 하다니.'

마카레나 백작이 역모를 일으키려 했다는 것보다 라크안에게 누명을 씌우려고 했다는 것에 더 분노가 치밀었다.

"나, 나는!"

황실 기사단장은 입을 열어 변명하려 했으나 카루나가 가차 없이 끊어 냈다.

"반역자는 당신과 마카레나 백작이고, 나는 그걸 막으려고 했을 뿐이야.

당신은 이제 끝이야. 아무리 황태자 전하를 불러 봐야 아무 소용없어."

"……젠장."

쾅. 황실 기사단장이 바닥에 이마를 찧었다. 곧이어 이마가 찢어지며 피가 흘렀다.

"또 황태자는 우리를 버리는가?"

황실 기사단장이 이해할 수 없는 말을 중얼거렸다.

"……사실, 나는 에이프 가문의 자손이다. 나는 황실에 버림받은 내 가문의……."

이어지는 말은 자신의 출신에 관한 이야기였다. 그는 자신의 과거며, 어쩌다 마카레나 백작 밑에서 일하게 되었는지를 주절주절 늘어놓았다. 황제의 침실에서 호위를 서며 밤마다 황제의 목을 졸라 버리고 싶었다는 고백까지 이어졌으나, 누구 하나 그의 말에 귀 기울여 주지 않았다.

카루나는 미련 없이 몸을 일으켜 돌아섰으며, 라크안은 철십자 기사들에게 그를 단단히 포박하라 명령했다.

"그래서 어쩌라고. 네 사연 따위 하나도 안 궁금해."

세나가 퉷- 침을 뱉으며 돌아섰다. 그렇게 다들 다른 궁에 피신해 있는 황태자에게로 떠났다. 몇 명의 철십자 기사들만이 뒷정리를 위해 남았다. 황실 기사단장은 바닥에 얼굴을 박은 채 울부짖었다.

한편, 침실의 천장 창문 밖.

옅은 그림자가 어른거렸다. 카루나와 라크안 일행, 특히나 기척에 예민한 세나까지 모두 떠나고 나서야 그림자가 짙어졌다. 텅 비어 있던 곳에 검은 로브를 쓴 사람의 형상이 나타났다.

가늘고 긴 손가락에 끼고 있던 은반지가 바스락 부서졌다. 은신 마법이 끝난 것이었다. 후드 아래로 은발 몇 가닥이 흘러내렸다. 그는 그 몇 가닥마저 다시 후드 안에 숨기고는, 어둠을 닮은 남색 눈으로 안을 들여다보았다.

"저도 모르는 심복이 도대체 몇인지, 백작님께서도 참 대단하신 분이 군요."

희로애락, 어떤 감정도 느껴지지 않는 단조로운 목소리가 허공에 흩어졌다.

"뭐, 좋습니다. 어쨌든 숨겨진 가지를 모두 알아냈고. 어디까지 가지치기해야 할지 알게 되었으니까요."

* * *

하룻밤 만에 세상이 뒤바뀌었다. 제국 최고의 권세가가 반역을 저지르려다가 발각되어 몰락했다. 마카레나 백작은 황궁에 감금되어 처분을 기다리고 있었다.

백합궁에서의 소동.

황태자궁을 뒤덮은 마법진과 황태자 시해 의심 사건.

그가 딸 클레이엔과 함께 저질렀을 것으로 의심되는 사건은 이 두 가지였다. 마카레나 백작은 두 일 모두 자신과도 딸과도 무관하다, 일방적으로 이용당했을 뿐이라고 주장했다.

황태자는 그가 범인이라는 증거를 찾기 위해 부단히 애썼으나 별다른 수확이 없었다. 그리하여 마카레나 백작과 클레이엔이 범인이라고 생각하면서도, 쉽사리 귀족파를 억누르고 마카레나 백작을 처벌하지 못하고 있었다.

그런데 이제, 그간의 일에 목맬 필요가 없어졌다. 그 일들이 정말로 마카레나 백작이 벌인 일이 아니라 하더라도, 백작은 이전의 삶으로 돌아가지 못하게 되었다.

그는 이제 분명한 반역자였다. 감히 황실 기사단을 이용하여 황태자를 시해하려 했으며, 이웃 왕국과 내통하여 제국의 기밀을 넘기고 전쟁을 일으키려고 했다. 증거와 증인이 명백했다.

직접적인 황태자 시해 사건이 일어날 뻔했던 날 밤. 황제는 황태자와 함께 있었다. 또한, 암살자들을 제압한 바이켈드 공작으로부터 일의 전말을 직접 보고받았다.

황태자가 황제의 궁으로 피신한 건 카루나의 조언 때문이었다.

"황제 폐하께 가세요. 가서, 잔뜩 약한 모습을 보이세요."

"그럼 또 나보고 황태자로서 부끄러운 줄 알라며 꾸중이나 하실 텐데?"

"그건 평소에나 그런 거지요. 자기 자식이 죽을지도 모르는 상황에 부닥쳐서 살려 달라며 매달리는데, 어느 부모가 태연할 수 있겠어요? 물론, 내알 바 아니라고 생각하는 부모도 있겠지만, 우리 황제 폐하가 그렇게까지 쓰레기는 아니실 거예요."

"음……."

황태자는 잠시 고민했다.

'아버님이라면 그러고도 남으실 것 같은데.'

황태자는 황제에게서 아버지의 정을 느껴 본 적이 거의 없었다. 황제는 언제나 아버지 이전에 황제였다. 황태자에게도 아들이기 이전 황태자여야 한다고 강요하곤 했다.

황태자가 황제궁으로 가기를 망설이자 카루나는 등을 떠밀며 재촉했다.

"그렇게 뻣뻣하게 굴지 말고, 가서 연약한 모습을 많이 보이세요. 정우는 척을 못 하겠으면 황제 폐하를 끌어안기라도 해요. 그렇게 얼굴을 가리면, 황제 폐하가 알아서 오해할 테니까."

"오해?"

"황태자 전하가 황제 폐하를 전적으로 믿고 의지한다고요. 황제 폐하는 의심이 많은 분이시죠."

"그렇지."

"폐하는 황태자 전하께 항상 제국의 차기 지배자로서 위엄을 갖추라고 하시지만, 정작 황태자 전하가 황제 폐하의 뜻대로 바뀐다면 오히려 경계하고 의심할 거예요. 자신의 자리를 찬탈하지 않을까, 라고요."

"아……."

황태자는 무심코 고개를 끄덕일 뻔했다. 황제라면 그러고도 남을 인물이었다. 그리 생각하면서도 황태자는 차마, 카루나의 말에 동의하지는 못했다. 그런 아버지라도 아버지니까.

카루나는 그런 황태자를 보며 미소 지었다.

이런 모습이 황태자의 진정한 매력이었다. 연약하고 우유부단한 것 같지만 선하고 착한 것. 또 남을 잘 믿기도 하고. 황태자의 선함에 이끌려 그에게 충성을 맹세한 귀족과 기사들도 수두룩했다. 라크안 역시 그중 하나였다.

'황제에게 하느니, 차라리 황태자에게 충성하는 게 낫지.'

왜 황제가 아니라 황태자에게 충성 맹세를 했냐고 묻자, 라크안은 이렇게 답했다. 황태자의 선한 성품은 사람들을 끌어당기는 마력을 가지고 있으며, 이는 황제가 가지지 못한 능력이라고. 카루나는 그 매력이 황제에게도 통할 거라 생각했다.

"가서 살려 달라고, 도와 달라고 매달리세요. 그러면 황제 폐하께서는 황태자 전하를 유약하다고 핀잔하실지언정 속으로는 전하를 불쌍히 여기고 또 마카레나 백작에게 분노하실 거예요."

"아!"

황태자가 탄성을 질렀다.

"무슨 뜻인지 알겠구나. 아버지와 마카레나 백작을 아예 떼어 놓자는 거지?"

"맞아요."

"어떻게 이런 생각을 다 할 수 있는 건지, 참으로 기특……."

황태자는 저도 모르게 카루나의 머리에 손을 올릴 뻔했다. 물론 그런 불상사는 일어나지 않았다. 중간에 황태자가 스스로 손을 거두기도 했거니와 카루나가 얼른 몸을 뒤로 뺐다.

"……."

"……."

두 사람 사이에 잠시 침묵이 흘렀다. 황태자의 머리카락이 살랑살랑 흔들리기 시작하자 주변의 공기가 상쾌해졌다.

"전하!"

카루나가 얼른 황태자를 불렀다.

"응? 아, 내가 또."

황태자는 얼른 눈을 감고 마음을 가라앉혔다. 눈앞에 카루나가 있으니, 마음을 진정시키는 게 쉽지 않았다. 그렇다고 카루나에게 보이지 않는 곳까지 좀 떨어져 있으라고 말하고 싶지도 않았다. 앞에 있으면 부담스럽지만, 그렇다고 떠나길 바라지는 않는 마음이랄까.

'평정심. 평정심.'

힘겹게 마음을 다잡자, 황태자 주변에서 불던 바람이 잔잔해졌다. 머리카락 한 올 흩날리지 않게 되자 황태자가 다시 눈을 떴다. 푸른 눈이 조금은 서글퍼 보였다.

"잘하셨어요."

"조금만 방심을 해도 이런다니까."

황태자가 가볍게 어깨를 으쓱였다. 그러고는 고개를 들어, 황태자궁 여기저기에 철십자 기사들을 배치하고 있는 라크안을 바라보았다. 입가에 여유로운 웃음이 어렸다. 다른 누구도 아닌 라크안이 든든히 지켜 주고 있었다. 암살 위협도 그 앞에서는 무의미한 협박이 되었다.

"그럼 난 황제궁으로 가겠어. 라안이 있으니 걱정은 안 되지만, 그래도 혹시 모르니 꼭 조심하고."

황태자는 마지막까지 정답게 카루나를 챙겼다. 암살 위협을 당해 다른 궁으로 피난을 가면서도, 그는 궁에 남아 있을 사람들을 걱정했다.

카루나는 그런 황태자를 보며 웃음 지었다. 예전에는, 이런 성격의 황태자를 싫어했다. 힘이 없어 마카레나 백작에게 밀리기나 하고, 클레이엔과 맞서기는커녕 도망 다니기나 하고. 소꿉놀이하듯 구빈원을 세워 불쌍한 백성들을 찔끔찔끔 돕기나 하고.

약하고 가식적인 겁쟁이.

황태자를 좋아하는 척 따라다니면서도, 늘 그리 생각했다. 하지만 이제는 아니었다. 구빈원을 세우고 백성들을 돕는 건 정말로 백성들을 걱정하기 때문이었다.

마카레나 백작과 클레이엔에게 시달리면서도 다른 귀족들에게 괜히 화풀이하지도 않았다. 황제처럼 라크안을 이용만 하고, 의심하고 경계할 수도 있을 텐데 그러지 않았다. 라크안을 진심으로 아끼고 염려했다.

이제 카루나는 그런 황태자가 무사히 차기 황제가 되길 바랐다. 그래야 라크안의 삶도 평탄해질 테니까. 마카레나 백작이 제거된다면, 젊은 바이켈드 공작의 권세는 더욱 높아질 것이다. 지금의 황태자라면 끝까지 라크안을 곁에 두고 믿어 줄 것이다. 그러려면 일단, 황태자가 황제의 신임을 얻어 그 자리를 굳건히 해야 했다.

다행히 황태자는 카루나의 말을 금방 알아듣고 황제궁으로 달려갔다. 하지만 우는 연기에 자신이 없어, 카루나의 말대로 황제를 끌어안고 살려 달라고 빌었다.

카루나의 예상대로, 황제는 매우 흡족해했다. 황태자가 아직도 제 발아래 있다는 걸 확인해 지배욕이 채워졌으며, 황태자가 다른 누구도 아닌 자신에게 달려왔다는 점에서 어떤, 갸륵한 부정이라도 느낀 듯했다.

황제는 황태자에게 황태자로서의 위엄을 운운하는 대신, 황태자를 제 등 뒤에 세우고 제국 기사단을 불러 황제궁을 겹겹이 감싸도록 했다.

"너는 내 첫 번째 자식이며, 장차 내 뒤를 이어 이 제국을 물려받을 나의 후계자다. 누구도, 감히 널 해치지 못할 것이다. 내가 결코 그렇게 만들지 않을 것이다."

황제가 황태자의 손을 꽉 움켜잡았다.

"……."

황태자는 처음으로, 그래도 황제가 자신의 아버지이긴 하다는 걸 실감했다. 약간 코끝이 시큰해지기도 했다.

모든 일이 끝난 뒤, 라크안은 황제궁으로 찾아왔다. 그에게서 피 냄새가 진하게 났다. 평소 같으면 예법을 운운하며 깨끗이 씻고 바른 복장으로 다시 들라고 화냈을 황제건만, 이번엔 맨발로 뛰어나가 라크안을 맞이했다.

"마카레나 백작, 네놈이 감히!"

황제는 말 그대로 길길이 날뛰며, 마카레나 백작에 대한 모든 미련을 거둬들였다. 나중에 권력이 커진 라크안을 경계할 고민에 머리를 싸매야 한다 할지라도, 지금 당장은 마카레나 백작을 처리해야 했다. 살려 달라며 달려온 황태자를 위해서라도.

"제국을 좀먹는 자들을 당장 잡아들여라. 더는, 그들의 전횡을 용서하지 않겠다!"

날이 밝자마자 황제는 제국 기사단과 라크안의 철십자 기사단에게 황실 기사단 전원을 잡아들이도록 명령했다. 또한, 황태자의 손가락에 자신의 인장 반지를 끼워 주고, 반역자를 처단할 권한을 주었다.

수도는 발칵 뒤집혔다.

마카레나 백작이 황태자를 죽이고 이웃 왕국과 전쟁을 일으키려 했다는 소문은 들불처럼 번져 나갔다. 귀족파 귀족들이 줄줄이 감옥으로 끌려갔다.

"나라를 팔아먹으려고 하다니! 이 악마 같은 것들!"

"전쟁이 일어나면 우린 어쩌라고!"

"나쁜 놈들, 너희가 그러고도 이 제국의 귀족이냐!"

백성들은 떼를 지어 몰려다니며 귀족과 귀족들의 저택에 돌을 던지고 불을 놓았다. 그 선봉에 선 자들 중 한 명은 라크안교의 신자인 잡화점 주인이었다.

"바이켈드 공작 각하께선 나 같은 상인 나부랭이에게도 친절하신 분이시네. 그런 분이 충성을 맹세한 우리 황태자 전하를 감히 죽이려고 했어! 이는 바이켈드 공작 각하를 모독하는 일! 마카레나 백작은 사악한 악마다!"

그러고는 황궁으로 달려가 당장 마카레나 백작과 클레이엔을 죽이라고 소리를 질러 댔다.

일이 이렇게 되자, 백합궁 사건 또한 쉽게 풀렸다. 모든 일이 마카레나 백작에게 불리하게 돌아가자, 클레이엔의 사주를 받고 포도주에 정체 모를 물약을 섞었던 시종이 자수해 왔던 것이다. 그간 백합궁 소동을 조사하느라 고생했던 황태자로서는 진이 빠지는 일이었다.

어쨌든 시종의 증언으로 인해, 그날 백합궁에서 있었던 일마저 진실이 밝혀졌다. 클레이엔은 모든 일을 뒤집어썼다.

"아니야, 난 아무 죄도 없어! 다 내가 그런 게 아냐. 내게 죄가 있다면 그건, 황태자 전하를 사랑한 것뿐이야. 황태자 전하는 어디 계시지? 만나게 해 줘, 그분이라면 내 억울함을 들어주실 거야. 전하, 전하! 황태자 전하!"

대부분은 그녀가 한 일이나 늑대만은 아니기에, 그녀는 끝까지 아니라고 잡아뗐다. 하지만 누구도 그녀의 말을 들어주지 않았다.

제국의 질서를 어지럽힌 자들에 대한 처리는 생각보다 빨리 결정됐다. 귀족파는 와해하다시피 했고, 황제파는 제국의 역사상 유례가 없을 정도로 강력했고, 단단하게 뭉쳐 있었다.

황제파의 수장은 황태자에게 충성을 맹세했으며, 황제의 명에 순종하는 제국 유일의 공작이었다. 황제와 황태자가 참석한 국정 회의는 그 어느 때보다 원활하게 굴러갔다. 귀족들은 한목소리로 높여 황실을 저주한 간악한 무리의 멸족을 원했다.

황제는 귀족들 앞에서 반역자들을 어떻게 처리할 것인지 선포했다.

"백합궁에서 피를 부르고, 황태자궁에서 사악한 마법을 부려 황태자를 죽이려 한 마녀, 클레이엔은 사형에 처할 것이다."

클레이엔은 사형 선고를 받았다. 모두 당연한 처사라며 만족했다. 황태자만이 살짝 눈살을 찌푸렸을 뿐이다.

"사랑해요, 황태자 전하. 저는 전하를 사랑한 것 말고는 아무 죄도 없어요."

클레이엔은 내내 그렇게 외쳤다. 그녀가 무섭고 싫어서 도망 다니긴 했지만, 막상 그녀가 자신을 사랑하는 마음 때문에 몰락한다니 마음이 편치 않았다.

"또한, 감히 마녀를 황태자비로 올려 제국을 집어삼키려 했으며, 그 계획이 실패하자 외국에 제국을 팔아넘기려 한 마카레나 백작의 작위와 영지, 재산을 몰수한다. 그는 제국의 동쪽 끝, 바다 건너 무인도에 평생 유배될 것이다."

"유배? 고작 유배라니요!"

"그 딸이 사형이라면 아비도 사형당해야 마땅합니다."

"오히려 그자의 죄가 더 크고 깊습니다!"

귀족들이 반발했지만 황제는 아랑곳하지 않았다. 귀족들이 황제의 자비로움을 칭송해야 하나 헷갈리고 있을 때, 황제가 죽음을 면케 한 이유를 말했다.

"마카레나 백작, 아니 이제 평민의 신분이 된 죄인은 내게서 아들을 빼앗아 가려 했다. 황태자는 나의 후계자로서 제국의 차기 황제가 될 몸이기도 하지만 사사롭게는 나의 장자이기도 하다."

황제의 목소리가 대전에 가득 울렸다.

"내 눈앞에서 내 아들을 죽이려 하였으니, 나 또한 똑같이 경험케 해 줄 것이다. 바로 눈앞에서, 자식이 비참히 죽는 걸 똑똑히 지켜보게 하리라. 그리고 그 기억을 가진 채로 평생을 살게 할 것이다. 따로 관리인을 붙여

자살조차 하지 못하게 할 것이니. 죄인은 반드시, 운명의 여신이 정해 준 수명을 모두 누린 후 죽을 것이다."

황제가 주먹 쥔 손으로 권좌의 팔걸이를 내리쳤다. 쿵- 묵직한 소리가 회의장을 가득 메웠다.

"사형당한 딸자식의 피를 밟고 서서 내 아들이 이룰 제국의 풍요로움을 두 눈으로 똑똑히 지켜보게 하라. 이것이 내가 내리는 처벌이다."

정치적인 수를 생각하여 꾸며 낸 분노가 아니었다. 황제는 진심으로 분노하고 있었다. 또한, 그러한 자신의 감정을 숨기지 않고 드러냈다.

의심 많고 의뭉스러우며, 도무지 무슨 생각을 하는지 알 수가 없는 황제.

귀족들은 물론이거니와 자식인 황태자마저도 황제를 그리 생각했다. 얼마나 의뭉스러우면, 정말 황태자를 후계자로 생각하는지조차 미심쩍게 여길 정도였다. 때문에 황제과 귀족 중에는 남몰래 황녀에게 줄을 대는 자들도 있었다. 언제 제국의 후계자가 바뀔지 모르니 양다리를 걸치겠다는 것이었다.

황태자는 그런 수작을 뻔히 보면서도 울분을 속으로만 삭여야 했다. 괜히 황제에게 말했다가는 밑의 귀족들을 제대로 휘어잡지 못한다며 혼날 뿐이었다. 황제는 남들 앞에서 자신의 감정을 완전히 드러내지 않았다. 그가 웃고 우는 건 언제나 정치적인 이유에서였다.

귀족들은 황제야말로 오페라 극장의 여가수보다 더 뛰어난 배우라고 수군대곤 했다. 그런 황제가 날것의 감정을 고스란히 드러낸 것이다.

황태자가 황태자궁에서 공격당한 초유의 사태가 발생했다. 당연히 황태자의 권위가 땅에 떨어질 수밖에 없는 상황이건만, 역설적이게도 이 사건을 통해 황태자는 자신의 위치를 굳건히 다졌다.

귀족들은 이날의 국정 회의를 '마카레나 백작 영애가 황태자에게 주는 마지막 선물'이라고 불렀다. 그렇게 황태자를 사랑한다고 노래를 부르던 클레이엔이, 마지막에는 황태자한테 좋은 일을 하나쯤 하고 갔다는 의미였다.

* * *

황궁에서 어떤 바람이 불든, 바이켈드 공작저는 평온하기 그지없었다.

황제는 황실 기사단의 빈자리를 메우기 위해 철십자 기사단을 소집했다. 하지만 바이켈드 공작저를 지키는, 숲의 일족들로 이루어진 철십자 기사단 부대는 그 소집에서 제외되었다.

세나와 기사들은 여전히 바이켈드 공작저를 지키고 있었고, 카루나는 그 보호 속에 놓여 있었다. 카루나는 황태자궁에서 클레이엔의 공격을 받아 쓰러진 뒤 사경을 헤매는 중이었다. 대외적으로는. 그편이 공작을 벌이기 편하다는 이유에서였다.

필수적으로 참석해야 하는 사교 모임과 초대장에서 벗어나니, 정말 해야 하는 일에 집중할 수 있었다.

카루나와 루시온은 빠르게 마카레나 백작의 수족들을 제거해 나갔다. 이제는 마카레나 백작의 눈치를 보며 속도를 조절할 필요가 없었다. 카루나와 루시온은 서재의 큰 테이블에 마카레나 백작에 대한 자료를 잔뜩 쌓아 두고 머리를 맞댔다.

"마카레나 백작이 죽든 살든, 다시는 재기하지 못하게 밟아 버려야 해. 어설프게 놔뒀다가는 나중에 마카레나 백작의 복수니 뭐니 해서 또 뭉쳐 방해할지도 몰라."

"바이켈드 공작을 말입니까."

"그럼 누구겠어?"

"단지 복수가 아니라, 바이켈드 공작을 위해 마카레나 백작을 제거했다는 듯이 말씀하시는군요."

루시온이 물었다.

"……."

카루나는 잠시 멈칫, 했다. 루시온은 고개를 숙여 서류를 보던 자세 그대로,

눈동자만 움직여 카루나를 바라보았다. 말문이 막힌 듯 버벅거리는 카루나를 보고는 픽, 웃었다. 작은 웃음이라 카루나는 미처 보지 못했다.

"차를 한 잔 더 하시겠습니까?"

"아, 응."

"찻잔을 비게 놔두다니, 죄송합니다."

"아니야. 됐어, 루시온이 내 차 심부름 담당도 아니고."

"늘 말씀드렸듯이, 아가씨에 관련된 모든 일이 다 제 일입니다."

일상적인 대화가 이루어졌다. 루시온은 제가 했던 질문을 아예 잊어버린 듯 굴었다. 카루나는 금세 어색함을 털고, 아무렇지 않게 루시온을 대했다.

마카레나 백작의 종말이 가까워져 올수록 카루나와 루시온의 사이에 균열이 번져 나갔다. 카루나가 루시온에게 했던 약속 때문이었다.

지하 감옥에 갇혀 있는 루시온에게 손을 내밀며 카루나는 약속했다. 마카레나 백작을 쳐내는 데 도움을 준다면 반드시 대가를 치르겠다고. 그 대가를 치러야 할 시간이 가까워지고 있었다.

정작 루시온은 여유로웠다. 그날의 약속을 까먹은 것 같았다. 괜히 안절부절못하며 어색해하는 건 카루나였다.

'나를 어쩔 셈인 걸까. 데려다가 평생 하녀로 써먹으려나?'

카루나가 입을 삐쭉이며 루시온을 바라보았다.

"아가씨? 제 얼굴에 뭔가 묻었습니까?"

루시온이 손바닥을 살피고는 뺨을 문질렀다. 잉크가 묻었는지 확인하는 듯했다.

"아니, 그런 거 아냐."

쯧. 카루나는 혀를 차며 서류를 내동댕이치듯 내려놓았다. 팔랑팔랑-서류가 바닥으로 떨어졌다.

"잠시 쉬시지요, 아가씨."

루시온은 별말 없이 차를 권했다. 카루나의 집중력이 흐트러진 걸 귀신같이 알아챈 듯했다. 루시온이 내미는 따뜻한 찻잔이 달갑지는 않았지만, 일단 받아들였다.

"고마워."

"별말씀을. 당연히 제가 해야 하는 일입니다. 언제나 말씀드리지만."

루시온이 카루나가 집어 던진 서류를 주워 들며 말했다. 허리를 숙였다 펴는 모습조차 반듯하고 우아했다. 하나로 묶은 은발이 카루나의 눈앞을 가렸다가 사라졌다.

카루나는 긴 숨을 내리쉬며, 소파에 몸을 깊이 파묻었다. 정말 끝이 가까워진 걸까. 이런 생각을 할 여유가 생겼다. 정말 끝이라는 게 실감이 나지 않았다.

'마카레나 백작이, 진짜 클레이엔이…… 곧, 죽는다고?'

클레이엔의 대역으로 살 때도, 배에 칼이 관통해 죽어갈 때도, 전혀 생각해 보지 못한 일이 현실이 되었다.

'마카레나 백작이 망한다, 죽을지도 모른다. 그러면 나와 라안은 어떻게 되는 걸까.'

자신과 루시온의 관계보다 더 알 수 없는 게 라크안과의 미래였다.

'미래라는 말을 써도 되나?'

미래. 라크안과 카루나의 미래.

'……있을 리가.'

입 안이 씁쓸해졌다. 애초부터 라크안의 가짜 약혼자 노릇을 한 건, 마카레나 백작 때문이었다. 마카레나 백작이 사라지면 가짜 약혼자 계약도 끝난다. 라크안은 마카레나 백작처럼 자신을 제거하려고 하진 않을 것이다.

'먹고살 만한 재산은 좀 떼어 주려나?'

그동안 고생했다고 말하며 돌아서는 라크안을 상상해 보았다. 심장이 지끈-하게 아려 왔다.

'계속 같이 있을 수는 없겠지…….'

카루나는 라크안에게 자신이 어떤 존재일지 생각해 봤다.

성가신 꼬맹이, 친구를 죽이고 되살아난 여자, 존귀한 공작과는 전혀 어울리지 않는 평민.

'아니, 평민은 아닌가? 내 어머니가 숲의 일족이랬으니.'

하지만 여전히, 아버지가 누구인지 몰랐다. 라크안의 부모님처럼 아버지가 제국이나 이웃 나라의 귀족쯤은 되었으면 좋겠는데.

'갑자기 짠, 나타나서 내가 네 아버지인데 그동안 널 찾지 못했다. 내 작위와 재산이 엄청난데, 그걸 다 물려주마. 공작의 약혼녀가 되기에 모자라지는 않을 거다. 뭐, 이렇게 말해 주면 좋을 텐데. 그럴 리는 없겠지.'

그렇게 꿈같은 일이 생길 리가. 현실은 단 한 번도 달콤한 적이 없었다. 언제나 살아남기 위해 필사적으로 발버둥 쳐야 했다.

'그래도 그나마 행복했던 건, 여기에서 살았던 시간이겠지.'

카루나는 새삼스럽게 주변을 둘러보았다. 따뜻한 햇볕이 쏟아지는 창문과 책이 가득 꽂힌 책장, 따뜻한 찻잔과 달콤한 차. 몸에 꼭 맞는 편한 드레스와 부드러운 비단 슬리퍼. 부르기만 하면 언제든 달려와 주는 호위 기사, 저택의 고용인들.

이유 없이 사랑받았고, 보호를 받았다. 본래 자신의 것이 아닌데, 잠깐 빌렸을 뿐인데 어느새 익숙해져 버렸다. 이곳을 떠나야 한다고 생각하는 것만으로 심장이 덜컥, 내려앉을 정도로.

카루나는 슬리퍼를 툭툭, 던지듯 벗고 안락한 소파에 웅크렸다.

"아가씨?"

루시온의 목소리가 어깨에 닿았다.

"그냥. 계속 종이를 들여다보고 있으려니까 눈이 아파서."

카루나는 목소리를 가다듬어 평상시처럼 말하고는 무릎에 얼굴을 파묻었다.

'떠나기 싫어. 계속 라안의 옆에 있고 싶어.'

차마 입 밖으로 꺼낼 수 없는 투정을 막기 위해 입술을 깨물어야 했다.

* * *

"카루나는?"

밤늦게 돌아온 라크안이 다짜고짜 묻자, 하녀장이 외투를 받아 들며 답했다.

"낮에는 루시온 경과 서재에서 회의하시고, 해 질 녘에는 세나 경과 함께 후원을 산책하셨습니다. 지금은 주무시고 계실 겁니다."

"별다른 일은 없었나?"

"없었습니다."

"그래, 알았네."

라크안은 침실로 걸어 올라갔다.

"도련님께서는요. 식사는 하셨나요? 안 하셨다면 지금 바로 준비해 올리겠습니다."

"아니, 됐어. 생각 없어."

"그래도, 끼니는 거르시면 안 됩니다. 아가씨 식사는 꼭꼭 확인하시면서 정작 도련님은 이렇게 건너뛰시면 어떡합니까."

하녀장이 빠른 걸음으로 뒤쫓으며 잔소리를 해댔다. 라크안은 귀찮다는 듯 손사래를 치면서도 꼬박꼬박 대꾸했다.

"나 말고 카루나나 좀 더 신경 써 줘."

"아가씨야 늘 신경 쓰고 있지요."

"그래? 그러면, 여기 생활에 익숙해져서 다른 곳으로 갈 생각조차 못 하게 만들어 버려."

속마음이 툭 튀어나왔다.

황실기사단장의 황태자 시해 미수 사건이 일어난 이후, 라크안은 격무에 시달리고 있었다. 황태자도 모자라 황제까지 그를 신임하고 있었다. 그러다 보니 국정 업무 전반이 라크안에게로 쏠렸다.

중요한 나랏일을 담당했던 관리들이 여럿, 마카레나 백작과 얽혀 들어갔다. 라크안은 그 공백을 혼자서 메워야 했다. 쏟아지는 업무에 정신을 못 차릴 정도였다. 그나마 라크안 정도나 되니 버티는 것이었다.

'제발, 황제가 다시 날 의심하고 경계했으면 좋겠는데. 적당하게 사고를 한 번 칠까?'

황제의 의심을 살 만한 일이 뭐가 있을까. 라크안은 그런 것도 고민해 봤다. 그래야 누군가를 내세워 이 과중한 업무가 나눠질 테니.

그렇게 시달리다가 겨우 저택으로 돌아오니 마음이 놓인 듯했다. 머릿속으로만 고민하고 있던 게 입 밖으로 튀어 나가 버렸다. 아차, 싶었지만 이미 말을 내뱉고 난 뒤였다.

"젠장."

라크안은 걷다 말고 복도 벽에 머리를 박았다. 쿵.

'뭔 소리를 하는 거야. 정신 차려.'

쪽팔렸다. 바빠 죽겠다면서, 그런 생각이나 하고 앉아 있었다는 걸 다른 누구도 아닌 하녀장에게 들키다니.

"도련님?"

하녀장은 라크안의 말에 놀라야 할지, 벽에 머리를 박는 라크안을 말려야 할지 갈피를 잡지 못했다. 라크안은 서둘러 정신을 다잡고는 다시 고개를 들고 걸었다.

"못 들은 거로 해."

"도련님?"

"……."

"도련님, 자, 잠시만. 좀 천천히……."

걸음이 워낙 빨라 하녀장이 뒤따르기 쉽지 않았다. 먼저 침실에 도착한 라크안은 문 앞에 서서 하녀장을 기다렸다. 헉헉대며 쫓아오는 하녀장을 보니 미안한 마음이 들었다. 절로 누그러진 목소리가 나왔다.

"내일도 아침 일찍 황궁에 가야 하니까, 준비 좀 부탁하고."

"네. 그런데 도련님. 잠시만, 여쭙고 싶은 게 있습니다."

하녀장이 라크안을 불러 세우자, 그는 문손잡이를 잡은 채로 고개를 돌렸다. 복도의 불빛이 일렁여서일까. 라크안의 얼굴이 유독 피곤해 보였다.

"더 할 말이 남았나? 조금 전에 내가 한 말은…… 그냥 잊어. 충분히 잘해 주고 있는 줄 알고 있으니까, 앞으로도 그렇게만 해 줘."

"아니요, 도련님. 그게 아니라 다른 말씀을 드리려고 한 거였습니다."

"음? 뭐지?"

"요즘도 못 주무시는지요."

"……."

예상치 못한 질문이었다. 라크안은 바로 답하지 못했다. 뭐라고 대답해야 할까. '난 원래 푹 자 본 적이 없는데.'라고 말하기에는 잠깐이었지만 깊이 자 본 적이 있었다. 그때의 그 달콤한 숙면은 영원히 잊지 못하리라.

손바닥 안에서 꼬물거리던 온기와 잘 자라고 속삭이던 목소리. 그것만으로도 안심이 되어 눈을 감았다 뜨면 어느새 아침이었다. 그것도 이제는, 영영 남의 일이 되어 버렸다.

숲에서 돌아온 이후, 카루나는 단 한 번도 라크안의 침실로 찾아오지 않았다. 라크안 역시 카루나에게 부탁하지 못했다.

라크안의 불면증은 여전했다. 아니, 더 심해졌다. 그나마 황태자궁에서 클레이엔이 사고를 치기 전까지는 견딜 만했다. 매일 밤, 저택을 공격하는 눈의 존재와 맞서 밤새 싸울 수 있었으니까.

하지만 그 공격마저 잦아든 현재, 라크안은 긴 밤을 홀로 감당해 내야 했다. 하녀장만이 그걸 알고 걱정하고 있었다. 예전이라면 하녀장 옆엔

한 사람이 더 서 있었을 것이다. 걱정이 그득한 눈꼬리가 축 늘어뜨린 남자가.

"이번에 지은 약이 좀 효과가 있으면 좋을 텐데. 이걸 한번 먹어 봐. 술은 좀 그만 마시고!"

약병을 손에 쥐어 주곤 했던 친구.

문손잡이를 움켜쥔 손에 힘이 들어갔다. 쇠로 만들고 도금한 문손잡이가 구부러졌다. 라크안이 아무 대답도 하지 않자, 하녀장이 조심스럽게 입을 열었다.

"카루나 아가씨께 부탁해 보는 선……."

"아니. 그러지 마. 카루나에게 쓸데없는 소리 하지 말고."

"하지만, 도련님. 계속 이러시다가는 정말 큰일 납니다."

"발작이 안 일어나고 있잖아. 그러니까 괜찮아, 버틸 수 있어."

말도 안 되는 말이었다. 라크안도 잘 알았지만 이것 말고는 변명의 여지가 없었다.

"그것과는 관계없는 일입니다, 도련님!"

"오늘은 좀 자볼 테니까, 걱정하지 말고 들어가게. 피곤해서 좀 쉬고 싶어."

라크안이 손사래 치며 하녀장을 물렸다. 한숨 쉬듯 말하는 라크안은 정말로 고단해 보였다.

한낮엔 이런 모습을 보이지 않았다. 하녀장 외엔 누구도 없는 어두운 복도이기에 라크안 역시 순순히 제 본얼굴을 드러낸 것이었다. 하녀장은 그런 라크안을 안쓰러워하면서도, 더는 아무 말도 하지 못했다.

"그럼, 편히 쉬십시오."

하녀장이 깊이 허리 숙여 인사한 뒤 물러섰다. 그런 후에도 라크안은 그 자리에 가만히 서 있었다. 겨우겨우 참고 있었는데, 하녀장의 말 한마디가 참고 있던 걸 무너뜨려 버렸다.

'카루나한테 부탁하라니. 뭘? 요즘에도 밤에 잠을 잘 못 자니까, 옆에 있어 달라고?'

눈을 질끈 감았다. 뜨나 감으나 어차피 한 치 앞도 안 보였다. 그냥 이 대로, 밤의 어둠 속에 묻혀 영영 사라져 버리고 싶었다. 아니, 그냥 밤의 일부분이 되고 싶었다. 그래서 하루의 절반인 밤 시간만이라도 마음껏 카루나의 곁에 머물 수 있으면 얼마나 좋을까.

자신이 곁에 있는지, 없는지 카루나가 전혀 알지 못해도 상관없었다. 옆에만 있을 수 있다면.

문손잡이는 아예 손안에서 바스러졌다. 카루나가 리센의 씨앗 주머니를 소중히 간직하며 몸에서 떼어 놓지 않는다고, 하녀들이 알려 주었다. 간혹 밤마다 푹 잠들지 못하고 뒤척이기도 한다고 했다.

카루나는 아직 리센의 죽음을 못 잊고 슬퍼하고 있는 게 분명했다. 그런 카루나에게 어떻게 다가가야 할지 알 수가 없었다.

낮에 만나는 카루나는 이전과 다를 바 없이 밝고 자신만만해서, 더더욱 거리를 좁힐 수 없었다. 멍하니 있다 보면 카루나의 페이스에 말려 들어갔다.

지금 라크안과 카루나, 둘의 관계는 마카레나 백작을 처단하기 위한 동업 관계, 그 이상도 이하도 아니었다. 그런 관계에 만족하냐고 묻는다면, 당연히 아니라고 대답할 것이다.

좀 더 카루나와 가까워지고 싶었다. 그녀의 발치에 무릎을 꿇고, 가늘고 하얀 손에 입 맞추며 애원하고 싶었다.

그대가 내 반려인 것 같다고. 그런데, 아닌 것도 같다고. 사실, 뭐가 뭔지 잘 모르겠다고. 하지만 좋아한다고. 함께 있고 싶다고. 제발, 날 좀 좋아해 주면 안 되겠냐고. 어떻게 하면 계속 내 옆에 있어 줄 거냐고.

울컥, 감정이 치솟았다.

'차라리 발작이 일어났으면 좋겠어.'

철십자 기사들이 들으면 기겁할 생각을 아무렇지 않게 했다. 그만큼 절실했다. 복잡한 현실이 라크안을 더욱 몰아세웠다. 리센의 죽음, 장로의 말, 카루나의 신비한 능력, 마카레나 백작, 황태자 시해 미수 사건, 황태자의 또 다른 신비한 능력…….

모든 게 다 엉망진창이었다. 무엇 하나 명확하고 분명한 게 없었다. 그러한 현실에서 쏟아지는 일거리에 파묻혀 지내는 건, 밤마다 한숨도 못 자면서 버티고 또 버티는 건.

이대로 버티다 보면, 못 버틸 때가 와서 발작이 일어날지도 모른다는 바람 때문일지도 모른다. 발삭 따윈 끔찍했는데. 그 발작 때문에 카루나의 손길을 한 번이라도 받을 수 있으면 좋을 것 같다는 생각이 자꾸만 들었다. 라크안은 침실 문을 열며 픽 웃었다.

"어쩌다 이렇게까지 되었을까."

빈 술병이 발에 걸리지 않았다. 하녀장이 깨끗하게 치운 듯했다. 라크안은 침대 대신 술로 채워진 벽장으로 향했다. 막 벽장문을 열려 할 때였다.

"그러게요, 어쩌다 이렇게까지 되었을까요."

침대에서 누군가의 목소리가 들렸다. 라크안은 숨을 멈췄다.

'……몰랐어.'

기척이 전혀 느껴지지 않았다. 피곤과 불면에 찌들어 몸의 감각이 둔해진 걸까. 아니면 그녀가 자신의 감각을 뛰어넘을 만큼 은밀하게 움직인 걸까. 어느 쪽이든, 아무튼 그녀는 지금 이곳에 있어서는 안 됐다.

"자고 있다고, 들었는데."

라크안은 술병을 쥔 채로 침대를 돌아보았다.

"누가 그래요? 내가 자고 있다니?"

갈색 머리카락이 길게 늘어졌다. 얇은 치맛자락 아래로 하얀 발목이 팔랑팔랑 흔들렸다. 발끝에 걸쳐져 떨어질락 말락 한 슬리퍼. 그에 따라 보일 듯 말 듯한 하얀 발마저도 지독하게 유혹적이었다.

그녀의 존재를 깨닫자마자 모든 감각이 열려 그녀를 원했다. 코끝으로 향긋한 체향이 느껴졌다. 확실하게 느껴졌다. 그토록 원하는 게 저기에 있었다. 지금 라크안이 어떤 상태인 줄도 모르고, 경계심 하나 없는 태도로 침대에 앉아서는, 이쪽을 바라보며 웃고 있었다.

목울대가 울렸다. 굶주린 짐승의 울음소리 같은 신음이 샜다. 라크안은 손으로 코와 입을 틀어막았다. 눈앞이 어질어질해졌다.

'이 여자가 위험한 줄도 모르고.'

당장에 드는 생각은 이토록 무방비한 카루나에 대한 걱정이었다.

"여기가 어딘 줄 알고 함부로……."

"어디긴요. 공작 각하의 침실이죠."

카루나가 천연덕스럽게 대답했다. 내가 못 올 곳을 왔냐는 듯한 태도였다. 그 당당한 태도에 오히려 라크안이 당혹스러웠다.

"왜요? 저한테 숨겨야 할 기밀이라든가, 비밀 서류가 아직도 남아 있어요?"

카루나의 목소리가 일순간 뾰족해졌다. 저건, 뭔가 마음에 안 들 때의 목소리였다. 잘 길든 개가 목소리만으로 주인의 감정을 알듯 라크안은 카루나의 감정 변화를 알아차렸다.

카루나가 주변을 둘러보았다. 어디 기밀 서류를 숨길 곳이 있을까 찾아보는 태도였다. 그 당당한 태도에 화가 나고 어처구니가 없어야 하는데, 그보다는 자신이 뭔가 숨기고 있다고 의심받는 게 더 짜증났다.

"그런 게 있을 리 없잖아."

라크안이 기분 나쁘다는 듯 대꾸하자 카루나가 그를 지그시 바라보았다. 진짜인지 거짓인지 가늠하는 듯했다. 죽은 후 신의 저울 위에 서서 죗값을 달아볼 때의 심정이 이러할까. 잠깐이지만 라크안은 영혼까지 탈탈 털려 조사당하는 듯한 기분을 느꼈다.

"뭐, 좋아요. 그렇다고 해둘게요. 아직 사냥이 끝나지도 않았는데, 섣불리자축하면서 사냥개를 잡아먹지는 않겠지요? 적어도 아직은 저한테 숨기는 게 있으면 안 돼요."

카루나가 살짝 눈을 내리깔며 웃었지만, 그 웃음이 어쩐지 쓰게 느껴졌다. 라크안은 두 가지 이유 때문에 기이한 기분에 휩싸였다.

하나는 카루나가 자신을 사냥개에 비유한 것. 그건 라크안도 종종 생각했던 것이었다. 물론 반대 상황으로. 우스운 일이었다. 라크안도 카루나도, 자신들이 상대방에게 길이 잘 든 사냥개라고 생각하고 있었다.

또 하나는 카루나가 자신을 '공작 각하'라고 부른 것. 한동안 라안이라고 불러 주더니 다시 공작 각하가 됐다. 라안이라고 불릴 때는 몰랐는데, 막상 다시 공작 각하라고 불리게 되니 심장이 지끈거리며 아렸다.

'떠나려고 정을 떼는 건가.'

생각만으로도 기분이 가라앉았다.

'젠장.'

라크안은 흘러내린 머리카락을 쓸어 넘기며 장식장으로 가선 아무 술병이나 꺼내 잔에 반쯤 따랐다. 그러곤 얇은 크리스털 잔을 손안에서 굴리며 숨을 골랐다.

진정해야 했다. 진정. 진정.

……진정할 수 있을 리가. 좋아하는데, 차마 손이 닿는 것조차 조심스러워 곁을 맴돌며 전전긍긍하고 있건만.

붉은 눈이 일순간 날카로워졌다. 병을 든 손에 힘이 꾹- 들어갔다. 차라리 안 보면 나을까 싶어 돌아섰건만, 등 뒤에서 사락사락하는 얇은 실크 드레스가 침대에 쓸리는 소리가 너무 잘 들렸다.

지금만큼, 뛰어난 청각이 원망스러운 적이 없었다. 잡아당기기만 하면 쉽게 벗겨질 토끼털 가운. 비칠 듯 말 듯한—이라고 말하기엔 애매한—실크 드레스. 발목까지 들린 드레스 자락 아래 살랑살랑 흔들리는 하얀 발목이라니.

그 드레스 속에 감춰져 있을 하얗고 부드러운 살결을 절로 상상할 수밖에 없게 만드는…….

'미치겠군.'

라크안은 괜한 화풀이를 포기하고 병을 내려놓았다. 술잔도 내려놓았다. 마신다고 바로 취하지는 않겠지만, 카루나를 곁에 놔두고 술을 마시는 건 좋은 생각이 아닌 것 같았다. 대신 빈손으로 마른세수를 하며 마음을 가다듬었다.

"여긴 어떻게 들어온 거야."

'……너무 세게 말했나.'

괜히 카루나를 다그쳤다. 말하자마자 바로 후회할 거면서.

"어머나? 공작 각하, 진심으로 물어보시는 거 아니죠?"

다행스럽게도 카루나는 라크안의 격한 말투에도 전혀 상처 받지 않았다. 오히려 생글생글 웃으면서 되물었다.

"……."

라크안은 침묵했다. 그간 어린 카루나가 자신의 침실에 숱하게 들락날락했던 게 떠올랐다. 카루나가 자기 마음대로 라크안의 침실에 못 들어오는 게 더 이상한 일이 돼 버린 지 오래였다.

"그래, 무슨 일이지? 이 시간에."

라크안이 한숨을 쉬며 물었다.

"마카레나 백작을 만나게 해 줘요."

"……어째서?"

"저는 그의 몰락을 비웃어 줘야 할 의무가 있으니까요."

카루나는 그리 말하며 손으로 아랫배를 감싸 쥐었다. 이제 아프지 않을 텐데도, 카루나는 아픈 사람처럼 표정을 찡그렸다. 그래서 라크안은 차마 안 된다고 말할 수 없었다.

"혼자서는 안 돼. 루시온, 그 자식과 함께여서도 안 되고."

라크안의 목소리가 살짝 가라앉았다. 카루나는 마카레나 백작에 대한 생각으로, 그런 라크안을 눈치채지 못했다.

"누가 함께하든 좋아요. 날 믿을 수 없다면 공작 각하가 함께 가도 상관없어요."

"……못 믿어서 하는 말은 아니야."

"믿어 준다면 고마워요. 하지만 누구든, 절 의심할 수 있을 거라고 생각해요. 제 사정을 안다면요."

마카레나 백작은 대역죄를 지은 죄인이 되었다. 때문에 삶도 죽음도 황제의 결정에 달려 있었다. 그런 상황에서 황제가 그를 죽이지 않겠다고 선언했다.

마카레나 백작에게 원한을 가진 사람 중에는 그 결정을 받아들이지 못하는 사람도 꽤 있었다. 그래서 마카레나 백작은 철통같은 감시와 경계 속에 놓여 있었다. 카루나 역시 그중 한 명이기도 했고. 어쩌면, 아니기도 했다.

오늘 국무 회의에서 정해진 내용은 라크안이 집에 도착하기 전, 카루나에게 전달됐다. 유능한 비서를 곁에 두고 있는 덕분이었다.

"마카레나 백작이 처형을 면했다고 합니다."

루시온이 무표정한 얼굴로 말했다.

"아무튼 높으신 분들이 생각하는 거라고는."

카루나 역시 태연하게 그 보고를 받아들였다. 왜 마카레나 백작이 죽지 않는 거냐고 화를 내지도 분노하지도 않는 대신.

"깔끔하게 죽을 수 있는 기회를 놓쳐 버렸네."

마카레나 백작에게 애도를 표했다. 황제 정도 되면 복수도 참 우아하게 한다고, 말 한마디를 덧붙이기도 했다. 그렇게 아무렇지 않은 척했지만, 그 뒤로도 한참 동안 카루나는 마카레나 백작에 대한 생각을 떨쳐 내지 못했다. 그리하여 라크안에게 찾아온 것이었다.

'마카레나 백작이 이렇게 끝난다고?'

놀랍게도 믿어지지 않았다. 실감나지도 않았다.

'이렇게 쉽게, 아무렇지 않게 무너질 거였다면. 어째서, 어째서…….'

카루나는 침대 시트를 꽉 움켜쥐었다. 손이 가늘게 떨렸다. 라크안을 대할 때의 당당한 태도와는 또 다른 감정이었다. 라크안은 조금 늦게, 그런 카루나의 모습을 알아차렸다.

처음엔 카루나가 자신의 침실에 찾아왔다는 것에 흥분하여 놓쳤지만, 마카레나 백작을 만나게 해달라는 말에 라크안은 현실감을 되찾았다. 라크안은 카루나의 얇은 팔, 하얗게 뼈가 도드라진 손등을 바라보았다. 저 손을 잡아 주고 싶은데, 괜찮다고 말해 주고 싶은데 차마 그럴 수가 없었다.

"세나와 함께 가면 될 것 같군. 내가 일러둘 테니, 그대의 권리를 마음껏 행사하고 와."

"……고마워요."

카루나는 잠시 멈칫하다가 고개를 숙여 인사했다.

'이렇게 바로 허락해 줄지는 몰랐는데.'

실랑이를 좀 벌이고 박박 우겨야 겨우 들어주지 않을까 생각했었다. 그래서 남들의 눈을 피해 밤중에 찾아온 것이건만, 너무 쉽게 허락받자 오히려 당황해 버렸다.

"그럼 볼일은 끝난 건가? 그만 자리를 비켜 줬으면 좋겠군."

라크안이 대놓고 축객령을 내렸다. 당연한 일이었다. 온종일 황성에서 격무에 시달리다가 돌아왔으니 피할 테고, 쉬고 싶을 테니까. 밤도 깊었으니 어서 자고 싶을 것이다.

머리로는 이해가 갔다. 귀한 휴식 시간을 방해해 미안하다고 사과해야 한다는 생각도 드는데, 마음은 아니었다. 갑자기 내쫓기는 기분이 든달까? 울컥, 불쾌한 기분이 들었다.

'아니, 왜? 내가 무슨 권리로?'

물론 그런 기분을 느끼는 건 이상한 일이라는 생각이 들긴 했으나,

표정이 절로 뚱-해졌다. 너무나 당연하게 이제 볼일 끝났으면 나가 보라고 말하는 라크안이 서운했다.

"……."

카루나는 라크안을 지그시 바라보았다. 그러고 보니, 라크안이 계속 장식장 앞에 서 있는 것도 마음에 안 들었다. 장식장과 침대까지의 거리는 제법 멀었다. 게다가 그쪽에는 제대로 된 불빛도 없어 어두웠다. 라크안이야 늑대의 눈인지 뭔지로 시력이 좋아 어두워도 별 상관이 없겠지만, 카루나는 아니었다.

'내 어머니가 숲의 일족이라는데, 왜 내 신체 능력은 평범한 거야!'

늑대로 변할 수 있다거나 세나 만큼 기척에 예민한 건 바라지도 않지만, 적어도 숲의 일족의 혼혈인 다른 사람들만큼은 되어야 하지 않나. 하지만 카루나는, 장식장 앞에 서 있는 라크안의 표정이 어떤지조차 볼 수 없었다. 새삼 아쉬웠다.

"많이 피곤해요? 당장이라도 자고 싶어요?"

카루나는 서운한 마음을 대놓고 말하지는 못하고, 빙 둘러 말했다. 왜 그렇게 날 빨리 내보내고 싶어 하나, 나름의 투정이었건만.

"……."

건너편에서는 아무 대답도 들려오지 않았다. 문득, 술이 가득 들어 있는 장식장이 눈에 들어왔다. 하녀장이 깨끗하게 청소를 한 건지 바닥에 빈 술병이 굴러다니지는 않았지만, 그래도 여전히 침실에 술병이 저렇게 많다는 건, 그의 불면증이 여전히 심하다는 의미가 아닐까.

카루나는 그가 지독한 불면증에 시달리고 있었다는 걸 이제야 기억해 냈다. 오죽 잠을 못 자면, 어린 카루나에게까지 와서 잘 때 옆에 있어 달라고 부탁했을까.

"혹시 요즘에도 잠을 잘 자지 못하나요?"

카루나가 조심스럽게 물었다. 움찔. 어둠 속에서도 라크안의 어깨가 떨리는 게 느껴졌다. 그것만으로도 알 수 있었다.

'여전하구나.'

카루나는 기이한 감정을 느꼈다. 안쓰러운데, 기뻤다. 여전히 당신은 내가 곁에 없으면 잠을 못 자는구나.

'여태 잠을 못 자고 어떻게 버틴 거야. 나한테 말이라도 좀 하지.'

물론, 마음 한구석에서 심술 맞은 목소리가 들렸다.

왜? 너한테 말하면 뭐? 열두 살 꼬마 아가씨 때처럼 저 사람 옆에 누워 손만 잡고 같이 자 줄 거야? 저 사람은 불면증이 심하니까, 마카레나 백작이 망한 다음에도 네가 저 사람 옆에 있어 줘야 되겠다고 멋대로 생각하고 싶은 거냐고.

카루나는 아니라고 반박할 수 없었다.

남의 약점마저 내 좋을 대로 해석하고 이용하려고 하지. 악녀 근성은 어딜 안 가나 봐? 왜? 막상, 저 사람 곁을 떠나게 된다니까 아쉬워? 들러붙고 싶어?

마음속 목소리는 시간이 지날수록 악랄해졌다. 이 자조적인 생각을 멈출 수 있는 건 라크안의 목소리뿐이었다. 이제는 잘 자고 있다고 거짓말을 해 준다면, 아닌 걸 알면서도 그걸 믿고 모르는 척하고 싶은데.

"아니죠? 이제는 잘 자고 있죠? 옛날하고는 다르게 말이에요. 요즘엔 발작이 일어나지도 않고, 그러니까 말이에요."

카루나는 생각나는 대로 마구 말했다. 침묵이 길어져 어색해지는 것이 싫어 그런 것이기도 했고, 어서 라크안이 아무렇지 않은 척 말해 주기를 바라 채근하는 것이기도 했다. 하지만 언제나 그렇듯 라크안은 그녀의 생각대로 움직여 주지 않았다.

"아니, 잘 못 자고 있어. 그대와 마지막으로 밤을 보낸 뒤 단 하루도."

말의 뉘앙스가 이상하게 들릴 수도 있다는 가능성을 차치하고라도. 너 없이는 안 되겠다는 말 자체가 카루나를 옴짝달싹 못 하게 만들었다.

"뭐, 무, 무슨 말씀을, 하, 시는 거예요."

카루나의 얼굴이 발갛게 달아올랐다. 그녀답지 않게 말을 더듬기까지 했으니. 라크안은 그런 카루나에게서 눈을 떼지 못했다.

늑대 주제에 개소리하지 말라고 화를 내거나 못 들은 척 무시할 거라 생각했건만, 전혀 예상치 못한 반응이었다. 문제는 카루나의 반응이, 지금 이 상황에서는 무척이나 위험하다는 점이었다.

누차 말하지만 여기는 지금, 라크안의 침실.

"……."

라크안은 손으로 두 눈을 덮어 버렸다. 하염없이 계속 보고 싶은데, 보고'만' 있을 자신은 없었다. 그러니 눈을 가릴 수밖에.

"……."

"……."

두 사람 사이에 어색한 침묵이 흘렀다.

'잠을 못 자는 건 위험한 일이잖아? 아직 마카레나 백작이 완전히 쓰러진 것도 아니고, 할 일도 많은데. 수면 부족으로 회의장에서 쓰러지거나 하면 어떡해.'

그사이 카루나는 열심히 자기 합리화를 시도했다.

'그러니까 적어도, 마카레나 백작이 완전히 처리될 때까지만이라도 내가 좀 도와줘야 하지 않을까? 뭐 대단한 걸 돕겠다는 건 아니고, 그냥. 예전처럼, 옆에서 손잡아 주고 그러는 거.'

이걸 위한 합리화였다.

'그래, 이건 어쩔 수 없는 거야. 마카레나 백작을 무찌르기 위해 내가 해야 하는 일. 부시온과 힘을 합해서 마카레나 백작의 비밀 세력들을 잘라 내는 것처럼.'

어차피 답은 정해져 있었다. 그 답을 도출하기 위한 적절한 변명이 필요했을 뿐이니.

카루나는 마음의 준비를 끝내고 고개를 들었으나, 라크안은 여전히 손바닥으로 얼굴을 가리고 있었다. 라크안이 뻔뻔하게 얼굴을 드러내 놓고 있었다면, 오히려 카루나가 부끄러웠을지도 모른다. 하지만 라크안이 저리 부끄러워하니, 카루나는 역으로 용기가 샘솟았다.

"음, 으음, 그러니까…… 그러니까 말이지요."

카루나가 어렵사리 말문을 열었다. 그래도 라크안은 고개를 들지 않았다.

"공작 각하?"

부끄러운 건 부끄러운 거고, 일단 얼굴을 봐야 말을 할 게 아닌가. 카루나는 침대에서 일어서 라크안을 향해 갔다. 막 라크안에게 손을 뻗으려고 할 때였다. 라크안이 카루나의 손을 붙잡았다.

"어?"

놀라기 무섭게 카루타의 몸이 번쩍 들렸다. 라크안이 카루나를 곧바로 들어 올렸던 것이다. 그러고는 문밖에 고이 내려놓아 주었다. 문밖에. 눈 깜짝할 사이, 문턱을 사이에 두고 방 안과 밖에 라크안과 카루나가 섰다.

"공작 각하?"

"용건이 끝난 것 같으니까 오늘은 이만하지."

"아니요, 잠깐만요. 내 용건은 아직 안 끝……."

"밤이 늦었으니 서로 각자의 침실에서 쉬는 게 좋을 것 같군."

"아니, 여보세요. 공작 각하? 조금 전에 잠을 못 잔다고 했!"

"좋은 꿈꾸시길."

"공작 각하!"

쾅. 바로 눈앞에서 문이 닫혔다.

"뭐야?"

카루나는 어이가 없었다. 클레이엔의 대역일 때도, 바이켈드 공작저의 카루나로 살 때에도 이런 문전박대는 당해 본 기억이 없건만.

"이보세요, 공작 각하! 잠깐만, 잠깐만요!"

카루나는 다시 문을 열려고 손잡이를 잡았다. 철컥, 철컥. 문고리가 돌아가질 않았다. 안에서 잠금쇠를 건 게 분명했다.

"……뭐야, 이거?"

어처구니없다는 표정을 지으며, 카루나는 굳게 닫힌 문을 바라보았다. 카루나 없이는 잠들지 못한다고 말한 건 라크안이었다.

'그런데, 마음을 넓게 써서 잠잘 때까지 옆에서 손을 잡아 주겠다고 말할 각오를 다진 사람을 이렇게 내쫓아?'

울컥, 짜증이 솟구쳤다.

"잠 못 잔다며! 지금 바로 잠든 것도 아닐 거 아녜요! 안에서 듣고 있죠? 좀 열어 봐요. 나 아직 할 말 남았다니까?"

카루나가 문고리를 잡아당기며 큰 소리로 외쳤다. 하지만 문 안쪽에서는 아무 대답도 들리지 않았다. 그저 텅 빈 복도에 카루나의 목소리만 쩌렁쩌렁하게 울릴 뿐이었다.

"……뭐야, 이게."

한참을 문고리와 씨름하던 카루나는 뒤늦게 허망함을 느끼며 문고리를 놓았다.

'내가 지금 여기에서 뭘 하고 있는 거지?'

왠지 자신이 라크안에게 일방적으로 매달리는 것 같아 쪽팔렸다. 밖에서 이 난리를 피우는데도 다시 문을 열어 주지 않는 라크안이 밉기도 하고.

"그래요, 푸욱- 잘 주무세요. 너무 잘 자서 내일 지각이나 하시든지 말든지. 내 알 바 아니지, 뭐."

카루나는 일부러 큰 소리로 말하고는 획- 돌아섰다.

올 때 몰래 왔는데, 본의 아니게 갈 때는 요란뻑적지근하게 되었다. 소리를 듣고 잠에서 깬 하녀장이나 하녀들이 오지는 않을까 염려했으나, 다행히 복도에 다른 사람의 발소리는 울리지 않았다.

카루나는 라크안에게 내쫓긴 걸 혼자만의 치욕으로 가슴에 묻고 어두운 복도를 걸어갔다. 타닷타닷, 뛰듯 걷는 빠른 발자국 소리가 복도에 웅웅 울렸다.

라크안은 문 안에서 그 소리를 귀 기울여 들었다. 그는 카루나를 내쫓고 문을 닫자마자, 문에 기대어 스르륵 주저앉았다.

"내가 미친 거야. 미치지 않고서야…… 젠장."

아예 두 손에 얼굴을 파묻었다. 아직도 잠을 못 자고 있다고, 카루나에게 말할 생각은 없었다. 저도 모르게 튀어나온 말이었는데. 그다음 카루나의 반응 때문에 농담이라고 말하며 물리지도 못했다.

'그렇게 당황하다니. 자신의 잘못도 아닌데.'

라크안은 죄책감을 느꼈다. 그는 카루나가 자신의 불면증에 책임감을 가지고 있다고 생각했다. 계약이나 서류에 관해서는 철저한 여인이니까. 돌이켜 생각해 보면 클레이엔인 척할 때도 그랬다.

말로는 아니라고 하면서도, 가만히 지켜보면 계약은 어기지 않았다. 피치 못할 사정을 제외하고는. 그 당시 클레이엔인 척하는 카루나를 보며 지독하다고 혀를 내둘렀던 기억이 났다.

'자신이 약속하고 지키지 못한 계약이 남아 있다는 것에 부끄러워 그런 거겠지.'

연애 한 번 해 본 적 없는 이십 대 청년이 생각할 수 있는 건 여기까지가 한계였다.

'그런데 난, 그런 모습을 보고 흥분해서는…… 무슨 생각을 했던 거야.'

자괴감이 몰려들었다. 그런데도 문밖에서 들리는 카루나의 목소리는 놓치고 싶지 않았다. 왜 화가 났는지는 모르겠으나 카루나는 문을 부술 듯 두드려 대고 있었다.

라크안은 카루나의 손이 아플까 걱정되었으나 문을 열어 주지는 않았다. 그저 문을 통해 들리는 카루나의 목소리를 듣기만 할 뿐이었다. 그 목소리가 너무 달콤해서, 침대로 가고 싶지도 않았다.

카루나가 떠날 때까지, 라크안은 문에 등을 기댄 채 앉아 있었다. 카루나의 발소리가 완전히 청각에서 멀어진 뒤에야 다시 몸을 일으켰다.

"푹 잘 자라니."

라크안은 카루나가 마지막으로 했던 말을 떠올리며 픽, 웃음 지었다. 지금의 라크안에게는 제일 의미 없는 축복이었다. 설령 저주라 할지라도 무의미하긴 마찬가지였다.

침대로 가는 대신 장식장으로 가, 술병과 술잔을 꺼내 들고 창가에 기대서서 밖을 내다보았다. 달이 밝았다. 덕분에 카루나가 제 방까지 돌아가는 길이 많이 무섭진 않을 것 같았다. 다행스러운 일이었다.

라크안은 술잔을 비우며, 지금쯤 카루나가 얼 만큼이나 자신과 멀어졌을지 가늠해 보았다. 이럴 땐 기척이 예민한 세나가 부러워졌다. 그녀라면 지금 카루나가 어디쯤 가 있을지 알 수도 있지 않을까.

'쓸데없는 생각.'

하지만 이내 쓸쓸히 웃으며 고개를 내저었다. 카루나의 말대로였다. 자기가 내쫓아 놓고는 무슨. 술잔을 들고 침실을 둘러보았다. 넓고 황량했다. 언제나 보던 광경인데 왜 이리 오늘따라 썰렁해 보이는지 모를 일이었다. 몸도 마음도 춥고 고단하건만, 카루나가 떠난 침실마저도 따뜻함을 주지는 못했다.

라크안은 카루나가 앉아 있던 침대에 차마 누울 생각도 하지 못하고, 그저 창가에 앉아 술병을 기울였다. 그렇게 잠들지 못하는 밤이 흘러갔다.

* * *

자신의 침실로 돌아와서도 베개를 팡팡 내리치며 분풀이를 하였던 카루나는 늦게야 겨우 잠들었다. 아침이 되어 하녀들이 잠을 깨울 때에도 쉽사리 눈을 뜨지 못했다. 오전에도 루시온과 서재에서 의논하던 중 꾸벅꾸벅 졸았고, 점심 식사는 건너뛰었다.

'잠이 조금만 부족해도 이 정도인데, 라안은 도대체 어떻게 버티는 걸까.'

자신을 이상하다는 듯 바라보는 루시온을 멍하게 쳐다보며 생각했다. 오후가 되어서야 겨우 머릿속에 드리운 안개가 걷혔다. 카루나는 밀린 일을 빠르게 처리하며 해가 지기만을 기다렸다.

그리고 달이 뜬 밤.

카루나는 세나의 호위를 받아 남몰래 바이켈드 공작저를 빠져나왔다. 목적지는 황궁이었다. 둘은 공작저를 빠져나올 때보다 더 은밀하고 조심스럽게 황궁에 입궁했다.

황태자궁의 시종이 기다리고 있다가 길을 안내했다. 도착한 곳은 오래된 폐궁에 딸린 작은 창고였다. 마카레나 백작은 이전보다 더 외지고 작은 건물에 갇혀 있었다.

감시하는 기사들은 철십자 기사들이었다. 황제는 황실 기사단은 물론이거니와 제국 기사단조차 불신했다. 철십자 기사단은 마카레나 백작과 척을 진 바이켈드 공작, 라크안의 기사단이라는 이유만으로 황제의 신임을 얻었다.

카루나는 철십자 기사들의 인사를 받으며 건물 안으로 들어갔다. 세나가 바짝 따라붙었다. 한쪽 벽에 손바닥만 한 창이 나 있었고, 낡은 침대와 테이블만 놓여 있었다.

마카레나 백작은 침대에 걸터앉은 채였다. 지팡이는 빼앗겼는지 빈손이었고, 둥그런 탁자에는 간단한 식사가 놓여 있었다.

스튜에 숟가락이 잠겨 있었다. 은 숟가락도 아닌데, 손잡이 부분까지 거무스름해져 있었다. 그러고 보니, 향료로는 낼 수 없는 달콤한 향기가 방 안을 감돌았다.

'독인가.'

카루나는 어렵지 않게 스튜 속에 든, 누군가의 선물을 눈치챘다. 눈치 볼 것도 없다는 듯 제 정체를 주장하는 독의 의미는 이것이었다. '널 향하는 나의 원한을 잊지 말라.'

누군가의 지독한 원한을 가만히 바라보던 마카레나 백작이 고개를 들어 카루나와 눈을 마주쳤다. 카루나는 황궁에 몰래 들어오느라 깊이 눌러썼던 로브를 벗고 얼굴을 드러냈다.

뭐라고 인사해야 될까. 오랜만에 뵙네요, 백작님? 아니면, 참 꼴좋게 되었네요? 어느 쪽도 마음에 들지 않아 차라리 침묵을 선택했다. 그런 카루나에게 마카레나 백작이 먼저 입을 열었다.

"내 딸, 드디어 네가 나를 보러 왔구나."

그가 인자하게 웃으며 카루나를 반겼다.

'날? 내 딸이라고?'

카루나는 구역질을 느꼈다.

"재미없는 농담이네요."

카루나는 테이블 옆으로 가 변색된 은수저를 휘적거렸다. 팅- 은수저가 그릇에 부딪쳐 영롱한 소리를 냈다. 반역죄를 저지른 죄인이 쓰기엔 과한 물건이었다. 아마도 독약과 한 세트이리라. 누군지는 몰라도 마카레나 백작에게 꽤나 원한이 깊은 듯했다.

"아, 오해할까 봐 말씀드리는데, 이거 저 아녜요."

카루나가 은수저를 들어 보였다.

"당연하겠지. 내 딸이었던 네가 그런 얕은 수를 쓸 리는 없으니까."

"……그 말 좀 안 하시면 안 될까요? 내 딸이니 뭐니."

카루나는 들고 있던 수저를 떨어트렸다. 요란한 소리를 내며 독약이 든 수프가 사방으로 튀었다.

"아가씨, 위험합니다."

세나가 일른 카루나를 뒤로 잡아낭겼다. 두어 걸음 물러서니, 방금 서 있던 자리까지 수프가 튄 게 보였다.

"뭐가 들어 있는 줄 알고 그러십니까. 조심하십시오. 혹시라도 닿았으면 어쩔 뻔했습니까."

세나가 십년감수했다는 표정을 지었다.

"고마워요, 세나 경."

카루나는 그런 세나의 손을 꼭 잡아 주고는 여봐라는 듯 마카레나 백작을 바라보았다. 유치하다는 걸 알지만, 그에게 과시하고 싶었다.

보라고. 날 딸이니 뭐니 부르면서 이용만 해 먹은 너랑은 다르게, 날 정말로 걱정해 주는 사람들이 내 곁에 잔뜩 있다고. 난 이렇게나 사랑을 받고 있다고.

"백작님, 당신이 날 그렇게 부를 이유가 아직도 남아 있던가요?"

카루나가 서늘히 웃으며 마카레나 백작을 노려보았다. 마카레나 백작은 그의 상징과도 같았던 지팡이마저 빼앗긴 채, 독살 위협까지 받으며 허름한 건물에 갇혀 있다. 그러니 더 이상 두려움의 대상이 아니었다.

카루나는 허리를 꼿꼿이 펴고 고개를 들었다. 그런 카루나의 모습에 마카레나 백작의 입가에서 웃음이 가셨다.

"감히, 내게 반항하다니. 든든한 뒷배를 두었다고, 원래 주인을 물려고 드는구나."

"닥쳐라! 죄인 주제에 감히, 아가씨께 무례를 범하다니."

카루나가 화를 내기도 전에 세나가 먼저 나섰다. 당장이라도 허리춤에서 칼을 뽑아 들 기세였다.

"세나 경, 난 괜찮아요."

카루나는 세나를 다독이며, 마카레나 백작에게 곱게 웃어 보였다. 그 웃음을 본 백작이 대번에 눈살을 찌푸렸다.

"물려고 들다니, 말은 똑바로 하셔야지요."

그래서 카루나는 더 환하게 웃어 보였다.

"난 이미 당신을 물어뜯었어. 마카레나 백작."

"……!"

"당신이 왜 여기에 있다고 생각하는 거야? 설마 운이 없어서 그런 거라고 생각하는 건 아니겠지?"

마카레나 백작이 이를 악물었다. 오로지 황실을 능멸하기 위해 천박하고 천한 계집을 골라 딸의 대역으로 삼았다. 그런데 그 대역이 이제는 역으로 마카레나 백작을 능욕하고 있었다.

'감히, 네깟 것이.'

천것이 주인에게 이를 드러내 물어 봤자 간지러운 정도 이상은 되지 못하리라 생각했건만.

'어떻게 이렇게까지 되었단 말인가.'

마카레나 백작은 한때 자신의 딸이었던, 이제는 자신을 파멸로 몰아넣은 여인을 바라보았다.

10년 동안 발밑에 두고 길들였던 천한 짐승이다. 주인의 손에서 도망쳐 갔다 해도, 주인을 두려워하고 있다면 그건 여전히 주인의 권속 아래라는 뜻이다. 여전히 그를 두려워하는 카루나를, 황제파를 대표하는 바이켈드 공작을 끌어내릴 수단으로만 여겼다.

그런데 바이켈드 공작이 아니라 그녀가 그를 이 나락으로 떨어뜨렸다.

'내가 네게 기회를 주었던 것처럼, 바이켈드 공작을 등에 업었기에 이렇게 내 앞에서 당당하게 구는 거란 말이냐.'

마카레나 백작은 끝까지 카루나를 카루나로 보지 않았다. 카루나 등 뒤에 드리워진 바이켈드 공작의 그림자만을 의식했다. 그게 그의 마지막 자존심이었다.

"그곳에서 꽤 사랑을 받나 보구나. 내게 이럴 수 있을 만큼."

"백작님은 이곳에 아직 익숙하지 않으신가 보네요. 새삼스럽게 절 딸이라고 부르실 만큼."

카루나는 기꺼이, 마카레나 백작의 마지막 자존심마저 꺾고자 했다.

"어디 한 번, 제게 빌어 보는 건 어떤가요? 살려 달라고, 잘못했다고 말이에요. 혹시 아나요, 그럼 제가 백작님이 살 수 있는 방법을 알려 드릴지?"

카루나가 고개를 까딱이며 제 발을 내려다보았다. 마카레나 백작은 주먹을 움켜쥘 뿐, 그녀의 도발에 쉬이 흔들리지 않았다.

"……네가 그럴 힘이 없다는 것쯤은 알고 있다. 또한 나는 죽지 않는다. 황제 폐하께서 내 목숨을 붙여 두겠다고 선언하셨으니."

"그래서, 진짜 클레이엔이 죽는 걸 지켜보고도 계속 살아 있으시겠다? 참으로 대단한 부성이네요. 아·버·지."

생각보다 쉽게 나온 호칭이었다. 10년간 거짓 딸 노릇도 딸이었긴 하지 않느냐고 말한 건 마카레나 백작 본인이었으니.

"결국 두 딸을 다 죽이셨네요. 아, 아니지. 하나는 죽이려고 했는데 못 죽였고, 다른 하나는 죽음을 향해 춤추며 뛰어드는 걸 말리지 못했고?"

"감히, 그 더러운 입으로 내 딸의 이름을 입에 담지 말거라."

"오, 드디어 진심이 나왔네요."

카루나가 활짝 웃어 보였다. 마카레나 백작의 약점은 이전에도 지금도 오직 하나였다. 단 하나뿐인 딸, 클레이엔. 카루나는 누구보다 그걸 잘 알았다. 그랬기에 딸 소리를 운운하며 저를 반기는 마카레나 백작이 소름 끼치게 끔찍했다. 기어이 그의 평정을 무너뜨리려고 이렇게 흔들어 댈 만큼.

"저 역시 딸이라면서요, 아버지."

카루나가 비웃음을 흘리며 마카레나 백작을 바라보았다. 지난 10년간, 마카레나 백작이 카루나를 내려다보던 그 눈빛이었다.

"날 비웃으러 온 게냐. 아무리 씻고 꾸며도 본성은 바뀌지 않는 법. 천한 짓을 하는구나."

"글쎄요, 백작님. 당신 말처럼 천한 본성인 걸까요? 한 번쯤은 봐 두어야 할 것 같더라구요. 날 이용하고, 죽이려고 했던 당신이 결국 나 때문에 이렇게 처참하게 몰락하는 꼴을."

"허……."

마카레나 백작이 탄식했다.

"너 때문이라……. 그 말이 하고 싶어서 온 게로구나."

카루나는 말없이 마카레나 백작을 지켜보았다. 백작 또한 딱히 답을 바란 건 아니었다는 듯, 혼자 고개를 주억거렸다.

"그래, 그래. 그러고 보면, 너를 그때 확실히 죽이지 못한 게 내 유일한 실책이었다. 그게 부메랑이 되어 돌아왔구나."

마카레나 백작은 처음, 카루나를 만났을 때를 떠올렸다.

비가 오는 밤이었다. 마카레나 백작은 로브를 뒤집어쓰고 거리 뒷골목을 걷고 있었다. 드러나지는 않지만 주변에서 청부 길드의 길드원이 그를 호위하는 중이었다.

쓰레기를 뒤지고, 오물에 뒹굴고 있던 뒷골목 인생들은 로브로도 완전히 가려지지 않는 고급스런 옷차림과 가죽 구두를 보고 침을 흘렸으나, 누구 하나 그에게 접근하지 않았다. 지팡이를 짚고 걷는 걸음은 불편해 보였지만, 쉽사리 접근할 수 없는 위엄이 느껴졌다. 딱 봐도 높은 귀족이었다.

그런 그가, 아무 호위 없이 거리를 걸어 다니고 있었다. 함정이 분명했다. 세상살이에 닳고 닳은 뒷골목 인생들은 그를 경계하며 가까이 다가가지 않았다.

그러나 어둠 속의 모든 시선이 주춤거린 건 아니었다. 치기 어린 눈빛 한 쌍이 빛났다. 비쩍 곯은 몸은 품에 무언가를 품고 달려 나갔다. 그리고 일부러 마카레나 백작에게 부딪쳤다.

"아이쿠, 죄송합니다요. 일주일 동안 굶으신 어머니께 가야 한다는 생각에 그만……."

겁에 질려 벌벌 떠는 목소리가 얼마나 가련하던지. 사람을 수십 명 죽인 악당이라 할지라도 더러워진 코트를 한 번 털고 말지, 아이를 죽일 생각까지는 하지 못할 것 같았다. 아이는 꾸벅꾸벅 고개를 숙이며 우는 소리를 내고는 후다닥 달아났다.

아니, 달아나려고 했다. 마카레나 백작이 그 아이의 뒷덜미를 움켜쥐었다. 돌아보는 눈은 밝은 녹색이었다.

"왜, 왜 그러세요……."

아이가 벌벌 떨며 두 손을 싹싹 빌었다. 살려만 달라고 애원하는 목소리가 어찌나 가엽던지, 물기 하나 없는 녹색 눈이 울고 있는 것처럼 보일 뻔했다.

"내 주머니를 내놓거라."

백작은 속지 않고 담담히 말했다. 그 순간, 녹색 눈이 갑자기 표독스러워졌다. 뼈에 가죽만 씌워 놓은 것 같던 두 손이 빠르게 움직였다. 품에 안고 있던 걸 붙잡고 냅다 휘둘렀던 것이다.

누더기에 둘둘 말려 있기에 썩은 빵 덩이인가 싶었건만, 팔에 부딪치자 퍽- 소리가 났다. 썩은 빵이 아니라 돌이었다. 붙잡힐 걸 예상했던 걸까.

"……!"

마카레나 백작은 아이를 놓쳤다. 아이는 냅다 좁은 골목으로 튀었다. 불시에 공격당했건만, 백작은 신음 대신 웃음소리를 냈다.

"붙잡아 오거라."

마카레나 백작은 제 팔을 붙잡고 허공에 명령했다. 그 광경을 지켜보던 뒷골목 사람들은 그럴 줄 알았다며 고개를 설레설레 저었다. 그러고는 고개를 돌려 아예 마카레나 백작으로부터 신경을 껐다. 누구도 아이를 걱정하거나 도와주려 하지 않았다.

잠시 후, 아이가 덩치 큰 사내 둘에게 붙들려 끌려왔다. 제대로 들여다보니, 아이는 죽기 직전까지 비쩍 곯아 있었다. 누더기 안에 상처투성이 몸이 고스란히 보였다. 그래서 남자인지, 여자인지 분간이 안 갔으나, 그래도 여자아이였다.

"젠장, 이런 게 어딨어!"

아이는 붙잡히자 본색을 드러냈다. 뭐든 입에만 닿으면 물어뜯어 버리겠다는 듯 왁왁댔다. 아이도, 아예 고개를 돌린 사람들과 비슷한 생각을 했는지도 모른다. 잘못 건드렸다고. 제 짧은 인생이 여기서 끝날지도 모르 겠다고. 자포자기의 심정이었기에 더 날뛰는 듯했다.

마카레나 백작은 그 모습을 보고 아이에게 합격점을 주었다. 아이가 마음에 들었다. 단지 눈 색이 제 딸과 같은 색이어서 마음에 든 게 아니었다. 채 열 살도 안 되어 보이는 작은 아이가 얼마나 능숙하게 거짓말을 하고 영악하게 굴던지. 발악하는 모습이 얼마나 억척스럽고 처절하던지.

딱 백작이 원하던 아이였다.

병균이 득실득실한 시궁창 쥐에게 진주 목걸이를 드리워 제국에서 가장 존귀한 사내에게 보낼 생각을 하니 절로 웃음이 흘렀다. 그래서 더 살필 것도 없이, 그 아이를 저택으로 끌고 와 욕조에 처넣고 때를 벗겨 클레이엔 의 대역으로 삼았다.

지난 세월 동안 단 한 번도 그를 실망시킨 적이 없었던 아이가 처음 만 났던 날과 똑같은 눈빛으로 그를 내려다봤다. 한 치 앞도 내다보지 못하고 자신의 주머니를 털었던 그때와 하나도 다르지 않은 그 눈으로.

"넌 여전히 다음을 내다볼 줄 모르는구나."

변하지 않은 건 마카레나 백작 역시 마찬가지였다. 카루나에게 당해 고꾸라져 모든 권세를 잃고 딸의 처형을 앞두고 있건만, 백작은 울부짖는 대신 웃음을 터뜨렸다.

"하."

카루나는 어이없다는 듯 숨을 뱉었다. 백작이 바라는 것처럼, 그의 말 한마디에 겁먹고 불안해하거나 흔들리지 않았다. 그저, 이 지경에 이르러 서도 달라지지 않은 마카레나 백작의 오만을 비웃을 따름이었다.

"내 길이 한 치 앞도 안 보이는 건 당연한 거예요. 내가 앞으로 어떻게 살게 될지는 나도 모르니까."

당장 내일 일도 알 수 없어 머리를 싸매고 있었다. 좀 더, 가능하다면 아주 오랫동안 라크안의 곁에 있고 싶었다. 하지만 그럴 수 없을 것 같아서 어린아이처럼 발을 동동 구르며 홀로 고민하고 있었다. 그게 지금, 카루나의 삶이었다.

"앞으로의 길이 훤히 보이는 백작님과는 전혀 다른 삶이긴 하네요. 백작님께서는 황제 폐하께서 친히, 남은 생을 어찌 살아야 할지 알려 주셨지요. 그러니 저와 달리 앞길이 훤히 보이긴 하겠네요."

"……."

마카레나 백작이 살짝 미간을 찌푸렸다. 카루나의 자신 있는 태도가 마음에 들지 않는 듯했다. 카루나는 그런 마카레나 백작의 태도를 대놓고 비웃었다.

"아, 참. 백작님의 하나뿐인 따님은 아예 더 걸을 길도 남아 있지 않지요?"

"……!"

"곧 사형 일자가 정해진다고 하던데. 그럼 더더욱 한 치 앞이 잘 보이시겠네요."

"그 입, 닥치지 못할까."

마카레나 백작의 숨이 거칠어졌다. '감히' 카루나가 클레이엔을 물고 늘어지는 건 절대 용납할 수 없다는 태도였다. 그 반응이 카루나에게 얼마나 짜릿하게 다가오는지 알면서도, 숨길 수 없는 것이리라.

"무슨 대단한 수를 마련해서 소중한 클레이엔을 끄집어낼 수 있으시려나요? 더없이 기대되네요."

카루나는 이내 '아!' 하고 깜짝 놀라는 표정을 지었다. 그러고는 미안하다는 듯 백작에게 눈웃음을 지었다.

"물론, 무슨 수를 쓰든 내가 다 막아 낼 테니까, 모두 실패하실 거예요. 이건 미리 말씀드릴게요."

마카레나 백작의 주먹 쥔 손이 움찔 떨렸다. 그를 예의 주시하고 있던 세나가 바로 앞으로 나서며 카루나를 보호했다. 세나의 눈이 예리하게 빛났다. 당장이라도 검을 빼 들어 마카레나 백작을 베도 이상하지 않을 기세였다.

"내 걱정 말고 당신의 진짜 딸 목숨 걱정이나 하세요. 내 일은 내가 알아서 할 테니까."

카루나는 세나의 등 뒤에 안전하게 숨어 마카레나 백작에게 손을 흔들었다.

"……네가 언제까지 그럴 수 있을지 궁금하구나."

"궁금하면 어디 한 번, 지켜보시든가요. 물론, 그럴 수 있다면요."

"네 말대로 황제가 내 목숨을 보장해 주었으니 먼 곳에 가서도 내 똑똑히 지켜봐 주마."

마카레나 백작이 다시 한번 주먹 쥔 손을 흔들었다. 아무래도 오랫동안 지팡이를 짚고 다니던 버릇인 것 같았다. 만일 그의 손에 지팡이가 들려 있었다면, 지금쯤 지팡이를 내리치는 소리가 들렸을 것이다. 딱. 마치 재판장이 판결을 내리듯. 하지만 그의 손엔 더 이상 지팡이가 들려 있지 않았다. 그에게는 누군가의 인생을 판결 내릴 만한 권세도, 능력도 없었다.

"다시 한번 말할게요. 부디 그럴 수 있다면요. 얼마든지."

황제의 칙령이 정말로 그의 목숨을 지켜 줄 수 있을까? 백작은 정말 그렇다고 믿고 있는 걸까? 카루나는 진심으로 궁금했다. 뭐, 그렇지만 조만간 직접 눈으로 확인할 수 있을 테니, 그때를 기다릴 뿐이었다.

마카레나 백작이 그녀에게 가르쳐 준 것 중 하나였다. 때를 기다리는 인내심.

이제 마카레나 백작에게 더 배울 것은 없었다. 백작을 향한 미련도 더 이상은 없었다. 카루나는 무력해진 마카레나 백작에게 등을 보였다. 그때, 마카레나 백작이 그녀의 뒷덜미를 잡아채듯 말했다.

"등 뒤를 조심하는 게 좋을 거다."

어설픈 미련일까. 한 치 앞을 내다보는 충고일까. 카루나는 어느 쪽이든 상관없었다.

'한 치 앞도 내다보지 못하는 건 나만이 아닌걸.'

카루나는 백작을 돌아보지 않고 화답했다.

"백작님도 몸조심하는 게 좋을 거예요."

그게 끝이었다. 카루나는 깔끔한 동작으로 문을 열고 나섰다. 세나만이 끝까지 백작을 경계하며 살피고는 카루나를 뒤따랐다. 지키고 서 있던 철 십자 기사들이 일제히 묵례했다. 카루나가 백작을 만나는 내내 긴장하고 있었던 듯했다.

"고마워요."

돌아오는 길 또한 기다리고 있던 황태자궁의 시종이 안내해 주어 아무도 마주치지 않을 수 있었다. 타고 왔던 마차에 오른 뒤에야 세나가 어깨를 늘어뜨렸다. 카루나는 딱히 긴장하지 않았던 터라, 팔걸이에 턱을 괴고 창 밖을 바라보았다.

거리의 풍경이 휙휙- 지나갔다. 말없이, 조금 전 마카레나 백작과 나누었던 대화를 곱씹으려는데……. 옆에서 세나가 입이 간지러운 듯 오물 거리며 카루나의 눈치를 봤다. 카루나는 모른 척하려다가 포기하고, 세나를 바라보았다.

"나한테 할 말이 있나요?"

"아니, 저…… 딱히 중요한 건 아닌데……."

세나가 그녀답지 않게 우물거렸다.

"괜찮아요. 말해 봐요."

"아가씨, 괜찮으십니까?"

"내가 안 괜찮아 보이나요?"

"아니요. 너무 괜찮아 보이셔서…… 음, 그러니까……."

"내가 마카레나 백작을 죽이겠다고 칼이라도 뽑아 들 줄 알았는데, 안 그래서 당황했어요?"

"······."

세나는 대답하지 않았다. 정곡을 찔린 것이리라.

세나가 보기엔 카루나의 태도가 너무 뜨뜻미지근했다. 자신을 오랫동안 이용해 먹고 끝내는 죽이려 했던 자를 만났다. '너를 죽여 주마!' 하고 달려들지는 않아도 화를 내고 침을 뱉고 길길이 날뛰며 분풀이하는 게 평범한 반응일 터.

하지만 카루나는 그러지 않았다. 혹여나 카루나가 마카레나 백작에게 눌려 분풀이를 다 하지 못한 게 아닐까, 세나는 이런 생각을 하고 있었다.

카루나는 세나의 마음을 대강 눈치채고는 작게 웃음 지었다. 그녀는 카루나와 루시온이 무슨 일을 꾸미는지 알지 못하기에 저렇게 말할 수 있는 것이었다. 요즘 들어 루시온과 함께 있는 시간이 길어지다 보니, 이렇게 풋풋한 반응이 낯설고 새로웠다.

"고작 한 번 화를 내고, 죽이지 못할 걸 아는데 칼을 들고 덤벼드는, 그런 가벼운 관계가 아니에요. 나랑 마카레나 백작은요."

"아가씨? 그 말씀은······."

"그리고 오늘 마카레나 백작을 만나러 간 건, 단지 몰락한 모습을 보고 비웃기 위해서만은 아니었어요."

"······뭔가 다른 걸 염두에 두셨단 말입니까?"

"그래요."

카루나는 가볍게 고개를 끄덕이며 다시 창밖을 바라보았다.

"백작의 태도를 보러 간 거였어요. 어떤 모습을 하고 있는지. 직접 보면 알 수 있을 것 같았거든요. 아직도 무슨 꿍꿍이가 남아 있을지를요."

"무슨 꿍꿍이가 있는 것 같습니까?"

"글쎄요."

카루나가 싱긋, 웃으며 말을 이었다.

"바이켈드 공작 각하께 감시를 더 철저히 하라고 말씀 올려 줘요."

"마카레나 백작을 말입니까?"

"아니요. 클레이엔 쪽을요."

카루나는 묘하게 차분하던 마카레나 백작의 태도를 떠올렸다. 간간이 흥분했으나 그건 카루나의 도발에 넘어갈 뻔해서 그런 거였다. 마카레나 백작은 지금 무척 안정된 상태였다. 그토록 사랑하는 딸이 사형을 당한다는데, 어떻게 저렇게 차분할 수 있을까.

'분명 뭔가, 믿는 구석이 있는 거야. 아직도 곁에 남은 사람이 있는 건가? 클레이엔을 구출해 낼 자신이 있는 거야?'

곧 클레이엔의 사형 날이 정해진다. 만약 마카레나 백작에게 힘이 남아 있다면 그 전후로 무슨 일이 일어날 수도 있으리라. 그리고 또 하나.

'등 뒤를 조심하라고?'

카루나는 마카레나 백작의 마지막 말을 곱씹었다.

'등 뒤라고 하면……'

어느새 바이켈드 공작저가 가까워졌다. 마차가 앞에 서니 닫혀 있던 철문이 활짝 열렸다. 문을 지나 좀 더 안으로 들어가니 본채가 보였다.

한 사내가 마중 나와 있었다. 차분한 남색 눈, 단정하게 묶은 은발, 무표정한 얼굴과 허리를 곧게 편 단정한 자세. 목 끝까지 꼼꼼하게 감싼 크라바트가 답답하다기보다는 금욕적으로 느껴지게 만드는 사내였다.

루시온. 한때는 마카레나 백작의 최측근이었으나 이제는 카루나의 뒤에 선 배신자. 카루나가 조심해야 하는 등 뒤의 사람이 있다면 그건 루시온, 단 한 명뿐이었다.

"어서 오십시오, 아가씨. 잘 다녀오셨습니까?"

루시온이 정중히 허리를 굽혀 인사하며 카루나를 맞이했다. 문이 열리고, 그가 에스코트하려는 듯 손을 내밀었다. 마카레나 백작을 만나기 전까지 언제나 스스럼없이 잡았던 손이었다.

"……."

카루나는 그 손을 바라보며 잠시 멈칫했다. 아주 잠깐의 망설임. 그동안 남색 눈이 한 번 깜박였다.

"다녀왔어."

이내 카루나가 루시온의 손을 잡았다. 루시온은 고개를 들고 그녀의 손을 소중히 감싸 잡았다.

"무탈해 보이셔서 다행입니다."

무표정한 얼굴에 옅은 웃음이 번졌다.

"그러게. 별일이 없긴 했지."

카루나는 루시온의 눈을 피하지 않고 웃어 보였다.

"등 뒤를 조심하는 게 좋을 거다."

마카레나 백작의 말이 귓가에 맴돌았다. 카루나는 아랫입술을 깨물며, 그 말을 곱씹었다. 그런 자신을 놓치지 않고 바라보는 루시온의 시선을 알지 못한 채.

* * *

제국의 수도에 클레이엔이 악룡에게 영혼을 팔아 금지된 마법을 써서 황태자를 죽이려 했다는 소문이 파다하게 퍼졌다. 백성들이 마녀를 죽여야 한다며 횃불을 들고 마카레나 백작저를 에워싸고, 귀족파 귀족들의 저택에 돌을 던지는 일이 빈번해졌다.

소문이 눈덩이처럼 불어나 민심이 이지러워졌다. 백성들의 폭동은 그 이유가 무엇이든지 지배자에게 위협이 되는 법이었다. 지금은 단지 클레이엔이나 일부 귀족파 귀족들만을 향하지만, 그 움직임이 격해지면 얼마든지 황실을 향할 수도 있는 일이었다.

황제는 민심을 다스리기 위해서라도 클레이엔의 처형을 서둘러야 했다. 급하게 정무 회의가 소집되고 클레이엔의 처형 일이 결정되었다. 회의가 있었던 날로부터 사흘 뒤였다. 거기까지는 아무 문제가 없었다.

문제는 그 이후의 과정에서 발생했다. 황제가 사형 집행 칙서를 추상적으로 서술하려 한 것이다. 라크안과 친분이 깊은 몇몇 황제파 귀족들이 강력하게 반발하여, 일단 칙서 작성을 위한 회의는 하루 뒤로 미루어졌다.

라크안은 딱히 아무 말도 하지 않았는데, 철십자 기사단장이 얼른 카루나에게 사람을 보내 소식을 알렸다. 카루나는 연락을 받자마자 발을 구르며 화를 냈다.

"말도 안 되는 소리! 언제부터 사형 선고문이 그렇게 대충 쓰였는데? 그랬다가는 분명 나중에 마카레나 백작과 클레이엔이 괜한 누명을 쓴 거라는 말이 돌 텐데. 이 늙은 너구리같은 황제! 그걸 노리고 그러는 거겠지!"

벌써 황제의 의심병이 시작되는 것일까. 카루나는 어처구니가 없었다.

자고로 사형 선고문은 자세할수록 좋다. 언제 어디서, 몇 시 몇 분에 무슨 일을 벌이려 했고 누구를 만나서 어떤 모의를 하여 다시 몇 날 며칠에 무슨 일을 벌였는지.

나중에 봐도 사형수가 무슨 죄를 어떤 방식으로 저질러 죽을 수밖에 없었는지 알 수 있어야 했다. 그게 사형 선고문의 존재 이유였다. 지금 황제가 말하는 것처럼 두루뭉술하게 썼다가는, 채 몇 년이 지나기도 전에 불온한 무리가 생길지도 모른다. 아니, 생길 게 확실했다.

"마카레나 백작 영애가 갑자기 귀족들을 이끌고 황태자궁에 들어갔는데, 뭔가 이상한 일이 일어났고, 황태자가 죽을 뻔했다. 그래서 황제는 마카레나 백작가를 멸문시키고, 그때 그곳에 있었던 클레이엔을 사형시킨다? 이렇게만 놓고 보면 마카레나 백작과 클레이엔이 함정에 빠져 멸문당하고 사형당한 것처럼 보일 수도 있잖아!"

카루나는 세나, 루시온과 함께 서재에 있었다. 루시온은 카루나의 차

시중을 들고 있었고, 세나는 그런 루시온에게 눈을 부라리며 카루나의 옆에 꼭 붙어 서서 떨어지지 않았다. 경계심 많은 사냥개와 고양이인 척하는 여우를 양옆에 두고 느긋이 오후의 티타임을 즐기고 있었건만, 황궁에서 온 소식 한 줄로 평화의 끝이 났다.

"딱히 그렇게 보이지는 않······지 않으려나요?"

세나가 별생각 없이 말하다 카루나의 눈치를 받고는 얼른 말의 방향을 틀었다. 루시온은 말없이 픽, 웃었다. 딱 봐도 세나를 비웃는 투였다. 세나는 루시온을 노려보며 이를 벅벅 갈았다. 카루나는 둘을 중재할 여유가 없었다. 벅차오르는 짜증과 분노를 참아 내는 것만으로도 벅찼다.

'우와, 이렇게까지 나온다고? 벌써부터 라안을 견제하고 의심하는 건가?'

황제에 대한 분노는 황태자와 라안에게로 번졌다.

'황태자는 대체 뭘 하고 있는 거야. 옆에서 뜯어말렸어야지! 라안은? 라안은! 이 멍텅구리 늑대가 이걸 가만히 보고만 있었던 건 아니겠지?'

차라리 황제는 일관성이 있었다. 예나 지금이나 한결같이 라크안을 이용하면서도 경계하고, 견제하며 억누르려고 하니까.

문제는 황태자와 라크안이었다. 황태자는 그 잘난 얼굴로 살랑살랑 눈웃음을 치며 황제의 마음을 돌려놔야 마땅했다. 라크안 역시 마찬가지였다. 그 성격에 황제에게 입 안의 혀처럼 굴지는 못하겠지만, 적어도 이빨 정도는 되어야 하지 않을까.

'뒷수습하라고 보내 놨더니 일이 이렇게 될 때까지 뭘 하고 있었던 거야!'

카루나는 루시온과 공작을 벌여 마카레나 백작의 손발을 끊어 놓았다. 그 덕에 마카레나 백작이 벌인 일들이 삐거덕거렸고, 그를 처리할 수 있는 기회를 얻었다. 이세 황태자와 라크안이 공식적인 자리에서 마무리만 잘 해 주면 되건만.

"무슨 생각인 거야, 바이켈드 공작!"

카루나는 분을 참지 못하고 두 손으로 머리를 마구 헤집었다. 찰그락,

찰랑. 보석 머리핀이 바닥으로 툭툭 떨어지고, 머리는 금세 사자 갈기처럼 되었다.

"오오."

나름 진귀한 광경이었으니 세나는 감탄을 금치 못하다 서둘러 정신을 차렸다.

"저어, 아가씨. 이렇게 심각한 일인 겁니까? 그런 거라면, 어서 라안 님께 연락을 보내면……."

"심각한 일이냐구요? 당연하죠! 이보다 더 심각한 일이 어딨겠어요!"

카루나가 '너 지금 그걸 말이라고 하니?'라는 표정으로 세나를 바라보았다. 그 바람에 세나는 살짝 마음의 상처를 입을 뻔도 하였으나, 특유의 무덤덤함으로 흘려 넘겼다. 다만 세나가 의기소침해지자, 카루나가 정신을 차렸다.

"……세나 경은 무슨 일이 있었는지 직접 봤으니까 선고문이 문제없이 보일 수도 있지만, 마카레나 백작 쪽 사람이나 공작 각하에게 불만이 있는 사람들 눈에는 다르게 보일 수도 있어요."

카루나의 목소리가 누그러졌다.

"아!"

세나는 금방 말귀를 알아들었다.

클레이엔이 황태자궁에서 일을 벌였던 날, 귀족들 대부분이 마카레나 백작에게서 등을 돌렸다. 하지만 '모든' 귀족이 그런 것은 아니었다. 지금까지도 여전히 마카레나 백작을 따르고 지지하는 누군가가 있을지도 모른다. 황실 기사단장처럼.

카루나는 존재조차 모르는 그들을 경계했다. 카루나와 루시온이 알고 있는 것도 한계가 있었다. 의뭉스러운 마카레나 백작은 최측근인 루시온에게도 속내를 전부 보이진 않았으니까.

'나중을 대비해야 돼. 내가 라안의 곁에 없을 때에도, 그 누구도 라안을 건드릴 수 없도록.'

제일 큰 위험은 황제와 마카레나 백작의 잔당이었다. 황제는 황태자로, 마카레나 백작의 잔당은 클레이엔의 사형 선고문으로 막을 계획이었다. 그러기 위해서는 사형 선고문에 마카레나 백작과 클레이엔이 그동안 저질 렀던 죄를 자세히 기록해야 했다.

모든 제국민이 두 사람의 죄를 알 수 있게. 그래서 누구나 마카레나 백작을 욕하고 바이켈드 공작 라크안을 칭송할 수 있게. 시간이 지난 후에도 마카레나 백작의 잔당들이 억울하다며 나타나지 못하게.

"이렇게 사형 선고문이 추상적이면, 나중에 말을 만들기 쉬워요. 이상한 마법이 뭔지도 안 밝혀졌는데 무조건 클레이엔을 죄인으로 만들었다느니, 사실은 마카레나 백작의 죄가 아닌데 누명을 썼다느니, 하고 말이에요."

"지금 당장은 분위기가 과열되어 있고, 목격자도 많아 엄두도 못 내겠지만. 시간은 끓어오른 물을 얼음으로 바꿀 수 있는 법. 상황은 언제든 바뀔 수 있습니다."

'그렇지 않습니까, 아가씨?' 하고 루시온이 물었다. 카루나는 작게 고개를 끄덕였다.

'황태자궁에서 그 일을 겪은 귀족들도 문제야.'

당장은 앞다퉈 클레이엔의 죄를 증언해 주는 조력자지만, 이들의 입이 앞으로 어떻게 소문을 부풀릴지는 알 수 없는 일이었다. 소문이란 언제나 아예 엉뚱한 방향으로 굴러갈 수도 있는 가능성이 있는 눈덩이니까.

"가만 지켜봐서는 안 되겠어."

"옳으신 말씀이십니다."

루시온이 깍듯한 목소리로 대답했다.

"뭘, 이찌할까요? 저희가 나서서 뭔가를 좀 해 보면 될까요?"

세나가 루시온에게 밀리기 싫은 티를 팍팍 내며 나섰다.

"아니요, 철십자 기사단이 나서면 모양새가 안 좋아요."

"아…… 그렇, 습니까?"

"철십자 기사단은 제일 중요한 일을 해 주고 있잖아요. 그것으로 충분해요."

카루나는 세나의 손을 잡고 손등을 톡톡 두드려 주었다. 작은 위로에 세나의 안색이 밝아졌다. 카루나는 세나의 손을 꼭 잡은 채로 루시온을 보았다. 루시온의 눈이 그 맞잡은 손에서 떨어지지 않았다.

"루시온, 사람을 얼마나 움직일 수 있겠어?"

"아가씨의 명을 따를 수 있을 만큼 충분하니 무엇이든 말씀하십시오."

"사교계와 시장 거리, 양쪽에 사람을 풀어야겠어."

"판결문이 부당하다고 소문을 낼까요?"

"아니, 그건 너무 노골적이야. 황제가 금방 알아차리고 라안을 더 의심할지도 몰라. 음…… 어떻게 하면 좋을까."

고민은 길지 않았다.

"아."

카루나가 고개를 번쩍 들고 세나와 루시온을 바라보았다.

"저쪽에서 이렇게 두루뭉술하게 나온다면 우리도 그에 맞춰 대응해 줘야겠지?"

녹색 눈이 선명하게 반짝였다. 루시온도 세나도, 이 순간의 카루나에게 다시 한번 애정을 느꼈다. 내 편일 때는 더없이 든든하고 사랑스러운 사람이었다. 세나는 당장에라도 카루나에게 충성을 맹세하며 주인을 라크안에서 카루나로 갈아타고 싶어 하는 표정이었다.

카루나는 두 사람에게 생긋, 웃어 보였다.

"지금 황태자의 상태를 이용하는 게 좋겠어."

그날 이후, 황태자의 주변에선 언제나 싱그러운 바람이 불었다. 나름 억누르려고 노력하는 것 같으나 쉬운 일은 아닌 듯, 칠칠치 못하게 바람을 흘려 대고 다녔다. 그래서 요즘엔 얼음 황태자라는 별명 대신 바람의 황태자라고 불리고 있었다.

그 기이한 현상은 황태자의 아름다운 외모와 결합하여 마냥 신비롭게만 보였다. 왜 황태자 주변엔 항상 바람이 부는지, 아직 원인은 정확히 밝혀지지 않았다.

마탑에서 고서적을 뒤지며 연구 중이라 하나 당장 답을 알아내지는 못할 듯했다. 다만 누군가가 무심코 말한 옛날이야기가 사람들의 관심을 끌었다. 옛날, 광룡을 물리치고 제국을 건설한 시조의 주변에도 항상 바람이 불지 않았느냐고.

그리하여 혹자는 황태자의 고귀한 혈통, 바람의 여신에게 사랑받았던 그 피에 짐재되어 있던 신비로운 능력이 발현된 거라고 말했다. 또 혹자는, 시조의 후손을 지키고자 바람의 여신이 바람의 장막을 내린 거라고도 말했다. 카루나는 그 허황된 이야기를 이용하고자 했다.

"루시온, 그 소문들을 더 널리 퍼트려. 황태자를 높이 띄워서 감히 그 황태자를 죽이려 한 마카레나 백작과 클레이엔을 더 바닥으로 떨어뜨려."

카루나는 고개를 들어 먼 하늘을 바라보았다. 황궁의 높은 성벽과 아름다운 지붕들이 보였다. 그곳을 바라보는 카루나의 눈빛이 매서워졌다.

"이건 바이켈드 공작과 마카레나 백작 간의 싸움이 아니야. 황실과 마카레나 백작의 싸움이었던 거지."

그렇게 여지를 남겨 두겠다면 기꺼이 도우리라. 황제가 원하는 것과는 정반대의 방향으로.

'애매하게 뒤처리를 해서 나중에, 여차하면 진짜 범인이 라안이었다는 식으로 뒤집어씌울 셈이겠지. 누가 그렇게 놔둘 줄 알고?'

마카레나 백작과 클레이엔을 대충 처리할수록 황실과 황태자의 권위에 손상이 가게 만들리라. 그를 위해 카루나는 루시온에게 몇 가지를 더 시시해 두었다.

'황제 폐하, 당신만 라안을 의심하고 견제하는 게 아니야. 나도 당신을 믿지 않아. 끝까지.'

카루나는 황제를 향한 의심을 끝까지 놓지 않았다.

"여전하시군요, 나의 아가씨."

루시온이 입가에 옅은 미소를 지으며 카루나를 바라보았다. 일말의 뿌듯함까지 느껴졌다. 카루나는 입을 삐죽이며 빈 찻잔을 들어 올렸다.

"차나 더 따라 줘. 무슨 생각을 하기에 내 잔이 비는지도 모르고 있는 거야?"

루시온답지 않은 실수였다. 그는 차 시중을 드는 하인은 아니나, 스스로 카루나의 차 시중들기를 즐겼다. 때문에 언제부터인지 몰라도 카루나는 그의 차 시중을 당연하게 여겼다.

그는 단 한 번도 카루나의 찻잔이 비게 놔둔 적이 없었다. 그런데 오늘, 루시온은 카루나의 찻잔을 오래도록 신경 쓰지 않았다.

'어라? 이런 루시온은 처음인데…….'

의아함은 의아함에서 끝나지 않았다. 뭔가 이상하다는 느낌이 드는 듯 아닌 듯했는데. 그때였다.

"죄송합니다. 저도 이런 큰일을 앞두고는 흔들리나 봅니다."

루시온이 우아하게 손을 놀려 카루나의 찻잔을 채우고는 고개를 숙였다. 순순히 사과를 하니, 맥이 풀렸다.

"아니, 뭐……."

카루나는 말을 얼버무렸다.

'오랫동안 따랐던 마카레나 백작이 무너지고, 평생 아가씨로 모실 거라 생각했던 클레이엔이 처형당하게 생겼는데, 불안하려나?'

불안, 흔들림, 실수.

어느 것 하나 루시온과 어울리는 단어는 아니었다. 하지만 상황이 상황 이니만큼, 그럴 수도 있겠다는 생각이 들었다. 카루나는 찻잔을 내려놓고, 루시온을 바라보았다.

'천하의 루시온도, 동요를 하는구나.'

마카레나 백작가의 몰락까지 이제 한 걸음. 카루나는 새삼스럽게 루시온의 심정이 어떨지 고민해 봤다. 그의 가문은 마카레나 백작가의 최측근 가문이었다.

'루시온이 이쪽으로 붙은 직후에 그의 가문 역시 마카레나 백작에게 버림받아 지방 영지로 내려갔다고 들었는데.'

그 덕에 이번에 귀족파에 불어닥친 숙청의 폭풍을 피하긴 했으나, 아마 그의 가문 사람들은 위기를 피했다고 기뻐하기보다는 끝까지 마카레나 백작의 곁에 있지 못한 것을 아쉬워하고 있을 것이다.

부시온은 그런 가문의 차남으로, 마카레나 백작가에 충성할 운명을 타고났다. 그런데 진짜 클레이엔 대신 대역을 아가씨처럼 모시게 되었고, 결국 그 대역의 편을 들어 진짜 아가씨를 배신했다.

그가 원래 모셔야 하는 가문은 그의 배신으로 인해 멸문의 길에 들어서고 있다. 그걸 바라보는 심정은 어떨까. 카루나는 상상이 가지 않았다.

'그러니 나와 같은 기분은 분명, 아니겠지.'

그는 카루나처럼 마카레나 백작에게 큰 배신감 같은 건 갖고 있지 않을 터였다.

'가족이 걱정되려나?'

이제야 루시온의 가족을 생각하는 자신의 무신경함에 실소했다.

"혹시나 가문 사람들이 걱정된다면 말이야. 내가 라안 님한테 말해 볼게."

아무래도 가족이 걱정되지 않을까 싶어 말을 꺼내 보았건만.

"그러실 필요 없습니다."

루시온은 단칼에 거절했다. 그마저도 루시온다웠다. 하나 말은 저래도 믹상 가문의 사람들이 잡혀 들어가거나 피해를 입는다면 신경이 쓰이리라.

'그래도 라안에게 부탁은 해 봐야겠어.'

단지 루시온만을 위한 처사는 아니었다. 루시온의 동요는 이쪽의 더 큰 피해로 이어질 수 있었다. 루시온이 배신을 하자 마카레나 백작가가 크게 휘청였던 것처럼. 그래서일까, 마카레나 백작의 말이 계속 귓가를 맴돌았다.

"등 뒤를 조심하는 게 좋을 거다."

카루나는 루시온이 따라 준 찻물을 가만히 내려다보았다.

'만약 루시온이 날 배신한다면…….'

한 번 배신한 사람이 두 번은 배신 못 할까. 게다가 카루나와 루시온은 엄연히 다른 케이스였다. 카루나는 살짝 경계심 어린 눈으로 루시온을 올려다보았다. 그렇게 루시온에 대해 긴장감을 가지려는 순간.

"마카레나 백작이 몰래 키우고 있던 세력들의 규모가 아직도 큽니다. 이번이 그것들을 한 번에 정리할 수 있는 좋은 기회입니다."

루시온이 주의를 환기시켰다. 아직 그들은 같은 길을 걷고 있었다. 힘을 합쳐 물리쳐야 할 가장 큰 적은 마카레나 백작이었고 황제였다.

"아, 그래. 그거, 그걸 고민하고 있었지."

카루나는 짧게 혀를 차고는, 다시 루시온과 이야기를 나누던 화제로 돌아왔다. 잠시 생각이 샛길로 새며 매우 중요한 걸 깨달았으나, 당장 처리할 일 때문에 뒤로 밀려 버렸다.

이전의 카루나에겐 있을 수 없는 일이었다. 언제나 작은 방심이 생명의 위협으로 돌아오는 삶을 살아왔으니까. 하지만 지금의 카루나는 안전하고 따뜻하게 보호받고 있었다.

라크안은 그녀를 감싸고돌았고, 세나는 목숨을 바쳐 그녀를 지키겠다고 맹세했다. 바이켈드 공작저의 고용인들은 카루나를 깍듯하게 대했다. 철십자 기사단 역시 그녀에게는 물렀다.

가시를 꼿꼿이 세운 고슴도치라 할지라도 사랑을 듬뿍 주면 어느새 가시를 누그러뜨리고 쓰다듬질 받는 걸 즐기게 된다. 지금의 카루나가 그랬다. 이전의 날카롭고 예민한 생존 본능이 무뎌지고 있었다.

뭔가 찝찝한 기분이 들었으나, 좀 더 나중에 고민해도 될 일이라고 생각하고, 본능의 경고를 뒷전으로 밀어 두는 지금의 태도가 바로 그 증거였다.

루시온은 그런 카루나를 보며 미소 지었다. 오랫동안 원하고 원했던 것을 막 손에 넣으려는 기대감에 차 있는 미소였다. 서류에 코를 박은 카루나는 그 미소마저 보지 못했다.

* * *

클레이엔의 처형 일이 결정된 후 클레이엔이 갇힌 건물에는 매일 밤, 손님들이 찾아왔다. 클레이엔을 빼내려고 온 마카레나 백작의 하수인이었다. 손발이 잘린 마카레나 백작의 마지막 발악은 의외로 평범했다. 제가 아직 움직일 수 있는 모든 힘을 동원해 클레이엔을 빼내려 했다.

그 시도는 번번이 실패했다. 클레이엔을 지키고 감시하는 경비는 한 번도 뚫리지 않았다. 클레이엔을 구하러 온 밤손님들은 뛰어났다. 하지만 클레이엔을 지키는 밤의 철십자 기사들은 더 뛰어난 실력을 가지고 있었다.

낮엔 귀족들로 이루어진 철십자 기사단이 경비를 섰고, 밤이면 교대가 이루어졌다. 철십자 기사단 속의 또 다른 철십자 기사단. 바이켈드 공작저를 지키던 숲의 일족들이 근무를 섰다.

이들은 발작을 일으키는 라크안을 번번이 상대했으며, 매일 밤 눈의 땅에서 온 존재들과 맞서 싸웠던 기사들이었다. 평범하게 뛰어난 침입자들은 그들을 뚫을 수 없었다.

실패는 누적되었다. 한 번, 세 번, 다섯 번, 열 번.

사흘 동안 열 번의 공격이 있었다는 소식을 전해 들으며, 카루나는 혀를 내둘렀다.

"그 집념 하나는 인정해 줄 만하네. 마카레나 백작, 어떻게든 딸만은 구출하겠다는 건가?"

"마카레나 백작 쪽 탈출 시도도 몇 번 있었습니다. 세 번은 시선을 이쪽으로 돌리기 위한 연막작전이었던 것 같고, 나머지 세 번은 그를 따르는 귀족들이 독단적으로 저지른 일 같습니다."

세나가 서류를 손으로 짚어 가며 설명했다.

"고마워요, 세나 경."

"아닙니다. 더 궁금한 게 있다면 무엇이든 말씀해 주십시오. 알아 오겠습니다."

세나는 주먹으로 가슴을 두드리며 자신했다. 그 와중에도 하녀들은 분주히 움직이며 카루나를 치장했다.

"마지막 시도가 있을지 모르니, 사형장으로 가는 길 경비를 더 신경쓰고 있겠지요?"

"물론입니다. 외곽 경비대와 철십자 기사단이 총출동했습니다."

"좋네요."

카루나가 생긋 웃으며 자리에서 일어섰다.

생각 같아서는 한 번 더 마카레나 백작을 찾아가 보고 싶었다. 클레이엔 탈출 시도가 모두 실패했으니, 이 지경에 이르면 그 잘난 얼굴이 평정을 잃고 일그러지지 않았을까. 그 얼굴을 구경하고 싶었으나 참았다.

'어차피 오늘 볼 거니까.'

카루나는 아쉬움을 달래며 문을 열었다. 문 앞에는 제국에 단 하나뿐인 공작이 서 있었다. 은사와 은술로 장식한 짙은 청색 예복은 단정하고 위엄 있어 보였다. 까만 머리카락은 뒤로 말끔히 넘기니 붉은 눈이 훤히 드러났다. 그 보석처럼 붉은 눈이 카루나를 내려다보았다.

라크안이 말없이 손을 내밀자, 카루나는 그 손을 잡고 걷기 시작했다. 세나가 조용히 그 뒤를 쫓았다.

"그 자식은?"

항상 자신의 신경을 거스르던 자가 보이지 않자 라크안이 물었다.

"루시온은 마무리 지어야 될 일이 있어서요. 가지 않겠다고 하네요."

"옛 주인이 죽는 꼴은 보기 싫다는 건가?"

"그 정도는 이해해 주세요. 참, 제가 부탁한 일은……."

"그 자식의 가문에는 큰 피해가 없을 거야. 애초에 그 자식이 우리 쪽으로 넘어올 때부터 저쪽에선 아예 배제되었다시피 했으니. 딱히 죄를 추궁할 것도 없어."

"다행이네요."

카루나가 안심하자, 라크안의 눈가가 움찔 경련했다.

"꽤나 신경을 쓰는군."

툭 던지는 말이 어지간히 퉁명스러웠다.

"당연하지요. 일 잘하는 아랫사람을 잘 챙기는 것도 윗사람의 미덕이랍니다?"

"내가 못 해 주나?"

라크안이 뒤를 돌아보며 물었다.

"네? 어…… 음? 흐으음."

세나가 기묘한 소리를 내며 어깨를 으쓱였다. 슬그머니 팔을 걷어, 늑대로 변한 라크안의 뒷발에 채였던 상처를 보이는 것도 잊지 않았다. 그러고는 카루나와 눈을 마주치며 싱글 웃었다. 장난기 가득한 웃음이었다. 카루나는 세나에게 고개를 까딱하고는 라크안을 장난스럽게 올려다보았다.

"밑의 사람들에게 별로 신임을 얻진 못하셨나 보네요."

"허-."

라크안이 어이없다는 듯 웃고는, 대뜸 카루나를 번쩍 들어 올렸다.

"……무슨!"

카루나의 눈이 동그래졌다. 라크안은 그 얼굴을 즐거이 올려다보고는, 카루나를 마차 안에 내려 주었다.

"아……."

'마차에 벌써 도착했구나.'

카루나는 과도하게 놀란 것이 머쓱하여 입술을 꾹 깨물었다. 하나 이내.

"평범하게. 몰라요?"

"안 평범했나?"

라크안이 또 뒤를 돌아보며 물었다. 세나는 못 들은 척하며 달아났다. 그래 봤자 자신의 말이 서 있는 곳까지 고작 세 발자국이었다. 카루나는 이럴 때 자신의 편을 들어 주지 않는 세나가 원망스러워 지그시 노려보았다. 그러는 사이 라크안이 당연하게 마차 안으로 들어왔다.

"마차로 가시게요?"

"이번 일에 너무 드러나서는 안 된다고 말한 건 그대잖아? 말을 타고 갔다가는 눈에 띌 테니 마차에 숨어 가야지."

라크안의 말처럼, 황제와 황태자를 앞세우고 한발 뒤로 물러나는 모습을 보이라고 충고하긴 했지만, 숨어 다니라고 말한 것은 아니었다.

"음, 제 말을 이렇게 잘 들으시는 분인 줄은 몰랐네요."

'네가 언제부터 이렇게 네 말을 잘 들었냐?'라는 말을 돌려 말했건만.

"난 언제나 그랬는데?"

라크안이 천연덕스럽게 대꾸했다. 카루나는 떨떠름하게 웃어 보이고는 창문을 살짝 열어 밖을 보았다. 세나가 훌쩍 말에 올라타는 게 보였다. 세나가 금새 카루나의 시선을 눈치채고는 음흉스레 웃으며 손짓했다.

'라안 님이 아가씨랑 같이 있고 싶으신가 봅니다. 전 쫓겨났습니다.'

입을 벙끗거리며 발짓까지 곁들였다. 그렇게 해서라도 조금 전 도망친 죄를 씻고 싶어 했으나, 라크안이 가만 두고 보지 않았다.

"쓸데없는 짓 말고 출발해."

이쪽을 보고 있지도 않았으면서, 라크안이 세나의 몸부림을 알아채고는 말했다. 더없이 무뚝뚝한 목소리였다. 덕분에 카루나는 세나의 말을 믿을 수 없게 되었다.

'나랑 같이 있고 싶긴 무슨.'

카루나는 입을 쭉 내밀며 창문을 닫았다. 덜커덩. 마차가 움직이기 시작했다. 철십자 기사들은 마차를 두 겹 세 겹으로 에워쌌다.

이른 아침인데도 거리는 복잡했다. 모두들 처형장을 향해 가고 있었다. 간혹 마차에 붙은 바이켈드 공작가의 문장을 알아본 백성들이 환호성을 질렀지만, 마차 안의 사람들이 얼굴을 비추고 손을 흔들어 주거나 하진 않았다. 그럴 수밖에. 시끌벅적한 밖과 달리 마차 안 분위기는 썰렁하기 그지없었으니.

"……."

"……."

카루나도 라크안도 아무 말 하지 않았다. 서로에게 닿지 않도록 대각선으로 앉았다. 그뿐이랴. 혹시라도 눈이 마주칠까 싶어 고개를 돌리기까지 했다.

'어색하네.'

카루나는 손을 꼼지락거렸다. 그러고 보면 라크안과 둘이서만 마차를 탄 건 오랜만이었다. 그동안은 항상 루시온과 세나가 덤으로 꼈다. 그들이 있으면 조용할 틈이 없었다. 라크안과 루시온이 싸우거나 세나와 루시온이 싸우거나.

그러다가 라크안과 단둘이서만 있게 되니, 그 두 사람이 간절해졌다.

'그냥 루시온을 데리고 올 걸 그랬나? 아니면 아까 세나 경한테 같이 타자고 할걸.'

이제 와 세나를 안으로 들일 수도 없는 노릇이니, 어서 목적지에 도착하기를 바랄 뿐이었다.

'마차는 오늘따라 왜 이렇게 느린 거야. 빨리 갈 생각을 안 하고.'

거리에 몰린 인파는 생각도 안 하고, 마차의 느린 속도를 투덜거릴 지경까지 이르렀다.

침묵이 쌓이고 쌓이니, 그걸 무너뜨리는 일은 더더욱 어렵게 되었다. 이 무거운 침묵을 군이 깨트리고 말을 걸자면, 그만큼 대단한 일이어야 할 것 같다는 느낌적인 느낌 때문이었다.

'숨 막혀.'

라크안은 어떤 상태인지 궁금해져서 힐끔 옆을 돌아보았다. 라크안이 이쪽을 빤히 바라보고 있었다. 그 눈빛이 꽤나 진하고 깊었다. 카루나가 깜짝 놀랄 만큼.

눈이 마주칠 뻔한 순간, 카루나는 얼른 고개를 돌려 버렸다. 그 바람에 분위기는 더 어색해졌다.

'뭐야, 왜 쳐다보는 건데.'

한번 의식하고 나니 라크안의 숨소리나 시선 따위가 예민하게 느껴졌다. 특히나 적나라한 시선이 문제였다. 너무 노골적이라서 모르는 척하려야 할 수가 없었다.

드레스 자락 아래 하얗게 드러난 발목에까지 시선이 닿는 듯 느껴져, 카루나는 얼른 드레스 자락을 끌어내려 발목을 가려 버렸다. 그러자 옆에서 작게 웃는 소리가 들렸다.

'웃어? 사람을 떨리게 만들어 놓고 자기는 웃고 있어?'

심장 소리가 마차 굴러가는 소리만큼 크게 들렸다. 라크안은 아예 팔에 턱을 괴고 카루나를 바라보고 있었다. 가만히 있으면 목적지에 도착할 때까지 그러고 있을 것 같았다.

견디다 못한 카루나는 흠흠, 헛기침을 했다. 그렇게 오랜 침묵을 깨고, 아무 말이나 생각나는 대로 말한다는 게…….

"아무튼 고마워요."

하필이면 이 말이었다. 말하고 나서 아차 싶었지만 이미 엎질러진 물이었다.

"고맙다고?"

라크안이 되물었다. 난데없이, 뜬금없이, 고맙다는 말을 들었으니 어이없을 만도 했다.

'이게 아닌데.'

카루나는 울상을 지으며 드레스 자락을 꽉 움켜쥐었다.

오늘로서 마카레나 백작가는 완전히 정리된다. 그러면 카루나의 생존을 위협하는 세력이 없어지는 것이니. 카루나와 라크안의 동맹 관계도 끝나게 된다. 그럼 더는 라크안의 곁에 머물 명분이 없으니 떠나야 할 터. 그러기 전에 고맙다는 말 정도는 하자고 생각했었건만, 하필이면 그 생각이 지금, 툭— 튀어나와 버린 것이다.

'잘됐지, 뭐. 이참에 말하면 되는 거 아냐?'

"지금까지, 그냥 다요. 날 구해 준 것도 그렇고, 오늘까지 마카레나 백작을 무찌르는 데 도움을 준 것도 그렇고. 아무튼 그동안 고마웠어요."

카루나는 고개를 돌린 채로 말했다. 창문에 비친 라크안의 모습도 눈에 담지 않으려 애썼다.

"당연히 해야 할 일을 한 거니 고맙다는 말을 들을 이유가 없는데."

"네에, 네에. 물론 바이켈드 공작님께도 마카레나 백작이 없어지는 게 큰 이득이기는 하지요."

눈엣가시 같은 정적. 충성을 맹세한 황태자를 위해서라도 제거해야 하는 반대 세력이니까.

'그런데 그걸 왜 여태 놔두셨대?'

카루나가 속으로 투덜거렸지만 이어지는 라크안의 말을 듣고는, 그 생각을 더 이상 이을 수 없었다.

"물론이지. 감히 내 약혼녀를 건드린 가문을 없애는 거였으니까."

"……."

"그러니까 고마워할 필요 없어. 오히려 내가 감사하고 싶군. 내가 해야 할 일을 도와준 거였으니까."

"어……."

순간적으로 '내가 당신 약혼녀잖아요? 나 말고 다른 약혼녀가 또 있었어요?'라고 물어볼 뻔했다. 물론 그 말이 입술에 맺히기 전에 겨우 제정신을 차려 입을 다물었다. 두 번이나 어이없는 말실수를 할 수는 없는 법.

"뭐, 그렇게…… 생각해 주시면, 조, 좋…… 음, 고마운데…… 아무튼 뭐, 그러네요."

카루나는 그녀답지 않게 말을 더듬었고, 라크안은 그런 그녀를 지그시 바라보았다. 단지 카루나 혼자만의 생각일지는 알 수 없으나, 어쩐지 마차 안의 분위기가 더 무거워진 듯했다.

'뭐지? 저 말을 어떻게 받아들여야 하는 거지?'

머릿속이 복잡해졌다. 카루나는 두 손으로 드레스 자락을 꽉 움켜쥐었다. 날이 날이니 만큼, 카루나의 드레스는 깔끔하고 수수했다. 포슬포슬한 직물로 주름을 잔뜩 잡은 무채색 계열의 드레스였는데, 주름을 잡고 사이사이에 잘잘한 레이스를 박아 넣은 것이었다. 드레스를 움켜쥐면 고스란히 구겨진 자국이 남을 걸 알고는 있으나, 잡지 않고는 견딜 수가 없었다.

라크안은 긴장해 굳어 버린 카루나를 보며 씩 웃어 보였다. 꽤나 심술이 난 표정이었다.

"마카레나 백작과의 악연은 어느 정도 정리되었으니, 이제 황제 폐하께 청을 드려 우리 결혼 허락받을 일만 남았군."

"……!"

"천천히, 좀 더 바이켈드 공작가의 그늘에서 지내는 걸 익숙하게 만들 생각이었는데."

여기서 더 어떻게, 얼마나 익숙해질 수 있는 건데? 이미 익숙해질 대로 충분히 익숙해져서, 나중에 바이켈드 공작가를 나와선 어떻게 살아야 하나 막막할 지경이었다.

"그렇게 뜸 들여선 안 되겠군."

"잠깐만요, 그게 무슨 말……."

카루나가 말하려고 할 때 덜컥, 마차가 멈춰 서며 문이 열렸다.

"도착했습니다. 오는 길이 편안하셨는지요."

세나가 마차 문을 활짝 열며 얼굴을 들이밀었다. 본의 아니게 카루나의 말을 끊어 내는 격이 되었으나 본인은 자신의 죄를 알지 못했다.

"그럭저럭. 평소보다 시간이 좀 걸렸군."

"아무래도 인파가 몰려서 말입니다. 지금도 주변에 사람들이 꽤 몰려 있습니다. 조심하십시오."

"내 약혼녀를 잘 호위하게."

"여부가 있겠습니까."

라크안은 세나와 대화를 나누며 훌쩍 마차에서 내렸다. 그러고는 마차 안에 멍하게 앉아 있는 카루나에게 손을 내미는데, 더없이 자연스럽고 당연해 보였다.

"……."

카루나는 눈만 깜박이며 라크안의 손을 내려다보았다.

"아가씨? 왜 그러십니까? 오시는 중에 멀미라도?"

카루나가 가만히 있자 세나가 고개를 갸웃하며 물었다. 라크안은 성가시다는 듯 손짓했으나 세나는 물러서지 않았다. 카루나는 라크안과 세나의 작은 투덕거림을 보면서도, 머릿속으로는 딴생각뿐이었다.

조금 전, 마차에서 내리기 직전에 라크안이 했던 말.

머리를 돌로 얻어맞은 것처럼 충격적이건만, 정작 그 말을 한 사람은 태연하기 그지없었다.

'뭐지? 방금 내가, 잘못…… 들은 건가?'

라크안이 너무 멀쩡해 보여서, 카루나는 자신의 귀를 의심했다. 혹시나 환청을 들은 게 아닐까, 라고. 하지만 그 생각은 곧 흔적도 없이 사라졌다. 환청이 아니라는 증거를 발견했기 때문이다.

얼굴만 태연하면 뭘 하나. 라크안의 목과 귓불이 시뻘게져 있었다. 부끄러움을, 혹은 쑥스러움을 억지로 참고 있는 게 분명했다. 그걸 본 순간, 잔뜩 긴장했던 마음이 와르르 무너졌다. 단숨에 카루나의 얼굴에도 그 열기가 화르륵 옮겨 붙었다.

'맙소사. 진짜로?'

카루나는 급히 손부채를 부쳤다. 그렇게라도 달아오른 얼굴을 식히려 했으나, 그런다고 해결될 일이 아니었다.

"아가씨? 갑자기 왜…… 어디, 아프신 겁니까? 갑자기 열이 오르다니?"

세나가 카루나의 상태를 알아채고는 막무가내로 마차 안으로 얼굴을 디밀었다.

"괘, 괜찮아요. 아무것도 아니에요."

카루나는 얼른 세나에게 변명하며, 세나의 어깨 너머를 힐끔 쳐다보았다. 라크안이 서서 카루나를 바라보고 있었다. 그 붉은 눈이 문제라면 문제였다. 카루나를 놓치지 않겠다는 듯 바라보고 있었다. 마치 늑대 앞에 놓인 토끼가 된 기분이었다.

부끄러워할 거면 부끄러워하든지, 늑대처럼 굴 거면 늑대처럼 굴든지. 어느 쪽이든 하나만 할 것이지. 라크안은 두 모습을 다 보이며 카루나의 마음을 흔들어 댔다. 의도한 것일 리 없지만, 만약 정말로 의도한 거라면 라크안은 자신을 뛰어넘는 계략의 대가이리라. 카루나는 라크안을 째려보며 그리 생각했다.

아픈 게 아니냐고 야단법석을 떨던 세나는 라크안과 카루나 사이의 묘한 분위기를 눈치채고는 능글맞게 웃었다.

"뭐지? 그리 먼 거리도 아니고 잠깐 이동한 건데. 그사이에 마차 안에서 무슨 일이 있었을라나요?"

그러다가 라크안에게 밟힐 뻔하였다.

문득, 주변에서 웅성거리는 소리가 들렸다. 세나의 말대로 마차 주변에 몰려든 인파가 상당했다. 다들 클레이엔의 처형을 보러 온 백성들이었는데, 바이켈드 공작가의 마차를 발견하고는 바이켈드 공작 부부를 보겠다고 몰려든 것이었다.

아직 결혼식은커녕 약혼만 한 사이였지만, 누군가 한 명이 '공작 부부가 저기에 있다!'라고 말한 이래로 다들 그러려니 생각하고 있는 듯했다. 사방에서 공작 부부를 존경하고 축복한다는 말이 쏟아졌다. 더불어 왜 '공작 부인'께서 공작 각하를 저렇게 세워 두고 바람맞히고 있느냐는 말이 들렸다.

"왜긴, 왜야. 공작 각하가 이혼당하실지도 모른다잖냐. 그 소문 못 들었어? 공작 부인하고 황태자 전하가 그렇고 그런 사이라잖냐."

"어? 뭐야, 그럼 공작 부인이 황태자비 전하가 되는 거야? 그럼 우리 바이켈드 공작 각하는?"

"짝 잃은 기러기 신세인 거지, 뭐. 이게 다 마카레나 백작이랑 그 딸, 마녀 때문일 거야."

다들 제멋대로 떠들어 댔다. 라크안은 무슨 생각인지 그런 소리를 묵묵히 듣고 있었다. 아니, 오히려 더 불쌍해 보이려고 작정한 건지 계속 손을 내밀고 있었다.

'저 사람이!'

카루나는 방금 전까지 부끄럽고 수줍어했던 마음을 깡그리 잊어버린 채 분노했다. 지금 라크안은 무언의 시위를 하고 있었다. 카루나가 자신의 손을 잡아 주지 않을까 봐.

가만 보니 저건 부끄러움 많은 늑대도, 무시무시한 계략가도 아니었다. 아주 요망하고 꾀가 많은 여우였다. 늑대의 탈을 쓴 여우. 일단, 카루나는 라크안의 에스코트를 받아 마차를 나섰다. 그러자 주변에서 짝짝짝- 박수가 터져 나왔다.

"행복하십쇼!"

"잘 어울리십니다요."

"헤어지지 말고 잘 사세요. 그게 다 마카레나 백작가의 마녀 때문이잖습니까!"

바이켈드 공작 부부의 화목함을 바라는 함성들이 이어졌다. 귀가 먹먹해질 정도로 열렬한 반응이었다. 덕분에 카루나는 생각을 정리하지도 못한 채 라크안에게 끌려갔다.

철십자 기사들은 몸으로 인파를 뚫으며 길을 마련했다. 라크안은 좀 걷다가 카루나의 어깨에 팔을 얹고 자신의 쪽으로 잡아당겼다.

"이거, 안 놔요?"

카루나는 라크안의 가슴팍에 뺨을 댄 채로 이를 갈며 말했으나 라크안은 들은 척도 하지 않았다.

"이건 허락의 의미로 받아들이겠어."

대신 이해할 수 없는 말을 했다.

'허락?'

무슨 소리를 하는 건지 몰라 잠시 멍했으나, 이내 말귀를 알아들었다. 조금 전, 라크안이 마차에서 했던 말. 그걸 생각하는 것만으로도 카루나의 얼굴에 다시 열이 올랐다.

"……저, 저기요, 공작 각하?"

카루나는 정신이 아득해지는 걸 느꼈다. 주변의 사람들만 아니었다면 멱살을 붙잡아 따져 묻고 싶을 정도였다.

'아니, 그게 무슨 소리야! 우리 약혼이 언제부터 결혼을 염두에 둔 거였어? 마카레나 백작이 패할 때까지의 동맹이었지!'

하지만 주변에 보는 눈이 너무 많았다.

'아니지, 사람이 많은 게 더 좋은 거 아닌가?'

카루나는 그간 황태자와의 염문을 뿌렸다. 단지 클레이엔을 끌어내기 위해서는 아니었다. 나중에 라크안과 파혼할 때, 라크안이 욕먹지 않게 하려는 것이기도 했다.

'뭐? 남자가 파혼을 당했다고? 오죽했으면 여자가 결혼 못 하겠다고 도망을 갔을까.'라는 말 따위를 듣지 않아도 되게. 그러니 여기서 라크안과 어색한 모습까지 보이는 게 더 낫지 않을까. 바로 불화설이 크게 번질 테니까.

그러나 주변 사람들의 박수와 함성 때문에 당황한 카루나는 이미 라크안과 정다운 모습을 보이고 말았다. 이런 말도 안 되는 실수를 할 만큼, 지금 카루나의 머릿속은 엉망진창이었다.

'결혼이라니. 결혼이라니?'

무슨 속셈으로 그런 말을 한 거지? 그냥 해 본 말인가? 아니, 저 남자가 이런 말을 그냥 해 볼 수 있는 사람이었나? 머리가 지끈거릴 정도로 고민했으나 아무리 생각하고 또 생각해 봐도 답이 안 나왔다. 결혼이라니.

'잘못 들은 걸지도 몰라. 나 요즘 이상했잖아. 손에서 새싹이 퐁퐁 자라나기도 하고. 그 능력의 부작용으로 귀가 이상해진 거 아닐까?'

자신의 귀까지 의심하는 단계에 이를 때 즈음.

"깊게 생각하지 마."

라크안이 속삭이듯 말했다. 주변에서 환호성이 터져 나왔다. 아름답고 젊은 공작과 그 약혼녀의 끈끈한 모습이 꽤나 보기 좋은 듯했다.

"역시 진짜라니까! 황태자 전하랑 어쩌고 하는 건 다 거짓말일 거야."

"공작 각하께서 웃고 계시잖아!"

"잘 어울리네. 마카레나 백작가의 그 마녀가 저 예쁜 얼굴을 빼앗으려고 못된 마법을 썼다며?"

"그래 봤자 그 마녀보다 우리 공작 부인이 훨씬 더 아름다우시네."

그들의 함성은 카루나의 속을 더 어지럽힐 뿐 조금도 도움이 되지 않았다.

'좀 조용히 해 줬으면 좋겠는데. 왜 이렇게들 떠들어 대는 거야. 자꾸 집중력이 흐트러지잖아!'

그들이 아름답고 착해 보인다며 찬양하는 카루나는 정작, 그들에게 짜증을 내고 있었다. 물론 속으로만. 가까이 선 라크안만이 그녀의 그런 마음을 눈치챘다. 입이 웃고 있으면 뭘 하나. 눈이 아주 무시무시하게 빛나고 있는데.

라크안은 그런 카루나를 보며 웃었다. 그는 이런 모습의 카루나가 좋았다. 생기발랄해 보여서 마음이 놓인달까. 눈에 콩깍지가 단단히 씌었다는 인식은 있으나, 굳이 벗고 싶은 마음은 없었다.

대신 자신보다 주변에 더 신경을 쓰는 카루나가 얄미워, 그녀의 시선을 이쪽으로 돌리고 싶은 마음은 있었다. 라크안은 카루나의 정수리에 입을 맞췄다. 깜짝 놀라 눈을 맞추는 카루나를 보며, 오직 카루나에게만 들리게 속삭였다.

"나를 좀 더 신경 써 주면 좋겠는데? 모처럼 함께하고 있잖아."

"……저기요, 아까부터 계속 이러시는데. 지금 우리, 처형장에 가고 있거든요? 그런데 이런 짓을 하고 싶으세요?"

카루나가 주먹 쥔 손을 부르르 떨며 말했다. 할 수만 있다면 라크안을 세게 패고 싶다는 표정이었다.

"이런 짓?"

"그…… 음, 그러니까…… 결혼이니 뭐니, 그런 이상한 말을 하는 거요."

말하고도 부끄러운지 발을 쾅쾅 굴렀다.

"그러게 누가 도망갈 궁리를 하래?"

"도망이라니요. 그게 아니라……."

"나는 지금 그대에게 미리 선전 포고를 해두는 거야."

"……선전 포고요?"

"그래. 마카레나 백작가를 무너뜨렸으니 이제 내가 쓸모없어졌다고 떠날 생각이라면 애당초 포기하라고."

"아니, 쓸모없어진 쪽은 공작 각하가 아니라 오히려……."

라크안은 카루나가 말할 틈을 주지 않았다.

"그대는 지금 내 약혼녀이고, 앞으로도 그럴 거야. 아, 곧 신분이 바뀌긴 하겠지. 혼인하여 내 아내가 될 테니까."

"……네? 그게 무슨!"

"그러니까 선전 포고라는 거야. 아무리 생각해도, 그대가 내 반려가 맞는 것 같거든."

"……!"

"그러니까 절대, 놓치지 않을 생각이야. 그러니 그대도 도망칠 생각 같은 건 안 했으면 좋겠어."

라크안이 카루나의 손을 움켜잡고 그 손등에 입을 맞추었다.

"그럼, 가실까요. 부인."

"……!"

화들짝 놀란 카루나의 얼굴을 보며, 라크안은 그간 가슴 위에 묵직하게 얹혀 있던 무거운 짐이 녹아내리는 걸 느꼈다.

'진작 이럴 걸 그랬어.'

숲에서 카루나를 끌어안았을 때부터, 아니 그 이전부터 답은 하나였다. 카루나만이 그의 인생에 행복과 기쁨이었다. 리센의 반려면 어떻고, 숲의 능력을 가졌다면 어떤가. 곁에 머물며 전력을 다해 지키고, 사랑하면 될 일이다.

카루나를 위한답시며 머뭇거리던 태도를 집어치우니 차라리 마음이 편하고 속이 시원했다. 머뭇거리는 건 원래 그의 성미에 맞지 않았다. 애초부터 반려를 찾기만 하면 그녀가 누구든, 무엇이든 상관하지 않겠다고 마음먹지 않았던가.

다행히도 카루나는 열두 살 어린 소녀가 아니었고, 남편이 있는 유부녀도 아니었다. 그럼 됐다. 그녀가 누구든 무엇이든, 아무것도 중요하지 않았다. 그저 카루나라는 게 중요했다.

"공작 각하!"

언제는 허락도 없이 라안이라고 불러 사람을 행복하게 만들었으면서, 이제는 공작 각하라고 부르며 내외하는 카루나를 보고 라크안은 비죽- 웃었다. 심술궂은 미소였다.

"왜, 왜 그런 얼굴이에요?"

이럴 땐 또 눈치가 빨라 카루나가 뭔가 이상한 기색을 느끼며 뒤로 슬금슬금 물러섰다. 그래 봤자 라크안에게 어깨가 잡혀 있어 도망가지도 못하는데. 라크안은 제 품에서 꼼지락대는 카루나를 아예 두 손으로 번쩍 들어 올렸다.

꺅! 카루나의 비명이 저 멀리까지 퍼졌다. 라크안은 그 비명마저 품에 안았다. 카루나를 양손으로 안아 들었던 것이다. 카루나의 두 발이 허공에 동동- 흔들렸다.

"뭐, 뭐하는 거예요. 이거 못 놔요? 공작 각하! 지금 미쳤어요? 여, 여, 여기가 어딘 줄 알고!"

카루나가 당황하여 라크안의 어깨를 마구 내려쳤다. 라크안은 아랑곳하지 않고 뚜벅뚜벅 걸었다. 등 뒤에서 세나의 웃음소리가 들리는 듯하여 카루나는 뒤를 보지도 못했다.

얼마 안 가 붉은 비단으로 덮은 단상이 보였다. 황태자와 여러 고위 귀족들이 그 위에 앉아 있었다. 라크안과 카루나 말고는 모두가 도착해 있었다. 그들은 라크안을 반가이 맞이하다가 멈칫했다. 라크안이 카루나를 안고 있는 모습을 본 것이었다.

얌전하던 황태자의 몸에서도 다시 시원한 바람이 불어와 금발이 마구 흩날리기 시작했다. 당황했다는 증거였다.

"라, 아니, 바이켈드 공작? 지금 무슨……."

"죄송합니다. 엄숙한 자리라는 걸 아는데, 제가 제 마음을 주체 못 해서 말입니다."

라크안이 묵묵하게 말했다.

"미쳤어."

카루나는 두 손으로 얼굴을 가렸다. 그 풋풋한 모습 덕에, 미간을 찌푸렸던 귀족들이 헛웃음을 지었다. 천하의 카루나도 부끄러움을 느낄 수밖에 없었다. 수치를 모르는 늑대를 약혼자로 둔 대가가 이렇게 값졌다.

라크안은 빈 의자에 카루나를 조심스럽게 내려놓고, 그 옆자리에 앉았다. 앉아서도 카루나의 손을 꼭 잡고 놓지 않았다. 카루나는 차마 고개를 들지 못했다.

"좋을 때네요."

"그러게 말입니다. 그래, 결혼식은 언제 할 예정이시오? 나도 초대해 주겠지?"

"물론입니다, 후작. 꼭 참석해 자리를 빛내 주십시오. 제 약혼녀를 괴롭히던 이들을 정리했으니, 조만간 좋은 소식을 전해 드릴 수 있지 않겠습니까?"

라크안은 뻔뻔하게 대답했다. 카루나가 손톱으로 손등을 꾹꾹 찔러도 눈썹 하나 꿈쩍하지 않았다.

'갑자기 왜 이러는 거야? 도대체 뭐 때문에 사람이 갑자기 돌변한 거냐고'

마차 안에서 자신이 했던 말 때문에 라크안이 흔들리던 마음을 다잡았다는 걸 카루나는 알지 못했다.

"오우, 역시 새신랑이 되니 말도 많아지고 사람이 아주 싹- 바뀌었구만. 미리 축하하오, 공작."

"나도 축하합니다, 공작 각하. 정말 기대되는군요."

귀족들은 달라진 라크안의 모습에 놀랄 따름이었다. 바로 앞에 처형대가 서 있었고, 주변에는 사람들이 우글우글했다. 엄숙하고 진지한 자리이건만, 라크안과 카루나의 등장으로 단상 위는 금세 화기애애해졌다.

평소라면 분위기를 싸늘하게 만들었을 라크안이 웃는 낯으로 묻는 말에 꼬박꼬박 대답하니, 귀족들은 신기해하며 한마디라도 더 대화를 나누려 애썼다.

아무래도 백작가를 처단하는 자리이다 보니 고위 귀족들이 참관인으로 선발되었는데, 다들 나이가 지긋하니 라크안의 부모뻘인 경우가 많았다.

그들은 그간 사교계가 마카레나 백작가와 얽힌 일로 어수선했던 게 큰 불만이었다. 그리하여 사교계의 분위기를 전환시킬 수 있을 바이퀠드 공작의 결혼식을 무척 기대했다. 라크안은 절대 실망시켜 드리지 않겠다며 대답해, 귀족들의 기대를 더 크게 키웠다.

'미쳤어, 미쳤어!'

듣다 못한 카루나가 고개를 들고 라크안의 어깨를 찰싹찰싹 때릴 정도였다. 귀족들은 그 모습을 보고 또 '참 좋을 때다.'라며 웃음 지었다. 그리하여 마카레나 백작과 클레이엔이 도착하는 것도 보지 못했다.

"다들, 다음을 기약하시지요. 이제 시간이 되었습니다."

보다 못한 황태자가 그들을 말렸다. 그제야 귀족들은 얼굴을 굳히고 앞을 보았다. 낡은 짐마차 두 대가 사형대 근처에 선 게 보였다.

앞에 선 마차 문이 열리고 마카레나 백작이 내렸다. 그가 내리자 사람들이 돌을 던지고 침을 뱉었다. 마카레나 백작은 쏟아지는 비난 속에서도 여전히 꼿꼿했다. 그는 눈을 부릅뜨고 단상 위를 바라보았다. 카루나는 그가 자신을 보고 있는 것 같다는 느낌이 들었다.

라크안이 카루나의 손을 감싸 쥐었다. 힐끗 옆을 보니 살짝 미간을 찌푸리고 있었다. 걱정이 되기도 하고, 자신이 옆에 있으니 괜찮다고 말하고 싶기도 하고, 그런 게 아닐까. 카루나는 라크안의 생각을 짐작해 보았다. 그러자 왼쪽 가슴이 간질간질했다. 너무 간지러워서 재채기가 날 것만 같았다.

"……."

카루나는 손을 빼지 않고 가만히 있었다. 그사이 마카레나 백작은 처형대 옆, 빈 단상에 묶였다. 다음은 클레이엔 차례였다. 클레이엔이 마차에서 내렸다. 그녀는 여전히 그날, 황태자궁에서 보았던 것과 같은 차림새였다.

약간 엉클어졌으나 여전히 화려한 머리 장식, 결혼식 때나 입을 법한 화려한 드레스. 하나 그녀 자체는 딴사람이 되어 있었다.

한 번이라도 클레이엔을 직접 본 사람들은 모두들 자신의 눈을 의심했다.

불꽃이 타오르는 듯한 붉은 머리는 백발이 되어 있었다. 얼굴 역시 더 이상 카루나와 똑같지 않았다. 한쪽 눈가에 검은 얼룩이 생긴 얼굴은 비쩍 마르고 뾰족했다.

자세히 보면 마카레나 백작과 닮은 듯 보였으나, 사교계의 꽃이라 불렸던 미모는 온데간데없었다. 변치 않은 건 녹색 눈뿐이었다.

"이 마녀!"

"황태자 전하를 죽이려 하다니!"

"사악한 마법을 쓰다니, 죽어라!"

광장에 모인 사람들은 큰 소리로 클레이엔을 욕했다. 하나 누구도 감히 돌을 던지거나 침을 뱉지는 못했다. 사악한 마법을 쓰는 마녀에게 해코지를 했다가는 위험해질지 모른다는 두려움 때문이었다.

혹여나 클레이엔이 고개를 돌려 자신 쪽을 바라보면, 비명을 지르며 뒤로 물러났다. 클레이엔은 철십자 기사 두 명에게 붙들려 사형대를 향해 걸어갔다.

그때까지 클레이엔은 멍한 상태였다. 이른 아침이라 잠이 덜 깨서 그런가 싶었다. 아니면 뒤늦게나마 자신의 모든 죄를 인정하고 속죄하고 있는 게 아닐까. 단상 위 귀족들이 수군거렸다.

'그럴 리가.'

카루나는 코웃음을 치며 클레이엔을 바라보았다. 클레이엔의 태도가 극적으로 바뀐 것은 막 사형대의 계단에 오르려고 할 때였다. 사형 집행인과 사제, 둘이 사형대 위에서 클레이엔을 기다리고 있었다.

삐걱. 얼기설기 엮은 나무판자가 두 기사와 한 여인의 무게를 견디지 못하고 비명을 질렀다. 그 소음이 클레이엔을 제정신이 들도록 만들었다.

"……!"

클레이엔은 그제야 잠에서 깨어난 사람처럼 눈을 크게 뜨고 주변을 두리번거렸다.

가만히 서 있는데도 피 냄새가 나는 사형 집행인과 엄숙한 표정의 사내. 죽으라고 소리를 지르며 노려보는, 생판 처음 보는 사람들. 무엇보다 시퍼런 칼날이 떨어지길 기다리고 있는 사형대. 클레이엔의 얼굴이 칼날보다 더 시퍼렇게 질렸다.

"시, 싫어. 싫어어어! 싫어!"

클레이엔의 비명이 광장 가득 울려 퍼졌고, 얼굴은 일그러졌다. 눈가에 눈물이 그득 차오르더니 예고 없이 뚝뚝 떨어졌다.

"아, 아빠. 아빠, 아빠아아, 아빠!"

서럽게 울며 찾는 건 자신의 아버지, 마카레나 백작이었다.

"오, 내 딸아."

내내 침묵을 지키고 있던 마카레나 백작이 입을 열어 클레이엔을 불렀다. 어찌나 침통한 표정이던지, 사정을 모르는 사람이 봤다면 억울하게 누명을 써 벌을 받고 있는 사람인 줄 알았을 것이다. 클레이엔은 단상 아래 나무에 묶여 있는 마카레나 백작을 보았다.

"아, 아빠! 아빠가 왜 거기에 있어요? 사, 살려 줘요. 살려 줘요! 왜 내가 여기에 있는 거예요? 아빠, 난 아무 죄도 없어요. 아빠가 그랬잖아요. 날 황태자비로 만들어 준다면서요. 그런데, 왜, 왜, 왜 내가 죽어야 해요? 내가 뭘 잘못했다고?"

"클레이엔, 내 딸아. 너는 아무 죄도 없단다. 죄가 있다면 내게 있지, 네가 무슨 죄가 있겠니."

마카레나 백작이 사형대 앞으로 몰려든 군중을 노려보며 말했다. 광장은 클레이엔의 죽음을 보러 온 사람들로 수두룩했다. 주변 건물들도 죄다 창문을 열어 놓았고, 옥상에도 사람들이 바글바글했다.

귀족과 평민이 뒤섞여 클레이엔의 죽음과 마카레나 백작의 파멸을 보러 온 것이었다. 마카레나 백작은 그 속에 숨어 있을 자신의 지지자들에게 메시지를 보냈다.

"너는 불쌍하게도, 아무 죄 없이 죽임을 당하는구나. 분명 훗날, 네가 누명을 쓴 사실이 밝혀질 게다."

반드시 누명을 쓴 것으로 만들라는 지시였다. 마카레나 백작은 다시 클레이엔을 올려다보았다. 언제나 이성적으로 빛나던 눈이 시뻘겋게 변해 있었다.

"내 딸아, 너는 마카레나 백작가의 여식이며 내 하나뿐인 딸이란다. 비록 더러운 누명을 쓰고 죽임을 당하나, 우리 가문의 명예를 위해 의연하게 죽거라. 내 반드시 네 억울함을 풀어 주마."

끓어오르는 절망과 슬픔을 애써 삼키고, 딸에게 죽음을 말하는 아버지의 심정이 절절한 목소리에 고스란히 담겼다. 웅성거리던 사람들은 숨소리조차 죽인 채 마카레나 백작의 말에 귀를 기울였다.

"뭐야, 누명을 쓴 거였어?"

"그럴 리가. 황태자 전하를 여러 번 죽이려고 했다면서."

"그런데…… 저렇게 당당한 걸 보니까 뭔가 이상한데?"

어리숙한 사람들 사이사이, 말을 유려하게 하는 사람들이 준비해 온 소문을 흘리기 시작했다.

"어휴, 그 소문도 못 들어 봤어요? 이번 일이 다 저 바이켈드 공작의 약혼녀가 벌인 음모라잖아요."

"음모?"

"음모라니?"

"저 여자가 공작을 놔두고 황태자랑 붙어먹었다는 얘긴 들어들 보셨죠?"

"아, 나도 들은 거 같네. 저 여자가 아무래도 공작 부인보다는 황태자비가 더 좋을 거 같으니까 황태자비 후보인 클레이엔 아가씨를 내쫓고 자기가 황태자비가 되려 한다면서?"

"뭐야, 그러면 정말로 억울한 거 아닌가? 저대로 사형당하게 두면 안 되는 거 아니냐고!"

"황태자 전하께서 저 여자의 꾐에 넘어가셨나 보네. 우리가 지금이라도 알려 드려야겠어!"

사방에서 수군대던 목소리가 금세 커다랗게 변했다. 안 그래도 군중은 사형이라는 커다란 이벤트를 앞두고 흥분한 상태였다. 삼각관계, 치정 싸움, 누명, 불쌍한 죽음. 자극적인 이야기에 금방 젖어 들어서는 그게 진짜라고 믿게 되었다.

"클레이엔을 죽이지 마라!"

누군가의 고함이 물꼬를 텄다. 군중 사이사이에서 클레이엔은 억울하다는 목소리가 터져 나오기 시작했다.

"그게 무슨 소리야! 여태껏 저 악녀가 얼마나 나쁜 짓을 많이 했는데!"

"네가 봤어? 봤냐고! 다 저 바이켈드 공작 약혼녀라는 여자가 수를 쓴 거라잖아!"

"야, 너 우리 공작 각하께 각하라고 꼬박꼬박 호칭 안 붙이냐? 너 좀, 뭔가 이상하다?"

군중이 둘로 나뉘어 웅성대기 시작하며, 그 혼란이 단상 위로까지 전해졌다. 황태자와 고위 귀족들은 당황하기 시작했다.

"아니, 백성들이 저렇게까지 말할 정도면……."

"잠깐 사형을 미루고, 다시 한번 검토해 봐야 하는 거 아닙니까? 고위 귀족 가문의 멸문이 걸린 일입니다. 한 치의 의혹도 있어서는 안 되지 않습니까."

고위 귀족들 중에서도 마카레나 백작에게 당해 본 적 없는 몇몇은 갈팡질팡하기까지 했다.

'혹은 미리 마카레나 백작에게 뇌물을 받았겠지. 아예 마카레나 백작 쪽 사람일지도 모르고.'

카루나는 마카레나 백작의 편을 드는 고위 귀족들을 차가운 눈으로 바라봤다. 모두 기억해 두었다가 철저히 뒷조사를 해 볼 계획이었다. 단상 위에서 태연한 건 카루나와 라크안뿐이었다.

라크안은 픽- 웃으며 재미있다는 듯 아래를 내려다보고 있었다. 혹시나 라크안이 다른 귀족들처럼 당황하거나 흔들렸다면 옆구리를 아프게 꼬집으려고 했건만. 카루나는 곁눈질로 라크안을 보고는 만족스럽게 웃었다.

'그래, 그래야 내 남편감답지.'

스스로의 생각을 부끄러워할 새가 없었다. 카루나는 마음 놓고 라크안에 대한 생각을 미루곤 마카레나 백작을 내려다보았다.

'마카레나 백작, 정말 끝까지 포기를 안 하네.'

딸이 처형대에 오르는 상황에서마저 마카레나 백작은 판을 뒤집으려 시도하고 있었다. 그 끝없는 노력에 약간의 경의를. 그리고 심심한 위로를.

'하지만 당신은, 당신 딸을 너무 몰라. 그게 매번 당신이 실패하는 이유인걸.'

마카레나 백작의 계획은 정말이지 대담하고 놀라운 것이었다. 어차피 마지막 기회였다. 실패할 확률이 높을 거라 생각했으면서도 한 번 시도는 해 본 것일 터. 도박은 성공했다. 아니, 성공할 뻔했다.

클레이엔만 아니었다면.

"황태자 전하, 살려 주세요!"

클레이엔이 어린아이처럼 울음을 터뜨렸다. 동시에 카루나는 빙긋, 미소 지었다.

"전 아무 잘못도 없어요. 바, 방금 들으셨잖아요. 전 아무 죄도 없어요. 잘못은 다 제, 제 아버지, 마카레나 백작이 저지른 거예요. 전 아무것도 몰라요. 저, 전, 그저 황태자비로 만들어 준다고, 그랬던 아버지 말을 따른 것밖에 없어요."

클레이엔이 볼썽사납게 울며 황태자에게 사정했다. 철십자 기사들이 클레이엔을 사형대로 끌고 가려고 하자 그녀의 발악은 더욱 거세졌다.

"시, 싫어! 싫어어! 내, 내가 왜 죽어야 해? 내가 왜 죽어야 하냐고! 난 아무 자, 잘못도 없어. 잘못한 건 우리 아빠야, 황태자 전하라고. 내가 도대체 뭘 잘못했는데!"

클레이엔의 목소리가 광장에 널리널리 퍼져 나갔다.

'무슨 죄를 지었냐고?'

카루나는 실소를 지었다. 갑자기 눈가가 시큰하게 아려왔다. 그간, 클레이엔의 대역으로 살아왔던 10여 년. 죽을 뻔했다가 살아나, 마카레나 백작의 눈에 띌까 봐 벌벌 떨었던 이후의 삶. 그 모든 기억이 눈앞을 스치고 지나갔다.

그 모든 삶의 단물만 취하고 누렸지 않은가. 그것도 모자라 끊임없이 자신을 짓밟으려 했다.

'내가 잘나고 재빨라서 죽지 않고 지금까지 살아남았어. 널 역으로 골탕 먹이며 이겼지. 네가 날 죽이지 못하고, 짓밟지 못한 건 내가 잘 버텨서야. 네가 죄가 없기 때문이 아니고.'

카루나는 이를 악다물었다. 그러지 않으면, 보기 흉하게 눈물이 나올 것 같았다. 하지만 그러면 안 된다. 울고 투정 부려도 될 상황과 그렇게 하면 안 되는 상황은 구분할 줄 알았다.

클레이엔이 제 아비를 제물로 삼고 황태자에게 목숨을 구걸한 순간, 광장은 놀라울 정도로 차갑게 식었다.

"……뭐야. 왜 저래."

"황태자 전하께선 전설에 나오는 바람의 힘을 가지신 분이라잖아! 저기 안 보여? 전하의 주변만 계속 바람이 불잖아. 저런 분을 죽이려고 한 게 저 여자야! 억울하긴 뭐가 억울해!"

"추저분하다. 자기가 황태자 전하를 죽이려고 했으면서 아버지가 그랬다고 뒤집어씌우는 거야?"

"마카레나 백작에게 죄가 있다면 황태자 전하께서 백작을 죽이셨겠지."

군중의 여론이 순식간에 뒤바뀌었다.

그 흐름을 빠르게 부채질한 사람들이 곳곳에 박혀 있었다. 이건 카루나 쪽에서 심은 사람들이었다. 여론은 손바닥 뒤집듯 손쉽게 뒤바뀌었다. 천하의 마카레나 백작도 당황하지 않을 수 없었다. 그는 딸과 달리 분위기를 읽을 줄 알았다.

"……카루나, 네가!"

곧바로 주도한 이가 누군지 알아채고 단상 위를 노려보았다.

'제게 이런 걸 가르쳐 준 게 바로 백작님이시죠.'

카루나는 백작의 눈을 피하지 않고 기꺼이 미소 지어 보였다. 결국 클레이엔을 위해 만들어진 사형대는 그 쓰임을 다했다.

"시, 싫어어! 싫어! 사, 살려 주세요! 살려 주세요! 황태자 전하, 아버지! 아빠!"

클레이엔은 발버둥을 치며 달아나려 했으나 건장한 두 기사를 이길 순 없었다. 두 기사는 클레이엔을 질질 끌고 그녀의 목을 단번에 자를 날카로운 칼날을 향해 다가갔다.

"……!"

그 광경을 지켜보는 마카레나 백작의 눈에서 불똥이 튀었다.

"감히!"

일어서려는 듯 몸을 들썩였으나 그게 전부였다. 마카레나 백작은 팔다리가 단단히 묶여 있었기에 클레이엔에게 갈 수 없었다.

"내 딸을, 아무도 내 딸을 해치지 못한다!"

마카레나 백작이 그답지 않게 고함을 질렀다. 천하의 마카레나 백작 역시 딸의 죽음 앞에서는 냉철한 이성을 유지하지 못하는 걸까, 생각하려는 찰나.

사형대 근처로 몰려든 군중 틈에서 복면을 쓴 사람들이 튀어나왔다. 조금 전 클레이엔을 옹호하는 말을 늘어놓던 이들이었다. 십수 명은 족히 되어 보였다.

"아가씨를 구한다!"

"클레이엔 아가씨를 구해라!"

그들이 소리를 지르며 사형대로 올랐다.

"이런!"

"이를 어쩌면 좋아."

단상 위에 앉아 있던 고위 귀족들이 경악했다. 호위들이 앞으로 나서며 그들을 보호했다.

"이렇게까지 나오다니!"

카루나는 아랫입술을 깨물며 자리에서 벌떡 일어섰다. 궁지에 몰리면 이전엔 하지 않았던 행동을 하게 되는 것일까. 전혀 예상치 못한 반격에 경악할 따름이었다.

만일 다른 귀족이 저런 상황에 처했다면, 마지막에 제 딸을 구하기 위해 무슨 짓이든 하리라 예상하고 그에 맞춰 대응해 두었을 것이다. 하나 마카레나 백작이기에, 그가 이렇게 어리석은 수를 두지는 않으리라 생각하여 카루나는 따로 무력을 배치하지 않았다.

'황제의 명을 거역하고 무력으로 딸을 빼내려 하다니? 성공할 수 있으리라 생각한 거야? 정말로? 성공하면? 성공하고 난 이후엔 어쩌려고?'

황제는 결코 도망친 죄인들을 용서하지 않을 것이다. 잡은 자리에서 죽여도 좋다는 허락을 내리고 추격자를 보낼 것이고, 마카레나 백작과 클레이엔의 시체를 보기 전까지는 포기하지 않을 것이다.

마카레나 백작과 클레이엔은 살아 있는 내내, 도망자의 신분으로 살아야 한다. 끈이 닿아 있던 이웃 왕국은 왕세자가 교체되었으니 도움을 바라기 힘들 것이고, 재산은 모두 몰수되었고, 숨겨 놓았던 재물은 루시온이 파악하여 모두 처리했다.

그런 상태에서 클레이엔이라는 혹을 달고 마카레나 백작이 얼마나 견딜 수 있을까. 그 전에, 클레이엔이 비참한 도망자의 삶을 이해할 수는 있을까.

마카레나 백작과 클레이엔에 대해 누구보다 잘 아는 카루나이기에 이런 극단적인 행동을 하는 마카레나 백작을 이해할 수 없었다.

'이런 게 부모의 사랑이라는 거야? 당장 뒤를 돌아보지도 않고, 살릴 수만 있으면 뭐든 다 하겠다는 거야?'

발악.

클레이엔을 구하려고 애쓰는 마카레나 백작의 행동은 말 그대로 발악이었다. 그는 이제 카루나를 보지도 않았다. 오직, 사형대 위에 올라 울고 있는 클레이엔만을 바라볼 뿐이었다.

"내가 죽고 네가 산다면, 나는 백 번이고 천 번이고 사형대의 칼날을 기쁜 마음으로 받아들였을 것이다. 그런데 네가 죽고 내가 살아야 한다니. 어찌 내가 받아들일 수 있겠니. 클레이엔, 내 딸아. 나는 내가 할 수 있는 모든 방법을 다 써서 너를 구해 낼 것이다."

마카레나 백작이 피를 토하듯 소리쳤다. 그의 각오를 증명하겠다는 듯, 마카레나 백작의 마지막 하수인들은 거침없이 경비병들을 베었다. 막 그들의 검이 클레이엔을 붙잡고 있는 철십자 기사들의 몸을 벌집으로 만들려고 할 때였다.

"괜찮아. 걱정하지 마."

라크안이 카루나의 손을 잡고 그녀를 다시 자리에 앉혔다.

"……공작 각하?"

카루나가 라크안을 보았다. 라크안은 단상 아래를 굽어보고 있었는데, 조금도 당황하지 않았다.

"그 대단한 부모의 사랑, 내가 막아 드리지."

오히려 그 광경을 비웃고 있었다. 너무도 여유로운 모습인지라, 카루나는 사태의 심각성을 잊은 채 긴장을 풀고 말았다. 그건 괜찮은 선택이었다. 상황은 곧바로 바뀌어 버렸으니까.

"클레이엔을 지켜라! 절대 빼앗겨서는 안 된다!"

단상 아래에서 우렁찬 목소리가 들렸다. 카루나에게 익숙한 목소리였다.

"세, 나 경?"

카루나는 뒤를 돌아보았다. 조금 전까지만 해도 거기에 서서 카루나를 호위하고 있던 세나가 보이지 않았다. 세나는 어느새 단상 아래로 내려가서 검을 빼들고 있었다.

그녀의 고함이 광장 곳곳으로 울려 퍼졌다. 마카레나 백작의 하수인들이 놀라 그녀를 바라보았고, 그 바람에 움직임이 늦어졌다. 세나는 씩- 웃으며 재빠르게 달려가 가장 가까운 곳에 서 있는 자부터 칼로 베어 냈다.

그녀의 검이 한가득 피를 뿌리자, 곳곳에서 로브를 뒤집어쓰고 있던 자들이 튀어나왔다. 낡은 로브를 벗어 던지니 무장한 철십자 기사들의 모습이 나타났다.

"맙소사, 미리 준비했던 거예요?"

카루나가 묻자, 라크안은 당연하다는 듯 어깨를 으쓱였다.

"어떻게 알고요? 저쪽에 첩자라도 심어 두었던 거예요? 왜 나한테는 말을 안 해 준 거예요!"

"한 줌밖에 안 남은 세력에 어떻게 첩자를 심을 수 있었겠어. 그냥, 그럴 거 같아서 대비해 둔 것뿐이야."

"그럴 것 같았다고요? 이건 마카레나 백작의 평소 스타일과 전혀 다르잖아요."

"그래, 다르지. 다르다 뿐인가. 그가 평소 극심하게 혐오하는 방법이기도 하지."

"맞아요. 마카레나 백작, 이렇게 뒷일을 생각하지 않고 무리하게 움직이는 사람을 언제나 증오하고 곁에 가까이 두지 않았어요. 그런데 어째서……."

카루나는 단상 아래를 내려다보았다. 상황은 혼란스러웠으나, 그 혼란은 빠르게 진정되고 있었다. 사형대에 몰려들었던 군중이 비명을 지르며 뒤로 물러났지만 아주 도망가지는 않았다. 이마저도 꽤 재미난 구경거리라고 생각하는 듯했다.

사람들이 물러난 덕에 화형대 주변에 둥그런 공터가 생겼다. 그 공터에서 철십자 기사들과 마카레나 백작의 하수인들이 검을 부딪쳤다. 마카레나 백작의 하수인들은 감히 철십자 기사들을 당해 내지 못했다. 순식간에 절반이 피를 토하며 쓰러졌다.

가장 눈부신 활약을 보이는 것은 세나였다. 세나는 미친 말처럼 날뛰며 적들을 베었다. 그들이 철십자 기사들과 맞붙는 것을 포기하고, 동료들의 희생을 발판 삼아 사형대로 가 클레이엔을 빼내려 할 때마다 그들을 붙잡아 패대기쳤다.

얼마 지나지 않아 마카레나 백작의 하수인들은 남김없이 제압당했다. 죽은 자도 몇 있었다. 마카레나 백작은 그 모든 광경을 눈 한 번 깜빡이지 않고 지켜보았다.

마지막 남은 한 명마저 클레이엔에게 닿지 못하고 쓰러지자, 더는 견디지 못하고 눈을 감았다. 감긴 눈에서 흐른 눈물이 뺨을 타고 내렸다. 마침내 마카레나 백작의 얼굴에 패배감이 드리워졌다.

"부모잖아."

라크안은 그런 마카레나 백작을 보며 말했다.

"제 자식이 제 눈앞에서 죽게 되었는데, 제정신을 유지할 수 있는 사람이 어디 있겠어."

"하, 하지만……."

"암살 위협이 있었을 때, 황태자 전하에게 황제 폐하께 가라고 조언한 게 그대였잖아? 그때와 똑같은 경우일 뿐이야."

"똑, 같은 거라구요?"

카루나는 이해가 되지 않아 눈을 깜빡였다. 황태자에게 그리 조언한 건, 철저히 계산해서 나온 방법이었다. 황제는 의심이 많고, 황권을 강화하는

데 혈안이 되어 있는 사람이니, 자신의 후계자가 황궁에서 살해 위협을 당했다는 걸 가만두고 보지 않을 것이다.

거기에 더해, 요즘 들어 슬슬 말을 안 듣는 황태자가 자진해서 굽히고 들어와 살려 달라고 매달리면, 자신의 권위를 인정받은 느낌에 흡족해하지 않을까. 황태자에게는 아버지의 사랑이니 뭐니를 운운하긴 했지만, 그건 꾸밈말에 불과했다. 그런데 라크안이 그때의 경우와 이번 경우가 다르지 않다고 말했다.

'다르지 않다고?'

카루나는 눈물 흘리는 마카레나 백작을 바라보았다.

"부모, 니까?"

"그래, 부모니까. 황제 폐하께서 왜 이런 처벌을 내렸겠어. 마카레나 백작이 이렇게까지 할 정도로 고통스러워하리란 걸 알고 이런 명을 내리신 거지. 폐하 역시, 마카레나 백작 때문에 경험해 본 감정일 테니."

라크안의 말에 주변에 앉아 있던 고위 귀족들이 고개를 끄덕였다. 모두들 카루나와 라크안만 한 자식들을 가지고 있을 연배였다. 몇몇 남자 귀족들은 눈시울을 붉히기까지 했다. 그간 마카레나 백작에게 당한 일은 생각 안 하고, 아버지로서 동질감만 느끼는 듯했다. 카루나는 그런 귀족들의 모습이 보기 싫었다.

'부모의 마음이라……'

전해만 듣고, 구경만 했을 뿐 한 번도 경험해 본 적 없는 것이었다.

문득, 숲의 장로의 말이 생각났다. 하지만 그가 알려 준 건 오직, 어머니에 대한 단편적인 정보뿐이었다.

장로는 카루나의 아버지에 대해서는 입도 벙긋하지 않았다. 어머니에 대한 이야기를 들은 것만으로도 충격을 받은 카루나는 아버지에 대해 미처 물어볼 생각도 못 했고.

그게 새삼 사무쳤다. 마음 한구석에 뚫려 있는지도 몰랐던 구멍이 드러나

서늘한 바람이 드나드는 것 같은 기분이었다. 카루나는 애써 그 기분을 모른 척했다.

"그래서 공작 각하는 그 아버지의 마음이란 걸 알고 있어서, 마카레나 백작의 마지막 수에 대응하셨단 말이군요."

아무렇지 않게 말한다고 한 거였는데, 목소리가 살짝 떨렸다. 복잡한 속마음을 들켰다 싶어 라크안의 눈치를 보았다. 못 알아챈 건지, 모르는 척해 주는 건지, 라크안의 얼굴색은 달라지지 않았다.

"그대가 황태자 전하께 해 준 조언을 참고한 것뿐이야."

라크안은 담백하게 대답하고는 자리에서 일어났다. 손을 맞잡고 있었던 터라 얼결에 카루나도 자리에서 일어서게 되었다. 황태자 역시 아래쪽 상황이 어느 정도 수습된 걸 보고는 자리에서 일어섰다.

황태자는 엄숙한 말투로 마카레나 백작을 꾸짖었다. 죄인의 신분으로 죄 위에 죄를 더한 그를 모질게 질타했다. 그러고는 사형 집행인에게 손짓했다.

클레이엔을 빼앗기지 않으려 잘 지키고 있던 철십자 기사들이 클레이엔을 그에게로 데려갔다. 사제의 간단한 기도 후 클레이엔은 억지로 눕혀졌다.

"사, 살려…… 살려 주세요, 제발요. 황태자 전하, 제가 잘못한 건, 잘못한 게 있다면…… 전하를 사랑한 것뿐이에요. 전하를, 전하의 사랑을 받고 싶었어요. 그래서 그랬던 거예요."

그녀가 목 놓아 외쳤다. 언제나 뽀얗고 혈색 좋던 얼굴이 희게 질려 있었다. 언제부터인지 그녀는 울고 있었다. 하지만 그녀의 간청은 황태자의 마음을 움직이지 못했다. 그녀의 아버지, 마카레나 백작의 억장만 무너뜨렸을 뿐이었다.

"내 딸, 내 딸이 무슨 잘못이 있느냐. 나를 죽여라, 차라리 나를 죽여!"

진부하다면 진부한 대사를 읊으며, 마카레나 백작이 몸부림쳤다.

"내 딸이 무슨 잘못이 있는가! 내 딸이!"

그가 울부짖을 때, 클레이엔의 머리 위에서 시퍼렇게 빛나던 칼날이 떨어져 내렸다.

"……!"

카루나는 차마 보지 못하고 고개를 돌렸다. 피가 여기까지 튈 리가 없을 텐데도, 피를 뒤집어쓴 것 같은 기분이 들었다. 사람의 죽음은 아무리 봐도 익숙해지지 않는 것이었다.

복수란, 생각만큼 짜릿하지도 상쾌하지도 않았다. 그렇다고 복수를 후회하는 것은 아니었다. 씁쓸하고 찝찝한 이 기분 역시 복수에 성공한 자만이 맛볼 수 있는 결실일 테니까.

'청부 길드의 길드장이 내 배에 칼을 꽂아 넣을 때, 마카레나 백작은 날 생각하며 슬퍼했을까?'

천만에.

'내 얼굴을 하고, 내가 10년간 만들어 온 모든 걸 낚아챈 클레이엔이 지난 10년간 자신을 대신해 고생한 날 단 한 번이라도 떠올리며 고마워하고, 내 죽음을 미안해했을까?'

역시나 그럴 리가.

만일 그날, 그대로 죽어 버렸다면, 마카레나 백작은 제가 쓰고 버린 도구를 깔끔하게 잊었을 것이다. 클레이엔 역시 마음껏 자신의 인생을 즐기며 살았을 것이다. 황태자비가 되어서. 또 황후가 되어서. 카루나를 죽여 비밀을 영원히 묻길 잘했다고 생각하면서.

그리고 라크안.

카루나는 눈을 떠 라크안의 옆모습을 바라보았다. 그는 굳은 얼굴로, 클레이엔의 죽음을 똑바로 바라보고 있었다.

'나 없이 여전히 저들에게 시달렸겠지. 황제에게 이용당할 대로 당하고 마카레나 백작의 수작에 넘어가 다시 변방으로 떠나야 했을지도 몰라.'

그러지 않았을 수도 있겠지만, 그랬을 거라고 믿고 싶었다. 그만큼 라크안에게 자신이 필요했노라고, 내 복수가 그만큼 대단한 정당성을 가지고 있노라고, 합리화하고 싶은 이기적인 생각일지도 모른다.

'이기적인 게 뭐 어때서?'

카루나는 그런 자신에게 당당했다. 그녀가 다시 앞을 바라보았다.

"아, 안 돼. 안 돼! 클레이엔, 내 딸. 내 딸아!"

마카레나 백작이 목 놓아 울부짖고 있었다.

"네놈, 그리고 네놈의 아비. 내 평생토록 너희를 저주하겠다. 내 딸을 죽이고 나를 살려 둔 것을 반드시 후회하게 만들어 주마. 이대로, 이대로 끝이라고 생각한다면 아주 큰 오산이다. 나는, 나는…… 이대로 끝나지 않는다."

마카레나 백작이 단상 위의 황태자를, 그리고 라크안과 카루나를 노려 보며 소리쳤다. 그의 절규가 광장을 가득 메웠다.

"감히 전하께 협박을 하다니!"

"당장 황제 폐하께 주청을 드려 저자 또한 사형시켜야 합니다."

"……마카레나 백작이라면, 언제고 전하와 각하, 두 분의 앞길에 다시 장해물이 되어 나타날지도 모릅니다."

단상 위 귀족들이 한마디씩 하며 마카레나 백작의 사형을 주장했다. 하나 황태자는 그들의 말에 휩쓸리지 않았다. 그는 마카레나 백작의 곁에 서 있던 철십자 기사에게 손짓했다.

"딸을 한 번 보게 해 주게. 마지막일 테니까."

황태자는 저를 저주하는 죄인에게 마지막 자비를 베풀었다. 마카레나 백작은 이대로 바로 유배를 떠나야 할 몸이었다. 황제는 백작이 제 딸의 시신을 수습하고 장례를 치를 수 있는 시간조차 허락하지 않았다. 마카레나 백작을 지키고 서 있던 철십자 기사가 머뭇거리다가 그의 결박을 풀어 주었다.

"클, 레이엔. 클레이엔…… 내, 딸아……."

마카레나 백작은 넋 나간 사람처럼 처형대를 향해 비틀대며 걸어갔다. 그를 지탱해 줄 지팡이는 없었기에 오직 자신의 두 발로 걸어가야만 했다.

그가 막 처형대의 나무 계단에 발을 디디려는 그때, 누군가가 사람들 틈에서 튀어나와 마카레나 백작에게 달려들었다. 철십자 기사가 어찌 대응할 새도 없이, 마카레나 백작이 피할 틈도 없이, 사내가 마카레나 백작의 품속으로 파고들었다.

"백작, 나를 잊진 않았겠지!"

쇳소리 섞인 거친 목소리.

"죽어!"

품에 숨겨 둔 칼을 꺼내 주저 없이 마카레나 백작의 왼쪽 심장을 찍었다.

"너, 너는! ……컥!"

마카레나 백작이 역류하는 피를 토하며, 사내가 쓰고 있던 후드를 잡아당겼다. 곧 사내의 얼굴이 만천하에 드러났다. 이 자리에 서 있는 누구도 그가 누군지 알지 못했다. 오직 카루나만 제외하면.

'청부 길드의 길드장.'

카루나의 몸이 잘게 떨렸다. 그는 카루나가 마지막으로 봤을 때보다 더 수척해져 있었고, 그간 고생이 심했는지 얼굴 여기저기에 상처가 나 있었다. 두 눈두덩 주변도 움푹 패여 시커멓게 변한 모습이었다.

그는 광인처럼 기괴하게 웃으며, 칼을 뽑아 들었다. 그리고 다시 마카레나 백작을 찍었다. 푹, 푹. 그의 손이 움직일 때마다 붉은 피가 분수처럼 튀어 올랐다. 사내는 마카레나 백작이 흘린 피를 뒤집어쓴 지 오래였다.

갑작스럽게 일어난, 끔찍한 광경에 모두들 굳어 버렸다. 그 커다란 광장이 싸늘하리만치 고요해졌다. 푹, 다시 푹. 사내가 마카레나 백작을 찌르는 소리만 크게 울릴 뿐이었다.

"나, 나를, 나를 그렇게 버리고 네가 무사할 수 있을 거 같아? 저, 절대로 용서하지 않아. 주, 죽어도 같이 죽는 거야!"

사내가 눈물을 줄줄 흘리며 소리쳤다. 마카레나 백작은 그의 발치에 쓰러졌다. 몸뚱이가 피를 쏟으며 꿈틀, 꿈틀 떨렸다. 생명이 꺼지기 직전, 백작은 흐린 눈을 들어 저 멀리에 쓰러져 있는 클레이엔의 시신을 바라보았다.

몸과 분리된 머리가 마카레나 백작을 바라보는 듯했다. 끝까지 비명을 지르고 몸부림치다 죽은 여인의 얼굴은 형편없이 일그러져 있었다. 클레이엔은 죽어서도 눈을 감지 못했다.

"내, 딸을…… 황태자비로……."

그녀의 꿈. 그가 만들어 주고자 했던 빛나는 미래. 손에 넣기 직전 흩어져 버린 그 허상을 되뇌며, 마카레나 백작은 눈을 감았다. 그렇게 한 처형대 위에서 부녀가 죽었다.

"잡지 않고 뭐 하는 거야. 당장 잡아!"

세나가 버럭 소리를 질렀다. 그녀는 마카레나 백작의 수하들을 처리하느라 사형대에서 좀 멀리 떨어져 있었다. 그녀의 목소리를 듣고서야 철십자 기사들이 정신을 차리고 사형대 위로 몸을 날렸다.

철십자 기사들은 마카레나 백작을 죽인 사내를 제압하고, 단상을 올려다보았다. 황태자와 귀족들은 갑작스레 눈앞에서 벌어진 살인 사건을 보고 모두들 할 말을 잃은 상태였다.

라크안은 아무 말이 없었다. 생각에 잠긴 듯 턱을 괴고 피로 젖은 사형대를 내려다볼 뿐이었다.

'이제 영원히 안녕이네요. 마카레나 백작님.'

카루나는 떨리는 손을 드레스 자락 사이로 감추었다. 새삼스럽게 지난 10년의 기억이 머릿속에 스쳐 지나가거나 하지는 않았다. 그저, 울고 싶을 뿐이었다. 카루나는 그 눈물을 참기 위해 아랫입술을 세게 깨물어야 했다.

* * *

클레이엔의 사형식은 혼란 속에서 급히 마무리되었다. 철십자 기사단이 추가 투입되어 몰려든 인파를 해산시켰고, 단상 위 귀족들을 호위하여 안전한 곳으로 모셨다.

마카레나 백작을 암살한 사내는 현장에서 붙잡혔으나 스스로 혀를 물고 자살하는 바람에 무엇도 알아낼 수 없었다. 단독 범행인지, 누군가의 사주가 있었는지조차 불분명했다.

마카레나 백작 암살 소식을 들은 황제는 가장 먼저 황태자의 안위만을 확인했다. 황태자가 무사하다는 전갈이 오자 마카레나 백작의 죽음 자체는 그다지 신경 쓰지 않았다. 당시 현장에 있던 황태자에게 맡길 따름이었다.

황태자는 끝까지 단상 위에 남아 사건을 수습했다. 라크안은 그를 호위하기 위해 곁을 지켰고, 카루나를 먼저 저택으로 보내려 했으나 실패하여 제 곁에 꼭 붙들어 두었다. 상황이 어느 정도 수습되었을 때. 황태자는 그제야 물러가겠다며 인사하는 라크안의 팔을 잡았다.

"잠깐. 할 말이 있어."

"말씀하십시오, 황태자 전하."

"내내 고민했어. 아랫사람들을 시켜 고문헌을 찾아보게도 시키고."

"무엇을 말입니까?"

"이것. 갑자기 내게 생긴 이 능력."

황태자의 말이 끝나기 무섭게 황태자에게서 시원한 바람이 불었다. 라크안의 망토와 카루나의 앞머리가 살랑살랑 흔들렸다.

"벌써 능숙하게 다루시는군요. 역시 전하십니다."

"그런 칭찬을 듣고 싶은 게 아니야."

"단순한 칭찬이 아닙니다. 저는 감탄해 마지않고 있습니다."

라안이 무뚝뚝한 얼굴을 한 채로 말했다.

"자꾸 말 돌리지 마."

황태자는 빠져나가려는 라크안을 놓치지 않았다.

"라안, 너는 모르는 일이라고 말했지만 난 생각이 달라. 넌 뭔가를 알고 있어. 그렇지?"

"그렇게 생각하시는 이유가 궁금하군요. 전 정말로, 모르는 일입니다."

라크안이 얼굴을 굳히며 말하자, 황태자가 피식 웃으며 카루나를 가리 켰다.

'나? 왜?'

카루나가 눈을 동그랗게 뜨고 황태자를 올려다보았다.

"그렇다면 카루나의 능력은 어떻게 설명할 건데?"

"그건……."

"또 모른다느니, 하는 말은 하지 마. 내가 환각을 본 거라고도 말하지 말고. 난 그때 분명히 봤어. 증거도 남아 있고."

아직도 황태자궁 건물은 꽃과 넝쿨로 덮여 있었다.

"……."

"……."

라크안과 카루나는 함께 침묵했다.

"황태자 전하와 제 약혼녀는 전혀 다른 경우입니다. 제 약혼녀는 최초의 숲에서 일시적으로 숲과 관련된 능력을 얻은 것뿐입니다."

라크안이 카루나를 제 등 뒤에 숨겼다.

"황태자 전하의 능력은…… 글쎄요. 제가 알지 못하는 영역의 일입니다. 세간에 떠도는 소문처럼, 제국의 시조이신 초대 황제가 가지고 있던 능력이 다시 발현된 것일지도 모르지요."

"하, 내가 초대 황제의 능력을 가지게 된 거라고? 정말 그렇게 생각 하는 건 아니겠지?"

"뭐가 문제인지 모르겠군요."

어이없다는 듯 웃음을 터트리는 황태자에게 라크안은 어깨를 으쓱이며 대꾸했다.

"카루나, 그대가 한 번 말해 주겠어?"

황태자가 갑자기 카루나에게 말을 걸었다.

"네? 제가요?"

카루나가 빼꼼 고개를 내밀자 라크안이 인상을 쓰며 카루나를 다시 제 뒤로 숨겼다.

"마탑에서 이미 다녀간 걸로 알고 있습니다."

"나는 지금 카루나에게 물었어. 라크안, 아무 말도 해 주기 싫으면 빠져."

"할 수 없는 겁니다. 아는 것이 없으니까요."

"그렇다면 역시나 옆으로 비켜 줬으면 좋겠군. 나와 카루나, 이상한 능력으로 고생하고 있는 당사자들 간에 대화를 나눠 볼까 하니까."

"그보다는 마법사들에게 물어보시는 게, 훨씬 정답에 가까울 겁니다."

"그러고 말고는 내가 결정해."

"저는 전하께 직언을 올려야 하는 의무를 가지고 있습니다. 그게 싫으시다면 제게 내린 기사의 서임을 거둬 가시면 됩니다. 전하."

"......."

황태자가 충격 받은 표정으로 라크안을 바라봤다.

"방금 한 말, 진심이야?"

"저의 진심보다는 전하의 진심이 중요하지 않겠습니까."

"자네의 약혼녀에게 말을 걸면 충성 맹세를 깨겠다는 말이잖아."

황태자는 꽤나 충격을 받은 듯했다. 그의 주변에서 몰아치는 바람이 상당히 매서워졌다. 라크안은 그 바람을 맞으면서도 더없이 꼿꼿했다.

"하실 말씀이 더 없다면, 이만 물러가겠습니다."

절도 있게 인사를 하고는 돌아섰다. 카루나는 얼결에 라크안에게 팔짱을 끼고 함께 자리를 뜨게 되었다. 아무래도 뒤통수가 따끔따끔하여, 뒤를 안 돌아볼 수가 없었다.

황태자는 오도카니 서서 이쪽을 바라보고 있었다. 그에게서 흘러나오는 청량한 바람이 카루나와 라크안을 감싸고 돌았다. 쯧, 라크안은 혀를 차며 허공을 손으로 헤집었다. 바람은 그의 손길에 맥없이 흩어졌다.

"황태자 전하께 그래도 되는 거예요? 다른 사람도 아니고 황태자 전하잖아요."

"그럼, 그 자리에서 그대를 황태자 전하께 내어 놓았어야 하나?"

라크안의 목소리가 꽤 퉁명스러웠다.

"그렇게 말한다면야 당연히 그건 아니지만요……."

카루나는 말꼬리를 흐렸다. 나름 걱정되어 한 소리를 한 것뿐인데, 그리 퉁명스럽게 대꾸하다니.

'무슨 말을 못 하겠네.'

카루나는 입을 꾹 다물었다. 입술이 툭 튀어나와 꼭 오리 입처럼 보였다. 평소라면 그런 카루나를 귀엽다는 듯 바라보았을 라크안이지만, 지금 이 순간만큼은 굳은 표정을 풀지 않았다.

"마탑에서도 황태자 전하의 몸에서 바람이 흘러나오는 원인을 알아내지 못하고 있어. 그런 중에 그대가 황태자 전하와 한데 묶이면, 마탑의 마법사들은 황태자 전하를 위한다는 명목으로 그대를 귀찮게 할지도 몰라."

어릴 때, 마법적 능력이 각성되면 귀족이든 평민이든 그 신분을 가리지 않고 마탑에 입성하여 마법사로서 살게 된다. 고로 마법사는 자의로든, 타의로든 평생을 마법 연구에 바치며 외부 세상과의 관계가 단절될 수밖에 없다.

태어나서 죽을 때까지 오직 마탑에 틀어박혀 마법을 연구하는 게 인생이니, 연구 성과에 대한 집착과 괴팍한 성격은 타의 추종을 불허한다. 바이켈드 공작저에 감금되어 있는 우리겐 정도면 인간미가 넘치는 수준이었다.

마탑의 마법사들은 지금, 황태자를 데리고 이것저것 실험해 보지 못해 몸이 달아 있을 것이다. 그런데 그들에게 카루나라는 맛 좋은 먹이를 내밀면 어떻게 되겠는가.

마탑의 뒤에 황제가 버티고 서 있는 것도 문제였다. 황태자가 카루나의 능력에 대해 함구해 주고 있는 것은 고마운 일이나, 이 문제에 관해서는 한 치도 물러설 수 없었다.

'나를 지키려고 황태자와 맞섰다고?'

또다시 왼쪽 가슴께가 간질간질해졌다. 부드러운 깃털로 살랑살랑 간지럽히는 느낌이랄까. 그 기분에 신경 쓰느라 카루나는 아무 말도 하지 못했다. 그저 흠흠, 헛기침을 하며 괜히 라크안의 반대쪽으로 고개를 돌릴 따름이었다.

마차로 돌아가는 동안 두 사람 사이에 잠시 침묵이 흘렀다. 일단 얼굴에 오른 열을 가라앉힌 카루나는 다시 한번 라크안과 황태자 사이를 고민했다.

"음, 공작 각하. 아무리 그래도 황태자 전하께 그렇게 대하는 건 좀 너무한 것 같아요."

카루나가 마차에 오르다 라크안을 돌아보며 말했다. 그때, 라크안이 마차의 문 양옆을 두 손으로 짚었다.

"……어?"

라크안의 품에 갇힌 모양새가 되자, 카루나가 놀라 눈을 깜박이니 라크안이 픽- 웃었다.

"황태자 걱정을 할 때가 아니야. 이 고집불통 아가씨야."

라크안이 나직한 목소리가 가까이에서 느껴졌다. 카루나는 바로 눈앞까지 다가온 라크안의 얼굴을 보고는 그대로 얼음이 되어 버렸다.

붉은 눈을 이만큼 가까이에서 보니 정말로 커다란 루비 같았다. 그 눈동자에 비친 자신의 멍-한 표정을 확인한 순간, 또 얼굴이 화르륵 달아올라 버렸다. 양 뺨이 화끈화끈한 것이, 라크안의 눈동자보다 자신의 얼굴이 더 붉을 듯했다.

"뭐, 뭐 하시는 거예요!"

카루나는 몸을 뒤로 젖혔다. 아직 마차에 오르는 도중이라는 걸 까먹고 발을 그만 헛디뎌 주름진 드레스가 파라랑 흔들리며 카루나의 몸이 크게 휘청였다. 그 바람에 균형을 잡지 못하고 뒤로 넘어질 뻔했다.

'으!'

카루나는 뒤통수를 마차에 찧었을 때 닥칠 고통을 미리 예상하며 눈을 질끈 감았다. 그런데 몸이 아래로 떨어지다 말고 멈춰 섰다. 머리에 딱딱한 마차 바닥이 닿는 대신, 단단한 게 허리를 붙드는 느낌이 들었다.

"이런."

낮은 웃음소리도 바로 눈앞에서 들렸다. 카루나는 실눈을 뜨고 앞을 바라봤다. 여전히 라크안의 얼굴과 거리가 너무 가까웠다. 다시 눈을 질끈 감으려 하였으나, 그렇게 태평하게 눈만 감고 있을 상황은 아닌 듯해서 주변을 둘러보았다.

카루나는 라크안에게 붙잡혀 있었다. 라크안은 한 발을 계단에 딛고, 한 손으로 카루나의 허리를 감싸 안고 있었다. 넘어질 뻔했던 카루나는 그의 단단한 팔뚝에 기대어 균형을 되찾을 수 있었다.

"고, 고마워요."

카루나는 얼른 자세를 바로 하며, 라크안의 손에서 슬쩍- 빠져나오려고 했다. 그런데 라크안이 놓아주질 않았다.

"……이, 이것 좀 놔주셨으면 좋겠는데요?"

"왜?"

"왜라니요. 제가 마차에 들어가야 하잖아요."

"이렇게 들어가면 되지."

라크안이 다른 한 팔로 카루나의 다리를 감싸 안더니 카루나를 번쩍 들어 올렸다.

"……!"

예상치 못한 공격, 아니 포옹 에스코트를 받게 된 카루나의 눈이 동그래졌고, 주변에선 박수와 환호성이 울려 퍼졌다.

'누, 누구야!'

이 우습고 쪽팔린 광경을 보고 좋아하는 사람들이 있다니, 카루나의 눈이 순간적으로 표독스러워졌다.

'잡히기만 해 봐, 다 가만 안 둬!'

차마 라크안을 어떻게 할 수 없으니, 당황한 마음에서 우러난 짜증과 분노가 만만한 사람을 찾았다. 박수를 치고 있는 건 마차 주변에 모여든 구경꾼들과 일부 철십자 기사들이었다. 카루나가 기사들을 째려보자 그들이 얼른 고개를 숙였다. 기사들은 그렇게 제압할 수 있었지만, 구경꾼들은 그럴 수 없었다.

"보기 좋습니다, 행복하세요!"

"이제 마카레나 백작 가문도 완전히 망해 버렸으니까, 행복할 일만 남으셨네요!"

"너무 잘 어울려요!"

그들은 카루나 무서운 줄 모르고 휘익- 휘파람을 불며 아주 신나 있었다. 찜찜한 일을 겪으면 즐겁고 행복한 일로 덮고 싶어 하는 게 인간의 마음이니.

클레이엔의 처형을 구경 나왔으면서도 마카레나 백작가 부녀가 비참하게 죽임을 당하자, 그걸 지켜 본 찜찜함을 행복한 연인의 사랑으로 응원함으로써 씻으려 하는 것이었다.

너무 뻔한 생각인지라, 그런 얕은 수의 볼거리가 되어야 한다는 게 짜증 났다.

생각 같아서는 루시온을 시켜 주변 사람들을 흐트러트리고, 제일 심하게 휘파람을 분 몇 놈을 시범적으로 패 버리고 싶었지만, 카루나는 참아야 하는 순간에 참을 줄 아는 사람이었다.

그리하여 카루나는 라크안의 목에 한 팔을 두르고, 자애롭게 웃으며 몰려든 사람들을 향해 손을 흔들었다. 당연히 보답으로 더 큰 함성이 쏟아졌다. 라크안은 그런 카루나를 신기하다는 듯 구경했다.

"즈으금 므어 하는 겁니까. 드앙장 안 드르가요?"

카루나는 입술을 움직이지 않고 제 약혼자를 협박하는 뛰어난 기술을 선보였다. 그제야 라크안이 피식 웃으며 카루나를 안고 마차 안으로 들어갔다. 카루나는 마차에 들어가자마자 손을 길게 뻗어 마차 문을 닫고 커튼부터 내렸다. 그러고는 저를 안은 채로 자리에 앉는 라크안을 매섭게 노려보았다.

"뭐하시는 거예요. 아무 상의도 없이 이러시면 안 되죠!"

"내가 내 약혼녀를 안는데 왜 상의해야 되지?"

라크안이 어깨를 으쓱이며 말했다.

"……."

카루나는 '이건 또 웬 신박한 헛소리?'라는 표정으로 라크안을 바라보았다. 라크안은 시시각각으로 표정이 바뀌는 카루나를 또 신기하게 바라보았다. 졸지에 새장에 갇힌 진귀한 새가 된 기분이 들어 카루나는 손을 들어 라크안의 눈을 가려 버렸다.

"그렇게 보지 말고 어서 이거나 풀어요, 어서! 이제 보는 사람도 없단 말이에요!"

그리고 제 허리를 감싼 라크안의 팔을 주먹으로 때렸다. 세게는 아니고 살살. 너무 세게 때리면 아플지도 모르니까. 그래서 금방 팔을 풀지도 모르니까.

'공작 정도 되면 몸이 자기 개인의 것이 아니라 나라의 것이라고. 이 제국의 국민인 내가 제국의 재산을 함부로 축내면 안 되는 거잖아?'

이런 말도 안 되는 자기 합리화를 시도하고 있자니, 라크안을 때리는 팔의 힘이 슬슬 약해졌다. 그러니 라크안의 팔이 풀릴 리 없었다.

카루나는 지금 라크안의 무릎 위에 올라앉아 있는 자세였다. 일단 손으로 라크안의 눈을 가리고 있어 가까이에서 눈을 마주치는 불상사는 일어나지 않고 있었다. 또한 발갛게 달아오른 얼굴도 들키지 않고 있었다.

'난 왜 자꾸 얼굴이 빨개지는 거야!'

카루나는 라크안을 때리던 손으로 제 뺨을 문지르며 울상을 지었다. 안 그래도 아까부터 계속 심장이 너무 세게 뛰어서, 그 두근두근하는 소리가 귀에까지 울려 마음을 가라앉히기가 쉽지 않건만, 라크안이 갑자기 이렇게 다가오니, 도무지 뭘 어떻게 해야 할지 알 수가 없었다.

클레이엔의 대역일 때는 황태자비 후보인 다른 귀족 여식들을 물리치기 위해, 각 영애의 이상형에 맞는 미남을 찾아내 일부러 접근시켰다. 그렇게 숱하게 남들의 연애에 관여하여 여러 쌍의 연인을 만든 경험도 있건만, 막상 자신의 일이 되어 버리니, 어리바리한 숙맥처럼 굴게 되었다.

안 그러려고 해도 도무지 몸이 말을 듣지 않았다. 심장은 시도 때도 없이 쿵쾅거리질 않나, 라크안의 눈가에 내린 다크서클만 봐도 울적해지지 않나, 얼굴은 툭하면 새빨개졌다. 자신이 토마토인지 사람인지 분간이 안 갈 정도였다.

'이게 다 이 사람 때문이야. 아니, 아니지. 사람은 무슨! 사람의 마음을 가지고 노는 나쁜 늑대 같으니라고!'

카루나는 라크안을 째려보았다.

'언제는 내가 자기 반려라고 죽자 사자 쫓아다녔으면서, 그랬다가 단지 계약에 의한 약혼녀라고 밀어내더니. 오늘은 왜 또 이러는 건데! 결혼하자고 하질 않나, 갑자기 이렇게 사람을 덥석덥석 안지를 않나!'

억울하고 화가 나며 짜증이 났다. 라크안에게 휘둘리는 자기 자신에게.

"도대체 무슨 생각인 거예요. 이참에 대화나 좀 나눠 보죠."

안 그래도 라크안과 자신의 사이를 확실히 정리해야 될 필요성을 느끼던 차였다. 이제 마카레나 백작과 클레이엔이 정리됐으니, 약혼 관계를 청산하고 헤어질지…… 아니면 라크안이 이곳에 오는 중에 말했던 것처럼, 두 사람의 관계를 좀 더 진전시킬지.

용기를 내어 툭- 말을 던지고 나니 괜히 입안이 바싹바싹 말랐다. 카루나는 마른침을 삼키며 라크안의 입술을 바라보았다. 그 입술이 움직이며 무슨 말을 할지 기다렸건만, 라크안은 입술보다 손을 먼저 움직였다. 제 손으로 카루나의 손을 잡고 눈에 꾹 눌렀다. 졸지에 카루나의 손바닥에 라크안의 속눈썹이 닿았고, 이어서 닫힌 눈꺼풀이 느껴졌다.

"뭐, 뭐 하시는 거예요!"

"잠깐만. 잠깐만 이렇게 있어 줘."

라크안의 목소리는 나른했다. 이어 느린 숨이 카루나의 손목에 부딪쳐 흩어졌다. 황태자에게서 흘러나온 상쾌한 바람과는 느낌이 전혀 달랐다. 뭔가 달달한 느낌이랄까? 부드러운 크림이 묻은 것 같았다. 카루나는 괜히 어깨가 움츠러드는 걸 느꼈다. 고작 손이 닿았을 뿐인데, 왜 이리 부끄러운 걸까.

정작 라크안은 꽤 편해 보였다. 으음. 나직한 신음을 흘리며 목을 뒤에 기댔다. 그 상태로 꽤 시간이 흘렀다. 이참에 카루나는 라크안을 실컷 바라보았다.

눈을 가렸으니 눈이 마주칠 일도 없고, 내 손을 빌려 줬으니 그 대가로 실컷 구경이라도 해야겠다는 적당한 구실도 생겨서 두려울 게 없었다.

'그새 살이 좀 빠졌나? 계속 잠을 못 잔다고 그러더니…….'

이전보다 더 뾰족해 보이는 턱선이 자꾸 마음에 걸렸다. 가끔 움직이는, 툭 튀어나온 목젖과 숨을 쉴 때마다 오르락내리락 흔들리는 어깨와 가슴에도 자꾸 시선이 갔다. 볼수록 괜히 목이 마르기도 하고.

흠흠. 카루나는 작게 헛기침을 하고는 다시 고개를 들었다. 누가 보지도 않는데도 괜히 민망했다. 문득, 라크안의 손이 보였다. 카루나는 남은 손을 꽉 주먹 쥐어서 라크안의 손 옆에 가져다 대 보았다.

"……."

어른 손과 아이 손을 대놓은 것 같았다. 분명 이젠 열두 살이 아니라 스무 살인데. 어른의 몸이 되었는데, 아직도 카루나는 라크안에 비하면 한참 작았다. 더 클 일이 없을 테니 앞으로도 계속 이만큼 차이가 날 터였다.

굳은살이 박이고 마디진 손을 바라보자니 마음이 더 싱숭생숭했다. 그렇게 라크안을 실컷 구경했는데도 그는 영 움직일 생각이 없어 보였다. 카루나의 손을 눈에 댄 처음 자세 그대로였다.

'잠든 건가?'

카루나는 손을 들어 라크안의 얼굴 앞에서 휘휘 흔들어 보았다. 워낙 기척에 예민하니 신경 쓰인다며 눈을 찡그릴 만도 하건만, 얼굴조차 찡그리지 않았다. 고민하던 카루나는 손을 슬쩍 라크안의 뺨으로 가져다 댔다. 이왕 잠이 들었다면, 이참에 얼굴이라도 한번 만져 보고 싶었기 때문이다.

'살짝 만지면 괜찮지 않을까?'

꿀꺽. 괜히 마른침을 삼키게 되었다. 잠든 약혼자 뺨을 만지는 게 뭐라고. 손끝이 막 라크안의 뺨에 닿으려 할 때였다.

'근데, 잠깐.'

카루나는 뭔가 이상한 걸 느꼈다. 라크안과 마차로 들어온 지 한참이 되었건만, 마차가 움직이질 않았다. 마차 특유의 덜커덩거리는 승차감이 전혀 느껴지지 않았다. 아무리 공작가의 마차가 고급이라도 움직이는 느낌 정도는 들어야 하지 않은가. 한데 그게 전혀 느껴지지 않았다.

'뭐지?'

카루나는 이상함을 느끼고 뺨에서 손을 내렸다. 그때 라크안이 작게 숨을 내쉬었다. 아쉬운 마음이 담긴 한숨이었으나 카루나는 알아챌 정신이 없었다. 왜 마차가 출발하지 않는지 의문에 빠져 있었다. 그 의문의 답을 얻기 위해 직접 몸을 움직일 생각이었다. 라크안에게 붙잡혀 크게 움직일 수는 없지만, 몸을 살짝 뒤로 젖히는 건 가능하니까.

손을 길게 뻗어 창문을 가린 커튼을 젖히고 밖의 상황을 확인하려 했다. 카루나는 허리를 잔뜩 비틀고 손을 뻗었다. 커튼이 잡힐 듯 말 듯 했다. 오직 커튼을 잡는 데만 집중하였건만.

'됐다!'

겨우 커튼을 쥐자마자, 그간의 고생이 무색하게도 문이 활짝 열렸다.

"아……."

카루나는 쏟아져 들어오는 햇빛에 깜짝 놀라 얼굴을 찡그렸다.

"아, 노크 깜박했다. 뭐, 상관없……."

씩씩하게 얼굴을 들이민 세나는 말을 하다 말고 굳어 버렸다.

"……."

"……."

두 사람 사이에 침묵이 흘렀다. 아니, 세나가 얼어붙었다고 말하는 편이 옳았다.

"어, 세나 경?"

"……."

"저기, 세나 경?"

"……."

"세나 경? 세나 경!"

"……."

자다가도 카루나가 부르는 소리만 들으면 벌떡 벌떡 일어나는, 그 이름 세나 경. 카루나의 세나 경은 지금 굉장히 충격을 받아 돌이 되어 있는 상태였다.

맹세컨대 세나는 태어나서 지금까지 별로 놀란 적이 없었다. 아버지가 늑대로 변할 수 있는 숲의 일족이라는 걸 알았을 때에도, 자신이 숲의 일족 혼혈이라는 것을 알았을 때에도 그러려니 했다. 하다못해 최근, 자신의 반려가 그 비리비리한 마법사라는 것을 깨달았을 때에도.

'그래서 처음 만났을 때부터 계속 눈이 갔구나. 잘 먹이면 살 좀 붙으려나? 난 너무 비쩍 마른 멸치는 싫은데.'

이렇게 생각하는 게 고작이었다.

물론 드디어 반려를 찾았다는 기쁨에 행복하기는 했지만. 워낙 기적에 예민하다 보니, 웬만한 건 미리 알아차리게 됐던 경험이 반복돼서 그럴까. 다혈질인 성격과는 별개로 세나는 꽤 무덤덤한 편이었다. 뭘 보고도 잘 놀라지 않았다. 그랬던 세나가, 매우 놀라고 말았다.

일단 상황부터가 너무 수상했다. 커튼이란 커튼은 죄다 내려서 안을 들여다볼 수도 없게 만들어 놓은 마차. 그런 마차에 혈기왕성한 젊은 늑대, 아니 젊은 공작과 그의 사랑스러운 약혼자 둘만 들어가 있었다.

라크안은 등을 기대고 앉은 안정적인 자세였고, 그의 탄탄한 허벅지 위에는 카루나가 앉아 있었다. 카루나는 흥분을 견디지 못하고—라고 세나는 생각했다—한 손으론 공작의 얼굴을, 다른 한 손으로는 커튼을 매우 세게 쥐고 있었다.

둘 다 옷은 입고 있었으나, 위에 앉아 있는 카루나가 매우 기묘하게 허리를 뒤틀고 있었다. 라크안은 그런 그녀를 놓치지 않겠다는 듯 허리를 꽉 끌어안은 채였다. 참고로 카루나가 입은 드레스는 주름이 자잘하게 잡혀 있는지라 확- 잘 퍼지기도 했다.

드레스 자락이 소복하게 라크안의 다리를 덮어 버리니, 드레스 속에 두 사람의 다리 네 개가 어떻게 엮여 있는지는, 보는 사람의 상상에 따라 얼마든지 다양하게 해석될 여지가 있었다.

무엇보다 저를 돌아보는 카루나의 얼굴이 매우 상기되어 있었다. 발그레한 것이 갓 익은 복숭아 같달까. 게다가 눈을 마주치자마자 당황해하는 모습이라니. 그러고 보니 어쩐지, 마차 안의 공기가 유독 밖보다 뜨끈한 것도 같았다. 적어도 세나에겐 그렇게 보였다.

"아, 음…… 상관없지가 않네요."

세나가 슬그머니 눈을 내렸다. 그 순간, 카루나는 무언가 대단한 오해가 생겨났다는 걸 본능적으로 느꼈다.

"자, 잠깐만!"

카루나가 평소보다 높은 톤의 목소리로 소리쳤다. 그마저도 세나를 민망하고 죄송스럽게 만들었다.

"내 얘기 좀 들어 봐요! 오해예요!"

카루나가 급히 해명하고자 했으나 이럴 땐 항상 세나가 한발 빨랐다.

"아, 옙. 오해이고말고요. 그럼 즐거운 시간 되십시오. 방해해서 죄송합니다. 절대 고의가 아니었다는 것만 알아주십시오!"

"즐거운 시간이라니……."

기겁하는 카루나의 눈앞에서 마차 문이 쾅- 닫혔다. 얼마나 세게 닫았는지 마차가 좌우로 흔들릴 정도였다. 세나는 그 마차의 흔들림마저 예사롭게 여기지 않았다.

"이분들이 정말."

자신의 괴력으로 그리된 것임에도 마차 안 두 사람의 어떠한 노력으로 마차가 흔들리는 것이라 착각하고는, 홀로 얼굴을 붉혔다.

"어……."

카루나는 밖에서 세나가 어디까지 오해를 진전시켰는지 알지 못했다. 그저 허망하게 닫힌 문만 바라볼 뿐이었다.

"……이게, 뭐야? 이게 뭐냐고!"

부끄러움과 짜증은 언제나 카루나의 몫이었다. 진짜 그런 쪽으로 그러고 있다가 들켰다면 덜 억울하지. 첫눈처럼 하얗고 결백한 상황인데, 그런 오해를 받다니.

'내가 그쪽으로는 얼마나 무지하고 아무것도 모르는데!'

카루나는 두 주먹을 쥔 채 분개했다. 두 주먹을 불끈 쥐고 말이다.

"……어?"

그러다 고개를 내려 제 손을 내려다보았다. 조금 전 봤던 라크안의 손에 비하면 참으로 올망졸망하고, 앙증맞은 주먹이 아닐 수 없었다. 그 주먹이 하나도 아니고 두 개이니, 그렇다는 건.

카루나는 고개를 들어 라크안을 올려다보았다. 자는 줄 알았던 라크안이 실눈을 뜨고 카루나를 내려다보고 있었다. 이 소란 때문에 '방금' 눈을 뜬 게 아닐까. 헛된 희망도 가져 보았으나 입술이 웃고 있었다.

큭큭, 애써 웃음소리를 참으려 애쓰는 듯했으나 그게 될 리가. 보아하니 이미 예전에 눈을 뜬 듯했다. 아니면 아예 잠든 적이 없다거나. 카루나 몫의 부끄러움은 쪽팔림으로 진화하여 그녀의 얼굴을 발갛게 만들었다.

"지금, 웃음이 나와요? 어?"

카루나가 달려들며 라크안의 멱살을 움켜잡았다. 천하의 라크안이 여인의 손에 멱살이 잡혀 마구 흔들렸다.

"어어⋯⋯."

"꺅!"

그러다 미끄러져 몸이 기우뚱했다. 전적으로 라크안에게 몸을 기대고 있던 카루나도 따라서 휘청였다. 라크안은 여유롭게 한 팔로 마차 바닥을 짚으며 옆으로 누웠다. 그러자 등이 앉는 자리에 닿았다. 졸지에 카루나는 라크안을 깔고 앉은 격이 되었다. 어쩐지 자세가 또 이상해졌다. 하지만 이번에도 카루나는 그런 걸 의식할 겨를이 없었다.

"안 자고 있었죠? 그렇죠? 안 자고 있었으면 같이 변명을 해야죠! 나 혼자 쪽팔리게 뭐 하는 짓이에요! 이 치사한 사람 같으니라고!"

카루나가 불같이 분노를 토했다. 얼마나 불같았으면, 라크안의 멱살을 놓지 않기 위해 그에게 잔뜩 몸을 굽히고 두 사람의 얼굴이 가까이 마주 닿은 것조차 깨닫지 못할 정도였다.

카루나와 달리 라크안은 충분히 의식하고 있었으나 굳이 카루나에게 말해 주지 않았다. 대신, 제 위에 앉아 자신에게 서러움이 담긴 훈계를 늘어놓는 카루나를 가만히 바라보았다.

'예쁘네.'

그냥 그런 생각이 들었다. 언제나 예쁘다고 생각했는데, 이렇게 밑에서 깔려 올려다봐도 예뻤다. 어떻게, 어떤 각도로 봐도 이렇게 예쁠 수 있을까.

계속 오물거리며 말하는 저 입술에 입을 맞추면 얼마나 달콤할까. 자꾸 그런 생각만 들었다. 붉은 눈이 사냥감을 노리듯 집요하게 카루나의 입술을 바라보았다.

"제 말, 듣고 있는 거예요?"

카루나가 버럭 소리를 지를 때였다. 또다시 문이 활짝 열리며, 짧은 머리를 한 얼굴이 불쑥 안으로 들어왔다.

"누구야, 이 중요한 때에!"

'내가 열 받아서, 어? 천하의 바이켈드 공작 좀 깔아뭉개고 사과 좀 받으려는데! 누가 빙해해!'

카루나는 열이 머리끝까지 뻗쳐, 자신을 방해한 사람에게 한 소리 하고자 고개를 홱- 뒤로 돌렸다. 그리고 세나와 다시 한번 눈이 마주쳤다.

"어…….."

이번에도 세나는 매우 어색한 표정을 지었다. 자신이 큰 실수를 했다는 듯, 죄스러워한달까. 그제야 카루나는 자신이 누굴, 어떤 자세로 깔아뭉개고 있는지. 그게 제삼자에게 어떻게 보일지 생각할 수 있는 계기를 마련하게 되었다. 그 자아 성찰의 끝은.

"꺅!"

상쾌한 비명으로 마무리되었다.

"아, 저…… 이번엔 진짜 노크했는데…… 못, 들으셨나 보네요."

세나는 매우 죄스럽고 죄송하고 미안하고 아무튼, 자신의 죄가 무엇인지 알겠다는 표정을 지으며 고개를 숙였다.

"연달아 방해하는 건 고의성이 너무 짙은데?"

거기다 대고 라크안은 픽- 웃으며 이런 말이나 해댔다.

"절대 그렇지 않습니다!"

"연달아라니, 그게 무슨 말이에요! 아까는 진짜 아니었잖아요!"

세나와 카루나는 동시에 대답하다가 다시금 서로를 바라보았다.

"그럼…… 지금은 진짜란 말씀?"

"세나 경!"

카루나의 비명이 마차 천장을 뚫을 듯 사방으로 퍼졌다. 호위하고자 서 있던 철십자 기사들이 일제히 마차 쪽을 바라보았다.

"읍!"

카루나는 제 입을 스스로 틀어막았다. 깔고 앉아 있는 라크안의 몸이 흔들리기에 내려다보니, 그가 큭큭거리며 웃고 있었다.

'웃어? 웃음이 나와?'

카루나의 눈이 세모꼴이 되어 라크안을 매섭게 노려보았다.

"아, 라안 님 웃으시는 걸 오랜만에 보는 것 같습니다."

뻘쭘하게 서 있던 세나가 분위기를 전환시키고자 슬쩍 말을 꺼냈지만. 안 하느니만 못 했다. 그간 쌓아 올렸던 우정 비스무리한 감정과 신뢰가 와르르 무너진 상태였다.

'다른 사람도 아니고 당신이 나한테 어떻게 이럴 수 있어! 누구보다 기척에 민감하다는 당신이!'

카루나가 찌릿- 세나를 째려보았다. 그렇게 제국 최고의 기사를 깔아뭉개고, 철십자 기사단에서 한 실력 한다는 기사까지 단번에 제압한 카루나는 이 무시무시한 상황에서 자신의 명예를 지킬 수 있는 방법을 모색했다.

카루나는 몸을 일으켜 마차 의자에 사뿐히 앉았다. 아무렇지 않게, 그 이전에 결코 아무 일도 없었다는 듯 태연스레 세나를 돌아보며 생긋 미소 지었다.

"어머, 세나 경. 무슨 일인가요? 마차는 왜 출발하지 않고 있는 거죠?"

그 모습을 본 라크안은 몸을 일으키려다 말고 다시 한번 웃음을 터뜨리며 쓰러졌다.

"드앙장, 이르나는 게 조으 거예요."

카루나는 이를 꽉 다물고 복화술 하듯 말하며 라크안의 발을 꾹 밟았다.

카루나에게 발을 질끈 밟히고야, 라크안은 체면과 체통이라는 단어를 기억해 냈다. 그러곤 이미 구겨진 옷을 툭툭 턴 후 카루나의 맞은편에 앉았다. 그러면서도 웃음을 참지 못해, 고개를 옆으로 돌리고 어깨를 들썩였다.

오랜만에 루시온을 제치고, 셋만의 훈훈한 분위기가 이어지자 세나의 얼굴이 금방 흐물흐물하게 풀렸다. 그랬기에 지금 자신이 이 분위기를 깨 버릴 짱돌을 가지고 있다는 것이 못내 아쉬웠다. 하지만 어쩌랴. 그렇다고 급한 소식을 보고하지 않을 수도 없으니.

"아, 이런 훈훈한 분위기 너무 좋습니다만, 조금 안 좋은 소식을 전하게 되었습니다."

"무슨 일이죠?"

"귀족파 귀족들이 다시금 결집했습니다."

"귀족파? 그런 게 아직도 남아 있었나요?"

카루나가 고개를 갸웃했다. 지금 이 판국에 어느 귀족이 자신을 귀족파라고 주장할 수 있을까. 설령 어제까지 마카레나 백작에게 충성했다 해도 오늘부터는 그럴 수 없을 터.

"아, '남아 있는' 것은 아닙니다. 굳이 말하자면 '새로 생겼다'고 말씀드리는 것이 옳을 것 같습니다."

세나가 인상을 팍 일그러뜨렸다. 앞으로 자신이 내뱉어야 하는 말이 꽤나 마음에 들지 않는 듯했다.

'새로 생겼다고? 뭐가?'

카루나는 얼른 돌아가지 않는 머리를 쥐어짰다.

"무슨 말을 하는 건가, 세나 경. 좀 더 자세하게 말해 보게."

라크안은 좀 더 쉬운 방법을 택했다. 세나를 재촉했던 것이다.

"그들은 자신들을 '신귀족파'라고 부르고 있다고 합니다만. 아무튼, 그들이 황태자궁 습격 사건 이전까지 귀족파였다가 우리 쪽으로 돌아선 귀족들, 그리고 다수의 중립파를 결집해서 황제 폐하께 알현을 청했다고 합니다."

세나가 말하는 '그들'은 분명, 황제파와 다른 또 다른 파벌 세력을 의미하는 것이었다.

"방금 황후 폐하께서 황태자 전하께 연락을 주셨는데, 황태자 전하께서 공작 각하께서도 아셔야 할 것 같다고 전달해 주셨습니다."

황태자와 황후가 굳이 라크안에게 사람을 보내 경고할 정도라면, 보통 세력은 아닐 터. 카루나와 라크안의 얼굴이 싹 굳고, 마차 안의 분위기가 싸늘하게 가라앉았다.

'누가? 누가 그 짧은 시간에 새로운 세력을 결집할 수 있었던 거지? 귀족파에 그럴 만한 귀족이 있을 리 없는데?'

카루나는 자신이 알고 있는 귀족파 인사들을 죄다 떠올려 보았지만 누구도 이런 일을 벌일 만한 배포와 능력을 가지고 있지 않았다. 단 한 사람만 빼면.

'설마.'

카루나가 놀란 표정을 숨기지 못하고 세나를 바라봤다.

"그들의 수장으로 선 자는 폴리비오 후작의 양아들로, 원래는 류헤든 남작가의 차남이었던……."

"……루시온?"

"네, 아가씨. 루시온 드 류헤든. 아니, 이제는 루시온 크시트팔라 폰 폴리비오. 그 자식이라고 합니다."

"……."

갑자기 눈앞이 캄캄해졌다. 눈을 뜨나 감으나 다를 게 없으니, 카루나는 차라리 눈을 감는 걸 선택했다.

오래된 일도 아니었다. 고작해야, 채 반나절도 지나지 않은 때인 바로 오늘 아침, 카루나는 루시온과 함께였다. 그는 빠듯한 일정 때문에 일찍 일어난 카루나보다 먼저 일어나 있었다.

단정한 옷차림과 꼿꼿한 자세는 그 어디에서도 새끼손톱만 한 흠도 찾아볼 수 없었다. 그는 언제나 다를 바 없는 목소리로 카루나에게 차를 권했다. 그리고 자신은 남은 일을 처리해야 한다며 동행을 거절했다.

그가 남아 처리하겠다는 일은 사실, 그리 급한 일도 아니었다. 그걸 루시온도, 카루나도 잘 알았다. 하지만 카루나는 모른 척했다. 물론, 루시온도 카루나가 모르는 척해 주는 거라는 걸 알았다.

"끝까지 고생이 많네. 자잘하지만 하나같이 번거로운 일들뿐이니까, 꼼꼼히 처리해 놔."

"염려 마십시오, 아가씨. 돌아오실 즈음엔 모두 완료되어 있을 겁니다."

두 사람은 속마음을 감춘 채 이야기를 나누었다. 그건 두 사람에게 있어 매우 익숙한 일이었다.

'아무리 괜찮다고 말해도, 한때 모시던 주인과 아가씨의 죽음을 직접 보고 싶진 않겠지.'

카루나는 그리 생각하며, 굳이 루시온을 데리고 나오지 않았다. 그를 조금도 의심하지 않았다.

"한 번 남을 배신한 자는 두 번이든 세 번이든 같은 짓을 반복할 수 있는 자입니다."

귓가에 그의 높낮이 없는 저음이 울렸다. 그가 바로 옆에서 귀에 대고 말하는 것 같았다. 카루나는 반사적으로 귀를 움켜잡고 고개를 좌우로 저었다. 오른쪽에도 왼쪽에도, 루시온은 없었다.

"하, 맙소사."

카루나는 실소했다.

"아가씨?"

"카루나?"

세나와 라크안이 그녀를 바라보았다. 카루나는 저를 걱정하는 두 쌍의 다정한 눈빛에도 불구하고, 웃음을 참지 못했다.

"맙소사, 맙소사. 맙소사, 루시온."

카루나는 한참을 웃어 댔다. 눈꼬리에 눈물이 고여 손으로 훔쳐 내기까지 했다. 그러는 동안 세나도 라크안도 그녀에게 함부로 말을 걸지 못했다.

카루나가 알지 못하는 새에 마차는 출발했다.

한참 뒤에야 웃음을 그친 카루나는 두 손으로 얼굴을 감싸 쥐고 깊은 한숨을 쉬었다. 머리가 어질어질했다.

'루시온. 루시온이 나를 배신했다고?'

머리로는 이미 받아들인 사실이건만, 마음이 자꾸 받아들이길 거부했다. 머리와 마음이 어긋나니, 진득하게 생각이란 걸 할 수가 없었다.

'루시온이 날? 왜?'

누군가 상대를 배신하게 된다면, 루시온이 아니라 자신이 해야 했다. 그러니 루시온은 자신을 배신해서는 안 됐다.

적어도 루시온은.

"……."

'알아, 나도 알아. 안다고. 내가 이기적이고 나쁘다는 거. 그런데? 그게 뭐 어때서? 그렇다고 그게 루시온이 날 배신할 이유가 되는 건 아냐.'

누군가에게 쫓기는 것처럼 다급해지고, 누군가 심장을 움켜쥔 것 같은 압박감과 불안감을 느꼈다. 이 감정을 무엇이라 표현해야 되는 건지, 카루나는 알지 못했다.

"아가씨, 조심히 잘 다녀오십시오."

오직 제게 정중히 인사하는 루시온의 모습만이 생각날 뿐이었다.

라크안과 카루나를 실은 마차는 일단 바이켈드 공작저로 향했다. 처형장에 입고 간 옷차림 그대로 황궁에 갈 수는 없었다. 미리 연락을 받았는지 바이켈드 공작저의 사람들이 주욱— 나와 있었다.

라크안은 바로 철십자 기사단장을 불렀다. 카루나를 힐끔 보며 그녀도 부르려고 했으나 카루나는 라크안과 눈을 마주치지 않았다. 하녀장과 하녀들이 카루나를 에워쌌지만 카루나는 그들의 인사와 이게 어떻게 된 거냐는 부산스러움에 휩쓸리지 않았다.

"잠깐, 잠깐만. 확인해 봐야겠어. 내가 직접 확인할 거야."

카루나는 그들을 헤치고 저택 안으로 뛰어 들어갔다. 루시온과 머리를 맞대고 온갖 계획을 짰던 서재로 향했다.

"아가씨!"

뒤에서 세나가 부르는 소리가 들렸지만, 걸음을 멈출 수 없었다. 금세 숨이 턱 끝까지 차올랐다. 제국 제일의 기사를 약혼자로 두고, 그 대단하다는 철십자 기사를 호위로 둬도, 그녀의 체력은 여전히 이 정도 수준이었다.

카루나는 헉헉, 거친 숨을 몰아쉬며 서재 앞에 도착했다. 굳게 닫힌 문이 말을 거는 듯 느껴졌다.

열지 마. 날 열지 마. 날 연다면…….

'아니, 난 열 거야. 열어서 봐야만 해.'

카루나는 이를 악물고 문을 활짝 열었다. 그에 닫혀 있던 서재의 문이 미처 하지 못했던, 카루나가 마저 듣지 못했던 말이 이어졌다.

날 연다면…… 후회할 거야. 아주 많이 실망하게 될 거야. 너.

굳게 닫혀 있던 서재의 문이 경고한 대로, 카루나는 후회하고 실망했다. 여기에 있어야 할 사람이 정말로 없었다.

'이제 오셨습니까, 아가씨. 예상보다 이르게 오셨군요.'

평소와 다르지 않은 인사말.

'……무슨 일이 있으셨습니까?'

뛰어온 듯한 자신을 보며 살짝 찌푸려지는 잘생긴 얼굴. 급히 일어나 자신에게 다가오는 걱정 어린 표정의.

"……."

존재하지 않는 환상과 환청이 카루나를 스치고 지나쳐 서재의 문 앞에서 흔적도 없이 사라졌다.

서재는 조용했다. 어떤 인기척도 없었다. 굳이 세나에게 확인하지 않아도 되었다. 한가운데 놓인 커다란 테이블 위에는 커다란 지도와 서류 뭉치가 놓여 있었다. 언제나 지도는 활짝 펼쳐 놓았고, 서류는 그 위에 어지럽게 늘어져 있었다.

그런데 지금은 아니었다. 지도는 더 이상 볼 필요 없다는 듯 둘둘 말려 끈으로 봉해졌다. 서류들은 한 묶음으로 단정히 모여 있었다. 카루나는 테이블로 가서 서류 몇 장을 들춰 보았다. 정리는 완벽했고, 처리도 완벽했다.

"염려 마십시오, 아가씨. 돌아오실 즈음엔 모두 완료되어 있을 겁니다."

그는 약속을 지켰다. 자신이 맡았던 일을 모두 깔끔하게 처리해 놓았다. 하지만 그게 무슨 의미가 있단 말인가. 카루나는 제일 위에 놓인 종이를 움켜쥐었다. 와작.

카루나는 인정해야만 했다. 자신과 루시온, 둘만의 약속. 그 약속을 루시온이 먼저 깨트려 버렸다는 것. 마카레나 백작에게 죽임을 당할 때에도 나타나지 않았던 그가 다시 한번 자신을 저버렸다는 것을.

그건, 보호받고 사랑받는 삶에 푹 빠져 무뎌져 있던 그녀를 다시 긴장시키기에 충분했다. 부드럽게 풀어져 곱게 휘며 눈웃음 짓던 녹색 눈이 날카롭게 변했다.

만약 루시온이 이르게 떠나지 않아 지금 카루나의 모습을 볼 수 있었다면, 그는 드물게도 얼굴에 미소를 띠고 기뻐했을지 모른다. '드디어 제가 알던, 원래 당신의 모습으로 돌아오셨군요. 아가씨.'라고 말하며. 하지만 이제 그는 카루나의 곁에 없었다.

"아가씨, 괜찮으십니까."

어느새 뒤에 선 세나가 더없이 안쓰러운 표정을 지으며 카루나를 바라보았다. 그녀의 손은 카루나의 어깨 위에서 닿을락 말락 한 상태로 움찔대고 있었다. 고개를 푹 숙인 카루나가 너무 안쓰러워 위로해 주고 싶은데 차마 손을 댈 수는 없는, 딱 그런 상황이었다.

'그딴 새끼, 뭐 그리 중요하다고 이렇게 마음의 상처를 받고 우시기까지 하는 거야. 제기랄, 당장 가서 잡아 올 수도 없고.'

세나는 루시온을 떠올리며 이를 빠득 갈았다.

'한 번도 배신하지 않는 놈은 있어도 한 번만 배신하는 놈은 없다더니.'

세나는 머릿속으로나마 루시온을 수도 없이 요절내 버렸다. 마음 같아서는 머리만 뎅강 잘라 와 카루나에게 열 번이고 천 번이고 바치고 싶었다. 그렇게 세나가 어찌할 줄 모르고 낑낑대는 동안, 웅크린 카루나의 어깨가 파르르- 떨렸다.

'우, 울기까지?'

세나가 더욱 당황하여 안절부절못하는데.

"감히, 두 번이나 내 뒤통수를 쳐?"

듣는 것만으로도 등골이 쭈뼛할 정도로 음산한 목소리가 세나의 귓불을 후려갈겼다. 순간, 세나는 제 귀를 의심했다.

"세나 경."

잘못 들은 게 아니라는 듯, 그 음산한 목소리가 세나를 불렀다. 카루나가 뒤를 돌아 얼굴을 보였다. 그제야 세나는 자신이 잘못 들은 게 아니라는 걸 깨달았다.

살벌하게 빛나는 녹색 눈. 그 어느 때보다 의욕이 넘치는 조막만 한 얼굴. 드레스를 찢어 버릴 듯 움켜쥔 앙증맞은 두 주먹. 카루나는 충격에 빠져 있지도, 슬퍼하지도 않았다. 그저 분노할 따름이었다.

"당장 공작 각하께로 가죠. 지금 바로."

카루나는 허공에서 배회하던 세나의 손을 덥석 잡아끌었다. 세나는 종이 인형처럼 팔랑팔랑, 카루나에게 붙들려 끌려가다시피 했다. 카루나는 자신의 방에 들러 급히 드레스를 갈아입고 라크안의 집무실로 향했다.

라크안은 옷을 갈아입으며 철십자 기사단장과 이야기를 나누고 있었다. 하인 둘이 양옆에서 옷시중을 들고 있었다. 하필이면 셔츠를 벗는 순간에 문을 활짝 열고 뛰어 들어갔던지라, 본의 아니게 라크안의 조각 같은 몸을 구경할 수 있었다.

평소라면 손으로 눈을 가리고 안 보는 척하면서 손가락 사이로 다 봤겠지만, 지금은 그런 내숭을 떨 시간이 없었다.

"빨리, 빨리요. 빨리, 빨리!"

카루나는 라크안의 옆에 서서 발을 구르며 재촉했다. 그 바람에 긴장한 하인들이 자꾸만 실수를 하자, 아예 직접 나섰다. 하인들의 손에서 재킷을 빼앗아 손수 입혀 주고, 반쯤 벌어진 셔츠의 단추를 직접 잠가 주었다. 그 바람에 라크안과 바싹 몸을 붙이게 되었다.

당사자인 라크안은 돌처럼 굳어 버렸다. 훅 다가오는 카루나의 얼굴과 부딪치지 않으려 최대한 목을 뒤로 젖혔다. 그도 모자라 혹시나 제 거친 숨이 카루나에게 닿을까 봐 숨을 멈추기까지 했다.

"오오!"

세나는 감탄하다 못해 휘익- 휘파람까지 불었다.

"좀 진지해지게!"

철십자 기사단장은 얼굴이 시뻘게져서 아무렇지 않은 척, 세나를 꾸짖었다. 오직 카루나만이 그런 분위기에서 자유로웠다. 그녀의 목표는 얼른, 빨리, 최단 시간에 라크안을 예쁘게 꾸며서 황궁으로 출발하는 것이었다.

"다 됐다! 왜 이렇게 단추가 많은 옷을 입는 거예요. 잘 어울리기는 하지만, 입힐 때도 벗길 때도 귀찮잖아요!"

카루나가 투덜댔다.

"입힐 때도, 벗길 때도라니……."

이번 발언은 세나마저도 쓰러뜨렸다. 세나는 음흉하게 올라가는 입꼬리를 어쩌지 못하고 옆으로 비켜섰다. 마차 안에서 카루나를 놀렸던 대가를 이렇게 돌려받는 것인가. 라크안은 천국 같은 지옥을 맛보는 중이었다.

달콤한 숨이 가슴께에 부딪쳐 살랑대다 흩어지고 있는데, 손을 내밀어 카루나를 덥석 안을 수도, 저 말랑말랑하고 붉은 입술을 만질 수도 없었다. 그야말로 그림 속 케이크인데. 그 케이크가 자꾸만 자신의 몸을 더듬어 댔다.

라크안은 애써 다른 곳을 쳐다보며 생각을 돌리려고 애썼다. 셔츠 너머로 닿는 이 감각은 카루나의 손길이 아니고, 가슴팍에 후후- 불어오는 이 숨결은 카루나의 숨이 아니고……

그게 될 리가 없었다.

눈동자가 저절로 카루나에게 향했다. 카루나는 하인에게서 새 크라바트를 건네받아 라크안의 목에 걸고 확- 잡아당겼다. 불시의 습격을 받은 라크안의 허리가 반으로 꺾였다. 그제야 두 사람의 눈높이가 맞았다.

"예쁘게 매드릴게요. 저 이거 잘 매요."

카루나가 생긋 웃으며 크라바트를 목에 감아 주었다. 이대로 조금만 더 고개를 숙이면 입술이 카루나의 이마에 닿을 수 있었다. 그 정도로 가까이에 있는 카루나는 라크안의 크라바트에 온 신경을 집중하고 있었다.

이 순간, 라크안을 집어 삼킨 건 설렘이 아니라 분노였다.

카루나는 매우 익숙하고, 또 능숙하게 크라바트를 맸다. 그렇다는 건 그동안 꽤 많이 해 봤다는 소린데. 당연히 카루나의 손길을 탔을 남자들에 대한 분노가 솟구쳤다.

가장 먼저 떠오른 건 역시나 루시온이었다. 라크안은 루시온의 목을 움켜쥐고 순수한 악력만으로 그의 목을 꺾어 버리는 상상을 했다. 라크안이 열 번쯤 루시온의 목을 바스러뜨렸을 때.

"됐다."

카루나가 만족스러워하며 뒤로 물러났다. 크라바트는 적당히 주름지고 깔끔하게 매듭이 잡혔다.

흠흠. 라크안은 괜히 헛기침을 하며 카루나의 손을 탄 크라바트를 손으로 잡아당기려다 카루나에게 한 소리를 들었다. 그렇게 준비를 마친 바이켈드 공작과 그의 약혼녀는 다시 마차에 올랐다.

급히 마차를 몰아 황궁에 도착하니, 이미 한 무리의 황제파들이 미리 도착하여 라크안을 기다리고 있었다. 라크안은 자연스럽게 카루나의 허리에 팔을 감았다. 그러곤 카루나가 놀랄 새도 없이 급히 끌어안고는 제게 몰려드는 귀족들을 쳐냈다.

카루나는 라크안의 품에 안겨 가만히 있었다. 그의 보호를 받는 게 너무나 당연해서, 그걸 부끄러워해야 한다는 인식 자체를 하지 못했다. 라크안과 카루나는 곧바로 황제가 있다는 알현실로 향했다.

문 앞에 서 있던 시종들은 그들이 올 줄 알았다는 듯 곧바로 길을 비켜 주었다. 황제 폐하의 충성스러운 신하인 바이켈드 공작 어쩌고저쩌고. 시종의 길고 긴 외침과 함께 알현실 문이 열렸다.

"오오, 어서 오게. 바이켈드 공작."

높은 단상에 앉아 있는 황제가 자애롭게 웃으며 라크안에게 손짓했다. 그 얼굴은 꾸민 것이 아니었다. 저 자비로움은 마음속에서 순수하게 우러나는 것이었다.

'황제가 라안에 대한 경계를 풀었어.'

카루나는 경계가 풀린 황제의 얼굴을 보며 바짝 긴장했다.

'그렇다는 건 황제가 더 이상 라안을 의심할 필요가 없다는 건데. 그렇다면 역시……'

카루나는 살짝 고개를 들고 알현실 내부를 빠르게 살폈다. 그곳에는 황제 혼자만 있는 게 아니었다. 적어도 서른 명 이상은 되어 보이는 귀족들이 양옆에 흩어져 서 있었다. 대부분 카루나에게 익숙한 얼굴들이었다.

'일찌감치 손을 털고 황제파 쪽으로 돌아선 귀족파.'라고 생각했던 인물들. 중립을 지킨다고 뻗대던 중립파 귀족들도 몇 명 보였다. 이들은 아마 황실 기사단장과 같은 부류였을 것이다.

겉으로는 중립파라고 주장하나 사실은 마카레나 백작을 추종했던 숨겨진 심복들. 그리고 단상 바로 아래, 한 사내가 한쪽 무릎을 꿇고 앉아 있었다.

그를 내려다보는 황제의 눈빛은 더없이 따사로웠다. 지금의 자애로움은 그 귀족 때문에 생겨난 것이었다. 카루나는 황제에게 몸을 굽힌 자를 뚫어져라 바라보았다. 마른 어깨선이 너무 익숙했다. 당장 눈을 감고 그려도 똑같이 그릴 수 있을 만큼.

"마침 잘 됐군. 어서들 인사 나누게. 서로 이미 구면이긴 하지만, 다른 의미로 처음 만나는 것이기도 하니 말이야."

황제가 너털웃음을 터뜨리며 사내에게 손짓했다. 그러자 그가 천천히 몸을 일으켜 뒤를 돌아보았다. 라크안에게도 카루나에게도 익숙한 사람이었다. 그가 모습만큼이나 익숙한 목소리로 자신을 소개했다.

"이렇게 다시 뵙게 되었습니다. 제국의 신하 된 도리로, 새 신분이 된 것을 가장 먼저 황제 폐하께 말씀드려야 했기에 두 분께는 미처 알리지 못하고 떠나야 했습니다."

차분한 저음이 알현실을 가득 채웠다. 곧 황제의 입가에 흐뭇한 미소가 어렸다. 정작 황제를 웃게 만든 그의 얼굴에는 한 점 웃기도 찾아볼 수 없었지만.

그는 라크안을 바라보며 살짝 묵례했다. 그동안은 항상 먼저 고개를 숙여야 했지만, 이제는 그러지 않아도 되었다.

"폴리비오 후작가의 루시온이 인사드립니다. 바이켈드 공작 각하, 그리고……."

라크안을 향했던 남색 눈이 바로 옆의 카루나에게 옮겨 갔다. 으득. 라크안이 이를 악물며 손을 뻗어 카루나를 가리려 했다. 하나 그보다 루시온의 손이 한 박자 더 빨랐다. 루시온이 카루나의 손을 잡고 그 손등에 살짝 입을 맞췄다. 그 바람에 라크안에게 묵례했을 때보다 더 깊이 허리를 숙여야 했지만, 그는 거리끼지 않았다.

"……."

카루나는 아무 말도 하지 않고 그저 그를 바라만 보았다. 무슨 생각을 하는지 알 수 없는 남색 눈에 카루나가 가득 비쳤다.

"카루나 아가씨."

"……루시온."

카루나가 한숨을 쉬듯 그를 불렀다. 아주 작은 목소리였음에도 루시온은 놓치지 않았다.

"제게 하실 말씀이 있나 보군요."

그가 잡은 손을 놓지 않고 말했다.

"무슨 생각으로 이런 짓을 벌이는지는 모르겠지만……."

"모르실 리 없을 텐데요, 나의 아가씨."

루시온이 고개를 살짝 기울였다.

"내 약혼녀에게 무례하군."

라크안이 거칠게 루시온의 손을 쳐내고 카루나를 자신의 등 뒤로 숨겼다.

"어머? 어머?"

"저게 무슨 일이래요. 설마?"

"하긴, 황태자 전하와도 염문이 있던 여잔데, 하물며 저분하고는……."

주변에서 대놓고 수군대는 소리가 들렸다.

'일부러 그런 거야.'

카루나는 아랫입술을 잘근 깨물며 루시온을 째려보았다. 그는 주변의 소리가 하나도 안 들린다는 양 고고하게 서 있었다. 그러다 자신을 째려보는 카루나와 눈이 마주치자, 눈꼬리를 사르륵 접으며 웃어 보였다.

"……!"

라크안과 카루나는 함께 매우 놀랐다. 그건 주변에 서 있던 다른 귀족들도 마찬가지였다. 루시온이 웃다니. 그것도 저렇게 예쁘게. 창문 옆에 서 있던 귀족들은 급히 창밖을 내다보았다. 오늘은 해가 서쪽에서 떴을지도 모를 일이었다.

루시온은 주변의 동요에도 아랑곳하지 않았다. 오직 카루나만 바라보았고, 그런 그의 태도는 주변에서 수군거리는 의혹을 확신으로 굳히기에 충분했다.

'처음부터 이럴 셈이었구나!'

그제야 카루나는 루시온의 속셈을 깨달았다.

"잠……."

서둘러 그의 계략을 막기 위해 나서고자 했지만.

"나의 아가씨."

이번에도 역시나 루시온이 한발 더 빨랐다. 오랫동안 준비했던 사람과 그걸 속수무책으로 당해야 하는 사람의 반응 속도가 같을 수 없었다. 루시온은 조금 전 황제의 앞에서 그랬던 것처럼 한쪽 무릎을 꿇고 앉았다.

주변 사람들이 카루나를 대신해 놀라워했다. 허억. 어머나. 온갖 숨소리와 효과음이 깔렸다. 그 속에서 루시온의 목소리가 날카로운 칼처럼 내리꽂혔다.

"두 분께서 아직 결혼식을 올리지 않으셨지요. 또한 카루나 아가씨께서는 제국 귀족 출신이 아닙니다."

"……."

카루나는 아랫입술을 꽉 깨물었다.

'역시. 여기에서 내가 뒷골목 출신이라는 걸 밝힐 셈인가?'

황궁으로 오는 내내 고민했다. 과연 루시온이 내밀 패는 무엇인가. 여러 가지가 있겠으나 지금 가장 효과적인 공격은, 카루나의 원래 신분을 밝히는 것이었다.

어머니가 숲의 일족이라는 것을 알았다고 하나, 거리 뒷골목에서 소매치기로 살았던 과거가 사라지는 것은 아니다. 루시온이라면 카루나의 과거에 대한 증거 역시 모아 놨을 터. 알고 보니 어머니가 숲의 일족이었으며, 그걸 최초의 숲 장로가 증명해 줄 수 있다는 말은 하찮은 변명으로만 들릴 것이다.

지금 알현실에는 루시온을 따르는 귀족파, 아니 신귀족파만이 모여 있다. 다들 루시온의 말 한마디에 격하게 반응할 것이고, 그 여론이 황제에게 압박을 줄 것이다. 철저히 모든 준비를 마친 루시온이 일방적으로 공격해 들어오는데, 임기응변적인 몇 마디로 막아 낼 수 있을까?

'아니, 안 돼. 못 해.'

아무리 긍정적으로 생각하려 해도 승산이 없었다.

'여기 오는 게 아니었어.'

카루나는 뒤늦게 후회했다. 루시온이 이곳에 있다는 말에 이성을 잃고 달려왔다. 이마저도 루시온은 꿰뚫어 보고 있었으리라.

'루시온은 나에 대해 잘 알고 있어. 그런데 난…… 루시온에 대해 알아볼 생각조차 하지 않았지.'

허탈한 웃음이 한숨처럼 새어 나왔다. 루시온이 무슨 계략을 펼지 충분히 고민해 보고 대책을 마련해 두었어야 했는데 그러지 못했다. 아마도 이건 그가 준비한 덫 중 가장 간단하고 손쉬운 것일 터였다.

그런데 그 첫 번째 덫에서 헤어 나오지 못하고 허덕이다니, 자괴감이 해일처럼 몰려들었다. 패배감은 꽤 숨 막히는 감각이었다. 누군가 목을 움켜잡고 조르는 느낌 같달까. 카루나는 눈을 질끈 감고, 제 머리 위로 떨어질 루시온의 폭로를 기다렸다.

'최대한 동요하지 않는 모습, 차분한 모습을 보여야지. 라안을 위해서라도, 최대한 아니라고 반박해야 해. 순순히 당하지만은 않을 거야.'

그렇게 단단히 마음의 준비를 했건만.

"그러니 두 분 사이에는 제국 귀족의 법이 통하지 않습니다. 약혼에 대한 엄숙한 의무를 반드시 지키지 않아도 된다는 것이지요."

이어지는 루시온의 말은 카루나의 예상과는 전혀 다른 내용이었다.

'어?'

카루나의 눈이 번쩍 뜨였다.

"못 알아들으시는 것도 무리는 아닙니다. 법이란, 일상의 질서를 지키기 위한 것이나 정작 개인의 일상과 가장 멀리 떨어져 있으니 말입니다."

"……."

'내가 마카레나 백작저에 가서 가장 먼저 공부한 게 법인데? 법을 알아야 법을 피할 수 있다면서.'

그리고 기루나에게 법전 읽는 법을 알려 준 사람이 바로, 눈앞의 루시온이었다. 훌륭한 선생님 밑에서는 훌륭한 제자가 나올 확률이 높은 법. 카루나는 꽤 훌륭한 제자였다. 요즘 개정되거나 새로 만들어진 법은 몰라도, 적어도 법전에 적힌 내용은 아직도 모두 기억하고 있으니까.

'약혼에 대한 엄숙한 의무라면…… 제국의 귀족 결혼법을 말하는 걸 텐데.'

제국은 귀족의 약혼과 결혼의 절차와 그 책임 소재를 제국법으로 성문화해 두었다. 귀족의 결혼은 가문과 가문의 결합인지라, 평민들처럼 자유롭지 않다.

법은 파혼, 혹은 이혼 후 양쪽 당사자가 얼마 동안 약혼과 결혼을 할수 없는지조차 규정해 두고 있었다. 그러나 그건 루시온의 말대로 제국귀족 '간의' 법이었다.

카루나는 자신을 숲의 일족 출신이라고 소개해 왔다. 그러니 엄밀히 따지자면, 카루나는 제국의 귀족 결혼법 안에 서 있는 사람이 아니었다. 굳이 분류하자면 외국인. 원한다면 마음껏 파혼을 반복해도 되는 것이다.

물론 이혼은 다른 개념이다. 결혼하면 배우자와 동등한 위치에 서게 되니, 카루나 역시 제국 귀족이 된다. 그것도 공작 부인이라는 고위 귀족으로. 그러므로 그때엔 제국법의 위력 아래에 놓이게 된다. 고위 귀족으로서 제국의 신성한 법을 솔선수범하여 따르고, 그 권위를 떠받들어야 한다는 도의적 책임감 또한 떠안아야 하고. 루시온은 그 점을 언급한 것이었다.

'뭐지? 내가 라안과 파혼하는 게 신귀족파에게 어떤 이득이 되는 거지?'

카루나는 루시온의 속셈을 가늠하지 못했다. 그가 자신의 앞에 무릎 꿇고 앉기 전까지는.

"······!"

루시온은 약혼자가 있는 여인의 앞에 무릎을 꿇었다. 그러곤 한 손을 가슴에 얹고, 다른 한 손을 카루나에게 내밀었다.

'설마······.'

커다란 장미 꽃다발도, 눈부신 반지도 없었지만, 그의 뜻은 분명했다.

"카루나 아가씨, 아가씨께 청혼합니다."

"그게 무스······."

"거절한다."

묵직한 저음이 카루나의 황당한 마음을 덮어 버렸다.

'난 아무 말도 안 했는데?'

누군가 카루나를 대신해 그녀의 마음을 말해 주었다. 카루나는 굳은 목을 억지로 돌려 제 옆에 선 사내를 바라보았다. 분명 옆엔 사람이 서 있는데, 순간적으로나마 늑대가 서 있는 거라 착각할 뻔했다.

그만큼 무시무시한 기운을 내뿜고 있었다. 그녀의 약혼자, 라크안은.

아까와는 다른 의미로 숨이 막혔다. 그건 카루나만의 생각은 아닌지, 주변에 선 다른 귀족들 역시 목 졸린 듯한 표정을 지었다.

"감히, 내 앞에서 내 약혼녀를 탐하다니."

라크안이 루시온에게 보란 듯, 카루나의 허리를 감싸 안았다. 카루나가 얌전히 그의 품에 폭 안기자 루시온의 눈썹이 꿈틀했다. 라크안은 사납게 웃어 보였다.

"약혼자가 있으나 아직 혼인을 한 건 아니니, 제게도 아직 기회가 있다고 생각합니다만."

루시온은 라크안을 보고 있지 않았다. 남색 눈은 오직, 저를 얼떨떨한 표정으로 바라보고 있는 카루나만을 향했다.

"저와 다른 생각이라면 얼마든지 말씀해 주십시오."

말하는 족족, 그 말이 논리적으로 어긋난 말이라고 반박해 주겠다. 루시온의 남색 눈은 그렇게 말하고 있었다. 루시온이 내민 손은 여전히 허공에 붕 떠 있었다.

카루나가 영 자신의 손을 잡아 주지 않을 것 같자, 그는 더 이상 시간을 낭비하시 않았다. 대신 그 손을 내려, 바닥에 쓸리는 카루나의 드레스 자락 끝을 쥐었다. 그리고 그 드레스 자락에 입을 맞췄다.

까아악!

정작 카루나는 얼어 버리는 마법에 걸린 듯 딱딱하게 굳었건만, 주변에서 비명 소리가 들렸다. 알현실의 분위기는 단번에 변했다. 루시온을 따라온 귀족들도 이것까지는 알지 못했는지, 흥분을 감추지 못했다.

"로맨틱해!"

"어쩜 좋아!"

스캔들이었다. 제국을 떠들썩하게 만들 스캔들!

그건 귀족들이 가장 좋아하는 구경거리였다. 볼 것 없는 하급 귀족들의 치정 싸움도 잔뜩 부풀려져 씹고 뜯고 맛보고 즐기는 이야깃거리가 되건만, 하물며 고위 귀족의 치정 싸움이야 말해 무엇 할까.

한쪽은 황제파의 수장이자 전통 깊은 가문의 젊은 공작이요, 다른 한쪽은 이제 막 유서 깊은 후작가의 양아들이 되어, 세력을 규합해 우뚝 선 젊은 소후작이었다.

그리고 그 두 남자에게 사랑받는 여인은 신비로운 숲의 일족 출신.

너무 아리따운 외모를 가지고 있어 지난 10년간, 악독한 마녀에게 자신의 얼굴을 빼앗겼던 여인.

갑자기 대두한 신귀족파와 이제 막 거머쥔 기득권을 위협받게 된 황제파. 두 세력의 정치 싸움은 기묘한 방향으로 물꼬를 틀었다.

문제는 황제였다. 이 꼬이고 꼬인 삼각관계를 정리해 줄 수 있는 유일한 권위자. 그런데 황제는 중재를 설 마음이 조금도 없어 보였다. 아니, 오히려 두 사내의 치정을 더욱 부추기지 못해 안달이었다.

"그건 소후작의 말이 맞네. 제국의 법은 엄정하니, 반드시 지켜져야 하지. 바이켈드 공작의 약혼녀는 '아직' 우리 제국의 법 안에 들어온 건 아니지 않은가."

황제가 귀족들을 둘러보며 웃었다. 어차피 알현실에 있는 귀족들은 루시온을 따르는 신귀족파이니, 모두들 한 입으로 황제의 말에 맞장구를 쳤다.

"이런 법은 없습니다. 폐하, 바이켈드 공작가를 모욕하지 마십시오!"

내내 주먹을 꽉 쥔 채 참고만 있던 철십자 기사단장이 참다못해 소리쳤다. 그의 옆에 서 있던 세나의 얼굴은 새빨개져 있었다.

"모욕죄를 범하고 있는 것이 누군가. 감히 내 앞에서 제국의 법을 논하다니!"

웃고 있던 황제의 얼굴이 순식간에 바뀌었다. 귀족들은 얼른 고개를 숙여 황제에게 죄를 청했다. 라크안이 철십자 기사단장에게 눈짓을 하자, 기사단장은 괴로워하며 고개를 숙였다.

"죄를, 죄를 지었습니다. 부디 용서해 주십시오."

"황실 기사단이 죄를 지어 내 잠깐 철십자 기사단을 총애하고 중용하였다. 그런데 그걸 믿고 오만하였으니, 내 오늘 일을 잘 기억해 둘 것이다."

황제는 엄한 표정을 지으며 철십자 기사단장을 내려다보았다. 철십자 기사단장이 다시 한번 사죄를 청하며 알현실에서 퇴장하였다. 자신의 한쪽 팔을 잃은 상황에 이르자, 라크안은 오히려 차분해졌다. 그는 여전히 카루나의 발치에 무릎 꿇고 있는 루시온을 힐끔 내려다보고는 황제에게 말했다.

"폐하, 지금 당장 저희의 결혼을 허락해 주실 것을 요청합니다."

그의 목소리는 평소와 다를 것이 없었다. 얼굴 역시 평소 황궁에서 보이던 굳은 표정이니, 근처에 선 귀족들은 아까 느꼈던 살기를 자신들의 착각이라 생각했다.

오직 카루나만이 라크안의 속내가 겉으로 드러난 것처럼 '평소와 다를 것 없는 상태'가 아니라는 것을 알았다. 허리에 닿은 손이 떨리는 게 느껴졌다. 그건, 황제의 답을 들은 후 더욱 심해졌다.

"불허한다! 아직 약혼을 발표한 지 채 반년이 되지 않았으니, 정식적인 절차를 거쳐 반년 후 다시 요청하라."

황제의 뜻은 명확해졌다. 새롭게 일어난 신귀족파 세력들을 당분간은 지켜보겠다는 것. 그와 함께 바이켈드 공작의 약혼녀인 카루나의 존재는 누구도 대신할 수 없는, 유일무이한 위치에 올랐다.

그녀가 신귀족파의 수장, 루시온의 구애를 받아들일 것인가. 아니면 이대로 바이켈드 공작의 약혼녀로서 결혼을 이어 갈 것인가. 그것이 초미의 관심사가 되어 버렸다.

자신과 관련된 일이건만, 정작 카루나가 나설 수 있는 것은 아무것도 없었다. 황제가 카루나를 아직 제국의 법 밖에 있다고 선언했다. 그건 황제 앞에서, 황제의 허락 없이는 어떤 발언도 할 수 없다는 뜻이기도 했다. 지금 이 자리에서 카루나가 곧바로 라크안을 선택하는 걸 막으려는 계산도 들어가 있을 터였다.

'늙은 너구리. 마카레나 백작이 죽은 지 채 하루도 되지 않았는데 벌써 라안을 팽하려 하다니.'

카루나는 짜증을 넘어서 분노를 느꼈다. 그 분노는 고스란히, 제 발치에 꿇어앉은 루시온을 향했다.

"……이런 생각으로."

카루나가 입술을 움직이지 않고 작게 말했다. 루시온에게나 겨우 들릴 법한 목소리였다. 그제야 루시온이 고개를 들었다.

"아가씨께서 약속을 지킬 생각이 없으신 듯하니, 이렇게라도 제가 원하는 것을 얻을 수밖에요."

"……!"

"제가 모를 거라 생각하신 건 아니겠지요. 정말 그런 거라면, 조금은 실망입니다. 아가씨."

루시온의 말을 듣는 순간, 그저 놀라 동그래져 있던 녹색 눈이 매섭게 빛났다.

"루시온."

그건, 루시온이 사라진 서재에서 느꼈던 감정과 비슷한 것이었다.

"네. 바로 그 눈빛입니다."

루시온이 비로소 만족스럽게 웃어 보였다.

"햇볕 아래 늘어진 고양이 같은 아가씨의 모습을 보는 것도 꽤 즐거웠습니다만, 저는 역시나 이런 모습이 마음에 드는군요."

Chapter 13
해가 지는 나라의 손님

루시온이 황제가 보는 앞에서, 라크안의 옆에 있는 카루나에게 청혼한 이후, 황제파와 신귀족파의 대립이 시작되었다. 신귀족파는 아주 오래전부터 존재했던 것처럼, 똘똘 뭉쳐 세력을 구축해 나갔다. 그 핵은 루시온이었다.

그는 젊고 유능했다. 또한 클레이엔이라는 약점이 있었던 마카레나 백작과 달리, 드러난 약점 또한 없었다. 그의 원래 가문인 류헤든 가문의 가솔들을 납치해 협박해도 눈 하나 깜짝하지 않을 위인이었다. 그는 마카레나 백작과는 비교도 되지 않을 적이었다.

그렇다고 황제파가 마냥 루시온의 활약을 지켜만 본 건 아니었다. 신귀족파에 루시온이 있다면, 황제파에는 라크안이 있었다. 내내 웅크려 잠들어 있던 늑대가 이제야 눈을 떴다. 제 것을 노리는 적을 향해 날카로운 이빨을 드러내기 시작했다.

이들의 다툼은 사교계로까지 번져 떠들썩한 치정 로맨스를 만들어 냈다. 그 중심에 카루나가 서 있었다. 황제파의 수장인 라크안의 약혼녀이면서 신귀족파의 새로운 수장, 루시온의 구혼을 받고 있는. 거기다가 황후의 총애를 받는 시녀이며, 한때 황태자와 염문을 뿌리기까지 했던 여인. 카루나는 클레이엔의 빈자리를 메우며 일약 사교계의 꽃으로 발돋움했다.

"뭐, 다들 세기의 스캔들이라 추어올리고 떠들어 대며 즐거워하는데 당사자는 얼마나 힘들겠어요."

"그러게 말이에요. 우리처럼 지각 있는 사람들이라도 그 영애의 고통을 공감해 줘야 하지 않겠어요?"

"그녀는 불쌍하게도, 정치 싸움의 희생자일 뿐이에요. 바이켈드 공작도 그렇고, 그 새로운 소후작도 그렇고, 그녀를 이용하려는 것뿐이라고요. 가엾어라, 지금쯤 얼마나 무섭고 힘들까."

교양 있는 귀족들은 카루나의 처지를 불쌍히 여기며 제 일처럼 안타까워했다. 그렇게 자칭 지각 있는 사람들의 동정을 한 몸에 산 카루나는 정작, 매일 밤 자신의 침실에서 괴로움에 몸부림쳤다.

"아- 어쩔 수 없네. 할 수 없이 계속 여기 머물러 있어야 하는 거잖아?"

카루나는 어쩔 줄 몰라 하며 베개를 팡팡 내리쳤다. 그러곤 슬그머니 위로 올라가는 입꼬리를 어쩌지 못해 베개에 얼굴을 파묻었다.

"난 몰라. 어떻게 하다 일이 이렇게 꼬여 버렸지?"

곤란해 어쩔 줄 모르겠다고 말하는데. 이상하게 목소리가 밝았다.

"난 몰라. 몰라."

발을 동동 구르기까지 했다. 이게 다 루시온 때문이었다.

라크안과 카루나는 필요에 의해 약혼한, 이를 테면 동맹 관계였다. 그런 사무적인 관계 외에도 달달하고 간지러운 감정이 꽤 두터웠으나, 두 사람은 자신의 마음을 상대방에게 말하지 못하고 끙끙대고 있는 상태였다.

"당신을 사랑합니다!"

"어머나, 저도요. 그럼 우린 서로 사랑하는 사이군요."

"아주 좋습니다. 그럼, 결혼할까요?"

"좋지요. 당신을 영원히 사랑한다고 맹세할래요."

이렇게 관계를 발전시키기 전 단계에서 두 발이 꽁꽁 묶여 버렸다고 할까. 현실적인 문제와 감정적인 문제가 얼기설기 복잡하게 얽혀 있는 게 문제였다. 카루나는 라크안에게 약간의 재산을 받아 멀리 떠나 산다든가 하는, 마지막을 고민해 보기까지 했다.

그런데 루시온의 활약으로 예정되어 있던 어정쩡한 결말이 나중 일로 미뤄졌다. 카루나와 라크안이 다시 힘을 합하여 물리쳐야 하는 적이 생긴 것이다. 그리하여 두 사람은 또 어영부영, 끝날 기약 없는 동맹 관계를 이어 나가게 되었다. 덕분에 요즘 카루나의 기분은 매우 맑음 상태였다. 라크안은 무슨 일인지 내내 저기압 상태지만.

'루시온은 라안이 혼자서 상대하기 역부족인 적이야. 당연히 내 도움이 필요할 테니까, 나는…… 뭐, 어쩔 수 없이 계속 라안의 옆에 있어야 되겠네.'

카루나는 이렇게 라크안의 곁에 머무는 자기 자신을 합리화했다. 하지만 공동의 적을 두고 싸우는 전우애만으로는, 라안을 볼 때마다 콩닥콩닥 뛰는 심장 박동을 설명할 수 없었다. 또한, 라크안이 마차에서 심술궂을 정도로 능글맞게 굴고, 또 황제에게 대뜸 결혼 승인을 요청했던 것도.

'혹시…… 아니, 역시 라안은 나를 좋아하는 걸까?'

요즘 툭하면 이런 생각이 드니, 카루나의 얼굴에 홍조가 가실 날이 없었다. 덕분에 화장을 하지 않아도 얼굴에서 빛이 났다. 물론 마냥 헤실헤실 웃으며 라크안의 약혼녀로서의 삶을 즐기는 건 아니었다.

카루나의 녹색 눈은 그 어느 때보다 예리하게 빛났다. 루시온은 쉬운 상대가 아니었다. 방심했다가는 바로 공격을 당할지 모른다. 위기감은 카루나를 늘 긴장하게 만들었다. 그렇게 카루나는 루시온이 사랑해 마지않는다는, 예전의 모습을 되찾았다.

카루나는 우선 바이켈드 공작의 약혼녀이자 황후의 시녀인 자신의 입지를 굳게 다졌다. 그러다 보니 사교계의 큰 모임에 빠짐없이 참석하였는데, 모임에서 루시온을 마주치게 됐다.

그의 주변은 언제나 시끌벅적했다. 신귀족과 귀족들과 미혼의 영애들은 그의 곁을 떠나지 않았다. 그 속에 갇힌 루시온은 언제나 차갑고 무표정했다. 그가 사람다워지는 유일한 때는 카루나를 마주했을 때뿐이었다. 그는 카루나를 발견하면 주변 사람들을 헤치고 나와 카루나 앞에 섰다.

"저와 한 곡 추시겠습니까?"

그러고는 언제나 춤을 청했다.

"죄송해요, 제 약혼자가 질투가 많은지라. 곤란하네요."

카루나는 부채로 얼굴을 반 이상 가리고 새초롬한 목소리로 거절하곤 했다. 그런 두 사람의 모습을 보며, 주변 사람들이 대신 얼굴을 붉히고 즐거워했다. 두 사람을 비련의 연인이라 부르며 아쉬워하는 사람도 있었다.

그들이 그렇게 애틋하게 여기는 카루나와 루시온은 정작 만날 때마다 살벌하게 대화를 나누었다.

"춤 좀 그만 권해. 루시온, 당신이랑은 절대 안 출 테니까."

"구혼자에게 너무 하시는군요, 아가씨."

"구혼자? 누가?"

"제가, 당신의."

"루시온, 나 토할 거 같아."

"제 두 손에 토하시지요."

"……."

"당황하는 모습도 참 보기 좋습니다."

"……정말로 날 토하게 만들 셈은 아닌 거지? 정말 계속 이런 식으로 나올 거야?"

"글쎄요. 예상대로 아가씨에게는 통하지 않지만 다른 수확이 있어 쉬이 포기하기 어렵군요. 당분간은 유지해 볼까 합니다만."

"예상외의 수확?"

"잦은 다툼은, 연인 관계를 악화시킨다고들 하지 않습니까."

"……?"

카루나는 이해하지 못하겠다는 표정을 지었으나, 곧 그 표정이 얼굴에서 사라졌다. 때맞춰 입구가 소란스러워졌다. 올 사람은 다 온 것 같은데, 무슨 일인가 싶어 돌아보니 사람들 틈에서 까만 머리카락이 보였다. 이어 누군가를 찾는 듯 두리번거리는 붉은 눈 또한 멀리서도 선명히 보였다.

"라안?"

"본인이 없을 때만 그렇게 부르시는 겁니까. 이 역시, 관계가 소원해진 약혼 관계 사이에서만 나타날 수 있는 현상이라 합니다만."

"옆에서 그렇게 꼬치꼬치 내 약혼 관계를 분석해 주지 않아도 되거든?"

"제게는 무척이나 귀중한 정보인지라 멈출 수가 없군요."

라크안이 카루나를 발견하고 이쪽으로 걸어오는 동안에도 카루나와 루시온의 대화는 끊이지 않았다. 이게 문제였다. 카루나와 루시온은 서로에게 너무 익숙했다. 10년 넘게 한편으로 손발을 맞추며 살아오지 않았던가. 그래서인지 적이 되었어도 카루나는 그를 남처럼 느낄 수 없었다. 어느새 이렇게 스스럼없는 상태가 되어 버렸다.

'이크!'

카루나가 뒤늦게 후다닥 멀어지려 해도 늦었다. 라크안이 정답게 이야기 나누는 둘을 보며 시니컬하게 웃었다.

"내 약혼녀께서 여기에 있으셨군."

라크안은 더없이 자연스럽게 카루나의 허리에 팔을 감고, 그녀의 손을 붙잡아 그 손등에 입 맞췄다. 전혀 라크안답지 않은 스킨십이었다.

'으악.'

카루나는 입술 밖으로 튀어나갈 뻔한 비명을 겨우 삼키며 가까스로 표정을 관리했다. 남들이 다 보는 앞에서 라크안의 스킨십을 어색해하면, 며칠 뒤 자신과 루시온이 재혼했다는 소문을 듣게 될 터였다. 라크안은 카루나가 그런 걸 고민하는 걸 뻔히 알고 일부러 더 대담하게 구는 건지도 몰랐다.

'그쪽은 아무렇지 않을지 몰라도 난 아니라고!'

카루나는 콩닥거리는 심장 소리를 어쩌지 못하고, 라크안을 째려보았다. 루시온과는 이마를 맞대도 별다른 느낌이 없지만, 라크안은 달랐다. 그의 품에 반쯤 안겨 기대는 것만으로도 온몸이 심장이 된 것처럼 심하게 떨렸다. 그렇게 제 감정을 추스르는 데 바빠 카루나는 루시온이 그런 자신을 무표정하게 바라보는지도 몰랐다.

"공사다망하신가 봅니다. 이렇게 어여쁜 파트너와 따로 떨어져 들어오니 말입니다."

루시온의 목소리가 카루나를 대할 때와는 전혀 딴판으로 싸늘해졌다.

"내 '약혼녀'가 워낙 사랑스러워서 말이야. 잠시만 한눈을 팔아도 더러운 파리 떼가 달려드니, 어쩌겠나. 틈틈이 찾아와서 그녀가 누구의 사람인지를 멍청한 파리에게 자꾸 보여 주는 수밖에."

라크안은 보란 듯이 카루나를 좀 더 제 품 안으로 끌어당기며 비웃음을 흘렸다.

"유치하게 뭐 하는 거예요. 이, 이거 안 놔요?"

카루나는 라크안의 가슴에 뺨을 대고 기대는 척하며, 그에게만 들리게 속삭였다. 흥. 라크안은 코웃음을 치며 카루나의 말을 들은 척도 하지 않았다. 카루나가 라크안의 발을 꽉 밟을까 말까 고민할 때.

"다들 여기 있었군."

상냥한 목소리와 함께 시원한 바람이 불어왔다. 마카레나 백작과 클레이엔이 사라지자 요즘 부쩍 사교계 활동이 왕성해진 황태자였다.

"여기 있었군, 카루나."

황태자가 카루나를 보며 싱긋 웃어 보였다. 스캔들을 내느라 한동안 붙어 다녔더니, 카루나를 이름으로 부르는 게 꽤 익숙해진 듯했다.

황태자는 공석과 사석을 가리지 않고 늘 카루나를 편하게 불렀다. 가장 소중한 친척이자 친구인 라크안의 약혼녀이기 때문에 자신에게도 가족 같아 그렇게 부르는 거라고 해명하긴 하는데, 주변 사람들이 듣기에도 그렇게 들리는지는 미지수였다.

어쨌거나 오늘도 이렇게 '카루나와 세 남자들'의 조합이 완성됐다. 사방에서 꺄악- 비명 소리가 터져 나왔다. 카루나를 시기하는 목소리도, 부러워하는 목소리도 철철 넘쳐흘렀다. 제국 최고의 신랑감 셋에게 둘러싸인 카루나는 죽을 것같이 행복해하는 대신.

'……아, 머리야.'

머리를 감싸 쥐었다.

"카루나, 어디가 아픈 거야?"

상냥하게 물어보는 황태자와.

"쯧, 그러니까 저딴 자식을 왜 눈에 담아서는."

대놓고 못마땅해하는 라크안과.

"역시 제가 곁에 없으니 그러신 겁니다, 아가씨. 이제 그만 제계로 오시지요."

기회를 틈타 자기 자신의 가치를 어필하는 루시온.

라크안의 곁을 떠나지 않는 한, 카루나와 떼려야 뗄 수 없는 인연들이었다.

* * *

제국의 북서쪽 경계와 맞닿은 이국의 땅. 작열하는 태양 아래, 56개의 오아시스를 품은 모래사막 위에 선 나라 올벤. 제국 황제의 칙서를 가진 사절단이 올벤 왕의 황금 궁전에 닿았다.

황제의 칙서는 더위에 지쳐 쓰러진 제국 사절의 손을 떠나 구릿빛 피부를 가진 여인의 손에 들렸다. 여인은 황금 궁전의 심장부로 가 그것을 바쳤다.

청금석이 박힌 황금 옥좌에 앉아 있는 사내는 타오르는 듯한 붉은 머리카락과 자수정 같은 눈동자를 가진 미남자였다. 햇볕에 그을린 구릿빛 피부엔 크고 작은 상처가 가득했다. 그는 사막 제일의 전사이자 사막 나라 올벤의 왕 악시스였다.

금술과 주먹만 한 루비가 달린 터번에는 사막의 56개 오아시스의 복종을 상징하는 56개의 청금석이 박혀 있었다. 그가 손을 들자 대리석 바닥에서 퐁퐁, 물방울이 샘솟아 그의 손을 적셨다. 젖은 손에도 아랑곳하지 않고 그는 제국 황제의 칙서를 성의 없이 받아 주욱― 읽어 내려갔다.

"이번 남쪽의 황제는 꽤나 속이 좁군. 의심이 많고, 사람을 귀찮게 해."

"사절의 목을 잘라 돌려보낼까요?"

무릎을 꿇은 여인이 물었다.

"아니, 그래서야 쓰나. 지금 그 남쪽에 얼마나 귀한 것이 숨어 있는데."

"귀한 것이란 '그것'을 말하는 겁니까?"

"그래. 숲의 심장이 거기에 있다. 숲 밖에, 그것도 남쪽으로 가 있다니."

사내의 입가에 잔인한 웃음이 어렸다.

"훔쳐가 달라고 말하는 것과 다름없지 않은가."

사내가 주먹을 꽉 쥐자, 그의 손을 적시던 물줄기가 바닥에 흩뿌려졌다. 아무리 물을 뿌리고 뿌려도 대리석은 싹을 틔우지 못한다. 그건 이 나라를 뒤덮은 모래사막도 마찬가지였다.

물에 젖은 대리석을 바라보는 사내의 보랏빛 눈에 어떤 열망이 맺혔다. 오랜 세월 동안 메마르기만 했던 이 땅에 푸르른 녹음을 가져올 수 있다는 열망.

"가서 가져와야겠다. 우리의 새로운 오아시스를."

사내는 씩 웃으며 한마디를 덧붙였다.

"아주 정중히."

* * *

"올벤의 사절단이 제국을 방문한다고 합니다."

황후가 찻잔을 내려놓으며 말하자, 옆에 서 있던 시녀가 얼른 찻잔을 다시 채워 주었다. 뜨거운 찻물이 닿자 찻잔 바닥에 아름다운 문양이 드러났다. 일전에 카루나가 황후에게 선물로 준 찻잔이었다. 카루나는 안 보는 척하며 그 찻잔을 힐끗 보고는 황후의 표정을 살폈다.

'올벤이라…… 갑자기 함께 티타임을 갖자고 해서는 왜 대뜸 올벤에 대해 이야기를 하는 거지?'

카루나는 자신의 찻잔을 들며 눈을 데굴, 굴렸다. 그녀는 지금, 후원인 백합궁에 와 황후와 단둘이 티타임을 즐기는 중이었다. 황후의 시녀들은 황후의 뒤에 서 있었다. 그건 황후가 카루나를 자신의 시녀로 만나는 게 아니라 손님으로 대하고 있다는 의미였다.

'무슨 꿍꿍이야.'

카루나로서는 당연히 바짝 긴장할 수밖에 없었고, 황후의 심기를 거스르지 않기 위해 방긋 웃으며 속으로만 투덜댔다.

'안 그래도 신귀족파랍시고 루시온을 따르는 귀족들이 나날이 늘어 골치가 아파 죽겠는데.'

이럴 때일수록 더더욱 황태자와 황후의 총애를 잃어서는 안 됐다.

카루나는 클레이엔과 대결하여 황후의 시녀 자리를 꿰찼다. 전례대로라면 짐을 싸들고 백합궁으로 들어와 다른 시녀들처럼 황후를 곁에서 보필해야 했지만, 카루나는 그러지 않았다. 그녀가 제국인이 아니라 숲의 일족 출신이며, 안주인 자리가 비어 있는 바이켈드 공작가의 안살림을 돌보고 있는 특수성을 황후가 이해해 주었기 때문이다.

그래서 카루나는 황궁에 머무는 상근 시녀가 아니라 출퇴근하며 황후에게 적절한 조언을 해 주는 비상근 시녀가 되었다. 대신 황후가 부르면 어떤 상황에서든 즉시 응해야 하는 의무도 주어졌다. 그런데 바로 어제, 백합궁에서 초대장이 날아왔다. 황후의 티타임에 '초대'한다는 것이었다.

카루나를 초대한 황후는 평소 잘 쓰지 않던, 카루나가 예전에 바친 찻잔을 굳이 꺼내 보였다.

'설마 올벤 사절단 접대를 나에게 맡기려 하는 걸까?'

카루나는 황후를 바라보며 생긋, 웃어 보였다.

"올벤에서 사절단이 오다니. 폐하의 치세에서는 처음 있는 일 아닌가요?"

"그렇지요. 그러니 사절단 접대에 한 치의 소홀함도 없어야 되겠지요."

"그럼요, 제국의 뛰어난 문화와 강력한 국력을 보일 수 있는 기회니까요."

"잘 알고 있군요. 역시, 차기 바이켈드 공작 부인다워요."

황후는 그녀답지 않게 카루나를 띄우며 엷게 미소까지 지었다.

"황제 폐하께서 사절단 접대를 내게 일임하였습니다. 그리고 나는 그 일을, 내가 가장 아끼는 내 주변의 사람에게 전적으로 맡기려고 합니다."

황후가 찻잔을 손끝으로 어루만지며 말했다.

"영애, 나는 그대에게 맡기고 싶은데. 그대의 생각은 어떤가요?"

카루나는 황후에게 들키지 않게 천천히, 한숨이 될 뻔한 숨을 내쉬었다.

'역시나.'

예상대로였다. 카루나는 일단, 놀란 척을 했다.

"맙소사, 폐하. 제가, 제가요?"

눈을 동그랗게 뜨고, 얇은 비단 장갑을 낀 손으로 입을 가렸다. 누가 봐도 전혀 예상치 못한 말을 들은 사람 같아 보였다.

"그래요. 나는 그대가 적임자라고 생각한답니다."

"하지만 저는 아직…… 경험도 없고, 배움도 미천하여…… 제가 이런 영광스러운 중임을…… 맡을 수 있을까요?"

카루나는 울상을 지었다. 정말 영광스러우나 너무 부담돼서 차마 받아들일 수 없다는 제스처였다.

'난 지금 루시온만으로도 머리가 터질 것 같다고.'

카루나는 눈을 내리깔며 황후의 시선을 피했다. 그렇게 황후의 명령이 자신을 비껴나길 바랐건만.

"그 마음가짐이 참 어여쁘군요. 역시 그대만한 적임자가 없을 것 같아요."

황후는 카루나를 놓아주지 않았다.

"만약 그대가 성급하게 하겠다고 나섰다면 나는 오히려 그대에게 정말 이 일을 맡겨도 될까 걱정했을 거예요."

"……."

'거짓말.'

덥석 하겠다고 했다면, 분명 적극적이고 의욕이 넘쳐 보여 안심이 된다고 말했을 것이다.

'반드시 나에게 떠넘기고 말겠다는 거구나.'

황후는 이미 카루나에게 이 일을 맡기기로 마음을 결정한 상태였다. 그걸 깨달은 카루나는 허탈하게 웃었다. 이제 카루나는 자신이 이 일을 맡았을 때의 순익을 계산해 보기 시작했다. 피할 수 없다면, 최대한 내게 유리한 상황을 만들어 내야 하는 법.

'하긴, 내가 해야 하는 일이긴 해. 나 말고 누가 할 수 있겠어?'

외국의 사절단을 맞이하는 건 대대로 황후가 맡아 왔다. 오랫동안 교류해 온 이웃 왕국의 사절이야 황후가 직접 맞이하지만, 제국과 관계가 소홀한 외국 사절은 황후가 직접 나서지 않는다.

올벤은 제국과 교류가 뜸할 뿐 아니라 최근엔 변경에서의 문제가 생겼으니, 황후가 직접 나서긴 뭐했다. 그럼 황후보다 아랫사람이 맡아야 하는데, 황태자비 자리는 공석이고 황녀는 아직 이런 일을 맡기엔 어렸다. 그러니 제국 유일의 공작가인 바이켈드, 그 가문을 이끄는 젊은 공작의 약혼녀가 맡는 게 당연한 수순일 터.

'내가 거절했다가 후작가에라도 넘어가 버리면, 그건 그거대로 문제야.'

루시온이 약삭빠르게 폴리비오 후작가의 여인을 내세워 이번 일을 처리한다면, 신귀족파의 입지가 넓어질 것이다. 이러저러한 사정을 따져 본다면, 바이켈드 공작의 약혼녀이자 황후의 시녀인 카루나가 나서는 게 가장 보기 좋긴 했다.

"이 중임을 맡기에 나이나 실력이 미천하다는 입바른 말은 하지 말아요. 그대의 능력은 이미, 시녀 선발 과정에서 충분히 확인했으니까."

황후는 시녀 선발의 날, 카루나가 제게 건넸던 작고 아름다운 백합을 염두에 둔 듯 말했다.

'능력까지 인정을 받았으니 한다고 해야지 별수 있나.'

"그리 말씀해 주셔서 영광이옵니다, 폐하. 부족함이 많으나 감히 황후 폐하의 명령을 이 두 손으로 받듭니다."

카루나는 얼른 의자에서 일어나 바닥에 한쪽 무릎을 꿇고 앉았다. 그리고 황후의 보이지 않는 명령을 받는 듯 두 손을 치켜들었다.

"제국과 황제 폐하, 황후 폐하의 빛나는 명성에 누가 되지 않도록 최선을 다하겠습니다."

"좋아요, 기대하고 있겠습니다."

그렇게 카루나는 무거운 짐 덩이를 양어깨에 얹고, 바이켈드 공작가로 돌아가야 했다. 카루나가 황후에게서 받은 스트레스를 받아주는 건 고스란히, 라크안의 몫이 되었다.

"공작 각하! 어딨어요. 라안! 라안!"

카루나는 공작저에 도착하자마자 라크안을 불렀다. 그때 라크안은 집무실에서 철십자 기사단장과 함께 공작가 일을 논의하고 있었다.

집무실의 창문과 문은 꽉 닫혀 있었고, 카루나가 선 현관과의 거리도 상당했다. 카루나가 아무리 큰 목소리로 라크안을 부른들, 듣지 못하는 게 '일반적인' 경우였다. 하지만 라크안은 그런 일반적인 경우에 속하는 남자가 아니었다.

"카루나?"

라크안은 서류를 들여다보다 말고 고개를 번쩍 들었다.

"각하, 아가씨는 황후 폐하의 부름을 받고 황궁에 가셨습니다. 아직 돌아오실 시간이 아닐 텐데요."

맞은편에 앉아 있던 철십자 기사단장이 의아해했다.

"아니. 아니야."

라크안은 확신에 찬 목소리로 말하며,

"쉿."

기사단장의 입을 막았다. 무언가를 귀담아 들으려 주의를 기울이는 모습이 꼭 길이 잘 든 사냥개 같아 보였다. 귀를 쫑긋거리며 주인의 발자국 소리를 찾는. 그리고 사냥개가 기어이 주인의 부름을 들었다. 라크안은 들고 있던 서류를 내팽개치고 벌떡 일어섰다.

"각하?"

철십자 기사단장이 급히 바닥에 떨어진 서류를 주웠다. 공작가의 기밀이 남긴 서류를 품에 안고 고개를 들었을 때는 이미, 눈앞에서 라크안이 사라진 뒤였다.

"……각하?"

철십자 기사단장이 얼빵한 목소리로 사라진 라크안을 불렀다. 활짝 열린 창문이 자신을 밟고 밖으로 뛰어나간 라크안을 대신해 대답했다. 펄럭, 펄럭. 커튼을 펄럭이면서.

"라안, 이 사람은 도대체 어딜 간 거야! 내가 누구 때문에, 어? 그런 귀찮은 일을 떠맡게 됐는데!"

카루나는 현관 앞에 서서 발을 동동 구르며 소리쳤다.

"아가씨, 일단 안으로 드시지요. 도련님께서는 집무실에 계시답니다."

마중 나온 하녀장이 활짝 열린 문을 가리키며 카루나를 달랬다.

"알아요. 안다구요."

카루나는 입을 삐쭉 내밀었다. 여기서 부른다고 저택 안에 있을 라크안이 '아이고, 내 약혼녀님 오셨습니까.'하고 뛰쳐나올 리 없다는 것 정도는 잘 알고 있었다. 그럼에도 이렇게 소란을 부리는 건 그냥, 유치한 화풀이였다.

하기 싫은 일을 억지로 떠맡아 짜증은 나는데, 짜증 낼 곳이 없다. 마카 레나 백작가에 있을 때엔 짜증 낼 곳투성이였다. 자신을 은근히 무시하는 집사나 하녀장, 아니면 겁에 질려 툭하면 실수하는 하녀들. 그들에게 잔뜩 짜증을 부리고 나면 기분이 좀 나아지곤 했다.

하지만 바이켈드 공작저에서는 그럴 수가 없었다. 하녀장은 진심을 다 해 그녀를 섬기고 있었고, 하인과 하녀들은 카루나를 제 가족처럼 아끼고 돌보아 주었다. 이 사람들이 나한테 왜 이러나, 싶을 정도의 애정을 받고 있다 보니, 그들에게 화풀이를 할 수 없었다.

그렇다고 10년 넘게 악녀 소리를 들으며 갈고닦아 온 성질머리가 한순간에 착해질 수는 없는 노릇이었다. 그리하여 카루나는 제일 만만한 라크안을 붙들고 늘어졌다. 그것도 라크안의 앞에서 대놓고는 못 하고, 라크안이 없는 곳에서 괜히 그를 부르면서 발을 쾅쾅 굴리며.

그렇게 속풀이를 하고, 아무 일도 없었다는 양 우아하게 저택 안으로 들어가려고 했건만. 문득, 휘익- 바람 가르는 소리가 들렸다. 황태자가 이곳에 있을 리도 없으니, 바람 소리라고 생각하고 넘어가면 될 것이지만 그럴 수 없었다. 탁- 하고 아주 가볍고 우아한 소리가 연달아 들렸기 때문이다.

꼭 누군가 높은 곳에서 뛰어내려 흙바닥에 발을 딛고 선 것 같은 소리지 않은가. 이어 카루나의 머리 위로 긴 그림자가 드리웠다. 왜 미남은 그림자마저 잘생겨 보이는 걸까.

"무슨 일이지?"

잘생기고 몸 좋고, 그림자까지 멋있으면 그만이지. 목소리까지 좋을 건 또 왜고. 다른 사람과 헷갈리려야 헷갈릴 수 없는 이 나직한 저음이라니. 지금 이곳에 있어서는 안 될 목소리였다.

"어머, 도련님?"

"라안 님! 옥상에서 뛰어내리신 거예요? 지금?"

하녀장과 하녀들의 놀란 목소리는 덤이었다. 혹시나 카루나가 제 눈앞에 선 남자를 못 알아볼까 봐 배려해 준 것일까.

"⋯⋯공, 작 각하?"

조금 전까지 씩씩하게 '라안'이라고 부르며 화를 내던 카루나는 온데간데없었다. 카루나는 깜짝 놀라 어깨를 잔뜩 움츠리고, 한껏 겁먹은 표정을 지으며 위를 올려다보았다. 조금 전전까지만 해도 이곳에 없었던 그녀의 약혼자가 지금, 그녀의 앞에 서 있었다.

"날 부르던데. 무슨 일이지?"

붉은 눈이 카루나를 빤히 내려다보았다. 혹시나 무슨 일이 있나, 어디 다친 건 아닌지 살펴보는 것이었다. 하나 카루나에게는 다르게 느껴졌다.

'반드시 무슨 용건이 있어서 날 부른 것이어야 한다. 용건이 없어도 용건이 있어야 한다. 그래서 이렇게 날아온 이유가 있을 테니까.'

무언의 압박감을 느꼈다.

"⋯⋯어? 어떻게?"

왜 온 거예요. 오라고 부른 거 아니었는데. 차마 이렇게 말할 수 없어서 왜 왔느냐고 묻진 못하고 어떻게 왔냐고 물었다.

"그대가 불렀으니까."

"네? 집, 무실에 있었다면서요. 근데 어떻게?"

"들렸어. 들렸으니까 왔지."

"⋯⋯제가 부르는 게 들려서, 왔다구요?"

라크안이 고개를 끄덕이자, 카루나는 좀 더 고개를 들어 위를 바라보았다. 공작가의 저택이 워낙 커서 한눈에 다 들어오지도 않았다. 분명 이 건물 너머에 있는 또 다른 건물, 그러니까 안쪽 건물에 집무실이 있을 텐데.

'거기서 여기까지, 저 건물을 뛰어넘어 내려온 거라고? ⋯⋯독수리세요?'

그간 잘못 알고 있었던 걸까? 라안의 본모습은 늑대가 아니라 독수리 같은 조류일지도 모른다.

"무슨 일이지? 황궁에서 무슨 일이라도 있었나?"

늑대인지, 독수리인지 의심이 가는 존재가 사람의 모습을 하고 카루나에게 다정히 말을 걸었다. 카루나는 다시 한번, 반드시 이유가 있어야 한다는 압박감을 느꼈다.

'황후 때문에 짜증이 나는데 풀 곳이 없으니, 당신 없는 데서 그냥 당신 욕을 하고 있었던 거라고…… 말하면 안 되겠지?'

하녀장은 옆에서 어색하게 웃고만 있었다.

'세나 경이 옆에 있었다면 지금 이 위기에서 날 구해 줬을 텐데.'

새삼 세나의 빈자리가 아쉬웠다.

이틀 전, 세나는 최초의 숲으로 떠났다. 반려를 찾았으니 그걸 보고하러 가야 된다고 했지만, 진짜 이유는 그게 아닌 것 같았다. 카루나는 진짜 이유를 캐묻는 대신, 몸에 지니고 있던 레이스 손수건을 팔에 묶어 주며 그녀를 배웅했다. 갑작스러운 이별이 아쉬웠지만, 가는 길을 막을 순 없었다.

'그냥 막을걸. 가지 못하게.'

카루나는 작은 한숨을 내쉬며 라크안을 올려다보았다.

'앞으론 없는 데서 짜증도 못 내겠네.'

속으로 투덜거리긴 하지만, 정말로 싫은 건 아니었다. 어쨌거나 먼 곳에 있었으면서 자신의 목소리를 듣고 달려와 준 것 아닌가. 슬금슬금, 입꼬리가 올라가려고 했다.

흠흠. 카루나는 헛기침을 하며 마음을 다스리고 입꼬리도 꾹 내리누른 후, 라크안의 팔을 덥석 잡았다. 마침, 좋은 변명거리가 생각났다. 이전부터 벼르고 있던 일을 이번에야말로 해결할 수 있을지 모른다는 기대감마저 부풀어 올랐다.

"식당으로 가요, 어서!"

"식당?"

"네, 식당이요. 거기서 아주 중요한 일을 해야 해요. 꼭 해야만 하는 일이에요. 바이켈드 공작가의 평판과 제 명예를 위해서요."

"……그러니까, 식당에서?"

"그렇다니까요? 어서요. 얼른!"

카루나가 라크안을 끌고 식당으로 가자, 그는 어이없어하면서도 순순히 끌려갔다. 카루나는 하녀장과 요리사를 불러 모아 식탁 다리가 휘어질 정도로 음식을 차리게 했다. 그다음 철십자 기사들 중 가장 힘센 기사들 여덟명을 불러 라크안을 단단히 붙잡고 의자에 붙들어 매어 놓았다.

"이게 뭐하는 짓이지?"

라크안은 당연히 황당했지만 카루나는 못 들은 척하며 기사들을 재촉했다. 라크안이 픽, 웃으며 팔짱을 끼고 사태를 관망했다. 뭘 어떻게, 어디까지 하는지 지켜보겠다는 여유로운 태도였다.

그러한 여유는 솔토가 센스 있게 쇠사슬을 들고 와 내밀었을 때 살짝 금이 갔다. 이어 카루나가 기쁘게 그것을 받아 들어, 손수 라크안과 의자를 한몸으로 묶었을 때 다시 한번 빠직, 금이 갔다.

"공작 각하라면 조금만 힘을 줘도 이 쇠사슬과 의자를 부술 수 있을 거라고 생각할 거예요."

"……."

정말 그렇게 생각하고 있기에 굳이 겸손하게 아니라고 대답하지 않았다.

"그런데 못 그러실 거예요."

"……뭐?"

"세나 경의 반려라는 우리겐이란 마법사가 특별히 만들어 준 거거든요."

상큼하게 웃는 카루나를 보며, 라크안의 여유는 기어이 산산조각이 나바스러졌다.

"세나 경이 숲으로 떠나기 전에 그러더라구요. 자신이 옆에 없어서 제가 너무너무 걱정된다고."

"누가 누구를 걱정해?"

"세나 경이 저를요."

"세나 경이 정신이 나갔나 보군. 걱정해야 될 상대를 잘못 골랐어."

"글쎄요. 혹시 공작 각하가 저한테 나쁜 짓 할 거 같으면 이거로 단단히 묶어 두라고 하던데요? 자기가 돌아올 때까지."

라크안은 코웃음을 치며 몸에 힘을 주었다.

'이따위 사슬, 단번에 끊어 주지.'

라크안의 괴력을 아는 철십자 기사들은 사슬이 부서져 사방으로 튕길 것을 우려하여 뒤로 물러섰다. 솔토도 얼른 카루나를 제 등 뒤에 숨겼다. 그런데.

"……!"

아무리 라크안이 힘을 주어도 사슬은 끊기지 않았다. 아니, 오히려 더 강하게 몸을 조여 왔다.

"가만히 있는 게 좋을 거예요. 힘을 가할수록 반동이 커지는 마법이 담겨 있다고 했거든요."

카루나가 깜빡했다며 사슬의 매력적인 기능을 설명했다. 라크안은 허망하게 제 가슴과 허리를 칭칭 감은 사슬을 내려다보았다. 철십자 기사들은 충성심 따위는 잊고 기뻐했다.

"이거 혹시 라안 님이 발작을 일으키실 때도 사용 가능한 겁니까?"

"정확히는 늑대 상태일 때 목줄로 삼는다든지 뭐, 그런 용도로 말입니다."

"대량 생산은 가능할까요?"

기사들이 앞다퉈 구매를 희망했다.

"그 마법사분이 세나 경의 반려일 뿐만 아니라 저랑도 친분이 두터운 분이랍니다. 제가 부탁하면 반드시 들어줄 거예요."

그녀에게 엉터리 마법 약을 팔았던 인연이 있지 않은가. 세나의 소개로 저를 만나러 나오면서 사색이 되었던 우리겐을 떠올리며, 카루나는 방긋 웃어 보였다. 그렇게 다시 한번 철십자 기사단의 존경을 얻은 카루나는 솔토를 제치고 라크안에게 다가왔다.

라크안은 이제야 제 처지를 깨닫고, 사슬을 벗어나려 몸부림치고 있었다. 그래 봤자 의자만 들썩일 뿐, 사슬은 여전히 꿈쩍도 하지 않았다.

"이게 무슨 짓이지? 뭘 하려는 거야."

"어머나? 남들이 들으면 제가 공작 각하께 무슨 나쁜 짓이라도 하는 줄 알겠어요."

"……"

라크안이 카루나를 지그시 바라보았다. '그게 아니면 지금 이러는 이유가 뭔데.'라고 묻는 표정이었다.

"이미 들으셨을지 모르겠는데, 제가 이번 올벤 사절단의 접대를 담당하게 되었어요. 당연히 저의 약혼자인 공작 각하인 라안 님께서 모든 공식적인 행사에 저와 함께해 주시겠죠?"

"결국 그대가 맡았나?"

"네. 저 말고 누가 하겠어요. 제가 안 하면 루시온 쪽으로 넘어갈 위험도 있고 해서, 황후 폐하의 부탁을 기꺼이 받아들였지요."

"그런데 왜……."

"공작 각하를 묶었냐구요?"

카루나가 양손에 포크와 나이프를 들자, 순은으로 만든 그 도구들이 새 것처럼 반짝반짝 빛났다. 특히나 나이프의 날이 번쩍이며, 카루나의 얼굴을 비췄다. 그게 어쩐지 으스스하게 느껴졌다.

실제로 식사하던 중 암살자가 들이닥쳐, 장식으로 놓여 있던 나이프를 발로 차 암살자의 심장에 박아 버렸던 적도 있지 않던가. 라크안에게 포크와 나이프는 그런 용도였다. 그 이상도 이하도 아니었다. 그런데 카루나가 그것들을 라크안의 손에 고이 쥐여 주었다. 왼손에 포크를, 오른손에 나이프를.

"이걸, 왜?"

라크안은 진심으로 궁금해서 물어보았다.

'조만간 암살 시도가 있을 예정인 건가?'

그렇다면 왜 사슬로 몸을 묶은 걸까. 몸에 제약이 있는 상태에서 암살자를 죽이는 연습을 하라고? 라크안이 티 없이 맑디맑은 붉은 눈으로 카루나를 올려다보았다. 카루나는 라크안의 양손을 식탁으로 잡아끌어 먹음직스런 스테이크 위에 올리며 답했다.

"그러니까 이젠 배우셔야겠죠? 식사 예절 말이에요."

"뭐?"

라크안은 뭔 말도 안 되는 소리를 하느냐는 듯 카루나를 바라봤다.

"오, 아가씨. 신이시여 감사합니다."

동시에 하녀장은 그 자리에서 무릎을 꿇으며 신을 부르짖었다.

"실패에 금화 열 개."

"사흘 만에 라안 님이 저 사슬을 끊고 늑대로 변신한다에 금화 스무 개."

"난 성공하지 못한다에 금화 스무 개."

"야, 다 실패에 걸면 어떡해."

"그럼 경은 성공한다에 거실 겁니까?"

"아니. 일주일 안에 아가씨가 포기한다에 금화 열 개."

"이 자리에 없는 기사들은 무조건 성공한다에 거는 걸로 하지요. 특히 세나 경. 세나 경은 이번 달 월급을 거는 걸로."

기사들은 구석으로 몰려가 내기 판을 벌였다. 카루나는 주변의 반응을 둘러보고는 더욱 의욕에 차올랐다. 그녀는 포크를 어정쩡하게 잡고 있는 라크안의 손을 꼬옥 감싸 쥐며 자신의 굳은 의지를 밝혔다.

"이참에, 아주 싹 다 뜯어고쳐 줄게요. 공작 각하, 각하의 잔인무도한 예의범절을 말이에요."

"거절한다."

"거절은 제가 거절하겠어요."

"꼬맹이, 너어⋯⋯."

"어머? 꼬맹이라뇨? 여기에 꼬맹이가 어디 있나요?"

"아, 이런. 말실수를⋯⋯."

무심코 튀어나온 말버릇에 라크안은 난감해하며 사과했다.

"뭐, 괜찮아요. 사람이 실수할 수도 있지요."

카루나는 어깨를 으쓱이며 아무렇지 않은 척했다. 물론 속내는 달랐다.

'아직도 날 꼬맹이 취급하고 있어? 그럼 아까 헐레벌떡 달려온 것도, 애가 위험할까 봐 걱정해서 온 거야?'

잠시 잊고 있었던 짜증이 확- 치솟았다. 다행히 이번엔 자리에 없는 사람을 욕하지 않아도 되었다. 짜증을 풀 수 있는 확실한 방법을 찾았으니까. 카루나는 생긋, 웃으며 제 화풀이의 대상을 내려다보았다.

아주 튼튼한 사슬로 꽁꽁 묶인 늑대 한 마리.

"그러니까 더 큰 실수를 하기 전에, 나쁜 버릇을 고쳐 볼까요?"

그렇게, 바이켈드 공작가에 뒤늦은 예법 교실이 열렸다. 선생님은 카루나, 학생은 사슬에 묶인 라크안이었다.

"이제 와서 무슨! 안 해. 안 할 거니까 당장 이거 풀어! 어서!"

"어머나? 왜 이러실까? 배움에는 나이가 없는 법이에요. 아니, 지금 잠깐 부끄러울 순 있지만 그게 뭐 어때서요? 대신, 나가서 제가 부끄러워하지는 않아도 되잖아요."

"결국 그대가 좋으려고 나를 괴롭히겠다는 거잖아."

"제게 좋은 게 라안 님한테도 좋은 거 아니겠어요? 자, 자, 얼른 해 보세요. 앞으로는 이렇게 식사하시는 거예요. 저택 안에서나 밖에서나, 항상 말이에요. 라안 님, 아셨죠?"

둘의 열혈 학습은 올벤 사절단이 수도에 도착했다는 소식이 들려올 때까지 계속됐다.

그 결과, 하녀장도 고치기를 포기했던 라크안의 거친 식사법은 꽤 그럴 듯하게 바뀌었다. 카루나는 올벤 사절단을 맞이할 준비를 하며 받은 스트레스를 적절하게 해소하며 최상의 컨디션을 유지했고, 세나 또한 자신도 모르는 사이에 참가한 내기에서 금화 수백 개의 판돈을 챙길 수 있었다. 본인은 수도에 돌아오기 전까지 모를 테지만.

그리하여 올벤의 사절단이 제국의 황성에 입궁할 때, 카루나와 라크안은 당당히 제일 앞에 서서 그들을 맞이했다.

"어서 오세요, 기다리고 있었습니다."

활짝 웃는 카루나와 어쩐지 수척해 보이는 얼굴로 간단히 목례를 하는 라크안.

사절단은 고작 열 명 남짓이었다. 그들의 대표는 구릿빛 피부에 탈색된 금발 머리를 가진 여인이었다. 세나를 생각나게도 하였으나 냉랭한 표정은 이내 그 생각을 지우게 만들었다.

그리고 일행 중 특히나 눈에 띄는 인물이 있었다. 그 산발로도 가리지 못한 날카로운 보랏빛 눈이 오직, 카루나만을 향했다.

무표정했던 얼굴에 미소가 어리는 순간, 그와 라크안의 눈이 마주쳤다. 잠깐, 아주 잠깐이었다. 보랏빛 눈을 가진 남자가 픽, 웃으며 라크안을 위아래로 훑어보았다. 흥미로운 것을 바라보는 듯한 눈빛이었다. 그뿐인데, 라크안은 그에게서 눈을 뗄 수 없었다.

그는 이내 고개를 숙이고 라크안의 시선을 피했다. 일행 틈으로 쑥 숨어 버리는 일련의 동작들이 매우 느리게 보였다. 실제로는 매우 짧은 시간에 일어난 일임에도 불구하고. 그만큼 라크안은 그 사내에게 집중하고 있었다.

사내와 눈이 어긋나자 갑자기 숨이 막혔다. 숨 쉬는 방법을 잊어버린 것 같았다. 아무리 숨을 들이쉬려고 해도, 할 수가 없었다. 다시 숨 쉴 수 있는 방법은, 다시 그 눈을 마주하는 것뿐이었다.

'찾아가. 어서 그에게 가서 복종해.'

누군가 귓가에 속삭였다. 그 목소리는, 이 숨 쉴 수 없는 감각은, 전혀 낯선 것이 아니었다. 라크안은 이미 이런 경험을 한 적이 있었다. 백합궁 소동 때 어른으로 변한 카루나를 제 손으로 할퀴었을 때.

그리고 늘, 이와 비슷한 느낌을 감당해 내고 있었다. 어른이 된 카루나를 늘 옆에서 지켜만 보고 있는 지금, 어째서 낯선 사내에게서 카루나의 흔적이 느껴진단 말인가. 라크안은 다급해졌다. 눈앞에 있는 사내를 절대 놓치면 안 된다는 생각이 강박처럼 라크안을 얽어맸다.

'붙잡아야 해.'

그리하여 그는 자신이 어디에 서 있는지조차 잊고, 그를 향해 걸어 나갔다. 머릿속은 온통 보랏빛 눈을 가진 사내에 대한 생각뿐이었다. 사절단을 헤치고, 보랏빛 눈을 가진 사내를 끄집어내어 다시 한번 그 얼굴을 보고, 뭔가를 확인해야…….

"뭐 하는 거예요, 라안!"

등 뒤에서 카루나의 뾰족한 목소리가 들렸다. 그 순간.

"허억."

비로소, 숨이 트였다. 라크안은 급히 숨을 들이쉬었다. 찬물을 뒤집어쓴 것처럼 정신이 번쩍 들었다. 아니, 잠에서 깬 것 같았다. 막 눈을 떠 꿈인지 생시인지 분간이 안 가는 상황이 딱, 지금의 라크안이었다.

'뭐였지? 뭔가…….'

라크안은 제 손을 내려다보았다. 무언가 손에 잡힐 듯했는데 놓쳐 버렸다. 그런데 아쉽지 않았다. 오히려 안도감이 들었다. 원래 카루나의 것이었던 제 소유권이 처음 보는 사내에게 넘어가 버려서, 제 스스로 목줄을 사내에게 넘겨줄 뻔한 기분이랄까.

카루나의 부름이 라크안을 다시 카루나에게 이끌었다. 라크안은 제 목줄을 다시 카루나에게 가져다 바치는 기분으로 그녀를 돌아보았다. 그의 목줄의 주인은 꽤 기분이 상해 있었다.

라크안이 주인의 눈치를 보는 사냥개처럼 주변을 둘러보자, 제국 측 인사들은 당황한 기색이 역력했다. 올벤의 사절단을 호위하는 올벤의 전사들은 잔뜩 긴장한 얼굴로 라크안을 노려보았다. 모두의 눈이 라크안을 향해 있었다. 그 중에 보랏빛 눈은 없었지만, 그걸 아쉬워할 겨를이 없었다.

'이런.'

그제야 라크안은 자신이 무슨 짓을 저질렀는지 깨달았다. 제국의 검이라 불리는 제국 최고의 기사가 갑자기 올벤의 사절단을 무시무시한 눈으로 노려보며 앞으로 뚜벅뚜벅 걸어 나온 것이다. 주변에서 왜 그러냐고 말리고 불러도 들은 척도 하지 않은 채로. 외교적 실례를 넘어서 무력 도발로까지 여겨질 수 있는 행동이었다.

'카루나에게 혼나겠군.'

쯧, 라크안은 작게 혀를 찼다. 어쩐지 뒤통수가 따끔따끔했다.

'이 망할 늑대가, 정말!'

라크안의 예상대로 카루나는 그의 뒤통수를 째려보고 있었다. 라크안을 사랑하는 수줍은 마음과는 별개로, 지금 이 순간만큼은 라크안이 원망스럽기 그지없었다.

'내가 지난 한 달 동안 어떻게 살았는데, 얼마나 힘들게 이날을 준비하고 기다려 왔는데! 도와주지는 못할망정 망치려 들어?'

내가 이런 걸 약혼자라고 데리고 다니고, 식사 예절 한 번 고쳐 보겠다고 그 고생을 했다니. 카루나는 배신감에 몸을 떨었다.

그간 얼마나 바쁘게 지냈던가. 루시온을 상대하랴, 황후 비위 맞추랴, 틈틈이 사교계 모임에 나가 귀족들을 관리하랴. 그러는 와중에도 올벤의 사절단을 맞이할 준비를 했다.

거리에 꽃과 비단 리본을 달고, 사람들을 배치해 월계수 잎사귀를 뿌리게 하고. 황궁 입구를 은 백합과 청금석으로 장식하고, 바닥에는 금실과 홍실로 짠 긴 카펫을 깔고.

이렇게나 화려하게 환영식을 준비했건만, 옆에 가만히 서 있기만 하면 되는 약혼자가 거하게 사고를 쳤다.

'식사 예절을 가르쳐 놓으니까, 인사 예절을 까먹는 건 또 무슨 경우야? 도대체 내가 없을 땐 어떻게 살았던 거냐고. 이러니까 내가 옆에 있을 수밖에 없잖아.'

카루나는 속으로 구시렁대면서 상황을 수습하기 위해 나섰다. 종종걸음으로 라크안의 옆에 서서는 라크안의 팔을 잡고 매달리듯 몸을 기댔다. 그러고는 할 수 있는 한 가장 순진한 척 웃어 보였다.

"소개가 늦었지요? 이이는 제국을 지키는 방패, 바이켈드 공작이랍니다. 저는 이이의 약혼녀구요."

약혼녀라고 자신을 밝힐 때 부끄러운 듯 얼굴을 살짝 붉혔다.

"황제 폐하와 황후 폐하께서는 사절단을 진심으로 환영하시어 저와 이이로 하여금 여러분을 맞이하라고 하셨습니다."

"그건 저희도 전달받았습니다만, 부인."

올벤 사절단의 제일 앞에 서 있던 여인이 무뚝뚝한 어투로 말했다.

"그러셨군요. 그럼 이이에 대해서도 잘 알고 있으시겠군요? 워낙 기사로서의 긍지가 강한 터라 오랫동안 올벤의 전사들의 무예를 동경해 왔답니다."

"내가 언- 윽."

"그으만히 이쓰요."

카루나는 반박하려는 라크안의 발을 꽉 밟고, 입술을 조금도 움직이지 않은 채 라크안에게만 들릴 정도로 말하는 기술을 선보였다. 복화술이야 악녀로서 갖추어야 하는 기본 소양 중에서도 기본.

카루나는 그렇게 라크안을 찍어 누르고는 올벤의 사절단을 향해 더없이 화사하게 웃어 보였다.

"너어무 반갑고 환영하는 마음에, 몸이 먼저 움직였나 봅니다. 여러분을 진심으로 환영하는 마음에서 말이에요. 올벤은 진정한 전사들의 나라라고 들었는데, 그런 올벤의 사절이라면 이이의 진심도 알아주시겠지요?"

'미안하다, 우리가 실수했다.'라는 말은 차마 못하고, '우리가 너무 반가워서 그런 거니까 쪼잔하게 굴지 말고 오히려 고마워해라.'라고 말했다.

'여기서 괜히 미안하다고 하면, 나중에 황제가 무슨 트집을 잡을 줄 알고? 국격을 손상시켰다고 라안을 다그치지나 않으면 다행이게.'

카루나는 자신의 진심을 증명하려는 양 올벤 사절단의 여인과 눈을 마주쳤다. 반짝반짝 빛나는 녹색 눈을 바라본 여인은 작게 한숨을 내쉬며 고개를 끄덕였다.

"환영에 감사드립니다, 부인."

"별말씀을요. 아, 참고로. 전 아직 공작 부인은 아니랍니다."

"그렇습니까. 그 점은 제가 실례했습니다, 영애."

여인은 깍듯이 사과했다. 미안하다는 말 한마디 하지 않고자 구구절절 말을 풀어냈던 카루나와는 정반대의 모습이었다. 카루나는 그런 여인의 모습을 보며 자신의 얕은꾀를 부끄러워하는 대신, 당당히 고개를 치켜들었다.

"좋아요, 무지에서 나온 실례이니 당신을 용서하겠습니다. 저 역시 똑같은 실수를 반복하지 않기 위해, 당신을 뭐라 부르면 좋을지 물어보고 싶군요."

"제 이름은 올가입니다."

"올벤의 올가…… 일관성 있고 멋진 이름이네요. 올가 영애라고 부르면 될까요?"

"우리에게는 그런 호칭이 없습니다. 편히 이름을 불러 주시기를."

올가가 힐끗, 라크안을 바라보더니 못 볼 것을 봤다는 듯 바로 고개를 돌렸다. 카루나에게 갖추었던 깍듯한 예절과 존경은 온데간데없었다. 다시 카루나를 바라보는 와인빛 눈동자에는 퍽 기묘한 감정이 일렁이고 있었다. 카루나는 어렵지 않게 그것들의 이름을 알아챘다.

존경, 감탄, 어쩌면 경탄, 혹은 기쁨.

'어라?'

카루나는 그런 올가의 모습에서 이상한 느낌을 받았다. 바이켈드 공작의 약혼녀, 언젠가 바이켈드 공작 부인이 될 여인. 그게 카루나가 가지고 있는 권위의 근원이었다.

바이켈드 공작인 라크안을 존경하는 이들은 그 존경심으로 카루나를 대했고, 라크안을 두려워하는 이들은 그 두려움을 고스란히 카루나에게로 옮겼다. 그건 물이 위에서 아래로 흐르듯 당연한 일이었다.

그런데 올벤에서 온 사절은 지금까지 카루나가 경험했던 것과는 정반대로 행동했다. 라크안은 멸시하는 눈빛으로 흘겨보고, 카루나에게는 쉽게 사죄하며 허리를 굽혔다. 더없이 조심스러운 태도였다.

'올벤이 가모장적인 사회였던가? 나를 바이켈드 공작으로 오해하는 건 아니겠지? 딱히 그런 문화가 있다고 듣진 않았는데.'

카루나는 고개를 갸웃했다. 워낙 교류가 적어 올벤에 대해 잘 알지는 못하나, 그래도 사절단 맞이를 준비하여 기본적인 내용은 어느 정도 파악해 두고 있었다. 그 정보 어디에도 올벤이 가모장적 사회라는 내용은 없었다.

'남녀 차별이 없는 곳이라고는 들었는데. 선선대 왕도 여자였었고.'

올벤은 거친 사막에서 일어선 나라다. 오아시스를 벗어나, 거센 모래 폭풍에 휘말리면 남자든 여자든 죽는 게 당연하니 남자든 여자든, 그게 중요한 게 아니었다. 누구든 살아남기만 하면 승자가 되는 곳이었다. 그래서 올가가 사절단의 우두머리로 나서도 놀라지 않았건만, 카루나는 올가가 자신과 라크안을 차별 대우하는 태도에 당황했다.

"올벤은 영애로 하여금 우리를 맞이하게 한 제국의 황제와 황후에게 깊이 감사드리는 바입니다. 우리의 왕께서도 아신다면 심히 만족하실 것입니다."

올가는 카루나의 마음을 아는지 모르는지, 계속해서 카루나를 극진하게 대했다. 카루나는 올가가 자신을 바이켈드 공작의 약혼녀가 아니라 제국의 황제로 착각하는 게 아닐까 의심스러울 정도였다.

"그, 그래요. 그렇게 생각해 주다니, 고맙네요. 아, 뭐. 당연히 그렇게 생각해 주어야 할 일이나 두 나라와 민족의 문화 차이로 인해 약간의 오해를 살 수도 있진 않을까 걱정했는데 그게 아니라니 다행이라는 말이었어요."

'황후가 아니라 고작 공작의 약혼녀가 나왔다고 불쾌해할 줄 알았는데. 예상과는 전혀 다르네. 고작 내 접대로 만족하겠다고?'

황후도 황녀도 아니라 공작의 약혼녀가 마중 나온 이유를 구구절절 설명해야 하지 않을까 생각했건만.

'뭐, 본인이 좋다니까 좋은 거겠지.'

카루나는 금방 평정심을 되찾았다. 올가는 그런 카루나를 뚫어져라 바라보았다. 카루나는 자신을 집착하듯 바라보는 시선에 익숙해질 대로 익숙해져 있기에, 그걸 이상하다고 여기지 않았다.

"자, 들어가실까요? 오랜 여정에 고단한 몸을 쉴 수 있도록 목욕물과 연회를 준비해 놓았답니다. 피곤하시더라도 연회에 참석해 주시면 제가 무척 기쁠 것 같네요."

카루나가 황궁 안쪽을 가리키려 손을 내밀자, 올가가 그 손을 가볍게 붙잡았다. 그때. 찌릿-하게 정전기 비슷한 것이 올랐다. 카루나는 깜짝 놀라 그녀의 손을 뿌리쳤다.

"어머, 미안해요. 놀라서 저도 모르게 그만."

그러고는 급히 사과했다. 이번에는 자신이 개인적으로 저지른 실례이니, 미안하다는 말도 쉽게 나왔다.

"아닙니다. 영애를 당황하게 만들었군요. 제국에서는 이렇게 에스코트하는 게 문화라고 들어서 그랬습니다."

올가는 불쾌해하는 대신 거절당한 손을 다시 내밀었다. 그 또한 낯선 반응이었다.

"……제국의 문화에 대해서 잘 아시네요."

"이미 아시겠지만, 저는 왕의 제1 측근입니다. 부족함 없이 저의 왕을 섬기기 위해, 제국의 문화를 익혔습니다."

"그렇군요. 그렇다면, 그럼 지금까지 알고 있던 제국의 문화에 이걸 하나 더 추가해 주시겠어요?"

카루나는 사르르 웃으며 반대편 손을 들어 올렸다.

"제국의 젊은 공작 각하께서는 질투심이 무척 많다는 걸요. 외국 사절단의 에스코트를 받는 것도 무척 속상해하실 정도로 말이에요. 그렇죠, 라안?"

카루나가 허공에 뜬 손을 까딱였다.

"물론."

라크안이 기다렸다는 듯 카루나의 손을 잡았다. 후우, 카루나는 티 나지 않게 한숨을 내쉬었다. 그대로 올가의 에스코트를 받아도 상관은 없었다. 올가는 이국적이긴 하나 단정한 복식을 갖추었고, 그녀의 말마따나 제국의 에스코트 예법에 대해 아는 것 같았으니까. 하지만 왠지 올가의 손을 잡고 싶진 않았다. 이건 이성이 아니라 감정적인 문제였다.

외국 사절의 접대다. 이미 라크안이 실수를 했으니, 더더욱 이성적으로 생각하고 움직여야 한다. 그렇게 생각은 하고 있으나 마음이 영 움직이질 않았다. 그래서 라크안을 불러낸 것이었다.

"……그렇군요."

올가는 라크안과 카루나의 맞잡은 손을 지그시 바라보았다. 카루나는 혹시나 올가가 자신의 태도를 불쾌하게 여길까 싶어, 생각할 틈을 주지 않기 위해 쉼 없이 말을 걸었다.

올가는 카루나의 질문에 꼬박꼬박 성실하게 대답했다. 얼굴은 처음부터 끝까지 굳은 표정 그대로였으나, 딱히 기분 나빠 보이진 않았다.

'이상하다. 이런 사람은 원래 자기가 모시는 주인에 대한 충성심이 강한 법인데. 왜 나한테 이렇게 공손하게 구는 거지?'

카루나는 고개를 갸웃하며 자꾸 올가를 들여다보았다. 딱히 사람의 마음을 꿰뚫어 보는 독심술을 가지고 있지는 않으나 조금 대화를 나눠 보면 상대방의 성품이 어떨지 짐작할 수 있었다. 살아남기 위해 항상 긴장하며 상대를 분석하고, 이용해 먹을 수 있는 수준을 가늠하는 게 버릇이 되어서였다.

생존을 위해 갈고닦은 재능이니, 짐작은 대개 잘 맞았다. 카루나가 보기에 올가는 고지식하고 충성심이 깊은 타입이었다. 죽으면 죽었지 제 주인이 무시당하는 걸 지켜보지 못할 것 같건만, 그녀는 이상하게도 카루나에 한해서만큼은 깊은 인내심을 보였다. 세나와 닮은 듯 다른 사람이었다. 쾌활한 세나의 웃음소리가 괜히 그리워졌다.

'언제쯤 돌아올까, 세나 경은.'

자연히 올가에 대한 경계가 느슨해졌다.

'내 짐작보다 무딘 성격인가 보네.'

대개 맞는다고 했지 항상 맞는 것은 아니었다. 간혹 틀릴 때도 있는 법이니, 이번이 그런 경우이리라. 카루나는 그리 가볍게 생각하고 넘겼다. 화내지 않는 상대를 보며 왜 화내지 않을까 걱정하고 전전긍긍하는 건 성격에 맞지 않았다.

카루나는 시선을 주변으로 돌렸다. 사절단 전체를 돌보는 게 그녀의 일이었다. 올가 한 명에게 집중하는 건 이 정도로 충분했다. 카루나는 사절단 환영식이 계획한 대로 잘 진행되고 있는지 살폈다.

카루나에게서 풀려난 올가는 슬쩍 뒤를 돌아보았다. 일행 틈 속에 숨어 있던 보랏빛 눈동자의 사내가 고개를 들었다.

'이분이 맞으십니다.'

올가는 고개를 살짝 까닥였다. 카루나와 닿았던 손끝이 아직도 찌릿하게 저렸다. 사내는 만족스럽게 웃어 보이고는 카루나 옆에 선 라크안을 보았다.

"돌연변이 늑대 주제에 감이 좋군."

카루나를 볼 때의 흐뭇한 미소는 온데간데없었다. 굶주린 맹수가 제 먹이를 채간 늑대를 바라보듯, 보랏빛 눈이 싸늘하게 빛났다.

* * *

카루나는 사절단을 숙소로 안내하고 편히 쉴 수 있도록 세심히 돌봤다. 올벤인들은 카루나에게 매우 깍듯했다. 카루나가 해 주는 것 하나하나에 감사했다. 카루나가 얼떨떨해할 정도로.

"마땅한 예를 갖추는 것뿐입니다. 영애께서는 놀라지 말아 주십시오."

올가가 카루나를 배려한답시고 조언했지만, 그 말이 더 부담스러웠다.

저녁에는 환영 연회가 열렸다. 장소는 백합궁이나 황태자궁이 아니라 보통 황궁에서 연회를 열 때 주로 사용하는 그랜드 홀이었다. 황제와 황후는 물론 황태자도 연회에 참석하지 않았다. 이참에 올벤의 기를 확실히 누르겠다는 의미였다.

황제의 뜻이 어떠하든, 올벤인을 직접 만나고 대접하는 건 카루나였다. 황실의 눈에 보이는 냉대는 카루나를 곤란하게 만들 뿐이었다. 냉대를 받는 올벤은 얼마나 화가 나겠는가. 그게 황제가 원하는 바겠으나, 그렇다고 올벤인들을 그냥 화난 채로 놔두는 건 카루나의 태만이었다.

그렇기에 카루나는 연회장을 꾸미는데 특히 공을 들였다. 최대한 올벤인들이 융숭한 대접을 받는다는 느낌을 줄 수 있도록 노력했다.

우선, 올벤과 국경을 접한 도시에 사람을 보내 올벤인들이 잘 먹는 음식과 음료가 무엇인지 자문을 구했다. 아무리 올벤이 폐쇄적이라 할지라도, 국경을 마주한 곳에서는 그들의 문화가 새어 나올 수밖에 없었다.

카루나는 제국에서 만들기 어려운 음식은 국경 도시에서 공수해 왔다. 그런데 그런 노력이 허망하게도 올벤의 사절단은 그다지 불쾌해 보이지 않았다.

'다행이긴 한데…… 정말 괜찮은 건가? 당신들 지금, 엄청 무시당하고 있다고.'

카루나는 태평하게 음식을 집어 먹는 올벤인에게 대놓고 물어보고 싶었다.

카루나의 마음이 이 정도이니, 제국의 귀족들은 어떠하겠는가. 그들은 대놓고 올벤인들을 무시하고 숙덕거렸다.

"어머나, 자신들이 무시당하는 줄도 모르나 봐요."

"모래에 파묻혀 산다지요? 모래성을 만들고 살다 비가 오면 다 무너진다던데."

"어머나? 사막에 비가 오나요?"

"설마 안 오겠어요. 거기도 사람 사는 곳인데. 아무튼 그런 데서 사는데, 뭘 알겠어요. 자기들이 무시당하는지도 모르고 저렇게 헤헤대는 것 좀 보세요."

올벤인 중 누구도 헤프게 웃고 모자란 모습을 보이지 않았지만, 제국 귀족들의 눈엔 그렇게 보이는 듯했다. 카루나는 귀족들의 험담 소리가 커질라치면 그쪽을 한껏 째려보았다. 그러면 카루나와 눈이 마주친 귀족들은 이크, 놀라며 얼른 흩어졌다.

'대놓고 그런 말 하지 말라고! 다 알아 듣는단 말이야.'

올벤은 자신들만의 문화와 언어를 가지고 있다. 그래서 카루나는 혹여 올벤인들과 말이 통하지 않으면 어쩌나 염려했다. 제국어가 대륙의 공용어로 사용된 지 오래이나, 그건 어디까지나 제국과 교류가 잦은 나라들과의 관계에서였다. 제국은 올벤에게 제국어를 강요할 방도가 없었다. 무역을 하지도, 인적 교류를 하지도 않으니.

그렇다고 제국에 올벤의 언어를 잘 아는 사람이 있는 것도 아니었다. 외교부의 관리 중 올벤어를 할 줄 아는 사람은 한 사람도 없었다. 황립 아카데미의 언어학 교수 중 한 명이 올벤어를 연구하고 있는 게 고작이었다.

카루나가 사절단을 맞이하기에 앞서 그에게 배움을 청했다. 간단한 인사말 정도나 배우려 했건만, 그때 교수가 했던 말이 걸작이었다.

"이제 이 제국에 올벤어를 할 줄 아는 사람이 두 명이 되었군요."

카루나는 그의 말이 이해되지 않았다.

"설마 교수님과 저, 둘뿐인 건가요?"

"그렇습니다."

백발이 성성한 학자는 허탈하게 웃으며 혼잣말을 하듯 중얼거렸다. 그는 지쳐 보였다. 젊은 시절부터 주장해 왔으나 아무도 그의 말에 귀를 기울여 주지 않았다고 했다. 언젠가부터 자신도 거의 자포자기 상태가 되었다고.

"참 이상하지 않습니까? 꼭, 모든 제국인이 북쪽엔 관심을 가지지 말라고 세뇌라도 당한 것 같습니다. 이제 저마저 죽으면, 제국은 올벤에 대해 아무 것도 알지 못할 겁니다. 이러다 올벤이 작정하고 우리 제국에 쳐들어오기라 노 하면 어쩝니까."

이상하게도 그 힘없는 목소리가 오래도록 기억에 남았다.

교수의 말대로, 분명 이상한 일이었다. 제국은 대륙의 남쪽 대부분을 차지하고 있고, 주변엔 여러 왕국들이 흩어져 있다. 그들 중에는 제국에 순응하는 왕국도, 끊임없이 제국과 분쟁을 일으키는 나라도 있었다.

제국의 북쪽 국경은 숲과 사막, 둘로 막혀 있다. 사막과 숲 너머, 더 북쪽 으로 올라가면 무엇이 있을까. 누가 살고 있을까. 끝없이 사막이 펼쳐져 있 을 수도 있고, 숲이 펼쳐져 있을 수도 있겠지. 피부색이 전혀 다른 사람이 살 수도, 어쩌면 광룡이 죽지 않고 살아 있을지도 모른다.

제국은, 제국민들은 그 미지의 공간에 대해 무지했다. 제국은 대대로 북쪽 에 관심이 없었다. 가끔 정복욕이 넘치는 황제가 태어나긴 했다. 숲과 사막 마저 정복해 버리리라 포부를 품었지만, 조금도 영토를 넓히지 못했다.

역사책들은 하나같이 그 이유를 이렇게 적어 놓았다. 전쟁을 일으켜 얻을 만큼 가치 있는 땅이 아니기에 황제는 전쟁을 시작했으나 곧 포기 했다. 혹은, 전쟁 준비 중 황제가 급사했다. 그런 황제를 몇 겪고 나니, 후손들은 대를 이어 학습하게 됐다.

'그래, 북쪽 땅은 돌아보지 말자. 저긴 가치 없는 땅이야.'라고. 후대의 정복욕 넘치는 황제들은 차라리 남쪽을 공략했다.

그렇다 한들, 대륙의 가장 큰 국가, 제국이라고 이름 붙인 나라와 민족이 제 나라가 서 있는 대륙에 대한 호기심을 잃는 게 가능한 일인가. 숲의 끝이 어디인지, 사막의 끝에는 무엇이 있는지 알고 싶어 나서는 모험가가 있을 법도 하건만.

제국에서 만든 대륙 지도의 북쪽은 항상 그리다 만 상태였다. 무엇이 있는지 모르기에 아무것도 그리지 못했다. 올벤어를 아는 제국 유일의 학자, 죽음을 앞둔 노인은 그것을 안타까워했다. 그렇다고 카루나를 제 제자로 삼으려는 욕심을 내진 않았다. 카루나가 원하는 건 어디까지나 안녕하세요, 감사합니다, 등의 간단한 말을 올벤어로 어떻게 말할 수 있게 되는 것뿐.

"제가 의욕을 가지고 영애를 가르친들, 혹은 영애에게 제 연구에 관심과 투자를 부탁한들, 무엇이 달라질 수 있겠습니까."

교수는 제국에서 올벤어 연구가 가능하리라는 희망을 포기한 지 오래였다. 카루나도 새삼 자각하여 올벤어를 심도 있게 공부하겠다고 각오하거나, 올벤어 연구에 투자를 약속하진 않았다. 대신, 연회장에서 능숙하게 제국어를 쓰는 올벤인들을 보며 위기감을 느꼈다.

단지 몇 명만 제국어를 쓸 줄 아는 게 아니었다. 사절단 모두가 제 나라 말을 쓰듯 제국어를 능숙히 말하고 있었다. 카루나가 더더욱 부산스럽게 제국 귀족들의 입단속에 신경 쓰는 이유가 여기 있었다.

카루나는 연회장 군데군데 흩어져 있는 사절단을 눈으로 훑었다. 그들은 셋이나 넷으로 나누어 서 있었다. 딱히 제국 귀족들에게 먼저 말을 걸지는 않았지만, 신기해하며 다가오는 제국 귀족들을 밀어내지도 않았다.

몇몇 성격 좋아 보이는 이들은 능글맞게 웃으며 농담도 곧잘 했다. 무뚝뚝해 보이는, 딱 봐도 전사 출신인 이들은 제 탄탄한 몸을 황홀하게 바라보는 귀부인들 앞에서 부끄러워했다. 그리고 그들의 대표, 올가는 창가에 홀로 서 있었다.

주변엔 제국 귀족들이 서성이고 있었다. 귀족들은 호기심을 못 이겨 그녀와 대화를 나눠 보고 싶어 했다. 하지만 올가가 옆자리를 내주지 않았다. 그녀는 올곧게 한 사람만을 바라보고 있었다.

'바로 나.'

카루나는 그 부담스러운 시선과 마주치지 않으려 고개를 돌렸다. 이래선 안 된다는 걸 머리로는 알았다. 어서 다가가 상냥하게 말을 걸고 좀 더 친해져야 하는데, 이상하게 그러기 싫었다.

그녀와 살짝 닿았던 손끝이 아직도 저릿저릿한 것 같았다. 그 느낌이 카루나에게 경고했다. '가까이 다가가지 마. 피해. 도망칠 수 있으면 도망가.'라고. 카루나는 괜히 손을 치맛자락 속에 숨긴 채 주먹을 꽉 쥐었다 폈다.

"후우– 이러지 말자. 카루나, 이러면 안 돼."

카루나는 자기 자신에게 작게 속삭이며 숨을 가득 들이쉬었다. 그러다가 문득 깨달았다.

"어라?"

그러고 보니 주변이 한적했다. 조금 전까지 카루나의 곁에는 그녀와 말 한마디 나누고 싶어 하는 귀족들로 가득했다. 카루나가 생각에 잠긴 듯 보이자 차마 말을 못 걸고 있는 것이었다.

카루나는 계속 그렇게 기회만 보고 있으라고, 대놓고 생각에 잠긴 척하고 있었다. 그들의 부산스러운 움직임이 더는 느껴지지 않았다. 대신.

"무얼 그리 생각하고 있으십니까?"

완벽한 제국어가 들렸다. 성조와 발음이 너무 정확해서, 오히려 어색하게 들렸다. 세상 어느 제국민이 이렇게 완벽하게 말한단 말인가. 제국어를 책으로 배운 외국인이 아닌 이상.

카루나는 고개를 들어 앞을 보았다. 어느새 올벤인 하나가 그녀의 앞에 서 있었다. 덥수룩한 잿빛 머리카락은 꼭 빗질을 안 한 개털 같아 보였다. 보기만 해도 답답해 짜증이 날 것 같았다.

하지만 금세 그 짜증이 가라앉았다. 머리카락 사이로 슬쩍 드러난 두 눈 때문이었다. 제비꽃의 보라색을 담은 눈동자가 사람의 시선을 끌었다. '눈빛이 아름다운 미남'은 지금 카루나의 눈앞에 서 있는 남자를 말하는 수식어였다.

"어, 그게……."

카루나는 잠깐 사내의 눈빛에 정신을 빼앗겨 말을 더듬었다. 전혀 그녀답지 않은 모습이었다. 그 어리숙한 태도가 마음에 든 걸까. 사내가 씩- 웃었다. 카루나는 그의 개털 같은 머리카락을 뒤로 확 쓸어 넘기고 싶었다. 분명 잘생긴 얼굴이 숨겨져 있을 것 같다는 확신이 들었다.

물론 생각은 생각에서 멈췄다. 카루나는 라크안이 아니었다. 때와 장소에 따라 자신의 욕심을 숨기고 누를 줄 알았다.

"제국의 고귀한 여인을 뵙습니다."

그가 과장되게 손을 휘두르며 깊이 고개를 숙였다. 제국의 옛 예법이었다. 요즘 이렇게 화려하게 인사하는 귀족은 없었다.

'……똑같이 구네.'

카루나는 그의 그런 태도에서 누군가를 떠올렸다. 언제나 생글생글 웃으며, 노을빛 눈동자를 곱게 휘던 사람. 인사를 할라치면 늘 이렇게 과장되게 허리를 굽히던.

'리센.'

생전 처음 보는 사람에게서 그의 흔적을 찾았다. 카루나는 쓸쓸히 웃다가 이내, 자신의 웃음을 숨겼다. 눈앞의 사내가 허리를 굽힌 채로 고개만 까딱 들어 카루나를 올려다봤다.

"이렇게 인사드리면, 당신을 향한 나의 존경심이 충분히 표현될 수 있는 겁니까?"

"글쎄요. 이백 년 전이었다면 가능했을 것 같네요."

"이런. 그사이 또 뭔가가 바뀐 겁니까?"

사내가 난감한 표정을 지었다. 카루나는 손짓하여 그를 일으켰다.

"그만 일어나세요."

"고맙습니다."

그는 마치 에스코트를 받으려는 귀족 영애처럼 카루나의 손을 잡으려 했다. 카루나는 무의식적으로 그의 손을 피해 한 발 뒤로 물러났다.

"……가 아니었네요."

그가 민망해하며 개털 같은 머리카락을 긁적였다.

"아…… 미안해요. 당황해서."

"아닙니다. 괜찮습니다. 저는 이미 알고 있습니다."

그가 주먹으로 자신의 왼쪽 가슴을 가볍게 두드리며 말했다.

"제국의 젊은 공작 각하께서는 질투심이 무척 많다는 걸요."

"……."

부끄러움은 카루나의 몫이었다. 불편한 상황을 모면하기 위한 변명이 제국의 새로운 예법으로 자리 잡을 듯했다. 외국 사절의 머릿속에서. 얼굴에 확- 열이 올랐으나, 카루나는 아무렇지 않은 척했다.

"다행히 여기에는 그 질투심 많은 분이 없군요."

"곧 오실 거랍니다. 황제 폐하의 부름을 받아 가셨으니까요."

"그렇다 해도 이렇게 귀한 분을 홀로 놔두다니. 경계심이 없군요."

그가 바람에 스치듯 작게 말을 덧붙였다.

"돌연변이 늑대라 그런가."

"……!"

카루나는 순간, 제 귀를 의심했다.

"잠깐. 방금 뭐라고 하셨나요?"

"그렇다 해도 이렇게 귀한 분을 홀로 놔두다니. 경계심이 낮군요."

사내는 방금 자신이 했던 말을 그대로 되풀이했다.

"그다음이요."

"질투심 많은 제국의 공작 각하는."

사내가 카루나의 소매 끝 레이스를 손끝으로 문지르며 말했다.

"이라고 말했습니다만."

"아…… 그랬나요?"

"왜 그러십니까. 제 말이 뭔가 잘못됐습니까? 그렇다면 꼭 말씀해 주십시오."

"아니요, 잘못된 것은 없었어요. 그저…… 제가 잘못 들어 다시 한번 청했을 뿐이에요."

"그렇다면 다행입니다."

사내는 안심이라는 듯 숨을 크게 들이쉬었다 내쉬었다. 그의 어깨와 가슴이 크게 들썩였다. 그는 올벤의 복식을 갖추고 있었다. 천을 여러 겹 겹친 셔츠 위에 가죽 끈을 느슨하게 둘러 가슴팍이 훤히 드러났는데, 오래 단련한 무사라는 걸 한눈에 알 수 있을 만큼 단단해 보였다.

헐렁한 바지에 싸인 허벅지는 척 보기에도 굵고 단단했다. 웬만한 귀부인들의 허리보다 굵어 보였다. 훤칠한 키 때문일까. 그럼에도 마냥 두껍고 부담스럽게 느껴지진 않았다.

그에게선 거친 사막에서 살아남은 생명력이 느껴졌다. 개털 같은 덥수룩한 머리카락으로도 숨길 수 없는 강인함이 온몸에서 뿜어져 나왔다. 어느새 주변에 다시 몰려든 귀부인들이 오르락내리락하는 그의 가슴팍을 보고 달콤한 숨을 내쉬었다.

사방에서 시선을 받으면서도 그는 꿈쩍도 하지 않고, 오직 카루나만을 바라보았다. 카루나는 그의 시선이 올가의 것과 비슷하다는 생각이 들었다.

'부담스러워.'

하지만 멀리에 있는 올가를 피하듯 앞의 사내를 피할 순 없었다. 누가 뭐래도 카루나는 이 연회의 주최자였고, 그는 카루나가 접대해야 하는 사절단의 일원이었다. 이름도 직책도 모르지만.

'이 정도 되는 사람이 그저 한낱 호위 기사라거나 하지는 않을 거야.'

개인만 놓고 보자면, 차라리 올가보다는 이 사내가 더 중요한 인물로 느껴질 정도였다. 카루나는 그에게 생긋 웃어 주었다. 더없이 사교적인 미소였다.

'그간 공부해 본 걸 써먹어 볼까. 반갑다는 인사가 뭐였더라.'

카루나는 속성으로 공부한 올벤어를 떠올려 봤다.

"라 아탈만테."

태양의 가호를 받아 승리하길. 올벤의 일상적인 인사였다.

"오."

사내가 놀랍다는 표정을 지어 보이자, 카루나는 뿌듯해했다.

"음? 싸우자구요?"

그의 말을 듣기 전까지.

"네?"

카루나는 당황했다. 그 틈을 노려 사내가 카루나에게 불쑥 다가왔다.

"그건 좀 곤란할 것 같습니다."

카루나가 물러설 새도 없이 귓가에 대고 속삭였다.

"자, 잠깐만요…….""

"무기를 안 들고 와서 말입니다."

사내가 텅 비어 있는 제 허리춤을 가리켰다. 카루나는 그의 허리에 예식용 단검 하나 매어 있지 않은 것에 감사하며…….

'나한테 뭘 가르쳐 준 거야, 이 엉터리!'

제 외국어 선생님이었던 제국어 음운학 교수에 대한 분노를 불태웠다.

"제국에서는 기사 작위를 받지 않은 이가 결투를 치를 수 없습니다. 대신 대리자를 세울 수 있지요."

그때, 카루나의 등 뒤에서 단조로운 목소리가 들렸다. 감정이라고는 조금도 느껴지지 않았다.

"그러니 제가 대신하겠습니다."

목소리의 주인이 불쑥, 가까워졌다. 카루나는 제 옆에 선 사내를 올려다 보았다. 하나로 단정히 묶은 은발이 가장 먼저 눈에 들어왔다. 그다음으로 는 무표정한 얼굴과 차가운 남색 눈.

'루시온?'

카루나의 어깨가 바짝 굳었다. 눈앞에 선 사내는 그런 카루나를 눈여겨 보았다.

"폴리비오 후작가의 루시온입니다."

루시온이 먼저 자신의 정체를 밝혔다.

"……."

사내는 멀뚱히 루시온을 바라보기만 했다. 조금 전까지 제국의 예법에 대해 해박한 지식을 뽐내던 사람답지 않았다.

'어라?'

카루나는 그런 사내를 다시 살폈다. 조금 전까지 보여 준 붙임성 있던 태도는 온데간데없었다. 보랏빛 눈을 가진 사내는 루시온을 한 번 힐끔, 보고는 관심 없다는 듯 고개를 돌렸다. 따분해졌다는 눈빛도 함께였다. 그리 큰 동작은 아니었으나, 명백히 루시온을 무시하는 처사였다.

'루시온이 세력을 형성한 건 아주 최근의 일인데. 설마 그걸 미리 파악 했나? 황태자에게 우호적으로 보이려고 루시온을 외면하는 건가?'

그것 말고 다른 이유를 생각해 볼 수가 없었다.

'설마 나한테 잘 보이고 싶어서 루시온을 저리 대하진 않을 거 아냐.'

하지만, 마냥 그렇다고 생각하기엔 좀…… 찜찜했다. 단지 외교나 친선 을 위해서라기엔, 루시온을 무시하는 태도가 너무 거칠었다. 마치 배부른 맹수가 눈앞에서 깡충깡충 뛰는 토끼를 쳐다도 안 보는 것 같지 않은가.

'올가도 그렇고 이 사내도 그렇고…… 올벤에 대한 정보가 너무 부족 해서, 모든 행동이 낯설어. 종잡을 수가 없잖아.'

올벤어 교수는 '라 아탈만테'라는 단어 하나로 모든 신뢰를 잃었다.

카루나는 교수에게 배운, 얕게나마 가지고 있던 올벤에 대한 지식을 믿을 수 없게 되었다.

올벤에 대해서는 그야말로 백지 상태. 오늘부터 경험한 모든 것들이 지식이 되리라. 경험이 지식이 되기 위해서는 충분히 당황해야 하는 법. 하지만 그건 카루나가 제일 싫어하는 방식이었다. 아무런 지식 없이 무조건 몸으로 부딪쳐 겪어야 된다니.

새삼 제국의 허술한 외교 방식에 대한 분노가 치솟았다. 그래서였다. 어색한 분위기를 깨닫지 못하고 있었던 것은. 사내가 자신을 밝히지 않으니 대화는 끊기고 분위기는 어색해졌다. 루시온은 상대방의 무례에 친절로 답하는 성격은 아니었다. 올벤에서 온 사내 역시 굽힐 생각은 없어 보였다. 둘 사이에 낀 카루나는 뒤늦게 정신을 차리고 나섰다.

"올벤에선 이름을 청하는 게 무례한 일인가요? 부끄럽게도 우리 제국에서는 올벤의 문화에 대해 잘 알지 못합니다. 혹시나 불쾌하셨다면 이해를 부탁드려요."

사절단의 대표인 올가는 카루나를 보자마자 자신의 이름을 밝혔다. 그걸 보면 딱히 이름을 남에게 가르쳐 주는 걸 어려워하는 문화는 아닐 거라 예상되지만. 일단은 이렇게 빙 둘러 말했다.

"그건 아닙니다. 다만, 굳이 이름을 나누고 싶지 않은 사람에게는 밝히지 않을 뿐입니다."

올벤인은 루시온을 본체만체하고 아예 카루나 쪽으로 몸을 틀었다.

"저는 시스입니다."

"시스 경."

"우리 나라엔 그와 같은 존칭어가 없습니다. 또한 저는 그런 호칭으로 불릴 위치도 아니고 말입니다. 그러니 편히 시스라고 불러주시겠습니까? 친애와 우정의 의미로 말입니다."

영애란 말도 없고 경이란 호칭도 없다. 일상적이라 들었던 '라 아탈만테'

라는 말이 한 번 싸우자는 도발적인 뜻인 나라. 그게 올벤에 대한 카루나의 첫 인상이었다.

올벤에 대한 새로운 경험 중 가장 인상 깊은 건, 지금 눈앞에 있는 사내─시스였다. 그는 정중하게 예를 차리며 허리를 숙였지만 고개마저 꺾지는 않았다. 보랏빛 눈으로 카루나를 올려다보면서 재미있다는 듯 웃고 있었다.

'조금 전 루시온을 볼 때와는 완전 다른 태도네.'

두 번째였다. 사내가 노골적으로 루시온을 무시하고, 자신에게만 친근하게 구는 것은. 처음에야 낯설어 이런저런 생각이 많았지만 두 번째가 되니, 안개 낀 것처럼 흐릿하던 머릿속이 어느 정도 정리가 되었다.

'나한테 호감이 있어 보이는데.'

라크안과 루시온에 이어 생전 처음 보는 잘생긴 올벤인까지. 하지만 카루나는 쉽게 자만하여 긴장을 풀지 않았다.

'나에 대해 뭘 안다고, 나한테 호감을 가져? 날 만만하게 봐서 수작질을 하려는 건가? 제국의 냉대에 복수하기 위해, 나와의 스캔들을 만들려 한다거나?'

바이켈드 공작의 약혼녀. 차기 공작 부인. 그 위치는 황후와 황녀 다음으로 제국에서 존귀한 자리였다. 그러니 황후를 대신하여 사절단을 접대할 수도 있지 않은가.

그런데 그런 위치에 놓인 여인이 외국의 사절에게 홀딱 넘어간다면? 안 그래도 루시온 때문에 시끄러운데. 삼각관계를 넘어 사각관계를 연출한다? 제국에겐 부끄러운 일이, 올벤에게는 통쾌한 일이 될 터였다.

'그러려고 나한테 일부러 미남을 접근시킨 건가?'

문득, 그게 아니라 다른 이유가 있는 건지도 모른다는 생각이 들었다.

'정말 단순한 미남계인 걸까? 수작을 부린다기에는 올가도 그렇고 다른 사절단 일행이 나한테만 너무 깍듯했어.'

그 점을 염두에 둔다면, 지금의 추측은 뭔가 어색했다. 하지만 그렇다고 다른 이유를 찾기도 힘들었다. 빌어먹게도, 올벤에 대한 정보가 부족하니 모든 상황에 꼭 들어맞는 판단을 내리기 힘들었다. 정보 없이, 오직 눈에 보이는 상황만으로 생각하고 판단하고 행동해야 한다.

"감사한 말이지만 그건 좀 어려울 것 같군요."

그래서 카루나는 시스의 청을 거절했다.

'저 사람이 마카레나 백작처럼 날 어쩌려고 하지도 않을 테고. 그저 일개 외국 사절일 뿐이잖아. 적당하게 대하면 돼.'

일단, 그와 거리를 둘 필요가 있다. 좀 더 관찰하고, 좀 더 정보를 모은 후 행동해도 늦지 않을 것이다. 카루나의 말 한마디에, 카루나를 사이에 둔 두 사내의 표정이 극적으로 바뀌었다.

무표정한 루시온의 얼굴에는 옅은 웃음이, 웃으며 카루나를 바라보던 시스의 얼굴엔 당황이.

"영애?"

"조금 전 경께서 말씀하셨다시피, 제 약혼자가 질투가 많아서요."

"하지만 올가에게는……."

"그분보다 경이 좀 더 위험해 보이거든요."

진지하게 들리지 않도록 웃음을 곁들이는 것도 잊지 않았다.

"그리고 제가 경을 부를 수 있는, 올벤식의 적당한 호칭을 알려 주지 않는 이상 저는 계속 경에게 제국식의 호칭을 붙일 수밖에 없습니다. 제국에 왔으니 제국의 법에 따라야 하지 않겠습니까. 이 점 또한 양해 부탁드립니다."

올가는 세나를 생각나게 했고, 시스는 리센을 떠올리게 만들었다. 그래서 좀 더 쌀쌀맞게 구는 건지도 모른다는 생각이 들었다. 물론 그렇다고 태도를 누그러뜨릴 마음은 조금도 없었다.

"잠깐 실례하겠습니다. 기꺼이 제 대리자가 되어 결투를 해 주시려 했던 분께 감사 인사를 해야 할 것 같아서요."

카루나가 루시온을 보며 말했다.

"영광입니다. 아가씨."

루시온이 얼른 손을 내밀었다. 카루나는 시스가 보는 앞에서 루시온의 손을 잡고 돌아섰다. 등 뒤에서 바람 빠진 웃음소리가 들렸다. 아마도 쪽팔리고 어이없어 웃음으로 때우고 있는 거겠지. 흥, 카루나는 코웃음을 쳤다.

"현명한 처신에 감탄했습니다."

루시온이 작은 목소리로 말했다.

"언제는 안 그랬나? 난 언제나 현명하게 행동한답니다. 폴리비오 소후작."

"이전처럼 편히 불러 주십시오."

"그럴 수가 있나요. 엄연히 폴리비오 소후작이신걸요."

카루나는 조금 전 시스에게 보였던, 예의상 웃어 준다는 표정을 다시 지었다.

"착각하지 말아 줬음 좋겠어요. 내가 지금 경의 손을 잡고 있는 건 경을 가깝게 여겨서가 아니에요."

"그렇습니까?"

"첫째, 기어오르려는 사절단의 기를 죽이기 위해서였고. 둘째, 제국 내부의 불화를 외부로 드러내지 않기 위해서였어요."

사뿐사뿐 걸어 연회장의 반대편에 다다랐을 때, 카루나는 미련 없이 루시온의 손을 놓았다.

"그러니 여기까지의 에스코트는 국익을 위한 것이었답니다."

"저는 그렇게 생각하고 싶지 않습니다만."

"그러면 생각을 바꾸세요. 이제는 한낱 남작가의 자제가 아니라, 명망 높은 후작가의 후계자시잖아요?"

카루나가 녹색 눈을 크게 뜨고 루시온을 째려보았다. 당장 시스를 멀리하려고 루시온을 이용하긴 했지만. 루시온에 대한 앙금이 모두 풀린 것은 아니었다. 카루나는 루시온마저 떨궈 버리고는 가차 없이 몸을 돌렸다. 일부러 주변을 보며 화사하게 웃어 보이니, 기다렸다는 듯 귀족들이 몰려들었다.

"아가씨, 처음 뵙겠습니다. 인사가 늦었지만, 저에 대해 말씀드리자면."

"지난번 티타임에서 뵈었었는데, 저를 기억하시는지요."

"만나 뵙게 되어 영광입니다, 영애."

그들은 훌륭한 울타리가 되어 주었다. 멀리서 이쪽을 뚫어져라 바라보는 시스와, 가까이에서 꿈쩍도 않고 있는 루시온을 막아 주는 울타리가. 카루나는 가식적인 웃음을 흘리며 제게 몰려든 귀족들을 적당히 상대해 주었다. 하지만 속으로는 전혀 다른 생각을 하고 있었다.

'밖으로는 올벤의 사절에, 안으로는 루시온이라니.'

루시온도 루시온이지만 어째서인지 올벤의 사절, 시스라는 사내가 자꾸 신경 쓰였다. 카루나는 이런 기분이 무얼 의미하는지 아주 잘 알았다.

저건 위험하다는 경고. 이런 기분은 늘 틀리지 않았다.

'조심해야겠어. 느낌이 안 좋아.'

잠시 느슨해졌던 생존 본능이 다시 팽팽하게 당겨져서는 경고하고 있었다.

'어차피 사절단 대표는 올가라는 여인이야. 최대한 그 여인이랑만 만나야지. 내가 정숙하고 소심해서 외국의 남자들과 마주치는 게 부담스럽다고 그러면 뭐, 어쩌겠어?'

사절단 접대를 총괄하는 권력을 가지고 있는 이상, 못할 게 없었다. 당장 이 연회가 끝나자마자 앞으로의 일정을 확인하고, 최대한 올가만 마주치도록 동선을 짜리라. 그리 다짐했다.

그 다짐과 계획은 불과 하루 만에 쓸모없는 것이 되어 버렸다.

"오, 안녕하십니까. 영애. 다시 뵙게 되어 영광입니다."

"……여기서, 뭘 하시는 거죠?"

"아무것도."

"아무것도?"

"네. 그저 길을 잃어버려 헤매고 있을 뿐입니다."

"여기는 올벤의 사절단이 머무는 숙소와 정반대편인데? 걸어서 한 시간도 넘게 걸릴 텐데요?"

"아이쿠야, 벌써 시간이 그렇게나 지나 버렸습니까? 어쩐지 다리가 아프더라니."

백합궁으로 가는 길목에 서서 주먹으로 제 튼실한 허벅지를 톡톡 두드리던 사내가 붙임성 좋게 웃으며 말했다.

"부디, 자비를 베풀어 저를 제가 원래 있던 곳으로 돌려놔 주시겠습니까?"

처음 한 번은 그렇게 해 주었다. 그런데 그런 일이 한 번으로 끝나질 않았다. 시스는 하루에도 몇 번씩 길을 잃고 카루나가 가는 길마다 나타났다. 피하려야 피할 수가 없었다.

단지 자주 마주치는 것뿐이라면 그리 큰 문제는 아니었다. 클레이엔의 대역일 때도, 바이켈드의 카루나일 때도, 시스와 비슷한 수작을 부리는 사람은 많았으니까.

문제는 다른 데 있었다. 시스라는 남자에게 미운 정이 들어 버렸다. 시스는 가랑비 같은 사내였다. 옷이 젖는 물도 모르고 비를 맞게 되듯, 시스의 매력이 카루나의 마음에 스며들었다.

물론 남녀 사이로서 매력을 느낀다는 것은 아니었다. 만약 친형제가 있었다면, 이렇지 않았을까. 오빠란 이런 사람이 아닐까. 우습게도, 만난 지며칠 안 된 사내에게 그런 기분이 들었다.

* * *

올가를 만나 올벤 사절단의 황제 알현 일정을 조율하고 나와 황태자궁으로 가던 중이었다. 카루나는 호위 기사인 솔토와 하녀 몇을 거느리고 긴 복도를 걷고 있었다. 복도는 탁 트인 정원과 연결되어 있었는데, 복슬복슬한 수풀에서 시스가 툭— 튀어나왔다.

"어이쿠, 오늘도 또 만나 버렸군요."

그는 천연덕스럽게 웃으며 카루나에게 손을 내밀었다.

"'오늘도'가 아니고 '또'가 아닐까요? 시스 경. 오늘만 세 번째로 만나는 거니까요."

카루나가 픽 웃으며 그의 악수를 받아들였다. 그에게 배운 올벤의 문화 중 하나였다.

올벤의 인사는 고개를 숙이는 게 아니라 악수를 청하는 것이다. 손을 내미는 건, 무기를 들지 않은 맨손으로 상대를 환영한다는 의미. 손을 맞잡고 흔드는 건 혹시나 소매에 숨긴 단검이나 무기를 털어 내 상대를 무력화시키는 행동. 그러니 악수가 끝나면 두 사람은 친구가 된다.

그래서 카루나는 오늘도 세 번이나 시스와 악수를 했다. 그런데 악수를 나눌 때마다 시스는 두꺼운 가죽 장갑을 끼고 있었다.

'왜 장갑을 끼고 있는 걸까? 보아하니 이 사람만 사용하는 것 같은데.'

카루나는 늘 그게 궁금했다. 올가도 그렇고 다른 올벤의 사절단 일행은 모두 맨손으로 다녔다. 사막 나라 사람들답게 복식 자체가 간소하고 얇은 지라, 장갑을 거추장스럽게 여기는 듯했다. 왜 장갑을 끼냐고 물어보고 싶었지만, 카루나 역시 늘 얇은 비단 장갑을 끼고 있었다. 같은 처지에 대놓고 묻기가 좀 그랬다.

마음이 그렇다 보니, 눈이 절로 시스의 손을 향했다. 시스는 손이 컸다. 장갑을 꼈어도 두껍고 마디진 손의 굴곡이 드러났다. 덕분에 악수를 할 때마다 무거운 족쇄를 찬 것 같은 기분이 들었다.

그 느낌이 불쾌해 인상을 찌푸릴라 치면, 시스는 귀신같이 알아채고 얼른 손을 놓았다. 그러고는 깔끔하게 뒤로 물러섰다. 질척거릴 의도는 조금도 없다는 듯이. 그런 깔끔한 태도 때문에 더더욱 그에게 호감이 생기는 건지도 몰랐다.

"오늘도 제가 숙소로 데려다드리면 될까요?"

"그래 주신다면 정말로 큰 영광입니다."

시스가 넙죽 허리를 굽혔다. 뒤에서 솔토가 매우 불편한 기색을 드러내며 흠흠, 헛기침했다. 카루나도 시스도 못 들은 척하다 눈이 마주쳤다. 시스가 보랏빛 눈을 부드럽게 휘며 웃었다.

'뭐, 인정할 건 인정해야겠지.'

카루나는 그 웃음에 화답해 미소 지었다.

'그렇게 나쁜 사람 같지는 않아.'

카루나는 시스가 꽤 마음에 들었다. 자신에게 온전히 호의를 드러내는 상대를 미워하는 건 쉽지 않은 일이었다. 카루나는 처음에 느꼈던 꺼림칙한 느낌을 잊어 갔다.

두 사람은 나란히 서서 걸었다. 풍성한 드레스 탓에 자연히 카루나는 걸음이 느렸다. 시스는 카루나의 속도에 맞춰 느릿하게 걸었다. 원체 빠르게 걷는 것에 익숙한 사람인지, 카루나의 속도에 맞추는 게 꽤 고역인 듯했다. 저도 모르게 보폭을 넓게 해 발을 디뎠다가 그대로 잠깐 굳어 버리길 반복했다. 재미를 붙인 카루나가 일부러 천천히 걸으면, 종종걸음 걷듯 발 보폭을 줄였다. 근육질의 사내가 뒤뚱뒤뚱 걸으니, 제법 귀여웠다.

"힘드시면 먼저 가 계세요. 저 복도 끝까지 가 있으시면 제가 열심히 따라가 볼게요."

"흠, 아닙니다. 에스코트를 할 순 없지만 함께는 걸어야지요."

시스는 고집스레 좁은 보폭을 고집했다. 옆에서 봐도 웃긴데 뒤에서 봐도 꽤나 재미있는 듯했다. 뒤에서 하녀들의 웃음소리가 들렸다.

'기분이 상했을라나?'

카루나가 슬쩍, 시스의 눈치를 살폈다. 우려와 달리 시스는 아무렇지 않아 보였다.

"왜 그렇게 보십니까. 대놓고 보셔도 됩니다."

시스가 제 칙칙한 머리카락을 쓸어 넘기며 말했다. 자신의 외모에 꽤 자신 있어 보이는 태도였다.

"잘생겨서 보는 거 아니에요."

"아니, 그럼 무슨 이유로 보신 겁니까?"

시스가 믿을 수 없다는 듯 되물었다.

"처음 길 잃은 경을 봤을 때가 생각나서요."

"며칠 전의 제가 좀 더 잘생겨 보였습니까?"

"아니요. 좀 더 능숙히 걸으셨지요."

"아, 이런."

처음 길 잃은 시스와 함께 걸을 때, 시스는 홀로 휘적휘적 걸어갔다. 당연히 몇 설음 걷지 않아 카루나와 멀어졌다. 시스는 뒤늦게 그걸 깨닫고는 황당해하며 뒤를 돌아보았다. 굳이 말은 하지 않았지만 표정에 다 드러나 있었다.

'왜 이렇게 느린 거지?'

순수한 의문이었다. 시스는 작고 가벼우며 느리기까지 한 카루나를 이해하지 못했다. 카루나가 검이나 활을 다루지 못한다고 말하자, 그다음부터는 카루나를 어린 토끼 대하듯 했다. 그의 눈에는 카루나가 한없이 약하게 보이는 모양이었다.

제국 귀족들이 알았다면 하나같이 뒷목을 잡고 넘어갈 생각이었다. 다른 사람도 아니고 바이켈드 공작가의 카루나가 연약하다니. 그러나 시스는 매일같이 황궁에서 길을 잃느라 바빴기에, 제국 사교계에서 카루나의 평판이 어떠한지 알지 못했다.

"듣자 하니, 숲의 일족이라고 하시던데. 그러면 내내 숲에서 지내다 제국으로 나온 겁니까?"

시스가 불쑥 물었다.

'아니, 취소. 내 평판은 모르지만 나와 관련된 소식은 알고 있네. 황궁을 헤집고 다니기만 하는 건 아닌가 보지?'

카루나는 마음속으로 시스에 대한 정보를 수정했다.

"네, 그렇답니다."

"그럼 이번 대 숲의 장로가 죽기 전에 제국으로 온 겁니까. 아니면 그 이후에?"

"……뭐라구요?"

카루나가 걸음을 멈췄다. 뒤따라오던 솔토 또한 얼굴색이 변했다.

"왜 그러십니까?"

"숲의 장로가, 아니, 장로님이 어떻게 됐다고요?"

"아, 이런. 그 전에 숲을 떠나셨나 보군요. 그리고 그 이후로는 숲의 소식을 전혀 못 들으셨고."

시스의 얼굴에 웃음이 번졌다.

"아는 걸 말해 주세요."

카루나가 다급히 말했다. 숲의 장로, 그는 카루나의 어머니에 대해 아는 유일한 사람이었다. 언제고 숲에 다시 찾아가 어머니에 대한 자세한 이야기를 들으려고 벼르고 있었건만. 죽었다니?

'라안은 내게 말해 주지 않았어. 설마, 라안도 모르는 일인 건가? 아니면 알면서도 굳이 말해 주지 않았다거나?'

금세 머릿속이 복잡해졌다. 시스는 골똘히 궁리하는 카루나의 얼굴을 관상하듯 바라보았다. 카루나가 왜 말을 하다 마냐고 추궁하듯 바라보자, 그제야 입을 열었다.

"얼마 전, 이라고 해야 할까요. 숲의 장로가 죽었다고 들었습니다. 조의를 표합니다."

시스가 주먹 쥔 손을 자신의 왼쪽 가슴에 얹으며 고개를 숙였다.

"최근에 숲의 사정이 어지럽다던데, 그래서 소식이 잘 전해지지 않았나 봅니다. 숲의 장로와 그 후계자가 모두 죽어 그 후계가 끊겼다고 하던데."

"……."

리센의 이야기를 모르는 사람의 입에서 듣는 것만으로도 심장이 서늘해졌다. 카루나는 지그시 이를 깨물어 그 감각을 견디며 솔토를 돌아보았다. 아니, 그 감각을 피하기 위해 시스를 잠시 외면했다. 카루나는 최대한 목소리를 낮춰 솔토에게 물었다.

"시스 경의 말이 사실인가요?"

솔토가 휘휘- 고개를 저었다.

"전혀 연락받지 못했습니다. 그리고…… 저 말을 어디까지 믿을 수 있을지."

"거짓말이라는 건가요?"

"아가씨께서도 아시겠지만 숲과 올벤은 교류가 없습니다. 숲이 올벤을 모르는 만큼 올벤도 마찬가지일 테고요."

솔토가 시스의 눈치를 보며 조그만 목소리로 말했다. 하지만 카루나는 유용한 조언이라 생각해 고개를 끄덕였다.

"세나가 곧 돌아올 겁니다. 그때 자세한 이야기를 들으시지요."

"그래요. 그럴게요."

카루나는 다시 시스를 올려다보았다. 시스는 뭐가 그리 재미있는지 싱글싱글 웃고 있었다.

"불쾌하셨다면 죄송해요."

"아닙니다. 훌륭한 처사십니다. 과연 제국의 하나뿐인 공작 부인다우시군요."

"아직은 공작 부인이 아니에요."

"아직은 아니라면, 앞으로도 아닐 수 있을까요?"

시스가 은근한 목소리로 말했다.

'이 사람이 갑자기 왜 이래?'

카루나는 살짝 인상을 찌푸리며, 그의 수작질을 단호하게 쳐냈다.

"글쎄요. 그건 저와 라안, 두 사람의 문제이니 바람같이 스쳐 가시는 분께서 궁금해하실 일은 아닐 것 같네요."

"바람은 저의 것이 아닙니다. 저는 물이지요. 어디에나 존재하며, 어느 땅에나 관여하는."

시스가 장갑 낀 손을 쫙 펴며 말했다. 카루나는 잠시 그 손을 바라보았다. 너무도 자신만만하게 자신을 '물'이라 하니 바람을 몰고 다니는 황태자처럼, 대리석 바닥에서 물줄기라도 솟구치게 만들려나 싶었건만. 놀랍지 않게도, 아무 일도 일어나지 않았다. 카루나는 그러려니 하며, 화제를 돌렸다.

"그나저나 숲의 소식을 어떻게 알고 있는 건가요? 그 소식이 진짜인지 여부와는 별개로요. 숲과 올벤은 사이가, 뭐, 제국과의 관계와 비슷하잖아요?"

카루나는 솔토의 말을 잊지 않고 말했다. 올벤과 제국의 사이만큼이나 숲과 올벤도 교류가 거의 없다고 했다.

'생각해 보니 웃기네. 제국과 최초의 숲, 그리고 올벤. 국경을 맞대고 있는 세 곳이 서로 전혀 교류하지 않다니.'

"당연히 관심을 가져야 하지 않겠습니까. 서로 맞닿아 있는데."

시스는 카루나의 속마음을 들여다보듯 대답했다.

"아, 물론. 제국과 숲은 저희에게 관심이 없지만 말입니다."

농담 삼아 한마디를 덧붙였지만, 카루나는 웃지 않았다. 시스는 차분한 목소리로 말을 이었다.

"숲과 사막은 국경을 접하고 있습니다. 그리고 같은 적을 머리 위에 두고 있습니다."

어느새 올벤의 사절단들이 머무는 숙소 건물이 보였다. 시스는 좁은 보폭을 걷어치우고, 휘적휘적 걸어 나가 굳게 닫혀 있는 담장 문을 활짝 열었다.

"또한 함께 남쪽을 지키고 있지요."

올벤 사절단은 숙소 앞 너른 공터에 모여 있었다. 담장 하나를 사이에 두고 있을 뿐이건만, 이곳과 저곳은 다른 세상인 듯 느껴졌다. 귓가에 닿는 노랫가락이 그런 느낌을 더해 주는 것 같았다.

그들은 태평하게 노래를 부르고 있었다. 올벤어인지, 노래 가사를 알아들을 수는 없었다. 다만, 그 음이 매우 익숙했다. 카루나는 벌써 몇 번째인지는 알 수 없으나, 또 솔토를 돌아보았다.

"솔토 경."

"예, 아가씨."

솔토 역시 얼떨떨한 표정이었다. 그 역시 노랫가락이 매우 익숙한 듯했다. 그럴 수밖에. 이 음은 숲의 일족인 그들이 흔하게 부르는 노래라며 카루나에게 들려준 것이었으니까. 아주 똑같지는 않지만 매우 비슷했다.

"아, 이런. 제국어가 아니면 못 알아들으시려나? 그렇게 안 들리는 척하면 곤란한데."

그런 그들을 바라보던 시스가 한쪽 장갑을 벗더니 맨손을 카루나에게 내밀었다. 시스는 소라 껍데기를 흉내 내듯 손을 오므리고, 카루나의 귀를 덮었다. 카루나는 눈을 크게 떴다. 시스의 손이 닿자, 올벤인들이 부르는 노래가 마치 제국어처럼 선명하게 들렸다.

어둠보다 무서운 흰 눈
눈보라 치는 흰 하늘 아래
우린 만났다네.
라 아쉬르, 악룡을 죽이자.

눈은 그쳤지만
우린 널 놓고 떠났다네.
친구여, 아직 우릴 기다리는가
라 아쉬르, 악룡은 잠들었구나.

다시 만날 날.

하나를 잃은 우리,

우린 다시 넷이 될 수 있을까.

라 아쉬르, 악룡은 아직 거기에 있는가.

읊조리는 듯 단조로운 음에 가사가 붙었다.

'교류가 거의 없는 두 민족이 이렇게 비슷한 노래를…… 가질 수 있나?'

카루나는 고개를 갸웃했다. 문외한인 그녀가 생각하기에도 뭔가 이상했다. 콕콕. 아까부터 자꾸만, 뭔가가 심장을 찔러 대는 것 같았다. 아프지는 않지만 거슬렸다. 자꾸 신경이 쓰이는데, 그게 뭔지는 모르겠는 느낌.

이러면 안 된다고 생각했지만 절로 표정이 이상해졌다. 카루나가 불편한 기색을 드러내자, 시스는 오히려 즐겁게 웃어 보였다.

"왜 그러십니까?"

"아니요, 아무것도."

"아무것도 아닌 표정이 아닙니다만."

"……저와 말장난을 하고 싶으신 건가요?"

"아니요. 궁금할 따름입니다. 혹시 이 비슷한 노래를 어디선가 들었다든지, 그런 게 아닐까 해서요."

"……."

카루나는 슬쩍 솔토를 돌아보았다.

'내가 저번에 들었던 그 노래가, 숲의 기밀이라든가 그런 건가요?'

'아니요.'

솔토는 용케 카루나의 속마음을 알아채고는 고개를 흔들었다. 카루나는 다시 시스를 돌아보며 입을 열었다.

"솔직히 말하자면, 숲에서 이와 비슷한 노래를 들은 적이 있어요."

"말씀하시는 걸 들으니, 숲 밖에서 자라셨나 봅니다."

"……!"

카루나는 바짝 긴장했다.

"그, 게 무슨……."

"숨기고 있는 거라면 모른 척해 드리지요."

"……."

"저는 어차피 이곳 사람이 아니니 말입니다."

시스가 사람 좋게 웃어 보이며 뒤로 물러섰다. 그제야 카루나는 여태껏 시스의 손이 제 귀를 감싸고 있었다는 걸 알아챘다. 지금에야 그의 손을 휘감은 무언가가 보였다. 그건 물이었다. 투명한 물.

물로 만든 뱀이 있다고 하면 저렇지 않을까. 얇은 물줄기가 배배 꼬여 그의 손을 타고 올라 손끝까지 감싸고 있었다. 그렇게 물에 감긴 손이 내 내 카루나의 귀를 감싸고 있었다.

'전혀 몰랐어.'

카루나는 뒤늦게 자신의 귀를 만져보았다. 귀와 목, 어깨, 어떤 곳도 젖어 있지 않았다. 한 방울의 물도 닿은 적 없다는 듯이. 카루나가 놀라 시스를 바라보자 시스가 씩, 웃었다.

그 순간, 시스의 팔을 감싸던 물이 단숨에 사라졌다. 파스스. 말 그대로 주변으로 흩어졌다. 카루나는 그의 웃는 얼굴을 보며 확신했다.

'일부러 그런 거야. 나한테 보여 주려고.'

그렇다면 왜 이런 짓을 한단 말인가.

'마법인가? 올벤은 마법이 발달한 나라인 건가? 마법사를 이렇게 밖으로 내돌리다니? 그나저나 지금 나한테 실력 행사를 한 거야?'

여러 생각이 떠올랐지만, 결국 마음이 가는 건 단 한 가지였다.

'왠지 모르겠지만, 황태자 때랑 느낌이 비슷해.'

카루나는 제 몸에서 흘러나오는 바람을 제어 못해 고생 중인 황태자를 떠올렸다. 아직 마탑에서는 그 원인을 밝혀내지 못하고 있었다. 황제는 노발

대발했지만, 적어도 황태자의 목숨을 위협하는 저주는 아니라는 말을 듣고 겨우 진정하고 있는 터였다. 그런데 이국의 사절이 황태자와 비슷한 능력을 가지고 있다니.

'그리고 나.'

카루나는 빈주먹을 꽉 쥐어 보았다. 씨앗이 없으니 능력이 나타나지 않았다. 대신, 복도의 기둥과 벽을 타고 오른 담쟁이덩굴이 살랑살랑 흔들렸다. 카루나에게 닿으려는 듯 몸을 흔드는 것 같았다.

하지만 카루나와 솔토는 바람이 불어서 흔들리는 거라고 생각해 눈여겨보지 않았다. 시스만이 재미있다는 듯, 흔들리는 담쟁이덩굴을 힐끗, 바라봤을 뿐이었다.

'라안은 내 능력이 곧 없어질 능력이라고 했어. 하지만 여태 없어지지 않고 있지. 황태자 또한 마찬가지야.'

카루나는 황태자와 자신의 상황이 전혀 다른 경우라고 생각했다. 자신은 샘에 들어갔다 나와서, 황태자는 알 수 없는 이유로, 각각 다른 능력을 '잠깐' 가지게 된 거라고.

'그런데, 그게 아니라면?'

둘만 있을 때는 알지 못하였으나 한 명이 더 나타나 셋이 되니, 공통점이 눈에 보였다.

'이건 마법 같은 게 아냐.'

"저기……."

카루나가 그에게 말을 걸려 할 때였다.

"영애, 제국에는 악룡에 대한 전설이 있다고 들었습니다만."

시스가 선수를 쳤다.

"아, 네. 제국을 건국한 시조와 관련된 전설이지요."

카루나는 별생각 없이 대답하며 고개를 끄덕였다. 조금 전, 노래를 듣고 솔토를 돌아봤을 때와는 달리 스스럼없어 보였다.

"그것보다, 조금 전에 그것 말이에요."

"숲이 아니라 제국에서 자랐던 모양이군요."

시스가 또 카루나의 말을 중간에 끊고 물었다.

"……."

무례하다고 화를 내야 하는데, 그보다는 당혹감이 먼저였다.

"그렇게 긴장한 표정을 짓지 마십시오. 저는 그저, 영애가 궁금했을 뿐입니다. 굳이 말하자면, 여태 어디에 있다가 이제야 나타났을까- 라는?"

"종잡을 수 없는 분이군요. 무슨 말을 하고 싶으신 건가요? 한 번에 하나만 말씀하세요. 상대해 드리기 굉장히, 곤란하네요."

무례하다면 무례할 수 있는 말이었다. 하지만 카루나는 물러서지 않고 강하게 밀어붙였다. 사절단 대표도 아니고, 일개 사절단 일원이다. 황제에게 대놓고 무시당하는 처지가 불쌍해서, 또 사절단을 훌륭히 접대해 루시온 쪽에 꼬투리를 잡히지 않으려고 노력하고 있을 뿐이건만.

하루에 몇 번이고 대놓고 마주쳐서 수작질을 부리는 주제에, 자꾸 이상한 말이나 해대며 남의 말을 끊어 먹다니. 외국 사절을 봐주는 것도 한계가 있었다.

카루나는 녹색 눈을 크게 뜨고 시스를 똑바로 바라보았다. 길 잃은 그를 만날 때마다 예의상 웃어 주었던 상냥한 미소는 온데간데없었다. 뒤에 선 솔토 역시 허리춤에 손을 올리고, 날 선 얼굴로 시스를 노려보았다. 이대로 기를 죽여서, 조금 전에 보여 준 그 능력이 무엇인지 정보를 알아내려 했건만.

"이런, 화내지 마십시오. 벌써부터 화를 내시면 저는 어쩌란 말입니까."

시스는 겁먹기는커녕 여유롭게 웃으며 카루나를 달랬다.

"뭐라구요?"

'뭐야, 그럼 앞으로 더 화나게 만들겠다는 거야?'

카루나의 눈썹이 하늘 높은 줄 모르고 삐죽 치켜 올라갔다.

"그리고 저는 지금까지, 하나의 주제만 가지고 대화를 청했습니다. 저의 제국어 실력이 부족해 전달되지 못했다면 어쩔 수 없지만 그게 아니라면, 분명 제 생각이 맞을 겁니다."

그의 제국어 실력은 훌륭했다. 그건 부인할 수 없는 사실이었다. 그렇다면.

'저 노래, 그 능력, 제국의 건국 설화. 그리고 내 출신. 그게 다 같은 걸 말하고 있다고?'

카루나가 미심쩍은 눈초리로 그를 바라보았다.

"보아하니 이제는 제가 아무리 길을 잃어도 저를 상대해 주실 것 같지는 않군요."

"……."

카루나는 굳이 답하지 않았다. 그의 말대로니까. 시스는 문에 몸을 비스듬히 기댄 채 카루나를 내려다보았다. 제비꽃을 닮았다 생각했던 보랏빛 눈은 독에 담갔다 빼낸 보석처럼 날카롭게 빛났다.

"그렇다면 이젠 길 찾기 놀이가 아니라 맞추기 놀이를 해야 되겠습니다."

"놀이? 놀이라구요?"

"자, 첫 번째 질문. 우리 민족의 노래에서 나온 악룡이 왜 당신이 자란 제국의 전설에서도 나오는 걸까요."

시스가 물었다.

"다음번에 둘이서 만날 때 대답해 주신다면, 저도 영애가 원하는 걸 알려 드리지요."

"내가 무얼 원할 줄 알고요?"

"글쎄요. 왜 모를 거라 생각하는지, 저는 그게 더 궁금하군요."

시스가 손을 뻗어 살랑대는 담쟁이덩굴을 만졌다. 그 순간, 푸른 잎사귀에 알알이 이슬이 맺혔다. 그걸 본 카루나의 눈이 커졌다. 시스는 놀란 카루나의 얼굴을 보며 또 재미있다는 듯 웃어 보였다. 그에게는 카루나와 함께하는 모든 시간이 꽤 재미있게 느껴지는 듯했다.

* * *

시스와 헤어져 마차를 타고 바이켈드 저택으로 돌아가는 길. 카루나는 솔토에게 부탁했다.

"라안한테 말하지 말아 줘요."

"……."

솔토의 표정이 급격히 어두워졌다. 카루나가 자신을 뒤따르던 하녀들에게 금붙이를 주며 입막음을 시킬 때부터 짐작하고 있었건만. 막상 카루나가 제게 침묵을 명령하니, 난감한 듯싶었다. 난감한 건 카루나도 마찬가지였다.

'세나 경이었다면 좋았을 걸.'

세나 역시 라크안의 부하이긴 하나, 그녀와 카루나는 기사의 충성심 이상의 연대감으로 깊게 묶인 사이였다. 그래서 이런 부탁도 스스럼없이 할 수 있었다. 그와 달리 솔토는 아직, 카루나와 라크안 사이에서 갈팡질팡했다. 카루나는 다급한 마음에 솔토의 손을 덥석 붙잡았다.

"아, 아가씨!"

솔토가 놀라 펄쩍 뛰었다. 하지만 카루나의 손을 뿌리치지는 않았다. 아니, 뿌리치지 못했다.

"부탁해요, 솔토 경. 당분간만. 당분간만이에요."

카루나는 솔토의 눈을 뚫어져라 바라보며 세뇌라도 시키듯 강하게 말했다.

'제발!'

간절한 마음으로 바랐을 뿐이건만. 물 밖으로 나온 고기처럼 펄떡이던 솔토의 몸이 돌처럼 굳어 버렸다. 휘둥그레져 있던 두 눈도 어쩐지 흐리멍 덩해 보였다.

"솔토 경?"

"네, 아가씨."

목소리도 취한 사람처럼 힘이 없었다.

"괜, 찮은 거죠?"

카루나는 솔토의 갑작스런 태도 변화에 놀랐으나,

"괜찮습니다."

솔토 자신은 더없이 태연했다.

"음, 조금 전에 제가 부탁했던 거 말이에요."

"예. 아가씨께서 부탁하셨습니다."

"들어줄 수 있겠어요? 영영 속이자는 건 아니에요."

"예. 영영 속이라고 하지는 않으셨습니다."

"뭔가 명확해질 때까지만, 라안한테 말하지 말아 줘요."

"네. 라안 님께 말하지 않겠습니다."

"왜 그러냐면 아무래도…… 네? 방금 뭐라고 했어요?"

공작저에 도착할 때까지 구구절절 말하며 설득시킬 생각이었건만. 솔토가 너무 빠르게 라크안을 저버리고 카루나 쪽으로 돌아섰다.

"네. 아가씨의 말대로 비밀을 지키겠습니다."

"어…… 고마워요."

"네, 아가씨."

"음, 그런데. 지금, 괜찮은 거죠? 제정신인 거죠? 그렇죠?"

카루나가 솔토의 눈앞에 손을 대고 휘휘 흔들었다. 그때, 마차가 한 번 크게 덜커덩- 흔들렸다.

"꺅!"

카루나는 작게 비명을 지르며 휘청였다. 솔토 역시 머리가 뒤로 확 꺾였다. 그 바람에 두 사람의 시선이 엇갈렸다.

"어라?"

솔토가 바로 정신을 차리고 고개를 바로 했다. 흐려져 있던 눈이 다시 선명해졌다.

"아가씨, 괜찮으십니까?"

"난 괜찮아요. 경은요?"

"저야 뭐. 멀쩡합니다."

솔토가 히- 웃으며 주먹을 불끈 쥐어 보였다. 조금 모자라지만 착해 보이는, 평소의 모습 그대로였다.

"아, 그렇군요."

카루나는 조금 전 하려던 말을 꿀꺽 삼키며, 고개를 끄덕였다.

'뭐였지, 방금?'

딴사람처럼 멍하던 솔토. 그 모습은 저택에 돌아가고 나서도 카루나의 머릿속에 오래도록 남아 있었다.

* * *

황태자와 올벤 사절단 간의 회견은 조금 더 사적인 자리로 마련되었다. 물론 완전히 사적일 순 없었지만, 황태자가 저녁 식사에 초대하는 형식으로 이루어졌다.

올벤 사절단은 보여 주기 식의 연회에 질려 있었고, 오래 기다린 만큼 진지한 대화가 오가기를 바랐다. 황태자 역시 주변의 시선에 구애받지 않고 편하게 올벤 사절단을 만나고 싶은 욕심이 있었기에 저녁 식사는 무리 없이 진행되었다.

카루나와 라크안은 황태자의 측근으로서 저녁 식사에 참여했다. 올벤 쪽에서도 세 명이 나왔다. 사절단의 대표인 올가와 올벤의 외무대신이라고 자신을 소개한 노인. 그리고 시스였다.

'저 사람이 왜 여기에?'

카루나는 내심 놀랐다. 으레 이런 자리에는 사절단에서 가장 높은 위치에 있는 사람들이 나오기 마련.

'그렇다면 저 사람이 사절단 내에서 서열이 꽤 높다는 건데?'

그런 사람이 호위도 거느리지 않고, 할 일 없이 남의 나라 황궁이나 헤매고 다녔단 말인가. 올벤이란 나라에 대한 기대감이 깎이는 느낌이었다. 카루나의 마음을 알 리 없는 시스는 태평하기 그지없었다. 덩굴과 꽃으로 뒤덮인 황태자궁을 보고서는 솔직하게 감탄을 늘어놓았다.

"대단하군요. 식물이 궁 하나를 뒤덮다니, 훌륭한 광경입니다."

올가와 올벤의 외무대신 역시 놀라워했다. 궁의 주인인 황태자는 기쁨을 감추지 못했다.

"그렇게 봐 주시니 고맙습니다."

"다른 곳들은 이러지 않던데. 유독 황태자궁만 이렇게 한 이유가 궁금합니다. 어떤 사연이 있는지요?"

시스가 물었다. 황태자는 카루나를 한번 보고는 짓궂게 웃으며 대답했다.

"제 오랜 친구의 아내 될 사람이 선물해 준 겁니다."

황태자의 머리카락이 살랑살랑 흔들렸다. 기분이 좋은지, 봄바람이 그의 몸을 감돌았다.

"……!"

카루나는 어떻게 좀 해 보라며 라크안의 등을 떠밀었다.

'좀 괜찮아졌나 했더니, 아니네. 어떻게 기분이 조금만 달라져도 귀신같이 바람이 불어오는 거지?'

라크안은 슬쩍 황태자를 제 등 뒤로 숨기고, 황태자를 대신해 올벤의 사절단을 궁 안으로 안내했다. 황태자가 다시 카루나를 돌아봤다.

'진정하세요. 마음 가라앉혀요. 심호흡!'

카루나는 소리 없이 황태자를 달랬다. 황태자는 카루나의 말대로 깊게 심호흡하며 마음을 가라앉혔다. 다행히 바람은 금세 가라앉았다. 평소에 비하면 워낙 미약했던지라, 올벤의 사절단은 눈치채지 못한 듯했다.

……라고 카루나와 황태자는 생각했지만.

시스는 장갑 낀 손으로 황태자궁을 뒤덮은 넝쿨을 만지작거리고 있었다.

황태자궁을 뒤덮은 넝쿨을 보고 있는 듯했으나, 실은 눈동자만 옆으로 굴려 황태자와 카루나를 살피는 중이었다.

'재미있군. 숲의 심장을 가지러 왔더니, 바람이 감돌고 있다니. 아직 제 힘을 감당하지 못하는 것 같으나 분명 각성 상태야. 천 년 동안 잠들어 있던 능력이 어째서 지금?'

보랏빛 눈에 이채가 돌았다.

일행은 식사가 준비된 홀로 자리를 옮겼다. 정성 들인 음식이 연달아 나와 커다란 식탁을 가득 채웠다. 올벤 사절단은 황태자궁을 처음 봤을 때만큼 놀라워하지는 않았다. 양측은 식사를 하며 부담이 가지 않는 선에서 서로의 나라에 대해 묻고 답했다.

식전 수프가 나왔을 때, 카루나는 혼자서만 잔뜩 긴장했다.

'제발, 제발.'

그저 간절한 마음으로 라크안을 바라보았다. 라크안은 마음에 안 든다는 표정으로 제 앞에 놓인 식기 세트를 바라보고 있었다. 포크만 열두 개, 나이프 열 개와 스푼 세 개. 황궁에서 한 번 식사를 하려면 그걸 고루 사용해야 했다. 제일 밖에 놓인 것부터 안쪽으로 하나씩, 하나씩. 때문에 라크안은 지금까지 단 한 번도 황궁에서 뭘 먹지도 마시지도 않았다.

오늘은, 라크안이 생애 최초로 황궁에서 식사를 하는 날이었다. 카루나는 올벤의 사절단을 만나는 것보다 이 점이 더 신경 쓰였다. 너무 마음을 졸여 점심 식사도 제대로 하지 못했다. 차 한 잔과 쿠키 몇 개로 때웠는데도 지금까지 배가 고프질 않았다.

카루나를 그렇게 긴장시킨 주범, 라크안이 맨 끝에 놓인 스푼을 들었다. 속성으로 배웠다고는 믿기지 않을 만큼 고상한 움직임이었다. 그리고 스푼을 집어 던지거나 식탁에 내리꽂지 않고 입술에 살짝만 가져다 댔다. 소리 내지 않고 수프를 삼키기까지 했다.

굳게 다문 입매, 진중해 보이는 얼굴이 이렇게 말하고 있는 것 같았다. 잘 봐. 우아한 손짓이니까. 카루나는 미친 듯이 박수를 치며 칭찬하고 싶은 몸짓을 억누르기 위해 최선을 다해야 했다.

'이거 봐! 하면 할 수 있잖아요! 이걸 세나 경이랑 저택의 주방장이랑 하녀장이 봤어야 했는데.'

카루나는 마음속으로나마 뜨거운 눈물을 흘렸다. 아무리 힘들어도 포기하지 않으면, 불가능에 가까운 일도 해낼 수 있다는 삶의 지혜를 확인하게 된 순간이었다. 카루나가 식사는 안 하고 감격한 표정으로 라크안만 바라보자, 모두의 시선이 카루나에게로 몰렸다.

"흠흠."

카루나는 뒤늦게 헛기침을 하며 안 그런 척했다. 빈속에 삼키는 수프가 다디달았다. 카루나가 라크안의 우아한 손짓에 감격하는 동안, 황태자는 올벤과 최근 국경에서 일어난 분쟁에 대해 이야기를 나누고 있었다. 카루나는 뒤늦게 그 대화에 끼어들었다.

제국에서는 황태자가 주로 말하고 라크안과 카루나가 말을 보탰다. 올벤에서는 외무부 대신이라는 노인이 나섰다. 올가가 한두 마디를 더하는 정도였으며, 시스는 전혀 개입하지 않았다. 그는 턱을 괸 채 대놓고 지루하다는 표정을 지었다. 중요한 이야기가 오가는 데에도 술만 홀짝였다. 단지 자리만 차지하러 나온 사람 같았다.

카루나는 계속 시스를 곁눈질로 살폈다. 맨 처음에는 그의 무례한 태도에 눈이 갔으나, 그가 일관성 있게 지루하다는 태도를 보이니 눈이 떨어지지 않았다. 당연히 시스와 눈이 마주칠 수밖에 없었다.

'날 보는 겁니까?'

시스가 입을 벙긋거리며 자신을 가리켰다. 활짝 웃어 보이며 대놓고 수작을 부렸다. 카루나가 고개를 돌리며 못 본 척해도 소용없었다. 뺨이 따가울 정도로 쳐다보며, 기어이 카루나의 신경을 긁었다. 라크안의 올바른 식사 예절 덕분에 즐거웠던 기분이 착 내려앉았다.

'무슨 속셈인 거지? 정말 미남계라도 쓰는 건가?'

정말 시스가 자신에게 반해서 저러는 거라면, 불쌍해서라도 상대해 줬겠지만.

'내가 누군 줄 아는 거야?'

그렇지 않다는 걸 아니 짜증만 날 뿐이었다. 평범한 귀족 영애라면 속았을 지도 모른다. 입으로는 웃고 있으나 보랏빛 눈은 전혀 웃고 있지 않은 저 얼굴에.

'그렇다고 아주 무시할 수도 없고.'

카루나는 그가 보여 준 물을 다루는 능력을 똑똑히 기억하고 있었다. 올벤의 사절단이 들려준 그들의 노래 역시. 뭔지는 모르지만, 저 남자는 분명 뭔가를 알고 있었다.

짐작컨대 황태자는 물론이거니와 자신과 라크안에게도 필요한 정보일 것 같았다. 그러니까 저 의뭉스러운 사내로부터 그 '뭔가'를 빼내야 했다. 그러려면 아주 무시하면 안 됐다. 그렇다고 저 수작질에 놀아나서도 안 되 겠지만.

카루나는 표정 관리를 하며 적당히 시스를 바라봐 주었다. 그런 자신의 모습을 라크안이 보고 있다는 것도 모른 채. 올가와 대화를 나누던 라크안 의 얼굴이 절로 찌푸려졌다.

"제국의 공작은 우리의 제안에 불만이 있으십니까. 그렇다면 지금 말해 주십시오."

올가가 그런 라크안의 태도를 지적하며 물었다.

'뭐 하는 거야!'

카루나는 얼른 시스에게서 시선을 거두고 라크안의 발을 꾹 밟았다. 모처럼 굽 높은 구두를 신은 터라, 꽤 아플 터였다.

"윽."

역시나. 라크안이 얼굴을 구겼다.

"또 그러는군요."

"아니요, 그런 게 아니랍니다."

카루나가 화사하게 웃으며 손을 내저었다. 꾸욱— 라크안의 발을 누르는 건 멈추지 않았다.

"……."

라크안은 이를 악물고 고통을 참으며, 억울한 표정으로 카루나를 바라보았다.

'억울? 외교 사절을 접대하는데 누가 표정 관리 못하고 있으래? 날 봐. 아무리 저 남자가 신경 쓰여도 티 내지 않잖아.'

카루나는 도도하게 고개를 치켜들고 라크안을 째려봤다. 물론 아주 잠깐 그런 것이었다.

"일전에 말씀드렸다시피, 라안 님이 질투가 심하셔서요."

카루나는 그의 어깨에 머리를 기댔다. 라크안이 움찔, 떠는 게 느껴졌다.

'가만히 좀 있으라니까.'

카루나는 라크안의 팔을 꽉 움켜잡고 배시시, 웃어 보였다.

"그쪽 일행 분께서 계속 저만 뚫어져라 바라보니, 제 약혼자가 불쾌한 마음을 감추지 못한 것 같네요."

"그렇습니까?"

올가가 시스를 돌아보았다. 시스는 뭐가 그리 즐거운지 낄낄대고 있었다.

"아, 미안. 미안합니다."

성의 없이 고개를 까닥이며 사과도 했다. 올가가 됐냐는 듯 카루나를 보았다. 무표정한 얼굴은 바뀌질 않았다.

'세나 경과 비슷한 게 아니라, 루시온하고 닮은 것 같네.'

카루나는 속으로 구시렁대며 고개를 살짝 까딱였다. 어색하게 웃고 있던 황태자가 올가에게 말을 걸며 분위기를 환기시켰다.

이어지는 분위기는 그리 나쁘지 않았다. 국경 분쟁에 대한 논의는 적당한 수준에서 마무리됐다. 저녁 식사가 끝난 후 황태자는 웃으며 올가에게 악수를 청했다. 올가는 올벤에서 가져온 곡선 모양의 칼을 황태자에게 선물로 주었다.

그렇게 저녁 식사 자리가 마무리되고, 일행은 황태자의 배웅을 받으며 헤어졌다. 올벤의 사절단은 숙소로, 카루나와 라크안은 황궁 밖 바이켈드 공작저로. 그런데 시스가 제 일행을 따라가지 않고 카루나에게 따라붙었다.

먼저 알아챈 건 당연히 라크안이었다. 라크안은 갑자기 걸음을 멈추고 돌아서 손을 뻗었다. 난번에 시스의 목을 움켜잡아 내다 꽂으려 했건만.

"이런!"

시스는 뒤로 살짝 몸을 젖히며 라크안의 공격을 피했다.

"……!"

라크안의 눈이 번쩍 뜨였다. 지켜보던 카루나 역시 놀랐다.

'세나 경도 그렇고 솔토 경도 그렇고, 피하는 걸 본 적이 없는데.'

확실히 평범한 길치는 아닌 듯했다.

"무슨 일이시죠? 그새 또 길을 잃으셨나요?"

카루나가 새초롬하게 눈을 뜨고 시스에게 물었다. 슬그머니, 라크안의 팔을 껴안게 되는 건 어쩔 수 없는 본능이었다. 라크안 역시 카루나를 제 뒤로 물리고 시스를 경계 어린 눈빛으로 바라보았다.

"영애."

시스는 라크안 따위는 신경 쓰지 않았다. 그의 보랏빛 눈은 오직 카루나에게만 머물렀다.

"저와 약속이 있으셨지요?"

"약속?"

"약속?"

라크안과 카루나가 동시에 되물었다.

"이런. 섭섭합니다, 영애. 저는 애타게 영애를 다시 만날 날만 기다렸건만."

"아아."

카루나는 그제야 시스가 하는 말을 알아들었다.

"아아?"

라크안이 불만 가득한 표정으로 카루나를 돌아보았다.

"아니, 잠깐만. 그렇게 보지 마요. 저는 약속한 적 없어요. 저 쪽에서 멋대로 그렇게 생각한 거라고요!"

카루나가 급히 해명했지만 라크안의 표정은 변하지 않았다. 큭큭. 시스는 옆에서 대놓고 웃었다.

"어쩌려고 질투심 많은 공작 각하께 말하지 않으셨습니까?"

"그러니까 그쪽이랑 약속 같은 거 한 적 없다니까!"

하아. 카루나는 한숨을 푹 내쉬고는 고개를 번쩍 들었다.

"좋아요. 마침 잘됐네요. 여기서 그때 못다 한 이야기를 나누죠. 시스 경. 그때 말했던 건……."

"지금은 그때와 같은 조건이 아니군요."

시스가 고개를 저었다. 그러고는 손으로 라크안을 가리켰다. 역시나 사람을 대하는 태도가 아니었다. 꼭 필요한 사람 옆에 덤으로 따라붙은 무언가 껄끄러운 걸 가리키는 태도랄까.

"라안 님은 내 약혼자예요."

"하지만 우리의 약속을 말하지 않은 건 영애십니다만."

"그건……."

"무슨 이유든 좋습니다. 제가 영애를 찾은 건 다음 번 약속을 잡기 위해서니까요."

시스가 씩 웃으며 허리를 크게 굽혔다.

"영애, 제게 귀한 시간을 내주시겠습니까? 우리의 이야기를 마저 하기 위해서."

"……."

"단둘이 만나지요. 저 질투심 많은 공작 각하는 잠시 떼 버리고 말입니다."

여전히 보랏빛 눈동자는 웃고 있지 않았다.

* * *

무슨 일인지 설명하라는 라크안을 진정시키고 시스와 둘이서 만나는 건 쉬운 일이 아니었다. 하지만 카루나는 그 어려운 일을 기꺼이 해냈다.

"나…… 못 믿어요?"

허벅지를 세게 꼬집어 눈물을 뽑아내고는, 눈물이 글썽이는 눈을 들어 라크안을 물끄러미 올려다보았다.

"솔토 경도 뒤에 있었고, 내가 정말 허튼수작을 부리려 했으면 솔토 경이 알아서 다 보고했을 텐데. 솔토 경이 보고 안 했다면 당연히 별일 아니었지 않겠어요?"

나는 못 믿어도 네 부하는 믿겠지. 그런 심정으로 말을 덧붙이고는 눈을 내리깔면, 뚝- 하고 맺혀 있던 눈물이 떨어지기 마련.

"실망이에요, 라안 님."

카루나는 천천히, 아주 또박또박한 어조로 마지막 대사를 내뱉었다. 라안. 그 두 음절의 부름이 라크안의 심장을 움켜쥐었다.

"……."

라크안은 아무 말도 하지 못했다. 카루나의 완벽한 승리였다.

"무슨 일을 저질러도 좋아, 내가 다 뒷수습을 해 줄 테니까. 대신 위험한 일은 벌이지마. 솔토를 항상 대동하고."

이 정도 단서를 다는 게 고작이었다.

'됐다!'

카루나는 승리감에 젖어 라크안이 상태를 알아채지 못했다.

라크안은 얼굴이 하얗게 질려서는 심장을 움켜쥐고 있었다. 두근두근. 카루나의 눈물을 보자마자 숨이 턱, 막히고 심장이 미친 듯이 뛰었다. 오랜만에 발작을 일으킬 뻔했다. 라크안은 새삼 실감했다.

'내가 정말로, 좋아하는구나. 이 꼬맹…… 아니, 이 여자를.'

자신에겐 아무 말도 안 해 주고, 다른 남자를 혼자 만나러 갈 수 있게 됐다고 저리 좋아하는 카루나를 보노라니. 한쪽 가슴이 지끈거렸다. 울컥 서러움이 치솟았다. 괜히 눈시울이 시큰했다.

반려를 만나면, 반려와 함께 있는 것만으로도 기쁨과 행복을 얻는다는데. 자신은 왜 카루나의 말 한마디, 손짓 하나에 억울함과 슬픔을 맛봐야 하는 걸까.

이전에 겪어 본 적 없는 낯선 감정이었다. 이 또한 반려가 준다는 사랑과 기쁨 중 일부인 걸까. 아니면 카루나가 그의 반려가 아니기에 느끼는 감정인 걸까.

잠깐 동안 라크안의 마음은 천국과 지옥을 오갔다. 카루나만이 라크안을 이렇게 만들었다. 자신의 능력을 알 리 없는 카루나는 내일 시스를 만날 때 입을 드레스를 골라야 한다며 훌쩍 떠나 버렸다.

'그딴 놈 만나는데 무슨 준비가 필요해. 아무거나 대충 입고 가면 되지.'

또 울컥, 감정이 솟구쳤다. 이번에는 짜증과 분노였다. 라크안은 주먹 쥔 손으로 테이블을 가볍게 내리쳤다.

* * *

라크안에게 양해도 구했겠다, 카루나는 홀가분한 마음으로 솔토만 호위로 거느린 채 시스를 만나러 갔다. 장소는 제국이 자랑하는 에메랄 오페라 극장이었다. 카루나가 정해 시스에게 통보한 곳이었다.

'외국 사절과 그들을 접대하는 총책임자가 만나는 거야. 대화 내용이

어쨌든 남들 보기엔 그렇겠지. 그러니까 만나는 장소도 그에 걸맞아야 하지 않겠어?'

제국의 뛰어난 건축물을 보여 줄 겸 오페라 문화를 소개시켜주기 위해 외국 사절과 만났다, 라고. 에메랄 오페라 극장 정도면 그 변명이 통할 만했다.

오페라 극장에 도착하니, 시스가 먼저 와 있었다. 따로 오페라 극장에 어울릴 만한 제국식 남성 예복을 골라 보냈건만. 그는 올벤의 복식을 갖추고 있었다.

나름 신경 쓰긴 했는지 황궁에서 길을 잃고 헤매던 때보다는 훨씬 화려했다. 평소와는 달리 비단 터번을 쓰고 있었다. 탁한 잿빛 머리카락은 나름 빗은 것 같은데 여전히 개털 같았다. 다만 보랏빛 눈이 선명히 드러났다.

근육질의 가슴을 드러낸 풍성한 옷자락을 고정시킨 허리띠에는 자수정이 박혀 있었다. 개털 같은 머리카락도 그의 잘난 외모와 탄탄한 몸매를 숨겨주지 못했다. 덕분에 그는 주변의 시선을 한 몸에 받고 있었다. 특히나 여인들의 시선이 뜨거웠다.

시선의 한가운데 서 있으면서도 그는 긴장하거나 겁먹지 않았다. 원래 제국 사람인 양 당당했다. 복장만 이국적이지 않았다면, 그 누구도 그가 오페라 극장 나들이가 처음인 외국인이라고 생각지 못했을 것이다. 카루나조차.

카루나는 또각또각, 구두 소리를 내며 그에게 다가갔다.

"오셨군요."

시스가 씩 웃으며 카루나를 맞이했다. 그러나 웃던 얼굴은 곧 시무룩하게 바뀌었다. 그의 눈이 카루나의 등 뒤에 바짝 서 있는 솔토를 향했다.

"흠, 오늘도 단둘일 수 없군요."

그리 말하는 시스는 산뜻하게도 홀몸이었다.

'황태자와의 회견 자리에 참석할 정도로 서열이 높으면서 홀로 나다니다니? 황궁이야 그렇다 쳐도 여기는 황궁 밖, 낯선 외국인데. 생각보다

중요한 인물이 아닌 건가? 아니면……'

카루나는 그가 보여 주었던 물을 다루는 능력을 떠올렸다.

'실력이 그만큼 대단하다는 걸까.'

라크안 역시 발작만 아니라면, 거추장스럽게 철십자 기사들을 대동하고 다니지는 않았을 것이다. 그리 생각하니 긴장이 됐다.

"그때에도 솔토 경은 제 곁에 있었답니다. 정말 그때와 똑같길 원하신다면, 하녀도 열 명쯤 거느릴까요? 말만 하세요."

카루나가 손을 까닥였다. 당장이라도 하녀들을 부르겠다는 듯이.

"아쉽지만 어쩔 수 없군요."

시스는 빠르게 단념하고 손을 내밀었다. 제국식으로 에스코트를 청한 것이었다. 오늘은 질투 많은 약혼자도 없으니 에스코트가 가능하지 않겠느냐는 표정이었다. 카루나는 픽 웃고는 손을 까닥였다. 솔토가 기다렸다는 듯 앞으로 나서 카루나의 손을 잡았다. 시스의 손이 허공에 붕 떴다.

"여러 번 말씀드렸다시피 제 약혼자가 질투가 많아서요."

'저번에 감히 라안을 헛손질하게 만들기도 했고.'

카루나는 복수하는 기분으로 그의 에스코트를 거절했다.

"하, 이거, 참."

시스는 거절당한 손을 털며 어쩔 수 없다는 듯 웃었다. 그리 기분 나빠 보이지는 않았다.

"안으로 들어가시지요, 곧 극이 시작하겠네요."

"그러지요."

두 사람은 따로 격리된 특별석을 안내받았다. 대리석 난간 아래로 무대와 일반석이 한 눈에 보였다. 시스는 감탄을 금치 못하며 극장 안을 둘러보았다.

에메랄 오페라 극장은 제국에서 가장 큰 규모의 극장이다. 수세기를 거치며 당대의 저명한 예술가들이 벽화를 그리고 조각을 했으니, 극장

자체가 하나의 예술품이라 할만 했다. 백합궁의 백조 홀과 함께 제국의 보물로 손꼽히는 장소였다.

그 웅장함에 압도되거나 질투, 혹은 열등감을 느낄 만도 하련만. 시스는 전혀 그런 내색을 하지 않았다. 그저 생소한 아름다움을 맞닥트리고 순수하게 감탄할 뿐이었다.

잠시 후, 시스는 구경을 끝내고 붉은 융단이 덮인 소파에 주저앉았다. 카루나는 준비한 음료를 그에게 건네며 물었다.

"올벤에도 이런 문화가 있나요? 그러니까 커다란 극장에서 연기와 노래를 관람하는 문화요."

"글쎄요. 오페라라는 건 없지만 비슷한 건 있지요."

시스는 난간에 팔을 기대고 나른하게 웃어 보였다. 그는 배부른 사자 같아 보였다. 라크안과는 다른 느낌으로, 맹수의 느낌이 났다. 카루나만의 생각은 아닌지 뒤에 선 솔토가 바짝 긴장하는 게 느껴졌다.

'괜찮아, 괜찮아요.'

카루나는 한 손으로 솔토의 팔을 쓸어내리며 그를 진정시켰다. 굳이 시스를 '배부른' 사자라고 느낀 건, 그가 위협적으로 느껴지지는 않았기 때문이었다. 적이라는 생각은 안 든달까. 솔토는 카루나의 손길에 금세 진정했다. 시스는 그런 솔토를 힐끔, 보고는 단번에 잔을 비웠다. 그러고는 지나가는 말투로 말했다.

"훌륭한 조련사십니다. 늑대를 잘 다루시는군요."

그의 말이 끝나기 무섭게 카루나의 싹 바뀌었다.

'늑대?'

카루나는 시스를 노려보았다.

"늑대라구요?"

"아, 제가 늑대라고 했습니까?"

시스가 어깨를 으쓱이며 못 들은 척했다.

"제가 분명히 들었습니다만."

"그런가요? 그렇다면 그런 거겠지요. 영애께서 환청을 듣지 않으셨다면 말입니다."

시스가 히죽 웃었다. 영 의뭉스러운 태도였다.

"왜 하필 늑대를 말한 건가요?"

카루나는 솔토의 팔에 얹은 손을 떼며 물었다. 솔토는 이를 꽉 깨물며 허리춤에 손을 올렸다. 여차하면 검을 뽑아 들 태세였다. 잔뜩 긴장한 카루나와 솔토를 보며, 시스는 빙그레 웃었다. 한참 어린 새끼들을 바라보는 어른의 표정이었다.

"흥분하지 마십시오."

"……."

"이런, 제 말실수가 영애와 영애의 호위를 기분 상하게 했군요. 아직 제국 말이 서툴러 그러니 용서 바랍니다."

시스가 제국어로 유창하게 말했다.

"왜 늑대냐고 물었어요."

카루나는 흐지부지하게 넘어가지 않았다. 예민하게 반응한다며 한 소리를 들어도 좋았다. 왜 하필 늑대를 언급했단 말인가. 늑대굴에서 사는 우두머리 늑대의 약혼녀는 반드시 짚고 넘어가야 했다.

"흐음, 뭐, 늑대가 사막에선 볼 수 없는 맹수긴 하지요. 하지만 저는 그 존재에 꽤 관심이 있어 시간을 들여 공부를 해 봤지요. 영애는 혹시, 늑대에 대해 잘 아십니까?"

"……아니요, 잘 알지는 못해요."

"그렇습니까? 그래도 이 정도는 아실 겁니다. 늑대는 무리를 짓는 습성이 있지요. 무리의 우두머리에게 절대 복종하며, 평생 단 하나의 짝만 곁에 두고 삽니다."

시스의 설명을 듣자니 절로 라크안이 떠올랐다.

"제가 아는 어떤 종류의 늑대 무리는 특히나 그러한 본능이 강하지요. 한번 무리를 지으면 잘 떠나려 하지 않고, 우두머리가 아무리 못나고 부족해도, 설령 돌연변이라 할지라도 믿고 따릅니다. 또한 반려를 잃으면, 자신의 남은 생을 감당하지 못하고 무너져 버리고 말입니다."

"시스 경."

카루나는 더는 그의 말을 들어줄 수 없었다.

"나는 경에게 경의 나라에 살지도 않는 늑대에 대한 설명을 들으려는 게 아닙니다."

"아. 제국의 설화에서 나오는 광룡, 그리고 우리의 노래에서 나오는 광룡. 그에 대한 이야기를 하려고 했던가요?"

"그리고……."

"그리고 저의 능력과 황태자 전하의 능력이 닮았다고 느끼셨겠지요. 그 점에 대해서도 궁금하실 테지요?"

카루나는 순간 말문이 막혔다.

"알고 있……."

"제국 황태자의 바람 부리는 능력을 알고 있었냐고 물으신다면, 여기 오기까지는 몰랐으나 이번 만남에서 알게 됐다고 말씀드릴 수 있을 것 같습니다. 바로 눈앞에서 보여 주는데 어찌 못 알아볼 수 있겠습니까."

"그건……."

"물론 제국에 마탑이라는 곳이 존재하고, 마법이 심심치 않게 쓰인다는 건 잘 알고 있습니다만. 제국 황태자의 바람 부리는 능력은 엄연히 다른 것이지요. 마탑에 모여 산다는 그들도 무엇인지 모른다고 답을 내놓지 않았습니까?"

"그걸 어떻게……!"

대화의 템포가 빨라졌다.

'잠깐, 진정. 진정해야 해.'

카루나는 심호흡을 하며 말을 잇지 않았다. 그렇게 시스에게 말려들지 않으려 했건만. 하지만 소용없었다.

"벌써부터 놀라시면 곤란합니다만. 저는 아직 제가 알려 드리고 싶은 걸 하나도 말씀드리지 않았는데 말입니다."

시스가 웃으며 손을 까닥였다.

"질문을 드렸지만, 영애가 생각하는 답을 묻기 전에 그냥 제가 정답을 알려 드리겠습니다. 그 질투심 많은 공작 각하를 용케 떨쳐 버리고 오신 노력이 가상해서 말입니다."

소파 옆 협탁에 놓여 있던 와인 병에서 와인이 솟구쳤다. 아래에서 위로 거슬러 오른 와인은 곧바로 솔토를 덮쳤다. 솔토는 재빨리 와인을 쳐 내려 했지만, 유연한 물의 움직임을 당해낼 수 없었다.

와인은 커다란 물방울 모양으로 뭉쳐 솔토의 얼굴을 감쌌다. 솔토의 몸이 허공에 붕 떴다.

"당장 그만둬!"

카루나가 벌떡 일어나 솔토의 다리를 끌어당겼으나, 발버둥치는 솔토의 발에 차여 소파로 나동그라졌다. 그때 솔토의 발에 맞아 테이블 위에 있던 물건들이 소파 위로 떨어졌다.

시종을 부르기 위한 은종, 그리고 오페라 극장 측에서 카루나의 방문에 감사하는 의미에서 장식해 놓은 붉은 장미 꽃다발. 그것이 솔토를 구했다.

카루나는 다급한 상황에서 얼떨결에 장미꽃을 움켜쥐었다. 붉은 꽃잎 몇 장이 손바닥 안에서 포개졌다. 그 순간, 카루나는 자신이 어떤 능력을 가지고 있는지 기억해 냈다.

장미꽃은 기꺼이 그녀에게 순종했다. 매끈하게 다듬어진 줄기에서 가시가 다시 날카롭게 돋았다. 가시 돋친 줄기는 한없이 자라나 오페라 박스석 안을 뒤덮어 버렸다. 넝쿨은 살아 있는 문어의 다리처럼 시스의 발을 칭칭 감고 기어올랐다.

"이런."

시스가 넝쿨을 떨치려 발을 흔들어댔지만, 넝쿨들은 더욱 발을 꽉 옭아맸다. 가시가 살갗을 파고들었다. 살이 찢기고 피가 흘렀다. 그래도 시스는 얼굴 한 번 찡그리지 않고 웃었다.

"이것이 숲의 심장."

혼잣말로 중얼거리는 그의 얼굴은 고통스러워 보이지 않았다. 오히려 기쁨에 차 있었다. 시스는 비틀대며, 집중력을 잃은 척 자신의 권능을 거두어들였다. 그러자 솔토를 붙잡고 있던 와인이 촤악- 소나기처럼 쏟아졌다.

허공에 붕 떠 있던 솔토의 몸이 카루나에게 떨어졌다. 카루나는 소파에 반쯤 누운 상태로 솔토를 받아 냈다.

"허억, 헉!"

솔토는 콧구멍과 입으로 와인을 줄줄이 토해 내며 버둥거렸다.

"아, 가씨…… 허억, 컥!"

그런 와중에도 카루나를 지키겠다며 어떻게든 몸을 일으켜 세우려고 했다.

"괜찮아, 괜찮아요."

카루나는 그런 솔토의 어깨를 꽉 잡고 자신 쪽으로 당겼다. 저보다 덩치 큰 사내를 끌어안고는, 아이를 어르듯 달랬다. 솔토는 곧 카루나의 품 안에서 정신을 잃고 축- 늘어졌다.

비처럼 내린 와인을 머금은 넝쿨은 꽃망울을 틔웠다. 사방에서 장미꽃이 만개했다. 진한 장미꽃 향기가 코를 마비시켰다. 카루나는 그 많은 장미꽃에 파묻힌 채로 녹색 눈을 크게 뜨고 시스를 노려보았다.

한 손으로는 솔토가 흘러내리지 않도록 붙잡고 있었고, 다른 한 손으로는 소파 다리를 타고 피어오른 장미꽃 줄기를 잡았다. 넝쿨은 제 주인이 누군지 안다는 듯 가시가 돋지 않은 여린 줄기로만 그녀의 손등에 감겼다.

이 순간 카루나는 가히 장미의 여왕이라 부를 만했다.

그는 카루나의 능력을 자연스럽게 받아들였다. 카루나가 그런 시스의 모습을 수상쩍게 느낄 때였다. 극장 안 불이 꺼지고 무대의 막이 올랐다. 그 바람에 카루나는 자신의 능력을 숨기고 변명할 기회를 놓쳤다.

'먼저 자신의 능력을 보인 건 저쪽이야.'

"감히 제국의 수도에서, 황후 폐하의 시녀이자 사절단 접대 총 책임자인 나를 공격하다니. 살아서 이곳을 빠져나갈 생각은 안 하는 게 좋을 거예요."

카루나의 목소리는 장미 가시보다 뾰족했다.

"공격하다니, 그 무슨 섭섭한 말씀을."

"내 호위 기사가 이렇게 됐는데, 아직도 변명을 하시겠다?"

"영애, 뭔가 오해하셨군요."

"오해?"

"저는 영애와 영애의 호위 기사를 공격한 게 아닙니다."

"거짓말, 내가 똑똑히 봤는데!"

카루나의 분노에 대응하여 벽을 따라 자라던 넝쿨이 날아들었다. 넝쿨은 정확히 시스의 두 눈을 노렸다. 시스는 몸을 뒤로 젖혀 가까스로 그 공격을 피해 냈다. 그 바람에 두 다리에 얽힌 넝쿨이 더 깊이 살갗을 파고들었다. 통이 넓은 그의 바지가 순식간에 피로 붉게 물들었다.

그 피가 시스의 무기가 되어 주었다. 핏물이 저절로 뭉쳐 얇은 채찍이 되었다. 피의 채찍은 시스를 얽맨 장미 넝쿨을 갈가리 찢었다.

"후우."

시스는 한숨을 내쉬며, 난간에 걸터앉았다. 그의 어깨 너머로, 소프라노가 애절하게 노래하는 모습이 보였다.

"어디선가 장미향이 나지 않나요?"

"그러게요, 무슨 향수길래 이렇게 향이 좋을까."

"극장에서 뿌린 걸까요? 저 소프라노의 노래와 잘 어울리네요. 장미향과 함께하는 노래라니."

오페라를 관람하던 귀족들이 킁킁거리며, 극을 방해하지 않는 수준에서 옆 사람과 수군댔다. 그렇게 수백 명의 사람들이 저 아래에서 오페라를 관람하고 있다. 자신들의 머리 위, 박스석에서 무슨 일이 일어나고 있는지조차 모르고.

"하."

카루나는 한숨을 내쉬었다. 일순간 긴장이 탁, 풀렸다. 그 틈을 노려 시스가 변명을 늘어놓았다.

"단지 잠재우려고 했을 뿐입니다. 영애와 나, 둘의 이야기를 다른 이에게 전하면 곤란하니까요."

"잠재우려고 했다?"

카루나가 눈을 치켜뜨고 그를 노려보았다.

"정말입니다. 확인해 보십시오. 잠들어 있지 않습니까? 그 과정에서 덜 고통스러우라고 술까지 먹여 주었건만. 어찌 이리 화를 내시는 겁니까."

시스가 능청스레 어깨를 으쓱였다. 카루나는 계속 그를 경계하며 솔토의 상태를 확인했다. 솔토는 색색, 고른 숨을 쉬며 잠들어 있었다. 얼굴 역시 고통스러워 보이지는 않았다. 당연한 말이지만, 내쉬는 숨에서 와인 냄새가 났다. 물론 당장 솔토의 상태가 좋아 보인다 해도 카루나의 화는 바로 풀리지 않았다.

"우리의 이야기가 질투심 많은 공작 각하에게 들어가면 곤란하겠다 싶어서 말입니다."

솔토가 옆에 핀 장미에 손을 가져다 댔다. 줄기에 손이 닿자마자 피가 났다. 시스는 그럴 줄 알았다는 듯 피 나는 손을 흔들었다. 허공에 떠 있던 피의 채찍이 그 손을 감싸고 주변을 빙빙 돌았다.

카루나를 지키려 특별석 안을 뒤덮은 장미 넝쿨. 시스를 지키는 피의 채찍. 기묘한 대치가 계속 이어졌다.

'어쨌든 지금 여긴 제국 안이야. 난 아직 이 능력을 가지고 있고, 저자가 무슨 짓을 벌이든 쉽게 당하진 않을 거야.'

카루나는 제 손바닥 안에서 슬그머니 피어오른 장미 꽃잎을 어루만지며 마음을 가다듬었다.

"무슨 이야기를 하고 싶다는 거죠?"

일단은 시스, 저 사내가 무슨 속셈인지 알아야 했다. ……라고 생각하기 무섭게.

"제가 영애에게 청혼을 하려 합니다."

시스가 다시 카루나의 속을 뒤집었다.

'무슨 소릴 지껄이는지 들어볼 필요가 있겠다는 생각은 취소.'

카루나는 꽃송이를 피해 가시 돋친 넝쿨을 꽉 움켜쥐었다. 손바닥에선 피 한 방울 나지 않았다. 대신, 주변을 뒤덮은 넝쿨이 시스의 피를 노리고 꿈틀댔다.

"이런, 이런."

시스는 엄살을 부리며 뒤로 물러섰다.

"제가 이렇게 마음에 안 드십니까? 나름, 우리나라에서는 최고의 신랑감인데?"

흥. 카루나는 들을 가치도 없다는 듯 코웃음을 쳤다.

"이런 반응이면 곤란한데."

시스가 뒷머리를 긁적이며 중얼거렸다. 이상하게도 그 어리숙한 척하는 모습에 마음이 풀렸다. 이번에도 역시, 시스가 위협적으로 느껴지지 않았다.

장미 넝쿨은 카루나의 마음을 따라 움직였다. 카루나가 화를 가라앉히니, 자신들은 원래 착하고 순한 장미 넝쿨이라는 양 살랑거렸다. 시스는 제 주변에서 피어나는 장미꽃들을 보며 씩, 웃었다. 아직 두 다리에서 피가 흐르고 있건만. 그는 여전히 이 상황이 즐거운 듯했다.

"뭐, 지금 당장 마음을 정하지 않아도 좋습니다."

"쓸데없는 소리 하지 말아요. 당신의 청혼을 받아들이는 일은 결코 없을 테니까요. 시스 경."

"그렇게 확신하지는 말아 주십시오. 세상일이라는 거 어디 생각대로만 돌아가겠습니까."

"내 약혼은 내 생각대로 돌아갈 거예요."

카루나는 조금도 망설이지 않고 받아쳤다. 카루나는 개털 같은 머리카락을 가진 남자를 남편으로 삼을 생각이 요만큼도 없었다. 굳이 결혼을 해야 한다면, 결 좋은 검은 머리카락에 루비처럼 붉은 머리를 가진 미남이어야 할 것이다.

'딱히 라안을 생각하는 건 아냐. 그냥 예를 들면 그렇다는 거지. 아무튼 저런 개딜은 아냐. 절대로.'

"글쎄요. 우리의 조상들의 계획이 형편없이 어그러졌듯, 지금 영애의 마음 또한 그 돌연변이 늑대에게서 멀어질 때가 올지도 모르지요."

시스는 아랑곳하지 않고 말을 이었다. 카루나의 입장에선 들을 가치가 없는 말이었으나 유독 한 구석이 마음에 걸렸다.

'또 저 소리.'

돌연변이 늑대. 시스는 계속 라크안을 저 단어로 불렀다.

'왜 라안을 저렇게 부르는 거지? 교류가 없어도 숲의 일족이 늑대로 변하는 것 정도는 안다는 뜻인가? 그럼 그냥 늑대라고 하면 되지, 돌연변이라는 말은 왜 붙이는 건데. 무슨 뜻으로?'

녹색 눈이 경계를 풀지 않고 시스를 바라봤다. 왜 그렇게 말하는 거냐고 지금 당장 물어볼 수도 있겠으나, 카루나는 일단 말을 아꼈다.

'숲의 일족과 올벤의 관계를 좀 더 알아본 후에, 그런 다음에.'

그리 큰 기대를 하지는 않았지만, 오늘의 만남에 그리 큰 수확은 없을 것 같다는 예감이 들었다.

"그래서, 그 돼먹지 않은 청혼이 나에게 하고 싶은 말인 건가요? 그런 거라면 더 들어야 할 필요성을 못 느끼겠네요."

카루나가 테이블 위의 작은 은종을 들어 올렸다.

"그쪽이 말한 것처럼 내 약혼자가 질투가 많은 사람이라서. 이런 말도 안 되는 헛소리마저 기분 나빠 할 테니까."

종을 흔들어 밖에 대기하고 있는 사람을 부르려고 하자, 시스가 얼른 손을 휘저었다. 휘익─ 피의 채찍이 날아가 은종 안쪽을 채웠다. 덕분에 종을 흔들어도 소리가 나지 않았다. 찰랑찰랑, 물이 넘실대는 소리만 들릴 뿐이었다.

"으으."

카루나는 진저리 치며 은종을 집어 던졌다. 남의 피로 속을 채운 종이라니. 들고 있는 것 자체가 끔찍했다. 카루나가 대놓고 끔찍해하자 시스는 뻘쭘해했다.

"더러운 건 아닙니다만. 방금 몸에서 뽑아낸 피인데."

"그러니까 그걸 내가 왜 들고 있어야 하는 건데."

카루나가 버럭 소리를 질렀다. 난감하기는 시스도 마찬가지였다. 그로서도 자신의 피를 이렇게 하찮게 대하는 사람은 본 적이 없어, 어찌 대답해야 할지 곤란했다. 군이 말하자면, 내 피를 이렇게 함부로 대하는 사람은 네가 처음이야, 랄까. 아무튼 카루나는 각별한 존재였다. 여러 의미로.

카루나를 바라보는 보랏빛 눈동자가 가늘어졌다. 그는 이내 덥수룩한 잿빛 개털로 눈을 가리고, 입술로는 사람 좋게 웃어 보였다.

"다시 우리가 만난 원래의 이유로 돌아가 볼까요?"

"좋아요. 이게 다 경이 쓸데없이 청혼을 했기 때문이라는 건 잊지 말도록 하지요."

카루나는 책임 소재를 명확히 하며, 솔토를 고쳐 들었다. 나름 진지했던 청혼이 이런 취급을 받게 되었음에도 시스는 기죽지 않았다. 주변을 가득 뒤덮은 장미 넝쿨이 그를 그만큼 너그럽게 만들어 주었다.

"제국의 전설에서는 이 제국의 건국자가 홀로 광룡을 죽이고 대륙을 구했다고 전해진다고 들었습니다만."

천 년도 전에, 광룡이 대륙을 짓밟으려고 할 때, 제국의 초대 황제가 될 청년이 바람의 여신에게 가호를 받고 나아가 광룡을 죽이고 제국을 세웠다는 전설.

그건 어릴 때나 재미있게 듣는 옛날 이야기였다. 다 커서까지 광룡이니 바람의 여신이니 하는 것에 관심을 가지는 건 아카데미에 처박혀 있는 고전 문학 교수들뿐이리라. 익숙하지만 정작 잘 알지는 못하는 자국의 건국 신화를 외국 사절 입에서 듣자니, 뭔가 어색했다.

"그럴 거예요. 아마."

"우리나라에서도 그와 비슷한 전설이 전해집니다."

"그쪽에도 비슷한 건국 신화가 있다구요?"

카루나가 별생각 없이 되물었다.

'그래서 양쪽에 모두 광룡이 등장한다는 건가? 정말 광룡이 있었는지 없었는지는 모르겠지만, 있었다면 비슷하게 피해를 입었을 테니 당연히 저쪽도 그런 이야기가 전해지겠지.'

괜히 고민하고 긴장했던 게 후회될 만큼 뻔한 이야기였다. 카루나는 금세 흥미를 잃었다. 반대로 시스는 꽤나 적극적으로 이 대화를 이어 나가고 싶어 했다.

"우리의 이야기에선 하나가 아니라 넷. 네 명이 광룡을 쓰러뜨리지요."

넷. 숲의 일족이 알려 준 노래에서도, 사막의 일족이 부르던 노래에서도 반복적으로 언급되는 숫자였다.

"우린, 넷이 되어 다시 만나리."

카루나는 기억나는 대로, 노래 가사를 중얼대 보았다.

"마음에 드십니까? 원하신다면 얼마든 다시 불러 드리지요."

시스는 빙긋, 웃고는 가볍게 발을 굴렀다. 그러자 바닥의 틈에서 몽글몽글, 물방울이 솟구쳤다. 어디서부터 흘러들어 온 건지 모를 물방울이 방울방울 떠올라 시스의 주변을 빙빙 돌았다.

이윽고 서로 뭉쳐 하나의 커다란 물방울이 된 그것은 곧 얇게 퍼져 오페라 박스석을 감쌌다. 물의 장막이 된 것이다.

"……!"

잠깐이지만 카루나는 겁을 먹었다. 앞서 클레이엔이 황태자궁을 습격했을 때도 이런 장막 같은 게 황태자궁을 뒤덮었다. 그때가 생각나 얼굴이 딱딱하게 굳었다.

장미 넝쿨이 물의 장막 위로 뒤덮였다. 카루나가 불안해하는 마음을 따라 움직이는 것이었다. 하지만 물의 장막은 장미 넝쿨에 칭칭 감겨도 꿈쩍도 하지 않았다.

시간이 좀 지나자, 두려운 마음은 가라앉았다. 카루나는 손을 뻗어 그 표면을 만져 보았다. 손끝에서부터 상쾌한 느낌이 퍼졌다. 기분 좋은 감각이었다.

'황태자궁을 뒤덮었던 것과는 전혀 다른 느낌이야.'

카루나는 물에 젖은 제 손가락을 내려다보며 생각했다.

"제국에서는 제국의 초대 황제가 광룡을 쓰러트리고 제국을 세웠다는 이야기'만' 전해진다지요."

"나는 그것보다, 이것에 대해서 더 말하고 싶은데요."

카루나는 젖은 손가락으로 물의 장막을 다시 콕, 찌르며 말했다. 물의 장막은 말랑말랑하게 카루나의 손가락을 휘어 감았다. 손등에 감긴 장미 넝쿨이 물의 장막을 쳐내려 했지만, 오히려 물속에 잠겨 버렸다.

"이 능력, 나한테 보여 주는 이유가 뭔가요? 당신들 나라에선 이 정도 능력은 대단한 게 아닌가 보죠? 아니, 그보다 먼저 이 능력. 우리 황태자 전하의 능력과 뭔가, 비슷한 건가요? 당신들은 그것에 대해 뭔가 알고 있나요?"

카루나가 두서없이 질문을 쏟아냈다. 가만히 듣고 있던 시스가 고개를 갸웃, 내저었다.

"당신의 능력에 대해서는 궁금하지 않습니까?"

"내 능력?"

"설마, 영애가 머물고 있는 이 제국에서 이 정도의 능력은 대단한 게 아닌 겁니까? 아니, 그보다 먼저 그 능력이 제국 황태자가 가진 능력과 비슷하다는 생각을 해 본 적이 없는 겁니까? 영애, 당신은 도대체 당신 자신의 능력에 대해서 어느 정도까지 알고 계십니까?"

"내 능력은 우연히, 얻은 거예요. 일시적인 거구요."

카루나는 대답하다가 아차, 싶어 얼른 입을 다물었다. 상대방은 물을 자유자재로 다루는 능력을 가지고 있었다. 카루나는 식물을 키우고 마음대로 움직이는 능력으로 겨우 그와 맞서고 있었다. 당장 지금만 해도 물의 장막과 장미 넝쿨이 얽히고설켜 있지 않은가.

그런 상황에서 이 능력이 '일시적'이라고 솔직히 말하다니, 제 약점을 적에게 내보이는 것이나 마찬가지였다. 뒤늦게 내뱉은 말을 도로 주울 수도 없는 법이니. 카루나는 그저 낭패라는 듯, 얼굴을 찌푸렸다.

그런데 그런 카루나를 바라보는 시스의 얼굴이 더 볼썽사나웠다. 그는 화나 보였다.

"누굽니까."

"뭐가 말이죠?"

"영애, 당신의 능력이 우연하고 일시적인 것이라고 당신을 속인 사람 말입니다."

"뭐라구요?"

카루나는 순간, 제 귀를 의심했다.

'속이다니? 라안이 날 속였다고?'

눈앞의 사내는 내내 알아들을 수 없는 말을 해 왔다. 그중 지금한 말이 가장 이해할 수 없는 말이었다.

"당신이 뭘 안다고!"

카루나의 목소리가 자연히 뾰족해졌다. 머릿속을 스치고 지나가는 것은 지난날의 기억이었다. 어떻게 리센을 잃었던가. 어떻게 숲에서 돌아왔으며, 또 어떻게 리센의 시신마저 이용하는 눈의 땅의 존재를 없애고, 황태자를 지켰던가.

카루나는 그 과정에서 '예기치 않게' 능력을 얻었다. 그러니 이 능력과 라크안에 대해 멋대로 떠드는 건, 그 지난한 과정을 모독하는 바와 같았다. 적어도 카루나에게는 그렇게 다가왔다. 그러니 카루나는 자연히 방어적이고 예민하게 돌변하였다.

갑자기 카루나의 태도가 바뀌자, 시스가 헛웃음을 터뜨렸다.

"물으나 마나 한 질문이었습니까? 역시나 그 질투심 많은 공작 각하인가 보군요."

뒤이은 목소리는 혼잣말처럼 작았다.

"그 빌어먹을 돌연변이 늑대."

혀를 차며 하는 말이 카루나에게까지 닿았다.

'또 그 소리.'

카루나는 눈을 깜박였다.

"뭐, 좋습니다. 숲의 심장이 숲 바깥에 있다는 걸 알았을 때부터, 평범한 상황은 아니라고 생각했으니까."

"숲의 심장?"

"우리의 지난 약속을 잊은 땅에 머물고 있으니, 우리에 대해 모를 수밖에. 곁을 맴도는 돌연변이 늑대도, 그걸 우두머리랍시고 따르고 있는 다른 늑대들도 영애에게 아무것도 알려 주지 않은 것 같으니."

딱- 시스가 손가락을 튕겼다.

"내가 알려 주어야겠지요. 천 년을 이어져 내려온 우리의 약속을."

그의 손짓을 따라 물의 장막에서 물방울이 튕겨져 나왔다. 그것들은 저마다 제각각의 형상을 갖추고 카루나의 주변을 빙글빙글 돌았다.

"이 능력이 무엇인지 궁금하다고 하셨습니까? 이 제국의 황태자와 내 능력이 같은 것인지, 다른 것인지 궁금하다고 하셨습니까?"

시스가 픽, 웃으며 말을 이었다.

"그리고 정작 당신 자신이 가지고 있는 능력에 대해서는 하나도 안 궁금하다고도 하셨습니까?"

"……."

"그렇다면 더더욱 이 이야기를 들어야 할 겁니다."

시스의 말이 끝나기가 무섭게, 엄지만 한 물방울 네 개가 핑그르르 돌더니 사람 형상으로 변했다.

하나는 큰 활을 들고 있는 궁수였다. 두 개는 각각 칼을 든 전사와 창을 든 전사가 되었다. 남은 하나는 머리가 길고 큰 지팡이를 든 사제가 되었다. 물방울로 만든 사람의 형상은 퍽 정교해서, 그들 넷이 함께 웃고 떠드는 모습까지 정확히 만들어 냈다. 마치 인형 놀이를 보는 것 같았다.

그런데 아직 카루나의 주변을 떠도는 물방울이 하나 남아 있었다. 그건 사람 모양으로 변한 네 개의 물방울을 합친 것보다 컸다. 다른 물방울들을 잡아먹으려는 듯 호시탐탐 기회를 노리더니 이내 용의 모습으로 변했다.

긴 도마뱀 꼬리, 커다란 박쥐의 날개, 늑대의 것보다 더 날카로워 보이는 발톱, 강철 갑옷보다 단단해 보이는 비늘.

"광룡?"

카루나는 그 물방울에 손을 가져다 댔다.

물방울 용이 카루나의 손가락을 향해 입을 쫙 벌렸다. 쏴아아- 물줄기가 쏟아져 손을 흠뻑 적셨다. 물로 만들어져서 물을 뿜는 것일 테지만, 원래대로라면 불을 뿜었으리라. 이 대륙 모든 것을 불태워 버릴 수 있는 강력한 불. 열흘 동안 물을 부어도 꺼지지 않았다는 죽음의 불을.

카루나는 어울려 노는 네 사람 모양 물방울 중 칼을 들고 있는 쪽을 바라보았다. 그는 날래게 이리저리 뛰어다니며 커다란 칼을 휘두르고 있었다.

마치, 제국의 건국 신화에 나오는 초대 황제처럼.

한 젊은이가 있었다. 그는 정의롭고 용감하였으며, 선했다. 사람들은 그 젊은이를 따랐다. 젊은이의 사자 갈기 같은 금발 머리와 호수 같은 푸른 눈을 사랑했다. 바람의 여신 또한 그 젊은이를 아꼈다.

어느 날, 평화롭던 대륙에 광룡이 나타났다. 광룡은 대륙을 모조리 태워 버리려는 듯 불을 내뿜고, 그 커다란 발로 사람들의 마을을 짓밟고 부쉈다. 용의 불은 아무리 물을 부어도 꺼지지 않았다. 사람들의 슬픔이 하늘에 닿고, 사람들의 눈물이 용의 불길에 메말라 버렸을 때.

젊은이가 광룡과 싸우겠다고 나섰다. 바람의 여신은 젊은이를 위해 바람의 칼을 빚어 주었다. 젊은이는 바람의 칼을 들고 광룡에게 달려들었다. 싸움은 길고 길었다. 끝내 광룡을 북쪽의 땅까지 밀어내 쓰러뜨린 젊은이는 지친 몸을 이끌고 남쪽으로 내려와 제국을 세웠다.

그가 제국의 초대 황제였다. 하지만 그는 오래 살지 못했다. 광룡을 죽였을 때 몸에 입은 저주가 그의 생명을 갉아먹었던 것이다. 그리하여 그는 제 동생에게 제국을 물려주고 바람의 여신의 품에 안겼다.

제국에서 나고 자란 사람이라면 누구든 알고 있는 이야기였다. 너무 당연해서 새로울 것도 없는 이야기. 제국을 건국한 초대 황제에 대한 전설이지만, 누구도 이 전설이 사실이라고 믿지 않았다. 광룡이라는 존재부터가 너무도 허황된 것이었으니까.

'이 이야기가 뭐라고?'

카루나는 고개를 들어 시스를 빤히 바라봤다. 카루나가 무엇을 생각하고 있는지 안 것일까? 칼을 든 물방울 인간이 홀로 광룡에게 덤벼들었다. 몇 번 광룡의 물줄기를 잘도 피하는가 싶었으나 곧 광룡의 발에 짓밟혀 산산조각 났다.

"……!"

카루나는 눈살을 찌푸리며 뒤로 물러섰다. 비록 물방울이라 하나, 사람의 모양을 한 것이 그리 망가져 버리니 놀랄 만도 했다. 시스는 픽 웃으며 다시 손가락을 튕겼다. 방울방울 흩어졌던 물방울이 다시 모여 검을 든 전사가 되었다. 그는 어리버리하게 머리를 휘휘 내젓더니 제게 손짓하는 세 사람에게로 달려갔다.

"우리 올벤의 가장 위대한 전사는 아탈라입니다. 천 년 전, 광룡으로부터 대륙을 지켰던 네 명의 용사 중 한 명이지요."

시스의 말을 따라 긴 창을 든 물방울 인간이 펄쩍펄쩍 뛰었다.

"영애가 처음 제게 건넸던 우리말 '라 아탈만테'는 '아탈라의 인사'라는 뜻입니다. 아탈라를 기리며, 결투를 할 때 서로에게 하는 말이지요. 뭐, 어쨌든."

시스가 빙긋 웃으며 손을 휘저었다. 그의 손짓대로 물방울 인형들이 움직이기 시작했다. 그가 들려주는 이야기는 카루나가 알고 있던 것과 사뭇 달랐다.

대륙에는 세 일족이 어우러져 살고 있었다. 그들은 서로 교류하며 문화를 발전시키고 각자의 나라를 세웠다.

그러던 어느 때. 갑자기 대륙의 북쪽 끝 하늘에 구멍이 뚫렸다. 새까만 구멍에서 튀어나온 건 거대한 용이었다. 용은 온몸이 새까맸는데, 서 있는 것 자체로도 거대한 산과 같이 컸다.

가만히만 있어도 두려운 존재가 되었을 것이건만. 용은 미친 듯이 날뛰었다. 마치 대륙을 파괴하고 불태우기 위해 온 존재 같았다.

용이 날뛸 때마다 모든 게 파괴되었다. 용은 불을 토하기까지 했다. 용의 불은 밤낮 일주일 동안 물을 부어도 꺼지지 않았다. 대륙의 서쪽, 가장 기름진 곡창 지대가 새까맣게 타 버렸다. 대륙의 동쪽, 가장 아름다운 숲이 잿더미가 되어 버렸다. 살아남은 사람들은 남쪽으로, 남쪽으로 내려갔다.

그렇게 도망치는 삶을 살던 중 젊은이 넷이 분연히 떨치고 일어났다.

숲의 일족에서 카스라.

물의 일족에서 아탈라.

바람의 일족에서 소렌과 칼리오.

네 사람은 각자 일족의 전사들을 이끌고 북쪽으로 나아갔다. 광룡에 맞서 싸우는 것은 꺼지지 않는 불에 제 일족의 생명을 쏟아붓는 일이었다. 때론 광룡과 싸우는 게 아니라, 오히려 광룡의 먹이를 공급하는 게 아닐까 의심하게 되는 과정이었다.

그럼에도 넷은 포기하지 않았다. 하나였다면, 둘이었다면, 아니, 셋이었다면 분명 포기했으리라. 하지만 넷이었기에 그들은 포기하지 않았다.

그리하여 최후의 날.

네 용사는 북쪽 땅에 뒤덮인 시체를 딛고 섰다.

긴 지팡이를 든 용사, 카스라가 두 손을 높이 드니, 장미 넝쿨을 닮은 채찍이 사방에서 날아들어 광룡의 발을 칭칭 묶었다. 활을 든 소렌이 움직임을 멈춘 용의 눈을 화살로 꿰었다. 그 틈을 놓치지 않고 긴 창을 든 아탈라가 돌격하여 용의 배를 창으로 뚫었다. 그 창을 밟고 뛰어 오른 칼리오가 용의 목을 베었다.

용의 큰 몸이 털썩, 쓰러졌다. 용의 목은 흩어지지 않고 데굴데굴, 굴러 갔다. 잘린 목에서 검은 피가 흘렀다. 그렇게 네 용사는 광룡을 물리쳤다. 비로소 모든 것이 끝나고, 예전처럼 평화로운 세상을 되찾을 수 있다고 생각했건만.

그들 앞에 또 다른 재앙이 나타났다. 북쪽 땅을 뒤덮은 광룡의 피는 지독한 저주를 품고 있었다. 검붉게 얼룩진 땅에서 죽음의 그림자가 피어났다. 죽음의 그림자들은 시체를 집어삼키고, 살아남은 사람들에게 달려들었다.

네 용사는 이미 죽은 제 친구, 가족의 시체를 또 베어야 했다. 눈물을 흘리며 무기를 휘둘러도, 그들은 죽지 않았다. 그런 와중에도 광룡의 피는 끊임없이 흘렀다. 북쪽 땅만이 아니라 대륙 전체를 뒤덮을 듯했다.

절망한 네 용사를 보며, 광룡의 잘린 목이 킬킬대며 웃었다. 저 멀리로 굴러갔던 물방울이 카루나의 눈앞에 데굴데굴 굴러왔다.

"나는 죽지 않는다. 나의 불이 이곳을 태우지 못했으니, 나의 피가 이곳을 덮을 것이다. 너희는 모두 내 피에 잠겨 죽으리라."

시스는 친절하게도, 광룡의 성대모사를 했다. 마치 연극을 보는 듯했다.

칼리오가 떠드는 목을 내리쳤으나, 용의 머리는 부서지지 않았다. 카스라가 그를 말렸다.

"우린 이미 한 번 광룡을 물리치는 데 성공했다. 두 번 물리치지 못하란 법이 없지. 분명 이 재앙에서 벗어날 방법이 있을 거야. 다시 힘을 합치자."

카스라는 네 용사 중에서도 가장 지혜로운 자였다. 그는 제 일족에 전해지는 고서들을 탐독하며 방도를 찾고자 했다. 그러는 동안 남은 세 용사는 열심히 광룡의 머리를 내리쳤다.

그 모습을 흉내 내듯 물방울로 만든 모형이 그렇게 움직였다. 실제로도 그들은 살아남은 사람들을 구하고, 광룡의 피에서 일어난 그림자들과 맞서 싸웠으리라.

오래지 않아 카스라는 기어이 방법을 찾아냈다.

"광룡은 죽지 않는다고 했지. 그럼 죽이지 않고 가두면 된다. 일단은 가두고 나서, 죽일 수 있는 방법을 찾자. 가만있다가는 온 대륙에 광룡의 피가 흐를 거야."

모두들 좋은 방법이라고 생각했다. 하지만 어디에 광룡의 피를 가둔단 말인가. 겨우 분리시킨 광룡의 몸에 가둘 순 없었다. 되살아난 광룡은 이번에야말로 대륙을 불태우려고 날뛸 것이다.

다른 몸을 찾아야 했다. 광룡의 피를 감당해 낼 수 있는 강인한 몸. 광룡과 맞서 싸운 네 용사 외에 누가 있을까.

"내가 하겠어."

소렌이 나섰다.

"넌 광룡을 완전히 죽일 수 있는 방법을 찾아야 하잖아. 그러니까 안 돼."

그는 카스라를 가리키며 말했다.

"아틸라, 너는 숲의 일족과 맹약을 맺었지. 그들의 슬픔을 대신 등에 짊어지기로 했어. 그러니까 안 돼."

이어 창을 든 용사를 가리키며 말했다. 마지막으로.

"내 오랜 친구. 나의 왕. 너는 우리 일족을 지켜야 해. 그러니까 너 역시 안 돼."

소렌은 칼리오를 껴안았다.

"나는 언제나 너희들의 등 뒤에 숨어 편안하게 활을 쐈지. 언제나 너희가 다치는 걸 뒤에서 지켜만 봐야 했어. 이번에야말로 내가 나설 차례야. 내가 이곳에 남겠어."

소렌이 광룡의 머리 앞에 섰다. 광룡은 아가리를 벌려 그를 당장에 집어삼키려 했다. 남은 세 용사는 그에게 맹세했다.

"반드시 네게 돌아오겠어. 그때, 다시 함께 광룡을 죽이자."

"잠시 떨어져 있어도 우리는 함께야. 우리가 다시 넷이 되는 날, 우리는 광룡을 영원히 이 대륙에서 몰아낼 테지."

"절대 널 잊지 않을 거야."

아직 말의 힘이 살아 있던 시절. 그들의 말은 '언약'이 되었다.

다시 넷이 되는 날,
광룡을 영원히 잠재우리라.

언약을 남기고, 넷은 셋이 되었다. 하나는 홀로 북쪽에 남아 제 몸 안에 광룡의 피를 가두었다. 광룡을 가둔 것에 불과하니, 이미 광룡의 피로 더럽혀진 땅을 되살릴 수는 없었다. 북쪽 땅을 떠난 셋은 죽음의 그림자로부터 제 일족을 보호하기 위해 남은 힘을 모두 쏟았다.

카스라는 동쪽 땅, 잿더미로 변해 버린 숲 자리에 늘 가지고 다니던 지팡이를 꽂았다. 지팡이는 뿌리를 내리고 잎을 틔워 커다란 나무가 되었다. 그 나무에서 떨어져 내린 씨앗이 퍼지고 퍼져, 북쪽의 경계 절반을 가리는 거대한 숲이 되었다. 광룡에게 짓밟힌 대륙에 피워 낸 첫 번째 녹음. 그리하여 살아남은 사람들은 그 숲을 '최초의 숲'이라고 불렀다.

아탈라는 자신의 일족을 이끌고 서쪽으로 갔다. 서쪽의 땅은 과거, 푸르른 초원이 있었다. 하나 그 이름도 옛말이 되어 버린 지 오래. 이제는 풀 한 포기 남지 않은 땅이 되었다.

그나마 다행인 것은 땅 속 깊은 곳에 아직 물이 흐른다는 점이었다. 일족의 힘을 모아 백일이고 천일이고 비를 쏟아붓고, 물을 끌어 올린다면, 사막은 다시 초원이 되리라. 하지만 아탈라는 그리하지 않았다.

"우리는 다시 싸울 날을 기다려야 한다. 북쪽을 막고 남쪽을 지키며 때를 기다려야 한다."

아탈라는 일족이 가진 모든 능력을 쏟아부어 서쪽 땅 위와 아래에 존재하는 모든 물을 끌어모았다. 그 물로 북쪽 경계에 거대한 벽을 세웠다. 촉촉하던 공기는 바짝 말라붙었고, 커다란 오아시스는 줄어들었다. 서쪽 땅은 영원의 사막이 되었다.

그리고 하나를 잃은 하나. 바람의 일족, 큰 칼을 든 칼리오는 남쪽으로 내려갔다.

바람의 일족은 세 일족 중 가장 큰 피해를 입었다. 게다가 한 명을 북쪽에 두고 오지 않았던가. 동쪽과 서쪽에 자리 잡은 두 용사는 남쪽으로 내려간 바람의 일족을 지키는 방벽이 되겠노라 자처하였다. 숲과 사막이 북쪽을 지키고 서서 남쪽을 지키게 된 것이다.

북으로 내려간 바람의 일족이 다시 싸울 준비를 마치면. 다시 북으로 가넷이 되리라. 이번에야말로 광룡을 죽이리라. 셋은 그리 다짐하며 헤어졌다.

칼리오는 일족을 거느리고 큰 나라의 왕이 되었다. 남쪽의 왕은 오직,

전사를 기르고 다시 싸울 준비만 하였다. 시간이 흘러 평화에 익숙해진 일족은 그런 왕에게 불평하기 시작했다.

"이제 세상은 다시 편안해졌는데, 어째서 우리의 왕은 전쟁 준비만 일삼는가."

"내 남편과 내 딸 셋은 광룡과 싸우다 죽었다. 이제 내게 남은 건 손녀 둘뿐이건만. 우리의 왕은 내 손녀까지 광룡의 불에 바치려는가."

"이미 광룡의 목을 베었는데, 왜 또 싸워야 한단 말인가."

그들의 불평을 귀담아 듣는 사람이 있었다. 왕의 동생. 광룡과 싸울 때엔 몸이 아프다며 뒤로 물러서 있다가, 모든 게 끝난 뒤 뻔뻔하게 나타났던 비겁한 크럼프.

그는 일족을 지키기 위해서 어쩔 수 없는 선택이라며 왕에게 결투를 신청했다. 그리고 남몰래, 왕이 마시는 물에 독을 탔다. 독을 마신 왕이 비틀거리며 몸을 가누지 못하자, 크럼프는 등 뒤에서 왕을 찌르기까지 했다.

광룡의 피가 묻은 검이 왕의 몸을 관통했다. 검에 깃든 죽음의 그림자가 단번에 왕을 집어삼켰다. 독을 먹어도 죽지 않고 버티던 왕이건만, 광룡의 저주마저 이겨 내진 못했다.

비겁한 크럼프는 형을 대신하여 왕 자리를 차지했다. 그는 바람의 일족이 세운 나라를 제국이라 칭하고 그 자신은 황제가 되었다. 그리고 뻔뻔하게도 형이 광룡의 피 때문에 죽었다고 선포하였지만, 누구도 믿지 않았다.

동쪽과 서쪽의 용사는 분노하여 남쪽으로 쳐들어가고자 했다. 하지만 그럴 수 없었다. 언령은 절대적인 약속. 남쪽이 준비되어 북쪽으로 나아갈 때까지 남쪽을 지키겠다는 그들의 약속은 여전히 유효하였다.

숲의 일족을 이끌며 동쪽을 지키던 용사는 비탄에 잠겨 최초의 나무 아래에서 영원의 잠에 빠졌다. 그가 마지막으로 흘린 눈물이 나무 아래 작은 샘을 만들어냈다. 숲의 일족은 용사를 기리는 마음에서 남쪽과 교류를 끊고 숲속으로 깊이 들어갔다.

서쪽의 아탈라는 주변의 만류에도 불구하고 기어이 남쪽으로 쳐들어가다 남쪽과 서쪽의 경계에서 심장이 터져 죽고 말았다. 서쪽의 사막은 강인한 왕을 잃고, 56개의 오아시스를 따라 분열되었다. 각 오아시스를 차지한 아탈라의 부하들은 자신이야말로 진정한 후계자라 주장하며 서로를 공격하였다.

그렇게 다시 넷이 되자는 약속을 한 당사자 넷 중 셋이 약속을 지키지 못하고 죽었다. 그들이 돌아오길 기다리며 북쪽에 남았던 한 명은 어찌 되었을까.

어느새 카루나의 주변을 빙빙 돌던 불방울늘이 대부분 흩어졌다. 남은 건, 단 하나였다. 광룡의 목을 집어삼키고 홀로 남은 용사. 그마저 카루나의 눈앞에서 천천히 사라졌다.

그렇게 기나긴 이야기가 끝났다. 시스는 어떠냐는 표정으로 카루나를 바라보며 고개를 까닥였다. 뭔가 대단한 감상을 기대하는 모양인데.

"......"

카루나는 아무 말도 할 수 없었다. 열두 살 모습으로 돌아갔던 시절에도 관심을 가지지 않았을 이야기건만, 스무 살 카루나로 돌아왔다고 대단하게 감동을 받고 눈물을 흘릴까.

그런 건 꿈도 꾸지 말라고 비웃어 줘야 하는데. 기분이 이상했다. 속이 울렁이고 먹먹하달까. 꼭 술에 잔뜩 취한 다음 날 같았다.

"그 이야기에서 나오는 물의 일족이 올벤. 그리고 그 물의 능력인지 뭔지를 이어받은 게 당신들이라는 건가요."

시스가 유일한 건지, 아니면 올벤에 물의 능력자가 또 있는지는 알 수 없었다. 만약 시스가 유일한 능력자라면, 올벤은 그 대단한 능력자를 함부로 외부에 내돌리고 있는 것이다. 어느 나라의 정신머리 나간 왕이 그딴 짓을 한단 말인가.

"또 그 이야기에서 나오는 바람의 일족은 황태자 전하를 뜻할 테고.

숲의 일족의 능력을 받은 건 나라는 소리군요."

하, 카루나가 한숨을 닮은 웃음을 토해 냈다. 시스는 아무런 대답도 하지 않고 빙그레 웃기만 했다. 말을 많이 해서 목이 아파 그런 건 아닐 터였다.

목이나 축이라고 와인이라도 한 잔 줄 수도 있겠지마는. 그의 목을 축일 와인으로 남의 호위 기사를 기절시킨 건 저 쪽이었다. 카루나는 빈 병을 채우는 기적 따위는 일으킬 줄 몰랐다. 그런 능력은 카루나가 아니라 저쪽, 시스가 가지고 있었으니까.

"당신과 나, 그리고 황태자 전하. 이렇게 셋. 우리가 다시 만났다는 건가요? 이 남쪽에서? 당신은 그걸 위해 이곳에 왔나요?"

카루나가 물었다.

"글쎄요. 딱히 남쪽의 후계자가 각성하는 것까지는 바라지도 않았고 예상하지도 않았지만. 뭐, 덕분에 그런 셈이 되었군요."

"그래서 뭐 어쩌자는 거죠? 이제 와서 천 년도 전에 존재했었는지 어쨌는지도 모를 광룡을 죽이러 가자? 아니, 아니지. 거기 혼자 남은 사람이 있다고 했죠. 그 사람이 기다리고 있을 테니까 데리러 가자고?"

제발, 자신의 목소리가 더없이 싸가지 없게 들리길 바랐다. 무슨 개소리를 하느냐고 대놓고 말할 수는 없으니, 목소리로라도 자신의 기분이 전달되기를. 하지만 카루나의 마음과 달리, 시스는 기분 나쁘게 받아들이지 않았다.

"그러고 싶으십니까?"

그저 고요한 얼굴로 이렇게 물을 뿐이었다.

"아니요, 천만에요."

카루나는 딱 잘라 거절했다.

셋이여,

넷이 되는 날, 우리는 나아가리라.

우린 다시 넷이 될 수 있을까.

지난번에 들었던 노랫가락이 어디선가 다시 들려오는 듯했다.

"역시."

시스가 웃음을 터뜨렸다.

"저 역시 그렇답니다. 천 년도 전의 일이건만. 이제 와 우리가 무엇을 할 수 있겠습니까. 아, 물론. 설사 하고 싶어도 할 수 없고."

시스는 깔끔하게 물러섰다. 카루나는 의아했다.

'당장 황태자 전하를 챙겨 셋이서 북쪽으로 쳐들어가자고 말할 줄 알았는데.'

혹시 모를 일 아닌가. 그가 사실 평범한 사설단 일행이 아니라 올벤의 왕인데, 천 년을 이어져 내려온 조상의 염원을 이루기 위해 신분을 숨기고 제국에 내려왔다든가 한 거라면.

'그런 게 아니라면 왜 나한테 이런 이야기를 한 거지?'

그저 재미난 옛날이야기를 들려주고 싶은 마음은 아닐 터였다. 올벤은 카루나만 한 손녀를 두기에는 너무 젊었고, 카루나는 할아버지에게 옛날이야기 좀 해 달라고 조를 나이가 지났으니까. 분명 목적이 있을 텐데.

'무슨 생각인지 모르겠어.'

카루나는 시스의 얼굴을 뚫어져라 바라보았다. 그는 싱글싱글, 웃고 있었다. 생각이 드러나지 않았다. 루시온과는 다른 타입의 포커 페이스였다. 그의 태도 말고도 신경 쓰이는 건 하나 더 있었다.

"하고 싶어도 할 수 없다?"

할 수 있어도 할 생각은 없지만. 시스의 말이 이상하게 귀에 거슬렸다.

"당시의 언령은 꽤나 강력한 마법이었던지라, 반드시 지켜져야만 하지요."

남쪽을 지킨다는 약속을 저버린 아탈라는 남쪽을 치겠다고 마음먹고 경계 밖으로 한 발을 내디딘 순간, 심장이 터져 죽었다.

"그들은 맹세했습니다. 다시 넷이 되어 북쪽으로 나아가겠다고. 애초부터 지킬 수 없는 약속을 했던 겁니다."

"어째서? 셋이서 다시 만나 북쪽으로 올라가…… 아!"

카루나는 채 말을 잇지 못했다. 시스가 고개를 끄덕였다.

"한 명은 이미 북쪽에 있지요. 전설대로라면 그는 광룡의 피에 걸린 저주를 몸에 받아들여 막고 있으니."

"남쪽으로 내려올 수 없겠군요."

"그렇습니다. 애초부터, 넷이 모여 북쪽으로 나아갈 수 없는 거지요. 그러니, 설사 남쪽 왕이 죽지 않고 계속 살았다 하더라도 약속은 지켜지지 않았을 겁니다. 뭐, 그것도 아직까지 북쪽에 한 명이 남아 있을 때에야 의미가 생기지만요."

천 년의 세월이 흘렀다. 설사 그 전설이 정말로 있었던 일이라 하더라도, 너무도 긴 세월이다. 북쪽에 홀로 남은 하나는 아직도 살아서 셋을 기다리고 있을까?

'……무슨 생각을 하는 거야.'

카루나는 괜한 감상에 젖어 멍해진 자신을 탓하며 고개를 들었다. 시스가 손가락을 튕기며, 물의 장막을 거두어들였다. 물의 장막이 사라지자 우레 같은 소리가 쏟아졌다. 갑자기 쏟아지는 소음에 귀가 먹먹해졌다. 카루나는 두 손으로 귀를 틀어막고 밖을 내다봤다. 극이 끝났는지 무대에 막이 드리워져 있었다. 객석은 기립하여 박수 치는 중이었다.

"이런, 벌써 끝났군요. 못 봐서 참으로 아쉽습니다."

시스는 하나도 안 아쉬워하는 목소리로 말했다. 카루나는 그런 시스를 눈으로 흘기며 솔토를 챙겼다. 솔토는 여전히 정신을 잃은 상태였다.

주변을 둘러보니 카루나가 틔워 낸 장미 넝쿨만 가득했다. 은종은 장미꽃에 파묻힌 채 딩딩- 엷은 소리를 내고 있었다. 물은 거둬들이면 끝이지만, 카루나가 틔워 낸 생명은 계속해서 그 자리에 남아 있었다.

카루나는 소파의 팔걸이에 기대 몸을 웅크렸다. 바닥에 새끼손톱만 한 꽃봉오리가 올라와 있었다. 카루나는 그걸 조심스럽게 움켜쥐어 보았다.

손바닥이 간지러웠다. 다시 손을 펴니, 손등보다 큰 장미가 만발했다.

카루나는 그 장미의 꽃잎을 부드럽게 어르며 시스를 올려다보았다. 시스는 그런 카루나를 경탄스럽게 바라보고 있었다. 보랏빛 눈동자는 일견, 탐욕스러워 보이기까지 했다.

"내게 그 이야기를 해 준 이유가 무엇인가요. 나와 황태자 전하에게 힘을 합쳐 북쪽의 광룡을 물리치러 가자고 부탁하고 싶은 것도 아니라면서요."

"저는 그저 영애의 질문에 답했을 뿐입니다."

"내게 광룡에 대해 질문했던 건 당신이지요. 시스 경."

"제국의 황태자가 가지고 있는 능력이 무엇인지 궁금해하면서, 자신의 능력이 무엇인지는 애써 궁금해하지 않았던 건 당신이지요. 영애."

"나 대신 광룡에 대해 대답했다는 건가요?"

"영애가 궁금해하고, 또 궁금해하지 않던 것들에 대한 대답이기도 합니다."

시스가 난간에 걸터앉아 있던 몸을 일으켜 카루나에게 걸어왔다. 카루나의 앞에 서서는 한쪽 무릎을 꿇어앉았다. 카루나와 시스의 얼굴이 닿을 듯 말 듯 가까워졌다. 두 사람 사이의 유일한 장애물은 카루나가 틔운 장미꽃 한 송이뿐이었다. 시스는 가시 달린 푸릇한 줄기를 손으로 움켜잡았다.

"이 능력. 셋이 가진 능력 중 이것이야말로 가장 위대한 능력이지요. 비쩍 말라붙어 버린 사막에도 새싹을 틔우고 꽃을 피울 수 있겠지요?"

붉은 장미를 바라보는 보라색 눈동자가 일렁였다. 시스는 끝내 그 장미꽃을 꺾었다. 날카로운 가시가 손끝을 파고들었지만 아랑곳하지 않았다.

"……!"

꺾인 것은 장미인데, 찌릿한 통증을 느낀 건 카루나였다. 카루나가 인상을 찌푸렸다. 시스는 제가 꺾은 장미를 카루나의 어깨에 얹었다.

"제국 황태자가 바람을 품은 것은 전혀 이상한 일이 아닙니다. 위험한 일도 아니지요. 천 년 동안 조금씩 잊혔던, 그리고 이제는 영영 잊힌 것이 되었던 원래의 능력이 다시 나타났을 뿐입니다."

남쪽에 자리한 여러 나라는 원래 하나의 일족에서 시작되었다. 제국이 먼저 일어섰고, 천 년의 시간 동안 크고 작은 세력이 떨어져 주변에 공국이니 왕국이니를 건립했다. 숲과 사막이 지켜 주는 동안, 남쪽은 북쪽의 위험을 잊고 자기들끼리 치고 박고 싸우며 자신들만의 역사를 쌓아 나갔다.

그러는 동안 제국의 후계자는 칼리오의 후손으로서 당연히 이어 받아 온 능력을 잃었다. 어느 대에서 명맥이 끊긴 건지는 알 수 없었다. 아마도 제국민들이 건국 설화를 허황된 이야기라 생각하기 시작했을 때부터가 아닐까.

"황태자가 바람을 다루는 능력을 되찾을 수 있었던 이유가 뭘까요. 두 가지 정도를 고민해 볼 수 있을 것 같습니다. 하나, 잃었던 능력이 다시 필요해질 만큼 위험에 처했던 적이 있다."

시스가 검지를 들어 올렸다. 카루나는 제 품 안에서 리센이 바스러졌던 그 날을 떠올렸다.

"둘째, 또 다른 능력자…… 그러니까 셋 중 다른 하나와 만나게 되어서 능력이 발현되었다."

시스가 중지를 들어 올렸다. 카루나는 자신이 황태자의 궁을 넝쿨로 뒤덮었던 것 또한 아직 기억하고 있었다.

"보호받고 있는 남쪽에서 그 정도로 위험한 일이 무엇 있었을까 싶지만."

시스가 검지를 까딱였다.

"동쪽과 서쪽, 그리고 남쪽으로 나뉘어 천 년을 떨어져 있던 셋 중 둘이 어떻게 만날 수 있었을까 싶지만."

이어 중지를 까딱였다.

"이 두 가지 일이 모두 일어날 수도 있었겠지요."

"……."

"그렇게 노려보지 마십시오. 이 나라의 치부를 드러내고 싶은 마음은 없습니다. 다시 한 번 말씀드리지만, 제가 이 모든 걸 알려 드린 이유는 그저……."

시스가 다시 손을 뻗었다. 그의 손끝은 가시에 찔린 상처 때문에 피가 맺혀 있었다. 그 피는 꼭 장미 꽃잎에서 번진 이슬처럼 보였다.

"황태자 전하의 능력은 물론이거니와 영애의 능력까지, 모든 게 자연스러운 결과라고 말씀드리고 싶었을 뿐입니다."

그가 카루나의 어깨를 장식한 장미 꽃잎을 손끝으로 툭- 건드렸다. 장미 꽃잎이 순식간에 말라비틀어졌다. 카루나는 어깨에 묵직하게 얹혔던 생명의 무게가 사라지는 걸 고스란히 느꼈다. 온몸에 소름이 돋았다.

"영애를 감싸고도는 늑대 무리들은 영애에게 영 솔직하지 못한 것 같아서 말입니다."

시스가 씩, 웃어 보였다. 그의 보랏빛 눈동자는 처음부터 지금까지 줄곧, 카루나만을 담고 있었다.

* * *

이민족에게 제국의 높디높은 문화 수준을 보여 주어 기를 죽이겠다는 계획은 실패했다. 그들은 제국이 잊고 있었던 천 년 전의 전설을 꺼내 들어 제국의 영애를 놀라게 만들었다.

극이 끝난 뒤 미래의 바이켈드 공작 부인에게 인사하러 왔던 극장주와 주연 배우는 박스석을 가득 메운 장미 넝쿨을 보고 기절할 듯 놀랐다. 카루나는 그들에게 뭐라 변명할 기운이 없어 손만 내저으며 다음을 기약했다.

시스는 이번에야말로 카루나를 에스코트해 보겠다며 손을 내밀었으나, 그 시도는 이번에도 실패했다. 겨우 정신을 차린 솔토가 시스를 죽일 듯 노려보며 카루나의 옆자리를 꿰찬 것이다. 카루나는 시스의 호위를 받으며 마차에 올랐다.

"오늘, 정말로 즐거웠습니다."

시스는 카루나를 졸졸 따라와 끝까지 깍듯하게 배웅했다. 주객이 전도

된 상황이었다. 카루나는 즐거워 보이는 시스에게 뭐라고 한 마디 하고 싶었으나, 한 방 먹일 만한 말이 떠오르지 않아 침묵했다. 대신 손을 까딱여 마부에게 신호를 보냈다. 마차가 움직이기 시작하자 시스가 얼른 목소리를 높였다.

"다시 만나자고 말씀해 주지 않으실 겁니까?"

"공적인 자리에서 다시 뵙지요"

카루나는 질척이는 시스를 단칼에 쳐내고는 커튼을 내렸다. 밖에서 시스의 웃음소리가 들리는 것 같은 착각이 들었다.

바이켈드 공작저로 돌아가는 길이 짧았다. 그래도 이런저런 생각을 정리하기에는 충분한 거리였으나, 카루나는 아무 생각도 하지 못했다. 머리가 텅 빈 것은 아닌데, 그냥 정지된 느낌이었다. 밖에서 공작저에 도착했다는 소리가 들렸지만, 몸을 일으킬 기운이 없어 가만히 앉아만 있었다.

얼마나 시간이 지났을까.

마차의 문이 알아서 열렸다. 어둑한 마차 안으로 환한 빛이 쏟아졌다. 카루나는 눈을 찡그리지도 않고 인형처럼 앉아 있었다.

"무슨 일이지?"

익숙한 목소리가 그녀의 침묵을 깨트렸다. 카루나가 그제야 눈을 깜박이며 옆을 돌아보았다. 까만 머리에 붉은 눈. 하도 봐서 익숙해졌지만 그럼에도 여전히 잘생겼다는 감탄이 절로 나오는 얼굴이 보였다.

라크안.

'숲의 일족, 늑대. ……내 약혼자.'

카루나는 그에 대해 아는 걸 가만히 생각해 보았다. 라크안은 멍-한 상태인 카루나를 보고는 대번 인상을 찌푸렸다. 혼자서 올벤의 사절단, 그것도 남자를 만나고 오겠다기에 속을 끓이면서도 아무렇지 않은 척 보내 줬더니만. 이런 모습을 한 채로 돌아오다니?

얼굴도 제대로 기억나지 않는, 올벤의 사내를 향한 살심이 끓어올랐다.

살기를 눈치챈 솔토와 철십자 기사들이 물러서는 발소리가 들렸다. 라크안은 혹여나 카루나가 놀랄까 봐 애써 마음을 가라앉혔다.

"무슨 일이 있었어?"

그러고는 애써 다정한 목소리로 물었다.

"……라안 님."

"그래."

"물어볼 게 있어요."

"뭐든."

라인은 카루나가 원한다면 심장이라도 꺼내 줄 듯한 표정이었다. 여전히 멍한 상태인 카루나는 알아채지 못했다.

"숲의 전설을 알아요?"

"전설?"

"네 명이 나오고, 광룡이 나오고…… 그런 전설이요."

"알긴 하는데. 그걸 왜?"

라크안이 고개를 한쪽으로 기울였다. 카루나는 제 손바닥을 내려다보고는 다시 라크안을 보았다. 라크안의 어깨에 조그만 나뭇잎이 묻어 있는 게 보였다. 카루나는 손을 뻗어 그걸 움켜쥐었다 다시 폈다. 우수수— 녹음이 흘러내렸다.

"……"

라크안의 얼굴이 딱딱하게 굳었다.

"그 능력, 함부로 쓰지 말……."

"이 능력이, 일시적인 게 아니래요."

"뭐?"

"더없이 자연스럽고 당연한 거래요."

"누가 그런 소릴 한 거지?"

라크안이 이를 악다물고 물었다.

"말해."

그르렁대는 목소리는 충분히 위협적이었다. 하지만 카루나는 전혀 위협적이라는 생각이 들지 않았다. 저를 향한 게 아니라는 걸 잘 알고 있었으니까.

"저랑 같은 능력을 가지고 있는 사람이요."

"……."

라크안의 움직임이 일순간 멎었다. 붉은 눈이 흔들리는 게 보였다.

"이 능력이 세상을 구하는 능력이래요. 라안 님."

"……."

"내가 광룡으로부터 세상을 구할 수 있는 용사의 능력을 가진 거라구요. 어떻게 생각하세요?"

카루나는 그 질문에 대한 자신의 답을 마음속으로 중얼댔다.

'신기하게도 나는, 세상을 구하고 싶은 마음이 전혀 안 드는데.'

시스에게 그 말을 듣는 순간 든 생각은 딱 하나였다.

'이 능력이 사라지지 않는다고? 그럼 계속, 라안 옆에 있을 수 있겠네?'

악녀도 이런 악녀가 또 없었다. 모처럼 세상을 구하는 능력을 얻었는데. 그걸로 좋아하는 사람에게 도움이 되고 싶다는 생각만 하다니. 왜 세상은 이 정도의 능력을, 이런 악녀에게 준 걸까. 카루나는 이해할 수 없었다. 그런 카루나를 바라보는 라크안의 얼굴은 굳어질 대로 굳어져 있었다.

카루나는 광룡이 나오고 네 용사가 나오는 전설을 아느냐고 물었다. 어떻게 모를 수 있을까. 숲의 일족이라면 어릴 적부터 귀에 못이 박히도록 듣는 이야기인 것을. 혼혈인 라크안마저 어릴 적부터 아버지로부터 수없이 들은 이야기였다.

발작이 일어난 후, 아버지는 더 자주 네 용사의 전설을 이야기해 주었다. 아버지는 아들이 광룡을 무찌르는 이야기를 들으며 용기를 얻길 바랐을까. 아니면 네 용사의 가호가 아들에게 깃들기를 바랐을까.

"그럼 저는 커서 훌륭한 기사가 될래요. 그래서 카스라 님이 북쪽으로 가서 광룡을 죽일 때 앞장서서 싸우겠어요. 내가 그분을 지킬 거예요!"

라크안은 발작을 견디며 괴로워하면서도 이렇게 이야기했다. 언젠가 네 용사가 다시 만나 북쪽의 광룡을 물리칠 때, 자신도 나아가리라. 이런 발작 따위는 이겨 내고.

"그래, 너는 네 어머니와 나의 아들이란다. 발작 따위에 질 리가 없지. 금방 이겨 내고, 카스라 님의 옆에 서서 광룡과 싸우는 훌륭한 기사가 될 거야."

아버지는 어린 라크안을 껴안고 이렇게 속삭여 주었다. 언제 또 발작을 할지 알 수 없는 상황에서도, 그렇게 어린 라크안의 꿈을 지켜 주었다.

부모님이 차례로 돌아가시고, 수 년을 세국 변방을 떠돌며 발작에 시달리는 동안—그 때의 기억은 빛이 바랬다. 숲의 일족이 즐겨 부르는 노랫가락으로 그 내용을 접해도, 별 감흥이 없었다. 그런 옛날이야기가 하나 있었지, 싶을 뿐이었건만.

그 옛날이야기가 현실이 되었다.

'그래, 뭐 그럴 수도 있지. 알았어. 그래서 뭐? 달라질 건 아무것도 없잖아.'

이렇게 아무렇지 않게 넘어갈 수 있으면 좋으련만. 라크안은 나뭇잎을 움켜쥔 카루나의 손을 조심스럽게 감쌌다. 푸른 잎사귀를 한 움큼 털어 내니, 비로소 맨손이 드러났다.

하얗고 가느다란 손. 계속 이렇게 아무것도 없는 채로 있으면 좋을 텐데. 내가 채워주는 반지와 팔찌, 보석 따위만 두르고 산다면.

'왜 하필……'

라크안은 이를 악다물었다. 숲에서 처음, 카루나의 능력을 보았을 때. 바로 알아차렸다. 씨앗을 새싹으로 틔워 내는 힘. 녹음을 자유자재로 다루는 능력. 그것은 전설에 나오는 한 용사가 지팡이 하나로 숲을 일구었던 것과 같은 능력이었다.

'그래서 그게 뭐 어쨌다고.'

숲의 장로는 카루나가 숲에 있어야 한다고 했다. 죽은 리센을 대신하여 숲의 장로직을 물려줄 생각이었을지도 모른다. 남쪽에서 평생을 제국민으로 살아온 카루나가 숲의 장로가 된다?

가능할 리가 없다.

숲의 일족은 순혈을 중요시한다. 그런 그들이 순순히 받아들일 리도 없을뿐더러, 카루나도 그곳에서 적응할 수 없을 것이다.

……아니, 모두 다 비겁한 변명일지 모른다. 카루나에게 아무것도 말해주지 않고 제국으로 돌아온 건, 단지 그 이유들 때문만은 아니었다.

'내가 싫어. 카루나와 헤어지고 싶지 않아.'

카루나를 숲에 남겨두기 싫었다. 순혈이 반려로 맞지 않는 이상, 혼혈은 숲에 오래 머물 수 없다. 카루나가 숲의 장로라 해도, 라크안이 그녀의 반려가 아니라면 함께 있을 수 없다. 카루나가 자신의 반려라고 믿어 의심치 않지만. 만에 하나, 아니라면…….

카루나를 맹목적으로 따르는 세나와 다른 철십자 기사들을 볼 때면 가끔, 가슴이 섬뜩하게 저려 왔다. 애써 그 기분을 외면하고 있지만, 그렇다고 아예 모른 척할 수도 없었다.

이렇게 간절히 원하고 좋아하는데. 함께 있는 것만으로도 설레고, 혹여나 그녀를 잃을까 봐 이토록 두렵고 무서운데. 제발 이것이 반려를 품은 심장의 박동이길, 간절히 바랄 따름이었다.

'세상을 구할 능력을 가지고 있다고? 그게 뭐. 나는 그녀가 세상을 구하게 만들지 않을 건데.'

악당도 이런 악당이 또 없었다. 전설에나 나올 법한 강력한 능력을 얻은 약혼녀를 보고도, 그 힘이 벅차 두려워하는 그녀를 보고도. 다정히 위로할 생각을 하긴커녕 그 능력은 사실 그렇게 대단한 게 아니라고 속일 생각만 하다니.

왜 세상은 카루나에게 이런 능력을 주고, 카루나에게 저를 만나게 한 걸까. 카루나의 힘을 필요로 할 세상에게 미안하기는 하지만, 그 험한 세상에 카루나를 빼앗길 마음은 조금도 없었다.

"달라지는 건 아무것도 없어."

라크안은 목을 가다듬고, 최대한 담담히 말했다.

"달라지는 게 아무것도 없다구요?"

카루나가 되물었다. 세상 모든 녹음을 담은 듯한 녹색 눈이 말갛게 라크안을 바라보았다. 그럴 리 없지만, 꼭 비난하는 것처럼 보였다.

'이 능력을 가만히 가지고만 있으라고? 네 사랑을 위해서?'

고작 그 정도 비난 따위. 라크안은 기꺼이 답할 수 있었다.

"전설은 전설일 뿐이야. 천 년도 전에 있었다는 옛날이야기에 일희일비 하다니. 그대답지 않은 행동 아닌가?"

라크안은 일부러 한쪽 입꼬리를 비틀어 올리며, 비웃는 표정을 꾸몄다.

"그 빌어먹을 모래투성이 놈한테 무슨 말을 들었는지 모르겠지만. 카루 나, 그대가 가진 능력은 그리 대단한 게 아냐."

비록 아무 노력 없이 황태자궁을 넝쿨로 뒤덮을 수 있고, 눈에서 온 존재들의 어둠으로 얼룩진 숲을 단번에 정화할 수 있다 해도.

"절대 대단한 게 아냐."

라크안은 카루나의 능력을 부인했다.

"당신만 이런 능력을 가지고 있는 것도 아니고. 숲의 장로를 기억하지?"

라크안이 카루나의 손을 꽉 움켜쥐었다.

"……네."

카루나가 가만히 고개를 끄덕였다.

"그 또한 당신과 비슷한 능력을 가지고 있어. 정말 전설에 나오는 시조의 힘을 이어받은 자가 있어야 한다면 그쪽이겠지."

라크안의 말은 일견, 솔깃한 면이 없지 않았다. 감당할 수 없을 정도로 거대한 이야기에 짓눌려 있던 카루나의 마음이 꿈틀, 움직였다.

"그런 걸까요?"

카루나가 물었다. 제발 그런 거라고 말해 달라는 강요처럼 들리기도 했다. 라크안은 카루나의 마음을 외면하지 않았다. 라크안이 원하는 바가 바로 그것이었으니까.

"몇 번이든 말해 주겠어. 아무것도 아니야. 그러니까 그냥, 지금처럼 살면 돼. 내 옆에서."

눈의 땅에서 내려온 존재들은 계속 카루나를 노릴지도 모른다. 숲의 장로 역시 가만히 있지는 않겠지. 리센을 잃었으니 새로운 후계자를 찾으려 할 테고, 어떻게든 카루나를 숲으로 불러들이려 할지 모른다.

그런들 상관없다. 영원히 밤에 자지 못해도 좋다. 눈의 땅에서 온 그림자 따위, 물리치면 그만이다. 숲의 장로와도 맞서 싸우면 그만이다. 라크안은 이미 철십자 기사단이라는 혼혈 늑대 무리의 우두머리였다. 최초의 숲에서 일족 전체를 맞닥뜨리는 것만 아니라면, 적어도 이 남쪽 땅에서는 라크안이 늑대의 왕이었다.

"내 옆에서?"

"그래, 내 옆에서."

"언제까지요?"

"언제까지나."

"……."

"……."

라크안과 카루나는 서로를 바라보았다. 맞잡은 손을 타고 전해지는 상대방의 온기가 심장으로까지 타고 올라갔다.

* * *

카루나는 라크안의 에스코트를 받아 침실로 갔다. 대기하고 있던 하녀들이 요란스럽게 떠들어 대며 카루나를 욕실로 인도했고, 따뜻한 김이

폴폴 올라오는 욕조에 카루나를 덥석 집어넣었다. 카루나는 적당하게 따뜻한 물속에 잠겨 긴장을 풀고 흐물댔다. 그러고는 곧, 기운을 되찾았다. 원래의 카루나로 돌아온 것이다.

"나 라벤더 향 싫어한다고 했잖아!"

"기운이 없을 때는 이 향이 좋대요, 아가씨."

"그래도 싫은걸?"

"내일은 꼭 장미향으로 준비할 테니까 오늘 한 번만 봐주세요."

"뭐, 날 걱정해서 그런 거라니까 한 번은 봐줄게."

"아이고, 사비오우셔라. 우리 아가씨 최고!"

"목소리에 영혼이 안 들어가 있는데?"

"어머? 들켰나요?"

카루나와 하녀들은 김 서린 욕실에서 시답잖은 농담을 주고받으며 꺄르륵- 웃음을 터뜨렸다. 그렇게 정성스러운 수발을 받고, 카루나는 일찌감치 침대에 누웠다. 미리 덮어 놓은 이불은 따끈따끈했다. 하루 종일 고단했던 몸을 뉘이고 어서 자라고 살살 유혹하는 듯했다.

카루나는 하녀들에게 보란 듯이 크게 하품하고는 눈을 사르륵- 감았다. 색색, 고른 숨소리가 들리자 하녀들은 도구를 챙겨 들고 살금살금 밖으로 나갔다.

탁- 문 닫히는 소리가 들리자. 카루나는 눈을 번쩍 떴다. 조금도 졸려 보이지 않은 눈이었다. 카루나는 오늘 시스의 나누었던 이야기를 되새김질했다. 숲에서 만난 장로의 말도 떠올렸다.

'내 주변에서 뭔가가 달라지고 있어.'

그 뭔가가 뭔지 모르겠다는 답답함. 하지만 한편으로는…… 몰라서 다행이라는 안도감이 드니.

어둠 속에서, 카루나는 밤새 뒤척거리며 잠을 이루지 못했다.

* * *

다음 날 아침, 카루나는 누구보다 먼저 일어났다. 하녀가 카루나를 깨우러 들어왔을 때, 카루나는 이미 몸단장을 마친 뒤였다.

"아가씨?"

"이제 왔어? 좋은 아침."

카루나는 생긋 웃으며 길게 늘어뜨린 머리카락을 가리켰다.

"어서 다듬어 줘. 아침 일찍 백합궁에 가 봐야 하니까."

잠을 못 자 눈 밑이 거뭇해진 걸 화장으로 가렸으니, 카루나의 얼굴엔 그늘 한 점 없어 보였다.

카루나는 머리 손질을 마치고 라크안에게로 찾아갔다. 라크안은 막 옷을 입고 크라바트만 손에 들고 있는 상태였다. 카루나는 당연하게 크라바트를 넘겨받아 라크안의 목에 둘러 주었다. 라크안은 슬쩍 눈치를 보다가 어렵게 말문을 열었다.

"괜찮은……."

"어젠, 미안했어요."

카루나가 얼른 그 말을 가로챘다.

"……미안?"

"그냥, 너무 이상한 말을 들으니까 좀 멍했던 거 같아요. 내가 무슨 말을 듣고 온 건가, 싶기도 하고. 그래서요. 아, 다 됐다."

끝매듭을 잡고, 크라바트의 주름을 예쁘게 잡은 뒤 한 걸음 뒤로 물러섰다. 그러고는 두 손을 등 뒤로 돌리고, 생글생글 웃으며 라크안을 올려다보았다.

"라안 님 말이 맞아요. 내 능력은 샘에 빠졌다 나와서 생긴, 일시적인 능력인 거고. 광룡인지 네 용사인지 뭔지 하는 이상한 이야기는, 제국민인 내가 저언혀- 신경 쓸 일이 아닌 거죠. 천 년도 전에 무슨 일이 일어났는지 내가 알 게 뭐예요. 안 그래요?"

"어? 어어……."

라크안이 어색하게 고개를 끄덕였다. 카루나는 크라바트의 매듭이 만족스러운 건지, 그런 라크안의 태도가 만족스러운 건지, 아무튼 심히 만족해하며 빙글- 돌아섰다.

"요즘, 일이 많았잖아요. 마카레나 백작도 그렇고 루시온…… 아니, 그 대단한 소후작님도 그렇고, 신귀족파도 그렇고. 고민할 일이 많아서, 잠깐 회피하고 싶었나 봐요. 그래서 말도 안 되는 이야기에 혹했던 거죠, 뭐."

카루나는 제 손으로 닫혀 있던 창문을 활짝 열었다. 밝은 햇살이 한가득 쏟아져 들어왔다. 그 빛 속에 서서, 카루나는 그저 웃었다.

"그렇게 생각할래요. 알게 뭐야, 천 년도 전에 있었던 일 따위."

그랬던 아침의 다짐이 무색하게도.

"영애, 어젯밤 제가 했던 이야기가 어떠셨습니까?"

밤에 물러났던 시스는 기가 죽지도 않고 또 살아서 이른 아침부터 카루나를 볶아 댔다. 백합궁 바로 앞에서 또 길을 잃어버렸다며 하하- 웃고는 대뜸 이렇게 묻는 것이었다.

"네 용사 중 한 명의 능력을 가진 기분이 어떻습니까? 그 능력을 유용하게 써야 된다는 생각이 마구 드셨습니까?"

"……."

'아, 이걸 어떻게 치우지?'

오랜만에, 사람 하나를 매장시키고픈 의욕이 마구 샘솟았다. 카루나가 싸늘한 눈빛으로 바라보자 시스는 어깨를 으쓱이며 뒷걸음질 쳤다.

"음, 제가 전혀 반갑지 않으신가보군요. 특히나 등 뒤의 호위 기사분은 더더욱."

시스의 말대로 솔토는 이를 갈며 검을 빼들려 하고 있었다. 오페라 극장에서 제대로 반격 한 번 못 해 보고 공격당해 정신을 잃은 충격이 꽤 큰 듯했다.

"흠."

카루나는 팔짱을 낀 채로 방관자 자세를 취하고는 솔토를 말릴까 말까 고민했다.

'솔토 경이 저 뺀질뺀질한 인간을 흠씬 두들겨 패는 걸 구경하는 것도 재미있을 거 같긴 한데. 아무래도 외교 문제로 비화될 테니, 그러면 안 되겠지?'

변명 거리는 있다. 시스가 황궁 여기저기서 불쑥불쑥 나타나 카루나에게 찝쩍거리는 걸 본 사람들이 많다. 보다 못한 호위 기사가 시스를 팼다고 하면 어느 정도 정상 참작되지 않을까.

'루시온만 아니었다면 한번 해 볼 만할 텐데.'

내부에 적이 있으니, 외부의 적을 만드는 것마저 조심스럽다. 카루나는 아쉬워하며 솔토에게 손짓했다. 솔토는 억울한 눈으로 시스를 노려보다가 뒤로 물러섰다.

후우- 시스는 과장되게 한숨을 뱉었다.

"제게 목숨을 한 번 빚지신 줄 아세요."

"저는 어제, 영애에게 진실의 눈을 띄워 드렸습니다만."

"……."

무슨 이야기를 하든 다시 어제의 일로 돌아갔다. 시스는 단단히 작정한 것 같았다. 카루나의 등 뒤에, 어제 일만 생각하면 울컥하는 늑대 한 마리가 있건만. 정말 목숨이 아깝지 않은 듯했다. 아니면 솔토 정도는 별로 위협적으로 느껴지지 않다거나.

스릉- 등 뒤에서 솔토가 다시 검을 빼 드는 소리가 들렸다. 카루나는 솔토를 진정시키고는 시스를 째려보았다.

"못 말리는 분이시군요."

"제 나라에서도 자주 듣는 말입니다."

천연덕스럽게 대꾸한 시스는 먼 하늘을 올려다보았다. 떠나 온 조국을 생각하는 걸까. 언제나 장난스럽던 웃음이 가셨다.

때마침 바람이 불어 그의 개털 같은 머리카락을 흔들었다. 그러자 덥수룩한 머리카락에 가려져 있던 짙은 보랏빛 눈과 진지한 얼굴이 드러났다. 턱선은 깎아지른 듯 날카로웠다. 얼굴선은 굵고, 코는 높았다. 쓸데없는 소리를 하지 않고, 능글맞게 웃지 않는 시스의 모습은 꽤 볼만했다.

상당한 미남이었다. 라크안과 루시온 때문에 한껏 눈이 높아진 카루나가 내심 놀랄 만큼. 그는 곧 카루나의 눈빛을 눈치채고는, 바람에 날리는 앞머리를 손바닥으로 꾹 눌렀다. 덥수룩한 머리카락이 다시 얼굴의 절반을 가렸다. 입가에 웃음이 어리니, 조금 전의 야성미 넘치던 모습은 자취를 감췄다. 카루나는 아쉬움을 느꼈다.

"올벤에 대해 얼마나 아십니까?"

시스가 물었다.

"음, 라 아탈……."

"라 아탈만테, 입니다. 영애."

시스가 어깨 위로 손을 올렸다가, 아무것도 없는 허공을 한 번 헤집고는 어깨를 붙잡았다.

"그래요, 그거. 그 인사가 평범한 인사인 줄 알았다는 정도로?"

"음, 전혀 모르시는군요."

"그래도 이 제국에서는 한 손가락에 꼽을 만한 권위자랍니다."

카루나는 제게 올벤어를 가르쳐 준 노교수의 말을 떠올리며 말했다.

"그렇습니까? 이렇게나 잊고 살 수 있다니, 부럽기까지 하군요."

시스가 웃으며 답했다. 그 웃음이 어쩐지 쓸쓸해 보였다.

"어디로 가십니까? 제가 동행 겸 에스코트를 해 드릴까요? 가면서 올벤에 대해 알려 드리고 싶습니다만."

"제가 경을 올벤 사절단이 머무는 숙소로 인도하는 게 더 빠를 것 같군요. 에스코트는 꿈에도 꾸지 말고 잘 따라오기나 하세요."

카루나는 휙 돌아서 오던 길을 되돌아갔다. 시스는 휘적휘적 걸어 얼른 카루나의 옆에 섰다.

"올벤은 아름다운 나라입니다."

"작열하는 태양, 뜨거운 모래…… 그런 것들이 말인가요?"

태어나서 한 번도 본 적 없는 사막을 머릿속에 그리는 건 쉽지 않았다. 카루나는 더듬더듬, 책에서 읽었던 문구들을 나열했다.

"그도 그렇지만 사막의 아름다움은 전혀 다른 곳에 있습니다. 가끔, 열흘 가까이 비가 내릴 때가 있습니다. 그걸 우린 우기라고 부르지요."

"우기?"

카루나는 고개를 갸웃했다. 사막은 비가 내리지 않아 땅이 마르고 부서진 곳이라고 알고 있었건만. 시스가 말하는 사막은 카루나가 알고 있는 사막과 전혀 달랐다.

"우기 동안, 모래 위로 빗물이 철철 흐르면 어디에 숨어 있었던 건지 온갖 꽃과 풀이 자라납니다. 황금의 지평선이 순식간에 녹음으로 덮여 버리지요."

그 모습이 눈에 선한지 시스가 눈을 감고 은은히 미소 지었다.

"그 광경을 볼 때마다 우리는 기억하게 됩니다. 천 년 전, 우리가 남쪽을 지키기 위해 포기해야 했던 게 무엇인지를."

시스가 눈을 뜨고 카루나를 바라보았다. 천 년도 전에 잃어버린 무언가를 바라보듯이.

"한 번 올벤에 오지 않으시겠습니까? 꼭 보여 드리고 싶군요. 녹음으로 가득 찬 그 황금의 지평선을."

시스가 기어이 손을 내밀었다. 그렇게 거절당하고 거절당하고 또 거절당해도, 포기하지 않고 에스코트를 청한 것이었다.

"⋯⋯."

카루나는 그의 손을 가만히 내려다보았다. 그의 손은 거칠고 상처가 가득했다. 확실히 책 속에 둘러싸여 연구에만 매진하는 마법사는 아닌 듯했다. 카루나는 이와 비슷한 손을 가진 사람을 알고 있었다. 카루나는 그 손을 가진 사람이 자신과 어떤 관계인지, 또 얼마나 질투심이 많은지 다시 한 번 말해야 했다.

"제안은 고맙지만⋯⋯."

"거절하지."

갑자기 등 뒤에서 다른 사람의 목소리가 들렸다. 그는 카루나의 말을 단번에 잘라먹고 무턱대고 거절 의사를 밝혔다.

"⋯⋯!"

카루나는 깜짝 놀라 눈을 동그랗게 떴다. 잘못 들은 게 아니라면 분명 이 목소리의 주인공은, 카루나가 알고 있는 그 손의 주인이었다.

"오셨습니까."

솔토가 재깍 옆으로 비켜났다. 그는 당연하게 카루나의 옆에 서서 카루나의 어깨를 감싸 안았다. 그렇게 카루나를 제 쪽으로 끌어당겨, 시스와 떨어뜨려 놓고는 말을 이었다.

"내 약혼녀는 제국을 떠날 일이 없을 거네."

카루나는 눈을 깜박이며 그를 올려다보았다. 역광이 비쳐 얼굴은 잘 안 보였지만, 분명 라크안이 맞았다.

"어떻게, 오신 거예요?"

"내 약혼녀가 여기 있다는 소리를 듣고."

"그래도⋯⋯."

"또 요즘 내 약혼녀 주변에 주제 모르는 날파리가 꼬인다는 소리도 들리고 해서."

라크안이 픽 웃으며 시스를 보았다. 허공에서 보랏빛 눈과 붉은 눈이 마주쳤다. 한쪽은 웃는 듯 꾸미고 있었고 다른 한쪽은 대놓고 경계심을 드러내고 있었다.

'경계심 많은 늑대의 등장인가.'

시스는 슬며시 눈을 내리깔았다.

'돌연변이 늑대 주제에.'

때문에 그의 눈가에 스친 경멸을 누구도 알아채지 못했다.

"뭐, 영애께서 혼자 나들이하기 힘드시다면 공작 각하와 함께……."

"그 또한 거절하지."

라크안이 카루나를 좀 더 제 쪽으로 끌어당겨 안으며 말했다.

"내가 질투심이 좀 많아서 말이야."

"아고."

카루나는 두 손을 들어 얼굴을 가려 버렸다. 그동안 자신이 알차게 써먹었던 건 전혀 생각하지 않고, 애꿎은 라크안의 발만 꾹 밟았다. 라크안은 그 참에 아예 카루나를 번쩍 들어 제 발 위에 올려놓았다.

"……!"

하마터면 '까악!' 비명을 지를 뻔했다. 바로 옆에 외국 사절단이 있다는 걸 잊지 않고 겨우겨우 참아 냈다. 카루나의 발이 허공에 동동 떴다. 오늘 입은 드레스가 특히 치맛자락이 길어 다행이었다. 발이 드러나지 않으니 허공에 떠도 티가 나지 않았다.

"뭐 하는 짓이에요!"

카루나는 부디, 옆에 선 시스에게 들리지 않기를 바라며 라크안의 귓가에 쏘아붙였다. 라크안은 얌전히 듣고는 카루나의 귀에 입술을 대고 똑같이 속삭였다.

"내가 질투가 많아서?"

"네?"

"그대가 밟고 다니는 바닥에도 질투가 나서."

"……미쳤어."

카루나는 드디어 옆에 시스가 있다는 것도 잊고 입을 쩍 벌렸다. 당황한 카루나의 얼굴을 보는 건 오랜만이었다. 라크안은 꽤 반가운지 기분 좋게 웃어 보였다. 시스에게 보이려고 일부러 그러는 것이었다. 늑대의 영역 표시처럼. 시스가 기묘한 표정으로 둘을 바라보다 뭔가 말하려고 입을 달싹일 때였다.

"이쯤 안내했으면 된 것 같은데. 설마 여기서 또 길을 잃진 않겠지?"

라크안이 앞에 보이는 문을 턱짓으로 가리키며 물었다.

"이런, 벌써 도착했군요."

시스는 아쉬움을 드러내며 혀를 찼다. 라크안은 그런 시스를 서늘한 눈으로 바라보았다.

'이자가 카루나에게 네 용사의 전설을 말해 줬다, 이건가.'

붉은 눈이 사냥감을 노려보듯 시스를 위아래로 훑어보았다. 황궁에서 자꾸 카루나와 마주친다고 보고 받았을 때부터 눈에 거슬렸다. 바로 손쓰지 않은 건 전적으로 카루나를 믿어서였다. 그녀가 마음먹는다면, 사절 한 명이 아니라 사절단 전체를 제멋대로 휘두를 수 있을 테니.

클레이엔의 대역을 하던 때 보인 성질머리를 접어 두고, 자신에게 도움이 되겠다며 활약하는 걸 보는 게 뿌듯하기도 했고, 리센도 루시온도 아닌 이런 날파리 따위야, 카루나가 알아서 정리하겠거니 싶어 애써 모른 척하고 있었건만. 날파리가 선을 넘어 버렸다. 그러니 나서서 짓눌러 버릴 수밖에.

"내 약혼녀는 자네가 길잡이로 삼아도 좋은 사람이 아니네. 그간은 성격이…… 착해 차마 거절하지 못하고 들어준 듯하나, 다음부터는 이런 일이 없었으면 좋겠군. 내일부터는 황궁 지리에 밝은 시종 둘이 자네를 돌봐줄 거다."

"감사합니다. 그리고 그간 저의 무례를 부디 용서해 주시기 바랍니다."

'날 감시하겠다는 건가?'

시스는 고개를 숙이며 마음에도 없는 말을 했고.

'뭐야? 왜 말하는 중간에 목소리가 떨린 거지? 내 성격이 뭐 어때서?'

카루나는 라크안이 '착한'이라고 말하기 전에 잠깐 머뭇거린 걸 그냥 들어 넘기지 않았다. 그렇게 라크안의 말은 두 사람 모두에게 불만족스러웠으나, 두 사람 모두 따를 수밖에 없었다.

시스가 깊이 허리를 숙여 인사하고는 홀로 걸어갔다. 라크안은 산뜻한 걸음으로 돌아섰다. 시스와 갈라서자마자 카루나는 저를 들고 있는 라크안의 굵은 팔뚝을 찰싹찰싹 내리쳤다.

"안 내려놔요?"

"말했잖아. 내가 질투심이 많아 그렇다고."

"으, 이런 상황에서까지 그렇게 말하지 마요!"

"왜? 그대는 아무 때나 말해도 되고 난 안 되는 건가?"

"당연하죠! 그리고 아까, 왜 착하다고 말하기 전에 머뭇거렸어요?"

"……그걸 어떻게 알았지?"

"어떻게 알긴! 어떻게 모를 수가 있어. 왜요? 질투심이 많은 주제에 내가 착하다는 말은 죽어도 못하겠어요? 사람이 어떻게 이렇게 일관성이 없어!"

"일단 질투심이 많은 것과 착하지 않은 사람을 착하다고 말하는 게 무슨 연관성이 있는지 모르겠고, 또 나는 결국 그대가 착하다고 말을 했는데."

"연관성 있거든요? 그리고 그게 그냥 말한 거예요? 마지못해서 말한 거지. 시스 경도 하나도 안 믿을걸?"

"내 앞에서 그놈 이름 입에 담지 마."

내내 눈썹 한 번 찡그리지 않고 태연하게 말하던 라크안이 대번 얼굴을 구겼다.

"흥. 착하지도 않은 내가 왜 라안 님 말을 듣겠어요?"

카루나는 고개를 옆으로 홱― 돌리고는 주문을 외듯 '시스 경'을 중얼거렸다. 라크안의 기세가 험악해진 건 당연한 일이었다.

"아, 아무것도 안 들린다. 아무것도 못 봤다. 나는 그냥 여기 존재하지 않는다."

멀찍이 떨어져서 따라오는 중인 솔토는 한숨을 쉬며, 카루나가 외는 것과는 전혀 다른 주문을 외고 있었다.

* * *

카루나와 라크안, 시스가 함께 있는 모습을 지켜보는 건 솔토만이 아니었다. 복도의 건너편에 한 사내가 서 있었다. 단정히 묶은 은발과 감정이 느껴지지 않는 남색 눈을 가진 미남자, 루시온이었다.

루시온은 라크안의 품속에 얌전히 안겨 있는 카루나에게서 눈을 떼지 못했다. 한 방울의 물이 잔잔한 호수를 깨우듯, 무표정하던 얼굴에 감정이 일었다.

"재미있군요. 누가 누굴 보고 날파리라는 건지."

루시온이 쯧, 혀를 찼다.

"10년간 고이 기른 건 이쪽인데."

잠깐 한눈을 판 새에 채 가서는 제 것이라 우기는 꼴이 우습지 않은가.

건너편 복도에서 카루나가 사라지자 루시온도 돌아섰다. 복도 끝의 문을 열고 들어가니 자욱한 담배 연기와 두런거리는 소리가 들렸다. 얇은 아이보리색 휘장 너머로 여러 사람들의 실루엣이 보였다. 문 앞에 서서 대기하고 있던 중년의 사내가 루시온을 반겼다.

"어딜 다녀오셨던 겁니까."

"잠깐 바람을 쐬고 왔습니다. 안쪽 상황은 여전합니까?"

"여전히 그 이야기뿐입니다. 소후작이 하루 빨리 약혼을 해야 바이켈드 공작과 균형이 맞는다고 말입니다."

사내가 낮게 웃음을 터뜨렸다.

"이번 올벤 사절단을 맞는 일만 해도 말입니다. 소후작께서 약혼녀나 아내가 있었다면 당연히 우리 쪽에서 담당하게 되었을 거라 떠들고 있지 뭡니까."

"글쎄요."

"역시 탐탁지 않으십니까."

"모두 다 결혼 적령기 여식이 있는 분들이지 않습니까. 어떻게든 제 딸을 내 옆에 붙여 놓고 싶겠지요."

그렇게만 된다면 딸을 통해 루시온을 손아귀에 넣고, 자신이 제2의 마카레나 백작이 될 수 있다고 생각하고 있었다. 그 속이 뻔히 드러나는 걸, 아닌 척하며 저리 진지하게 논의하고 있었다. 제국의 미래, 신귀족파의 융성, 나아가 저와 제 가문의 안위 따위를.

루시온은 그들이 적당히 착각하고 또 계속해서 저렇게 빈말을 쏟아 내게 둘 참이었다. 원래 하이에나 떼를 무릎 꿇리는 게 제일 귀찮은 법이다. 제풀에 못 이겨 실컷 날뛰게 해야 한다. 그러다 지쳐 고꾸라지면 목을 움켜잡고 고개를 바닥에 처박으면 된다. 루시온은 조용히 때를 기다리고 있었다.

물론, 신귀족파 모두가 저렇게 루시온을 무시하고 얕잡아 보는 것은 아니다. 일찌감치 루시온이라는 그릇의 깊이를 알아보고 밑으로 기어 들어온 귀족들도 있었다. 지금 옆에서 열심히 루시온에게 말을 거는 알바리 백작이 그 중 하나였다.

"그럼 계속 바이켈드 공작의 약혼녀와의 스캔들을 놔둘 생각이십니까?"

루시온이 가볍게 고개를 끄덕이자 역시나, 하는 표정을 지었다.

"저 역시 그게 나쁘지 않다고 생각합니다. 소후작께서 황태자와 바이켈드 공작과 같은 수준에서 언급되니 말입니다."

황태자, 바이켈드 공작, 거기에 신귀족파의 새로운 수장 루시온까지.

카루나는 제국의 내로라하는 남자들과 모두 얽혀 있었다. 덕분에 사교계에서는 온통 카루나에 대한 이야기뿐이고, 제국 전역으로 세 남자의 마음을 후린 절세미인이라는 소문이 퍼지고 있는 중이었다.

"황후 폐하와 아직 어리신 황녀 전하를 제외하면, 그야말로 제국 최고의 여인이지요."

알바리 백작은 카루나를 높게 평가했다. 정말 그녀가 제국 최고의 여인으로 손꼽힐 미모와 능력이 있는지는 알 바 아니었다. 그 정도 인지도를 쌓았다는 게 중요할 뿐.

남이 제가 만든 최고의 작품을 칭찬한다. 그 칭송을 듣는 건, 꽤 기분 좋은 일이었다. 루시온은 입가에 엷은 미소를 띠었다.

"그 대단한 여인을 바이켈드 공작에게 고이 넘길 수는 없지요. 반드시 내 쪽으로 끌어와야 할 겁니다."

주객이 전도된 말이었으나, 카루나와 자신의 관계를 알지 못하는 사람에게 굳이 진실을 말할 필요는 없으니. 루시온은 입술에 침도 안 바르고 거짓을 말했다.

애초부터 신귀족파를 만든 것도, 그 새로운 세력의 수장 자리에 오른 것도, 카루나를 다시 손에 넣기 위해서였다.

클레이엔의 대역이 아닌 카루나 본연의 모습을 드러내고 마카레나 백작과 맞서는 그녀의 곁을 지켰다. 자신을 믿고 조금도 의심하지 않는 카루나를 볼 때마다 마음 한 구석이 뻐근하게 저려 왔다. 그건 아마도 기쁨과 희열, 그런 감정이었을 터였다.

'계속 그렇게 사는 것도 나쁘지 않겠다고 생각하기도 했지.'

이전처럼 카루나의 곁을 지키며, 카루나의 시중을 들며 살 수 있길 바랐다.

하지만 그가 맛본 행복은 시한부였다. 카루나의 곁에는 커다란 날파리가 있었다. 카루나는 그 날파리에게서 눈을 떼지 못했다. 가만히 있었다면, 카루나가 제 손을 벗어나 라크안의 품에 안기는 걸 지켜만 봐야 했을 것이다.

그래서 카루나가 실망할 걸 알면서도 조금씩, 그녀를 배신할 준비를 했다. 마카레나 백작의 세력을 빼돌리고, 귀족파였던 귀족들을 설득하고 회유했다.

어느 순간, 마카레나 백작은 알아챈 듯했다. 자신에게 충성하던 사람들이 하나둘 등을 돌리니, 눈치를 안 챌 수 없었겠지.

지금도 루시온은 마카레나 백작을 이해할 수 없었다.

마카레나 백작은 그에게 언질 없이 클레이엔의 대역이었던 카루나를 처리했다. 루시온은 카루나를 빼돌릴 기회를 놓쳤다. 지금 와서 생각해도 그게 뼈저리게 아쉬웠다.

'내가 그때 아가씨를 죽이는 척하며 빼돌리기만 했다면, 아가씨에게 바이켈드 공작이라는 날파리가 들러붙을 일도 없었을 텐데.'

카루나는 바이켈드 공작과 엮일 일 없이, 루시온만 아는 안전한 곳으로 옮겨졌을 것이다. 푹신하고, 따사로운 햇살이 비치는 새장에 넣고 평생 아끼고 사랑해 줬을 것이다.

새장은 이미 오래전에 완성되었건만. 손에 쥐고 있다 놓친 새는 도통 돌아올 생각을 하지 않는다. 아무리 기다려도 돌아올 생각을 안 하니, 억지로라도 데려올 수밖에. 단, 깃털 하나 다치지 않게 조심, 또 조심.

쉽지는 않겠지만, 루시온은 그럴 수 있는 권력과 세력을 손에 넣었다.

"쉽지는 않겠지만 카루나 아가씨의 눈을 피해 올벤 사절단과 연락해 보세요. 왜 제국에 왔는지, 무얼 원하는지 알아보고 그것이 무엇이든 우리가 줄 수 있다고 회유해 보세요."

"올벤 사절단과 말입니까?"

"잘하면 바이켈드 공작에게 타격을 줄 수도 있을 것 같아서 말입니다."

"예, 알겠습니다. 바로 진행해 보겠습니다."

"다시 한번 말하지만, 쉽지는 않을 겁니다. 사절단 접대 총책임자에게 들키지 않으려면 말입니다."

이게 그와 라크안의 차이였다. 날파리를 무조건 쳐내느냐, 그 날파리로 또 다른 날파리를 쳐내느냐.

"주의, 또 주의하겠습니다."

알바리 백작은 휘장 안에서 노귀족들이 나누는 수다가 끔찍했는지, 뒤도 안 돌아보고 사라졌다. 루시온은 홀로 걸어가 휘장을 열며, 저를 환영하는 노귀족들에게 예의 바르게 웃어 보였다.

"잠시 자리를 비웠습니다."

"오오, 아닙니다. 어서 오십시오. 소후작님."

"안 그래도 소후작에 대해 이야기를 나누던 참입니다."

"허험, 우리가 무슨 이야기를 하고 있었느냐면……."

열변을 토하고 있던 노귀족들이 팔을 벌려 루시온을 환영했다. 루시온은 상석에 앉아 제게 쏟아지는 눈빛을 받아 내며, 머릿속으로 카루나를 떠올렸다.

아직 텅 빈 손을 꽉 움켜쥐었다. 반드시 이 손 안에 다시 넣으리라는 각오도 함께였다.

* * *

올벤 사절단의 체류가 예상보다 길어졌다.

올가를 위시한 올벤 사절단은 사절 접대 총책임자인 카루나 앞에서는 유순한 양처럼 굴었다. 하지만 자국의 이익 앞에서는 예민하게 행동했다. 평화 조약의 자잘한 문항을 뒤늦게 문제 삼으니, 회의가 계속 길어져 일주일을 넘겼다.

회담이 원활하지 않게 굴러가는 것과는 별개로, 카루나의 일상은 적당히 바쁘고, 적당히 골머리 썩는 나날의 연속이었다.

마카레나 백작의 유산을 물려받은 루시온은 꽤 강력한 존재였다. 카루나는 그를 상대하는 라크안을 돕고, 황후와의 관계도 각별하게 유지했다. 루시온에게 아내나 약혼녀가 없으니, 이쪽 방면에서는 카루나의 독주 체제가 완성되었다.

누가 뭐래도, 요즘 제국 사교계의 꽃은 카루나였다. 황후가 불쑥, 황녀의 친구가 되어 주지 않겠냐고 제안할 정도였다.

라크안과의 관계도 적당히 안정되었다. 간질간질하고 선을 넘을락 말락, 넘어도 될까 말까 고민하게 되는 애매모호하게 즐겁고 행복한 상태였다. 뭔가를 더 하고 싶으나, 그렇다고 딱히 뭔가를 더 하고 싶지는 않은?

'그냥 더도 말고 덜도 말고, 이 상태로만 쭉 영원히 함께 있을 수 있다면 얼마나 좋을까.'

이렇게 바랄 정도였다. 그리고 한동안 카루나를 심란하게 만들었던 존재, 시스. 그의 존재가 더는 거추장스럽고 부담스럽지 않았다.

그는 생각보다 꽤 괜찮은 말 상대였다. 말도 잘 통하고, 라크안에게 한 번 눌린 날 이후로는 적당히 예의를 지키면서 깍듯하게 구는데. 친구라고까지 말하긴 뭐하지만, 적당히 알고 지내면 좋을 사람 정도는 되었다.

"영애!"

'그리 나쁘지 않은 사람일지도.'라고 생각하기 무섭게 시스가 불쑥 나타났다.

"아, 깜짝이야."

카루나는 뒤로 물러서며 방금 전 생각을 수정했다.

'불쑥불쑥 나타나 사람을 놀래키는 건 도통 고치질 못하는 건 큰 단점이지만.'

카루나는 눈을 찡그려 뜨고, 제 앞에 갑자기 툭 튀어나온 시스를 올려다보았다.

"설마 또 길을 잃은 건가요?"

"일단 인사부터 하게 해 주시지요. 영애, 정말 보고 싶……."

시스가 밝은 목소리로 인사를 건네기 무섭게, 시스가 튀어나왔던 덤불에서 사내 둘이 더 튀어나왔다.

"조금 전과 말씀이 다르십니다만."

"분명 황실 도서관에 가보고 싶다고 해 이쪽으로 모시고 왔는데, 갑자기 이쪽으로 튀어와 바이켈드 영애를 놀라게 하시다니요!"

깐깐한 말투로 소리치는 이 두 사내는 라크안이 시스에게 붙여 준 황실 시종이었다. 성격이 깐깐하고 고지식하여, 황제와 황태자마저 혀를 내두르는 자들이었다. 황태자가 이 두 시종을 빌려달라는 라크안의 청을 듣고는 정말 저 두 시종을 원하는 게 맞느냐고 다섯 번 넘게 되물었다고 전해진다.

"으으, 차라리 제국어를 알아들을 수 없는 몸이었으면 좋았을 것을."

시스는 그 둘의 잔소리가 시작되자마자 두 손으로 귀를 틀어막고 그 자리에 웅크려 앉았다.

"이는 제국 귀족 예법에 어긋난 행동이십니다."

"올벤의 예절이 어떠한지 저희가 알 바 아니며, 일단 이곳은 제국의 황궁이니만큼 제국의 예법을 따르심이 옳습니다."

두 시종은 시스의 양 옆에 서서는 따발따발 잔소리를 쏟아냈다. 시스는 잔소리의 바다에 파묻혀 진절머리 쳤다. 푸훗. 카루나는 그 광경을 보며 웃음을 터뜨렸다.

"너무합니다, 영애."

시스가 억울한 표정을 지으며 카루나를 올려다보았다. 근육질의 덩치 큰 사내가 웅크려 앉아 눈만 위로 뜨니, 더 재미있게 보였다.

"그 또한 제국 예법에 어긋나는 행동이십니다."

"어서 일어나십시오. 올벤의 명예를 생각해서라도 올벤의 사절단인 경께서 이러시면 안 되지 않겠습니까."

시종들은 이제 올벤의 명예까지 걱정해 주고 있었다. 시스는 울상이 되었다. 카루나는 웃음을 그치지 못했다.

"제발 살려 주십시오. 이 사람들은 잠도 안 자고 밤낮, 제 곁을 떠나지 않고 떠들어 댑니다. 제 고막이 터져 버려 더 이상 영애의 아름다운 목소리를 들을 수 없게 되면 어찌합니까."

"시스 경! 그 또한 제국 예법에 어긋나는 말씀이십니다."

"어디, 약혼자가 있는 분께 그런 망발을!"

"아아, 제발!"

시스가 카루나의 다리에라도 매달리려는 듯 애원했다. 카루나는 마음껏 웃으며 시스의 곤경을 실컷 구경한 뒤, 손짓하여 두 시종을 뒤로 물렸다. 시스가 아무리 난리를 쳐도 꿈쩍도 안 하던 두 시종이 카루나의 손짓 한 번에 물러났다.

"……."

구해 달라고 애원하긴 했지만 이렇게 쉽게 구원을 받을 줄이야. 시스는 허망한 표정으로 카루나를 올려다보았다.

"제가 경을 구해 드렸으니, 제 부탁을 하나 들어주겠어요?"

"부탁? 영애가 내게?"

시스가 의외라는 듯 눈썹을 꿈쩍이더니 장난스런 목소리로 물었다.

"제가 안 들어드리겠다면?"

"어쩔 수 없지요."

카루나가 물러선 시종들을 향해 손짓하려 할 때였다.

"오, 잠시만!"

시스가 카루나의 손을 덥석 붙잡았다.

"하겠습니다. 무엇이든 말씀만 하십시오."

"무엇이든?"

"무엇이든!"

시스가 온 마음과 정성을 다해 대답했다. 잔소리는 종족을 막론하고 누구에게나 견디기 힘든 형벌인 듯했다.

"좋아요. 계약이 성립했군요. 경은 내 부탁을 들어주고, 나는 경의 고통을 덜어 주고."

카루나가 생긋, 마주 웃으며 시스의 손을 털어 냈다.

"아!"

그제야 시스는 제가 카루나의 손을 잡고 있었다는 걸 깨닫고는 제 손을 내려다보았다. 깨닫지 못했던 게 이상할 정도로, 손바닥이 짜릿짜릿하게 저려왔다. 그리고, 뼈가 시렸다. 얼음이 살갗을 파고들어 뼈에 들러붙은 것처럼. 그러나 그 느낌은 아주 잠깐이었다. 좀 더 집중해 살피기도 전에, 찌릿찌릿한 느낌에 덮여 사라졌다.

'이상한 일이군. 어째서 이런 느낌이 드는 거지? 이건 마치⋯⋯.'

시스는 꽉 주먹을 쥐었다 폈다.

'눈의 땅에서 온 그림자들을 만졌을 때와 같지 않은가.'

보라색 눈이 매섭게 빛났다.

'올가는 이런 말이 없었는데.'

보통은 잘못 느낀 걸 수도 있다고 생각하겠지만 시스의 판단은 달랐다.

'내가 눈의 땅에서 온 존재들의 기척을 알아채지 못할 리가 없지 않은가. 다른 사람도 아니고, 내가.'

창을 들고 한 사람 몫을 하게 된 순간부터, 눈의 땅에서 온 그림자들과 맞서 싸웠다. 죽을 뻔한 고비를 여러 번 넘겼고, 셀 수도 없을 만큼 많이 죽였다. 원치 않게도 숨 쉬는 것만큼이나 익숙해졌건만. 어찌 그 느낌을 착각할 수 있겠는가.

'두 가지 경우 중 하나이겠군. 숲의 심장의 몸에 눈의 땅에서 온 그림자가 숨어들어 몸을 빼앗을 기회를 노리고 있다거나. 아니면 이 여인 자체가 눈의 땅에서 온 존재이거나.'

그렇다면 계획을 변경해야 될까? 숲의 심장이 눈의 땅에 흐르는 기운마저 가지고 있다니. 전혀 예상 밖의 일이지 않은가.

시스는 잠시 고민했으나 곧 마음을 굳혔다.

'뭐, 어느 쪽이든 상관없어. 어쨌든 그녀가 '숲의 심장'인 건 변치 않으니까.'

다시 넷이 되자는 약속? 엿이나 먹으라지. 그 빌어먹을 언약에 매여 천 년간 죽어 간 일족이 얼마던가. 울컥, 감정이 치솟았다.

시스는 가까스로 마음을 가라앉히고는, 카루나를 향해 웃어 보였다.

"제가 무엇을 하면 될까요?"

시스가 물었다. 속으로 어떤 생각을 하고 있든, 겉으로 드러나는 그의 표정은 한결같았다. 호감을 듬뿍 드러낸 웃는 얼굴. 그렇기에 카루나는 시스가 무슨 생각을 하는지 전혀 알지 못한 채, 자신의 계획에만 몰두하였다.

"일단 가시겠어요? 가면서 이야기하죠."

카루나는 시스를 따라다니던 두 시종 중 한 명을 불러 작게 귓속말했다. 그러자 시종이 사명감 어린 얼굴로 고개를 끄덕이더니 바람같이 사라졌다. 언뜻 '황태자 어쩌고-' 하는 소리가 들렸으나, 시스는 모르는 척했다.

'재미난 소꿉장난을 하고 싶으시다는데 기꺼이 장단을 맞춰 드려야지.'

뒤를 졸졸 좇아다니던 두 명 중 한 명이 사라지니 숨통이 트이는 기분이 들기도 했다. 창술로는 하늘 아래 맞설 자가 없다고 자부했건만. 고작 잔소리꾼 두 명에게 이렇게 약한 모습을 보이게 되다니. 그런 자신이 우습기도 했다.

'벌써 이곳의 나약한 분위기에 젖어 버린 걸지도.'

죽어도 죽지 않는 적들을 상대하며 싸우고 또 싸우는 삶. 그것이 올벤 전사의 삶이었다. 그에 비하면 이 남쪽의 땅은 평화롭고 태평하기 이를 데 없었다. 그러니까 저리 귀한 새, 이렇게 아무렇지 않게 풀어 놓고 기르는 것이겠지.

시스는 앞장서서 걸으며 노래하듯 말하는 카루나를 바라보았다.

그녀는 진정 색이 고운 종달새 같았다. 밝게 웃으며 하얀 손으로 앞을 가리키고는, 나는 듯 가벼운 발걸음이라니. 목소리는 새 울음처럼 명랑하고 산뜻했다. 시스가 나고 자란, 메마르고 황폐한 땅에서는 결코 볼 수 없는 존재였다.

숲이나 남쪽이나 풍요로운 땅에서는 너무도 익숙하고 당연해서, 이런 귀한 것을 밖에 꺼내 놓고 자유롭게 기르는 듯한데. 그렇다면 더더욱 이 손에 움켜쥐어 훔쳐 가 버리고 싶지 않은가.

과연 빼앗긴 뒤에도, 자신들이 과연 무엇을 잃었는지 상실감이나 느끼려나. 모든 걸 잊고 녹슬어 버린 남쪽과 저 혼자 대륙을 지킨다는 양 오만해져 버린 동쪽은.

"시스 경?"

천 년 내내 빈곤하였고 고단하였던 서쪽의 전사, 시스는 저를 달콤한 목소리로 부르는 카루나에게 나른하게 웃어 보였다. 뛰어난 전사는 먹잇감 앞에서 제가 굶주린 것을 드러내지 않는 법이다.

"제가 말씀드렸던가요? 저는 영애가 참 좋습니다."

카루나는 시스의 뜬금없는 고백을 들으며 고개를 갸웃했다.

'새삼?'

얼굴을 붉히거나 수줍어하지 않는 건 그럴 필요를 못 느껴서였다. 그런 카루나의 태도를 다르게 해석한 건지, 시스가 카루나의 옆에 서서 걸으며 말을 덧붙였다.

"솔직히 말하자면 저는 자주 길을 잃어버리는 사람은 아닙니다. 대충 눈치는 채셨겠지만, 그냥 영애와 좀 더 이야기를 나누고 싶어서 그랬던 거였습니다."

"알아요."

카루나는 산뜻하게 대꾸했다.

"그러니까 저는 영애를…… 응?"

이번엔 시스가 고개를 내저었다.

"안다구요."

카루나는 담담하게 고개를 끄덕였다.

"아, 아셨구나."

시스는 멋쩍어하며 뒷머리를 긁적였다. 그 모습이 퍽 어리숙해 보여서, 카루나는 픽- 웃었다.

"설마, 저한테 그렇게 접근한 사람이 시스 경이 처음이라고 생각하시는 건 아니시겠죠?"

나랑 친해지고 싶어서, 나랑 말 한마디 해 보고 싶어서, 허튼수작을 부리던 사내들이 한둘이었겠니. 그런 마음을 담아 자신만만한 태도로 빙긋 웃어 보이니.

"아, 하하하- 맞습니다. 그렇군요. 제가 감히, 영애를 못 알아 뵈었습니다."

시스가 시원하게 웃으며 멋쩍은 분위기를 털어 냈다.

"그럼 부디, 좀 더 친해질 수 있는 기회를 허락해 주시겠습니까?"

그러고는 카루나를 향해 손을 내밀었다. 잠시나마 한 번 손을 잡아 봤으면 됐지, 만족할 줄 모르고 또 에스코트를 청한 것이었다.

"글쎄요. 제 부탁을 얼마나 잘 들어주시는지를 보고 결정하지요."

카루나는 새침하게 그 손을 못 본 척하고는 휙- 앞으로 걸어갔다. 시스는 카루나가 빨리 걷는 게 자신을 따돌리려는 속셈이 아니라, 뒤따르는 시종과 하인들을 떨어뜨리려는 수작임을 단번에 눈치챘다. 시스는 휘적휘적 걸어 카루나의 옆에 섰다.

'눈치 하나는 빨라서 좋아.'

카루나는 만족스러워하며 미소 지었다. 딴 건 몰라도 이거 하나는 라크안이 이자를 좀 닮았으면, 싶었다.

"무슨 말씀을 하시려고 이렇게 준비를 하십니까?"

물론 이렇게 말 많은 건 절대 닮지 말고.

"제 부탁이 무엇인지 설명은 해야 할 것 같아서요."

내가 어련히 알아서 말하려고. 그새를 못 참고 질문해서 귀한 시간을 뺏다니.

카루나는 뒤따르는 하인, 하녀들과의 거리를 가늠하고는 입을 삐죽 내밀었다. 카루나가 귀여운 표정을 짓자 시스는 알아챘다는 듯 '아아-.' 한숨을 내뱉었다.

"그 질투심 많은 늑대를 만나러 가는 겁니까?"

"흐음."

카루나는 하려고 했던 말은 잠시 접어 두고, 눈썹을 비쭉 올려 시스를 보았다.

"자꾸 늑대, 늑대 하는데. 숲의 일족에 대해 뭘 알고는 하는 말인 건가요?"

"무엇을 알아야 하나요? 일생에 단 하나의 반려를 맞이하며 그 반려를 잃으면 미쳐 버린다는 거? 아니면 때때로 털북숭이로 변해 네 발로 달린다는 거?"

시스가 말하는 새 빠른 걸음으로 뒤따라온 시종과 하인들이 숨을 헉- 들이켜는 게 느껴졌다.

"……!"

카루나는 화들짝 놀라며, 저도 모르게 시스의 발을 꽉 밟았다. 늘 라크안에게 하던 대로, 버릇처럼 나온 행동이었다.

"윽."

오늘 높고 뾰족한 굽을 신은 보람이 있었다. 시스가 불의의 공격을 받고는 얼굴을 구기고 괴로워했다. 자존심 때문인지 대놓고 아프다고 말은 못하고, 입을 꾹 다물고 신음을 참는데. 그 얼굴이 제법 볼만했다. 하지만 카루나는 그 얼굴을 즐거이 구경할 여유가 없었다.

"잠시, 이분과 둘이서 할 말이 있으니 열 걸음 밖으로 물러나 있게."

카루나는 뒤를 돌아보며 매섭게 시종과 하인들을 다그쳤다.

"무슨 말을 엿듣든 쥐새끼처럼 말을 옮겼다가는 반드시 후회하게 만들어 줄 테니, 그런 줄 알고."

바이켈드 공작의 상냥하고 우아한 약혼자 가면은 잠시 벗고, 표독스러운 클레이엔의 가면을 뒤집어썼다. 서릿발 풀풀 날리는 날 선 목소리에 시종과 하인들은 기겁하며 뒤로 물러섰다. 저들끼리 소곤대지조차 않았다.

"말조심 좀 하세요. 그런 것까지 내가 일러 줘야 하는 건가요?"

수습을 끝낸 카루나가 이글이글 타오르는 눈으로 시스를 째려보았다. 당연히 쭈굴쭈굴해져서 미안하다고 사과할 줄 알았건만.

시스는 실실 웃고 있었다.

"괜한 걱정을 하시는군요. 아직 세이엘 나무 꽃술이 가득 묻어 있어서, 무슨 소리를 들은 오늘 저녁에 한숨 자고 나면 알아서 잊을 겁니다."

"세이엘 나무?"

"음, 모르십니까? 요즘 숲에서는 다르게 부르나 봅니다? 뭐 어쨌든, 이름이 달라진다 해서 존재의 본질이 바뀌는 것은 아니니. 그 나무 말입니다."

시스가 손가락으로 제 머리를 톡톡 두드렸다.

"기억을 변형시키는."

카루나는 숲에서 돌아온 날 밤 제가 키워 낸 나무를 떠올렸다. 그 나무는 아직도 바이켈드 공작저의 본 저택 뒤편에 있었다. 저택의 지붕을 뒤덮을 정도로 커다랗게 자라서는 밤마다 하얀 꽃가루를 털어 냈다. 별도 달도 없는 밤하늘에 은하수가 드리운 듯 느껴질 정도였다.

카루나가 알아들은 듯하자 시스가 슬쩍 물었다.

"영애의 솜씨지요?"

"네, 뭐."

라크안이 늑대로 변한다는 것도 알고, 그 기억을 지우는 나무까지 알고 있다는데 뭘 숨겨 봐야 의미가 있겠는가. 카루나는 순순히 고개를 끄덕였다.

"처음 제국의 수도에 들어설 때부터 느껴졌습니다. 이 도시 전체에 퍼져 있더군요. 밀도도 농도도 너무 진해서, 우리 중 몇 명도 당해 버렸습니다."

"당해 버렸다니요?"

카루나가 놀란 토끼 눈이 돼서는 되물었다.

"익히 알고 있던 숲과 늑대 무리에 대한 기억을 잊더군요. 아마도 이곳에 머무는 동안은 내내 그럴 듯합니다. 올벤으로 돌아가 뜨거운 태양 아래서 몇 달 지내다 보면 괜찮아질지도 모르겠지만 말입니다."

이미 그 나무의 효과를 알고 있으며 경험도 했다. 하지만 시간이 지난 뒤 시스에게 디시 들으니 느낌이 새로웠다.

"남쪽의 왕이 죽은 이후, 늑대들은 실망하여 숲으로 숨어들었지요. 그리고 자신들에 대해 철저히 감추고자 했습니다. 원체 의뭉스러운 성격인지라, 세이엘 나무 같은 걸 기어이 만들어 내서 써먹곤 했지요. 저희 쪽 기록에도 남아 있으니 잘 압니다."

시스는 묻지도 않았는데 술술 말해 주었다. 카루나는 적당히 걸러 들으며 고개를 끄덕였다. 하고 싶은, 아니, 해야 하는 말이 있는데 어쩌다 보니 시스에게 말려들어 전혀 다른 종류의 대화가 오가고 있었다. 중간에 끊기도 뭐해 자꾸 듣고 있자니, 시스가 신이 나는지 계속 말을 이었다.

'아무튼 이런 건 안 닮는 게 낫겠어.'

과묵한 라크안이 슬슬 그리워지기 시작했다.

어느새 넝쿨로 뒤덮인 커다란 건물이 눈앞에 나타났다. 황태자궁이었다. 다른 건 몰라도 저기 황태자궁이 목적지라는 걸 알리고자 했건만. 시스는 도무지 말할 틈을 주지 않았다.

"남쪽과 교류를 단절할 생각으로, 일족에게 아예 숲 밖으로 나가는 걸 금지했다더군요. 뭐, 아주 먼 옛날의 일입니다. 그게 실패했으니, 늑대들이 이 남쪽에서 무리를 이루고 어슬렁대고 있는 것 아니겠습니까?"

시스가 픽, 웃으며 말을 이었다.

"설령 제 가족, 일족을 저버리고라도 자신의 반려를 찾고자 숲을 나오게 마련이니. 혼혈 때문에라도 숲은 제국과 교류를 할 수밖에 없게 되었지요. 그렇다 해도 그 정도의 혼혈이라니."

시스가 감탄을 내뱉었다.

"영애의 질투심 많은 약혼자가 거느린 혼혈 무리는 아마도 천 년 대륙의 역사에 다시는 없을 크기일 겁니다."

칭찬인 건지, 비꼬는 건지, 분간이 안 가는 태도였다.

"……다 혼혈은 아니에요."

카루나는 어떻게 반응해야 할지 몰라 우물쭈물하다 겨우 대꾸했다.

"물론 순혈 또한 몇 있겠지요. 하지만 제 스스로 이쪽 무리를 선택했으니, 설령 혼혈 취급을 받더라도 그들은 불쾌해하지 않을 겁니다."

시스의 말을 듣고 있자니, 라크안과 그의 주변에 몰려 있는 숲의 일족 혼혈들이 뭔가 대단하게 느껴졌다. 카루나는 저택 내에 머무르며 라크안의 발작을 막고 있는 철십자 기사단을 떠올려 보았다.

바이켈드 공작가의 철십자 기사단은 밖에서 보기에는 하나지만 안으로는 둘로 나뉘어 있다. 밖으로 드러나지 않는 기사단이 숲의 일족 혼혈로 이루어진 기사단으로, 그들을 지휘하는 건 철십자 기사단의 부단장이다. 리센이 부단장이었고 이제는 세나가 대리 부단장이 되어 철십자 기사단을 이끌고 있다. 그들의 수만 해도 수십이었다.

세나나 다른 철십자 기사들에게 어쩌다 철십자 기사단에 들어왔냐고 물으면, 대답은 거기서 거기였다. 반려를 찾기 위해 대륙 남쪽을 떠돌던 도중 돈을 모으기 위해서. 한동안 머물 곳이 필요해서. 변경에서 용병으로 싸우다 라크안을 만났는데 그 압도적인 무력에 반해서. 월급이 높아서 등등.

그들의 말을 듣노라면 그냥 적당한 이유로 기사단에 취직한 사람들처럼 느껴졌다. 그런데 시스는 그들이 라크안의 카리스마 아래 뭉친 강력한 집단인 양 말하니, 카루나는 그게 제가 알고 있는 철십자 기사단을 말하는 건가 의아하기도 하고 뿌듯하기도 했다.

이렇듯 시스는 카루나가 아는 것과 모르는 것, 모두를 카루나와 다른 관점에서 바라봤다. 그와 이야기를 나눌 때마다 즐거운 이유가 바로 이것이었다. 그래서 카루나는 황태자궁 코앞에 올 때까지, 시스에게 제 부탁에 대한 설명을 하지 못했다.

"어서 오십시오, 기다리고 있었습니다."

황태자궁의 시종들이 맞이하러 나온 걸 보고서야 아차, 싶었지만 시간은 이미 흘러가 버릴 대로 흘러가 버린 뒤였다.

"무슨 부탁일는지 짐작은 가는데, 제 짐작이 맞을지 궁금하군요."

시스는 카루나의 속도 모르고 눈꼬리를 접어 가며 웃어 보였다.

"네, 부디 제 머릿속에 들어갔다 나온 듯이 짐작해 주셨으면 좋겠네요."

카루나는 한숨을 내쉬며 대꾸했다. 시종은 둘을 황태자궁의 후원으로 데리고 갔다. 어느새 상쾌한 바람이 살랑살랑 불어왔다. 그 바람은 걸어갈수록 점점 강해졌다.

"흠, 황태자 전하께서 계시는가 보군요."

시스는 금방 바람의 주인이 누구인지 알아챘다.

앞머리가 뒤로 젖혀질 정도로 바람이 강해지자, 잘 꾸며진 정원의 한가운데 앉아 있는 황태자가 보였다. 시스는 손으로 앞머리를 꾹 눌러야 했다. 카루나도 치맛자락을 꼭 붙들고 앞으로 걸어갔다.

"어서들 와요, 기다리고 있었습니다."

황태자는 정중하게 둘을 맞이했다.

그렇게 비로소 셋이 모였다.

순간, 카루나는 벅찬 느낌에 사로잡혔다. 뭐라 말로 표현할 수 없는 느낌이었다. 발목이 물에 잠기고, 온몸은 바람에 덮이고, 발바닥 밑에서 푸른 새싹들이 파릇파릇하게 솟아오르는 느낌이랄까.

카루나는 잠깐 숨 쉬는 걸 잊었다. 시스 역시 비슷한 느낌을 받은 건지,

그답지 않게 멀뚱하니 서서는 눈만 끔뻑였다. 그런 둘을 감싸는 바람이 더욱 거세졌다. 시스의 개털 같은 머리카락이 세차게 흩날리며, 날카로운 보랏빛 눈이 여지없이 드러났다.

"까악, 전하. 진정! 진정하세요!"

카루나는 뒤집어지려고 하는 치맛자락을 꾹 누르며 소리쳤다.

"아, 미안. 미안하네. 이 느낌이 뭔가…… 참기 어려워서."

황태자가 더듬더듬 말하며 길게 심호흡을 했다. 그러자 바람이 조금은 누그러졌다. 카루나는 눈을 가리는 머리카락을 뒤로 쓸어 넘기고 황태자를 보았다. 말을 더듬거릴 때부터 알아봤어야 했건만.

'왜 울어?'

황태자는 울먹이고 있었다. 예전에 클레이엔을 그렇게 매몰차게 밀어내고 내치던 얼음의 황태자는 어디로 갔는지 모를 일이었다. 안 그래도 요즘 미모가 한껏 물이 올라 눈이 부실 지경이건만. 눈가를 촉촉하게 적시고 있으니, 절경이 따로 없었다.

"……."

더 다그쳐야 하는데, 차마 그럴 수 없었다. 아무리 화를 내려 해도 저 얼굴을 보고 있으면 도무지 화가 나지 않았다. 카루나가 주춤하자, 황태자의 감정은 다시 격해졌다. 바람이 감당할 수 없을 만큼 세지자.

"까악!"

카루나는 비명을 지르며 비틀거릴 수밖에 없었다.

"영애!"

시스가 얼른 카루나를 부축하고자 손을 내밀 때였다. 두 사람의 뒤에서 누군가의 기척이 느껴졌다.

'갑자기? 내내 아무 느낌이 없었는데?'

시스가 카루나를 부축하려던 손을 돌려 다가온 그림자의 목을 움켜쥐려고 했다. 쯧, 혀 차는 소리가 들리고. 짙은 남색 재킷을 입은 팔이 시스의 손을 쳐냈다. 그러고는 재킷보다 한층 색이 짙은 망토를 펼쳐 카루나를 뒤에서 끌어안았다.

"어어?"

카루나는 반항할 새도 없이 그의 품으로 쏙 들어갔다. 머리와 등이 딱딱한 가슴에 부딪쳤다. 힘 있게 허리를 감싸는 팔과 나직한 숨소리가 무척이나 익숙했다.

"라안 님?"

"그래. 나야."

묵직한 서음까지 완벽히 라크안이었다. 카루나는 마음 놓고 몸에 힘을 풀었다. 그렇게 라크안에게 기대고는 망토 밖으로 고개만 불쑥 내밀었다.

"어떻게 알고?"

카루나가 녹색 눈을 깜빡이며 물었다.

"황태자 전하, 진정 좀 하십시오."

라크안이 연신 혀를 차며 황태자를 구박하다 말고 카루나를 내려다보았다.

"우리 손님이 또 길을 잃고 내 약혼녀를 괴롭히고 있다고 해서."

라크안이 힐끗, 제 등 뒤에 선 시종을 가리켰다. 조금 전 카루나가 황태자궁으로 보낸 그 시종이었다.

'황태자한테 가서 알리라고 했더니, 언제 라안한테까지 갔대?'

시종은 카루나와 눈이 마주치더니 슬그머니 고개를 옆으로 돌렸다.

"어서 오게, 바이켈드 공작. 약혼녀와 함께 이쪽으로 앉지. 올벤의 사절, 시스 경이라고 했던가? 그대도 가까이 오게."

황태자는 라크안이 당연이 올 거라고 생각했는지 놀라지 않았다. 오히려 라크안이 와서 마음이 놓이는지, 바람이 잠잠해졌다. 셋이서만 마주쳤을 때의 그 벅찬 분위기를 라크안이 본의 아니게 깨부순 것이었다.

"역시, 질투심이 많으시군요."

"내 약혼녀 주변에 날파리가 꼬이는 꼴을 두고 볼 정도로 마음이 넓지는 않아서."

시스와 라크안의 짧은 대화를 듣건대 시스 역시 놀라는 눈치는 아니었다.

'어라? 뭐야? 나만 예상 못했던 건가?'

카루나는 고개를 갸웃거리며, 라크안에게 들려 황태자의 옆자리에 앉았다. 카루나의 양 옆에 황태자와 라크안이 앉았다. 테이블을 두고 맞은편에 시스가 앉았다.

그렇게 네 사람이 참석한 모임이 시작되었다.

카루나는 황태자에게 편지를 보내 시스와 오페라 극장에서 있었던 일을 말해 주었다. 그러자 황태자는 시스와 개인적인 만남을 가지고 싶어 했고, 카루나는 그 모임을 주선하고자 했다. 그렇게 해서 모이게 된 것이었다.

"염치 불문하고 부탁하네. 혹시 내 이 능력에 대해 좀 더 알려 줄 수 있겠나? 경이 알고 있는 건 무엇이든 좋네. 또 가능하다면, 이 능력을 내가 제어할 수 있도록 도움을 받고 싶은데."

황태자는 곧바로 본론으로 들어갔다. 태도가 더없이 진지했다.

"음. 뭐, 어려운 일은 아닙니다."

시스는 예상 외로 쉽게 승낙했다.

"정말인가?"

"정말이죠?"

황태자와 카루나는 입을 맞춘 듯 되물었다.

"저건 질투의 영역에 속하지 않는 겁니까?"

시스가 픽 웃으며 라크안에게 물었다. 라크안은 안 그래도 팔짱을 낀 채 미간을 구기고 있었다. 뭔가 심히 마음에 안 들 때 보이는 행동이었다. 황태자와 카루나는 아하하, 어색하게 웃었다.

둘은 당연하게도 시스가 순순히 부탁을 들어주리라 생각지 않았다. 그래서 뭔가 대가로 줄 만한 것을 고민했고, 이번 올벤과의 협약에서 일정 부분 제국이 양보하겠다는 미끼를 던질 생각까지 하였다. 그 고민이 괜한 것이 되어 놀랐을 뿐이었다.

"아무것도 아니니까 화내지 말아요. 여기, 또 주름 잡지도 말고."

카루나가 생긋, 웃으며 라크안의 미간 사이를 꾹꾹 눌렀다. 퍽 다정해 보여서 황태자와 시스는 묘한 눈빛으로 그 둘을 바라보았다. 그러다가 두 사람의 눈이 마주쳤다.

"흠흠."

황태자가 헛기침을 하며 먼저 고개를 돌렸다.

"영애에게 이야기를 들으셨다면, 했던 말을 또 할 필요는 없겠군요. 들으셨겠지만 우리 올벤은 남쪽 제국의 황실 후계자들에게 우정을 느끼고 있습니다. 게다가 오랫동안 잊혔던 바람의 능력을 가지고 있다니, 더더욱 무엇이든 돕고 싶습니다."

뭘 대가로 내밀면 좋을까 고민했던 지난 과거가 부끄럽게 느껴질 만큼 산뜻한 허락의 말이었다.

"그 우정에 진심으로 감사하네."

황태자는 조금 전 몰아닥쳤던 감정의 여운을 재차 느끼며, 다시 눈가를 촉촉이 적셨다.

"음, 일단 그 얼굴부터 좀…… 어떻게 해 주시면 고맙겠습니다만."

미인이 눈시울을 붉히니 이렇게 신비롭고 아름다울 수가 없었다. 시스는 차마 눈 둘 곳을 찾지 못하고 여기저기 빈 허공을 바라보다가 카루나에게로 안착했다.

'내가 황태자보다 못하단 거야, 뭐야?'

아무리 미인이라고 해도 황태자는 남자인데. 같은 남자인 시스가 부끄러워 차마 황태자를 못 보고 자신을 빤히 바라보다니. 나름 제국 사교계에서 한 미모 한다고 이름을 드높였건만.

카루나는 살짝, 기분이 나빠졌다. 카루나의 마음을 아는지 모르는지,

시스는 계속해서 카루나를 바라보며 황태자에게 말했다.

"하지만, 조건이 하나 있습니다."

"조건? 무엇이든지 말하게."

드디어 대가로 뭘 해 줄 거냐고 물을 차례인 건가. 황태자는 긴장하며 답했다. 시스는 그런 황태자의 마음을 꿰뚫어보듯 의미심장하게 웃으며 손을 들어 카루나를 가리켰다.

"제가 황태자 전하를 찾아뵐 때 늘 영애가 함께해 주셨으면 좋겠습니다."

제게 내리 꽂히는 라크안의 시선이 무섭지도 않은지, 그는 태연하게 웃음까지 터뜨렸다.

"제가, 영애를 너무 좋아하지 뭡니까."

하하하- 그의 눈치 없는 웃음소리가 황태자궁 후원에 널리널리 퍼졌다. 와지끈하고 테이블 한쪽 귀퉁이가 부서지는 소리가 들린 건 그다음의 일이었다.

"그렇다면 저도 그때엔 늘, 함께하겠습니다."

라크안이 한층 낮아진 목소리로 말했다.

"음, 나야 상관은 없는데. 괜찮겠나? 요즘 많이 바쁠 텐데?"

'신귀족파 상대하느라 바쁠 텐데, 시도 때도 없이 여길 드나들겠다고? 가능하겠어?'

황태자가 슬쩍 라크안에게 눈치를 주었다.

"괜찮습니다."

라크안은 아랑곳지 않았다.

"이런, 그럼 늘- 이렇게 함께 만나는 건가요? 무척 기대되는군요."

시스는 여전히 눈치 없는 척하며 짝- 박수를 쳤다.

"그래야겠지. 날파리가 도통 죽을 생각을 안 하니."

라크안이 그런 시스를 노려보며 대꾸했다.

시스는 뭔 소리를 하는지 모르겠다는 듯 딴청을 부렸다.

'……괜찮은 걸까, 이 모임?'

카루나는 하녀가 따라 주는 차를 홀짝 마시며 작게 한숨을 내쉬었다. 그때였다.

드드득- 갑자기, 카루나가 앉아 있는 의자가 제멋대로 움직였다. 덕분에 카루나는 드레스에 찻물을 흘릴 뻔했다. 일단 찻잔을 내려놓고, 무슨 일인가 아래를 내려다보니. 라크안이 의자째로 카루나를 잡아당기고 있었다.

"맙소사, 뭐 하는 거예요!"

카루나가 속삭이며 라크안의 옆구리를 쿡 찔렀다. 라크안은 못 들은 척하며 기어이 카루나를 제 옆에 꼭 붙여 놓고는, 입에도 맞지 않는 차를 꿀꺽 마셨다.

"으, 써."

그리고는 곧바로 얼굴을 구겼다. 그 모습에 카루나는 저도 모르게 풋, 웃고 말았다. 딴 사람이 이런 짓을 했다면 딱 죽지 않을 만큼 괴롭히고, 잔소리를 퍼부어 영혼을 탈곡해 주었을 텐데. 라크안이니까, 귀엽게 봐줄 수밖에.

"황태자 전하는 약간 떫은 차 맛을 좋아하신다구요. 입에도 안 맞는 걸 왜 마셔요, 마시기는. 얼른 이걸로 입가심해요."

카루나는 얼른 라크안의 손에 동그란 과자를 올려 주었다. 라크안은 떫은맛을 견디느냐, 단맛으로 혀를 얼얼하게 만드는 또 다른 고통을 견디느냐의 기로에서 과자를 입에 넣고 씹었다. 카루나가 준 걸 안 먹을 수 없으니, 애초부터 무의미한 고민이었다. 카루나는 잘했다는 듯 웃으며 라크안을 바라보았다.

꼭 붙어 앉아서 그러고 있는 모습이 남들에게 어떻게 비칠지, 카루나와 라크안은 조금도 신경 쓰지 않았다. 부끄러움, 혹은 시기는 나머지 사람들의 몫이었다. 특히나, 둘을 바라보는 보랏빛 눈동자의 날 선 기색이 예사롭지 않았다.

* * *

이후 시스는 하루, 혹은 이틀에 한 번 꼴로 황태자궁에 들러 황태자에게 능력을 다스리는 법을 알려 주었다.

물의 힘과 바람의 힘. 드러나는 모습은 다르나 결국엔 이 대륙의 생명력에 근원을 둔 능력이었다. 시스가 알고 있는 방법은 황태자의 능력을 제어하는 데 도움이 되었다. 황태자는 바쁜 일정 중에 틈틈이 시스를 청했고, 올벤 사절단 중에 제일 한가로운 시스는 언제든 부름에 응했다.

덕분에 바빠진 건 카루나와 라크안이었다. 두 사람은 황태자궁에서 연락이 오면 곧바로 하던 일을 내려놓고 황태자궁으로 가야 했다. 한 번은 카루나가 황후와 이야기를 나누느라 황태자궁으로 가지 못했다.

그러자 시스는 바로 태업을 선언하며 올벤 사절단의 숙소로 돌아가 버렸다. 한창 능력을 다스리는 재미에 푹 빠진 황태자는 발을 동동 구르며 카루나에게 간절히 부탁했다. 아쉬운 건 이쪽이니, 어쩔 도리가 없었다.

"알겠어요. 알겠다구요."

카루나는 한숨을 폭- 내쉬고는 올벤 사절단의 숙소를 찾아가 직접 시스에게 사과했다. 그 뒤로는 한 번도 빠지지 않고 모임에 참여했다. 라크안은 그런 시스를 아니꼽다는 듯 바라봤지만, 황태자의 부탁 때문에 꾹 참으며 자리를 지켰다.

'굉장히 기분 나쁘지만, 일단 아무 말 안 하고 가만히 있는다'라는 생각이 얼굴에 고스란히 드러났다.

그렇게 열흘이 지났다. 시스는 좋은 선생님이었고, 황태자는 배움이 절실한 제자였다. 황태자의 습득 능력과 노력은 시스를 놀라게 했다.

"나날이 능력이 안정되고 있습니다. 이대로라면 이제는 제가 굳이 필요하지 않으실 겁니다. 당장 이 능력을 전투에 써먹을 생각이 없으시다면 더더욱, 이 정도로 충분할 겁니다."

마지막 인사를 건네는 시스의 목소리는 첫 만남보다 훨씬 부드러웠다. 시스의 말마따나 사흘 전부터 황태자의 주변에서는 더 이상 바람이 불지 않았다. 자신의 능력을 완벽하게 갈무리하게 된 것이다.

황태자는 열흘 동안, 이 구릿빛 피부를 가진 스승님께 꽤 마음을 터놓았다. 그리하여 마지막 인사를 건네는 시스의 손을 덥석 잡고는 진심으로 감사했다.

"이 은혜는 절대 잊지 않겠네. 고맙네."

"와아, 아름다운 우정. 이로 인해 제국과 올벤 사이에 오래도록 우정 어린 교류가 이어졌으면 차암- 좋겠네요."

옆에서 둘의 모습을 지켜보던 카루나가 성의 없게 짝짝, 박수를 치며 국어책 읽듯 찬사를 던졌다.

"……."

라크안은 무표정한 얼굴로 두 사람을 바라볼 뿐이었다.

열흘. 짧다면 짧고 길다면 긴 시간. 그동안 시스는 성실히 황태자를 가르쳤고, 카루나와 자주 만났다. 단지 그뿐이었다. 정기적으로 만날 수 있게 되자, 황궁에서 괜히 길을 잃고 카루나 앞에 나타나지도 않았다.

'너무 심심한데?'

마지막 인사를 나누는 황태자와 시스를 바라보며, 카루나는 찝찝해했다. 황태자가 함께 있으니, 그의 안전을 위해서라도 뭔가 대단한 일이 벌어지기를 바라는 건 아니었지만.

그래도 시스가 뭔가- 일을 벌일지도 모른다고 생각했다. 시스가 아니면, 신귀족파의 수장인 루시온이라도. 카루나는 자신의 생각을 라크안에게 말했고, 라크안도 동의하고는 매번 황태자궁을 찾아왔다. 그런데 놀랍게도 아무 일도 일어나지 않았다. 시스의 황태자 훈련은 너무도 쉽고 심심하게 끝나 버렸고, 시스는 산뜻하게 물러났다.

'……내가 잘못 생각한 건가? 하지만 오페라 극장에서 그런 소동까지

벌인 주제에, 이런 좋은 상황에 무슨 일을 저지르지 않을 리가 없다고 생각했는데. 아닌가?'

카루나는 미심쩍은 기분을 감추지 못하고 연신 고개를 갸웃, 내저었다. 그런 상황에서 카루나만큼이나 머리를 굴리느라 바쁜 사람이 하나 더 있었다. 카루나가 그토록 트집거리를 잡고 싶어 하며 눈여겨 살폈던 시스였다.

시스는 웃는 낯으로 황태자를 바라보며, 그와 악수한 손을 거두어들였다. 더 이상 황태자의 주변에선 바람이 불지 않는데, 황태자와 악수한 손은 찌릿찌릿하게 저려 왔다.

"음? 뭔가 정전기 같은 게 통한 기분이었는데?"

황태자 역시 비슷한 느낌을 받았는지 제 손을 내려다보았다.

"정전기였나 보지요."

시스는 하하, 웃으며 흘려 넘겼다. 물론 속마음은 달랐다.

'점점 강해지고 있어.'

고작 열흘간 지켜봤을 뿐이지만, 그 열흘 동안에도 황태자의 능력은 무섭도록 커져 갔다.

'이대로 계속 능력이 깨어난다면…… 어쩌면, 시조의 수준까지 이를지도 모르겠군.'

그리고 그건, 황태자에게만 해당하는 이야기는 아니었다. 시스는 찌릿하게 저린 손을 꽉 주먹 쥐었다. 손끝에 물방울이 송골송골 맺혀 바닥에 툭, 툭, 떨어졌다.

공기 중에 흩어져 있는 수분을 끌어 모아 물방울을 만드는 게 숨 쉬는 것보다 쉬워졌다. 오페라 극장에서 물의 장막을 만들고 아무렇지 않은 척했지만. 숙소로 돌아와 밤새 토하고 괴로워했다. 그런데 고작 열흘 만에, 능력을 쓰는 게 이토록 자연스러워진 것이다.

그 이유가 뭔지, 시스는 이미 답을 알고 있었다.

'숲의 심장이 다른 힘을 촉진하는 능력을 가진 걸까?'

시스는 저를 보며 고개를 갸웃거리는 카루나를 힐끔, 바라보았다. 그녀는 자신도 깨닫지 못하는 새, 주변 사람들에게 계속 영향을 끼치고 있었다.

'돌연변이 늑대를 살리고, 나와 남쪽의 후계자의 능력을 깨어나게 하다니. 이 모두가 숲의 심장이 가진 능력인 건가?'

이건 시스가 예상했던 수준 이상이었다. 카루나의 능력이 강한 것을 마냥 좋아할 수는 없었다. 예상치 못한 일은 예상치 못한 결과를 낳기 마련이니. 카루나로 인해 능력이 커질수록, 그의 핏줄 안에 스며 있는 어떤 '약속'이 그를 옭아맸다.

서쪽의 왕, 아탈라의 후손은 눈의 땅으로부터 남쪽을 지키며 남쪽의 땅을 밟지 않는다.

남쪽의 배신에 말을 달려 국경을 넘었던 아탈라. 그의 심장을 터트렸던 맹세가 되살아나고 있었다.

처음엔 순간순간 찾아오는 미약한 통증일 뿐이었다. 하지만 사흘 전부터는 그 강도가 세져 하루에도 몇 번씩 숨이 막히고 심장이 죄어 왔다. 제국에 머무는 것이 고통, 그 자체가 되었다. 이대로 계속 제국에 머물다간 심장이 터져 버릴지도 모를 일이었다.

'더 시간을 끌면 안 되겠군.'

어차피 준비는 거의 다 끝났다. 이 열흘의 시간은 카루나와 라크안의 경계를 누그러뜨리기에 충분했으며, 시스가 원하는 것을 손에 넣을 준비를 하기에도 충분했다. 이제 남은 건 실행하는 일뿐.

다만 지금까지도 풀리지 않는 의문이 머릿속에 남아 시스를 괴롭혔다. 시스는 눈을 가늘게 뜨고 카루나를 바라보았다.

"한 잔 더 드릴까요?"

자신의 빈 찻잔을 보고는 하녀에게 손짓하는 카루나를.

'어째서 숲의 심장은 아무렇지 않은 거지?'

* * *

그날 밤. 시스는 침대에 힘없이 늘어져 거친 숨을 몰아쉬었다. 그는 땀에 흠뻑 젖어 나직하게 신음을 내뱉고 있었다. 올가는 침대 맡에 서서는 그런 그를 안쓰럽게 내려다보았다.

"더 이상은 위험합니다."

"나도 알아."

"돌아가야 합니다."

"그래, 우리는 언젠가 돌아가야 하지."

"지금 당장 돌아가야 합니다."

"빈손으로?"

시스가 눈을 가리고 있던 팔을 치우고, 보랏빛 눈을 드러내 올가를 쏘아보았다.

"……우리의 땅에서 소식이 왔습니다."

"표정을 보아하니 좋은 소식은 아니었나 보군. 아…… 이쯤, 이었나?"

시스가 창 밖에 뜬 달을 보고는 히죽 웃었다.

"이곳은 너무 평화로워서, 시간 가는 걸 잊게 된단 말이야."

"물의 장막에 금이 가고 있다고 합니다."

"그렇겠지."

"돌아가야 합니다."

"그래, 가야겠지. 나도 점점 버티기 힘들어지고 있으니."

시스가 몸을 일으키려 하다가 다시 침대에 대자로 뻗어 버렸다. 올가는 그런 그를 부축해 주려 손을 내밀었다가, 손끝이 그에게 채 닿기도 전에 손을 거두었다.

"많이, 힘드십니까?"

올가의 목소리가 살짝 떨렸다. 그걸 알아챘으면서, 시스는 모른 척했다.

"숨 쉬는 게 힘이 드는군."

말이 끝나기 무섭게, 침대 옆 협탁에 놓여 있던 유리 물병이 산산조각 났다. 안에 그득 들어 있던 물이 쏟아져 내렸다. 하지만 협탁도, 바닥에 깔린 양탄자도, 무엇 하나 조금도 젖지 않았다. 산산조각 난 유리 조각들만 바닥에 소리 없이 떨어졌을 뿐. 물은 방울방울 떠올라 올가의 주변을 맴돌았다.

"능력이 불안정해지셨습니다. 역시 저 때문에……."

올가가 아랫입술을 세게 깨물며 고개를 푹 숙였다.

"너 때문이 아니야."

시스는 단호하게 부정했다.

"말했잖아. 이곳에 와서 내 힘이 점점 더 강해지고 있다고."

"그래도……."

"그래도는 없어. 무조건, 그녀 때문이다. 숲의 심장. 카루나."

시스가 식은땀 가득한 얼굴을 손으로 대충 훔치며 중얼거렸다.

"숲의 이름대로 읽는다면 카나겠지?"

"그럴 겁니다."

"그녀는 지금까지의 숲의 장로들과는 달라. 진짜 '숲의 심장'이다. 하필이면 나의 치세에 그것이 나타나다니. 운명이라 할 만하지 않은가?"

"……운명, 말입니까?"

올가의 얼굴이 눈에 띄게 어두워졌다.

"그래. 그러니까 반드시 저걸 우리 땅으로 가져가야 해."

시스는 가까스로 몸을 일으켜 침대에 기대앉고는 손가락을 까딱였다. 촤악- 위협적으로 올가를 맴돌던 물방울들이 떨어져 내려 바닥을 적셨다. 올가의 주변에는 물 한 방울 튀지 않았다. 하아, 시스는 더운 숨을 내쉬며 심장을 움켜쥐었다.

"난 반드시 너와의 약속을 지킬 거다."

그게 그가 이 고통을 견디는 이유였다. 올가는 감동하는 대신 얼굴을 굳혔다.

"부끄러워하기는."

"그런 게 아닙니다."

"뭐, 그렇다고 해 두지."

시스가 힘겹게 몸을 일으키며 올가에게 손가락을 까딱였다.

"할 말이 있는 거지? 네가 나 아픈 걸 이렇게 오랫동안 구경할 성미는 아니니. 어디 말해 봐."

"도움이 될까 모르겠습니다만, 어느 귀족이 접촉해 왔습니다."

"호오? 여기 귀족은 황제파와 귀족파로 나뉘어 있다지? 그렇다면 귀족 파겠군."

"네, 정확히는 신귀족파입니다. 최근에 수장이 바뀌었다는군요. 그쪽에서 제안했습니다. '고작 그런 조약을 위해 이곳에 그리 오래 머물고 있는 이유가 궁금하다고.'"

"고작 그런 조약, 이라고 했다고?"

"네."

"뭔가를 알고 있는 눈치던가?"

"찾아온 사내는 자신을 최측근이라고 소개했는데, 뭔가를 아는 눈치는 아니었습니다. 다만……."

"다만?"

"제가 따로 보고받은 것입니다만. 신귀족파의 수장인 루시온이라는 사내…… 예전에는 영애의 측근이었으며 현재는 영애에게 구혼중이라고 합니다."

"구혼 중?"

시스가 고개를 갸웃, 내저었다.

"늑대가 약혼자라고 하지 않았나?"

"네, 영애가 약혼한 상태인데도 모두의 앞에서 고백했다고 합니다."

"우리 영애의 반응은?"

제국에는 수많은 귀족 여인들이 있지만, 시스와 올가에게 있어 '영애'는 단 하나였다.

"그리 적극적이지 않았다고 합니다."

"적극적이지 않았다, 라……."

흐음. 시스는 나지막이 침음을 내며 중얼댔다.

"그렇다면 그자가 영애의 반려는 아닌 건가?"

"그런 것 같습니다. 전 역시나 죽은 장로의 후계자가 걸립니다. 숲에서 영애를 자신의 반려라고 주장했다고 하던데. 역시 그가 영애의 반려가 아니었을까요?"

"하지만 그랬다면 영애가 저렇게 멀쩡한 상태일 리 없잖아? 반려를 잃었는데 너무 태연하지 않은가."

"그렇다면 그 옆에 있는 돌연변이 늑대일 수도……."

"그럴 리는 없지."

시스가 올가의 말을 단칼에 잘랐다. 침대에 기댄 그의 모습은 꽤 나른해 보였다.

"'돌연변이'지 않은가."

하지만 입가에 맺힌 웃음은 더없이 위험했다.

얇은 셔츠와 바지가 땀에 젖어 몸에 달라붙었다. 덕분에 근육질의 몸이 보기 좋게 드러났다. 잿빛 머리카락으로도 가리지 못하는 턱선은 제법 사내다웠다. 언뜻 드러난 보랏빛 눈은 날카롭게 빛났다. 개털 같은 잿빛 머리카락도 기꺼이 참아 줄 수 있을 만한 모습이었다.

입가의 미소만 아니었다면.

그 웃음 하나로 그의 분위기가 단번에 변했다.

"그자에게 반려 같은 게 있을 리 없어. 그자가 영애의 반려일 리는 더더욱 없고. 이미 미쳐 죽어 버렸어야 했을 돌연변이 늑대 아닌가."

시스는 경멸의 빛을 띠었다.

"여태 살아 있는 건 영애 덕분이겠지. 하필이면 숲의 심장을 곁에 두고 있다니, 운이 좋아. 뭐, 그래 봤자지만."

이제 숲의 심장의 옆자리에 선 사내는 바뀔 것이다. 남쪽의 돌연변이 늑대가 아니라 서쪽의 왕으로. 시스는 오만하게 웃으며 올가를 보았다. 올가는 그의 그런 태도를 걱정했다.

"자만하지 마십시오."

"이런 건 자신감이라고 하는 거야."

"그리 생각하시는 것 또한 위험한 자만입니다."

"뭐, 어쨌든, 좋아. 아직 영애의 반려가 누군지는 확실하지 않다는 거지. 내가 아닌 건 확실하니, 답은 하나지."

딱- 시스가 손가락을 튕겼다.

"앞으로 영애의 반려가 나타나면 반드시 죽인다."

"그럼 영애는……."

"물론 영애의 상처 입은 마음은 내가 잘 달래 드리면 되겠지."

"……그 방법을 쓰시겠다는 겁니까?"

"어쩔 수 없잖아? 그러니까 영애에게도 내게도 최선의 길은, 영애가 영애의 반려를 만나지 않는 것뿐이야."

"……."

"그렇게 걱정하지 마. 영애의 반려가 뒤늦게 나타나지만 않는다면 될 일이지. 이대로 영애를 데리고 가면, 궁에 큰 새장을 만들 거야. 그곳에 넣어 두고 다른 사람을 못 만나게 하면 내가 그 방법을 쓸 일은 없을 거고."

시스가 말한 방법이 최선이라는 걸 머리로는 안다. 시스의 말대로 된다면, 시스는 카루나의 반려를 죽이지 않을 것이다. 카루나 역시 반려를 잃은 괴로움을 느끼지 않아도 될 테고.

'하지만…… 그게 영애의 행복일 리 없지 않은가.'

올가는 카루나를 떠올렸다. 시스와 달리 우연히 마주치려 노력하지 않아 몇 번 만난 적은 없지만, 만날 때마다 늘 감탄해 마지않았다. 그녀는 생명, 그 자체였다. 녹색 눈은 생기로 반짝이고, 붉고 도톰한 입술은 늘 웃음으로 가득했다. 자신감 넘치고 당당해 보이는 모습.

아무리 크다 하나 새장은 새장. 그런 것에 갇혀 행복해 할 사람은 아닌 듯 보였다.

'그런 사람을…….'

나의 행복을 위해 남의 행복을 앗아 가도 괜찮은 걸까? 그 사람이 모국을 구원해 줄 사람인데도. 올가의 안색이 어두워졌다.

'이건 전혀, 전사답지 않은 행동이야.'

그런데 그걸, 올벤 제일의 전사인 시스가 꾸미고 있다. 뭐가 그리 재미있는지, 악당처럼 킬킬대면서. 올가는 시스를 걱정스러운 눈빛으로 바라보았다. 시스는 뒤늦게 그 눈빛을 느끼고는 손을 내저었다.

"난 괜찮다니까. 누차 말하지만, 아직은 버틸 만해."

"……."

올가는 시스의 착각을 고쳐 주지 않았다.

"자, 그럼 원래의 이야기로 돌아가 볼까?"

시스가 손뼉을 짝, 치며 말했다.

"아무튼, 이 남쪽 땅에는 여전히 제 왕을 거역하는 모략가가 존재한단 말이지?"

"그렇습니다."

"한 번 만나 보고 싶군. 날을 잡아 봐."

"직접 나가시겠습니까?"

"어차피 그쪽은 날 모르지 않은가. 내가 네 측근이라고 둘러대고, 그쪽

수장의 얼굴을 직접 보고 싶군."

벽에 걸린 등불 아래 길게 늘어진 그림자를 바라보며, 시스가 씩- 웃었다.

* * *

시스와 황태자의 사이는 꽤 돈독해졌다. 친선의 다리가 서니 회담 또한 급물살을 탔다.

황태자는 황제를 살살 꼬드겨, 평화 조약의 몇 조항을 올벤에게 양보하도록 했다. 올가는 제국이 제안하는 수정된 평화 조약 내용을 받아 들고는 역시나, 그간 양보하지 않았던 몇 가지 조항을 제국에게 내주었다. 그리하여 그간 지지부진하게 논의되었던 평화 조약이 조인되었다.

올가는 비로소 제국의 황제를 알현하여 양국의 날인이 찍힌 외교 문서를 교환할 수 있게 되었다. 근 몇백 년 만에 제국과 올벤이 평화 협정을 맺는 역사적인 순간. 바이켈드 공작의 약혼녀이자 황후의 시녀이자, 사교계의 떠오르는 꽃인 카루나는 기꺼이 참석하여 자리를 빛냈다.

황태자는 황제파의 수장인 바이켈드 공작가를 예우하는 의미로, 라크안과 카루나를 제 바로 옆에 앉혔다.

신귀족파의 수장인 루시온은 제 무리에게 둘러싸여 단장 아래 서 있었다. 거리가 꽤 멀었지만, 카루나는 자신을 뚫어져라 바라보는 루시온의 시선을 느낄 수 있었다. 카루나는 루시온의 시선을 피해 고개를 돌리다 황태자와 눈이 마주쳤다.

'산 넘어 산이네.'

한숨을 폭- 내쉬자 황태자는 그 뜻도 모르고 활짝 웃어 보였다. 황태자는 제 바람의 능력을 제어할 수 있게 된 후부터 지금까지 컨디션이 좋았다. 카루나는 올가의 충성스러움을 치하하며 제국의 명예 기사 작위를 내리는 황제를 보며 황태자에게 속삭였다.

"황제 폐하를 제법 잘 다루시게 됐네요. 절대 이번 조약에 쉽사리 서명하지 않으려 했을 텐데요."

"옛날엔 아버지이기 이전에 황제 폐하라고만 생각했으니까 어려웠는데. 그날 이후로 생각이 조금 바뀌었거든."

황태자가 멋쩍게 웃었다.

"그래도 날 아들로 생각하고 걱정해 주신다고 생각하니, 저 의심 많으신 성품을 상대하는 게 마냥 어렵지는 않게 됐지."

"흐음, 그렇군요."

'그날이라는 건 아마도 그때겠지?'

카루나는 황태자에게 위험을 피해 황제궁으로 달려가 황제에게 매달리라고 조언했던 날을 떠올렸다.

황태자는 황제가 자신을 보호해 줄 거라고 생각하지 않았다. 그런데 황제는 그의 예상과 달리 과격하게 반응하고 그를 지키려 했다. 황제 역시 아버지는 아버지였으니까.

그날의 기억이 황태자에게 꽤나 충격적이었던 듯했다.

"예전엔 폐하께서 역정을 내시면, 저러다 또 이상한 의심을 하면 어쩌나 싶어서 단념하곤 했는데. 이제는 좀 더 달라붙고 매달려서 내가 원하는 것을 허락받게 됐달까."

그래도 저 의심 많은 성격까지는 어쩔 수 없다며, 황태자는 으으- 진저리쳤다. 그 표정이 그리 어두워 보이지는 않았다.

카루나는 팔걸이에 턱을 괴고 황후의 옆에 꼭 붙어 있는 어린 황녀를 바라보았다. 황후를 꼭 닮은 황녀는 이런 공식 행사가 아직 어색한지 불안해 보였다. 황후의 옆에 꼭 붙어서는 커다란 눈을 데굴데굴 굴리고만 있었다. 영락없이 머리 긴 황태자였다. 남매 아니랄까 봐 황태자와 황녀는 꼭 닮은 꼴이었다.

"흐음, 황녀 전하께는 슬픈 일이네요."

황녀는 나이가 어리나 야심가였다. 아버지와 오빠의 사이가 안 좋을 때면 기회는 이때다 싶은지 제가 황태녀 자리 노리고 있다고 선언하곤 했다.

물론 황제는 장성한 황태자를 두고 어린 황녀를 후계자로 삼아 황실을 불안정하게 만들 마음이 없고, 황태자는 어린 동생의 재롱으로만 보고 있다는 게 황녀의 슬픔이었다.

황태자는 제 어린 여동생을 꽤나 아끼고 사랑하고 있었다. 황녀에게는 꽤 짓궂은 오빠인지라, 황녀는 황태자가 절 아낀다는 걸 절대 인정하지 않고 있지만. 황태녀가 되겠다는 황녀를 봐도 허허 웃고 마니, 황제는 그런 황태자를 보며 화를 내기 일쑤였다. '넌 도대체 권력욕이 있는 거냐, 없는 거냐!'라고.

클레이엔의 대역이던 시절, 강력한 황태자비 후보로서 황태자 주변을 맴돌며 그러한 광경을 여러 번 봐 왔던 터라. 황녀와 딱히 친분이 없어도 심적으로 그녀가 친근하게 느껴졌다.

"내 동생에게 관심이 있나? 마침 잘됐군. 이제 내 동생도 슬슬, 사교계에 데뷔하고 친구가 생겨야 할 때인데."

"제가 황녀 전하의 친구가 되기에는 나이대가 안 맞는 것 같은데요?"

"그럼, 잘 따르는 언니는 어떤가?"

"어머나? 황태자 전하, 진심이세요?"

카루나가 까르르, 웃으며 황태자를 눈으로 흘겼다.

"제가 황녀 전하 편에 붙으면 어떡하시려고?"

"……."

순간, 황태자의 얼굴이 해쓱해졌다. 야심에 불타는 여동생과 카루나가 힘을 합쳐 황실과 사교계와 제국을 들었다 났다 하는 모습이 진짜 있었던 일처럼 눈앞을 스쳐 지나갔다.

"……만약 날 죽이게 된다면, 고통 없이 깔끔하게 보내 주겠나?"

황태자가 피식, 웃으며 카루나에게 손을 내밀었다. 카루나는 기꺼이 악수에 응했다.

"고통 없이 보내드리죠."

"……끝까지 안 한다는 말은 안 하는군. 라안, 네 약혼녀 좀 말려 줘."

황태자가 고개를 설레설레 저으며 라크안을 끌어들였다. 카루나 옆에 앉아 묵묵히 앞만 보고 있던 라크안이 그제야 고개를 돌렸다. 흥. 카루나는 새침하게 황태자의 손을 내려놓고 눈을 치켜떴다.

"뭐, 제 약혼자가 황태자 전하께 충성하겠다면야 저도……."

"전 제 약혼녀의 뜻에 따르겠습니다."

카루나와 라크안, 두 사람이 동시에 말을 했다.

"……어? 정말요"

카루나는 깜짝 놀라 눈을 깜박였고.

"허, 참. 제국의 방패가 사랑 때문에 나를 저버리겠다고? 성인식 때 내게 한 충성 맹세는 어쩌고?"

황태자는 진심으로 어이없어하며 헛웃음을 지었다.

"집안이 평안해야 나라가 평안한 법이니, 큰일은 무조건 배우자의 의견대로 하라는 게 제 어머니의 가르침이었습니다."

라크안은 아무렇지 않은 표정으로 어깨를 으쓱였다. 그런 라크안을 보며 카루나와 황태자는 동시에 웃음을 터뜨렸다. 물론 주변을 의식해 얼른 얼굴 표정을 수습했다. 셋이서 있을 때야 웃자고 한 농담이지만, 다른 사람들이 알게 된다면 반역 모의라고 비난 받을 수도 있을 법한 내용이었으니까.

황태자는 앞으로 자신의 황위 계승에 큰 영향을 미칠지도 모를, 미래의 바이켈드 공작 부인에게 잘 보이고자 앞으로 노력하겠다고 굳게 맹세했다. 카루나는 앞으로는 지켜보겠다며 새침하게 말하고는 부채를 펴 얼굴을 가렸다.

가까이에서 들으면 반역자들의 모임 같으나, 멀리에서 보면 더없이 화목해 보일 뿐이었다. 황제파 귀족들은 세 사람을 보며 흐뭇해했으며, 신 귀족파 귀족들은 눈살을 찌푸렸다.

그중에서도 두 남자 사이에 앉은 카루나를 향하는 집요한 시선이 두 쌍 있었다. 짙은 남색 눈과 개털 같은 잿빛 머리카락에 가린 보랏빛 눈.

카루나만을 향하던 두 시선이 허공에서 서로 엇갈렸다. 두 사내는 서로를 알아보고 눈인사를 나누었다. 그렇게 곧 저 화목한 웃음을 부수고야 말겠다는 음모의 서막이 열렸다.

* * *

평화 조약을 조인하는 것으로 올벤 사절단의 임무는 끝났다.

사절단은 올벤으로 돌아갈 준비를 했고, 카루나는 덩달아 바빠졌다. 사절단을 맞이하는 것만큼이나 배웅하는 것 또한 손이 많이 갔다. 사절단의 체류가 예상보다 길어져 미리 준비해 둔 것 중 쓸 수 없게 된 물건도 제법 있었다. 그것들을 버리고 다시 준비하는 일이 쉽지만은 않았다.

카루나는 그 쉽지 않은 일을 여러 번 해 본 사람처럼 능숙하게 해냈다. 그렇게 환송식 준비를 하던 중 올가에게서 연락이 왔다. 공식적인 일정 외에 개인적으로 만남을 청한 적이 거의 없던 사람인지라, 카루나는 열 일을 제쳐 놓고 올가를 만났다.

카루나와 올가가 만난 건 백합궁에 마련된 카루나의 방에서였다. 두 사람은 백합궁 시녀들이 준비해 준 차와 다과를 사이에 두고 마주 앉았다.

"바로 어제 만난 것 같은데 벌써 이별이라니, 아쉽기만 하네요."

카루나는 생글생글 웃으며 붙임성 있게 말을 걸었다.

"그간의 융숭한 대접에 진심으로 감사드립니다. 저희 왕께서도 기뻐하실 겁니다, 영애."

올가는 절도 있게 고개를 숙여 감사를 표했다.

"그렇게 생각해 주신다면 다행이에요."

"진심으로 그렇게 생각하고 있습니다."

카루나는 다시 생긋, 웃어 보였다.

'인사치레는 이 정도 하면 됐겠지? 이젠 올벤에 대해서 간단한 거라도 물어볼까. 바로 용건을 묻기는 좀 그런데. 뭘 물어보면 좋으려나.'

카루나가 차를 홀짝이며 머리를 굴리고 있을 때였다.

"영애, 부탁드릴 것이 있습니다."

고민이 무색하게도, 올가는 바로 훅- 치고 들어왔다.

"아, 네. 무엇을?"

카루나는 당황한 기색을 내비치지 않고 상냥히 답했다.

"올벤에서는 헤어질 때, 방문한 쪽에서 연회를 베풉니다. 이제는 친해져 서로를 공격하지 않겠다는 의미로 무기와 갑옷을 입지 않고 연회를 치르지요."

"그렇군요."

"방문한 쪽에서는 재력을 과시하며 방문한 지역의 가장 큰 건물을 빌리거나, 공터에 큰 장막을 쳐 연회를 준비합니다. 저희 왕께서는 이번 사절단의 임무가 성공적으로 마무리되면, 제국에 친교를 보이는 의미로 방문자의 연회를 열고 오라고 제게 명하셨습니다."

"어머나, 그런가요? 하지만 여태 그런 말은 전혀 없으셨잖아요?"

"협정이 성사된다는 보장이 없었기에 언급하지 않았습니다."

"아, 그러시군요."

"다행히도 양국이 평화 조약을 맺었으니, 올벤식으로 방문자의 연회를 열고 싶습니다. 허락해 주시겠습니까?"

"으음……."

이건 카루나가 혼자 결정할 수 있는 문제가 아니었다. 카루나는 그 점을 솔직하게 말했다. 올가는 이해한다며 고개를 끄덕였다.

"그렇다면 이삼일 내로 확답을 주십시오. 저희는 저희 식대로 연회를 준비하겠습니다."

"아, 잠깐만요. 혹시나 황제 폐하와 황후 폐하께서 허락지 아니 하실 수도 있으니, 일단 제 연락을 기다려 주심이……."

"아니요, 영애."

올가가 단호하게 고개를 저었다.

"꼭 허락해 주셔야 할 겁니다."

분명 조금 전, 방문자의 연회를 설명할 때는 그걸 하고 싶으니 허락해 줬으면 좋겠다는 부탁조의 말이었건만. 분위기가 한순간에 바뀌었다. 올가의 목소리가 단조로워졌다. 그에 따라 카루나의 얼굴에서도 웃음이 사라졌다. 올가는 자리에서 벌떡 일어나 카루나에게 정중히 인사했다.

"방문자의 연회는 평화 조약의 마지막 단계입니다. 만약 저희가 준비하는 연회를 받아 주시지 않는다면, 올벤은 제국과 맺은 평화 조약을 믿을 수 없게 될 겁니다."

"그 말은 설마……."

"예, 평화 협정이 백지화된다는 말입니다."

고작 며칠 전, 황제에게 평화 조약 문서를 바치고 제국의 명예 기사 작위를 수여받은 올가가 무덤덤한 목소리로 말했다.

* * *

카루나는 올가와 헤어지자마자 즉각 황후에게 보고를 올렸다. 황후 역시 심각해져서 황제궁으로 달려갔다. 카루나는 급히 황태자와 라크안에게도 연락을 넣었고, 황태자는 바로 황제궁으로 달려갔다. 라크안은 백합궁에 있는 카루나의 방으로 달려왔다. 급박하게 돌아가는 상황 속에서도 카루나는 내심 속상했다.

황궁에 자신만의 방을 갖는 건 모든 귀족들이 바라는 것이다. 그중에도 백합궁의 방을 하사받는 건, 사교계 귀부인들의 가장 큰 꿈이었다. 백합궁의 아름다운 방에 직접 준비한 차와 다과를 내놓고, 연인을 초대한다. 미혼 영애들에게 얼마나 큰 로망이던가.

카루나 역시 그런 쪽으로 설렘을 가지고 있었다. 언젠가, 주변 상황이 안정되면, 모르는 척 내숭을 떨며 라크안을 초대하려고 했건만. 올가의 폭탄선언 덕에, 라크안은 그저 '일' 때문에 카루나의 백합궁 방에 처음 들어오게 되었다. 그런 만큼 라크안은 아무렇지 않게 뚜벅뚜벅 걸어 들어왔다. 전혀 낭만적이지 않았다.

'내가 낭만은 무슨, 로맨틱은 무슨.'

카루나는 처량한 마음을 애써 날래며, 내색하지 않았다. 어쨌거나 상황이 상황이니만큼, 지금은 이런 섭섭한 마음마저 사치였다.

"그게 무슨 말이지? 올벤이 뭘 바란다고?"

"방문자의 연회요."

"방문자의 연회?"

"올벤에 그런 게 있다네요."

절로 한숨이 푹 나왔다. 그 한숨은 단지, 올가 때문만은 아니었다. 카루나는 마음을 다잡고, 급하게 준비한 냉침 차라도 라크안에게 건넸다. 라크안은 역시나 멋없이 그걸 물처럼 벌컥벌컥 들이켰다. 식사 예절이 좀 좋아지면 뭘 하나. 이렇게 눈치가 없는데.

카루나는 설렘 따위는 완전히 마음속에서 털어 내 버렸다. 그러고는 라크안에게 올가와 나눴던 대화를 들려주었다. 라크안의 표정이 황후만큼이나 심각해졌다.

"이번 평화 조약은 전적으로 황태자 전하의 책임 아래 이뤄진 일이지."

"신귀족파는 고작 올벤 따위의 북방 야만족과 평화 협정이 웬 말이냐며 반대했고요."

"황제 폐하가 참석한 행사까지 열린 뒤에, 갑자기 조약이 무산되면……."

"귀족파가 득달같이 달려들어 공격할 테니, 황태자 전하께서 타격을 입으시겠지요. 황제 폐하도 어쩔 수 없이 황태자 전하께 협상 결렬에 대한 책임을 물으셔야 할 테고요."

카루나와 라크안은 동시에 한숨을 내쉬었다.

책임을 묻는다고 해 봤자 몇 주간의 근신에 그칠 터이나, 요즘 한창 물오른 황태자의 기세를 꺾기에는 충분했다.

딱히 황태자 자리를 위협하는 동년배의 황자나 황위 계승자가 있는 건 아니지만 그렇다고 하여 황태자의 자리가 마냥 안전한 것은 아니었다. 계속 업적을 쌓아 자신의 능력을 증명해야만, 황위에 올라서도 막강한 권위를 휘두를 수 있다.

지금의 황제가 괜히 의심 많은 너구리가 되었겠는가. 황제 역시 황자 시절부터 끊임없이 자신의 존재를 증명해 와야 했다. 지금보다 더 황제파가 약세였던 그 옛날부터.

'황녀는 좋아하려나?'

카루나는 며칠 전 평화 협정 조인식에서 보았던 어린 황녀를 떠올렸다. 또 황태녀가 될 기회를 얻었다고 좋아할까? 아니면, 제 오라버니가 위험해졌다며 걱정할까.

어쩌면 걱정할지도 모른다는 생각이 들었다. 이번의 위기는 황태자를 흔들려는 세력에게 빌미를 줄 수 있는 수준이니까. 황태자와 닮았다고 말하면 어디가 닮았냐고 길길이 날뛰고는 하지만. 그렇다고 황태자와 사이가 나쁜 건 아니었다. 황태자가 황녀를 좋아하고 귀여워하는 것만큼이나, 어쨌든 황녀도 황태자를 잘 따르긴 했으니까.

'지금 황녀를 생각할 시간이 어딨어. 정신 차려, 카루나.'

카루나는 짝 소리 나게 자신의 뺨을 내리쳤다. 라크안이 깜짝 놀라 카루나를 바라보았다.

"아, 아무것도 아니에요. 그냥, 집중하려고 그런 거니까."

카루나는 저를 이상한 눈빛으로 쳐다보는 라크안에게 손사래를 치고는 얼얼한 양 뺨을 두 손으로 감쌌다.

'이건 협박이야. 처음에는 별거 아닌 듯 말하다가 곧바로 승낙하지 않으니까, 강수를 둔 거겠지. 허세일까? 아니면 진짜, 그럴 생각인 걸까.'

협정을 무효화시킬 권한이 없는 주제에, 그 방문자의 연회라는 것을 못 치르고 올벤으로 돌아가게 될 것을 두려워하여 허세를 부렸는지도 모른다.

'하지만, 진짜 협정을 무효화시킬 힘을 가지고 있다면?'

그 가능성을 무시할 수는 없었다.

'문제는 그녀에게 그런 힘이 있는지 없는지가 아니야.'

카루나는 고개를 돌이 라크안을 바라봤다. 라크안 역시 턱을 문지르며 생각에 잠겨 있었다.

"……."

"……."

두 사람의 눈이 마주쳤다.

남의 생각을 들여다보는 능력 따윈 가지고 있지 않지만, 적어도 지금 이 순간만큼은 그런 능력이 생긴 것 같다는 착각이 들었다. 라크안의 붉은 눈 속에 담긴 생각을 알 수 있을 것 같았으니까.

"혹시 말이에요. 이 뒤에……."

"그 빌어먹을 박쥐 새끼가 있을지도 모른다고?"

역시나. 카루나는 한숨을 내쉬었다. 라크안은 같은 생각을 하고 있었다.

"그러고 보면 그동안 너무 조용하기는 했지."

라크안의 눈이 가늘어졌다. 올벤 사절단이 도착한 날로부터 지금까지, 신귀족파는 이상할 정도로 조용했다. 카루나는 라크안의 말에 동의했다.

'확실히, 루시온은 함부로 일을 벌이는 사람은 아니지만 그렇다고 적당한 때를 놓치는 사람도 아니지.'

그동안 올벤 사절단으로 인해 라크안과 카루나의 주의가 흐트러지고, 시선이 분산되었다. 루시온에게는 뭔가 일을 벌이기 적당한 때였다. 하지만 지금까지도 루시온은 조용했다. 그 침묵이 끝까지 이어질까? 올벤 사절단이 떠나는 날, 마지막 기회를 노려 뭔가 일을 벌이지는 않을까.

이를테면, 갑자기 올벤이 방문자의 연회니 뭐니를 주장하는 지금.

'하지만.'

카루나는 고개를 저었다.

"이건 루시온답지 않아요."

"……뭐?"

라크안의 미간이 꿈틀, 했다.

"봐요, 이건 너무 눈에 빤히 보이는 수잖아요. 당장 우리만 봐도 그래요, 루시온부터 의심하고 있어요. 루시온이 이런 빤한 수를 쓸 리 없잖아요."

루시온은 은밀한 모략가다. 결코 자신을 드러내지 않는다. 설사 일이 잘못되어도 그 피해가 자신에게까지 오지 않도록 만든다. 그건 강박적인 버릇과 같았다.

루시온의 일처리 방식은 전적으로 카루나 때문에 만들어진 것이었다. 그녀의 비서로 유명세를 떨치고 있는 자신이 드러나면 그 피해가 곧바로 카루나에게까지 번질지 모른다 염려했던 것이다. 그걸 알 리 없는 카루나는 그저 루시온이 제 손을 더럽히는 걸 싫어한다고만 생각했다.

"아무튼 루시온의 계획은 아닐 거예요."

카루나가 단정하듯 말했다. 라크안의 눈썹이 다시 한 번 꿈틀거렸다.

"그 박쥐 새끼가 혼자 벌이는 일이 아니잖아. 올벤이 끼어들었으니, 당연히 올벤과 의견을 조율했겠지. 그 자식 취향대로 일을 꾸밀 순 없었을 거야. 그러니까……."

라크안 역시 확신에 가득 차 말했다.

"그 자식 짓이야."

붉은 눈은 불만으로 가득 차 있었다.

"올벤 또한, 이렇게 무식하게 일을 벌일 것 같지는 않은데요."

카루나는 라크안의 불편한 기색을 살피는 대신, 올가와 시스를 떠올렸다. 시스야 태도로만 보자면 경박하기 이를 데 없으나, 그렇다고 마냥 가볍고 생각이 얕은 인물은 아니었다. 올가는 더더욱 진중하고 이성적인 사람이었다. 적진의 한가운데에서 이런 얕은 수를 쓸 사람으로 보이진 않았다.

"그럼, 신귀족파와 아무 상관없는, 올벤 사절단의 고집이라는 건가? 그 방문자의 연회니 뭐니 하는 자신들의 관습을 지키기 위해?"

"정말로 올벤이 관습대로 평화 협정을 마무리 짓고 싶어 한다는 것 역시 염두에 둬야 하지 않을까요?"

카루나는 조심스러웠다. 이번 일은 황태자의 위기이기도 하지만, 사절단의 접대를 총 책임진 카루나의 위기이기도 하다. 카루나의 위기는 곧 바이켈드 공작, 라크안의 위기이기도 하니 카루나는 예전처럼 과감하게 판단을 내리지 못했다.

클레이엔의 대역으로 살며 마카레나 백작을 위해 일했을 때와는 전혀 다른 마음가짐이었다. 그 때는 마카레나 백작이 다치든 피해를 입든 상관하지 않았다. 오직, 클레이엔을 황태자비로 만드는 목표만 바라보며 내달렸다.

하지만 이제는 그럴 수 없었다. 라크안을 향한 마음이 카루나를 카루나답지 않게 소극적으로 만들었다. 그리고 라크안은 그런 카루나의 모습을 다른 의미로 받아들였다.

"왜? 루시온, 그 자식이 아직도 아쉬운가?"

명백히 빈정 상한 목소리였다.

"네?"

카루나는 순간적으로 라크안의 말뜻을 못 알아듣고 고개를 갸웃, 기울였다.

"루시온이 아직 그대의 사람처럼 느껴져서 망설이는 거냐고."

"……네에?"

이번엔 어처구니가 없어 되물은 것이었다.

'뭔 소리래? 루시온이 저쪽으로 넘어간 지가 언젠데? 내가 아직도 그런 감상적인 생각에 젖어 있을 리가 없잖아.'

카루나는 어처구니가 없었다.

'내가 그럴 거라고 생각하고 있었다니…….'

안 그래도 올가를 만난 이후 가라앉았던 기분이 아예 진창으로 굴러떨어졌다.

"내가 그랬으면 좋겠어요?"

자연히 말투가 퉁명스러워졌다.

"여태 루시온이 떠난 걸 슬퍼하며 우울해하고 있었으면 좋겠냐구요."

말이 끝나기 무섭게 어딘가에서 콰직- 나무토막이 바스러지는 소리가 났다. 그 소리를 좇아 눈을 내리니, 라크안의 손이 보였다. 그의 손이 의자 팔걸이를 우그러뜨리고 있었다. 아름다운 백조 조각이 그의 손안에서 산산조각 났다. 부서진 잔해들이 양탄자 깔린 바닥에 떨어졌다.

"뭐, 뭐 하는 거예요!"

카루나는 깜짝 놀라 벌떡 일어섰다.

"음?"

라크안은 영문을 몰라 하다가 제 손을 내려다보고는, 얼른 손을 뗐다.

"아…… 이게 왜?"

표정을 보아하니 자신이 무슨 짓을 저지르고 있는지 몰랐던 듯했다.

"너무 약한데, 이거. 황후궁 물품 담당관을 불러 한 번 조사를 해 보는 게……."

라크안은 의자 품질에 의심을 품었으나 카루나의 생각은 전혀 달랐다.

"꺄악, 이거 어쩌면 좋아! 잊었어요? 이 백합궁은 그 자체로 예술품이라고요. 이 의자 하나도 장인이 한 땀 한 땀 조각한 골동품일 텐데!"

그걸 와그작 부숴 버렸으니. 백합궁의 살림을 맡은 시녀장에게는 뭐라고 하며, 또 황후에게는 어떻게 둘러댈 것인가.

"내가 미쳐! 아무튼 도움이 안 돼! 이 힘만 센 늑대 같으니라고!"

카루나는 라크안의 어깨를 찰싹찰싹 때리며 화를 냈다. 딱히 아프진 않았다. 오히려 간지러운 축에 속하니 때리고 싶다면 얼마든지 때려도 상관은 없으나. 일단 오해는 풀어야 하니, 라크안은 다급히 입을 열었다.

"내가, 일부러 그런 건……."

"일부러 그랬으면 내가 절대 가만히 안 있어요! 실수니까 이 정도인 거지."

"……."

카루나는 허리춤에 양손을 올리고는 라크안에게 잔소리를 쏟아부었다. 현행범으로 체포된 라크안은 감히 아무런 반박도 하지 못했다. 그저 머리 위에서 쏟아지는 잔소리를 얌전히 들어야 할 뿐이었다.

문득 예전 기억이 떠올랐다.

워낙 어릴 적 일이라 가물가물하긴 한데, 어머니가 무슨 사고를 치자 아버지가 울적한 얼굴로 중얼중얼 신세 한탄을 하셨다.

"내가 뭔 영화를 누리자고 살던 숲에서 뛰어나와 빈 몸으로 여기로 와서, 날 배려해 주지도 않는 이런 반려를 만나 이렇게 처량하게 살아야 하다니……."

그러면 어머니는 쩔쩔매며 무릎이라도 꿇을 기세로 아버지를 달래려고 애썼다.

"내가 잘못했어. 백 번 천 번, 잘못했다니까? 제발, 한 번만 봐줘."

두 손을 모아 싹싹 비는 어머니의 모습이 꽤나 불쌍해 보였더랬다.

그날 저녁, 침실 출입 금지를 당한 어머니는 괜히 라크안의 방에 놀러와 아버지 몰래 과자를 한아름 안겨 주고는 이렇게 말씀하셨다.

"무조건 안사람 말을 잘 따라야 하는 거야. 그래야 가문이 평안하고, 네가 무사히 살아남을 수 있는 거란다. 나중에 네 반려를 만나면 이것 하나만 꼭 기억하렴. 네 반려가 무조건 옳단다. 감히 그 사람에게 개길 생각은 하지 말거라."

울적한 목소리로 그렇게 말했으면서. 아버지가 부르는 소리가 들리자마자 라크안을 버리고는 성큼성큼 달려가 버렸다. 왜 그때의 기억이 나는 걸까. 어머니의 말대로라면 라크안은 그저 묵묵히, 자신의 잘못을 반성하고만 있어야 했다.

'지금 중요한 건 이게 아닌데.'

하지만 라크안의 마음속에서, 철없는 반항이 욱- 솟았다.

'루시온, 그 박쥐 새끼 편을 들려고 일부러 화를 내는 게 아닐까?'

문득 든 생각인데. 곱씹을수록 정답처럼 느껴졌다. 당장 루시온이 올벤 사절단과 무슨 모의를 했을지도 모를 판국에 이까짓 의자가 뭐라고 화를 낸단 말인가.

황후의 예민한 성정과 제가 파괴한 의자의 예술적 가치를 전혀 염두에 두지 않은 판단이었다. 어차피 답은 정해져 있고, 주변 상황은 그걸 뒷받침하기 위한 끼워 맞추기식 증거일 뿐이었다.

아까부터 루시온에 대한 카루나의 마음을 의심하고 있었던 라크안에게, 지금 카루나의 분노와 짜증은 오직 루시온을 두둔하기 위한 것으로만 느껴질 뿐이었다.

"적당히 좀 하지."

라크안이 참지 못하고 한마디를 던졌다.

"뭐라고요? 그걸 지금 말이라고 해요?"

카루나는 라크안의 그 말 한마디에 더욱 분노했다.

"라안 님은 그냥 부수기만 하면 끝이지. 시녀장 눈치 보고, 황후 폐하께 벌벌 기며 죄송하다고 사과해야 할 사람은 나란 말이에요. 나!"

"우린 그것보다 더 중요한 일에 대해서 의논하고 있었어."

"이것도 그것만큼 중요하거든요? 이 망할 늑대! 힘자랑은 침대에서만 하란 말이야!"

왜 하필 지금, 열 사람이 뒹굴어도 꿈쩍도 안 할 것 같던 라크안의 커다랗고 튼실한 침대가 생각난 건지는 모를 일이지만.

카루나는 화를 못 이겨 생각나는 대로 말을 쏟아냈다. 그 말을 다른 사람이 듣고 있을 수 있으며, 다른 의미로 받아들일 거란 생각은 조금도 하지 않았다. 이 넓고 넓은 방에 사람이라고는 라크안과 자신 딱 둘뿐. 창문은 닫혀 있고, 문은 어째서인지 쪼오금 열려 있긴 하지만. 아무튼 딴 사람은 안 보였으니까.

하필이면 그때, 그 쪼오금 열린 문틈 사이로 누군가가 서서 안쪽을 보고 있을 거라고는 꿈에도 생각하지 못했다. 두 사람은 전혀 의식하지 못했으나, 그렇게 일방적으로 당하고 일방적으로 혼내는 두 사람의 모습은 제법 오붓해 보였다. 그래서 카루니를 찾아온 시녀들은 두 사람의 오붓한 시간을 차마 방해하지 못하고 문 밖에서 서 있었다.

라크안이 카루나를 찾아왔다는 소식을 들은 황후는 이국의 귀한 과자를 내주도록 했다. 시녀들은 그걸 주고자 찾아왔던 것이었다.

"어머, 어머. 저렇게 보니 바이켈드 공작 각하도 제법, 사람 같아 보이네. 귀가 축 처져서 혼나는 사냥개 같아."

"평소에 영애가 공작 각하를 휘어잡고 산다는 소문을 듣긴 했는데, 정말인가 보네."

"공작 각하가 완전 나 죽었소 하고 있는데? 전 저분의 저런 모습을 처음 보는 것 같아요."

"저도요, 저도요."

"좋-은 때네요."

시녀들은 문틈으로 두 사람의 모습을 보고 키득거렸다. 누구보다 빠르게 그들의 기척을 눈치챈 라크안은 카루나에게 그들의 방문을 말해 주려고 했다.

"저기, 잠깐."

"왜요! 지금 입이 열 개여도 할 말이 없어야 하는 거 아닌가요? 왜요? 무슨 변명을 하려고요."

"그게 아니라."

"그게 아니긴, 뭐가 아니에요. 또 이럴 거예요, 안 이럴 거예요?"

"······혹시 날 강아지 취급한다거나 그런 건 아니지?"

"강아지만도 못하죠, 라안 님은! 강아지는 의자 다리나 깨물고 마는 정도지. 라안 님은 그게 아니잖아요!"

"······내가 잘못했다."

"맙소사, 그럼 여태 잘못했다고 생각도 안 하고 있었던 거예요?"

"······."

말을 하면 할수록 수렁에 빠져들어 갔다. 라크안은 말하는 걸 포기하고 묵묵히 혼나는 길을 택할 수밖에 없었다. 그렇게 라크안을 한참 혼낸 다음에야 카루나는 지쳐 의자에 주저앉듯 앉아 버렸다.

'내가 그동안 스트레스가 많았나?'

라크안에게 너무 과하게 화를 낸 게 아닐까 살짝 반성하려는 마음이 들려고도 했으나. 슬그머니 문을 열고 들어오는 시녀들을 보고는, 다시 라크안에게 한 소리를 할 수밖에 없었다.

"저 사람들 표정 보아하니까 한참 밖에 서서 우리들 이야기하는 거 듣고 있었던 것 같은데. 알았죠? 알았는데 왜 말 안 했어요!"

"······."

라크안은 아무 말도 할 수 없었다.

* * *

라크안이 백합궁에서 카루나에게 얼마나 혼났든, 그것과는 상관없이 올가가 원하는 상황은 이루어졌다. 황태자는 올가의 요청을 잘 순화하여 황제에게 보고했다. 북방에서 온 이민족이 제국 수도 내에서 황금을 뿌려 가며 화려한 연회를 준비해 제국의 은혜에 감사드리고 싶다고 하니, 황제는 의외로 너그러이 올가의 청을 들어주었다.

올가의 협박성 요청을 황제의 은혜에 감사하는 이벤트로 포장하다니. 카루나는 황태자의 융통성에 감탄하며 라크안의 옆구리를 쿡, 찔렀다.

"좀 본받아 봐요."

"저런 입 발린 말을 할 줄 아니까 황태자인 거다."

라크안은 으으, 진저리를 치며 고개를 돌렸다. 황제의 비위를 맞추는 게 어지간히도 싫은 듯했다.

'아무튼 출세는 못할 사람이라니까. 날 때부터 공작의 아들로 태어나고 황태자의 친구로 자라나 출세할 필요가 없어서 다행이지.'

탯줄을 잘 잡고 태어난 이후로 평생 호의호식하며 사는 귀족들을 별로 좋아하진 않지만. 라크안만큼은 귀족이어서 참 다행이라는 생각이 들었다.

'아니면 저 성질 머리를 누가 감당해? 나 정도는 되어야 목줄이라도 잡고 산책이라도 나가는 거지. 아무튼 손이 많이 가는 늑대라니까. 내가 옆에 없으면 어쩔 뻔했어?'

카루나는 황후 앞에서 우는 척하며 부서진 백조 의자 건으로 용서를 빌었던 지난날을 떠올리며 입을 삐죽였다. 문 밖에 서 있던 시녀들이 한마디씩 보태 주어, 침대에서도 힘 센 바이켈드 공작이 약혼녀를 보고는 그 힘을 주체 못해 귀한 의자를 부숴 먹은 걸로 잘 포장되었다.

'참 좋을 때네요.'

황후가 폭- 한숨을 내쉬며 덧붙인 한마디에, 카루나의 얼굴이 새빨개진 건 라크안이 영영 몰라야 하는 일이었다. 어쨌거나 황태자의 기지 덕에 올가는 원하는 대로 방문자의 연회를 열 수 있게 되었다.

* * *

라크안과 카루나는 혹시나 모를 사태를 대비해 올가와 올벤 사절단을 철저히 감시했다.

"아무튼 루시온은 아닐 거예요."

카루나는 여전히 루시온을 의심하지 않았다.

'준비하는 모습을 보니, 정말 올벤에 이런 풍습이 있는 거 같기도 해. 많이 해 봤다는 듯이 착착 준비하잖아? 설사 제국의 어떤 세력과 작당 모의를 했다 해도, 그게 루시온은 아닐 거야. 마카레나 백작의 잔당이 남아 일을 꾸미면 모를까.'

시간이 지나면 지날수록 카루나의 생각은 굳어졌다. 그건 라크안 역시 마찬가지였다.

"그 박쥐 새끼 짓이 맞는 거 같은데. 냄새가 난다니까."

라크안은 카루나가 '루시온'이란 단어를 입에 담을 때마다 인상을 찡그렸다.

"냄새는 무슨! 라안 님이 늑대예요? ……아."

"요즘 들어 날 늑대가 아니라 개 취급 하는 거 같은데. 내 착각인가?"

"루시온 냄새가 난다느니 뭐니 하고 말하는 건 라안 님이잖아요."

"본능적인 감각을 말하는 거잖아."

"아하, 본능적인 감각?"

카루나가 눈을 반짝, 빛내며 라크안을 올려다보았다.

"그 본능적인 감각으로, 날 보고 카루나 엄마냐고 물어본 거였나요?"

"……."

"내가 클레이엔이었던 걸 알아보지도 못했어."

"……."

"차암 끝내주게 잘 들어맞는 본능적인 감각이네요. 아주 믿음이 가요, 믿음이."

분명 정체를 숨긴 건 이쪽이지만, 최선을 다해 열심히 숨기긴 했지만. 그래도 알아보지 못한 건 저쪽의 죄였다.

'그렇게 본능적인 감각을 가지고 있다면 알아봤어야지! 나를! 한 번에!'

어릴 때는 애 취급을 당했고, 잠깐 원래 몸으로 돌아갔을 때는 어린 카루나의 엄마가 아니냐는 소리까지 들었다. 그 원한은 아직 카루나의 마음속에 자리 잡고 있었다.

"……."

입이 백 개인들 무슨 할 말이 있으랴. 라크안은 그저 침묵했다. 카루나의 호위를 맡은 솔토는 둘에게서 세 발자국 떨어져 서 있었다.

"사이가 좋으신 건지, 나쁘신 건지 모르겠단 말이야."

그는 라크안과 카루나가 다툴 때마다 어리둥절했다.

'당연히 끝내주게 좋은 거지!'

세나가 있었다면 어벙한 솔토의 뒤통수를 내리치며 이렇게 말했을 테지만, 세나는 아직 소식이 없었다.

"그러고 보니, 어째 연락이 없지? 카루나 아가씨를 걱정해서라도 매일같이 귀찮게 연락을 보낼 줄 알았는데."

솔토는 오랜만에 세나를 떠올렸다. 사막 한가운데에 떨어뜨려 놔도 살아 돌아올 사람이니, 바이켈드 공작가 사람들은 딱히 그녀를 걱정하지 않았다. 그저 무슨 사정이 있겠거니, 생각할 따름이었다.

'뭐, 반려가 여기 있는데 어디 도망가진 않았을 테고. 가다 오다 일이 좀 꼬였나 보지.'

솔토 역시 대수롭지 않게 생각하고 세나를 걱정조차 하지 않았다. 그저, 카루나에게 일방적으로 밀리는 라크안을 바라보며 고개를 설레설레 저을 뿐이었다. 지금으로선 세나보다 라크안이 더 걱정됐다.

카루나와 라크안, 둘의 투닥거림과는 별개로, 올가는 방문자의 연회를 착착 준비해 갔다. 낯선 제국에서 연회를 여는 것이니 당연히 카루나의 도움을 받아야 했다. 올가는 조약을 맺으려 고군분투할 때보다 더 빈번하게 카루나를 찾아갔다.

올가는 카루나가 추천해 준 대로 황궁에서 적당한 거리의 빈 저택을 빌려

수리하고, 웃돈을 줘 가며 온갖 귀한 물건과 음식을 구했다. 황태자의 말마따나 황금을 길바닥에 뿌리는 격이었다.

덕분에 수도의 시장 거리는 오랜만에 활기를 띠었다. 올벤이란 사막 나라에 대한 백성들의 관심도 높아졌다. 올벤어를 연구하던 아카데미의 노신사는 다음 학기에 올벤어 교양 강의를 열 수 있을지 모른다며 설레어했다.

그렇게 모두의 관심과 환대 속에서 방문자의 연회가 열렸다. 올벤이 카루나에게 연회를 열고 싶다고 말한 지 정확히 열흘 뒤였다. 그간 단단히 경계하고 있던 철십자 기사들이 알게 모르게 경계를 풀고 느슨해질 시점이었다.

카루나는 이른 아침부터 연회에 참석할 준비를 했다. 옅은 연두색 드레스를 입고, 진주와 다이아몬드로 장식했다. 라크안은 카루나가 준비한 짙은 청색 예복을 입고, 은과 진주가 달린 에클렛을 어깨에 달았다. 허리에는 평소와 달리 은술이 달린 허리띠를 둘렀다.

연회에 참석하지는 않으나, 저택 입구까지 두 사람을 호위하고자 준비한 철십자 기사들의 복장도 비슷했다. 다들 묵직한 가죽 띠와 검집을 풀고 화려한 허리띠를 둘렀다.

다들 자신들이 저택 안까지 라크안을 호위할 수 없다는 것에 불안해하지 않았다. 오히려 카루나를 호위하기 위해 저택 안까지 따라 들어가는 솔토를 걱정할 따름이었다.

"라안 님이 갑자기 발작을 일으키시거나 하면, 네가 무조건 혼자 막아야해. 알았지?"

"널 믿는다, 솔토."

"응원할게. 저택 밖에서!"

그들의 응원에는 웃음기가 가득했다. 최근에 라크안이 발작을 거의 일으키지 않았으니, 지금 건네는 말은 솔토를 놀리기 위한 농담이었다. 라크안은 물론이거니와 철십자 기사들 중 누구도 라크안이 무장을 해제한 상태로 연회에 참석하는 것에 대해 조금도 걱정하지 않았다.

다른 사람, 아니 늑대도 아니고 라크안이 무기가 없다고 위험한 상황에 처할 리 없다는 믿음이 팽배했다. 오만한 태도는 위험을 부르기 마련이니, 그들의 상전이 꾸짖어 일깨워 줘야 하건만.

가장 태연한 건 라크안, 본인이었다.

라크안은 태어나서 지금까지, 누군가 자신을 위협할까 걱정해 본 적이 거의 없었다. 유일하게 두려운 존재가 있다면, 고작해야 카루나뿐이었다. 평생 자신이 남에게 어떤 해를 끼칠까 두려워하며 발작에 시달려 왔다. 오만할 정도로 당당한 그의 태도는 당연한 것이었다.

카루나는 그렇게 자신감 가득한 늑대들의 호위를 받으며 올벤이 빌린 저택으로 향했다. 카루나 역시 철십자 기사들이 저택 안까지 호위하지 않는 점과 라크안이 무장 해제한 상태라는 걸 크게 신경 쓰지 않았다.

'뭐, 여차하면 내가 그 나무를 다시 한 번 자라나게 하면 될 일 아닌가?'

뭔가 일이 발생해 라크안과 철십자 기사들이 늑대로 변해 난동을 부렸을 때 어찌 수습할지 정도나 걱정될 따름이었다.

노을 진 하늘에 어스름이 밀려들 때.

라크안과 카루나는 연회 장소 앞에 도착했다. 기다렸다는 듯 담장 너머에서 일제히 불이 켜졌다. 진귀한 비단이 저택 곳곳에, 정원의 나무마다 걸렸다. 그 천마다 순은을 녹여 만든 은방울꽃 모양의 등불이 달려 있었다. 수백, 수천 개는 족히 돼 보였다. 하늘의 어둠도 감히 저택에 얼씬하지 못했다.

손님은 그리 많지 않았다. 바이켈드 공작을 위시한 고위 귀족들과 그들의 가족들이었다. 대부분 황제파 귀족 가문이었다. 거기에 중립파의 몇 가문이 추가되었다. 귀족파 가문의 인사들은 전혀 초대받지 못했다. 올가에게 참석자 명단을 미리 건네받았던 카루나는 당연히 의아했다.

"우릴 배려한 거라면 그러지 않아도 돼요. 어디서 무슨 말을 들었는지 모르지만, 제국의 정계는 한 묶음의 꽃다발 같은 거랍니다. 장미와 작약이 제각기 다른 향기와 자태를 뽐낼 뿐이지요. 한곳에 뭉친다 하여 서로를 공격하거나 연회 분위기를 흐리진 않을 거예요."

올벤이 제국 내 정치적 대립을 진지하게 여기고 이용할까 싶어 한마디를 덧붙였다.

"우린 정치적으론 대립 상태지만, 그래도 항상 충분히 교류를 하고 있답니다."

올가는 알았다고 대답했지만, 명단을 수정하지는 않았다. 카루나도 두 번 조언하지는 않았다.

'뭐, 귀족과 귀족들이 아무도 오지 않는다면 좋은 일이지. 오지 못하면 잔꾀도 부릴 수 없을 테니까.'

일단 자리에 있어야 말썽을 부리든 말든 하지 않겠는가.

'역시 내 생각이 맞았어. 루시온은 아니야.'

카루나는 저택 앞에 길게 줄 서 있는 마차들을 보며 뿌듯이 웃어 보였다.

올벤의 사절단은 모두 문 밖으로 나와 손님들을 맞이하고 있었다. 그들은 자국의 의복을 차려 입고 있었다. 머리에 터번을 둘렀는데, 그 터번마다 화려한 보석이 잔뜩 달려 있었다.

올벤의 옷은 품이 넉넉한 셔츠나 치마를 안에 입고, 몸에 딱 달라붙는 조끼를 걸치는 식이었다. 여유롭고 느긋한 분위기를 만들면서도, 날렵해 보이는 실루엣이었다.

어깨와 허리, 팔과 다리에도 굵직한 보석이 박힌 장신구들이 치렁치렁했다. 하나같이 화려했으나 천박하거나 우스꽝스러워 보이지 않았다.

저택 역시 그 짧은 시간에 완전히 다른 세상이 되어 버렸다. 이국적인 조각과 장식이 조화롭게 어우러졌다. 주먹만 한 칼이 박힌 굽은 단도가 벽에 걸려 있고, 잠자리 날개처럼 얇고 투명한 천이 창을 가렸다.

벽과 천장은 의미를 알 수 없는 무늬의 타일이 수놓았고, 바닥은 하얀 대리석으로 덮여 있었다. 정원 바닥에 모래만 깔려 있었다면, 이곳이 제국이 아니라 올벤이라 착각했을지도 모를 정도였다.

초대받은 손님들은 그들의 안내를 받으며 놀라움을 감추지 못했다. 카루나와 라크안 역시 마찬가지였다. 사막의 나라이니 먹을 것이 부족하고 소박한 풍속을 가지고 있으리라 생각했건만, 아니었다. 인정하긴 싫지만, 어쩌면 제국보다 부유한 나라일지 모른다는 생각이 들었다.

'괜히 방문자의 연회를 연다고 한 게 아니었군. 마지막에 자신들의 국력과 문화를 제대로 보여 줄 셈이었나 봐.'

카루나는 애써 태연한 표정을 유지하면서도, 내심 감탄했다. 라크안은 벽의 타일을 가볍게 두드려 보았다.

"딱히 무슨 주술이 걸린 건 아닌 듯하군."

그의 나직한 속삭임이 카루나를 일깨웠다. 카루나는 뒤늦게 잔뜩 경계심을 가지고 타일로 덮인 벽을 만져 보았다. 붉은색, 파란색, 녹색 등등의 원색이 기하학적인 문양으로 섞여 눈을 어지럽게 만들고 있었다. 손바닥보다 작은 타일 하나하나가 완성도 높고 아름다웠다.

카루나도 살짝, 기둥에 손을 대봤다. 그러자 바닥에서 작은 새싹이 돋아 가느다란 줄기가 되어 기둥을 타고 올랐다. 녹색 줄기에서 솟은 잎사귀 하나가 살랑이며 카루나의 손끝을 간지럽혔다. 괜찮다고, 안전하다고 말하는 것 같았다.

"확실히 그런 것 같네요."

카루나는 기둥에서 손을 떼며 답했다. 카루나가 키운 넝쿨은 타일의 문양 중 하나인 것처럼 기둥에 바짝 달라붙었다.

"무슨 불편함이 있으십니까?"

앞서 걸으며 길을 안내하던 올벤인이 돌아보며 물었다. 라크안과 카루나가 걷다 말고 기둥 앞에 서 있는 걸 수상쩍게 본 모양이었다. 그의 터번에 달린 주먹만 한 루비가 등불 빛을 받아 번쩍였다.

'그래 봤자 이쪽이 더 예쁘다고.'

카루나는 슬쩍 라크안의 두 눈을 보았다. 역시나 은방울꽃 등불빛에 비쳐 아름답게 반짝이고 있었다. 지금 이 저택은 온갖 보석으로 가득 차 있지만, 그중에서도 가장 아름다운 보석은 라안의 두 눈이었다. 어떤 루비도 라안의 눈보다 영롱하지 않았다. 괜히 뿌듯해졌다. 보석 전쟁에서 이긴 느낌이랄까.

"아니, 아무것도. 문양이 예뻐서 넋을 잃고 보았네요."

카루나는 생긋 웃으며 라크안에게 팔짱을 꼈다.

"어서 가요."

"……그러지."

순간 라크안의 귓불이 발개진 건 등불 빛이 잘못 비쳐서일까. 카루나는 대수롭지 않게 흘려버렸다. 올벤인은 더 묻지 않고 다시 길 안내에 충실했다. 라크안은 묵묵히 카루나의 속도에 맞춰 걸었다.

연회장은 저택의 그랜드 홀이었다. 황실이나 바이켈드 공작저에 비하면 한없이 작았으나, 꾸밈은 알찼다.

손님들은 화려한 장식과 처음 보는 외국의 음식에 홀려 정신을 못 차렸다. 카루나를 호위하던 솔토도 괜히 벽을 덮은 타일을 만져 보고, 경계심 없이 이국의 음식들을 맛보았다.

연회장에서 가장 눈에 띄는 건, 한가운데에 놓인 커다란 분수였다. 한가운데 조각이 서 있었다. 네 사람의 손을 모아 높이 들어 올린 형태였는데, 모은 손에서 맑은 물이 쏴아아- 쏟아졌다. 정원의 물을 끌어 들인 듯했다. 굳이 묻지 않아도, 시스가 말해 준 네 용사의 전설을 토대로 만든 조각임을 알 수 있었다.

"어마?"

넋을 잃고 분수를 바라보던 한 영애가 탄성을 지르며 분수대 안으로 손을 집어넣었다.

"어머, 얘! 뭐 하는 짓이니."

"어머니, 이것 좀 보셔요?"

"뭘 말이…… 어머나!"

"맙소사, 그게 다 뭔가요?"

탄성이 연이어 들렸다. 사람들의 시선이 단번에 그쪽으로 집중되었다. 영애의 젖은 손에 보석이 가득 들려 있었다. 에메랄드, 루비, 사파이어, 비취 등등. 알이 굵은 건 메추리알만 했다. 작은 것들도 엄지손톱만 했다. 상급의 보석인 듯 빛을 받아 반짝반짝 빛나고 있었다.

"분수대 바닥에 이런 것들이 가득해요!"

앳된 목소리에 사로잡힌 손님들이 분수대 주변으로 몰려들었다.

"와우!"

"올벤은 사막 나라가 아니라 보석의 나라인가? 얼마나 보석이 흔하면 분수대 바닥에 보석을 깔아 둔단 말인가."

"기념으로 주워 가도 되겠지?"

부유하기로는 황실에 버금가거나 그 이상이라던 마카레나 백작가의 연회에서도 본 적이 없는 광경이었다. 제국 귀족들은 잠시 체면을 접어 두고 아이처럼 즐거워하며 감탄해 마지않았다.

올벤의 사절단은 원래 사람들을 대접하는 시종, 시녀였다는 듯 깍듯하게 손님들을 대접하며 돌아다녔다. 카루나와 라크안은 그들 속에 섞여 적당히 대화를 나누었다.

한참 뒤, 슬슬 연회 분위기가 늘어지고 지루해지려는 때. 올가와 시스가 나타났다. 그들 역시 올벤 복장을 하고 있었다. 시스의 개털 같은 머리카락은 금방 눈에 띄었다. 아무리 반질반질 윤이 나는 비단 터번을 둘러도 우스꽝스러웠다. 차라리 터번을 하지 않는 게 나을 듯했다.

그에 반해 올가는 단순히 사절단 대표를 맡은 관리나 귀족이 아니라, 고귀한 왕가의 후손인 듯 우아하고 아름다웠다. 그녀는 팔과 다리 옆선이 트인 하얀 드레스를 입고 허리를 꽉 죄는 검은색 조끼를 입고 있었다. 얇은 금목걸이와 금팔찌를 여러 겹 두른 것 외에 다른 치장은 없었다.

올가는 곧바로 라크안과 카루나 앞에 서 고개를 숙였다.

"영애, 그리고 제국의 공작 각하. 참석해 주셔서 감사합니다."

더없이 정중한 인사였다. 카루나는 마주 인사하며 밝게 웃어 보였다.

"이렇게 귀한 자리에 초대해 주셔서, 저희 역시 감사드릴 따름이랍니다."

"부디, 편히 즐겨 주십시오."

"그러겠어요."

꽤 대화가 길어질 거라 예상했건만. 올가는 생각보다 담백하게 대화를 끝맺고는 뒤로 물러섰다. 카루나는 이상하게 여겼으나 올가를 붙잡지는 않았다. 주변에는 잔뜩 흥분한 귀족들이 가득했다. 그들을 무시하고 올가를 오래 붙들고 있으면 쓸데없는 원망을 살 터였다.

카루나가 라크안의 팔을 잡고 뒤로 물러서니, 주변에 몰려든 귀족들이 너 나 할 것 없이 올가에게 말을 걸었다. 초대에 감사하며, 연회장의 화려함을 논했다. 올가는 웃음기 없는 딱딱한 얼굴로, 하지만 예의 바른 태도와 말투로 그들을 대했다. 적어도 오늘 이 연회의 주인공은 라크안이 아니라 올가인 듯했다.

"섭섭해요?"

카루나가 키득거리며 작은 목소리로 속삭였다.

"뭐가?"

"원래 이런 데 오면, 다들 라안 님께 말을 못 걸어 봐서 안달이었잖아요. 그런데 오늘은 어찌된 영문인지 푸대접을 받으시네요. 그래서 섭섭하지 않으시냐고요."

"글쎄, 아무 생각이 없다고 하면……."

"거짓말!"

"그렇게 말할 것 같고."

"어머나? 내숭은?"

카루나가 라크안의 옆구리를 쿡 찔렀다. 라크안은 아프다고 엄살 부릴 줄도 몰랐다. 그저 어깨만 으쓱이고는 벽에 걸린 은방울꽃 등불을 손으로 매만졌다. 혹시나 여기에 주술이 걸려 있는 건 아닌지 살피는 듯했다. 끝까지 경계를 잃지 않는 진지한 표정을 보자니, 가벼운 농담을 건넨 게 괜히 민망해질 정도였다.

"아님, 말아요."

카루나가 새침하게 고개를 돌리려 하자, 라크안이 카루나를 돌아봤다.

"그리 기분이 나쁘진 않은데? 오히려 좋은 편이야."

"기분이 좋다구요?"

카루나가 미간을 살짝 찌푸렸다.

그녀는 클레이엔의 대역일 때도, 바이켈드 공작의 약혼녀 카루나가 되고서도, 늘 사교계에서 주도권을 잃지 않기 위해 노력했다. 그러니 연회장에 모인 사람들의 관심을 사로잡지 못하는 건, 늘 기분 나쁜 일이어야 했다.

오늘도 머리로는 이 화려한 연회장에 압도된 손님들을 이해하면서도, 올가를 둘러싼 귀족들이 괜히 고까워지려던 차였다. 그 싱숭생숭한 마음을 어쩌지 못하고 괜히 라크안을 찔러 본 것이건만. 라크안은 오히려 기분이 좋다고 말하고 있었다.

'이건 또 무슨 신박한 생각이지?'

카루나가 영문을 모르겠다는 듯 라크안을 올려다보자, 라크안이 작게 웃었다. 잘생긴 미남이 은은한 은방울꽃 등불 아래 서서 웃는 모습은, 상대방의 마음을 설레게 하기 딱 좋았다.

"덕분에 내 약혼자와 이렇게 여유롭게 대화도 할 수 있고 말이야."

아무렇지 않은 척하려고 애쓰는 무뚝뚝한 목소리. 하지만 미처 숨기지 못한 열기가 기어이 카루나의 귓불을 간지럽혔다.

"……무슨 말을 하는 거예요. 왜 어울리지 않게, 그런 간지러운 말을 하고 그래요!"

카루나는 애써 태연한 척, 라크안의 팔을 찰싹찰싹 때렸다. 하지만 라크안의 팔을 꼭 잡은 손을 놓지는 않았다. 그렇게 모처럼 사람들의 관심에서 소외된 공작과 약혼녀가 은은한 등불 아래서 분위기를 좀 잡아가려는 찰나.

"오, 여기 계셨군요!"

시스가 개털 같은 머리카락을 날리며 카루나와 시스에게로 다가왔다.

"……."

"……."

라크안과 카루나는 괜히 시스를 노려보았다. 불청객을 바라보는 눈빛이랄까. 알고도 모르는 척하는 건지 정말 모르는 건지, 시스는 아무렇지 않아 보였다. 기어이 둘 앞에 서서는 두 팔을 펼쳤다. 꼭 자신이 이 연회를 연 주인인 것처럼 굴었다.

시스 역시 라크안에 뒤지지 않을 정도로 키가 크고 체격이 좋았다. 입고 있는 옷도 고급스러웠다. 그러니 정말 이곳의 주인인 듯 보일 법도 하련만. 개털 같은 머리카락과 입가의 개구 진 웃음 때문에, 주인이 아니라 주인이 고용한 광대처럼 보였다.

"연회는 즐거우십니까?"

"적당히 괜찮은 편이네요."

카루나는 제 앞에서 재주를 부리는 광대를 보며 빙긋, 웃었다.

"좀 심심한 것을 빼면요."

이국적인 음악, 더 이국적인 음식과 눈부신 보석 장식.

화려함에 눈을 빼앗기는 건 잠깐이었다. 초대받은 손님 수가 채 오십이 되지 않고, 그들을 대접하는 올벤의 사절단은 시종 노릇을 자처하며 묵묵하게 구니, 연회는 어쩐지 정적인 느낌이 났다. 카루나는 그 점을 꼬집었다.

"이런, 그러면 아니 되지요. 손님을 지루하게 만들다니, 그건 연회를 연 자의 큰 죄가 됩니다."

시스가 낙담한 듯 고개를 내저었다.

'무슨 죄까지야.'

카루나는 이쯤해서 적당히 체면을 세워 주려고 다시 입을 열었다.

"물론······."

볼거리가 대단해 충분히 즐거웠다고, 그렇게 말하려 했건만. 바로 그 때.

와장창!

연회장의 창문이 일제히 깨지며, 밤의 어둠이 빛의 연회장 안으로 쏟아졌다. 창문마다 걸려 있던, 잠자리 날개처럼 얇디얇은 비단이 갈가리 찢겨 흩날렸다. 산산조각 난 유리 조각이 손님들에게로 쏟아졌다.

사방에서 비명과 고함이 쏟아졌다. 라크안은 순간 당황한 듯 표정이 흐트러졌으나, 이내 바로 얼굴을 굳혔다.

"역시!"

라크안은 제일 먼저 카루나를 제 등 뒤로 숨겼다. 그리고 무의식적으로 허리춤에 손을 가져다 댔다가 아차, 하는 표정을 지었다. 주위를 둘러보니 다른 손님들과 그들의 호위 기사들 역시 비슷한 상황이었다.

"솔토! 카루나를 지켜라."

라크안이 이를 갈며 소리쳤다.

"명을 따릅니다."

솔토는 급히 달려와 카루나의 뒤에 섰다. 카루나는 라크안과 솔토, 두 사람의 등에 감싸였다. 창문을 깨고 침입한 건 무장한 수십 명의 암살자들이었다. 하나같이 머리끝부터 발끝까지 까만 천을 두르고 있었다. 진정 까만 밤하늘에서 떨어져 내린 것 같은 복장이었다.

그들은 예리하게 날 선 쌍검, 흉측한 철퇴, 톱날 모양의 촉이 달린 창 등을 휘두르며 소리쳤다.

"마카레나 백작님의 원수들!"

"반드시, 오늘 너희를 전부 처단할 것이다!"

"마카레나 백작님의 이름으로!"

"복수, 복수다!"

그들은 보란 듯이 떠들어 댔다.

'마카레나 백작의 잔당들이 아냐.'

카루나는 단번에 그들의 속셈을 알아챘다. 이렇게 보란 듯이 쳐들어와서는, 알아주길 바란다는 듯 떠들어댄다. 정말 복수를 원하는 자들이 이렇게 경박스러울 리 없다.

무엇보다 이들이 갑자기 쳐들어올 수 있었던 능력, 그 수완.

방문자의 연회가 무장을 허락하지 않는다고 하여, 라크안과 귀족들이 정말로 무방비 상태로 초대에 응한 것은 아니었다. 저택에 따라 들어오는 호위 기사들이야 무기를 걸치지 않았지만. 그 곱절 되는 병력들이 저택 주변을 에워싸고 있었다. 철십자 기사단의 일부도 경비를 서고 있었다.

암살자가 나타났는데도 밖에서 소란스러운 소리가 들리지 않고, 따라 들어온 병력도 없다는 것은.

'밖을 완벽하게 제압했다는 거야.'

제국 수도에서 이 정도 병력과 수완을 가진 건 딱 셋이다. 황실, 바이퀼드 공작 라크안. 그리고…….

'……루시온?'

온몸에 소름이 돋았다.

"라안 님!"

"알아!"

카루나와 라크안은 동시에 목소리를 냈다. 허공에서 마주친 두 사람의 눈빛은 같은 것을 말하고 있었다. 내가 잘못 생각했다, 그러니까 내가 말하지 않았냐, 같은 설전은 오가지 않았다. 지금은 그런 다툼으로 시간을 낭비할 때가 아니었다.

화려하나 정적이던 연회장은 금방 역동적인 아수라장으로 변했다. 시종 역할을 자처하던 올벤의 사절단들이 가장 먼저 죽임을 당했다. 그들은 도망치거나 저항할 생각조차 않고 피 흘리며 쓰러졌다. 그들의 모습이 초대받은 손님들의 공포를 더욱 부채질했다.

"꺄아악!"

"사, 살려 줘!"

"주인님을 지켜라!"

"백작님, 이쪽으로 피…… 커흑!"

사방에서 피가 흐르고 비명이 울려 퍼졌다.

"아가씨!"

"라안 님!"

외국의 음식에 정신 팔려 있던 철십자 기사들이 급히 라크안과 카루나 곁으로 몰려들었다. 라안과 철십자 기사들은 카루나를 중앙에 두고 빙 돌아 섰다. 전적으로 카루나의 안위가 최우선이었다.

라크안은 이쪽으로 달려드는 암살자의 목을 잡아 내리꽂았다. 퍽- 소리가 나며 하얀 대리석 바닥이 푹 파였다. 목이 꺾인 암살자는 그 자리에서 절명하였다. 그 바람에 카루나가 노출되었다. 뒤따라 달려든 암살자가 라크안이 아니라 카루나에게로 단도를 던졌다.

"젠장!"

라크안이 손을 뻗어 단도를 쳐냈다. 단도의 날카로운 날이 손등을 스쳤다. 그 자국을 따라 피가 줄줄 흘렀다.

"라안 님!"

카루나가 깜짝 놀라 라크안의 팔을 붙잡았다.

"가만히 있어. 나서지 마."

라크안은 크라바트를 풀어 손등을 대충 싸매고는 카루나를 다시 등 뒤로 숨겼다. 그 틈에 암살자 셋이 달려들었다. 둘은 각각 라크안과 솔토에게 잡혀 바로 허리가 꺾이고 다리가 부러졌다. 남은 하나가 그 포위망을 뚫고 달려들었다.

"젠장!"

라크안이 다친 손을 뻗어 그의 목덜미를 움켜쥐려 할 때였다.

"위험합니다!"

시스가 카루나의 앞으로 끼어들어 암살자를 몸으로 막았다. 암살자는 손에 날카로운 촉이 달린 철장갑을 끼고 있었다. 그것이 시스의 어깨를 긁었다.

"커흑!"

시스가 카루나의 눈앞에서 쓰러졌다.

"시, 으읍!"

카루나는 두 손으로 제 입을 틀어막았다. 싸울 능력이 없는 그녀로서는 거치적거리지 않는 게 그나마 아군을 돕는 일이었다. 라크안이 시스와 카루나, 둘을 가리고 섰다. 카루나는 시스를 끌어안고, 치맛자락을 찢어 그의 어깨를 세게 눌렀다.

"크헉, 허윽…… 여, 영애…….."

"입 닥쳐요! 아무 말도 하지 말고, 잠들지 마요. 당신이 이렇게 죽으면 외교적으로 큰 문제가 될 거예요! 아, 더, 더 중요한 사람이!"

카루나는 급히 고개를 들어 주변을 살폈다. 다행히도 올가는 아직 살아 있었다. 멀지 않은 곳에서 암살자들을 상대하며, 아직 숨이 붙어 있는 제국 귀족들 몇을 보호하고 있었다.

"라안 님, 저쪽을! 죽게 놔두면 안 돼요!"

카루나가 올가를 가리키며 소리쳤다.

"젠장, 솔토 경!"

"……명을 따릅니다."

솔토는 카루나를 돌아보며 잠시 멈칫거렸으나, 항명하지 않고 올가에게로 달려갔다. 자신이 죽을 뻔했을 때는 비명도 참고 웅크렸으면서, 외교적 문제 때문에 고함을 지르는 영애라니.

"크흐…… 흐흐…….."

시스는 웃음을 참지 못하고 꿈틀대다 카루나의 무릎에 어깨를 부딪치고는 신음했다.

"이 와중에 웃음이 나요?"

"아흐윽……."

엄살인지 진짜인지, 그는 고통스러워 보였다. 카루나는 입술을 꽉 깨물고 그의 어깨를 지혈하는데, 온 힘을 다했다. 때문에 잿빛 머리카락에 감춰진 그의 보랏빛 눈이 흐려졌는지, 여전히 날카롭게 빛나는지 살필 겨를이 없었다.

"귀찮기는 하군. 검이 없으니."

라크안은 목에 두른 크라바트를 길게 잡아당겨 손등에 감았다. 암살자들을 둘러보는 붉은 눈이 예리하게 빛났다.

'우연일까, 아니면…… 의도한 걸까.'

암살자들 중 상당수는 철퇴나 쇠도리깨 따위를 들고 있었다. 다수의 인원을 상대하거나 커다란 짐승을 잡을 때나 쓰는 무기라니. 겨우 수십 명의 귀족들을 죽이기 위한 것이라기엔 너무도 투박했다.

귀족들과 그들을 호위하던 몇몇 기사들은 금세 쓰러졌다. 운 좋은 몇몇은 겨우 도망갔다. 끝까지 무사히 도망갔을지는 알 수 없지만.

분수대의 물은 핏빛으로 변한 지 오래였다. 올가와 솔토는 등을 맞대고 암살자들을 상대했다. 라크안은 카루나와 시스를 등 뒤에 두고 홀로 암살자들을 막아 내고 있었다.

제 힘으로 두 발을 딛고 선 사람들이 딱 그만큼만 남았을 때.

문 입구에서 길게 그림자가 드리워졌다. 연회장 안을 헤집던 암살자들 중 일부가 급히 그쪽으로 달려가 호위를 자처했다. 카루나와 라크안은 물론, 시스와 올가까지. 모두의 눈이 그쪽을 향했다.

연회장의 전투는 잠시 소강상태가 되었다. 등장만으로 싸움을 멈춘 사내가 연회장 안으로 걸어 들어왔다. 그 반듯한 자세와 흐트러짐 없는 태도는, 핏빛 연회장과는 이질적이었다. 그럼에도 그는 이곳이 제가 있어야 하는 곳이라는 듯, 구둣발로 피 흐르는 대리석 바닥을 디뎠다.

그는 암살자들과 다르게 제 얼굴을 가리지 않았다. 하나로 묶은 은발에 짙은 남색 눈. 피로 가득 찬 연회장에 어울리지 않는 단정한 옷차림에, 핏기 없이 무표정한 얼굴.

루시온이었다.

"오랜만에 뵙습니다, 나의 아가씨."

그의 눈이 카루나의 손에 닿았다. 카루나는 두 손으로 시스의 어깨를 누르고 있었다. 그리고 시스는 카루나의 다리를 베고 쓰러져 있었다. 두 사람 사이에 흐르는 피가 아니었다면, 꽤나 친밀한 관계라고 오해할 법한 자세였다.

그걸 본 루시온의 눈썹이 삐죽, 치켜 올라갔다. 그가 지금 제 눈에 비치는 상황을 매우 마음에 들어 하지 않는다는 의미였으나 그걸 아는 사람은 카루나밖에 없었다.

카루나는 루시온의 등장에 놀라지 않았다. 단지, 자신의 어리석음을 탓하며 헛웃음을 터뜨릴 뿐이었다.

"당신 말이 맞았네요, 라안 님."

뼈에 사무치는 원한이 느껴지는 목소리였다. 라크안은 분명, 루시온이 이 좋은 기회를 놓치지 않을 거라고 했다. 그의 말처럼 루시온은 기꺼이, 이 자리에 나타났다.

'그렇다면 올벤과 손을 잡은 걸까?'

카루나는 아래를 내려다보았다. 시스가 고통스러워하며 신음을 흘리고 있었다. 손가락 사이로 그의 피가 흘러넘쳤다. 저쪽에서는 올가가 솔토와 등을 맞대고 암살자들과 대치하고 있었다. 아무리 봐도 한편이라는 생각은 안 들었다.

'손을 잡지 않고, 독단적으로 행동한 건가? 이렇게나 무책임하게?'

카루나는 고개를 들어 루시온을 보았다.

"루시온, 이건 당신답지 않아."

"맞습니다."

루시온은 즉시 수긍했다.

"그러니, 아무도 이 일이 제가 저지른 거라 생각지 않겠지요?"

"……!"

그가 한 걸음, 한 걸음, 카루나에게 다가갈수록 주변에 서 있던 암살자들이 그에게 몰려들었다. 암살자들은 루시온의 그림자라도 된 듯 움직였다. 루시온은 단 한순간도 카루나에게서 눈을 떼지 않았다.

"이 일은 신귀족파에 가담하지 않은, 마카레나 백작의 추종자들이 어설프게 저지른 일입니다. 저에 의해 완벽하게 제어되는 신귀족파와는 전혀 다른 세력이지요. 제어할 수 없고 조잡하고 잔인하게 일을 벌이는 구제불능 집단."

카루나는 루시온이 무슨 말을 하는지 단번에 알아차렸다.

"이 일로 황제는 바이켈드 공작과 그 약혼녀를 잃을 것이며, 구귀족파 잔당을 두려워하여 그나마 제어가 되는 신귀족파인 저를 좀 더 중용하겠지요."

"라안 님은? 내 약혼자가 이대로 당할 거 같아?"

"글쎄요. 뭐, 그것도 그가 제국에 남아 있을 때나 할 수 있는 걱정이 아닐까요?"

"……뭐?"

"지난번엔, 제국 어디에든 가둬만 두면 된다고 생각해 실패했지요."

라크안이 루시온을 노려보았다.

"설마 그때……."

"네, 제가 살짝, 도움을 드렸습니다."

두 사람, 아니 카루나까지 세 사람 사이에 루린토프 영애에 대한 기억이 잠시 스쳐 지나갔다. 그리 기분 좋은 공감대는 아니었다.

"그러니 이번엔 아예 제국 밖으로 내보내고자 합니다."

루시온은 손을 까딱였다. 기다렸다는 듯, 암살자들이 다시 라크안에게, 또 솔토와 올가에게 달려들었다. 라크안과 솔토, 올가는 암살자들의 무식하리만치 투박한 무기를 상대하며 싸워 나갔다.

특히나 라크안에게 어려운 전투였다. 아무 것도 거리낄 것 없이 마음껏 싸운다면야, 뭐가 어려웠겠냐만. 그의 등 뒤에는 지켜야 할 사람이 두 명이나 있었다. 그중 한 명은 목숨을 걸어서라도 지켜야 할 그의 반려였다.

암살자가 감히 머리카락 한 올 건드리지 못하게 하리라. 라크안의 붉은 눈이 위험하게 빛났다.

루시온은 네 명의 호위를 받으며, 피 튀기는 전투를 지켜보았다. 마치 오래된 미술품을 감상하는 듯했다. 조금의 두려움도 보이지 않았다.

"이게, 어떻게 된 일이지, 영애?"

시스가 거친 숨을 몰아쉬며 카루나의 소매를 잡아당겼다. 카루나는 저와 시스, 둘을 지키며 싸우느라 애쓰는 라크안을 보며, 조금이라도 도움이 되고자 시스를 끌어안고 몸을 웅크리고 있었다.

"이렇게 가까이서 영애의 얼굴을 보니, 좋군."

"아직 그런 말을 할 힘이 남아 있는 걸 보니, 확실히 죽지는 않겠네요."

"윽! 그렇다고, 그렇게 세게 누르지는 말아 줬으면 하는데."

"엄살 부리지 말아요. 몸도 좋은 양반이, 처음부터 다쳐서 쓰러질 건 또 뭐야? 위대한 사막의 전사라면서요, 이럴 때 도움은 못 될망정!"

카루나는 원한을 담아 시스의 어깨를 꾹꾹 눌렀다. 그렇게 한껏 화풀이를 한 후에.

"이런 일에 휘말리게 해서 미안해요. 사과를 꼭 받아 줬으면 좋겠어요. 대신 라안 님이 당신과 올가 경의 목숨은 구해 줄 테니까, 외교적 문제로 삼지 않아 줬으면 좋겠구요."

빠른 목소리로 말을 쏟아냈다.

"우릴 노린 게 아니고 영애를 노린 게 맞군."

"정확히는 날 노린…… 걸 수도 있는데, 아무튼. 우리 제국 내부에 약간 트러블이 있을 뿐이에요."

"거기에 우리가 휘말렸으니, 우리는 명백한 피해자군."

"애초에 이런 연회를 한다고만 하지 않았어도 일어나지 않았을 일이예요. 빌미는 올벤에서 제공한 거니까, 너무 억울해하지는 말아요."

루시온이 데려온 암살자가 얼마나 실력이 좋든, 라크안과 솔토가 다 물리칠 것이다. 그러니까 여기서 잘못될 일은 없다. 카루나는 그렇게 절석같이 믿고 있었기에, 이 피의 연회가 끝난 다음의 일을 염두에 두었다. 시스와 올가는 당연히 이 사건을 외교적 문제로 비화시킬 테니, 어떻게든 책임 소재를 줄이고자 말로 시스를 몰아세웠다.

"대단하군, 영애."

시스가 쿨럭, 쿨럭, 거칠게 기침하면서 감탄했다. 바로 눈앞에서 피가 튀고 사람이 죽어 나가고 있건만. 카루나는 눈 하나 깜짝하지 않았다.

'그동안 이보다 더한 일도 겪었는걸.'

그런 카루나의 모습이 꽤나 인상 깊은 듯했다.

"그쪽도 마찬가지네요."

카루나 역시 한쪽 어깨에 구멍이 뚫린 상태에서 입만 살아 제게 수작질을 거는 시스가 신기했다.

그렇게 카루나와 시스가 서로를 신기해할 동안 라크안과 솔토, 올가는 하나씩 암살자들을 정리해 나갔다. 솔토와 올가는 약간의 상처만 입은 채로 암살자들을 모두 처리했다.

라크안 역시 마찬가지였다. 루시온은 절 호위하던 네 명의 암살자마저 라크안을 상대하도록 했으나 라크안은 그들 역시 모두 해치웠다. 병장기가 부딪치는 소리가 사라지고, 산 자들의 거친 숨소리가 연회장을 가득 메웠다.

피를 뒤집어쓴 라크안과 솔토, 올가가 벽에 기대선 루시온을 노려보았다.

"이제, 하나 남았군."

라크안이 이를 갈며 주먹을 움켜쥐었다. 그의 손에서 누구의 것인지 모를 피가 뚝뚝 흘러내렸다.

"이런. 제가 데리고 온 자들이 다 쓰러졌군요."

루시온은 더없이 태연했다. 당장이라도 제 목을 움켜쥐어 바스러뜨리려는 이들을 앞에 두고 조금도 겁에 질리거나 두려워하지 않았다.

'잠깐.'

문득 카루나는 등골이 서늘해졌다. 아무리 루시온이라고 할지라도, 이런 상황에서까지 저렇게 태연할 수 있는 걸까. 아무것도 믿는 것 없이?

'그리고…… 왜, 여기에 나타난 거지?'

루시온은 분명 제 입으로 마카레나 백작의 잔당이 저지른 일로 포장할 거라 말했다. 그러면 본인 또한 눈에 띄지 않아야 할 텐데. 보란 듯이 이곳에 나타났다. 얼굴을 가리지도 않고.

'뭔가 이상해, 뭔가가 잘못됐어.'

뒷목이 서늘해졌다. 바로 등 뒤에서 자신을 노리는 칼날을 이제야 깨달은 사람처럼.

"제가 언제까지 시간을 끌어야 하는 겁니까?"

줄곧 카루나만을 바라보고 있던 루시온이 다시금 입을 열었다.

'정말 계속, 나만 보고 있던 거였을까?'

뒤늦게 의혹이 생겼다.

'나 말고 나와 함께 있는 사람을 보고 있었던 거라면?'

너무도 뒤늦은 의심이었다. 루시온이 자신에게 집착하는 게 너무도 익숙하고 당연해서, 미처 알아차리지 못했다. 더 이상 고통스러운 신음 소리는 들리지 않았다. 대신, 옅은 웃음소리와 함께.

"이 정도면 충분하네."

오만하기 그지없는 목소리가 들릴 뿐이었다. 그의 목소리에 카루나의 심장이 덜컥, 내려앉았다.

'도망쳐야 해.'

시스가 어떤 표정을 짓고 있을 지는 전혀 궁금하지 않았다. 들여다볼 여유도 없었다. 그에게서 멀어져, 라크안에게 가야 했다.

"라……."

카루나는 시스를 밀어내고 벌떡 일어났다. 아니, 일어나려고 했다. 시스가 뻗은 손에 붙잡히지만 않았더라도, 분명 라크안에게 달려갈 수 있었으리라.

"쉬이, 영애."

시스가 카루나를 끌어안으며, 작은 귓불에 입을 맞췄다.

"내 품에 있어야지."

그 나직한 목소리가 라크안에게까지 닿았다. 동시에 올가가 돌아서 솔토의 등에 칼을 꽂았다. 솔토가 어찌 막아 낼 수 없을 만큼 재빠른 행동이었다.

"커흑!"

솔토가 피를 뿌리며 쓰러졌다. 그 와중에도 솔토는 올가를 방해하려 오른쪽 가슴을 관통한 검을 손으로 움켜쥐었다. 올가는 쓰러진 솔토의 등에 발을 대고, 손에 힘을 주어 검을 뽑았다.

촤악- 솔토의 등에서 피가 분수처럼 뿜어져 나왔다. 올가는 더운 피를 뒤집어쓰고도 아무렇지 않아 보였다. 또한 카루나를 돌아보려던 라크안 역시 공격받았다. 분수대에서 솟구친 물이 날카로운 창이 되어 라크안의 배를 관통했다.

"……!"

라크안은 이를 악물고 카루나를 돌아보았다. 카루나는 시스의 품에 갇혀 있었다. 하얀 얼굴이 경악에 잠겨서는, 그 붉은 입술로 비명을 질렀다.

"라안!"

자신을 향해 뻗는 그 손을 잡으려고, 라크안 역시 손을 내밀었다. 하지만 손은 닿지 않았다. 채 닿기 전에, 분수대 물이 갈퀴로 변해 라크안의 등을 찍었다.

"커, 흑!"

피를 토하기 무섭게, 라크안의 몸이 종이 인형처럼 휙- 허공으로 들렸다. 그 모든 게 카루나의 눈앞에서 이루어졌다. 너덜너덜해진 몸뚱이가 허공에서 맥없이 흔들렸다. 뚫린 배에서 흐르는 피는 비처럼 쏟아졌다.

"……."

카루나는 차마 더는 보지 못하고 눈을 질끈 감았다. 어느새 흘러넘친 눈물이 뺨을 타고 내렸다. 여기까지만 보자면, 연인의 죽는 모습을 보고 절망하는 비련의 여주인공 같은 모습이었다.

하지만 카루나는 거기서 멈추지 않았다. 라크안을 저렇게 만들어 놓으니 긴장이 풀린 걸까. 카루나를 붙잡고 있던 시스의 팔이 느슨해졌다. 카루나는 몸을 돌려 시스의 뺨을 내리쳤다.

피할 수도 있었을 텐데, 시스는 그대로 받아 주었다. 짝- 소리가 나며, 시스의 얼굴이 살짝 옆으로 돌아갔다. 매서운 손길에도 시스는 타격을 거의 받지 않았다. 오히려 아픈 건 카루나 쪽이었다.

그녀는 저보다 큰 사내의 뺨을 이렇게 있는 힘껏 때려 본 적이 없었다. 잘못 부딪쳐 손목이 삐었는지 욱씬, 하고 아려 왔다. 카루나는 내색하지 않고 시스를 노려보았다.

"손이 꽤 맵군요. 영애."

"더 맵게 때려 주지 못해서 짜증 나네."

"뭐, 앞으로도 기회는 얼마든지 있을 테니, 다음 기회를 노리시지요."

"아니, 그럴 일 없을 것 같은데."

카루나는 시스를 매섭게 노려보았다. 다시 제게로 손을 뻗는다면 그 손을 물어뜯어 버리리라. 그리 마음먹었건만. 시스는 카루나를 다시 제 품으로 끌어들이려고 하지 않았다. 대신 카루나 너머를 뚫어지게 바라보았다.

크르르- 시스가 노려보는 그 허공에서 사나운 소리가 들렸다. 듣는 것만으로 사람의 간담을 서늘하게 하는 짐승의 울음소리. 그것이 카루나의 어깨 너머에서 울렸다.

'당신의 발작 증세가 오늘만큼 고마웠던 적이 없네요.'

카루나는 울컥, 하는 감정을 느꼈다. 안도? 서글픔? 무엇인지 종잡을 수 없었다. 그런 카루나의 머리 위로, 짙은 그림자가 드리워졌다. 거대한 늑대가 카루나 위를 뛰어넘어 시스에게 달려들었다. 늑대는 피를 흘리고 있었으나, 거칠고 사나웠다. 날카로운 이를 드러내 대뜸 시스를 물어뜯으려 하였다.

"이런."

시스는 급히 뒤로 물러섰다. 늑대와 거리를 벌리고자 했으나, 늑대가 가만히 두고 보지 않았다. 시스와 늑대는 금세 한 덩이로 뭉쳐 바닥을 뒹굴었다. 늑대가 기어이 시스를 깔아뭉개려 할 때였다.

휘익- 바람을 가르며 무언가가 날아왔다. 그것은 카루나의 어깨를 스치고, 늑대에게로 향했다. 늑대는 민첩성 좋게 몸을 피했다. 시스 역시 늑대에게서 풀려나자마자 몸을 굴려 도망쳤다.

굵직한 창이 대리석 바닥에 박혀 부르르, 떨렸다. 방금 전까지 늑대와 시스가 있던 자리였다. 창은 대리석 바닥에 박혀서는 계속해서 부르르, 몸을 떨었다.

크르르-.

늑대가 핏빛 눈을 빛내며 시스를 노려보았다. 시스는 핏물이 흘러넘치는 바닥을 뒹굴어 엉망이 되었다. 그는 인상을 찌푸리며 피를 털어 냈다.

"저거 잘못했으면 나까지 맞을 뻔했을 거 같은데?"

"피하셨으니 됐지 않습니까."

등 뒤에서 올가의 목소리가 들렸다. 그 담담한 목소리가 신호가 된 듯. 연회장 여기저기에 쓰러져 있던 사람들 틈에서, 올벤 사절단이 벌떡 일어섰다. 그들은 암살자들에게 가장 먼저 공격당했던 자들이었다.

암살자들에게 찔린 상처는 거짓이 아닌 듯했다. 그들의 몸에 난 상처에서는 여전히 피가 흐르고 있었다. 몸을 움직이기 버거울 정도로 크게 다친 사람도 있건만, 그들은 고통을 느끼지 못하는 사람처럼 굴었다.

제 몸을 지혈하는 대신, 쓰러진 암살자들의 손에서 철퇴 같은 무기들을 빼앗아 들었다.

'죽은 척했던 건가?'

카루나는 바짝 긴장하여 제 근처에 쓰러져 있는 암살자들을 내려다보았다. 다행이라고 해야 할지, 그들은 올벤 사절단처럼 되살아나지 않았다.

또한 안타깝게도─솔토 역시 일어서지 못했다. 죽지는 않았는지 꿈틀대긴 했다. 카루나는 그에게 달려가 지혈이라도 해 주고 싶었지만, 그럴 수 없음에 한탄했다.

쯧, 언뜻 루시온이 혀 차는 소리가 들렸다. 올벤 사절단의 부활, 혹은 거짓 죽음이 그에게도 예상외의 상황인 듯했다.

늑대는 물어뜯을 적이 늘어났다. 철퇴와 곤봉 등, 무식한 무기를 손에 든 올벤의 사절단이 늑대에게 달려들었다. 그들은 한 사람 한 사람이 강인한 전사였다. 빼앗은 남의 무기를 원래부터 제 것이었다는 양 자유자재로 다루었다.

올가가 선봉에 섰다. 무식하리만치 커다란 무기가 늑대의 몸에 닿을 때마다 살이 찢기고 뼈가 부러지는 소리가 났다. 여러 사람의 죽음을 보고도 눈 하나 깜짝하지 않았던 카루나지만, 늑대가 십수 명의 전사들에게 둘러싸여 공격당하는 모습을 보고도 태연할 수는 없었다.

거기에 시스의 능력이 더해졌다.

"과연, 돌연변이 늑대는 다르군. 제법이야. 이대로라면 지겠는데?"

시스가 이죽대며 손을 튕겼다. 그러자 분수대의 물줄기가 높이 솟구쳐 올라 수십 개의 화살이 되었다. 물의 화살은 시스의 손짓 한 번에 라크안에게로 날아갔다.

"안 돼!"

카루나가 기겁하며 발을 굴렀다. 시스가 하는 짓을 보고서야 패닉에서 벗어나 자신이 어떤 능력을 가지고 있는지 기억해 냈다. 능력에는 능력으로 맞서야 하는 법. 물 따위 숲의 힘으로 맞서면 그만인 것을.

카루나는 제 능력을 끌어 올렸다. 대리석 바닥에 깔려 있는 흙, 그 속에 숨어 있는 씨앗과 새싹을 틔워 그 언젠가 황태자궁을 뒤덮었듯. 그렇게 이 홀을 뒤덮으려 했건만.

"……?"

어떤 생명도 그녀의 부름에 응답하지 않았다. 물의 화살은 아무런 방해도 받지 않고 늑대에게 닿았다. 늑대는 갑작스런 공격을 피해 뒤로 물러섰으나 물의 화살을 모두 피할 수는 없었다. 물은 금속보다 날카롭고 가차 없이 늑대의 몸을 꿰뚫었다.

크아아!

늑대가 처절한 울음을 토하며 비틀거렸다. 온몸에서 피가 흘러내렸다. 아직 살아 있는 올벤의 전사들은 그 틈을 놓치지 않고 쇄도해 들어갔다. 여럿이 합심해서 공격하는 모습은 마치, 라크안의 발작을 막기 위해 몸을 던지던 철십자 기사들의 모습과 비슷해 보였다. 물론 그들보다 잔인하고 가차 없었다.

늑대의 몸에 상처가 늘어가기 시작했다. 누군가 내리친 철퇴가 뒷다리에 박혀 뼈가 부서지는 소리가 들렸다. 고약한 상황에 처한 건 늑대만이 아니었다.

'라안을 지켜야 해.'

오직 그 생각으로, 숨 쉬는 것만큼이나 익숙해진 능력을 한껏 끌어 올렸건만. 돌아온 건 강철의 벽에 부딪친 것 같은 충격이었다. 순간, 눈앞이 까매졌다.

"우욱."

카루나는 구역질을 하며 허리를 접었다. 신물이 올라왔다. 언제부터인가 다시 흐르기 시작한 눈물이 뚝, 뚝, 떨어졌다.

"이런, 이런. 충격이 너무 컸나 보군요."

"……무, 슨, 짓을 한 거야?"

카루나가 눈물 젖은 눈을 들어 시스를 표독스럽게 노려보았다.

"영애의 능력을 모른다면 모를까, 알고 있는데 내가 아무 조치도 안 했을 것 같습니까."

"그러니까, 뭘. 무엇을!"

카루나가 다시 발을 구르며 소리쳤다. 우욱, 그러고는 다시 한번 신물을 토했다.

"몸을 아끼십시오, 영애."

시스가 안타깝다는 듯 말을 보탰다. 카루나는 그 목소리가 듣기 싫어 진저리 쳤다.

'왜 이러는 거야!'

마음은 자꾸 조급해졌다. 이러는 와중에도 늑대는 올벤의 전사들과 분수대에서 끊임없이 쏟아지는 물의 공격을 받아 내고 있었다. 늑대의 몸은 조금 전 인간의 몸과 다를 것 없이, 아니 어쩌면 그보다 심하게 망가져 갔다.

사람일 때보다 늑대일 때 더 강하다고는 하지만. 계속 저렇게 당하다가는 정말로 목숨이 위험할지도 몰랐다. 그걸 지켜만 보고 있을 수는 없었다. 카루나는 계속해서 제 능력을 쏟아 냈다.

아주 작은 것이라도, 단 하나만이라도, 닿기를 바랐건만.

능력을 쓸수록 그 능력이 어떤 벽에 튀어 고스란히 되돌아왔다. 카루나의 몸은 그 반동을 견디지 못하고 휘청였다.

'어째서? 왜 이러는 거지?'

이 홀에 들어오기 전, 복도에서 카루나는 제 능력을 썼다. 분명 가느다란 녹색 줄기가 그녀의 손바닥을 타고 올라와 애교를 부리듯 살랑였건만. 지금,

그 생명의 속삭임이 전혀 들리지 않았다. 마치 물의 장막에 갇혀 있는 것처럼 느껴졌다.

'설마……!'

그제야 오페라 극장에서의 일이 떠올랐다. 그때도 카루나는 장미로 박스석을 뒤덮었다. 하지만 시스는 그 안에서 제 물로 구를 만들고 카루나를 가뒀다. 그때는 싸울 생각이 없어, 굳이 장미로 물을 뚫으려 하지 않았지만.

만약 뚫으려 했다면,

지금과 같은 충격을 받지 않았을까?

카루나는 황망히 눈을 들이 시스를 바라보았다.

"적당히 좀 했으면 좋겠는데. 막는 나 또한 힘들기는 마찬가지라서 말이야."

시스가 얼굴을 찡그리며 손으로 이마를 문질렀다. 상처 입은 어깨 말고 다른 곳이 아픈 듯했다.

"설마……."

"생각하시는 그게 맞을 겁니다."

"어떻게?"

"준비를 했지요. 영애를 모실 준비."

"준비?"

"고작 이 정도 연회를 준비하는데 열흘씩이나 걸릴 이유가 무어 있겠습니까. 연회를 준비하는 것 자체는 고작 이틀이면 끝날 것을."

피로 얼룩진 대리석 바닥. 네모난 대리석 조각과 조각 사이의 틈에서 물이 스며들었다. 물은 톡, 톡, 물방울이 되어 허공으로 떠올랐다. 물방울들이 하나로 뭉치더니 날카로운 창이 되었다.

"아가씨!"

그리고 카루나에게 다가오려는 루시온의 목 끝을 겨눴다.

"잠깐. 계속 거기 있어 줬으면 좋겠는데."

시스는 그렇게 루시온을 저지하고는 카루나를 바라보았다.

"이 홀은 내 힘으로 덮여 있는 상태입니다. 그러니 영애라 할지라도, 능력을 쓰는 건 어려울 겁니다."

툭하면 길을 잃고 사람을 귀찮게 하던 어리숙한 외국인은 더 이상 여기에 없었다.

그의 등 뒤에서, 홀로 싸우던 늑대가 결국 쓰러졌다. 그 쓰러지는 모습이, 카루나에게는 끔찍하도록 느리게 보였다. 그 와중에도 제게서 눈을 떼지 못하는 그 붉은 눈.

"라안!"

카루나가 제 앞으로 다가온 시스를 밀치고 늑대에게로 달려 나갔다. 시스는 피식 웃으며 손가락을 튕겼다. 카루나가 막 늑대에게 닿으려는 순간. 분수대의 물이 폭발하듯 솟구쳐 수많은 물의 화살이 되었다.

그것들이 곧바로, 늑대에게 내리꽂혔다. 하나도 빗나가지 않고, 늑대의 몸을 꿰뚫었다. 그와 동시에.

"아가씨, 위험합니다."

루시온이 달려와 카루나를 뒤에서 끌어안았다. 제 목을 겨누는 물의 창 따위 알 바 아니라는 듯 카루나에게 달려온 것이었다. 그 바람에 날카로운 것에 스쳐, 루시온의 목과 어깨에서 피가 흘러내렸다.

하지만 그 피는 카루나에게 닿지 못했다. 늑대의 몸에서 피가 분수처럼 솟구쳤다. 카루나와 루시온은 그 피를 고스란히 뒤집어썼다. 카루나는 피범벅이 되어, 늑대를 바라보았다.

"……라, 안."

눈이 마주치자, 늑대는 그 상황에서도 포기하지 않고 몸을 일으키려고 했다. 제 앞에 서 있는 카루나를 지키기 위해서, 빼앗기지 않으려고.

"귀찮을 정도로 질기군."

시스가 빠른 걸음으로 걸어와 그녀를 스치고 지나갔다.

"아, 안 돼!"

카루나는 시스의 옷소매를 붙잡았으나 시스는 부드럽게 떨쳐냈다. 그러고는 산을 오르듯 늑대의 몸을 밟고 섰다.

"하, 하지 마! 하지 마! 하지 말라고!"

카루나는 루시온의 품에서 벗어나려 발버둥 쳤으나, 루시온이 그녀를 놓아주지 않았다.

"놔, 놔! 놔! 놔아아!"

"아가씨, 진정하십시오. 위험합니다."

루시온은 그녀를 더 단단이 껴안은 채 뒤로 물러섰다. 카루나가 늑대에게서 멀어질수록, 늑대의 숨소리가 거칠어졌다.

"어딜 보는 거지? 돌연변이 늑대. 네가 지금 봐야 할 곳은 거기가 아닌 거 같지 않나?"

시스가 비죽 웃으며 늑대의 머리를 움켜쥐었다. 그러고는 대뜸, 제 팔을 물어뜯어 피를 내고는 그 피를 라크안에게 억지로 먹였다.

"내 피는 너희 늑대들에게는 맹독이지."

늑대는 독을 먹고 몸부림쳤다. 시스는 늑대 위에서 가볍게 뛰어 내렸다. 어깨를 다친 사람이라고는 믿기지 않는 몸놀림이었다.

늑대의 몸이 줄어들어 곧 사람의 모습으로 변했다. 피로 젖은 라크안이었다. 그의 몸은 말 그대로 너덜너덜했다. 다치지 않은 곳을 찾기 더 힘들 정도였다. 카루나는 라크안에게 다가가려 하다 몸을 크게 휘청였다.

"아가씨, 괜찮으십니까."

어느새 곁으로 다가온 루시온이 카루나를 부축했다.

"……."

카루나는 멍하니 라크안을 바라보았다. 눈앞의 상황이 믿기지 않았다. 라크안은 강했다. 스스로도 잘 알고 있었고, 남들도 잘 알고 있었다. 그는 언제나 자신이 남을 다치게 할까 봐 걱정했다. 그 반대의 경우는 생각조차 하지 않았다. 철십자 기사단도 카루나도 마찬가지였다. 누가 그를 다치게 만들고, 죽게 만든단 말인가.

누가. 어떻게.

그 답이 지금 카루나의 눈앞에 펼쳐져 있었다. 끔찍한 상황으로. 라크안을 그렇게 만든 시스는 발끝으로 라크안의 머리를 툭툭 찼다.

"아직 숨이 붙어 있군."

라크안의 숨이 아직 붙은 걸 확인하고는 올벤인들에게 손짓했다. 몸이 성한 올벤인 몇이 라크안에게 다가왔다. 그중 한 명이 굵은 사슬을 들고 있었다.

그들은 라크안의 몸을 천으로 덮고는 사슬로 묶었다. 목줄을 채우고, 두 손과 발에는 쇠고랑을 채웠다. 양측에서 어깨를 잡아 올리니, 라크안은 줄이 끊긴 인형처럼 들렸다. 고개가 앞으로 푹- 꺾였다.

어쩐지 그 모습이 익숙했다. 루린토프 영애에게 감금되었던 시절에도 저렇게 사슬에 매여 있지 않았었던가. 물론 그때보다 지금 상황이 더 끔찍했다. 그 시절이 아득한 옛날처럼 느껴졌다.

다시는, 라크안이 그런 일을 겪지 않도록 할 거라고 다짐했는데. 그보다 더 끔찍한 상황으로 라크안을 몰아넣었다.

'내 잘못이야.'

라크안처럼 올벤과 루시온의 담합을 끝까지 의심했어야 했다. 올가를 주의 깊게 살피고, 긴장을 놓지 말고 만일의 사태를 대비했어야 했다.

'어쩌다가 이렇게 됐지? 어쩌다가.'

그러고 보면, 어리석은 일이었다. 황실도 아니고 바이켈드 공작저도 아닌 곳에서 무장을 해제하고 무방비한 상태가 되다니. 제발 공격해 달라고 비는 꼴이었다. 라크안이 워낙 강해서, 철십자 기사단이 있으니까, 그리고 자신에게 기이한 능력이 있으니까. 괜찮을 거라고 생각했다. 방심했다.

방심은 언제나 죽음을 부르는 법.

클레이엔의 대역으로 살던 시절엔 결코 저지르지 않았을 실수였다. 매일매일 살얼음판을 걷듯 살며 의심하고 또 의심하고, 그랬건만.

'그때의 나는 어디로 가 버린 거지? 고작 1년 좀 넘은 시간 동안 이렇게 풀어져서는.'

이럴 바에는, 그냥 철저하게 악녀로 살걸. 모든 것을 의심하고, 모두에게 표독스럽고 까탈스럽게 굴고 그럴걸. 카루나는 뼈저리게 후회했다.

"흐음."

시스는 올벤인들이 들고 있는 라크안을 살펴보았다. 위아래로 훑어보는 꼴이 마치, 늑대 가죽을 고르는 상인 같았다. 턱을 문지르며 라크안의 머리를 툭툭 치는 꼴을, 더는 두고 볼 수 없었다.

"그만둬. 당장, 라안을 내려놔."

카루나가 입술을 깨물며 말했다. 녹색 눈에 눈물이 그렁했다.

"아, 맞다."

시스가 몸을 빙글, 돌려 루시온과 카루나 쪽을 바라보았다. 그러더니 카루나를 뒤에서 안고 있는 루시온을 보자마자 못마땅한 표정을 지었다.

"미안한데, 영애를 내게 넘겨줬으면 좋겠어."

그는 카루나가 아니라 루시온에게 말했다.

"그건 곤란합니다, 우리의 계약은 그런 것이 아니었을 텐데요."

루시온이 고저 없는 목소리로 답했다.

"그게, 말이야. 딱히 지키려고 한 약속은 아니어서."

"당신들이 원하는 건 바이켈드 공작이었습니다. 제가 원하는 건 카루나 아가씨였고. 그래서 우리의 계약이 성립됐던 것입니다."

"아, 그건 그쪽이 영애를 좋아한다기에 그렇게 말했던 거야. 사실 우리는 둘 다 필요하거든. 아니, 정확하게 말하자면 영애가 필요한 거지. 이건 덤이고."

시스가 라크안의 어깨를 툭툭 치더니, 제 손에 묻은 피를 보고 미간을 찌푸렸다. 그러자 분수대에서 물이 쪼르르- 날아와 시스의 손을 닦아 주었다.

"……!"

그의 말이 카루나에게 어떤 깨달음을 주었다.

'그러고 보니 분명 그렇게 말했어. 이 홀을 감싸고 있다고.'

그렇다는 건 그의 능력이 통하는 게 '이 홀'에 한정된다는 의미가 아닐까. 굳이 홀 중앙에 분수대를 만든 것도, 그 능력을 이 홀에서 원활하게 사용하기 위함일 터. 카루나는 홀에 들어오기 전, 복도에서 제 능력이 통했던 걸 기억하고 있었다.

'그렇다면 내가 이 안에 있는 상태에서 밖의 식물을 끌어온다면? 가능할까?'

이제 시스와 루시온의 대화는 하나도 귀에 들어오지 않았다. 카루나는 오직 자기 자신에게만 집중했다.

'할 수 있을까가 아니야. 해야 돼. 아까랑은 달라. 좀 더 멀리, 멀리에 있는 것들을 불러오는 거야. 그러니까 가능할 거야. 가능해야 해.'

카루나는 눈을 감고 집중했다.

처음은 아까와 같았다. 단단한 장막에 가로막힌 느낌. 카루나는 아까처럼 무식하게 그 장막을 향해 능력을 퍼붓지 않았다. 그랬다가 그 반동으로 속이 뒤집어지지 않은가. 대신 카루나는 물의 장막을 두드리는 상상을 했다.

아무리 단단하다고 할지라도 결국엔 물. 주변의 흙에 스미고, 또 흙 알갱이와 섞여 질척이는 진흙이 되기 마련이다. 물에 흙과 씨앗이 섞이면, 그건 누구의 힘이 될까.

시스? 카루나?

아마도 둘 모두의 영역이 되리라. 카루나는 그 진흙을 매개 삼아 물의 장막 너머의 생명을 불렀다. 이를테면 소환장이었다.

내가 여기에 있으니, 나에게 오렴. 어서 오렴.

그 과정이 쉽지만은 않았다. 카루나는 그동안 무작정 식물을 크게 키우는 데에만 능력을 이용했다. 이런 정교한 조작은 처음이었다. 이런 방법을 생각할 수 있었던 건, 전적으로 시스의 공이었다.

시스는 황태자에게 바람을 제어하는 방법을 가르쳐 줄 때마다 카루나가 함께하길 원했다. 그 바람에 카루나는 졸지에 관심도 없던 바람을 제어하는 방법을 배웠다.

시스가 말하기로, 바람은 가장 다루기 어려운 능력이라 했다. 또한 모든 능력은 결국 같은 원리라고도 했고. 카루나는 의욕 없이 귀동냥으로만 얻어들었지만, 그래도 분명 시스의 조언은 카루나에게도 큰 도움이 됐다.

한참 그 작업에 집중하고 있는데, 뭔가 이상한 느낌이 들었다. 뒤에서 부축해 주던 루시온의 팔이 느슨해지는가 싶더니 툭, 떨어져 내린 것이다. 등을 단단히 받쳐 주던 루시온의 존재 자체가 사라졌다.

'무슨 일이지?'

당연히 카루나는 비틀거렸다. 뒤로 넘어져 엉덩방아를 찧을 거라 생각하고 두 눈을 질끈 감았건만. 다시 누군가가 카루나의 등을 받쳐 주었다.

"영애. 괜찮으십니까."

깍듯한 목소리의 주인공은 올가였다.

그녀는 한 팔로 카루나를 안고 있었다. 다른 쪽 손엔 창이 들려 있었다.

'루시온은?'

카루나는 주변을 둘러보았다. 그리고 제 발치에 루시온이 쓰러져 있는 것을 보았다. 뒤통수가 부풀어 오른 것을 보니, 뭉툭한 무언가에 가격당한 듯했다.

"어찌할까요?"

올가가 시스에게 물었다.

"처리해. 괜한 말이 나오면 귀찮으니까. 그자의 말마따나 이 일은 어디까지나 그⋯⋯."

"마카레나 백작입니다."

"그래, 그자. 죽은 마카레나 백작을 그리워하는 잔당들의 소행이어야 하니까."

"알겠습니다."

올가가 창을 반 바퀴 돌렸다. 뭉툭한 쪽이 아래로 가고 날카로운 촉이 루시온을 향했다.

"잠깐! 안 돼!"

카루나는 올가의 창을 두 손으로 붙잡았다.

"영애?"

올가가 인상을 찌푸렸다.

"이런, 전사의 무기에 함부로 손대면 안 된다고 이 돌연변이 늑대가 가르쳐 주지 않던가?"

시스가 멀찍이서 웃음을 터뜨렸다.

"안 돼. 하지 마. 하지 말라고!"

카루나는 올가가 아니라 시스를 보며 말했다. 앞선 잠깐의 대화로, 누가 명령권자인지 정확히 파악한 것이었다.

"싫다면?"

시스가 보란 듯이 라크안의 머리를 툭, 쳤다. 라크안과 루시온. 둘 다 자신의 손아귀 안이라는 자신감이었다. 카루나의 눈에서 불똥이 튀었다.

"싫지 않게 만들어 주는 수밖에."

남의 자존심을 부수는 건, 카루나가 제일 잘하는 일이었다. 카루나는 발로 바닥을 내리쳤다.

"또? 분명히 안 되는 걸 경험했……."

시스가 픽, 웃으며 카루나를 비웃던 때. 갑자기 바닥이 흔들리기 시작했다.

"그래, 경험했지."

이번엔 카루나가 웃을 차례였다.

"설마?"

시스의 표정이 돌변하였다.

"그래, 그 설마다."

카루나가 다시 한 번 발을 굴렀다.

딱.

구둣발이 대리석 바닥을 치자, 분수대에서 물이 솟구쳤다. 시스의 능력이 아니었다. 카루나의 능력이었다. 복도에서 카루나가 틔웠던 얇은 줄기가 진흙 더미에 뿌리를 내리고 크게 크게 자라나, 땅을 뚫고 분수대 위로 솟구쳐 오른 것이다. 거대한 가지가 솟구쳐 천장에 부딪쳤다. 분수대는 빅살 나고, 물은 사방으로 흩어졌다.

촤아악-

분수대 물이 비처럼 쏟아졌다. 카루나와 올가는 물론이거니와 시스와 루시온, 라크안까지 모두 흠뻑 젖었다. 카루나는 여전히 올가에게 잡혀 있었지만 더는 그 속박에서 벗어나려 하지 않았다.

손을 내밀자, 분수대를 박살 낸 줄기에서 피어난 가느다란 줄기가 꾸물꾸물 바닥을 기어 카루나의 손등을 타고 올랐다. 카루나는 그것을 꽉 움켜쥐었다. 동시에 다른 줄기들이 자라나 올가를 칭칭 얽어맸다.

"영……!"

올가가 뭔가를 말하려 했으나 나무줄기가 재갈이 되었다. 올가는 끝까지 창을 놓지 않았지만 줄기가 손목을 옥죄자 창을 놓칠 수밖에 없었다.

차랑- 창이 바닥에 떨어졌다. 올가의 몸은 허공에 붕 떴다. 아까, 라크안이 물갈퀴에 잡혀 허공에 떠오르던 것과 비슷한 모양새였다. 카루나는 배움이 빠른 학생이었다. 한 번 본 것을 따라 하는 건, 그리 어려운 일이 아니었다.

올가가 붙잡힌 걸 본 시스의 얼굴이 굳었다. 카루나는 이번엔, 그 변화를 놓치지 않았다.

"서로 교환할 것이 생겼네요."

카루나가 생긋, 웃으며 시스에게 말했다. 이제 주도권은 이쪽으로 옮겨져야 마땅했다. 시스가 품에서 곡선의 단도를 꺼내지만 않았다면.

"글쎄, 교환이라. 으음……."

시스가 마찬가지로 생긋, 웃으며 라크안의 왼쪽 가슴 위에 칼끝을 겨눴다.

"난 협박이란 걸 해 보려고 하는데."

"……!"

"미안하지만, 영애. 사막의 전사는 약탈할 뿐, 교환 따윈 하지 않아. 그건 상인의 몫이지."

칼끝이 라크안의 왼쪽 가슴을 파고들었다.

"잠깐!"

시스는 들은 척도 하지 않았다. 그는 정말로 라크안을 죽이는 데 거리낌 없어 보였다. 그러니 카루나 역시 그래야 했다. 시스를 상대하기 위해서는, 그녀 역시 라크안의 목숨이 아깝지 않은 것처럼 보여야 했다.

누구든 다급한 사람이 지는 게임이었다. 올가가 인질로 잡히자마자 시스가 라크안의 심장에 칼을 겨눈 것처럼, 카루나도 그래야 했다. 그걸 머리로는 알고 있는데, 알겠는데.

'그런 게 가능할 리 없잖아!'

심장이 따르질 않았다. 단검이 라크안을 파고드는 걸 보는 것만으로 눈시울이 뜨거워졌다.

"그만, 그만해. 내가 졌어."

카루나는 손짓하여 올가를 바닥에 내려놓았다. 그제야 시스가 단도를 거둬들였다.

"좋은 생각이야. 영애."

단도가 뽑히자 라크안의 가슴에서 피가 뿜어져 나왔다.

"커, 헉!"

라크안은 피를 토하며 몸을 들썩였다.

"……!"

카루나는 눈을 질끈 감았다가, 이를 악물고 다시 눈을 떴다. 울음이 복받쳤지만 참았다. 그래도 눈가가 발개지는 것까지 숨길 순 없었다.

"이런, 너무 화내지 말아 줘. 나로선 어쩔 수 없었던 거니까. 아, 대신 저 모략꾼은 건드리지 않도록 하지. 어차피 다시 제국에 올 일은 없을 테니."

시스가 루시온을 가리키며 선심 쓰듯 말했다. 몇 달씩 제국에 체류하며 평화 조약을 조인하기 위해 애썼던 올벤 사절답지 않은 말이었다.

'진짜 목표는 평화 조약이 아니었던 거구나. 진짜 목표는, 나였던 건가?'

카루나는 주먹을 꽉 움켜쥐었다. 손톱이 손바닥을 파고들었다.

"나에게 뭘 원하는 거야?"

"그냥, 영애 자체를 원해."

"날?"

"영애를 고이- 우리나라에 모시고 가는 게 내가 원하는 거지."

"……."

"얌전히 잘 따라오겠어? 영애?"

시스가 라크안의 목을 잡아 들어 올려, 카루나에게 보란 듯이 보여주며 말했다.

"그대를 다치게 하고 싶지 않아. 그대는 소중한 우리의 보물이니까."

시스가 라크안을 가리키며 말했다.

"이건, 영애를 잡아두는 인질. 이 돌연변이 늑대를 꽤나 소중히 여기는 거 같던데. 맞지?"

딱히 대답을 원하는 질문은 아니었다. 이미 답을 알고 있으니까.

"도망이나 그런 걸 생각하면, 곤란해. 알았지?"

시스가 단도를 라크안의 왼쪽 가슴에 다시 가져다 댔다.

"대답은?"

"……그렇게 하지."

카루나가 고개를 끄덕였다.

"좋아. 계약 성립이군. 나는 이 늑대를 살리고, 영애는 올벤으로 가고. 서로가 원하는 걸 얻었으니, 괜한 짓으로 계약을 어그러뜨리는 건 곤란하겠지?"

카루나는 이를 꽉 깨물고 고개를 끄덕였다.

'방금 전에 루시온과의 계약을 어긴 주제에.'

라크안이 그의 손아귀 안에 있는데 괜한 말로 그의 성질을 긁어서 좋을 게 없었다.

"실례합니다, 영애."

어느새 덩굴을 풀고 몸을 일으킨 올가가 카루나에게 다가왔다. 올가는 카루나의 양손에 팔찌를 채웠다. 넓적한 금팔찌였는데. 투명한 보석이 빙 둘러 박혀 있었다.

투명한 보석으로 보이는 건 사실, 물이었다. 시스는 제 물의 힘으로 카루나의 힘을 억누르려고 한 것이었다. 카루나는 혹시나 하는 마음에 발끝으로 톡톡, 바닥을 두드려 보았다. 방금 전까지 올가를 옥죄고 있던 넝쿨이 전혀 응답하지 않았다.

'능력을 이렇게도 쓸 수 있는 건가?'

카루나는 제 능력을 단지 식물을 자라게 하고, 제 뜻대로 움직이는 정도로만 썼건만. 시스는 더 정교하고 세밀하게 능력을 사용하고 있었다.

'나한테 미리 이 팔찌를 채울 수 있었을 텐데, 그러지 않은 건 뭘까. 내가 알아서 꺾이기를 바랐던 걸까?'

온 신경은 등 뒤에 가 있었다. 당장 죽어도 이상하지 않을 만큼 다친 라크안. 능력을 써도 그를 구하지 못했던 자신. 시스는 어쩌면 그런 무력감을 자신에게 심어 주기 위해, 일부러 이 팔찌를 지금에야 꺼낸 것인지도 몰랐다. 그렇게 생각하니 소름이 돋았다.

'도대체 언제부터, 어디까지 준비하고 계획한 거야.'

그때, 올가가 카루나에게 손을 내밀었다. 에스코트를 청하는 것이었다.

"……."

카루나는 입술을 깨물며 올가가 내민 손을 노려보았다. 딱히 시스가 뭐라 말하지는 않았지만, 등 뒤에서 시선이 느껴졌다. 아마도 단도를 높이 던졌다 받으며, 라크안의 몸에서 그나마 성한 곳이 어딘가 살펴보고 있겠지. 카루나는 어쩔 수 없이 올가의 손을 잡았다. 올가는 공손히 고개를 숙였다.

"부족함 없이 모시겠습니다."

"그건 불가능할 거예요. 내 호위기사도, 약혼자도, 이 나라에서 내가 가지고 있던 가장 좋은 것들을 당신들이 망가뜨렸으니까."

"곧 그보다 더 좋고 귀한 것을 얻으실 겁니다. 우리의 왕께선 부유하고 자비로운 분이시니까요."

올가가 공손히 말했다. 그녀의 목소리와 표정에서는 옅은 연민이 느껴졌다. 카루나는 고작 그런 것에 눈길을 주지 않았다. 그건, 비겁한 기만이었다. 상대를 완벽히 무력화시킨 후, 선심 쓰듯 던져주는 동정 따위.

'나한테 어울리지 않아.'

카루나는 허리를 펴고 고개를 꼿꼿하게 들었다. 인질이 됐지만 겁먹거나 기죽은 모습을 보일 생각은 없었다. 그렇게 올가의 에스코트를 받으며 피의 연회장을 가로질렀다. 아직 숨은 붙어 있는 라크안을 뒤에 두고, 발치에 쓰러진 루시온을 지나쳤다. 끝까지 검을 놓지 않은 솔토도 지나쳤다. 그의 손끝이 살짝 움직인 것도 같았지만, 카루나는 못 본 척했다.

저택을 나서며, 혹시나 하는 희망을 품긴 했다. 적어도 밖에는 아직 철십자 기사단이나 루시온의 부하들이 살아 있지는 않을까. 하지만 밖은 조용했다.

피를 뒤집어쓴 올벤인이 한쪽에 서 있었다. 루시온의 부하들은 여기저기 쓰러져 있었다. 죽은 사람도 있고, 피를 흘리며 죽어 가는 사람들도 있었다.

카루나는 다급히 주변을 눈으로 훑으며 철십자 기사단을 찾았다.

철십자 기사들은 누군가 모아 놓기라도 한듯 한쪽에 몰려 쓰러져 있었다. 피 흘리지는 않았으나 표정이 일그러져 있었다. 카루나가 그들에게서 눈을 떼지 못하자, 올가가 조그맣게 속삭였다.

"생명에는 지장이 없을 겁니다. 우리 왕의 피를 소량 먹었을 뿐이니, 한 달쯤 후에 눈을 뜰 겁니다."

"……."

카루나는 친절한 설명에 감사하지도, 죽이지 않고 살려줘 고맙다는 말도 하지 않았다. 그저 입을 꾹 다물고 앞으로 걸어갈 뿐이었다. 미리 준비한 듯, 아무 장식 없는 검은 마차가 저택의 뒷문에 서 있었다. 마차 뒤에는 커다란 철창이 있었다. 맹수를 가두는 데에나 쓰는 것이건만. 올벤인들은 라크안을 쇠사슬에 묶어 그곳에 가두었다.

라크안은 맥없이 쓰러졌다. 철창 바닥에 금방 피가 고였다. 그걸 본 카루나가 올가의 손을 꽉 쥐었다.

"저대로…… 둘 건가요?"

악다문 잇새로 말이 샜다.

"영애와의 약속은 지켜질 겁니다. 곧 의사가 합류할 겁니다."

"그 의사가 내 약혼자를 잘 치료할 거라는 보장은?"

"남쪽에 늑대 무리가 무리 짓고 있다는 정보를 미리 전해 들었습니다. 만일의 사태를 대비하기 위해, 숲의 늑대에 대해 잘 아는 의사와 동행했습니다. 그가 늑대를 돌볼 겁니다."

"그렇군요. 반드시, 살려야 할 거예요. 날 어떻게든 이용하고 싶은 마음이 있다면."

라크안을 인질로 하여 카루나를 잡았다. 그 말은 곧, 라크안이 잘못되면 카루나를 어찌할 수 없다는 뜻이기도 하니. 올벤은 카루나를 수월하게 다루기 위해서라도 라크안을 살려는 놓아야 했다.

카루나는 올가가 말한 의사가 철창 안으로 들어가는 걸 보고 나서야 올가가 권하는 대로 마차에 올라탔다. 올라는 카루나의 반대편에 앉아 마차 문을 닫았다.

두 사람은 마주 앉았다. 무표정한 두 얼굴이 서로를 바라보았다. 한쪽은 그래도 옅은 연민이나마 가지고 있었고, 한쪽은 분노를 속으로 삭이고 있었다.

"날 어떻게 할 셈인가요?"

카루나가 물었다. 그래도 시스보다는 말이 통하는 상대가 아닐까 하여 대화를 시도한 것이다.

"올벤으로 모시고자 합니다."

"그러니까 날 그곳에 끌고 가서 어쩔 셈이냐구요."

"그건 제 왕께서 말씀해 주실 겁니다."

"내가 목표라면, 라안 님은 굳이 데리고 가지 않아도 되는 거잖아요."

미리 철창까지 준비해 놓은 사람들에게 말해 무엇 하겠느냐마는. 카루나는 혹시나 하는 마음을 버리지 못했다.

"반항하지 않는다고 약속할게요. 맹세하라면 맹세할 거고, 내 팔다리에 쇠고랑을 채워도 가만있겠어요. 그러니 라안 님은 놔줘요."

"제 왕께서 결정하신 일이고, 저는 따를 뿐입니다."

"그 왕에게 말을 좀 해 달라구요."

"왕께선 명령하시고 저는 따를 뿐입니다. 왕께서 필요하다 생각하셨으니 데리고 갈 뿐입니다."

"그러니까! 안 필요하게 만들어 줄 테니까, 놓고 가라고!"

"필요한지 아닌지는, 왕께서 결정하십니다."

같은 말이 반복되었다. 올가는 성실한 대답자였으나 그녀의 말에는 늘 한계가 있었다.

우리의 왕. 그놈의 빌어먹을 우리의 왕.

카루나가 마음속으로 올벤의 왕을 향해 온갖 욕을 퍼붓고 있을 때. 똑 똑- 밖에서 노크 소리가 들렸다.

"올가를 너무 괴롭히지 말아 줬음 좋겠어, 영애. 그녀는 마음이 여려서, 영애가 계속 구박하면 울어 버릴지도 몰라."

꽤 즐거워 보이는 목소리였다. 카루나는 정말 그러냐는 의미로 힐긋, 올가를 보았다. 올가는 씁쓸히 웃었다. 적잖이 민망한 듯했다.

'이 여자가 당하는 게 싫으면, 그쪽이 당하던지.'

올가와의 대화에서 답답함을 느끼던 차였다. 카루나는 마침 잘 됐다고 생각하며 창문을 가린 커튼을 잡아당겼다. 개털 같은 잿빛 머리카락과 뻔뻔한 얼굴이 바로 보일 줄 알았건만. 그는 그새 마차에서 떨어져 먼 곳에 서 있었다. 살아남은 올벤인들이 그의 명령을 받으며 바삐 움직이는 게 보였다.

시스는 명령을 내리는 게 무척이나 자연스러워 보였다. 또한 그는 여전히 라크안의 피가 묻은 단도를 손에 쥐고 있었다.

'저 사람이 올벤의 왕이겠지.'

아닐 수도 있다. 하지만 그렇다기엔 올가가 시스를 대하는 태도가 너무 깍듯했다. 시스 역시 올가와 다른 사람들에게 하대하는 모습이, 몸에 맞는 옷을 입은 양 자연스러웠고. 잠깐이지만 본모습을 드러낸 시스와 마주 서 봤던 카루나는 확신했다.

'저자가 올벤의 왕이야.'

그래야 아귀가 맞았다. 초대 황제의 피를 이은 황태자가 바람의 힘을 썼다. 그렇다면 올벤에서도 물을 다루는 능력은 왕족에게로 이어졌을 터. 시스가 너무 하찮게 굴어서, 그를 마탑의 마법사처럼 생각했던 게 잘못이었다.

'도대체 오늘 하루 동안, 몇 번이나 후회를 한 걸까.'

카루나는 라크안과 바이켈드 공작가의 그늘 아래에서 긴장을 풀고 느슨해졌던 과거를 후회했다.

곧, 카루나를 태운 마차가 움직였다. 어둠 속에서, 피칠갑된 저택은 밤의 등불처럼 빛났고, 그 저택을 떠나는 무리는 어두운 거리로 스며들었다. 카루나가 순순히 시스와 올가를 따랐던 건, 라크안을 구하기 위해서이기도 했지만. 제국의 체계와 황태자를 믿었기 때문이었다.

외국 사절단이 연회를 벌인 장소에서 많은 사람들이 죽었다. 살아서 도망간 귀족도 있고, 다행히 죽지 않은 기사들도 있을 것이다. 그들의 증언을 들은 황제와 황태자는 당연히 올벤 사절단을 뒤쫓을 것이다.

또한 수도에서 북서쪽의 올벤 영토로 넘어가기까지 지나야 하는 도시가 일곱이요, 관문만 해도 다섯 개였다. 적어도 한 곳에서는 카루나와 라크안을 잡아가는 올벤 사절단이 걸릴 것이다.

그러면 이들의 손아귀에서 벗어날 수 있다. 그런 계산을 했다. 하지만 올벤 사절단은 그런 카루나의 희망을 비웃기라도 하듯, 유유히 도시를 통과하고 관문을 지나쳤다.

카루나의 믿음이 헛된 건 아니었다. 그들을 막으려는 관문이 없지는 않았으나 그때마다 카루나는 시스의 능력을 보았다. 그는 제 능력을 사용하는 데 거침이 없었다.

댐을 무너뜨려 한 도시를 물바다로 만들고, 강물을 끌어와 관문을 아예 쓸어 버렸다. 물이 얼마나 강력한 무기가 될 수 있는지, 바로 눈앞에서 보여 주었다. 덕분에 올벤 사절단은 황태자와 수도의 기사단이 총출동하여 뒤쫓고 있다 해도 따라잡지 못할 만큼 빠르게 이동할 수 있었다.

'정말 제국과 척지려고 작정을 했나 보네.'

카루나는 황제가 이 사태를 보고 받고 열통 터져 죽어 버리지나 않을까 기대했다. 차라리 황태자가 황제가 되면, 자신과 라크안을 구하려고 병력을 동원하는 게 쉬울 테니까.

아직까지 구출될 거란 희망을 포기하지 않은 카루나의 마음을 아는지 모르는지, 시스는 늘 제가 만들어 낸 기적 위에서 카루나에게 제 능력을 뽐냈다.

"어때, 영애. 갑자기 나에 대한 존경심과 사랑이 샘솟나? 저 늑대보다는 내가 훨씬 더 강해 보이지 않아?"

칭찬 받기를 바라는 다섯 살, 일곱 살짜리 어린 아이 같았다. 아니면, 좋아하는 여인에게 구애하기 위해 제가 가진 것을 자랑하는 철부지 영식 같거나. 어느 쪽이든 카루나의 취향은 아니었다.

그녀의 취향은 제 앞가림 잘 못하지만 잘생기긴 더럽게 잘생긴 늑대로 바뀐 지 오래였으니까. 다만 시스가 저를 뽐내고자 할 때가 그나마 카루나가 마차 밖으로 나올 수 있는 때인지라.

"글쎄요."

카루나는 심드렁하게 대꾸하는 정도로만 그를 상대해 주었다. 그러면서 곁눈질로, 라크안이 갇힌 철창을 살폈다.

라크안의 회복력은 경이로웠다. 대단한 치료를 받은 것도 아닌데, 금방 몸의 상처가 아물고 피가 멈췄다. 두 번째 도시를 지날 때부터는 정신이 들었는지, 철창에 몸을 부딪치며 울부짖었다. 사람이었다가 늑대였다가, 계속 몸을 바꾸며 난동을 부렸다.

그런데도 그를 옭아맨 쇠사슬과 쇠고랑은 부서지거나 망가지지 않았다. 다만 철창이 찌그러져, 의사도 더 이상은 라크안에게 다가가지 못했다.

"내가, 내가 가면 내 말은 들을 거예요. 내가 가게 해 줘요. 이 빌어먹을 팔찌를 끼고 만나면 되잖아!"

카르나가 거칠게 항의했으나 라크안을 만날 수 있는 기회는 오지 않았다.

"굳이 영애가 나서지 않아도 괜찮습니다."

올가의 말이 끝나기 무섭게 시스가 라크안에게 다가갔다.

크아악!

마침 라크안은 늑대 상태였다. 그는 철창 밖의 시스를 보고는 철창에 몸을 던졌다. 약을 바르고 봉합했던 상처가 다시 터져 피가 흘렀다. 시스는 손짓 한 번으로, 철창을 물로 덮어 라크안의 반항을 봉쇄했다.

그가 물의 힘으로 라크안을 억누르고는 귓가에 뭔가를 속삭였다. 카루나는 멀리 떨어져 있어 무슨 말을 하는지 들을 수 없었다. 시스가 말을 마치고 뒤로 물러서기 무섭게, 라크안이 당장 시스를 죽이겠다고 날뛰었다. 어느새 인간의 모습으로 돌아와 양손으로 철창을 움켜잡고 피를 토했다. 눈빛만으로도 사람을 죽일 기세였다.

시스는 그런 라크안을 보면서도 실실 웃으며 또 뭐라 말했다. 그러자 라크안이 단번에 얌전해졌다. 그는 차가운 철창 바닥에 누워, 좀처럼 일어서지 않았다. 카루나는 시스가 자신을 두고 협박했을 거라고 짐작했다

'어쩌다 이렇게 됐을까.'

서로가 서로에게 치명적인 약점이 되다니.

'반드시 탈출해야 돼. 함께할 수 없다면 라안만이라도.'

철창에 기운 없이 쓰러져 있는 라크안을 볼 때마다, 뱃속에서 불길이 일었다. 걱정되고 화나고 안쓰럽다가도 못내 서럽고 억울했다.

'정신 차리자. 내가, 내가 해내야 돼. 반드시 라안을 저기에서 빼내 도망치겠어.'

더 이상 황태자와 철십자 기사단의 구조를 기다릴 생각은 없었다. 카루나는 아침에 눈을 떠 밤에 잠드는 순간까지, 아니 꿈속에서조차 탈출 방법을 고민했다.

'라안이 그래도 어느 정도 나았으니까. 어떻게든 방법이 있지 않을까? 분명, 뭔가 방법이 있을 거야.'

문제는, 그 빌어먹을 방법이 쉬이 생각나지 않는다는 것이었다. 출구 없는 미로를 헤매는 심정이었다. 이대로 제국의 경계를 넘어 올벤으로 가면 영영 제국으로 못 돌아오는 것은 아닐까.

시스가 물의 힘을 이용해 도시를 쓸어버릴 때마다 마음 속 두려움은 더욱 커져 갔다. 그게 시스 나름의 심리전일지도 모른다는 생각이 들어, 애써 나쁜 쪽으로 생각하지 않으려 애썼지만. 그게 마음대로 될 리 없었다.

시간이 지나면 지날수록 마음은 점점 더 조급해져 갔다. 골머리를 썩으니 입맛이 뚝 떨어지고 밤잠을 이루지 못했다. 올가는 채 반도 비우지 못한 그릇을 딱 사흘 동안만 지켜보았다. 그러고는 사흘째 되던 날, 올가가 저녁 식사를 치우며 말했다.

"아무래도 늑대를 보면 마음이 불편하신 듯합니다. 식욕이 돌아오실 때까지 당분간 외출은 삼가시는 게 좋겠습니다."

올가는 카루나가 단식 투쟁을 한다고 오해한 듯했다. 그녀는 카루나를 아예 마차에 가두다시피 했다. 시스와 마찬가지로 올가 역시 카루나를 다루기 위해 라크안을 이용했다.

'이렇게 나온다 이거지?'

적어도 시스보다는 손톱만큼이나마 나은 인간이 아닐까 생각하며 딱 그만큼의 정을 붙였던 카루나는 속으로 이를 갈았다. 식사 시간에 잠시 산책을 하며 라크안의 상태를 살피는 게 유일한 보람이었건만. 그조차 금지됐다.

카루나는 먹기 싫어도 억지로 음식을 씹고 삼켜야 했다. 그렇게 하루 만에 음식 그릇을 비웠으나, 올가는 다시 산책 시간을 내주지 않았다. 그런 상황에서 기어이 카루나를 태운 마차가 제국의 국경선을 넘었다. 카루나는 그 과정을 마차에 앉아 지켜보았다.

'결국 탈출 시도 한 번 제대로 못 해 보고 국경선을 넘는 건가?'

무력감. 두려움, 탈진을 닮은 절망감 따위의 감정이 한데 뒤섞여 카루나를 덮쳤다. 카루나의 얼굴에 짙은 패배감이 드리워졌다. 카루나는 참지 못하고, 두 다리를 끌어모아 안고, 얼굴을 파묻었다. 어깨가 가늘게 떨렸다.

"영애⋯⋯."

내내 카루나를 지켜보고 있던 올가는 망설이다 손을 내밀었다. 카루나의 어깨에 닿기 직전, 올가는 손을 거둬들였다. 카루나가 고개를 숙이고 있으니, 마차 안에서 그녀의 표정을 볼 사람은 아무도 없었다.

그래서일까. 올가는 평소와 다르게 꽤 감정적으로 변했다. 무사히 제국을 벗어났다는 안도감이 긴장을 누그러뜨리게 만들었는지도 모른다. 바이켈드 공작저에서 칼날이 뭉툭해져 버린 카루나처럼. 올가는 카루나에게 연민의 눈빛을 보냈다. 돌로 깎은 듯 반듯하던 얼굴에 감정이 드리우니, 그녀는 평소보다 앳돼 보였다.

카루나는 틈바구니로 그런 올가를 바라보았다. 보이려 웅크린 자세도 떨리는 어깨도, 한껏 불쌍함을 두른 카루나의 작전이었다.

'이 정도면 완전히 낙담해서 탈출을 포기한 것처럼 보이겠지?'

부디 시스에게도 믿음직하게 보고해서, 그 역시 믿기를. 카루나는 간절히 바랐다.

chapter 14
살아야 하는 이유

제국의 국경을 넘었다고 바로 올벤은 아니었다. 두 나라 사이에는 아무도 살지 않는 거친 황무지가 넓게 자리 잡고 있었다. 억척스럽게 자라는 잡초 외에는, 인간이 뿌린 씨앗이 단 한 톨도 싹을 틔우지 않는 곳이었다. 그 황야의 한가운데서, 마차가 오랜만에 멈춰 섰다.

올벤의 땅에 들어가기 전 마지막 야영이었다. 올벤인들은 부산스럽게 움직였다. 어쩐지 평소보다 밝고 부산스러워 보였다.

눈은 그쳤지만 우린 널 놓고 떠났다네.
친구여, 아직 우릴 기다리는가
라 아쉬르, 악룡은 잠들었구나.

그들이 한목소리로 부르는 노랫가락이 텅 빈 황야에 울려 퍼졌다.
중앙에 커다란 모닥불을 피우고, 그 모닥불을 중심으로 천막을 펴고 주변에 간이 울타리를 둘렀다. 가장 큰 천막은 시스의 것이었다. 카루나와 올가는 함께 마차에서 머물렀다. 나머지 천막은 시스의 천막과 마차를 둘러쌌다.

라크안이 갇힌 철창은 가장 외곽, 울타리 바로 옆에 아무렇게나 놓여 있었다. 평소라면 올벤인 두어 사람이 보초를 서고 있을 터이나 오늘 밤은 보초가 보이지 않았다. 야영을 준비하느라 바빠서인지, 아니면 제국을 벗어났다는 안도감에 분위기가 해이해진 건지는 알 수 없었다.

아무튼 카루나에게는 기회였다. 올가는 제국 국경선을 넘을 때 카루나가 보인 태도 때문에 카루나에 대해 완전히 오해를 한 듯했다. 카루나가 입맛이 없다며 저녁 식사를 물리고 혼자 있고 싶다며 웅크려 눕자, 머뭇거리디니 마차 밖으로 나가 주었다.

"……죄송합니다."

문을 닫기 전, 조그만 목소리로 이렇게 말하기까지 했다. 보통 사람이라면 올가의 그런 태도에 역으로 연민을 느낄지도 모르나, 카루나는 그러지 않았다.

'납치범이 불쌍해 봤자지. 납치당하는 나랑 라안이 더 불쌍하거든?'

카루나는 올가가 나가자마자 벌떡 일어나 드레스를 벗었다. 카루나는 방문자의 연회에 입고 갔던 드레스를 여태 입고 있었다. 드레스는 그 난리 통에 피에 젖고, 구겨져 엉망이었다. 올가와 함께 마차에서 열심히 문질러 닦아도 상태가 좋아지지 않았다.

"올벤에 가면, 바로 갈아입으실 수 있을 겁니다. 부디, 조금만 견뎌 주십시오."

올가는 그 점에 대해 매우 미안해했다. 정작 카루나는 별생각이 없었다. 아니, 오히려 올가가 갈아입을 옷을 가져다줬더라도 갈아입지 않았을 것이다.

파티용 드레스는 겹겹이 속치마를 입고, 수많은 레이스와 천을 덧댄다. 치맛자락 속에 고래 뼈로 틀을 잡기까지 한다. 어쩌면 기사들이 입는 갑옷보다 훨씬 두껍고 튼튼할지 모를 게 파티용 드레스였다. 그 말은, 카루나가 제 몸만 쏙 빠져나와도 형태가 유지된다는 말이었다.

카루나는 등에 달린 단추를 톡톡 열고, 정말 몸만 빠져나왔다. 카루나는 금세 슈미즈만 입은 상태가 되었다. 얇은 슈미즈는 카루나의 허벅다리까지 덮었다. 단번에 추운 차림새가 되었다. 마차 안팎이 서늘하여 몸이 떨렸다.

카루나는 입술을 꾹 깨물고, 추위를 참으며 드레스를 매만졌다. 드레스 위에 올가가 가져다 준 모포를 겹겹이 덮자, 카루나가 웅크려 자고 있는 것 같은 모양이 잡혔다. 제법 그럴싸했다. 카루나는 씩, 웃어 보였다.

"아직 실력이 녹슬지 않았네."

어릴 때, 소매치기를 하다가 경비대에 잡혀 감옥으로 끌려가면 늘 이렇게 꾸며 놓고 개구멍을 통해 탈출하고는 했다. 경비대가 개구멍을 발견하기 전까지, 카루나는 그 구역의 신출귀몰한 어린 소매치기로 꽤 유명했다.

카루나는 올가가 가져다준 모포 중 가장 얇고 색이 어두운 걸 골라 몸에 두르고는 눈과 코만 밖으로 내놓았다. 그러고는 슬쩍, 커튼을 열어 밖을 살폈다. 올벤인들이 모닥불을 피우고 저녁식사를 하는 게 보였다. 올가가 마차를 지키고 서 있을까 걱정했건만, 올가는 시스의 막사로 들어가고 있었다. 문을 젖히고 들어가기 전, 올가가 마차 쪽을 돌아보았다.

"……!"

카루나는 얼른 커튼을 내렸다.

'들킨 건가?'

순간, 온몸에 소름이 쫙- 돋았다. 오늘을 위해, 내내 낙담한 척 연기하고 얌전히 굴었건만. 이렇게 쉽게 들키는 건 너무 억울했다.

카루나는 커튼을 아주 살짝만 들어 다시 밖을 내다보았다. 올가가 식사 중인 올벤인 둘을 부르는 게 보였다. 그들을 보며 마차를 가리켰다. 아무래도 자신이 시스를 만나는 동안 마차를 지키라고 하는 것 같았다.

그들은 투덜거리며 마차 쪽으로 걸어왔다. 카루나는 얼른 제가 만든 드레스 뭉치 속으로 다시 기어 들어갔다. 잠시 후, 마차 밖에 두 사람의 발걸음이 닿았다. 두런두런, 올벤어로 대화를 나누는 소리도 들렸다.

카루나는 일부러, 평소 골지도 않는 코를 골았다. 드르렁, 드르렁. 밖에 잘 들리도록 소리를 내자니 코와 목이 뻑뻑하게 아파 왔다. 그러자 밖에서 키득거리는 소리가 들렸다. 무슨 말인지 알아들을 수는 없었으나, 뉘앙스를 보아하니 비웃는 것 같았다.

'그래, 새침데기 귀족 아가씨가 이렇게 험하게 코를 골며 잔다니, 웃기기도 하겠지. 마음껏 웃어라.'

카루나는 더 크게 코를 고는 척했다. 그들은 감히 마차 문을 열어 볼 생각은 하지도 않고, 저들끼리 뭐라 쑥덕거렸다. 곧 발자국 소리가 다시 들렸다. 이번에는 그 소리가 가까운 곳에서 먼 곳으로 떠났다. 카루나가 자고 있다고 판단하고 얼른 식사를 마저 하러 간 듯했다.

카루나는 발소리가 아주 안 들릴 때까지 열심히 코를 골다가, 다시 드레스 밖으로 기어 나왔다. 켁켁. 마른기침을 하고나서 문을 살짝 열었다. 올가는 보이지 않았다. 모닥불 근처에 모여 식사를 하는 올벤인들은 여전히 그 노래를 부르고 있었다.

다시 만날 날.
하나를 잃은 우리,
우린 다시 넷이 될 수 있을까.
라 아쉬르, 악룡은 아직 거기에 있는가.

"흥, 셋이든 넷이든. 내 알 바 아니거든?"

카루나는 마차에 바짝 붙어 섰다. 아무도 여기에 관심이 없는 걸 확인하고서야 뒤꿈치를 들고 걸어 마차 뒤로 돌아갔다. 어둠 속을 걷는 고양이처럼 살금살금, 라크안이 갇힌 철창으로 갔다.

'이러니까 다시 소매치기 시절로 돌아간 것 같네.'

기분이 좋지도, 나쁘지도 않았다. 벌써 10년도 더 전의 일이었으니까. 다만 오래 살고 볼 일이라는 생각이 들었다. 스무 살 아가씨가 할 만한 생각이 아니라는 생각도 덩달아 들긴 했지만. 그 고약한 시절에 몸에 익혔던 기술이 이렇게 쓸모 있을 줄이야.

'마차 안에서 울면서 누가 구해 주기만을 기다리는 건 내 성미에 안 맞는다고.'

카루나는 철창 앞에 섰다. 철창은 커다란 물방울에 잠겨 있었다. 함부로 손을 댔다가는 그 물에 잠겨 버릴 것 같았다. 그 물 때문에 예민한 감각을 잃은 걸까. 라크안은 카루나가 온 걸 알아채지 못했다. 사람의 모습을 하고 있었는데, 여전히 등을 보이고 엎드려 있었다. 찢어진 옷자락 사이로 상처들이 보였다. 그의 몸은 여전히 상처투성이였다.

카루나는 망설이지 않고 철창을 움켜쥐었다. 찰랑- 손목의 팔찌가 영롱한 소리를 냈다. 그러자 철창을 감싸던 물이 걷혔다. 동시에 라크안이 몸을 일으키고 뒤를 돌아보았다.

"……!"

"쉬이."

카루나는 얼른 입술 위로 손가락을 가져다 대며 라크안을 진정시켰다. 라크안이 철창 앞으로 다가왔다. 그의 손이 철창을 붙잡고 있는 카루나의 손등을 덮었다.

"……."

"……."

두 사람은 한동안 아무 말도 하지 못했다. 그의 손은 거칠고 차가웠다. 이전에, 라크안을 손을 잡을 때마다 참 거칠어도 따뜻하다고 생각했다. 그 대단한 회복력으로도 어찌할 수 없을 만큼 굳은살이 박이고 마디진 손. 그가 발작을 견디며 살아왔던 지난날의 흔적이었다.

에스코트 받을 때면, 그 커다란 손은 어찌할 줄 몰라 하며 조심스럽게 카루나의 손을 감싸 쥐었다. 카루나는 그 때마다 세상에서 가장 귀하고 소중한 보물이 된 것 같았다. 거칠지만 따뜻한 그 손이 마치 이 세상 모든 것으로부터 널 지켜 주겠다고 말하는 것 같아서 좋았다.

그랬던 손에 상처와 피가 더해졌다. 몸이 많이 상했는지 차갑고 딱딱했다. 이제는 카루나의 손이 더 따뜻하게 느껴질 정도였다. 카루나는 제 두 손으로 라크안의 손을 감싸 쥐었다. 자신이 늘 그런 기분을 느꼈듯, 라크안 역시 지금 제 온기를 느낄 수 있길 바랐다.

'내가 지켜 줄게요. 꼭, 반드시 탈출시켜 줄 거야. 절대로, 이대로 끌려가게 두지 않아.'

울컥, 감정이 밀려들었다. 카루나는 입을 꾹 다물며 울음을 참았다. 그래도 눈가에 고이는 눈물까지는 막을 수 없었다. 라크안 역시 비슷한 기분인 듯했다. 그는 뭐라 형용할 수 없는 표정으로 카루나를 바라보았다.

둘 중 먼저 정신을 차린 건 라크안이었다.

"어디 다치지는……."

그는 카루나를 살폈다.

"괜찮아요. 나는."

카루나는 고개를 저으며 답했지만, 라크안의 눈이 그녀의 발에 닿았다. 으득, 라크안이 이를 악물며 눈을 부릅떴다. 카루나는 맨발이었다. 혹시나 싶어 구두도 벗어 놓고 나온 것이었다. 황무지는 거친 땅이었다. 마차에서 철창까지 걸어왔을 뿐인데도 그녀의 발은 크고 작은 생채기로 뒤덮였다. 라크안은 제 몸의 상처는 생각지 않고, 카루나의 발에 난 생채기에 고통스러워했다.

"괜찮아요, 아무것도 아니에요."

카루나는 꼬물꼬물, 모포 속으로 발을 숨겼다.

"나보다 라안 님, 당신 걱정부터 해요. 식사는 제때 하고 있는 거죠?

절대 거르지 말고 잘 먹어야 해요."

"그대야말로 괜찮은 건가? 좀 마른 거 같은데."

라크안이 철창 밖으로 손을 뻗어 카루나의 뺨을 만졌다. 화끈, 뺨이 달아올랐다. 지금이 밤이라 다행이라는 생각이 들었다. 아니었으면 발갛게 익은 얼굴을 라크안에게 그대로 드러내 보였으리라.

"뜨겁군."

"라안 님이 차가운 거거든요."

카루나는 제 마음이 들킬까 싶어 새침하게 말하며 찰싹, 라크안의 손등을 때렸다.

"그런가?"

라크안의 얼굴에 희미한 웃음이 깃들었다. 카루나는 얼굴도 식힐 겸 주위를 둘러보았다. 모닥불 쪽을 살피고 다시 고개를 돌리는데, 철창 근처에 놓인 빈 의자와 수통이 보였다. 밤새 보초를 서는 사람을 위한 것인 듯했다. 카루나는 얼른 그 쪽으로 뛰어갔다.

"카루나……."

라크안은 그 잠깐 동안 떨어지는 것이 아쉬워 손을 뻗었다. 하지만 철창 때문에 카루나를 붙잡지 못했다.

'빌어먹을.'

내내 억눌렀던 분노가 새삼, 끓어올랐다. 라크안의 붉은 눈이 어둠 속에서 번뜩였다. 곧 카루나가 수통을 들고 돌아왔다. 라크안은 말없이 카루나의 손을 꼭 붙잡았다. 카루나는 생긋, 웃으며 손을 맞잡아 주었다. 그 온기가 라크안을 진정시켰다.

카루나는 수통을 라크안의 입가에 대주었다. 찬물이 흘렀다. 라크안은 카루나가 먹여 주는 대로 물을 삼켰다.

"식사를 거르면 안 돼요. 이제 사막으로 간다니까…… 거긴 가만히 서 있기만 해도 사람이 말라 죽어 버리는 곳이래요."

카루나는 아카데미 교수에게 전해 들었던 사막에 대해 말했다. 말하면 할수록 기분이 가라앉았다. 다친 늑대가 그렇게 무서운 곳에서 살 수 있을까. 아니, 버틸 수 있을까?

"나야 저자들이 잘 챙겨 주고 있어서 걱정이 없지만, 당신이 걱정이에요."

시스는 분명 라크안을 살려 준다고 했다. 그 약속만 믿고 있어야 하는 상황이 끔찍할 따름이었다.

'날 이용하기 위해선 라안이 살아 있어야 해. 이 사람이 나의 약점이니까. 하지만 살려만 둘 뿐이겠지.'

사막이라는 끔찍한 곳에서 라크안을 질질 끌고 다니거나, 말라 죽기 전까지 내버려 둔 다음 숨이 끊어지기 직전에나 물을 한 모금씩 줄지 모른다. 상상은 점점 끔찍한 쪽으로 향했다.

'아니면 내가 말을 안 들을 때마다 라안을 그 사막이란 곳에 버려둘지도……. 아니야, 내가 절대 그렇게 만들지 않아.'

카루나는 애써 그런 생각들을 털어 냈다.

"미리 물을 많이 먹어 둬요."

혹여나 저들이 라크안에게 충분한 물을 주지 않을까, 그게 제일 걱정됐다. 할 수만 있다면, 시스의 능력을 빼앗아 라크안에게 주고 싶었다. 그러면 그 사막이란 곳에 가도 라크안이 말라죽거나 하지는 않을 테니까. 카루나는 수통이 텅텅 빌 때까지 내려놓지 않을 셈이었다. 라크안은 적당히 물을 마신 뒤, 수통의 물을 흘려보냈다. 물이 라크안의 어깨와 가슴을 적셨다.

"뭐 하는 거예요!"

"도망가."

라크안은 카루나의 손에서 수통을 빼앗아 철창 밖으로 던져 버리고, 그녀의 손목을 잡아챘다.

"어떻게요? 당신, 이 철창 부수고 나올 수 있겠어요?"

"난 상관하지 말고. 그대라도 지금, 이렇게 빠져나왔을 때 도망가라고."

"싫어요. 불가능해요."

"하지 않고 불가능하다고 단정 짓지 마. 아직 국경을 많이 벗어나지는 않았어. 그리고 분명, 제국에서 뒤쫓아 오고 있을 테니까……."

라크안도 자신의 말이 말도 안 된다는 걸 알았다. 하지만 그래도 실낱 같은 희망이라도 붙잡고, 애써 좋은 쪽으로 생각하며 이렇게 말할 수밖에 없었다. 라크안은 그만큼 절박했다.

'나 때문에 잡혀 있는 거잖아. 아직 카루나에겐 숲의 장로가 가지는 능력이 남아 있어. 그걸 이용하면, 혼자서 충분히 도망칠 수 있을 거야.'

계속 카루나가 자신 때문에 미적거린다면, 카루나의 눈앞에서 혀를 깨물고 죽는 시늉까지 할 셈이었다. 그런다고 정말 죽지는 않겠지만.

"불가능해요."

카루나는 고개를 설레설레 저으며, 라크안의 손을 좀 더 아래로 끌어 내렸다. 라크안은 손바닥에 닿는 축축한 느낌에 얼굴을 찡그렸다. 그제야 그는 팔찌의 존재를 눈치챘다.

"이건……."

"이게 내 능력을 봉인했어요."

"젠장."

라크안은 팔찌를 부수려는 듯 움켜쥐었다. 보통의 장신구는 그가 조금만 힘을 주어도 금방 망가졌다. 하지만 물의 팔찌는 달랐다. 팔찌는 꿈쩍도 하지 않았다. 라크안의 목울대를 타고 거친 숨소리가 새어 나왔다.

카루나는 그를 위로하듯, 팔찌를 잡은 그의 손등을 부드럽게 쓸어내렸다. 그 손길을 따라 잔뜩 힘줄 돋은 그의 팔뚝이 잠잠해졌다.

"일단, 몸을 지켜요. 더는 다치면 안 돼. 분명 탈출할 수 있는 기회가 올 거예요. 그 때를 위해서라도, 체력을 비축해 둬요."

그녀가 오늘, 무리해서라도 라크안을 찾아온 이유는 이 말을 하기 위해서였다.

"난 당신을 놔두고 절대 혼자 가지 않아요. 당신도, 내 상황이었음 마찬가지였을 거잖아요?"

카루나가 속삭이듯 말했다. 라크안은 철창 속에 갇힌 카루나를 상상해 보았다. 생각만으로 토악질이 났다. 이 세상 모든 인간을 죽여 피의 강을 만들고, 시체의 산을 쌓아서라도 반드시 그녀를 구해 내리라. 순간, 눈앞이 캄캄해지며 억눌렀던 본능이 사납게 날뛰었다.

짐승의 울음이 목울대를 울렸다. 어둠 속에서 붉은 눈이 번쩍 빛났다. 카루나는 얼른 모닥불 쪽을 다시 한 번 돌아보고는, 철창 안으로 손을 뻗었다.

"괜찮아요, 괜찮아. 그러지 말아요."

라크안의 뺨을 어루만졌다. 그녀의 손길 안에서 라크안은 금세 제정신을 되찾았다.

"카루나……."

라크안은 그녀의 작은 손에 뺨을 비볐다.

'어째서 너는 항상…….'

이런 상황에서조차 그녀는 차분하고 이성적이었다. 자신도 무섭고 힘들 텐데, 아무렇지 않은 척하며 오히려 자신에게 괜찮다고 말해 주었다.

괜찮을 거라고, 걱정 말라고, 반드시 널 구해 주겠다고 말하고 싶은 건 오히려 이쪽인데. 무력한 자신에게 화가 났다. 또한 이런 상황에서조차 자신과 함께하려는 카루나가 고마웠다.

"함께 도망쳐요. 어떻게든 방법이 있을 거예요. 그러니까-."

카루나는 제 손길로 안정을 되찾는 라크안을 보며 살짝 미소 지었다. 도무지 도망칠 길이 보이지 않는 상황이지만, 그래도 혼자가 아니라 둘이니까. 둘이서 이렇게 마음이 연결된 채로 함께라면 분명 무슨 방법이 생기지 않을까.

그런 희망찬 생각을 하던, 바로 그때였다.

"방법? 무슨 방법이 있단 거지?"

등 뒤에서 누군가의 목소리가 들렸다.

'시스?'

그의 존재를 깨닫기 무섭게 카루나의 팔이 뒤로 꺾였다. 팔찌가 힘의 주인에게 반응한 것이다. 팔찌는 자석에 이끌리듯 카루나를 잡아당겼다. 카루나는 보이지 않는 힘에 의해 뒤로 당겨졌다.

"꺄악!"

"카루나!"

라크안이 다급히 철창 밖으로 손을 내밀었으나, 그녀가 두른 모포의 끝자락도 붙잡지 못했다. 시스의 팔이 카루나의 허리에 감겼다. 그는 카루나를 깃털 들듯 가볍게 들어 올렸다. 소중하게 옆구리에 끼니, 카루나의 팔다리가 허공에서 동동거렸다.

"뭐 하는 거야! 이거 못 놔? 놔! 놓으라고!"

카루나는 그의 팔을 꼬집고 깨물었다. 근육으로 뒤덮인 팔은 강철 같았다. 꼬집으려 해도 잡히지 않고, 깨물어도 이가 살갗에 스치기만 했다.

"다했나, 영애?"

시스는 제 팔을 간질이며 깔짝이는 새끼 고양이를 보듯 카루나를 내려다봤다.

"으그! 아지 아이거든!"

힘주어 깨물어도 깨문 사람의 턱만 아플 뿐이었다. 시스는 간지러워하지도 않았다.

"작별 인사를 안 하겠다고? 그래, 잘 생각했어. 정을 뗐으니 이제 몸에서 늑대 냄새만 지우면 되겠군."

팔뚝만큼이나 단단하고 거친 손이 카루나의 머리를 쓰다듬었다. 정말 고양이 취급이었다.

"하지 마!"

카루나는 몸서리치며 반항했으나 시스는 기어이 카루나의 긴 머리카락을 움켜쥐고 만지작거렸다. 그걸 지켜보는 라크안의 눈이 피보다 붉어졌다.

"당장, 놓지 못……."

말을 하던 도중 허리가 푹, 꺾였다.

"……!"

카루나는 시스가 공격한 줄 알고 시스를 매섭게 노려보았다. 시스는 억울하다는 듯 어깨를 으쓱였고, 곧 철창 안에서 성난 짐승의 울음소리가 들렸다. 늑대로 변한 라크안이 철창에 몸을 부딪치며 울부짖었다. 처절했다. 온몸이 부서져 산산조각 나도 멈출 것 같지 않았다.

카루나는 반항하던 것도 멈추고, 그런 라크안을 바라보았다. 저도 모르게 눈가에 눈물이 고였다. 윽. 카루나는 입을 꾹 닫고, 모포에 눈가를 문질렀다.

애틋한 연인 사이를 갈라놓은 나쁜 악당은 이런 광경을 보고도 죄를 뉘우치지 않았다. 그는 카루나를 들고 환하게 타오르는 모닥불 쪽으로 걸어갔다. 등 뒤에선 늑대의 절규가 이어졌다. 카루나는 늑대보다 체념이 빨랐다.

"차라리 때리거나 해서 기절시켜. 저렇게 놔두지 말고."

겨우 물을 먹여 놨더니, 밤새 울부짖다 탈진해 쓰러지게 생겼다.

'그 상태로 사막이란 곳에 들어가면 못 버틸 거야. 절대로.'

살아야 한다. 살아야 도망을 치든 뭘 하든 할 것이 아닌가.

"늑대를 걱정하는 건가? 그보다는 영애, 자신을 더 걱정해야 할 거 같은데?"

시스가 픽 웃으며 손을 까딱였다. 그러자 등 뒤에서, 이전과는 비교도 안 될 정도로 처절한 비명이 들렸다. 짐승의 울음은 곧 사람의 소리로 바뀌었다. 그리고 얼마 안 있어 뚝- 끊겼다.

"……."

카루나는 눈을 질끈 감았다. 미처 숨기지 못한 눈물 한 방울이 툭, 떨어져 내렸다.

모닥불 근처를 지나는데, 코끝이 아릴 정도로 비린내가 났다. 카루나는 살짝 눈을 떴다가, 다시 눈을 감아 버렸다. 올벤인들이 모닥불을 등지고 차렷 자세로 서 있었다. 길게 늘어진 그림자는 마치 춤추는 듯한 모양새였다.

두 구의 시체가 그림자에 갇혀 피를 쏟아내고 있었다. 올가가 자리를 비울 동안 마차를 지키고 서 있어야 했던 자들이었다. 먹을 걸 탐해 명령을 어긴 대가는 죽음이었다. 끝에 선 올가가 피 묻은 칼을 털었다.

"아직 우리의 땅에 도착하지 않았다. 경계를 소홀히 하지 말도록."

시스가 올가의 어깨를 툭툭 치고 지나가며 말했다.

"예. 다시는 이런 일이 없도록 하겠습니다."

올가는 천막으로 들어가는 시스의 등에 대고 허리를 숙였다. 다른 올벤 인들 역시 올가와 비슷한 태도였다. 그들이 먹다 만 음식과 대접들이 바닥에 나뒹굴었다.

시스의 막사 안은 넓고 아늑했다. 바닥에는 부드러운 양탄자가 깔려 있었다. 가장 눈에 띄는 건 부드러운 털가죽을 수북이 쌓아 올린 침대였다. 시스는 그곳에 카루나를 집어 던지듯 내려놓았다.

"으악!"

카루나는 침대 위를 데굴데굴 굴렀다. 겨우 정신을 차리고 고개를 드니, 여유롭게 서 있는 시스가 보였다. 시스는 금으로 만든 술잔에 술을 따라 단번에 들이켜고, 말린 과일을 씹고 있었다. 그러면서 뭔가 재미난 걸 보는 듯 카루나를 바라보고 있었다.

'뭐야, 왜 저렇게 보는 거야.'

그의 시선을 따라가니, 슈미즈만 입고 있는 자신의 몸에 이르렀다. 위에 두르고 있던 모포는 시스의 발밑에 놓여 있었다.

"꺅! 뭐, 뭘 보는 거야. 당장 돌아서지 못해?"

카루나는 다급히, 주변의 털가죽을 끌어 모아 몸을 가렸다. 얼마나 세심하게 무두질을 했는지, 털가죽들은 비단처럼 몸에 착 감겼다. 카루나는 털가죽 침대 속으로 푹 잠겨 목만 내밀었다.

"정말 잠시도 눈을 못 떼게 하는군."

시스는 그런 카루나를 보며 웃음을 터뜨렸다. 카루나의 얼굴은 잘 익은 토마토가 됐다. 잠깐이지만 그에 대한 분노보다 부끄러움이 앞섰다.

"어디, 침대 위에서는 얼마나 더 날 즐겁게 해 주려나. 기대되네."

시스가 잔을 탁- 소리 나게 내려놓더니, 어깨에 두르고 있던 망토를 벗었다. 조금 전, 카루나를 절망하게 만들었던 그 단단한 팔뚝이 드러났다. 그는 한 걸음 한 걸음, 침대로 걸어오며 걸치고 있던 거추장스러운 것들을 벗어 던졌다. 터번, 조끼, 가죽 토시, 허리띠, 검집.

"뭐, 뭐, 뭐, 뭐 하는 거야. 가, 가까이 오지 마. 오, 오지 말라고!"

카루나는 기겁하며 그에게 덮고 있던 털가죽을 던졌다. 펄럭펄럭, 털가죽이 허공에 휘날렸다. 시스는 요리조리 잘도 피하며, 기어이 침대에 무릎을 댔다. 카루나의 눈이 동그래졌다.

"뭘 하려는 거 같나, 영애?"

시스가 씩, 웃으며 카루나에게 다가갔다. 그가 카루나를 덮치듯 몸을 숙였다. 한 마리의 날렵한 흑표범 같았다. 개털 같은 잿빛 머리카락만 빼면 모든 게 완벽했다. 누구든 그가 내뿜는 매력과 위엄에 짓눌려 감히 그를 밀어내지 못하리라.

하지만 카루나는 '누구든'이 아니었다. 그녀의 마음속에는 이미 잘생긴 데다가 몸도 좋고, 최근에는 식사 예절까지 겸비한—힘 좋은 늑대 한 마리가 들어가 있으니까.

'라안!'

찬물을 뒤집어 쓴 듯 정신이 번쩍 들었다. 카루나는 그 늑대를 포도주 통과 후추통으로 여러 번 담가 버린 적 있는 위대한 여전사, 라안 슬레이어였다. 무턱대고 덤벼드는 야살스러운 흑표범에게 속수무책으로 당해서야 쓰겠는가.

카루나는 빠르게 머리를 굴렸다. 지금 그녀에게는 포도주통도 후춧가루도 없었다. 대신 건강한 팔다리가 있었다. 그리고 눈앞의 이 잘빠진 흑표범 같은 사내에게는 카루나의 팔다리 따위, 손가락으로 뚝뚝 부러뜨릴 수 있는 몸이 있었다.

그런데 강철 같은 몸에도 약점은 있었다. 그뿐만 아니라 이 세상 모든 사내들의 약점이었다. 단 한 번의 공격에도 치명상을 입고 쓰러질 수 있는 급소. 그런데 하필 그 급소 아래에 카루나의 다리가 숨어 있었다.

카루나의 입가에 비로소 미소가 어렸다. 카루나는 꼬물꼬물 움직여 다리를 좀 더 완벽한 위치에 놓고, 시스를 올려다보았다. 그리고 절 덮치려는 사내를 올려다보며 생긋, 웃어 보였다. 그 생기 넘치는 미소가 무슨 의미인지, 시스는 아직 알지 못했다. 그리고 그걸 알려 줄 수 있는 라크안은 지금 여기에 없었다.

카루나의 태도가 갑자기 바뀌자, 시스가 의아한지 고개를 기울였다. 카루나는 생글생글 웃으며 말없이 그를 바라볼 뿐이었다.

"……."

"……."

카루나가 몸을 움직일 때마다 나는 바스락 소리를 빼면, 들리는 거라고는 두 사람의 숨소리뿐이었다. 둘 사이에 묘한 분위기가 흘렀다. 시스는 이렇게 가까이에서, 이렇게 마음껏 카루나를 쳐다보는 게 처음이었다. 그는 값진 보석을 관람하듯 그녀를 봤다.

밝은 갈색 머리카락, 반짝이는 녹색 눈. 하얀 피부, 붉은 입술. 모든 게 마음에 들었다. 가장 마음에 드는 건 그 안에 가득 찬 영혼이었다. 의도적으로 접근했고, 줄곧 지켜봤다. 당연히 호감이 생기고, 탐이 났다. 그런 마음이 생기게 해 준 그녀에게 고마울 따름이었다.

어차피 그녀를 가져야 하는데, 이왕이면 이성으로서 원하게 되면 좋지 않겠는가. 아니면, 그녀와 함께 해야 하는 평생이 너무 밋밋하고 심심할 테니.

그런데 그 마음이, 제 생각보다 깊어졌다는 걸 조금 전 깨달았다. 카루나가 철창에 갇힌 늑대와 꼭 붙어 있는 걸 봤을 때. 저답지 않게 짜증이 났다.

둘 사이가 심상치 않다는 걸 슬쩍 보고받았다. 그래서 굳이 늑대를 끌고 가는 것이었다. 늑대의 목을 잡고 있으면, 카루나를 쉽게 다룰 수 있다고 판단했으니까. 그런데 짜증이 났고, 그 감정을 억누르지 못해 쓸데없이 물의 능력을 써 그녀를 잡아 왔다.

그랬건만. 그 여인이 제가 사냥한 털가죽을 덮고, 제 아래 놓여 있다. 마치 자신을 받아 줄 것처럼 웃어 주면서.

"영애……."

시스의 보랏빛 눈이 짙어졌다. 조금 전까지가 장난이었다면, 이제는 정말로 몸과 마음이 다 동해 버린 상태가 되었다. 카루나는 몸을 뒤로 젖히며 눈꼬리를 접어 눈웃음 지었다. 앙큼하기 그지없었다. 시스는 의심할 생각조차 못하고, 카루나에게서 눈을 떼지 못했다.

시스의 몸이 좀 더 낮아졌다. 카루나는 두 팔을 뻗어 그의 양 뺨을 감싸 쥐었다. 시스는 부드럽고 따뜻한 감촉에 넋을 잃었다. 그렇게 두 사람의 몸이 겹쳐지려던 순간.

카루나는 그의 얼굴을 제게로 끌어 내리며 속삭였다..

"감히 날 넘봐? 천 년도 이르거든?"

"……?"

시스가 여전히 정신을 못 차리고 있는 틈에, 털가죽 속에 숨어 있던 다리가 그의 사타구니를 가격했다. 한 치의 오차 없이, 정확히 명중했다. 퍽- 소리에 이어.

"윽!"

시스의 입에서 숨소리 반, 비명 반의 소리가 튀어나왔다. 그는 천천히 옆으로 무너져 내렸다. 털가죽이 겹겹이 쌓인 침대는 그를 소리 없이 받아 주었다.

팔랑이는 슈미즈 아래로, 완벽한 각선미를 자랑하는 다리가 드러났다. 평소에는 드레스 속에 꽁꽁 감추어져 있던 존재였다. 얇고 연약해 보이지만, 그 무거운 드레스와 장신구를 지탱하는 기둥이었다. 사내의 생식 기능을 위협할 만한 일격을 펼칠 수 있는 위력을 가지고 있었다.

"어딜 넘봐."

흥, 카루나는 코웃음을 치며 벌떡 일어섰다. 이참에 아주 재기 불능의 상태로 만들어 주리라. 단단히 마음먹고 한 번 더 급소를 까 주려고 한쪽 다리를 들어 올렸건만.

"두 번은 곤란해, 영애."

시스가 카루나의 발목을 덥석, 잡았다.

"꺅!"

카루나는 다시 뒤로 넘어졌다. 두 사람은 나란히 침대에 누운 모양새가 됐다. 카루나는 얼른 몸을 일으켜 다시 방어, 혹은 공격 태세를 갖추려 했다. 하지만 시스가 좀 더 빨랐다. 시스는 다시 카루나의 위로 올라타, 그녀의 두 손을 붙잡아 올렸다. 차랑- 팔찌가 맑은 소리를 내며 양손이 맞붙었다.

"이잇!"

힘을 주어 잡아당겨도 수갑처럼 변한 팔찌는 떨어지지 않았다.

"자, 이젠 어떻게 할 거지?"

시스는 제가 붙잡은 카루나의 발목, 도톰하게 올라온 복숭아뼈에 입을 맞추며 물었다. 그의 보랏빛 눈이 위험하게 빛났다. 하지만 그런 태도는 오래가지 않았다.

"……더는 못 버티겠군."

시스가 카루나의 발을 놓고 푹, 쓰러졌다.

'어라?'

잔뜩 긴장해 있던 카루나는 깜짝 놀라 토끼 눈이 되었다. 방금 전의 행동은, 죽기 전 마지막 생기였던 걸까.

'죽일 생각까지는 없었는데.'

카루나는 침대에 엎어진 시스의 뒤통수를 보며 뜨악한 표정을 지었다. 그런데 뭔가 이상했다. 떡 벌어진 넓은 어깨가 한없이 떨리고 있지 않은가. 죽기 전 경련이라 하기에는 생동감이 넘쳤다.

카루나는 발로 시스의 어깨를 툭- 밀쳤다. 시스는 기다렸다는 듯 벌렁, 몸을 뒤집으며 하하- 웃음을 터뜨렸다. 흥, 카루나는 고개를 홱 돌렸다. 잠깐이지만 당황하고 그를 걱정한 게 바보같이 느껴졌다.

'정말 죽기라도 하면 큰일 나니까 그랬던 거야. 밖엔 올벤인들이 가득하고, 라안은 갇혀 있는데. 그런 상황에서 이자가 죽기라도 하면, 저들이 복수한다고 라안을 죽일지도 모르잖아.'

그렇게 생각을 정리하고, 다시 고개를 돌려 시스를 보았다. 시스는 수북이 쌓인 털가죽에 기대 옆으로 누워 있었다. 카루나와 눈이 마주치자 씩, 웃어 보였다.

"영애, 다음부터 이런 공격은 하지 말아 줬으면 좋겠어. 내가 누군지 이미 짐작은 하고 있을 테니 내가 무슨 말을 하는 건지 알겠지?"

"……."

"내 대를 끊어 놓는 건 내 일족의 슬픔일 뿐 아니라, 그대의 불행이기도 할 테니까. 그대를 위해서라도 이런 장난은 삼가야 할 거야."

앞으로의 부부 싸움이 기대되는군. 시스는 들릴 듯 말 듯한 말을 흘리며, 다시 카루나의 발목을 잡으려 했다. 카루나는 얼른 발을 털가죽 아래로 숨기며 눈을 흘겼다.

"왜 내 불행이 된다는 거죠?"

'너랑 내가 무슨 상관이 있다고?'

새침하게 째려보는 모습이 여전히 매력적으로 보이는 건, 급소를 얻어맞은 충격 때문인 걸까. 아니면 그녀를 향한 마음이 꽤 진지하다는 걸까. 시스는 무심코 손을 뻗었다. 어째 자꾸 손이 가고, 만지고 싶었다. 뭐 대단한 사심을 가지고 있는 건 아니었다. 그저 흘러내린 머리카락을 쓸어 넘겨 주려 한 것이건만.

딱! 카루나가 잇소리를 냈다.

"어이쿠."

시스가 엄살을 부리며 얼른 손을 뒤로 뺐다. 그러지 않았다면 카루나의 이빨이 여지없이 그의 손가락을 깨물었으리라.

허공에서 두 사람의 눈이 마주쳤다.

"사납군."

시스가 고개를 설레설레 저었다.

"뭐, 좋아. 한 나라의 왕비가 되려면 이 정도의 배포는 있어야겠지."

"왕비? 누가 말인가요? 내가요?"

"여긴 우리 둘뿐이고, 나일 리는 없으니. 그럼 남은 사람은 딱 한 명뿐이군."

"하- 누구 마음대로?"

"당연히 남편이 될 내 마음대로지. 궁전에 도착하자마자 영애를 왕비로 삼겠다고 선포하고, 아주 화려한 결혼식을 치를 생각이거든."

"무⋯⋯."

도대체 무슨 생각이냐고 짜증을 낼 뻔했다.

'라안을 잡고 날 협박하고, 남의 나라에서 깽판을 치고 사람을 납치해 들고 튄 게 다 나랑 결혼하기 위해서라고?'

뜬금없이 결혼이라니, 아내라니? 그걸 곧이곧대로 믿을 수 있을 리가. 시스는 믿지 못하는 카루나에게 쐐기를 박듯 말했다.

"우리의 결혼식 날. 나의 능력과 그대의 능력을 합쳐, 내 나라에 새싹을 틔우고 녹음을 키우는 거야."

"⋯⋯!"

잿빛 머리카락 속에 감춰진 보랏빛 눈은 여전히 짙은 색을 띠고 있었다.

'이제 숲의 심장은 내 것이야.'

천 년을 기다렸다. 지켜지지 않을 약속에 매달려 굶주렸다. 서쪽이 외로이 버티고 있는 동안, 남쪽은 약속을 잊고 제 혼자 번창하여 풍요롭게 살고 있다. 동쪽은 오만에 젖어 서쪽을 도울 생각 없이 제 숲 안에서만 짖어 댔다.

이렇게 영영 갈라진다면, 다시 넷이 되어 북으로 나아갈 길도 요원할 터. 이제 서쪽도 나름의 살길을 도모해야 되지 않겠는가.

"내, 내 능력은 일시적인……."

카루나는 서둘러 변명에 가까운 항변을 늘어놓았으나.

"이제는 알고 있을 텐데? 전혀 일시적이지 않다는 것을."

시스에게는 씨알도 먹히지 않았다. 그는 더없이 여유롭게 카루나의 말을 받아쳤다.

"뭔가 잘못, 목표를 잘못 잡은 거 같은데……."

"아니, 그럴 리 없어. 너무도 오랫동안 원하고, 기다렸으니까."

"사람 말을 좀 끝까지 들!"

"들을 필요가 있을까? 내가 더 많이 기다렸고, 내가 더 많이 알고 있는데."

"……말이 안 통하는 사람이군요."

카루나는 손에 힘을 주어 시스의 손길을 쳐냈다.

"우리 단둘만 있을 때 이렇게 앙큼하게 구는 건 얼마든지 용서해 주겠어. 하지만 내 백성들에게 이러면 곤란해."

시스가 카루나의 손목을 다시 낚아챘다.

"누가 당신 왕비 따위가 될 줄 알고?"

"안타깝군. 내 왕비에게 줄 선물로, 요즘에 보기 드문 돌연변이 늑대를 잡아 왔는데. 싫다면야 어쩔 수 없지."

시스가 안타깝다는 듯 한숨을 쉬며 말을 이었다.

"죽일 수밖에."

"……!"

최고의, 그리고 최악의 협박이었다. 카루나는 돌처럼 굳어 황망히 시스를 바라보았다. 시스는 여러 감정이 뒤범벅되어 격렬하게 빛나는 카루나의 눈을 즐거이 구경했다.

"이런 생각으로…… 라안을……."

카루나가 이를 악다물고 한 글자 한 글자를 잘근잘근 씹어 먹듯 말했다.

"그게 싫다면, 부디 사랑으로 우리 일족을 보듬어 줬으면 좋겠군. 숲의 심장을 가진 내 신부."

시스는 그녀의 증오 어린 눈빛을 아무렇지 않게 받아넘기며, 카루나의 손등에 기어이 입을 맞췄다. 그의 손이 닿자, 팔찌가 차랑- 하고 울었다.

"첫날밤이 아주 기대되는걸?"

"……누구 마음대로!"

* * *

그날 밤 이후 마차 안에서의 생활은 끝날 뻔했다. 시스는 이동할 때 카루나를 제 말에 태우고자 했다. 도망칠 우려가 있으니 옆에서 감시하겠다는 것이었다. 당연하게도 카루나는 반발했다.

"양산도, 챙이 넓은 숙녀용 모자도 없는 주제에 날 말에 태우겠다고? 날 햇빛 아래 내던져 통구이로 만들 셈이야?"

"……."

"……."

전혀 예상치 못한 반박에 시스와 올가는 바로 대응하지 못했다.

"영애의 말씀도 일리 있습니다. 분명 영애의 여린 살갗이 우리의 뜨거운 볕을 견디지 못할 겁니다."

먼저 정신을 차린 올가가 투명하리만치 하얀 카루나의 피부를 보며 근심했다.

"곧 내 아내가 될 여인이다. 근데, 햇볕을 무서워한다고?"

"무서워하는 게 아니고 거부하는 겁니다만?"

작렬하는 햇볕도, 너도 둘 다 거부한다고. 카루나가 눈을 부라리며 시스를 올려다봤다. 시스는 반항기에 접어든 애완 고양이를 보듯 카루나를 보다 올가에게 눈짓했다. 올가는 조금 고민하더니, 다시 한 번 카루나의 편을 들어 주었다.

"내내 남쪽에 계셨습니다. 바로 적응하시긴 힘들 겁니다."

잠깐이지만 시스의 얼굴에 섭섭한 기색이 어렸다. 역시나 잠깐이지만 카루나의 얼굴엔 '네가 왜?'라는 표정이 어렸다.

"어쩔 수 없군. 그럼 이동 중에는 마차를 타도록 하지."

시스가 한 발 물러섰다. 카루나는 시스를 꺾었다는 승리감에 도취되었으나, 그건 딱 한나절 기한이었다.

저녁이 되자, 올가는 그 황무지 어디에서 더운물을 구했는지 커다란 나무통 가득 목욕물을 준비하고서는 카루나를 덤벙 빠뜨렸다. 어찌 반항할 새도 없이 고이 씻긴 다음, 깨끗한 올벤식 새 옷을 입혀 시스의 침대 위에 내려놓았다.

'……얌전한 옷이어서 다행이라고, 고맙다고 말해야 하는 건가.'

카루나는 짙은 허무감을 느꼈다. 새로 입게 된 올벤의 옷은 통이 넓은 원통형 드레스였다. 가슴과 등에 촘촘히 단추와 끈이 달려 있는 디자인이었다. 내내 입고 있었던 파티용 드레스보다야 편했다.

"역시 우리나라 옷도 잘 어울리는군, 영애."

어느새 시스가 막사의 문가에 기대서 있었다. 입가에 만족스런 웃음이 어려 있었다. 카루나는 잠시나마 갈아입길 잘했다고 생각했던 걸 후회했다. 아무리 옷이 편하고 예쁘면 뭘 하는가. 이걸 입은 걸 보는 사람들이 죄다 마음에 안 드는데. 카루나는 시스와 올가를 공평하게 노려봤다.

"저는 이만 물러나겠습니다."

올가는 시스와 카루나, 둘에게 정중히 인사하며 물러났다.

'저 정중한 태도가 마음에 안 든다고!'

저와 결혼하여 왕비가 되라는 시스의 말을 들어서일까. 유독 저에게 깍듯한 올가의 태도가 소름 돋을 만치 싫었다. 그리고 그만큼, 아니, 이상으로 싫은 존재가 하나 더 있었다.

"가까이 오지 마요. 또 까이고 싶지 않으면."

어느새 슬금슬금 다가와 제 옆자리를 꿰찬 시스였다. 카루나는 털가죽을 가득 끌어안고 시스를 째려보았다.

"워, 워— 진정해. 영애. 말했잖아, 나의 몸은 단지 나 혼자만의 몸이 아니라 내 일족의 안녕과 영애의 원만한 결혼 생활을 위한⋯⋯."

"그 입 닥치지 않으면 당장에 당신 일족의 안녕과 영원히 안녕하게 될 거야. 그리고 내 결혼 생활은 당신이 상관할 바 아니고!"

카루나는 시스의 다리 사이를 뚫어져라 내려다보았다. 그 눈빛이 얼마나 집요한지, 시스가 저도 모르게 뒤로 한 걸음 물러설 정도였다. 그리고 시스는 자신이 카루나의 기에 밀렸다는 걸 깨닫자마자, 웃음을 터뜨렸다.

"역시 마음에 들어."

"난 당신 마음에 안 들어."

"천천히 맞춰 가자고, 원래 부부란 그런 것 아닌가?"

"당신이랑 부부 안 한다고!"

"글쎄, 그 의견 차이 역시 시간을 들여 맞춰 가면 좋겠지만. 내일이면 내 일족의 땅에 들어설 거고, 또 일주일쯤 뒤면 내 궁전에 도착할 테니. 그 전에 생각을 바꿔 줬으면 좋겠군."

처음으로 거리와 시간에 대한 정보를 얻었다.

'하루, 그리고 일주일.'

보잘것없는 내용이나, 카루나는 잊어 먹지 않기 위해 속으로 곱씹었다.

"그 생각 하나만 바꿔 주면, 결혼 생활 동안 다른 건 내가 영애에게 맞춰 주도록 하지. 난 아주 성실하고 참한 남편이 되는 게 꿈이거든."

시스는 슬그머니 카루나의 옆에 길게 누웠다.

"가까이 오지 마!"

"오, 영애. 그것만은 날 믿어 줬으면 좋겠어. 방금 말하지 않았나? 난 아주 성실하고 참한 남편이 되고 싶다고. 아내가 원하지 않는데 강제로 하는, 그런 못돼 먹은 놈이 아냐."

"당신은 아직 내 남편이 아냐."

말을 하고 보니 어감이 이상했다.

"앞으로도 절대 안 될 거고!"

카루나는 서둘러 말을 덧붙였다. 쐐기를 박았음에도 시스는 뭐가 그리 좋은지 낄낄댔다.

"그래, 처음은 다 그렇게 시작한다고 하더군."

"당신이랑 나 사이엔 처음도 끝도 없다니까?"

카루나는 철창에 갇힌 라크안을 떠올렸다. 상처투성이, 지쳐 쓰러진 늑대의 몸. 생각하는 것만으로도 감정이 울컥, 치솟았다. 그 감정은 라크안을 그렇게 만든 시스에 대한 원망과 짜증이었다.

"뭐, 영애의 말대로 '아직'은 아니니. 안심해도 좋아. 편하게 누우라고."

시스가 제 옆자리를 툭툭 두드렸다. 카루나는 그를 비웃으며 침대의 가장자리로 갔다. 어차피 밖에선 올가가 보초를 서고 있을 터. 이 막사를 나갈 수 없다면, 시스와 무작정 떨어져 있기라도 하리라.

"거기서 자면 불편하지 않겠어, 영애?"

"내가 그리도 걱정되면 그냥 마차로 돌려보내 줬으면 좋겠는데."

'더 좋은 건 나와 라크안을 아예, 제국으로 돌려보내 주는 거고.'

지금 당장 시스가 신의 계시를 받아 돌아 버리지 않는 이상 그런 일은 일어나지 않을 것이기에, 카루나도 거기까진 기대하지 않았다.

"그건 곤란하군."

역시나.

"대신, 이건 약속하지. 영애가 싫어한다면 절대 손끝 하나 건드리지 않겠어. 우리는 남녀 예외 없이 결혼 전에 순결을 지키는 걸 미덕으로 여기는 일족이니까."

시스가 자랑하듯 말했다.

"그럼 어제의 일은?"

카루나는 기꺼이 비웃어 주었다.

"……음, 그건- 뭐, 영애는 내 일족이 아니니까?"

카루나는 시스를 지그시 노려보았다. 시스는 두 손을 들고 항복했다.

"믿어 주지 않겠지만, 결혼식 날까지, 영애가 먼저 원치 않는 이상 다시는 그런 불상사가 일어나지 않을 거라고 맹세하지. 내 일족과 내 몸에 흐르는 피에 걸고 맹세하겠어."

그가 말한 맹세의 무게가 얼마나 무거운지 알 길 없는 카루나는 코웃음만 칠 따름이었다. 어쨌든 시스는 자신이 한 말을 지키겠다는 듯, 카루나에게 손끝 하나 대지 않았다. 그는 넓디넓은 침대에 편히 누워 쿨쿨, 잠들었다.

'나를 옆에 둬도 하나도 위험하지 않다는 거겠지.'

당장 달려들어 목이라도 조르고 싶건만 그러지 않는 건, 카루나 역시 시스와 같은 생각을 하고 있기 때문이었다.

'문밖은 철통같이 방어하고 있을 테고, 내가 무슨 짓을 하든 이 인간은 죽지도 다치지도 않겠지.'

두 팔이 팔찌에 속박된 것만 제외하면 딱히 묶여 있지도 않고, 두 다리도 자유로운데. 그럼에도 옴짝달싹할 수 없었다. 사방이 막힌 감옥에 갇힌 느낌이었다. 카루나는 침대 끝에 꼭 붙어 몸을 동그랗게 말았다. 그렇게 웅크리고 있다가 새벽녘에야 자신이 잠드는 것도 모른 채 잠들어 버렸다.

카루나의 숨이 느릿해지자, 자는 줄 알았던 시스의 눈이 살짝 뜨였다. 그는 웅크려 잠든 카루나를 보고는 피식, 웃으며 다시 눈을 감았다. 밖에서 지키고 서 있던 올가는 안쪽이 조용해지자, 길게 한숨을 내쉬었다. 그녀의 얼굴은 어쩐지 착잡해 보였다.

* * *

눈을 찌르는 밝은 햇살에 놀라 눈을 떠 보니, 벌써 아침이었다.

'잤다고? 내가? 저 인간 옆에서?'

카루나는 벌떡 몸을 일으켰다. 일단 덮고 있던 털가죽을 밀치며 옷차림을 확인해 보았다. 전혀 흐트러짐 없이, 어젯밤에 입고 있던 그대로였다. 웅크리고 자는 바람에 구겨진 흔적이나 좀 보일 뿐이었다.

다행히도 사람을 납치하고, 남의 약혼자를 철창에 가두고 인질로 잡아 협박하는 정도로 비열할 뿐. 잠든 여자를 건드리는 쓰레기는 아닌 듯했다.

'나처럼 매력적인 여자가 옆에서 잠들어 있는데 약속을 지키다니, 다시 봐야겠어.'

카루나는 시스에 대한 평가를 조정하며 주변을 둘러보았다. 시스는 보이지 않았다. 대신 올가가 서 있었다. 눈을 찌르는 햇볕은 그녀가 들어올 때 틈 사이로 스며든 것이었다.

카루나는 올가의 시중을 받으며 씻고 식사를 하며, 지난밤 시스의 맹세가 얼마나 무거운 것인지 알게 되었다.

"그분은 우리 일족의 왕이십니다. 왕께서 일족과 본인의 피를 걸었다는 건 자신이 가지고 있는 모든 것을 건다는 말과 같습니다."

"말로 하는 약속 따위……."

"그 말로 한 약속으로 우리 일족은 천 년 동안 남쪽을 지켰습니다."

"……."

살아남기 위해서라면, 말로 한 약속 따위는 밥 먹듯 어기며 살아 온 카루나로서는 이해할 수 없는 사고방식이었다.

올가와 카루나가 다시 마차에 오르자, 시스와 올벤인들은 서둘러 천막을 걷고 이동 준비를 했다.

'왕이라면서 하는 짓은, 다른 사람들과 다를 바가 없네.'

창문에 달린 커튼을 젖히자 천막을 척척 접어 말등에 올리는 시스가 보였다. 그는 환한 하늘 아래에서 씩- 웃으며 잘빠진 몸매를 자랑하고 있었다. 카루나는 미련 없이 고개를 돌려 철창 쪽을 바라봤다.

세 명의 올벤인이 근처를 지키고 있었다. 바짝 긴장한 태도였다. 라크안은 철창 안에 쓰러져 있었다. 등만 보이고 얼굴이 보이지 않으니, 그의 상태가 어떨지 짐작조차 할 수 없었다. 카루나는 올가에게 라크안을 잘 챙기고 있는지 닦달하듯 물었다.

그러는 사이 마차가 출발하고, 일행은 황무지의 끝에 이르렀다. 카루나는 국경선에 닿았다는 누군가의 고함을 듣고는 커튼을 걷고 밖을 내다보았다. 황무지가 끝나고 사막이 펼쳐졌다. 거친 풀이 자라던 황야가 눈부신 황금빛 모래에 먹히는 듯한 광경이었다.

사람들이 말하던 바다라는 게 이러지 않을까. 카루나는 말로만 들었던 바다라는 단어를 떠올렸다. 소문 속의 바다는 물이 가득하고, 하늘을 닮아 푸르다고 하던데. 사막 바다는 쨍하게 빛나고 아주 뜨거워 보였다.

일행은 사막 입구에서 말을 버렸다. 마중 나온 사내들이 이상한 동물들을 잔뜩 끌고 나와 있었다. 말과 비슷하게 생겼으면서도 뭔가 달랐다. 얼굴이 좀 더 심술궂어 보였고, 무엇보다 등에 혹이 두 개나 달려 있었다.

카루나는 그 생전 처음 보는 동물의 등에 올라타야 했다. 올가가 탑승을 도와주었다.

"말을 타고 가도 되지만 그동안의 여정에 체력이 바닥났을 테니, 갈아타는 김에 낙타를 준비했습니다. 아, 이 동물은 낙타라고 하는데, 사막에서 가장 잘 버티는 동물입니다. 사막의 말이라고 생각하시면 될 겁니다."

혹 사이에 자리를 잡고 앉으니, 올가가 머리에 천을 씌워 주었다.

"볕이 따갑습니다. 견디기 힘드실 테니, 되도록 하늘을 올려다보지 마십시오. 낙타의 목에 매달린 수통에 물이 충분히 들어 있으니 중간중간, 조금씩 마시며 입술을 축이십시오. 한 번에 많이 마시면, 어지러움을 느끼실 겁니다."

그녀는 카루나를 꼼꼼히 챙겼다. 주변에 둘러 선 올벤인들은 이상한 표정을 지으며 둘을 바라봤다.

'그런 기본적인 내용을 모른다고?'

'왜 저렇게 당연한 걸 굳이 말씀하시는 거지? 저 여자는 바보인가?'

대략 이런 표정들이었다.

'나는 너네들이 사는 사막인지 뭔지에 처음 들어가는 거라고.'

카루나는 고개를 빳빳이 들고 주변을 쏘아보았다. 카루나가 당당하게 나오니 올벤인들은 눈을 마주치지 않으려 고개를 돌렸다.

카루나는 철창 쪽을 확인해 보았다. 철창 위로 커다란 천을 덮는 게 보였다. 정말로 라크안을 죽일 생각은 없는 듯 했다. 카루나는 안도하며, 낙타라는 동물의 등에서 떨어지지 않기 위해 정신을 바짝 차렸다.

"카할라-!"

맨 앞에 선 시스가 크게 소리쳤다. 그러자 모두들 고개를 조아려 낮은 목소리로 대답하고는 그의 뒤를 따랐다. 낙타를 탄 일행이 사막의 모래밭으로 걸어 들어갔다.

사막은 더웠다. 바짝 마른 공기를 들이쉬자마자 입안과 목이 단숨에 말라붙는 것 같았다.

"흡."

카루나는 얼른 머리에 쓴 천으로 입과 코를 가렸다. 옆에서 속도를 맞춰 낙타를 몰던 올가가 낙타의 목에 걸린 수통을 가리켰다. 카루나는 얼른 수통을 들어 물을 조금씩 나누어 마셨다. 시원한 물이 입안과 목을 적시니, 살 것 같았다.

낙타는 말보다 느렸다. 그 느릿느릿한 걸음걸이에 맞추어, 등 위에 올라
탄 인간들의 몸도 좌우로 흔들흔들 흔들렸다. 허리를 꼿꼿하게 세우고 버
티던 카루나는 올가마저 느긋하게 몸을 흔드는 걸 보고는, 힘을 뺐다.

"금방 적응하시는군요."

"……."

올가가 감탄하며 말을 붙였지만 카루나는 눈을 곱게 흘기고 아무 대답도
하지 않았다. 평소라면 자신의 뛰어난 적응력을 소리 높여 자랑했겠지만.

'뭐? 그래서 너희 일족의 왕비감인 것 같다고?'

지금으로서는 저 칭찬이 곱게 들리지 않았다.

커다란 모래 언덕을 넘으면 더 큰 모래 언덕이 나타났다. 뒤를 돌아보
면, 일행이 걸어온 발자국은 어느새 모래 바람에 휩쓸려 흔적 없이 사라
졌다. 주위를 아무리 둘러보아도 보이는 건 모래, 모래뿐이었다. 그러다
보니 꾸준히 움직이고 있어도, 앞으로 나아간다는 느낌이 들지 않았다.
제자리걸음을 하는 것처럼 느껴져, 덜컥 두려움이 들었다.

'이대로 이 끝없는 모래 속에 파묻혀 죽으면 어쩌지? 정말 길을 제대로
가고 있긴 한 거야?'

이런 걱정을 품은 건 카루나뿐인 듯 했다. 올벤인들은 전혀 두려워하지
않았다. 그들은 오히려 노래를 흥얼대며 즐거워했다. 제국의 풍요로움도,
황야의 거친 들판도, 그들이 나고 자란 이 모래사막만 못했던 듯했다.

하나를 잃은 우리,
우린 다시 넷이 될 수 있을까.
라 아쉬르, 악룡은 아직 거기에 있는가

'이 나라 사람들은 아는 노래가 이거 하나뿐인 건가?'

그동안 오면서 귀에 못이 박히도록 들었던 노래가 또 이어졌다. 카루나는

지겨워 죽겠건만, 정작 부르는 사람들은 사중창 오중창 화음까지 넣어 돌림 노래로 부르고 앉아 있었다.

영원히 불타오를 것 같은 사막의 풍경은 해가 지자 전혀 다른 모습으로 바뀌었다. 숨 쉬기 힘들 정도로 더웠던 공기가 한순간에 식어 버렸다. 사막은 차게 식어 남쪽의 겨울보다 추워졌다.

카루나는 별이 빼곡히 찬 밤하늘을 넋을 잃고 바라보다가, 뚝 떨어진 기온을 느끼며 어깨를 부르르 떨었다. 올가가 얼른 카루나에게 모포를 둘러 주었다. 앞에 서서 길잡이를 하고 있던 시스가 커다란 지도를 꺼내 확인하고, 허리춤에 찬 나침반을 기울였다. 휘익- 그가 길게 휘파람을 불며 서쪽을 가리켰다. 올가가 그에 맞춰 속삭였다.

"조금만 더 가면 작은 오아시스가 나올 겁니다. 그 곳에서 짐을 풀 테니, 조금만 더 견뎌 주십시오."

목소리는 여전히 무뚝뚝했다. 얼굴도 루시온이 어릴 적 잃어버린 쌍둥이 누이가 아닐까 싶을 정도로 무표정했다. 그럼에도 올가는 사막에 들어선 이후 이전보다 더 상냥해졌다. 사막이 처음인 카루나를 배려해 주는 유일한 사람이었다. 카루나는 그녀가 고맙다가도 얄미운 마음이 들어, 마음이 싱숭생숭했다.

올가의 말대로 조금 더 걷자, 일행이 멈춰 섰다. 작은 오아시스가 나타났다. 제국에서는 크기가 큰 연못이라고 부를 정도의 크기였다. 주변에는 약간의 나무와 풀이 자라 있었다. 사막에 들어서고 처음 보는 녹음에, 카루나의 눈이 반짝였다.

'……그래 봤자지, 뭐.'

물론 곧 제 처지를 깨닫고 어깨를 축 늘어뜨렸다. 그녀는 여전히 물의 팔찌를 끼고 있었다.

앞서 오아시스에 도착한 올벤인들이 급히 낙타에서 내려 야영 준비를 했다.

오아시스 주변에 여러 개의 천막이 섰다. 천을 덮은 철창은 시스가 머무는 천막과 가장 떨어진 오아시스의 외곽, 나무 그늘 아래 놓였다. 올가와 카루나만이 낙타에 탄 채로 멀뚱하니 서 있었다.

준비가 얼추 끝나자, 올가가 낙타에서 내려 카루나에게 손을 뻗었다.

"나 혼자 내릴 수 있……."

카루나는 새침하게 그녀의 손을 뿌리치고 멋있게 내리려고 폼을 잡았다. 하지만 몸이 생각을 따라가지 못했다.

"어?"

몸이 낙타를 탄 자세 그대로 굳어 스르륵- 떨어져 내렸다.

"영애!"

올가가 얼른 카루나를 붙잡았다. 올가가 아니었다면 그대로 모랫바닥에 처박힐 뻔했다. 카루나는 상황 파악을 하지 못하고 눈만 깜빡였다.

'뭐야? 왜 이래?'

여전히 몸이 말을 듣지 않았다. 온몸의 뼈가 다 굳어 버린 느낌이랄까.

"오늘 낙타를 처음 타 보셨으니, 힘드셨을 겁니다."

올가가 작게 한숨을 내쉬며 말했다. 그녀 역시 꽤 놀란 듯했다.

"왕의 말씀대로시군요. 한시도 눈을 뗄 수 없게 만드시는 분이라더니."

"아……."

올가의 입가에 옅은 웃음이 스치고 지나갔다. 카루나는 삭신이 쑤시는 고통을 견디느라 바빠, 올가의 표정이 어떤지 보지 못했다. 타는 중에는 전혀 힘든 걸 몰랐는데, 막상 내릴 때가 되니 온몸이 비명을 질러댔다. 타는 중에는 몰랐는데. 낙타 탑승은 몸에 꽤 무리가 가는 듯했다.

'아니면 나한테만 그런 것이든지. 승마와는 다르다 이건가?'

카루나는 손가락 하나 까딱이지 못하고, 올가에게 안긴 채로 시스의 천막으로 갔다. 올가는 카루나를 침대에 앉히고는 따뜻한 물을 적신 천을 들고 왔다. 그리고는 발부터 꼼꼼히 마사지해 주었다. 올가는 훌륭한 안마사였다.

그녀의 손이 닿자 조금씩 몸의 감각이 돌아왔다. 더불어 바짝 긴장했던 몸이 느슨해졌다.

카루나는 견디지 못하고 침대에 쓰러지듯 누웠다. 올가는 카루나의 팔다리를 고루 주물러 주며, 그녀의 몸을 풀어 주었다. 카루나는 제 팔을 주무르는 올가를 바라보았다.

철창에 갇힌 라크안을 만나러 간 이후 올가는 카루나의 시중과 감시를 도맡았다. 그녀는 시스의 최측근인 듯했다. 거기에 더해서 카루나는 올가와 시스의 사이가 꽤나 심상치 않은 관계라고 생각했다. 가끔, 올가를 바라보는 시스의 눈이 유독 부드러워질 때가 있다. 시스를 바라보는 올가 역시 다른 올벤인들과는 급이 다른 충성심을 내비치고 있고.

'좋아하는 게 확실해.'

그런 만큼 더더욱 이상하게 여겼다. 시스는 올가에게 카루나의 전담 시녀 겸 호위 기사 노릇을 하게 했다.

'밖의 저 남자는 날 자신의 왕비로 삼는다고 하는데, 이 여인은 그래도 괜찮다고 생각하는 걸까? 어떻게 이렇게 나한테 정성을 다할 수 있는 거지?'

보통 사람이라면 수치심이나 치욕감을 느꼈으리라. 그런데 올가는 아무렇지 않아 보였다.

'그런 것과 상관없이 사랑하고 충성한다는 건가?'

얌전한 올가의 태도가 눈에 거슬렸다. 올가가 불만을 드러내고 시스와 한바탕 싸우면 도망갈 틈이 생길지도 모른다는 기대는 둘째 치고라도. 좋아하는 남자를 얌전히 포기하는 그 태도가 마음에 안 들었다. 올가를 보는 카루나의 눈이 가늘어졌다. 묵묵히 카루나를 돌보던 올가가 고개를 들어 카루나와 눈을 마주쳤다. 그녀는 카루나의 눈빛을 다르게 해석한 듯했다.

"영애, 왕께서는 절대 나쁜 분은 아니십니다."

"……응?"

"좋은 남편이 되어 주실 겁니다. 절대 후궁을 들이지 않으실 테니, 그

점은 염려하지 않으셔도 됩니다."

"잠깐, 그게 무슨……."

"오직 영애에게만 충실하며, 두 분 사이에서 낳은 자식으로 다음 대 왕으로 세우실 분이시니."

"자, 잠깐! 잠깐만!"

카루나는 두 손으로 올가의 입을 틀어막았다.

'왜 나한테 그런 말을 하는 거야. 그러다가 내가 정말 혹하려면 어쩌려고?'

입장을 바꿔 생각해 보니 더 황당했다. 만약 라크안이 가짜 약혼녀 놀이는 끝이라며 어디서 말라비틀어진 무말랭이 같은 여자를 진짜 약혼녀랍시고 데리고 온다면 어떨까?

카루나는 그 여인에게 라크안의 장점 따위를 말해 주지 않을 것이다. 마카레나 백작의 몰락을 지켜 본 후 라크안의 곁을 떠나겠다고 생각했지만. 그와는 별개로, 라크안에게 배신감을 느낄 것이다.

'새 약혼녀?'

상상일 뿐인데도 울컥- 성질이 치솟았다.

'포도주통으로 패고, 후추 가루로 가르치고, 포크랑 나이프를 어떻게 쓰는지까지 일일이 가르쳐서 겨우 사람답게 만들어 놨는데. 딴 여자한테 한눈을 팔아? 적어도 내가 알아서 떠날 때까지는 잠자코 있었어야지!'

이런 마음가짐으로 라크안을 매우 괴롭혀 줄 것이다. 더 큰 포도주통과 더 큰 후추 가루로 혼쭐을 내줘야지. 다시는 자신 말고 다른 여자한테 눈조차 돌리지 못하게. 새 약혼녀에게도 딱히 상냥하게 대하지는 않을 거고.

'이런 게 정상 아니야?'

좋아하는 남자가 딴 여자랑 결혼하겠다는데. 좋다고 그 여자의 팔다리나 주물러 주면서 남자의 장점을 줄줄이 늘어놓다니?

"그렇게 좋아 보이면 그쪽이 결혼하는 건 어때요? 보아하니 보통 사이는 아닌 거 같은데."

“······!”

올가가 처음으로 동요하는 모습을 보였다.

'맞네, 딱이네.'

카루나가 한쪽 입꼬리를 삐뚜름하게 들어 올리며 웃었다. 올가는 조금 급하다 싶을 정도로 빠르게 말했다.

“그런 오해는 곤란합니다. 영애. 제 몸에 흐르는 피에 맹세하건데, 그분과 저는 절대 그런 관계가 아닙니다.”

“글쎄요, 그쪽의 맹세도 그리 진지하게 느껴지지는 않네요.”

“다시 한 번 말씀드리지만, 왕께서는 영애 외에 그 어떤 여인에게도 눈을 돌리지 않을 것입니다. 더불어 저에 대해서는 조금도 걱정하실 필요가 없습니다.”

“어떻게 그렇게 자신하죠? 올벤은 철저한 일부일처제 국가인가요?”

“아니요, 그건 아닙니다. 특히나 왕께서는 원하신다면 제한 없이 후궁을 둘 수 있습니다.”

“······조금 전 내게 했던 말과는 맞지 않네요?”

'사람을 속이려면 거짓말이나 잘하던가.'

카루나의 얼굴에 조롱하는 기색이 짙어졌다. 올가는 드물게도 난감해하는 기색을 보였다. 그 모습이 카루나의 오해를 확신으로 굳혀 준다는 걸 모르는 듯했다. 몸을 부드럽게 마사지해 주던 손길이 멈췄다. 카루나는 이 와중에도 아쉬움을 느끼는 자신을 깨닫고는 고개를 설레설레 저었다.

“지금부터 제가 드리는 말을 부디, 마음에만 담아 주십시오.”

그런 카루나의 머리 위로 올가의 목소리가 들렸다.

“무슨 말을 하든 내 귀에 닿지 않을 테니, 말이 새어 나갈까 봐 걱정하지 않아도 될 거예요.”

“그렇다면 저는 지금, 곤히 잠든 영애를 앞에 두고 혼잣말을 하는 셈이 겠군요. 오히려 말을 꺼내기 편할 것 같습니다.”

올가가 엷게 미소 지으며 말했다. 카루나는 저도 모르게 귀가 솔깃하여 뒤를 돌아볼 뻔했다. 올가는 고개를 움찔, 움직이는 카루나를 보며 좀 더 짙게 웃었다. 그러다가 웃는 제 얼굴을 손으로 만져 보고는 당황한 표정을 지었다.

'왜 왕께서 요즘 들어 자주 웃으셨는지 알 것 같군.'

카루나를 향한 올가의 눈빛이 좀 더 진지해졌다.

"우리 올벤의 북쪽 경계, 눈의 땅과 맞닿는 그곳에는 천 년의 세월 동안 남쪽을 지켜 온 물의 장막이 세워져 있습니다. 올벤에서는 그 물의 장막에서 10년을 버티고 온 전사만이 정식으로 결혼할 수 있는 합법적 권리를 가집니다."

올가는 천천히 말을 이었다. 제국에 있는 유일한 올벤어 전공 교수에게도 듣지 못했던 올벤의 풍습에 관한 내용이었다. 카루나는 저도 모르게 숨을 죽이고 올가의 말을 경청했다.

당연한 말이지만, 물의 장막으로 떠난 전사가 돌아오지 않는 경우도 많았다. 그러다 보니 결혼을 할 수 있는 사람은 여러 명의 아내나 남편을 두는 것이 당연시되었다. 자신이 경제적으로나 육체적으로 감당할 수 있다면 법적으로 문제가 없다.

전사들의 수장인 왕 역시 당연하게 여러 명의 후궁을 둘 수 있다.

전대 왕은 역대 왕들 중에서도 역사에 남을 만한 호색한이었다. 그는 서른 명의 후궁에게서 백 명이 넘는 자식을 얻었다. 왕은 제 자식이 정확히 몇 명인지 알지 못했다.

사람들은 왕을 손가락질하며 미쳤다고 비난했다. 이전의 왕들이 전대 왕만큼 호색한 짓을 벌이지 않은 이유는 최대한 자식을 적게 낳기 위해서였다. 왕의 자식들은 왕이 되든가 죽든가, 둘 중 하나의 길을 선택해야 한다.

왕이 되고자 한다면, 형제자매를 모두 죽이고 오직 홀로 살아남아 피로 젖은 왕좌에 올라야 한다. 그게 천 년을 이어져 내려온 올벤의 왕위 계승

전통이었다. 핏줄을 타고 흐르는 아탈라의 권능, 물을 다스리는 능력이 분산되는 것을 막기 위해서였다.

"왕께서는 모든 형제, 남매를 죽이고 왕위에 오르셨습니다. 정확히 148명이었습니다."

"……."

올가의 마사지에 풀렸던 어깨가 다시 딱딱해졌다.

'그러고도 대가 끊기지 않고 이어졌다고?'

시스가 148명의 형제를 죽인 친족 살육자라는 것보다는 그러고도 내내 올벤의 왕실 혈통이 끊어지지 않고 이어졌다는 것이 더 신기했다.

"그리고 맹세하셨습니다. 다시는 이런 일을 반복하지 않겠노라고."

"어떻게요? 천 년이나 이어져 내려왔다는 그 대단한 관습을, 없애 버리기로 한 건가요?"

카루나는 조금 전의 결심을 잊고, 몸을 일으켜 올가를 보았다. 올가는 고개를 저었다.

"아무리 위대한 왕이라 한들, 시조 아탈라 이래로 내려온 관습을 없앨 수는 없습니다. 대신 다른 방법을 모색하셨습니다."

"어떤 방법이죠?"

"영애와의 결혼입니다."

"……."

"왕께서 영애와 결합한다면 두 분 사이에서 난 아기님의 피에는 물의 힘과 숲의 힘이 섞이게 됩니다."

올가는 잠시 숨을 고르고는 말을 이었다.

"물이 있는 곳에서 숲이 자라며, 숲이 있어야 물이 순환하여 흐를 수 있습니다. 그 두 힘이 합해진다면, 물의 힘은 더욱 강력해져 물의 장막을 지킬 것이며, 숲의 힘은 물의 힘의 도움을 받아 사막을 녹음으로 덮을 수 있겠지요."

"그런 말로 백성들을 설득시킬, 아니, 현혹시킬 생각인 건가요?"

"안전하고 풍요로운 나라의 왕좌는 더 이상 피를 원하지 않게 될 겁니다. 그건 단지 현혹이 아니라 현실이 될 테니 말입니다."

"참 쉽군요. 결혼 한 번에 천 년의 관습이 사라질 수 있다니?"

비꼬려고 한 말이었다. 그래봤자 올가는 멀쩡하다 못해 태연하게 대꾸할 게 뻔하니까.

"……."

그런데 예상과 달리 올가가 눈을 피하며 침묵했다.

'뭐지? 내게 말해 준 거 말고 뭔가 꺼림칙한 게 더 있는 거 같은데?'

카루나는 시스가 제게 했던 말을 떠올렸다. 시스는 카루나에게 사막을 푸르른 녹음으로 덮으라고 했다.

결혼을 하기 위해선 10년간 눈의 땅과 싸워 살아남아야 했고, 매일 작열하는 태양의 낮과 얼어붙은 달의 밤을 지새워야 살아야 했던 시스의 일족. 올벤인들은 젊은 왕과 외국인 왕비가 만들어 낸 기적에 환호할 것이다.

시스는 그렇게 지난 천 년의 문을 닫고 새로운 천 년을 만들어 가려는 걸까. 새로운 아탈라가 되어? 확실히 뭔가 이상했다.

'왜 지난 천 년간, 다른 왕들은 이런 생각을 안 했던 거지?'

시스의 전대 왕이야 호색한이라 자식들에 대한 애정보다 여인에 대한 정욕이 앞섰다 하지만. 그 전의 왕들은? 자식들이 칼부림해 죽고 죽이는 걸 당연히 거쳐야 할 관습으로 여겼던 걸까. 단 한 명의 왕도 자식에 대한 애정이 없었던 걸까. 그 관습을 깰 수 있는 방법이 이렇게나 쉬운데?

숲의 능력을 쓸 수 있는 능력자를 데리고 와 결혼하면 된다. 그러기만 하면 자식들이 서로를 죽이지 않아도 능력이 약해지지 않는다. 오히려 강해져, 사막을 더욱 강하고 풍요롭게 만들 수 있다.

그런데 왜 하지 않았던 걸까.

'할 수 없었던 거야. 아니, 해서는 안 되는 일이라고 생각했던 걸지도.'

카루나는 고개를 들어 올가를 바라보았다.

"사막, 그러니까 물의 힘과 숲의 힘, 이 두 가지 힘이 합쳐지게 된다면 다른 곳은 어떻게 되는 건가요? 최초의 숲과 제국은요?"

"……."

올가가 다시 입을 다물었다. 카루나는 그녀의 태도를 보고 확신했다.

'동쪽의 숲과 남쪽의 제국에 뭔가, 안 좋은 일이 일어날 거야. 이전의 왕들이 그 방법을 포기할 수밖에 없었을 만큼 큰일이.'

그런데 그걸, 시스는 저지르려 한다. 자신을 납치해 와서까지.

"말해 줘요. 내가 알아야 하지 않겠어요?"

카루나는 올가의 눈을 똑바로 쳐다보며 말했다. 만일 그녀가 거짓말을 한다면, 알아볼 수 있으리라. 눈은 마음의 거울이다. 마음에 내키지 않는 거짓말을 할 때 가장 먼저 티가 나는 곳.

카루나는 올가의 눈을 뚫어져라 바라보았다. 열 길 물속은 알아도 한 길 사람 속은 모른다지만. 그래도 그동안 봐 온 올가는 거짓말에 능숙한 사람이 아니었다. 그러니 좀 더 확실하게 표시가 나리라. 역시나, 올가의 눈은 크게 흔들렸다. 그녀는 그녀답지 않게 머뭇거리며 말하기를 주저했다.

'일말의 죄책감인 걸까. 어쨌든 저렇게 말하기 주저할 정도라면, 영향이 가는 건 확실하다는 소리네. 그것도 안 좋은 쪽으로.'

딱히 열렬한 애국자인 건 아니었다. 어머니가 숲의 일족이라는 말을 듣고 새삼 최초의 숲에 소속감이 생긴 것도 아니고. 그렇다고 하여 그곳들이 모두 잘못되기를 바라지도 않았다.

어쨌든 제국은 그녀와 라크안이 '돌아갈 곳'이었다. 숲은 고맙게도 제국을 북쪽 눈의 땅으로부터 지켜주고 있는 곳이었고.

"동쪽을 지키던 숲의 힘이 서쪽으로 넘어온다면."

겨우 올가가 입을 열었다.

"동쪽은 눈의 힘을 버티지 못할 겁니다. 숲은 눈의 땅에서 온 존재들에게 짓밟힐 것이고, 곧 무너지겠지요."

북쪽을 막아서고 있던 동쪽과 서쪽. 그중 한 곳이 무너진다면 어떻게 될까.

"눈의 땅에서 온 존재들은 숲을 넘어 남쪽으로 내려갈 것입니다."

올가는 카루나의 기대를 저버리지 않고, 거짓말을 하지 않았다. 카루나는 그녀의 말을 듣고도 크게 놀라지 않았다.

'역시.'

막연한 불안감을 확인받으니 오히려 마음이 차분해졌다.

"올벤은 위대한 전사, 아탈라 때부터 내려온 약속에 따라 계속 눈의 땅과 싸우며 남쪽을 지킬 겁니다. 지금까지 그러했듯 말입니다."

"지금까지 그러했듯이, 라는 게 무슨 뜻인가요."

"우리의 영토를 지키며 싸우는 기존의 방식을 유지하는 것을 말합니다. 동쪽이 무너져 남쪽도 눈의 땅과 맞닿게 되는 것까지는, 저희가 상관할 일이 아니지요."

눈의 땅의 존재조차 모른 채 살아왔던 남쪽의 평화가 깨지도록 놔두겠다는 말이었다.

"그런데 가장 중요한 조건이 잘못된 것 같네요."

카루나는 검지를 들어 올렸다.

"무엇입니까?"

"당신들의 그 물을 다루는 능력은 왕에서 왕의 자식들로 피를 따라 이어지는 것 같은데, 내가 가지고 있는 능력은 아니에요. 내가 낳은 아이가 능력을 잇는다는 보장이 없지요. 내 어머니는……."

카루나는 작게 숨을 내쉬었다.

'내 어머니라…….'

'어머니'라는 단어가 이렇게 쉽게 입 밖으로 튀어나온 게 조금 놀라웠다. 평생 열 번도 입에 담아 본 적 없는 단어니까.

카루나는 제 어머니에 대해 알지 못했다. 최근에 겨우 알게 된 건 건 숲의 일족이었다는 것. 자신을 낳고 얼마 안 돼 죽었고, 자신을 숲의 장로에게 맡겼다는 것 정도. 아버지 역시 누구인지 몰랐다.

확실한 건 단 하나였다.

'숲의 장로는 내 아버지가 아니랬어. 라안이 말하기로 이 능력은 숲의 장로나 가지고 있는 능력이랬지. 나는 샘에 빠졌다 나와서 잠깐 가지게 된 능력이라고 했고. 피로 이어지는 게 아냐.'

카루나는 이 상황에서 자신의 능력이 일시적인 거라고 말하는 쪽이 도움이 될지 고민해 봤다. 그런 카루나의 고민을 알아챈 건지, 올가가 단호하게 답했다.

"상관없습니다."

"상관없다고요?"

"어차피 당대에선 그분과 영애의 결합으로 평안해질 겁니다. 두 분 사이에서 난 아기님이 두 분의 힘을 모두 이었는지는 나중에 확인하면 될 문제입니다."

"만약 아니라면요?"

"왕실에 두 번째 아이는 없겠지요. 그리고."

올가는 씁쓸히 웃으며 말을 이었다.

"다시, 어딘가에서 태어난 숲의 심장을 모셔 오겠지요."

"대를 이어 납치혼을 하겠다는 말인가요?"

"그래야 한다면."

"……미쳤어."

"어떻게 제정신일 수 있을까요."

"어?"

당연히 그녀다운 무뚝뚝한 대답이 이어질 거라 생각했던 카루나는 살짝 당황했다. 올가의 눈은 어느새 흔들림 없이 잔잔해져 있었다. 그 눈으로 카루나를 바라보며 또박또박 말했다.

"불쌍한 분이십니다. 있으나 마나 한 80번째 왕자로 태어났기에, 알아서 죽으라고 어린 나이에 물의 장막으로 끌려가듯 가셨습니다."

왕은 전사 중의 전사여야 한다. 그렇다면 당연히 왕의 자식들도 물의 장막에서 10년 동안 싸워 자신의 가치를 증명해야 하건만. 어느 순간부터 왕들은 자식들을 북으로 올려 보내지 않았다. 언젠가는 형제자매에게 살해당할 자식들을, 10년 동안 사지로 내몬다는 게 쉬운 일은 아니었을 테니까.

그리하여 왕자, 공주라면 당연히 물의 장막에 가도 되지 않는다는 불문율이 생긴 지 수백 년이 흘렀건만. 시스는 불과 열 살의 나이에 물의 장막으로 떠나야 했다.

"왕실의 모두가 그분이 죽을 거라고 생각했습니다. 남들은 열다섯, 열여덟 살이 되어서야 가는 그곳을 눈칫밥을 먹으며 빼빼 말랐던 열 살배기가 갔으니 말입니다."

올가는 마치 그때 상황을 직접 보기라도 한 것처럼 말했다.

"시간이 지난 뒤에도 따로 사람을 보내 살아 있는지 확인조차 안 했지요. 그런데 살아 돌아오셨습니다. 그곳에서 죽어선 안 되는 이유가 있으셨거든요."

"무슨 이유인가요?"

"……여동생이 있으셨습니다. 같은 어미에게서 난."

올가의 말에 카루나는 당연하다는 듯 고개를 끄덕였다.

'동생을 지키기 위해 살아 돌아왔다는 건가.'

형제자매의 정이란 것. 경험해 보지 못해 잘은 모르나 머리로는 이해하고 있었다. 클레이엔의 대역으로 살며 사교계를 휩쓸고 다녔을 때, 종종 카루나에게 혼쭐난 영애의 언니나 여동생이 겁 없이 달려들곤 했으니까.

'네가 뭔데 우리 언니를!'

'감히 내 동생을 건드려?'

어차피 못 이길 걸 알면서, 입에 거품을 문 개처럼 달려드는 그 모습이 신기하면서도 이상했다. 저게 핏줄이라는 건가, 싶어 괜히 짜증이 나기도 했고.

"아!"

카루나는 형제자매에 대한 일반적인 경험을 생각하다 말고 눈을 깜빡였다.

'여긴 한 명만 살아남고 다 죽여야 한다고 하지 않았던가?'

여동생을 위해 사지에서 살아 돌아온 오빠는 형제자매를 모두 죽이고 왕이 되었다.

'그렇다는 건…….'

올가를 바라보는 카루나의 눈빛이 흔들렸다. 올가는 그런 카루나를 보며 작게 웃었다.

"내가 여기에서 죽으면 내 동생은 배다른 형제자매의 손에 잔인하게 살해당할 것이다. 왕께서는 물의 장막에서 오직 그 생각만 하며 버티셨다고 합니다."

"……."

시스는 그 여동생마저 죽이고 왕이 된 걸까. 목이 턱, 막혔다. 숨을 쉴 수가 없었다.

"반대로 여동생은, 반드시 살아 돌아오겠다는 오라버니의 말을 믿고, 숨죽이며 살아남기 위해 발버둥 쳤지요."

목소리는 여전히 잔잔했다.

"본래도 힘없고 연약하였기에 배다른 형제자매들의 웃음거리가 되는 것은 쉬웠습니다. 미리 죽일 가치조차 없는 비천한 존재가 되었지요. 바닥을 기며, 먹다 남아 던져 주는 음식이나 받아먹으면서, 그렇게 살아남아 오라버니가 돌아오길 기다렸습니다."

"……."

그렇게 살아남아 기다렸던 여동생은 끝내 오라비의 손에 죽은 걸까. 그 여동생은 오라버니가 살아 돌아온다는 의미가 무엇인지 몰랐던 걸까.

올가는 카루나의 등을 쓸어내려 주었다. 굳은 살 박인 무뚝뚝한 손길은 뜻밖에도 따뜻했다. 그녀의 손길을 따라 막혔던 목이 트였다. 카루나는 겨우 다시 숨을 쉴 수 있었다.

"……끝내 왕이 되었다는 건, 그 여동생을……"

"불쌍한 분이십니다."

올가의 손이 어깨를 타고 내려 카루나의 손을 맞잡았다.

"또한 위대한 뜻을 품은 분입니다."

"…….."

여동생을 죽인 자가? 하마터면 이렇게 소리칠 뻔했다. 그 말을 가까스로 삼키니 울컥, 이름을 알 수 없는 감정이 솟구쳤다. 자신이 화내거나 경멸할 수 없는 이야기라는 걸 안다. 그럼에도 참을 수 없었다. 감정이 들끓었다.

'만약 나에게도 형제나 자매가 있었다면. 그런데 그 형제나 자매를 죽여야 하는 상황이 온다면. 나는 그럴 수 있을까.'

카루나는 스스로에게 물어보았다.

줄곧 고아로 살아왔다. 정신을 차리고 보니 더럽고 가난한 구빈원에서 배고프다고 떽떽거리며 우는 아이 중 하나였고, 뒷골목의 쓰레기통을 뒤지며 살았다. 먹고 살기 위해 소매치기가 되었고, 마카레나 백작에게 끌려가 클레이엔의 대역이 되었다.

만약 그 모든 상황에서 혼자가 아니었다면. 형제든 자매든 한 명이라도 곁에 있었다면 어땠을까. 상상이 잘 가지는 않았다. 그런 형제나 자매를 죽이는 상상은 더더욱 할 수 없었다.

둘 사이에 대화가 끊겼을 때였다.

"사이가 꽤 좋아졌나 보군. 보기 좋은데?"

막사 입구 쪽에서 사내의 목소리가 들렸다. 시스였다. 카루나와 올가는 동시에 고개를 들어 그를 바라보았다. 그는 문틈에 비스듬히 기대 안쪽을 들여다보고 있었다.

카루나는 침대에 편히 앉아 있었다. 올가는 목소리를 죽여 이야기하느라 카루나에게 바짝 다가간 모양새였다. 둘 사이에 무슨 대화가 오갔는지 모르는 사람이 본다면, 꽤나 친해 보일 법했다.

시스는 어쩐지 기분이 좋아 보였다.

"오셨습니까."

올가가 벌떡 일어나 깍듯이 고개를 숙였다.

"……."

시스의 얼굴이 살짝 구겨졌으나 곧 그런 석 없다는 듯 펴졌다.

"밤이 늦었으니, 나가 봐. 불침번 암호는 내가 확인했으니, 따로 확인할 필요는 없을 거다. 가서 쉬어."

시스는 귀찮다는 듯 손을 휘휘 내저었다. 올가는 편히 쉬시라는 말을 남기고는 서둘러 막사 밖으로 나갔다.

이후는 어제와 다를 바 없었다. 시스는 침대에 벌러덩 누워 카루나에게 시답지 않은 수작을 부렸고, 카루나는 짜증을 내며 시스의 얼굴을 털가죽으로 덮어 질식사를 시도했다가 번번이 실패했다.

얼마 안 있어 시스는 카루나를 옆에 두고 태평하게 잠들었다. 카루나는 꾸물꾸물, 침대 끝으로 가서 두 다리를 모아 끌어안고 오래도록 잠든 시스를 바라보았다. 기분이 이상했다. 그런데 이게 무슨 감정인지 알 수 없었다.

* * *

올가와 이야기를 나눈 지 사흘이 지났다. 달라진 건 없었다. 일행은 하루 종일 사막을 걸었고, 밤이 되면 근처의 작은 오아시스를 찾아 천막을 치고 잠들었다.

사흘째 되던 날. 뉘엿뉘엿 해가 질 즈음, 지평선 너머에서 뭔가 보였다. 처음에는 신기루나 환각이라 생각하고 무시했으나, 앞장선 시스가 길게 휘파람을 불어 그게 환상 같은 게 아님을 깨달았다.

"이제 다 도착했습니다. 저곳이 아드리드입니다. 이 사막에서 가장 큰 오아시스 위에 지어진, 우리 왕의 도시입니다."

올가의 목소리도 살짝 들떠 있었다. 일행은 느긋하게 걷는 낙타라는 짐승을 매질해서라도 달리게 만들어 당장 도시로 입성하고 싶어 했다.

시스는 그들을 달래 일찍 천막을 쳤다. 내내 사막을 지나 이제야 왕성이 있는 도시에 닿았다. 오늘은 그 도시에 입성하기 전, 마지막 야영이었다. 시스와 올가는 어제 우연히 마주친 무리에게 구입한 술통을 따게 해 주었다. 어차피 왕궁으로 들어가면 따로 치하하고 상을 내리겠으나, 그 전에 노고를 치하하는 의미였다.

올벤인들은 먼 여정을 성공리에 끝마치고 집으로 돌아왔다는 기쁨에 들떴다. 다들 모닥불 주변에 둘러 앉아 왁자지껄 떠들었다. 노래 역시 빠지지 않았다. 귀에 못이 박히도록 들었던 그 노래가 또 시작되었다.

기쁘지 않은 건 카루나뿐이었다.

카루나는 오늘도 시스의 막사에 처박혀 웅크려 앉아 있었다. 밖에서 들려오는 흥겨운 노랫가락에 점점 더 짜증이 치솟았다.

'아니, 나만은 아니지.'

카루나는 철창에 갇힌 라크안을 떠올리며 애써 짜증을 가라앉혔다. 그러자 그 빈자리를 조급함, 초조함이 메웠다. 카루나는 저도 모르게 손톱을 깨물었다.

'도망쳐야 하는데…… 왕궁으로까지 끌려가면, 도망치는 게 더 어려워질지도 몰라. 이 나라 결혼 풍습이 어떤지는 모르겠지만, 보아하니 당장이라도 식을 치를 생각인 거 같은데. 그럼 더더욱 내 주변에 사람이 몰릴 테니까 빈틈을 찾을 수 없을 거야.'

사흘 내내, 도망갈 기회를 노렸으나 찾을 수 없었다. 올가는 한시도 곁에서 떨어지지 않았다. 그 주변을 올벤인들이 두 겹, 세 겹으로 감쌌다. 앞장서서 길을 찾는 시스에겐 오히려 소홀했다.

라크안이 갇힌 철창은 항상 일행의 후미에 있어, 라크안을 볼 수도 없었다. 어째서인지 사흘 전부터는 라크안도 너무 조용했다. 차라리 심하게 난동을 부려서라도 살아 있는지 확인시켜 줬음 좋겠다는 마음이 들 정도였다.

'죽었을 리 없어.'

카루나는 말도 안 되는 나쁜 생각을 얼른 털어 냈다.

'도망치는 걸 포기했기만 했어 봐. 정말 가만 안 둘 거야. 후추 가루를 욕실에 가득 채워서, 후추로 목욕하게 해 줄 거야!'

카루나는 애써 얼토당토않은 생각을 하며 우울한 생각을 하지 않으려 애썼다. 그렇게 골똘히 생각하느라, 자신을 부르는 조그만 목소리를 알아채지 못했다.

"카루나 아가씨!"

누군가 카루나를 불렀다.

"……?"

어느 순간 그 부름을 깨달은 카루나는 파드득, 놀랐다. 여기서 카루나를 그렇게 부르는 사람은 누구도 없었다. 올벤인들은 그녀를 '영애'라고 불렀다. 무엇보다 이 목소리. 애써 목소리를 낮추고자 소리 반 공기 반 상태지만. 한동안 못 들었던 목소리였지만. 절대 못 알아들을 수 없는 목소리였다.

카루나는 그림자가 어른어른 비치는 천막의 한쪽 벽을 바라보았다. 천막 천이 들리며, 아래에서 사람 얼굴이 하나 쏙 들어왔다. 익숙한 얼굴이었다. 눈물겹도록 그리운 얼굴이기도 했다.

'세나 경!'

카루나는 벌떡 일어서다 발을 헛디뎌 바닥을 데굴데굴 굴렀다. 그러는 와중에도 밖에 들킬까 봐 이를 악물고 신음을 참았다. 혀를 깨물어 눈물이

찔끔 났다.

"이런, 아가씨. 조심하십시오."

세나가 손을 내밀었으나 카루나에게 닿지 않았다.

"난 괜찮아요, 그보다 세나 경! 여긴 어떻게 온 거에요, 아니, 그보다 괜찮나요?"

카루나는 세나의 머리통을 덥석 끌어안고 주위를 휘휘 둘러보았다. 여전히 밖에서는 왁자지껄한 소리가 들렸다. 시스나 올가는 그곳에 합류해 있어 막사 안은 텅 비어 있었다. 그럼에도 세나를 보니 들킬까 봐 덜컥 두려워져 나온 행동이었다.

"저는 괜찮습니다, 그보다 더러우니 놓아주십시오."

세나는 여전히 카루나 걱정뿐이었다.

"지금 더러운 게 문제예요?"

이런 상황에서까지 하는 말이 고작 그런 거라니. 고맙고 반가워서 눈가가 시큰해졌다. 카루나는 슬쩍 천막 천을 들어 세나의 몸이 성한지 확인했다. 몸은 모래에 반쯤 파묻혀 있었다. 이곳까지 몰래 잠입해 들어오려고 모래에 파묻히기를 마다하지 않은 듯했다.

딱히 다친 곳은 없어 보였다. 피 흘린 흔적도 없었고. 단지 오랫동안 떠돌았던 사람처럼 낡고 더러워져 있을 뿐이었다. 자신이 더럽고 냄새난다고 말한 세나의 말은 사실이었다. 한 10년 동안 빨지 않고 신고 다닌 꼬질꼬질한 양말 같았다.

하지만 그 양말이 정말로 좋아하는 양말이었고 한동안 잊어버려서 안 보이다가 눈앞에 딱 나타난 양말이라면? 아무리 악취가 나도 반가울 수밖에. 먼지 가득 묻은 세나의 얼굴이 딱 그만큼 반가웠다.

"모래 위에서 비실거리는 물지렁이들 놈들이야, 눈도 나쁘고 귀도 어두워서 제가 온지도 모를 겁니다. 걱정 마십시오."

세나가 자신만만하게 말했다. 적진에 기어 들어와서도 이렇게 태평하다니.

'정말 세나 경이구나.'

비로소 세나가 제 곁으로 돌아왔다는 게 실감 났다. 카루나는 하얀 소매로 세나의 얼굴을 문질러 주었다. 세나는 오랫동안 떠돌다 겨우 주인에게 돌아온 길든 개처럼 얌전히 카루나의 손길을 받았다. 눈을 꼬옥 감고 얼굴을 들이밀기까지 했다.

카루나는 제게 순종하는 세나의 얼굴을 꼼꼼히 닦아 주었다. 금세 소매가 까매졌지만, 세나의 얼굴은 좀처럼 원래대로 돌아오지 않았다.

"그렇게 여유로우시면 얼굴이라도 좀 씻고 오지 그랬어요."

"아, 뭐, 체취를 지울 겸 안 씻었습니다. 그리고 씻는 건 집에 가서 씻어야지요."

세나가 '집'이란 단어를 힘주어 말했다.

"아가씨도, 집 나와 보니 괜히 고생스럽고 별로 재미도 없으시죠?"

세나가 제 얼굴을 닦아 주는 카루나의 손을 잡아 내리며 말했다. 카루나의 손이 파르르 떨리는 건 모르는 척해 주었다.

"저나 아가씨나 너무 오래 떠나 있는 거 같은데, 이제 슬슬 돌아가야 하지 않겠습니까. 집으로 돌아가시죠."

세나는 카루나가 원하기만 하면 얼마든 쉽게 돌아갈 수 있다는 듯 말했다.

집. 세나가 말하는 집은 바이켈드 공작저였다. 돌아가야만 하는 곳. 많은 사람들이 기다리고 있는, 그리운 곳.

'돌아가고 싶어.'

원래도 돌아가고 싶었지만 지금, 그 마음은 더욱 간절해졌다.

인자하게 웃는 하녀장. 왁자지껄한 철십자 기사들, 또 라안 님과 싸웠냐고 웃으며 반겨 주는 하인들, 치마폭에 숨겨 주겠다며 얼른 이리로 오라고 말하며 꺄르르 웃는 하녀들.

편한 차림새를 한 채 카루나는 어디 갔냐고 주변에 물으며 걸어오는 라크안. 그 옆에서 씩 웃고 있는 세나. 그리고 자신. 그렇게 완성되는 편안하고 행복한 바이켈드 공작저의 생활이 눈물겹도록 그리웠다.

백 명이 넘는 형제자매를 모두 죽인 불쌍한 왕도, 가득 쌓인 부드러운 털가죽도, 주먹만 한 보석도, 남의 나라 왕비 자리도 다 필요 없었다. 지금 카루나가 원하는 건 오직 하나였다. 세나가 말하는 그 집으로 돌아가는 것.

"……제발, 데려다줘요."

카루나는 다시 세나의 머리를 끌어안았다. 아니, 매달렸다. 세나는 그런 카루나를 꼭 안아 주었다.

"늦게 와서 죄송합니다. 아가씨, 꼭, 집까지 모셔다 드리겠습니다."

* * *

세나는 뱀이 미끄러지듯 막사로 들어왔다. 숲의 늑대가 아니라 사막 뱀이라 불러도 될 만큼 유연하고 민첩했다.

카루나는 주저 없이 옷을 찢었다. 팔꿈치와 발목이 드러날 정도로 잘라내고, 통이 넓은 옷소매를 묶었다. 허리를 죄는 조끼도 벗어 던졌다. 원래도 그리 불편한 옷은 아니었지만, 넓은 소매를 잘라 내니 더욱 팔다리를 움직이기 편해졌다. 세나는 카루나의 팔다리에 끈을 감아 모래가 들어가지 못하도록 막으며, 자신의 그간 행적을 빠르게 말해 주었다.

라크안의 명령을 받은 후 세나는 최초의 숲으로 갔다. 그곳에서 일을 마친 뒤, 제국으로 돌아가려다가 수도에서 연락을 받고 바로 서쪽으로 방향을 틀었단다. 닷새 전에야 시스의 무리를 따라잡았다. 이틀 동안은 들키지 않고 시스 일행을 살폈으며, 사흘간은 야영할 때를 노려 라크안에게 먼저 접근했다.

"사흘 동안 라안 님과 탈출 방법을 의논했습니다."

"아, 그래서."

카루나는 지난 사흘간, 라크안이 조용했던 걸 떠올리고는 고개를 끄덕였다. 카루나와 세나는 두더지가 땅을 헤집듯 모래를 파고 천막 밖으로 나갔다.

올벤인들은 여전히 모닥불에 모여 와자지껄 떠들고 있었다. 술 냄새가 진동하는 걸 보니 여간 신이 난 게 아닌 듯했다. 그나마 서 있는 보초들도 모닥불 쪽에서 눈을 떼지 못하고 입맛만 다시고 있었다. 경계가 느슨해질 대로 느슨해져 있었다.

여기까지 왔는데, 설마 도망갈 수 있으랴. 그렇게 생각하는 듯했다. 그간 지나온 기나긴 사막길이 그들이 보이는 자신감의 이유일 것이다. 당장 카루나만 하더라도 막막했으니까.

'지도도 나침반도 없이, 길잡이도 없이 다시 그 사막 길을 걸어서 빠져나갈 수 있을까?'

카루나는 불안한 마음에 세나를 바라보았디. 세나는 전혀 걱정이 없어 보였다.

'혼자서 여기까지 쫓아왔지. 그런 걸 보면, 뭔가 수가 있는 거겠지.'

마음이 다시 차분해졌다.

'걱정은 나중에 하자. 일단, 탈출하는 게 먼저야.'

카루나와 세나는 그들을 피해 바닥을 기어 철창으로 갔다. 철창은 커다란 천에 덮여 있었다. 철창을 지키는 보초는 두 명이었다. 모두 철창에 기댄 채 고개를 푹 숙이고 있었다. 언뜻 보면 졸고 있는 것처럼 보였다. 하지만 가만히 보면, 몸이 밧줄로 철창에 묶여 있었다.

"세나 경의 작품인가요?"

"미리 재워 뒀습니다. 놔두면 아침까지 푹- 잘 겁니다."

세나가 씩, 웃으며 답했다. 그걸로도 모자라 한 명의 허리춤에서 손가락만 한 열쇠를 빼냈다.

"그뿐이 아닙니다."

세나가 입으로 짜잔- 소리를 냈다. 카루나는 어떻게 반응해야 할지 몰라 멀뚱히 바라보기만 했다.

"사흘간, 라안 님께서 단식 투쟁을 하셨습니다. 이들은 라안 님을 죽일

생각이 없는 듯하니, 당연히 문을 열고 철창 안으로 들어와 음식을 강제로
라도 먹이려 했겠지요?"

세나의 목소리는 담담했으나 두 눈은 흉흉하기 이를 데 없었다. 라크안이
올벤인들에게 어떤 대접을 받았는지 짐작이 갔다. 카루나 역시, 그걸 깨닫자
마자 이를 꽉 깨물었다. 새삼 시스를 향한 분노와 짜증이 끓어올랐다.

"그 덕에 보초들이 철창 열쇠를 소지하고 있게 되었습니다. 오늘 밤은
이자가 건네받더군요."

세나가 살짝 가라앉은 목소리로 마저 말하고는 열쇠를 철창의 열쇠
구멍에 끼워 넣었다. 끼릭, 철이 비틀어지는 소리가 나며 문이 열렸다.

카루나는 안으로 뛰어 들어갔다. 어둠 속에서 형형한 안광이 빛났다. 늑
대 상태인 걸까. 카루나는 순간 움찔하였으나, 자세히 보니 그건 사람의
눈이었다.

"라안 님!"

뒤따라 들어온 세나가 그를 불렀다. 그러자 두 눈이 느리게 깜박이더니,
이내 원래의 눈으로 돌아왔다.

"카루나."

그가 한숨을 쉬듯 카루나를 불렀다. 카루나는 더는 참지 못하고, 그의
품으로 와락 달려들었다. 단단하고 따뜻하고, 피 냄새가 났다. 차르륵. 쇠
사슬 소리가 들리더니, 라크안의 팔이 카루나의 어깨를 끌어안았다.

"성공했군."

나직한 목소리에 웃음기가 묻어났다.

"설마 제가 실패하리라 생각하셨던 겁니까?"

뒤에 선 세나가 말도 안 된다는 듯 투덜댔다. 카루나는 세나가 얼마나
훌륭했는지 증언하는 대신, 두 손을 뻗어 라크안의 얼굴을 감싸 쥐었다.

밤인데다 천까지 씌워져 있어 너무 어두웠다. 미처 천에 덮이지 못한
좁은 틈에서 들어오는 달빛으로 겨우 사람의 윤곽만 확인할 수 있는 정도

였다. 점점 눈이 어둠에 익숙해져 주변이 뚜렷하게 보이긴 했지만. 그럼에도 라크안을 선명하게 보는 건 무리였다. 늑대의 눈을 가진 라크안과 세나는 다르겠지만.

카루나는 두 손으로 라크안의 얼굴을 더듬으며, 그를 확인했다. 제 앞에 있는 사람이 정말 라크안이라는 걸 실감하는 데는 이만한 게 없었다. 선이 굵은, 하지만 조금 마른 듯한 얼굴을 확인하고 나서도 갈증은 가시지 않았다. 떨어져 있던 시간이 너무 길었다. 라크안이 어떻게 다치고 쓰러졌는지, 지켜만 봐야 했던 기억이 너무도 선명하게 끔찍했다.

'좀 더, 조금만 더…….'

손은 목을 타고 내려가 떡 벌어진 어깨와 툭 불거진 쇄골, 탄탄하지만 상처 자국 가득한 가슴을 더듬어 내려갔다.

"카…….."

라크안은 조금 당황하는가 싶더니 이내 카루나의 손길에 순순히 제 몸을 내맡겼다. 흠흠. 세나는 헛기침을 하며 고개를 옆으로 돌려주었다. 카루나의 손이 탄탄한 복근까지 내려가려 하자, 라크안이 그 손을 붙잡았다.

"왜!"

카루나가 강하게 항의했다. 그녀에겐 자신의 손길이 닿는 사람이나 옆에서 지켜보는 사람에게 어떻게 느껴질지, 고민할 여유 따윈 없었다. 그저 라크안이 살아 있고, 제 앞에 있다는 걸 확인하는데 급급할 따름이었다.

라크안은 그런 카루나의 마음을 알아챘다. 부끄러움에 벌게져 있던 얼굴이 가라앉고, 붉은 눈이 누그러졌다.

"난 괜찮아."

라크안이 손을 깍지 끼고 꽉 쥐었다. 카루나의 손은 라크안에 비하면 너무도 작았다. 그것이 라크안에게는 안쓰러움을, 카루나에게는 안도감을 주었다. 카루나는 제 손을 덮는 라크안의 큰 손, 그 강한 힘과 온기에 비로소 안도하였다. 라크안이 살아 있다. 함께 있다.

'죽지 않았어.'

만지고 만져도, 괜찮았다.

'무사했어.'

그걸 실감하는 순간, 줄이 툭- 끊어지듯 긴장이 풀렸다. 카루나는 무너지듯 라크안의 품에 안겨 그의 어깨에 얼굴을 묻었다. 좀 더 강하게 자신을 끌어안는 힘을 느끼며, 참았던 숨을 내뱉었다. 아직 집에 돌아가지 못했는데도, 집에 돌아온 것 같은 안도감이 들었다.

바이켈드 저택에 돌아가고 싶은 건, 그곳에서의 기억이 그녀가 살아온 삶에서 가장 찬란하고 따뜻했기 때문이었다. 그 찬란하고 따뜻한 기억 속에 항상 라크안이 있었다.

'당신이 있는 곳이 내 집…….'

카루나는 맞잡은 손에 힘을 주었다.

'하필 이런 순간에 깨달을 게 뭐람.'

웃음이 나는 동시에 슬픈 건, 지금의 상황 때문이리라.

흠흠. 뒤에서 헛기침 소리가 들렸다. 이미 세나는 백 번 넘게 헛기침을 하고 있었으나 카루나가 비로소 알아들은 건 지금이 처음이었다.

"아……."

카루나는 퍼뜩, 고개를 들었다. 그제야 상황 파악이 되었다.

'이런.'

카루나의 얼굴이 금세 달아올랐다. 어둠 속에서도 선명히 보일 정도로 새빨간 홍당무가 되었다.

"내, 내가…… 걱정을, 그러니까…… 이게 다 공작 각하 잘못이에요. 라안 님, 당신 왜 사람을 걱정시키고 그래! 그러지 좀 말아요, 라안!"

온갖 호칭이 다 쏟아졌다. 그걸 모르는 건 카루나뿐이었다. 라크안도 세나도, 잠시나마 처한 상황을 잊고 웃음 지을 수 있었다. 다음 순간 어둠 속에서 라크안과 세나, 두 사람의 눈이 마주쳤다. 세나의 얼굴에서 웃음이 사라졌다.

"더는 뜸 들일 시간이 없어요. 오늘이 아니면 안 돼요. 몸은 어때요? 괜찮아요?"

카루나는 둘 사이에 오간 신호를 눈치채지 못했다. 라크안의 팔을 잡고 끌며, 그의 몸을 살피려 애쓸 뿐이었다. 카루나의 머릿속은 오직 탈출할 생각만으로 가득했다.

가장 큰 장애물이었던 철창을 해결했기 때문일까. 제 손목의 팔찌나 라크안의 몸에 걸린 사슬 따위는 눈에 들어오지 않았다. 모두 다 어떻게든 될 거라고. 그렇게 생각해 버렸다. 그녀답지 않게. 카루나는 그 안일한 생각의 대가를 치러야 했다. 그녀가 전혀 예상하지 못했던 방법으로.

"탈출. 그래, 탈출해야지."

라크안은 순순히 일어섰다. 카루나를 안고 있던 손을 풀고 한 걸음 뒤로 물러섰다. 카루나는 약간의 허전함을 느꼈다. 방금 전까지 어깨에 닿았던 라크안의 온기가 사라진 게, 어쩐지 불안했다.

'왜 이러지?'

카루나는 두 손으로 왼쪽 가슴을 꾹 누르며 고개를 들었다. 어째서인지, 라크안의 얼굴이 너무 딱딱했다. 탈출에 앞서 긴장해서 그런 거라고 생각하려고 해도, 분위기가 너무 무거웠다. 애써 희망을 끌어모아 껴안은 카루나와는 전혀 달랐다.

"하지만 우리 모두가 같이 탈출할 순 없어."

심장이 쿵, 하고 떨어져 내렸다.

"……그게 무슨 말이에요?"

카루나의 목소리가 날카로워졌다.

"말 그대로야. 우리 셋이 모두 함께 움직이는 건 너무 위험해."

라크안이 힐끗, 세나를 보았다. 세나가 묵묵히 고개를 숙였다. 카루나는 라크안이 무슨 말을 하는지 단번에 알아차렸다.

'날 탈출시키고 자기는 남겠다고?'

추격을 따돌리기 위해 둘로 쪼개져 도망치자거나, 그런 의미의 말이 아니었다. 애써 그런 말로 포장하려는 것 같았다. 다른 사람이라면 속았을지 모르나 카루나는 아니었다.

'그랬다면 일단 이 철창을 벗어난 다음에 말했겠지. 아니, 아니야. 그런 방법은 애초부터 불가능해. 적어도 지금의 우리에게는.'

이곳은 제국이 아니다. 처음 와 보는 사막. 어디가 길인 줄 알고 함부로 둘로 갈라져 간단 말인가. 카루나는 세나를 돌아보았다.

"세나 경? 지금, 라안 님이 무슨 말을 하는지 경도 들었지요? 뭐라 말 좀 해 봐요."

세나가 무슨 말도 안 되는 소리냐고 대신 화내 주기를 바랐다. 아니면, 차라리 자신을 여기 놔두고 일단 라크안과 둘이 도망가서 후일을 기약하겠다고 말해 주기를 바랐다. 세나는 그녀의 호위이기 이전 라크안에게 충성을 맹세한 기사였다. 그러니 이런 상황이라면 자신보다는 라크안을 지키고자 하리라. 그리 믿었기에 도움을 구한 것이었다. 그런데.

"……."

세나는 입을 꾹 다문 채 아무 말도 하지 않았다. 라크안의 말에 동의한다는 무언의 신호였다.

'세나 경이 저렇게 나온다는 건…… 미리 이야기를 해 둔 건가? 나 몰래?'

섬뜩한 기분이 등줄기를 타고 내렸다.

'설마!'

카루나는 눈을 크게 뜨고 라크안을 올려다보았다.

"늑대는 귀소 본능이 뛰어나지. 어디에 떨어지든, 집으로 찾아갈 수 있어. 세나는 특히나 감각이 예민하니까, 사막이라 해도 길을 잃지는 않을 거야."

"말도 안 되는 소리 하지 말고, 어서 그 망할 사슬을 풀 궁리나 해요."

"잠깐 헤어지는 것뿐이야. 나도 둘이 무사히 탈출하고 상황이 정리되는 대로 몸을 뺄 테니까……."

"말도 안 되는 소리 하지 말라니까요!"

카루나가 버럭 소리를 지르며 라크안의 멱살을 움켜쥐었다. 키 차이 때문에 두 손을 높이 드는 것도 모자라 까치발까지 들어야 했다. 라크안의 허리가 푹, 꺾였다. 서로의 숨이 닿을 만큼 두 사람의 얼굴이 가까워졌다. 어둠 속에서도 붉은 눈이 선명히 보였다. 웃음기 하나 없었다.

"말도 안 되는 말이 아니야."

"내가 그렇다면 그런 거예요."

"너도 알고 있잖아."

"뭘요. 몰라, 난 몰라요. 알고 싶지도 않고, 알 필요도 없고."

"셋이서, 아니 우리 둘 다 탈출하는 건 불가능해."

"아니요, 가능해. 내가 그렇게 만들 거야."

"아니, 이번만큼은 안 돼. 아무것도 하지 마."

"싫어요."

"싫어도 어쩔 수 없어."

"그런 말로 나한테 명령하지 마요!"

명령을 듣는 건 마카레나 백작 밑에서 클레이엔의 대역으로 살 때 충분히 했다.

"난 당신 부하가 아니야."

카루나는 아랫입술을 깨물며 라크안을 올려다보았다. 주변이 어두워 눈가가 빨개진 게 들키지 않아 다행이라는 생각이 들다가도, 저 잘난 늑대가 어둡다고 이걸 못 볼까 싶어서 짜증이 났다.

"이건 명령이 아니라……."

라크안이 단호하게 말하다 말고 픽, 웃었다.

"그래, 그대는 내 부하가 아니지."

그 웃음이 쓸쓸하게 느껴지는 건 카루나만의 느낌은 아니리라.

"진정해, 카루나."

나직한 저음으로 불리는 카루나. 세 음절의 그 단어에 심장이 덜컹, 내려앉았다.

"라안 님? 잠깐, 잠깐만요."

"그래, 네 말대로 잠깐. 잠깐이야. 잠깐 떨어져 있는 것뿐이야. 잊었어? 네가 잘하는 거잖아."

"내가 언제……."

카루나는 무슨 말을 하는 건지 모르겠다고 반박하려다 말고 입을 다물었다.

카루나가 클레이엔의 대역으로 활약하며 라크안과 대립하던 시절. 일을 하나 저질러 라크안의 정신을 쏙 빼놓은 다음 전혀 생뚱맞은 곳에서 또 일을 터트리곤 했다. 라크안은 '저 빌어먹을 여자!'라고 분통을 터뜨리며 양쪽 일을 수습하느라 애써야 했다. 카루나는 라크안이 우왕좌왕하는 걸 보며 웃음을 터뜨리고 즐거워했다.

물론 라크안이 끝내 모두 수습해 내는 걸 보며, 카루나 역시 뒤늦게 분통을 터뜨리곤 했다. '자기가 개야? 늑대야? 왜 저렇게 냄새를 잘 맡아? 그렇게 금방 알아차리고 해치우면 어떡해! 내가 얼마나 오래 준비한 건데!'라고. 라크안은 그 케케묵은 시절 이야기를 꺼내고 있는 것이었다.

'양동 작전을 쓰겠다고?'

카루나가 생각하기 무섭게.

"양동 작전을 쓰는 거야. 나와 그대가 둘로 갈라져 도망치면 분명 그대를 쫓아갈 거야. 내가 여기 남아서 난동을 부려 시선을 끄는 동안 최대한 멀리 도망가. 나도 곧 뒤따라갈 테니까."

"이러기에요?"

"내가 뭘?"

"그렇게 내가 최고로 못돼 먹은 시절 이야기 꺼내?"

"그렇게 최악은 아니었어."

"뭐야, 그럼 지금도 그때만큼 못돼 먹었으니, 그때가 최악이 아니었다는 말이에요?"

"아니, 그런 게 아니라⋯⋯."

이번엔 라크안이 말을 하다 말고 꿀 먹은 벙어리가 됐다.

사실, 그때도 카루나를 정말 싫어하거나 하지 않았다. 예전에는 카루나를 볼 때마다 울컥하고 치솟는 감정이 분노와 짜증, 증오 같은 거라고 생각했다. 하지만 지금 와서 생각해 보면, 그 감정에 그런 이름표는 어울리지 않았다.

처음 느껴 보는 감정이라 몰랐던 것이다. 보는 것만으로도 피가 끓고 심장이 터질 것 같은 이 감정이, 증오나 분노 따위가 아니라는 걸.

그때는 몰랐지만 이제는 안다. 그래서였다. 카루나를 지킬 수 있다면, 다른 남자 품에 갇히는 걸 막을 수만 있으면, 무슨 짓이든 할 수 있었다. 설령 카루나의 미움을 받게 되더라도.

'카루나가 날 미워한다?'

생각만으로 심장이 지끈지끈 아려 왔지만. 카루나가 다른 남자의 품에 안기는 걸 보느니 이편이 나았다.

"그게 아니면 뭔데요? 끝까지 말해 봐요. 말 못 하겠어요? 그러면 당장, 아무 말도 하지 말고 내 말대로 해요. 당신은 나한테 명령 못 내려. 명령해야 한다면 내가 당신한테 할 거예요. 두고 봐, 난 반드시 당신과 함께 탈출할 거야! 누구 마음대로 헤어져? 절대 용서 못해!"

카루나는 제 분노를 드러내기 위해 발을 굴렀다. 목소리를 죽이고 조곤조곤 말하는 것만으로는 부족하다 여긴 것이었다. 라크안은 그런 카루나를 내려다보며 웃었다.

제 눈앞에서 서 있는 카루나가 좋았다. 보는 것만으로 좋았고, 살아서 다치지 않은 모습으로 있는 것만도 좋았다. 눈에 거슬리는 건, 자신이 아닌 다른 남자가 준 옷을 입고 있다는 정도?

'어째서 처음 보자마자 깨닫지 못한 걸까.'

사랑하는 게 아니고 증오하는 거라고, 기쁜 게 아니라 화가 나는 거라고 생각했던 걸까. 왜 좀 더 일찍 알아차리고 지켜 주지 못했을까. 이렇게 사랑스럽고 어여쁜데.

"카루나, 다치면 안 돼. 알았지?"

라크안의 목소리가 부드러워졌다. 지금까지 단 한 번도 듣지 못했던 목소리였다.

"다치긴 누가 다쳐요! ……어?"

카루나는 뒤늦게 그걸 알아차리고 눈을 깜박였다.

"세나, 당장 카루나를 데리고 떠나."

라크안이 카루나를 밀어내며 세나에게 손짓했다. 라크안의 상냥한 목소리에 놀라 잠시 굳어 있던 카루나가 퍼뜩, 고개를 들었다.

"그러기만 해 봐요. 다 같이 탈출 못 하면, 아무도 탈출 못 해. 내가 고래고래 소리 질러서, 우리가 탈출하려고 한다고 다 알려 버릴 거야."

카루나가 대뜸 라크안에게 달려들었다. 절대 떨어지지 않겠다는 듯 라크안의 팔을 꼭 끌어안고 매달렸다. 팔에 말랑말랑하고 따뜻한 감촉이 닿았다. 라크안은 나직이 신음하며 이를 악물었다. 남은 한 손이 허공에 어정쩡하게 들렸다. 감히 카루나를 끌어안지도, 떼어 내지도 못했다. 그때였다.

세나의 귀가 쫑긋했다.

"라안 님."

세나가 바깥을 경계하며 라안을 불렀다

"젠장."

방금 전까지 어쩔 줄 몰라 하던 붉은 눈이 단단해졌다.

"경, 그걸 내게 줘."

라크안이 세나에게 손짓했다. 세나는 품속에서 새끼손가락만 한 병을 꺼내 던졌다. 라크안은 그것을 가볍게 받아 들고, 이로 마개를 비틀어 땄다. 퐁- 하는 소리를 들은 카루나가 고개를 들자.

"카루나."

라크안이 카루나에게 잡혀 있던 손을 빼냈다.

"싫어, 싫다고 했잖아요!"

다시 팔을 잡으려고 달려드는 카루나의 어깨를 강하게 끌어안았다.

"……라안 님?"

"한 번쯤은 내가 널 지키게 해 줘. 내가 널 구해야 네가 내 반려이고 내가 네 반려라고 주장할 수 있지 않겠어?"

라크안이 카루나의 귓가에 입술을 대고 속삭였다. 의도한 게 아닌 척, 카루나의 귓불에 살짝 입을 맞춘 건 라크안만의 비밀이었다.

"그게 무슨……."

카루나는 라크안의 말을 이해하지 못했다. 그런 카루나에게 라크안은 한 번 더 속삭였다.

"나는 그댈 사랑해."

이렇게 어둡고 차가운 곳에서 말하고 싶지 않았지만.

"할 수만 있다면 평생 함께하고 싶었어."

이렇게라도 말하고 싶었다.

"……."

카루나는 돌처럼 굳어 버려서는 눈만 깜박였다.

'이 사람이 나를, 좋아한다고 말한 거야? 지금?'

놀랐다. 자신이 라크안을 좋아하듯, 라크안 역시 자신에게 호감을 가지고 있다는 자각 정도는 있었다. 그러니 그 점은 놀랍지 않았지만. 다른 의미로 놀라 버렸다.

평생 눈치를 보며 살아왔는데, 설마 그 정도도 눈치채지 못할까. 그저 모르는 척하고 있었을 뿐이다. 그게 편하니까. 그래야 좀 더 라크안의 곁에 오래 있을 수 있을 것 같아서.

왜?

'왜냐니. 이 사람은 바이켈드 공작이야. 난, 나는…….'

가짜니까 곁에 있을 수 있는 것이었다. 가짜 약혼녀니까, 가짜로 라크안의 사랑을 받는 거니까, 가짜로 라크안을 사랑하는 척 꾸미고 있는 거니까.

그의 옆자리에 서기 위해서 갖춰야 하는 기본적인 것들.

예를 들면, 훌륭한 귀족 부모, 유서 깊은 가문. 흠 잡을 것 없이 완벽한 행동거지와 교양. 밤마다 잠들지 못하고 괴로워하는 라크안을 따뜻하게 보듬어 안고 위로해 줄 수 있는 상냥한 성품 같은 것들이 없어도 괜찮았다.

비참해지지 않아도 되었고, 자신이 그에게 얼마나 부족한 사람인지 모르는 척할 수 있어서 좋았다.

그런데 라크안이 그 선을 너무 쉽게 넘어와 버렸다. 하필이면 지금. 카루나가 내내 마음속에 숨겨 놓고, 실수로라도 흘릴까 염려했던 그 마음을 아무렇지 않게 드러냈다.

"좋아해, 계속 좋아해 왔어. 정말로 좋아해."

처음 한 번이 그토록 어려웠던 걸까. 라크안은 쉼 없이 말했다. 그간 못다한 말을 유언으로라도 남기려는 듯이. 카루나는 그런 라크안을 물기 어린 눈으로 노려보았다.

"입 닥쳐요. 말하지 마. 아무 말도 하지 마."

카루나라고 그에게 사랑 고백을 받는 날을 꿈꿔 본 적이 없을까. 여러 번 상상해 보았고, 혼자만의 상상으로 남기고 설레는 마음마저 단단히 감추곤 했지만. 그 어떤 상상도 오늘의 현실처럼 초라하고 화가 났던 적이 없었다.

"좋아해. 정말로 좋아해."

"하지 마! 하지 말라고!"

카루나가 손으로 라크안의 입을 막으려 했다. 라크안은 그 손바닥에 입을 맞췄다. 카루나가 화들짝 놀라 손을 빼내자 쫓아가 그녀의 어깨에 입을 맞췄다. 흠칫, 떨리는 어깨에 작게 숨을 내쉬고는 고개를 들어 카루나의 귓가에 속삭였다.

"살아서 제국으로 돌아간다면 내가 가지고 있던 모든 것이 다 그대 앞으로 상속될 거야. 제국은 안전해. 황태자 전하와 철십자 기사단이 그댈 지켜 줄 테니까."

어쩌면, 툭하면 발작이나 일으키고, 이상한 약을 주워 먹고 귀족 영애에게 납치나 당해 구해 줘야 하는 돌연변이 늑대와 함께일 때보다 안전할지도 모른다.

"네가 새로운 바이켈드 공작이 되는 거야."

어째서 고작, 남겨 줄 수 있는 게 이것밖에 없을까. 라크안은 그게 아쉬웠다.

"세상에서 가장 아름다운 것, 귀한 것, 모든 것을 네게 주고 싶었는데."

"미안하면 같이 가요. 가서, 제대로 다시 말해요. 나 지금 들은 건 못 들은 걸로 할 거예요. 화려하게, 달콤하게 다시 말해 줘. 보석을 가득 쌓아 놓고 꽃을 품에 가득 안고 와서 무릎을 꿇고 말하라고. 제국 모든 귀족들이 보는 앞에서. 그러니까 같이 가요. 같이 도망, 읍!"

라크안이 카루나에게 입을 맞췄다. 그가 들고 있던 병을 떨어뜨렸다. 빈 병이 바닥에 부딪쳐 깨졌다.

"……!"

꿀꺽. 카루나는 그의 혀를 타고 넘어 오는 액체를 무심결에 꿀꺽 삼켰다. 라크안과 입 맞췄다는 것에 당황할 새도 없이, 지독한 맛이 입 안과 목구멍을 덮었다.

"우욱!"

카루나는 두 손으로 라크안을 밀치고는 헛구역질을 했다. 결코 라크안과의 입맞춤이 싫어서가 아니었다. 얼결에 받아 마신 액체가 너무 썼다. 혀가 마비된 것같이 굳고 목구멍이 썩어 들어가는 것처럼 아파올 정도로. 그런데 그 맛은, 어딘가 모르게 익숙했다.

"……!"

어떻게 이 맛을 잊을 수 있을까.

"어, 떻게⋯⋯!"

카루나가 황망히 라크안을 올려다보았다. 퉷. 라크안은 제 입 안에 남은 액체를 뱉어 내고 있었다.

"아!"

카루나는 토해야 한다는 생각이 들었다. 생각이 든 즉시 손가락을 입 안에 밀어 넣었다. 목구멍을 찔러서라도 토하리라, 그리 생각했건만. 어느새 등 뒤로 다가온 세나가 카루나의 손을 빼냈다.

"놔, 이거 놔!"

카루나는 몸부림쳤으나 소용없었다. 녹색 눈이 두려움에 흔들렸다.

'그럼, 차라리⋯⋯.'

아예 탈출을 포기하리라. 라크안을 두고 갈 바에야 여기서 잡혀 함께 다음번을 기약하는 게 나았다.

그녀의 생존 본능은 이번에, 라크안의 말대로 하는 게 맞다고 말하고 있었다. 라크안을 버리고, 이 약의 힘을 이용해야 한다고. 그래야 도망갈 수 있다고. 하지만 카루나는 그 본능이 가리키는 대로 하고 싶지 않았다. 오직 살아남는 게 목표였던 삶에서 처음으로, 생존보다 중요한 게 생겼다.

라크안. 이 쓸데없이 잘생긴 늑대를, 놔둘 수가 없었다.

"아악!"

카루나는 입을 벌려 비명을 지르려고 했다. 모닥불에서 노닥거리고 있는, 늘어질 대로 늘어진 올벤인들이 깜짝 놀라 펄쩍 뛸 정도로 크게 비명을 지르리라. 그리 마음먹었건만.

"읍!"

그 역시 세나에게 막혔다. 세나는 남은 한 손으로 카루나의 입을 틀어막 았다.

"우윽!"

카루나는 세나의 손을 깨물었다. 정말 아플 정도로 세게 깨물었는데도, 세나는 손을 치우지 않았다.

"으읍 읍!"

"세나 경, 어서 가게."

라크안이 그런 카루나에게 눈을 떼지 못하며 말했다.

"명을…… 따르겠습니다."

세나는 즉시 돌아 섰다.

'싫어, 싫어어!'

카루나는 세나의 손가락을 깨물며 발버둥 쳤다. 손가락이 찢겨 피가 흘렀다. 그 핏물은 고스란히 카루나의 입 속으로 흘러들었다. 그래도 세나는 카루나를 놓지 않았다. 문을 열고 나가기 전, 세나가 잠시 머뭇거리다가 억눌린 목소리로 말했다.

"부디, 죽지 마십시오."

"죽어? 내게 하는 말인가?"

라크안이 이를 드러내며 웃어 보였다.

"이런 곳에, 저놈들을 남겨 두고 내가 죽을 리가."

죽는다 해도 아무도 감히 카루나를 뒤쫓지 못하게 물어 죽이고 찢어발긴 뒤에야 죽을 것이다. 잠자코 있지 않으면 카루나에게 해코지하겠다는 시스의 협박이 통하는 것도 딱, 지금까지였다.

세나는 피부에 따갑게 와닿는 살기를 느끼고는 고개를 끄덕였다. 자신이 무슨 말도 안 되는 생각을 하고 있었는지 깨달은 것이다. 다른 늑대고 아니고, 저 늑대를 걱정하고 염려하다니. 개미가 인간을 걱정해 주는 꼴이었다.

라크안이 변방을 떠돌 때, 세나는 잠깐 그와 함께했던 적이 있었다. 그가 어떻게 변방의 적들을 죽이고 그 시체를 갈가리 찢어 피의 강을 만들고 시체의 산을 쌓았는지 두 눈으로 직접 보았다. 세나는 죄책감을 덜고, 망설임 없이 카루나를 데리고 떠났다.

* * *

라크안은 다시 혼자가 됐다. 적막이 그의 몸을 감쌌다. 이제야 라크안에게도 그 기척이 느껴졌다.

철창은 시스 일행의 천막과는 꽤 떨어진 곳에 놓여 있었다. 예민한 세나는 시스의 무리가 모닥불에서 어정쩡하게 일어서 이쪽을 봤을 때 그들의 움직임을 느꼈다. 이제, 그들이 어느 정도 철창에 다가와 있었다.

라크안은 밖의 기척에 신경을 곤두세우면서도, 방금 제 품 안에서 날아가 버린 카루나를 생각했다. 좋아한다는 말을 듣고 커지던 눈. 그래도 같이 탈출하자고 간절히 말하던 그 작고 도톰한 입술.

그 입술에 닿는 순간, 라크안은 이대로 당장 죽고 싶다고 생각했다. 입 안에 머금은 약의 쓴맛 따위는 느껴지지 않았다. 그걸 이길 만큼 보드랍고 달콤한 감각이 카루나의 입술에 있었으니까.

퉷- 라크안은 다시 한 번 입에 고인 침을 뱉었다. 혹시라도 약을 먹게 될까 봐 침을 삼키지도 않고 있었다.

'어째서인지 카루나에게만 통한다고 하니, 괜찮겠지만. 혹시 모를 일이니까.'

세나의 반려는 우리겐 길튼. 카루나에게 어린아이가 되는 마법의 물약을 만들어 주었던 마법사였다. 그는 세나에게 자신의 연구 업적을 전부 주저리주저리 말해 주었고, 세나는 그걸 모두 라크안에게 보고했다.

라크안과 세나는 카루나 몰래 우리겐에게 연구를 계속할 것을 요구했다. 어차피 바이켈드 공작저에 갇혀 있는 몸. 무료하게 책이나 읽어 대던 마법사는 충분한 연구비를 지원하고 연구실을 만들어 주겠다는 말에 홀딱 넘어왔다. 그는 카루나에게 주었던 것과 같은 마법의 약을 여러 개 만들어 라크안에게 바쳤다.

라크안은 그걸 철십자 기사들에게 먹였다. 숲의 일족 피가 섞이지 않은 보통의 제국민들에게도 먹였다. 하지만 누구도 카루나처럼 어려지지 않았다.

"왜지?"

왜 카루나에게만 통했을까. 라크안이 약을 만든 마법사에게 질문했다. 마법사는 우물쭈물 변명을 늘어놓았다.

"원래부터 이 약은 미완성입니다. 가장 중요한 재료가 하나 빠져 있었거든요. 그건 바로, 현자의 돌입니다. 생명의 기운으로 가득 찬 피의 돌."

"그래서?"

"흠, 제 추측이긴 한데, 혹시나 그분이 현자의 돌을 가지고 있는 게 아닌지…… 그, 그렇지 않고서는 도무지 설명이 되지 않습니다. 진짜입니다. 제연구는 완벽합니다. 우연이란 변수는 존재하지 않습니다."

말하는 본인도 말도 안 되는 소리라고 생각하는 게 분명했다. 라크안역시 우리겐의 말을 한귀로 듣고 한 귀로 흘렸다. 그러고는 카루나에게 줬던 것과 완전 똑같은 약을 만들도록 했다.

"이걸 항상 소지하고 있도록."

라크안은 그걸 세나에게 주었다. 혹시 모를 때를 대비한 것이었다.

'설마 오늘 같은 날이 올 줄은 몰랐지만.'

라크안은 쓰게 웃었다.

"부디, 그 약이 또 통하길 바랄 수밖에."

카루나가 어린아이가 된다면, 탈출하는 게 좀 더 쉬우리라. 요행에 기대는 꼴이지만. 사실, 라크안은 그 약에 그리 큰 기대를 걸지는 않았다. 라크안이 믿는 건 따로 있었다.

바로, 자기 자신. 카루나를 떠나보내고 홀로 남은 자신.

카루나는 약을 먹었고 세나와 함께 떠났다. 그쪽의 일은 세나가 잘 헤쳐나갈 터였다. 이제 라크안은 그 둘이 충분히 멀리 도망갈 수 있을 때까지 시간을 벌어야 했다. 아니, 단지 시간을 버는 것으로만 끝나지는 않을 것이다. 그들이 영원히 카루나를 뒤쫓지 못하도록 다 죽여 버리리라.

라크안은 제 두 손을 바라보았다. 무엇이 그리 두려운지, 사슬로 칭칭 감아 놨다. 그리 버겁지는 않지만, 그건 라크안이라서 그럴 뿐이었다. 만약 보통의 기사였다면 이 사슬의 무게에 짓눌려 이미 옛적에 죽었을 것이다.

카루나는 이 사슬을 보고도 함께 탈출하자고 했다. 절실하게 매달리던 그녀의 목소리, 팔에 닿던 감촉, 코로 맡았던 향기 등이 선명했다.

라크안은 카루나가 혼자 철창으로 왔을 때를 떠올렸다. 카루나가 잘못되는 상상을 하는 것만으로 눈앞이 시꺼멓게 변하며 흉포한 기운이 치밀었다.

그건 그가 발작을 일으킬 때마다 늘 겪었던 느낌이었다. 라크안은 숨을 크게 들이쉬며 그 기운을 끄집어내려고 했다. 방법은 너무 쉽고 간단했다. 카루나가 자신처럼 철창에 갇혀 있는 모습을 상상하는 것만으로도 충분했다.

부드러운 입술이 찢겨 피가 흐른다. 옷이 찢어진다. 한 팔로 감고도 남았던 얇은 허리가 드러난다. 그 허리에 길게 채찍 자국이 나 있다. 미처 치료받지 못해 피가 흘러내린다. 가느다란 팔과 다리엔 자신처럼 쇠사슬이 칭칭 감겨 있다.

그렇게 만신창이가 되어 쓰러진 카루나가 이쪽을 보며 느리게 깜빡, 눈을 감았다 뜬다. 녹색 눈이 흐릿하다. 그 눈가에 눈물이 고여 주르륵- 흘러내린다.

크르르- 라크안의 입가에서 짐승의 울음이 새어 나왔다. 두 눈은 이미 짐승의 눈으로 변한 지 오래였다. 어둠 속에서, 핏빛 눈이 빛났다. 그리고.

철창을 덮고 있던 천이 단번에 걷혔다. 밖에는 올벤인들이 서 있었다. 하나같이 살기 어린 표정이었다. 제일 앞에는 시스와 올가가 서 있었다. 그들의 팔과 허벅지에 보이는 뭔가에 찔린 상처. 급한 대로 대충 지혈하고 천으로 동여맨 듯한데, 피가 배어나고 있었다. 그 피 냄새가 라크안을 자극했다.

'역시 안 통했나 보군.'

세나는 워낙 기척에 예민하다 보니 기습전에 특화되어 있어 언제든 적에게 쓸 수 있도록 약간의 독과 수면제를 항상 들고 다닌다. 라크안은 세나에게 카루나를 만나러 가기 전, 모닥불에 접근해 술과 음식에 수면제를 타라고 지시했다.

수면제 양이 적어 모두를 오래 재울 수는 없겠지만 카루나와 세나가 도망칠 시간 정도는 벌어 줄 수 있으리라 생각했건만. 올벤인들은 제 몸에 상처를 내 약 기운을 몰아낸 듯했다.

"비겁한 늑대!"

"감히 음식에 독을 타다니."

라크안을 노려보는 올벤인들의 눈빛이 흉흉했다.

"평화 조약을 맺는다며 남의 나라에 기어들어 와 뒤통수를 친 건 어느 나라의 비겁한 인간들이지?"

라크안이 피식, 웃으며 말을 되돌려 주었다. 올벤인들은 격분하며 창으로 라크안을 찌르려고 했다. 시스가 손을 들어 그들을 저지하지 않았다면, 라크안은 금세 고슴도치가 되었을 것이다.

"……혼자군."

시스는 인상을 찌푸리고 라크안을 바라보았다. 올가는 철창 주변을 주의 깊게 둘러보고 있었다. 당연히 라크안과 카루나가 함께 있을 거라고 생각한 듯했다. 아니면 둘 다 없거나.

"설마 널 버리고 간 건가?"

시스가 믿을 수 없다는 듯 물었다.

"아니."

라크안이 사납게 웃으며 두 팔에 힘을 주었다.

"내가 남은 거지."

족쇄가 힘을 버티지 못하고 부서졌다.

"이런."

시스가 한 걸음 뒤로 물러서며 물의 능력을 끌어 올렸다. 곧바로 물줄기가 나타나지는 않았다. 이곳은 사막. 물이 풍부한 남쪽이 아니었다. 땅과 하늘의 물을 쥐어짜 북쪽 끝에 모아 둔 지 천 년이 지났으니, 비쩍 마른 사막은 시스의 부름에 쉬이 응답하지 못했다. 능력이 발현되기까지 시간이 더딜 뿐 아니라 그 위력도 미약했다.

그사이, 라크안은 저를 속박하던 사슬을 부수고 철창에 몸을 부딪쳤다. 콰앙- 철창이 찌그러지며 크게 흔들렸다. 올가가 느슨하게 쥐고 있던 창을 꽉 쥐며 휘파람을 불었다. 휘익- 그 소리에 맞춰, 올벤인들이 뒤로 물러섰다. 창을 어깨에 얹고, 당장이라도 라크안에게 달려들 준비를 마쳤다.

시스는 올가가 건네는 창을 움켜잡으며 쯧, 혀를 찼다. 겨우 끌고 온 물이 그의 창을 감쌌다.

'고작 한 달 남짓 머물렀을 뿐인데. 남쪽에 익숙해져 버렸던 건가.'

오아시스 근처가 아니면 물을 구경도 못하는 메마른 사막. 이곳에서 평생 나고 자랐건만. 잠깐 머물렀을 뿐인 남쪽에 익숙해져 버린 모양이었다.

남쪽은 물이 넘치는 풍요로운 땅이었다. 고개만 돌려도 물이 찰랑이는 호수와 연못, 분수대 따위가 잔뜩 있었다. 적절하게 습기가 찬 공기는 숨을 쉴 때마다 폐를 촉촉하게 적셔 왔다. 물을 다루는 능력을 가진 시스에게는 천국과 같은 곳이었다.

그는 그곳에서 마음대로 물의 힘을 쓸 수 있었다. 능력을 쓰면 쓸수록, 안 그래도 메마른 땅을 더 메마르게 만드는 것 같은 죄책감을 느끼지 않아도 됐다.

그러나 그 기쁨은 올벤 국경에 들어서는 순간, 사라졌다. 그의 땅은 메마른 사막이었고, 오아시스가 아닌 곳에서 물의 능력을 쓰기 위해서는 능력을 쥐어 짜내야 했다.

'설마, 사막에 들어서자 철창을 감싼 내 힘이 약해진 걸 느낀 건 아니겠지?'

시스는 라크안을 노려보았다. 당연한 말이지만, 사막에 들어서면서부터 철창을 감싼 물의 힘이 약해졌다. 그나마 작은 오아시스에서 물을 보충

하지 않았다면 철창을 유지하기 힘들었을 것이다.

가장 힘이 약해진 것은 왕궁이 있는 도시에 입성하기 직전인 오늘. 내일 왕성에만 들어간다면, 성 밑에 흐르는 거대한 오아시스를 기반 삼아 물의 능력을 마음껏 쓸 수 있었을 것을. 이 하룻밤을 못 버티고 카루나가 탈출 시도를 했다.

'사막에 처음 발을 들이는 늑대가 내 능력이 약해진 틈을 알아차리고 일을 벌였다고?'

라크안을 바라보는 보라색 눈동자가 서늘하게 가라앉았다.

'감히.'

창을 삼싼 불이 소용돌이를 일켰다. 라크안은 제게 명백한 적의를 보이는 보랏빛 눈을 보며, 그가 자신에게서 카루나를 빼앗아 갔을 때를 떠올렸다.

심장이 타들어 갈 듯 아파왔다. 카루나를 만졌을 손을 부러뜨리고, 카루나의 이름을 마음껏 불렀을 입을 찢어 놓지 않으면, 사그라들지 않을 고통이었다. 거기에 더해서.

라크안은 그 날, 경험했던 것을 떠올렸다. 자신 말고 카루나가 철창에 갇혀 있다는 걸 상상하는 것만으로도 발작 비슷한 상태가 될 뻔했다. 카루나가 손을 잡아 주지 않았다면 정말 발작을 일으켰을지도 모른다.

그 경험이 라크안을 일깨웠다. 그간 잠잠했던 발작을 일으키는 건 그리도 쉬웠다.

'그런 내가 싫었지.'

툭 하면 발작을 일으키고, 피를 봐야 겨우 진정하는 몸이 저주스러웠다. 그래서 그동안은 어떻게 하면 발작을 억누를 수 있을지만 고민했다. 반려를 만나면 발작을 멈출 수 있다는 게 생을 지탱하는 유일한 희망이었다.

평생토록 반려를 만나길 소망했고, 얼굴도 이름도 모를 반려를 그리워했다. 그러면서 죽지 못해 사는 삶을 살아왔건만. 이제, 라크안은 차라리 자신이 발작을 일으켜 피 맛을 즐기는 늑대인 것에 감사했다.

'다른 건 다 헛된 꿈이었지만, 그래도 하나만은 이뤘군.'

그저 내가 사랑하는 사람을 지킬 수 있을 정도의 힘을 가지는 것.

물의 창을 손에 쥔 시스를 마주하며, 라크안은 이를 드러내 웃어 보였다. 그리고 그 날을 떠올렸다. 날카로운 발톱으로 카루나의 어깨와 가슴을 할퀴었던 그 날. 여린 살이 찢기고, 뜨거운 피가 발톱을 적셨던. 녹색 눈이 빛을 잃고 천천히 감기던 그 모든 순간이 끔찍하리만치 선명했다.

단 한순간도 잊은 적이 없었다. 카루나가 생글생글 웃으며 옆에 있어 주었기에, 아예 없었던 일이었다는 양 외면하고 있었을 뿐.

참담하고 절망스러웠던 그 날.

'……카루나.'

그의 세상은 빛을 잃었다. 카루나로 인해 알게 된 기쁨과 행복. 그것이 사라진 텅 빈 자리를 가득 채우는 것은 허무. 끝없는 어둠과 같은 그것이 원하는 건…… 피, 죽음, 그리고 살육.

탐욕스럽고 적나라한 날것의 어둠.

그는 기꺼이, 그 어둠에 몸과 마음을 내던졌다. 붉은 눈이 핏빛으로 물들었다. 순간, 주변의 공기가 바뀌었다.

"……!"

시스와 올가, 몇몇 올벤인들은 그 변화를 예민하게 알아차렸다. 하지만 알아차렸다고 막을 수는 없었다. 철창에 갇힌 사내는 이미, 제가 스스로 불러온 발작에 먹혔으니까.

크아악!

헐벗은 사내의 몸이 단번에 늑대로 변했다. 반쯤 부서진 철창은 날뛰는 늑대를 더는 붙잡아 두지 못했다. 철창이 산산이 부서졌다. 가장 앞에 서 있던 올벤인 둘이 달려들었다.

"멈춰!"

올가가 그들을 말렸으나 이미 늦었다. 늑대가 사나운 이를 드러내며, 올벤인 둘을 짓밟았다.

"아악!"

"사, 살려-!"

뼈가 부서지고 살이 찢겼다. 메마른 모래 바닥에 붉은 피가 터졌다. 그 피는 곧바로 모래 속으로 스며들었다가 시스의 창으로 몰려들었다. 시스의 창이 붉게 물들었다. 피를 뒤집어쓴 늑대가, 철창의 잔해를 짓밟으며 포효했다.

검은 하늘. 하얀 달. 차가운 모래. 이토록 적막한 세상에 광포한 늑대 한 마리가 우뚝 섰다.

올벤인들은 그 늑대의 살기 어린 기세에 눌려, 대열을 흐트러뜨리며 주춤주춤 물러섰다. 가장 먼저 정신을 차린 건 시스였다. 시스는 저도 모르게 뒤로 물러선 것을 깨닫고는 이를 갈았다.

"정신 차려라. 아탈라의 위대한 전사들이, 고작 늑대 한 마리에게 겁을 먹고 도망치려 하는가!"

그는 호통을 치며 다른 올벤인들의 정신을 깨웠다.

"모두, 대열을 흐트러뜨리지 말고 공격하라."

시스가 올벤인들을 밀치며 앞으로 달려 나가려 하자.

"안 됩니다!"

올가가 그를 붙잡았다.

"놔."

"제가, 제가 하겠습니다."

"올가, 너야말로 물러서라."

시스는 올가의 손을 쳐내고, 오히려 올가의 손에서 창을 빼앗았다.

"이곳을 내게 맡기고 숲의 심장을 뒤쫓아."

"하지만!"

"명령이다."

시스는 고개를 돌려 날뛰는 늑대를 바라보았다. 시스의 손짓에 올벤인들이 늑대에게 달려들었다.

"여긴 내가 맡는다. 설마, 내가 한낱 돌연변이 늑대에게 당하리라 생각하는가?"

양손에 창을 잡고 선 시스가 올가를 보며 물었다.

"……아닙니다, 왕께서는 아탈라의 피를 이으신 최고의 전사. 누구도 당신을 죽일 수 없습니다."

올가가 울 것 같은 표정으로 말했다. 시스는 그녀의 눈빛을 외면했다.

"어서 가라, 늑대가 저렇게 날뛰는 걸 보니 필히 시간을 벌 속셈. 분명 멀리 가지는 못했을 거다."

"……."

"너를 믿어서 보내는 거야. 올가. 숲의 심장을 되찾아 와라. 다시 내 손 안으로 가져 와."

"……명을 받듭니다."

올가는 입술을 깨물고는 돌아서 달려 나갔다. 시스는 마치 올가가 달려간 길을 지키려는 듯 우뚝 서서 늑대를 바라보았다. 가장 먼저 정신을 차린 건 시스였다. 허공에서 두 사람의 눈이 마주쳤다. 피에 미친 붉은 눈과 더는 물러날 곳이 없는 보랏빛 눈.

그게 신호였다. 늑대가 거추장스러운 올벤인들을 뛰어 넘어, 곧바로 시스에게로 달려들었다.

"그래, 내게 와라. 늑대."

시스는 양 손에 든 창으로 겨누며 이를 드러냈다.

늑대와 서쪽의 왕이 맞붙었다.

* * *

세나는 카루나를 끌고 낙타가 있는 곳으로 갔다. 나름 탈출 시도를 막으려고 생각에서 낙타 무리를 철창과 정반대 편에 묶어 둔 듯한데. 그 덕에 라크안이 있는 쪽으로 사람들이 몰린 지금, 이곳은 텅 비어 있었다. 낙타를 지키는 이가 아무도 없어 훔치기 수월했다.

낙타 무리 앞에 서서, 세나는 낙타와 카루나를 번갈아 바라보았다. 낙타를 훔치려면 카루나를 잠시 내려놓아야 하는데. 그사이 카루나가 무슨 짓을 할지 두려운 듯했다.

"……저는 아가씨를 기절시키고 싶지 않습니다."

세나가 우울한 목소리로 속삭였다. 가만히 있지 않으면 뒷목을 쳐서라도 가반이 있게 만들겠다는 상냥한 경고였다. 카루나는 잠자코 고개만 끄덕였다. 그래도 미심쩍은지, 세나는 허리끈을 풀어 제 손목과 카루나의 손목을 묶었다. 그러고는 조심히 카루나를 놔주었다.

카루나는 가만히 서서 세나에게 자신이 얼마나 얌전히 있을 수 있는지 보여 주었다. 세나는 다시 한 번 카루나에게 부탁하고는, 돌아섰다. 카루나는 자유와 얄팍한 믿음을 얻은 후 손가락으로 목구멍을 찔렀다.

켁, 켁. 우엑. 조금 전, 마신 물약을 토해 내려 했지만 마른 헛구역질만 나왔다.

'이대로 다시…… 어린 아이가 되는 거야? 그래서 세나 경에게 얹힌 짐 덩이가 되어 제국으로 돌아가라고?'

싫었다. 하지만 어찌할 방도가 없었다. 부디 이번에야말로 이 마법의 물약이 효력을 발휘하지 못하기를 바라는 것밖에는. 카루나는 이를 악물고 발을 굴렸다. 차랑- 손목에 찬 물의 팔찌가 흔들리며 영롱한 소리를 냈다. 그 소리를 듣는 것만으로도 소름이 돋았다. 그때였다.

크아아-

짐승의 울음소리가 들렸다.

"……!"

카루나는 뒤를 돌아보았다. 천막에 가려져 그 너머의 모습이 보이지 않았다.

'가야 돼.'

머릿속엔 단 하나의 생각뿐이었다. 하지만 생각일 뿐. 카루나는 채 열 발 자국을 뛰기도 전에 끈에 걸려 넘어졌다. 곧바로 일어나 세나를 돌아보았다.

"⋯⋯."

세나는 말없이 고개를 저었다.

"차라리, 날 여기 두고 경이라도 돌아가서 같이 싸워 줘요. 난 여기 숨어 있을게요. 그럼 되잖아요. 세나 경이랑 저 사람이랑 둘이 함께라면 다 무찌를 수 있잖아요. 제발!"

"아가씨.("

세나가 참담한 표정을 지으며 카루나에게 다가왔다. 카루나는 엎어진 채로 뒷걸음질 쳤으나 바로 붙잡혔다. 세나는 낙타 두 마리를 끌어내고, 보초의 것이었을 수통과 망토까지 챙긴 상태였다. 세나는 카루나를 억지로 낙타에 앉혔다.

"세나 경, 그마⋯⋯ 우읍!"

카루나가 소리를 지르려고 하자, 손목을 묶었던 손으로 입을 막았다. 여분의 밧줄을 찾아 카루나를 낙타 위에 단단히 묶었다.

"으읍!"

"죄송합니다, 아가씨. 벗어날 때까지만 이렇게 부탁드립니다."

세나는 망토까지 꼭꼭 여며 주고는 카루나가 탄 낙타의 재갈을 한 손으로 움켜쥐었다. 세나는 금방 낙타 다루는 법을 감 잡았다. 두 마리 낙타를 능숙하게 몰아 시스 일행의 막사를 등졌다.

등 뒤에서 늑대의 포효, 금속이 부딪치는 소리와 비명 소리가 들렸다. 세나는 뒤를 돌아보지 않았다.

"앞만, 앞만 보십시오."

카루나가 뒤를 돌아보려고 할 때에도 억지로 앞을 보도록 했다. 등 뒤에서는 늑대의 비명이 끊이질 않았다. 그게 꼭, 자신을 부르는 것 같아서. 어디 있냐고, 왜 자신의 곁에 없냐고 외치는 것 같아서, 카루나는 도무지 감당할 수가 없었다.

'차라리 귀가 멀면, 그래서 저 소리를 못 들었다면, 그럼 괜찮았을까?'

어느새 녹색빛의 두 눈이 눈물로 흥건해졌다.

"흐으… 으……."

"울지 마십시오. 쉽게 탈수됩니다. 중간에 작은 물웅덩이라도 만나면 다행이지만, 아니라면 이 하나로 열흘 가까이를 버티셔야 합니다."

세니가 수통을 가리키며 카루나를 달랬다. 그 목소리에서 느껴지는 억눌린 울분을 카루나도 모르지 않았다. 카루나는 이를 악물고 눈물을 삼켰다. 얼마나 멀어진 걸까. 더 이상 늑대의 울음소리가 들리지 않게 되었을 때. 두 사람은 사막의 적막 속에 파묻혔다.

밤의 사막은 소름끼칠 정도로 고요했다. 아무리 걸어도 똑같은 풍경이 계속 반복되니, 제자리걸음을 하는 게 아닌가 의심스러울 정도였다. 혼자였다면 미쳐 버렸을지도 모를 일이었다. 카루나와 세나는 최대한 바짝 붙어 서로의 숨소리를 확인했다. 그것만으로도 위안이 되었다.

세나는 하늘의 별자리를 보고 동서남북을 가늠할 줄 알았다. 어디서 훔쳤는지 사막의 지도와 나침반도 가지고 있었다.

"저만 믿으십시오. 반드시, 제국으로 돌아갈 수 있습니다. 제가 꼭 해낼 겁니다."

세나는 자꾸 카루나에게 말을 걸었다. 카루나는 고개만 끄덕였다. 어차피 입이 막혀 있으니 말을 할 수도 없거니와, 설사 세나가 풀어 준다고 해도 할 수 있는 말은 단 하나뿐이었다.

'돌아가요, 당장. 제발.'

사막의 차가운 바람에 머리를 식혀 주었다. 적어도 머리로는 이해가 갔다.

지금 라크안과 세나가 하고 있는 이 방법이 최선이라는 것을.

한 명이라도, 어떻게든 시스 일행을 피해 사막을 벗어나야 한다. 제국으로 돌아가야 한다. 그 뒤에 철십자 기사단만 움직이든, 황태자를 협박해 제국군까지 동원하든, 병력을 이끌고 사막으로 돌아와 라크안을 구하면 될 일이다.

……그때까지 라크안이 살아 있다면.

그런데 심장이 이 훌륭한 계획을 납득하질 않았다. 이대로 돌아가 봤자 시스에게 붙잡혀 시스의 아내인지 왕비인지가 될 텐데. 지금 세나와 둘이서 돌아가 봤자, 라크안을 구할 방도가 없는데. 심장은 자꾸만 뒤를 돌아보라고 말했다.

'시스, 그 개새끼는 멍청하지 않아. 그러니까 라크안을 죽이진 않을 거야. 살려 두고 인질로 잡아 둬서 나를 불러들이려고 하겠지. 그러니까, 그러니까 라크안은…… 죽지는 않을 거야.'

죽지는 않을 거다. 그게 심장을 진정시킬 수 있는 유일한 위안이었다. 카루나는 그리 생각하며 앞서 가는 세나의 뒷모습을 멍하니 바라보았다.

그렇게 사막 길을 걷고 또 걸었다. 몇 날 며칠을 걸은 것 같은데, 하늘에 떠 있는 달은 여전히 그 자리에 떠 있었다. 낙타의 한 걸음 한 걸음이 백 년 천 년처럼 길게 느껴졌다.

그 짧고도 긴 여백이 끝나는 건 금방이었다. 언제부터인가 둘을 쫓는 추격자가 나타났다. 추격자는 금세 둘을 따라잡았다. 기척을 눈치챈 세나는 추격자를 따돌리거나 제거할 기회를 엿봤다.

사람 둘 정도는 숨을 수 있을 만한 바위가 보이자, 세나는 주저 없이 카루나를 끌어안고 뛰어내렸다. 낙타는 그대로 떠나보냈다. 세나는 커다란 바위 뒤에 숨어 칼을 빼들었다.

"추격자가 붙었습니다, 아가씨."

세나는 칼로 카루나의 입과 손, 발을 묶은 줄을 끊어 냈다. 두 사람은 빠르게 눈빛을 나눴다. 카루나는 바위 뒤에 웅크려 앉아 두 손으로 입을 틀어막았다. 세나는 그런 카루나를 제 몸으로 감추듯 덮고 바위 바깥을 내다보았다. 유일한 위안이었던 서로의 숨마저 잦아들었을 즈음.

낙타 두 마리의 빈 발자국 위로 긴 그림자가 드리워졌다. 추격자는 하얀 달을 등 뒤에 두고 모습을 드러냈다. 긴 머리를 하나로 높이 묶은 올가였다. 차가울 정도로 무표정한 얼굴은 낙타의 발자국을 훑었다. 바위를 지나는 지점에서 그녀의 시선이 멈춰 섰다.

낙타의 발자국이 얕아진 걸 깨닫고 걸음마저 멈춘 순간. 세나가 번개같이 튀어나가 칼을 휘둘렀다. 세나의 칼이 올가의 팔목에 부딪쳤다. 피가 나고, 살을 베는 감각이 손끝에 낳기를 바랐건만.

챙! 금속 부딪치는 소리가 났다.

"젠장."

"윽."

세나가 튕겨져 나가는 것과 동시에 올가 역시 버티지 못하고 뒤로 나동그라졌다. 두 사람이 모래바닥을 뒹굴었다. 낙타 두 마리의 발자국이 허무하게 흩어졌다.

먼저 일어선 건 올가였다. 올가는 팔에 감았던 천을 벗어 손등에 말았다. 팔목에 차고 있던 강철 토시가 드러났다. 곧 세나도 바위를 등지고 몸을 일으켰다. 퉷- 입 안에 들어온 모래를 뱉어 내며, 손등으로 입가를 훔쳤다. 올가와 세나는 서로를 바라보며 잠시 대치했다.

"영애."

올가가 세나에게서 눈을 떼지 않으며 카루나를 불렀다.

"우리 아가씨를 입에도 담지 마라, 납치범!"

세나가 달려들었다.

"이젠 우리의 영애다."

올가는 피하지 않고 맞섰다.

"웃기는 소리, 이 자리에서 그 입을 찢어 주마!"

"내 왕께서 데리고 오라고 명하신 건 영애뿐. 감히 영애를 훔쳐 간 대가는 목숨으로 받겠다."

세나의 검이 올가의 어깨를 찔렀다. 올가의 주먹이 세나의 명치를 강타했다.

"컥!"

"윽!"

둘은 다시 바닥을 나뒹굴었다. 이번엔 세나가 먼저 일어나 올가의 머리채를 잡아챘다. 다른 손에 쥔 검으로 올가의 목을 베려 했다. 올가는 쓰러진 채로 다리를 휘둘러 세나의 무릎을 쳤다. 세나의 몸이 기우뚱~ 하자, 세나를 밀치고 일어서려고 했다.

세나는 차라리 올가의 위로 엎어지며 팔로 세나의 목을 졸랐다. 두 사람은 한 뭉치가 되어 모래 위를 굴러 다녔다. 주먹이 오가고, 검을 빼앗겼다 되찾으며 서로의 심장을 노리고 목을 그으려고 했다.

바위 너머에서 격렬한 난투극이 벌어지는 동안, 웅크려 있던 카루나의 몸에 변화가 일어나기 시작했다.

"……!"

극심한 고통이 엄습했다. 카루나는 비명 한 번 지르지 못하고, 그 고통을 감당해 냈다.

'아파.'

혀를 씹어 입 안에 피가 찼다. 주르륵, 피가 입술과 턱을 흘러내려 망토를 적셨다.

'아파, 아파.'

망토를 움켜쥔 손은 뼈가 하얗게 불거질 정도로 힘이 들어가 있었다.

'아흑!'

차라리 기절할 수 있으면 좋겠다는 생각이 들었다. 흐릿해진 시야로,

망토를 움켜쥔 손이 보였다. 그 손이 점점 작아지는 것처럼 보이는 건 착각이 아니었다.

차랑- 팔에 걸려 있던 팔찌가 팔목에서 흘러내려 바닥에 툭, 떨어졌다. 어깨에 둘렀던 망토 속으로 몸이 쏙- 빨려 들어갔다. 망토에 덮인 세상은 별조차 보이지 않는 어두운 곳이었다. 카루나는 그 속에서 웅크렸다.

하악, 하윽. 거친 숨을 몰아쉬며 두 손으로 왼쪽 가슴을 움켜쥐었다. 심장이 찢어질 듯 아팠다. 배에 칼이 박힌 것처럼 아팠고, 어깨를 날카로운 발톱으로 찢기는 듯이 아팠다. 감당할 수 없는 고통은 끝없이 이어질 듯하더니 차츰 가라앉았다. 카루나는 눈가에 차오른 눈물을 떨구어 냈다.

그때. 누군가 바위를 훌쩍 뛰어 넘어 카루나의 앞에 착지했다. 세나의 검을 빼앗아 세나의 어깨에 박아 넣은 올가였다.

"안 돼, 아가씨를 건드리지 마!"

바위 뒤쪽에서 세나의 고함이 들렸다.

"네 아가씨가 아니라 우리의 영애다."

올가는 어깨에 박힌 칼을 뽑으려 버둥대는 세나를 흘깃 보고는, 카루나가 뒤집어쓴 망토를 획- 벗겼다.

"영애, 이제 돌아가셔야 할 시가……."

망토 속 카루나를 본 올가의 눈동자가 흔들렸다.

"……아이?"

이제 열둘? 열셋? 그쯤 되었을까 싶은 소녀가 몸을 둥글게 말고 웅크려 있었다. 얼굴을 찡그리듯 눈을 감고, 어디가 아픈지 진땀을 흘리며 괴로워하고 있었다.

밝은 갈색 머리카락이 엉켜 얼굴이 잘 보이지 않았다. 입고 있는 옷은 어른의 옷을 입은 듯 헐렁해 보였다. 당연히 여기에 있을 거라고 생각했던 스무 살의 여인, 카루나가 아니었다. 차랑- 망토에 놓여 있던 것이 맑은 소리를 내며 소녀의 어깨로 떨어졌다. 물의 팔찌였다.

"이것은……."

올가가 무심코 그것을 주우려 할 때였다. 웅크려 있던 아이가 눈을 번쩍 떴다. 싱그러운 녹음을 담은 녹색 눈이었다.

"영, 애?"

올가는 그제야 그녀가 누군지 알아보았다.

'영애라고?'

그리고 스스로의 생각에 놀라 더욱 당황할 새. 카루나가 대뜸 올가의 손을 꽉 깨물어 버렸다.

"윽!"

올가는 손을 뿌리치려 하다가 말았다. 카루나가 다칠 것을 염려한 것이었다. 마치 이도 안 난 강아지가 제 손을 무는 걸 보는 것처럼, 올가가 카루나를 바라보았다. 그 때, 세나가 바위 위로 뛰어 올라 제 피가 묻은 칼을 왼손으로 들고 휘둘렀다.

"아가씨 건들지 말랬지!"

"이런!"

올가는 물러섰지만, 한 발 늦은 반응이었다. 세나의 검이 올가의 얼굴을 벴다. 이마에서부터 왼쪽 눈가에 긴 상흔이 생기며 피가 뿜어졌다. 올가가 제 왼쪽 눈을 감싸 쥐며 비틀거렸다.

세나는 올가에게 달려들어 그녀를 뒤로 넘어뜨리고 배 위로 올라탔다. 그 바람에 올가가 옷 안쪽에 숨겨 두었던 목걸이가 밖으로 빠져 나왔다. 그 목걸이가 카루나의 눈에 들어왔다. 녹색 돌에 구멍을 꿰어 걸은 형태였다.

밋밋하고 동그란 돌. 아무 빛도 안 나고 영롱하지도 않아 보석이라 할 수 없을 만한, 그저 반들반들한 돌이었다. 얼마 전까지 카루나가 가지고 있었던 브로치에 달린 것과 같은 것이었다.

"죽어라!"

세나가 올가의 목에 칼을 겨눴다. 세나의 어깨에서 흘러내리는 피가 올가의 얼굴과 목, 어깨를 적셨다. 덕분에 목걸이의 녹색 돌이 더 선명하게 보였다. 세나가 막 검을 내리꽂으려 할 때였다.

"잠깐, 잠깐만요!"

카루나가 세나를 말렸다. 검 끝이 올가의 목에 닿기 직전, 세나가 고개를 들었다. 카루나는 일단 몸을 추슬렀다. 치렁치렁하게 흘러내리는 옷자락을 끌어 모아 끈으로 단단히 묶었다.

바닥에 떨어진 물의 팔찌는 잘근잘근 밟았다. 차랑- 맑은 소리를 내며 모래에 파묻히는 걸 보니 속이 다 시원했다. 그러고 나선 소매에 덮인 손을 펴 보았다. 말랑하고 가는, 소녀의 손이었다. 이제 열두 살이나 열세 살이나 되었을까 싶은?

'또 이렇게 변했어.'

입 안이 아직도 얼얼했다.

'어떻게 하면 다시 원래의 모습으로 돌아갈 수 있을까. 그 때는 왜 원래대로 돌아갈 수 있었지?'

카루나는 황후궁에서 사건이 일어났던 날을 떠올리며 고민했다. 다시는 이런 약을 먹을 일이 없을 거라고 생각해 왜 원래대로 돌아올 수 있었던 건지 깊이 생각하지 않았다. 그 나태함의 역습인걸까. 또 한 번 어려지다니. 카루나는 치를 떨며 올가와 세나에게 다가갔다.

"위험합니다."

세나는 일단 말렸지만, 카루나의 표정을 보고는 두 번 말리진 않았다. 카루나는 세나를 믿고 올가 옆에 웅크려 앉았다.

"영애."

올가의 목소리엔 확신이 없었다. 지금 제 앞에 서 있는 열네 살짜리 꼬마가 자신이 영애라고 불렀던 그 여인이 맞다는 확신을 가지고 싶은 듯했다. 카루나가 왜 부르냐고 응답하면, 비로소 이 카루나가 그 카루나가 맞다고 확신을 가지게 될 터.

'순순히 해 줄까 보냐.'

흥. 카루나는 코웃음 치며 올가의 부름을 들은 척 만 척했다. 대신 카루나는 올가의 목걸이에 달린 돌을 만져 보았다. 녹색 돌은 질감마저 익숙했다.

'내 브로치에 달려 있던 것과 똑같아. 이상한 일이네. 그 브로치는 내 어머니가 나한테 남긴 거라고 했어. 그렇다면 숲의 일족의 물건이라는 건데. 왜 똑같은 물건을 이 사람이 가지고 있지?'

브로치에 달려 있던 녹색 돌이 숲의 일족과 관련 있다고 생각했었기에, 올가가 똑같은 걸 왜 가지고 있는지 도통 납득이 가지 않았다.

"이 돌은 어디에서 났나요?"

"……."

올가는 질문을 바로 알아듣지 못하고 눈을 깜박였다.

"우리 아가씨께서 질문하시잖아, 얼른 답해라."

세나가 으르렁대며 협박했다. 아가씨라는 단어에 유독 악센트가 세게 들어가 있었다. 그 바람에 올가에게 이 소녀가 카루나임을 확인시켜 줬다는 걸, 세나는 알지 못했다. 쯧, 카루나만 혀를 차며 안타까워할 따름이었다. 이 카루나가 그 카루나라는 걸 알게 되자, 올가는 좀 더 순종적인 태도를 취했다.

"이것 말입니까?"

"그래요, 그거요."

"물의 장벽에서 10년간 복무했습니다. 그 때 주웠는데, 기념 삼아 가지고 있는 것입니다."

올가는 왜 이런 걸 물어보느냐는 듯한 표정으로 카루나를 바라봤다. 카루나는 올가의 표정을 유심히 살폈다. 거짓말하는 것 같지는 않았다.

'혹시 숲의 일족이라거나 숲의 일족 혼혈?'

카루나는 혹시나 하는 마음에 올가의 머리카락을 당겨 보았다. 가발을 쓰고 있는 게 아닐까, 속에 연두색 머리카락이 숨겨져 있는 게 아닐까 싶었지만. 그렇지는 않았다.

"영애?"

"흐음……."

"아가씨, 용건이 끝나셨으면 잠깐만 뒤돌아 주십시오. 금방 끝내겠습니다."

세나가 올가에게 눈을 부라리며 말했다.

"잠깐, 잠깐만요. 세나 경."

"추격자가 이자 한 명만은 아닐 겁니다. 추가로 따라붙을 텐데, 얼른 이자를 처치하고 최대한 빨리 달아나야 합니다."

세나는 조급해 보였다. 쫓기는 상황이라 조급해한다기엔, 특이나 더 성급한 모습이었다. 세나답지 않았다. 카루나는 세나의 생각을 금방 알아챘다.

"한동안 함께 지내며 정이 들어서 죽이기 싫다거나, 그런 건 아니에요. 그러니까 잠깐만요, 세나 경."

"……죄송합니다, 제가 무례했습니다."

"아니에요, 충분히 걱정할 만해요."

납치당했을 때 자신을 돌봐주는 사람에게 강한 동지 의식이나 애착심을 느끼는 경우가 많으니까. 세나가 카루나 역시 그런 게 아닐까 걱정할 만했다.

카루나 역시 낯선 환경, 낯선 무리 속에서 제게 공손한 올가에게 마음이 가지 않은 것은 아니나. 그때마다 철창에 갇힌 라크안을 생각하며 마음을 단단히 붙잡았다.

'나한테 아무리 잘 대해 주면 뭐해. 라안 님을 그렇게 취급했으면서.'

라크안을 생각하니, 왼쪽 가슴이 지끈- 저려왔다. 올가가 괜히 더 미워졌다. 그러니 세나의 걱정은 괜한 걱정이었다.

'뭐, 그 브로치 돌이 숲의 일족 특산물은 아니었나 보네. 동쪽 숲이나 서쪽 사막 어디서든 쉽게 구할 수 있었던 건가 보지.'

세나의 말마따나 도망치는 게 급하니, 녹색 돌과 관련된 생각은 이쯤에서 접고 일어서려고 했건만.

'……어?'

뭔가 카루나의 눈에 띄었다. 그건, 귀걸이였다. 목걸이를 유심히 보느라 저절로 목과 귀에 눈이 갔는데, 올가가 귀걸이를 하고 있었다. 그냥 평범하게 하고 있었다면 그냥 장신구겠거니 보고도 지나쳤을 텐데, 귀걸이를 하고 있는 모습이 어딘가 이상했다.

올가는 귀걸이를 거꾸로 달고 있었다. 침을 귀 뒤에서 앞으로 찔러 넣은 모양이었다. 은침이 앞으로 삐죽 나와 있었다. 가까이서 봐도 귀걸이가 보일락 말락 했다.

'귀걸이를 왜 이렇게 하고 있지?'

본디 귀걸이란 가느다란 침 위에 박힌 아름다운 보석을 뽐내기 위해 하는 게 아니던가.

'올벤에서는 귀걸이를 이렇게 하고 다니나?'

카루나를 납치한 무리 중에서는 큼지막한 귀걸이를 하고 다니는 사람이 여럿 있었다. 그들은 카루나가 알고 있는 방법대로, 평범하게 귀걸이를 하고 다녔다. 혼자서면 귀걸이를 거꾸로 달고 다닌다?

'귀걸이를 숨겨서 끼고 다녀야 하는 이유가 있는 건가?'

확인하는데 그리 오랜 시간이 걸리지는 않을 것 같았다.

"세나 경."

"예, 아가씨."

"이 사람 귀 좀 봐 주세요."

"……!"

카루나의 말이 끝나기 무섭게 올가의 어깨가 파르르, 떨렸다. 그건 본능적인 반응이었겠지만, 그녀에게 매우 불리한 움직임이었다.

'어라?'

'오호라?'

카루나와 세나가 수상쩍다고 생각하게 됐으니까.

"자, 잠깐만. 영애!"

"가만있어!"

세나는 반항하는 올가를 단번에 제압하고는 한 손으로 뒤통수를 잡아 모래 바닥에 박아 버렸다. 그리고 귀걸이를 하고 있는 왼쪽 귓불을 반으로 접었다. 역시나 귀걸이의 보석 부분이 뒤쪽으로 가 있었다. 새끼손톱보다 작은 보석이 달려 있었다. 값비싼 보석은 아닌 듯, 색이 어두웠다.

'이게 뭐라고 숨겨서 끼고 다닌 거지?'

카루나가 의아해할 새.

"아, 이건……."

세나가 귀걸이를 알아보고는 침음성을 내뱉었다.

"세나 경, 이게 뭔지 알고 있나요?"

"마법 물품 같습니다."

"마법 물품이요?"

"예. 이 비슷할 걸 써 본 적이 있습니다. 음…… 예전에요."

"예전에?"

"어……."

세나가 저답지 않게 곤란해했다.

"말하기 힘든 거면 말하지 말아요."

카루나는 섭섭했지만 애써 아닌 척, 세나를 배려해 줬다. 그런다고 기척에 예민한 세나를 속일 순 없었다. 세나는 잠시 더 고민하더니 한숨을 푹 내쉬었다.

"듣고 절 멀리하시면 안 됩니다."

"내가 왜요?"

카루나가 녹색 눈을 반짝이며 고개를 저었다. 빈말로라도 말하지 말라고 두 번 권하지는 않았다. 오랜만에 세나를 만나서일까. 아니면 세나가 자신 몰래 마법의 물약을 가지고 있었고 라크안과 공모하여 자신만 탈출

시킬 계획을 세웠다는 걸 알게 돼서일까. 세나가 자신에게 말 못할 비밀을 가지고 있다는 게 싫었다.

"예전에, 그러니까 아주 예전에 말입니다. 라안 님이 그…… 아가씨한 테요, 그러니까 아가씨가 마카레나 백작 영애일 때, 아가씨한테 매번 당하는 게 너무 화가 나서. 아가씨의 약점을 찾아보려고 몰래 마카레나 백작저에 숨어들어간 적이 있었습니다."

"어머나?"

카루나의 눈이 대번 동그래졌다.

"그때 변장을 하려고 마법 귀걸이를 사용했거든요. 그게 숲에서 나는 남색 루비로 만든 거였는데. 딱 이거랑 똑같았습니다. 눈 색하고 머리색은 바꿔 주는 마법이 담겨 있었지요."

"그렇다는 건……."

"아무리 봐도 숲의 남색 루비인데. 왜 모래에 사는 물지렁이가 이걸 가지고 있는 건지 모르겠습니다만."

세나가 주저 없이 올가의 귀에서 귀걸이를 뺐냈다. 올가는 제압당한 상태에서도 온 힘을 다해 반항했지만, 세나를 당해내지는 못했다. 세나는 뺐낸 귀걸이를 높이 던졌다 받아 채고는 손에 넣고 꽉 주먹 쥐었다. 손을 펴자 우수수- 부서진 루비 조각들이 모래 위로 떨어졌다.

"아무튼, 기분은 더럽네요. 우리 숲의 물건을 물지렁이가 하고 다닌다니."

단지 그 이유 때문에 남의 귀걸이를 부숴 버린 것이었다. 카루나는 올가를 바라보았다. 귀걸이가 사라지자, 머리카락 색깔이 바뀌기 시작했다. 이마에서부터 머리카락 끝까지, 강한 빛에 탈색된 갈색이 걷히고 붉은색이 번졌다. 세나가 그 머리채를 휘어잡아 당겼다.

"흡!"

모래에 파묻혀 있던 얼굴이 드러났다. 카루나는 정면에서 올가의 얼굴을 볼 수 있었다. 우수수- 마른 모래가 루비 조각처럼 떨어져 내렸다. 훤히 드러난 얼굴에는 한 쌍의 보라색 눈동자가 박혀 있었다.

카루나는 그녀의 바뀐 눈과 똑같은 눈을 가진 사람을 본 적 있었다. 단지 눈동자 색만 가지고 그와 올가 사이를 추측하는 건 무리수일지도 모른다. 세상에 보라색 눈을 가진 사람이 단둘뿐인 건 아닐 테니까.

하지만 한 명이 굳이 자신의 눈동자와 머리카락 색깔을 숨기고, 다른 사람의 곁에 머무른 이유는 무엇일까. 상황이 뭔가, 묘했다. 새삼스럽지만, 계속 쳐다보고 있으니 어쩐지 올가와 그 사람이 꽤 닮아 보이기도 했고. 꼭 피가 섞인 남매처럼.

"설마……."

카루나의 녹색 눈에 파문이 일었다. 보라색 눈은 더 크게 흔들렸다. 무표정한 얼굴이 무너졌다.

"당신이었군요. 시스 경의 여동생."

"……."

"그 사람, 끝내 여동생을 죽이지 못했어. 완전한 왕이 되지 못한 거야." 비로소 찜찜한 채로 놔두었던 마지막 퍼즐이 끼워졌다.

숲의 심장을 사막으로 데려 숲을 초원으로 바꾼다. 지난 천 년간, 제 자식을 사랑했을 수많은 올벤 왕들이 차마 하지 못했던 방법이다. 동쪽 숲이 무너지고, 남쪽 제국이 눈의 땅에 침범당하게 될 부작용을 두려워했으니까. 그런데 왜 시스는 올벤의 조상들이 포기했던 그 방법을 하고자 마음먹은 걸까.

태어나지도 않은 자식을 향한 부정이 넘쳐서?

굶주리며 물의 장막을 지키는 올벤인들을 안쓰럽고 가엾게 여겨서?

지난 천 년간, 올벤에는 수많은 왕들이 있었다. 왕 중에 시스만큼 제 일족을 사랑하고, 제 자식을 사랑했던 사람이 없었을까? 그건 아니리라. 그런데 왜 하필 시스가 지난 천 년간 아무도 감히 하지 못한 일을 하고자 마음먹었던 걸까. 이유는 간단했다. 자신이 완벽한 왕이 아니기 때문에, 다른 힘이 필요했던 것이다.

"그렇죠?"

카루나가 올가에게 물었다. 그렇다, 혹은 아니다. 판결을 바라는 질문이 아니었다. 카루나는 이미 제 마음 속에서 답을 찾았으니까. 올가 역시 그걸 모르지 않았다.

"……저는 그분의 수치입니다."

올가는 하늘에 뜬 달에게 제 눈동자를 들킬세라, 눈을 질끈 감았다.

"역시 죽었어야 했는데. 죽지 말라는 명령을 따른답시고 살아 있었던 게, 죄였습니다."

사막의 밤하늘처럼 차갑고도 담담한 목소리가 이어졌다. 치부를 들킨 사람답지 않은 차분함이었다. 카루나는 그녀의 말에서 이상한 뉘앙스를 읽었다.

"세나 경, 막아요!"

카루나가 빽 소리를 질렀다. 동시에 세나가 올가의 입에 제 손을 쳐넣었다.

"윽."

세나가 이를 악물며 인상을 찌푸렸다. 올가는 제 혀 대신 세나의 입을 깨물고는 눈을 부릅떴다.

"죽게 놔두면 안 돼요!"

"언제나 어려운 명령만 내리시는군요."

세나가 투덜대면서 올가의 입에 제 손을 더 깊이 들이댔다.

"원래 살아 있는 건 죽는 것보다 살려 두는 게 더 어려운 법입니다."

"그러니까 세나 경에게 부탁했죠."

"그렇게 말씀하시면 또 제가, 뿌듯해질 수밖에 없는데 말입니다."

계속 투덜대긴 했지만, 목소리가 붕 떠 있었다. 그녀 역시 올가를 살리는 게 어떤 가치를 가지는지 눈치챈 듯했다. 카루나는 급한 김에 망토를 찢고 묶어 긴 끈을 만들었다. 그것을 세나에게 건네주니.

"이런 건 또 어디서 배우셨습니까? 솜씨도 야무지셔라."

세나는 감탄을 금치 않으며 올가의 입을 천으로 꽁꽁 묶었다. 그제야 겨우 세나의 손이 올가의 이빨에서 벗어날 수 있었다.

"으으."

카루나는 세나의 손을 보고 대번 인상을 찡그렸다. 어찌나 세게 깨물었는지, 손등의 피부가 짓기고 살점이 뜯겨 있었다.

"걱정 마세요, 아가씨. 하나도 안 아픕니다."

"엄청 아파 보이는데요?"

"보이는 것만 그렇습니다. 예전에 라안 님 발작을 막다가 갈비뼈가 몽땅 부러진 적이 있었는데, 그때보다는 덜 아픕니다."

"……음, 라안 님이 나빴네요."

"네, 아주 많이 나쁜 분이시죠. 그러니까 나중에 만나면 저 대신 혼내 주세요. 부부 싸움을 하다 아가씨가 라안 님 갈비뼈를 부러뜨려 버려도 전 무조건 아가씨 편입니다."

세나가 코끝을 찡긋하며 태평하게 말했다. 하지만 어깨에 칼이 박히고 손등이 찢어진 모습이 말처럼 아무렇지 않아 보이지는 않았다.

"상처에 둔한 건 라안 님이나 세나 경이나 똑같네요."

그 주인에 그 부하라고 해야 하는 걸까. 카루나는 한숨을 폭 내쉬며 수통과 망토 조각을 챙겼다. 망토를 흔들어 모래를 탈탈 털어 냈다. 수통의 물로 세나의 어깨, 손등의 상처를 닦아 내고는 망토 조각으로 단단히 동여맸다.

"아가씨, 귀한 물을 낭비하시다니요."

"나한테는 물보다 세나 경이 더 귀해요."

"오오?"

"물통이 비면 세나 경이 알아서 다시 채워 올 수 있잖아요?"

그러니까 역시 물보다는 세나 경이죠. 카루나가 새침하게 웃어 보였다.

"음. 그렇군요."

세나는 좋다 말았다는 표정을 지었다. 올가는 꽁꽁 묶인 상태로 두 사람을 바라보며 꿈틀댔다. 카루나와 세나는 살찐 사슴을 잡아 뿌듯한 늑대처럼 올가를 바라보았다.

"그러니까 이 여자가 그…… 올벤 왕의 여동생이라는 거죠?"

세나는 칼에 찔린 어깨를 살살 움직이며 물었다.

"그런 것 같아요. 좋은 인질이죠."

"그렇군요. 정말 훌륭한 인질이네요."

카루나와 세나의 말을 들은 올가의 얼굴이 창백해졌다. 그녀는 어떻게 해서든 혀를 깨물어 죽고자 애썼다. 하지만 세나의 결박은 아주 단단했다. 입에 문 재갈만 축축해질 따름이었다.

"자꾸 꿈틀대네요. 누가 물지렁이 아니랄까 봐. 흠, 아가씨. 운반하기 편하게 좀 건드려도 될까요?"

세나가 공손하게 물었다. 카루나는 그 말뜻을 금방 알아차리고는 생긋, 웃었다.

"물론이죠."

허락이 떨어지자마자 세나가 다치지 않은 손을 들어 올렸다. 퍽. 그게 올가의 마지막 기억이었다.

* * *

발작을 일으킨 늑대를 제압하는 건 쉽지 않은 일이었다. 단번에 무리 중 절반이 모래 바닥에 파묻혔다. 시스가 없었다면 그 남은 절반도 늑대의 발톱에 갈가리 찢겼을 것이다.

"죽이겠다는 생각으로 덤벼라, 그래 봤자 못 죽이니까. 그런 생각으로 날 엄호해."

시스는 남은 무리의 엄호를 받으며, 기어이 늑대의 등을 밟고 올라섰다. 크아악! 발악하는 늑대의 목을 잡고 버티며, 지난번 방문자의 연회 때 다쳤던 상처를 다시 이로 물어뜯었다. 양손에 든 창으로 늑대의 아가리를 벌리고, 피가 철철 넘쳐흐르는 제 팔을 처넣었다. 뿌드득~ 소리가 나며 창에 금이 갔다.

"젠장."

시스는 이를 악물고 젖 먹던 힘까지 다해 늑대의 아가리를 벌렸다.

"말했지? 내 피는 네게 독이라고."

크아악!

"좀 더 여유로운 상황이었다면 기꺼이 좀 더 놀아 줬을 텐데, 그게 아쉽긴 하군."

시스가 힐끗, 모래 언덕 너머를 바라보았다. 올기가 사라진 방향이었다. 늑대는 본능적으로 그 피를 마시면 안 된다고 생각해, 그를 떨쳐 내려고 발광했다. 그 바람에 아래서 늑대를 공격하던 올벤인들 서넛이 밟혀 죽었다.

정작 시스는 떨어지지 않았다. 그는 창을 든 팔로 늑대의 목을 조이며, 제 피가 늑대의 목구멍으로 넘어가는 걸 끝까지 지켜보았다. 피의 효과는 금방 나타났다. 사막에 피의 강을 만들 것처럼 날뛰던 늑대의 몸이 우뚝, 멈춰 섰다.

살아남은 올벤인들은 그 틈을 노려 힘껏 창을 던졌다. 늑대는 피하지 못했다. 온몸에 창이 박혔다. 크아악! 늑대는 어떻게 해서든 버티려고 했으나 서서히 무너져 내렸다. 온몸에 박힌 창보다 목구멍을 타고 넘어간 시스의 피가 더 치명적이었다. 거대한 몸이 쓰러지고, 붉은 눈이 감겼다. 그제야 시스는 늑대를 밟고 섰다.

"왕이시여, 당신의 용맹을 찬양합니다."

"당장에 늑대의 목을 꿰뚫어 죽은 전사들을 위로해 주소서."

살아남은 자들이 무릎을 꿇고 시스를 찬양했다.

"말했지 않은가. 내 왕비가 될 여인에게 바치는 선물이다. 왕비가 아이를 낳을 때까지는 죽지 않는다."

시스는 손짓하여 무리를 일으켜 세웠다. 집채만 한 늑대를 쓰러뜨리고도 그는 차분했다. 그는 기뻐 보이지 않았다. 얼굴에 드리운 지독한 피로감이 그의 심정을 드러냈다.

'내 피가 아니었다면, 힘든 싸움이었겠지.'

지난번에도, 그리고 이번에도. 시스는 제 피를 이용해 라크안을 제압했다. 그게 가장 쉽고 확실한 방법이라 생각했기에 주저하지 않았다. 하지만 거듭할수록, 마음속에 패배감이 쌓이는 걸 막을 순 없었다.

'만약 피의 힘 없이 싸웠다면 내가 이 늑대를 감당할 수 있었을까?'

시스는 씁쓸히 웃으며 고개를 흔들었다. 팔과 어깨는 늑대의 이빨에 긁힌 상처들로 가득했다. 옷은 찢겨 너덜너덜했다. 양손에 들었던 창은 당장 부서져도 이상하지 않을 만큼 심하게 금이 가 있었다.

늑대가 피의 저주를 이겨 내고 몇 초만 더 버텼다면, 창은 부서졌을 것이고 시스의 팔과 어깨는 늑대의 이빨에 갈가리 찢겼을 것이다. 시스는 역사에 외팔의 창쟁이 왕이라는 별명으로 기록되었을 것이다.

뒤늦게 두려움이 밀려와 등허리가 오싹하게 저려 왔다. 시스는 그 두려움을 숨겼다. 아무렇지 않은 척 팔의 상처를 지혈하고는 무리를 통솔했다. 그다음 몸이 성한 자들만 추려내 추격단을 꾸렸다. 올가가 잘해 줄 거라 믿고 있지만, 그녀가 돌아오길 기다리지는 않았다.

'영애가 홀로 도망치고, 늑대는 남았다?'

시간을 벌려는 속셈일 거라 생각하면서도 꺼림칙했다. 카루나는 철창에 갇힌 늑대 때문에 제 성질을 죽이고 체념한 척, 순종했다. 늑대 역시 이런 힘을 가지고 있으면서, 카루나가 위험해질까 봐 철창에 얌전히 갇혀 있었다.

반려도 아니면서 서로를 그렇게 아끼다니. 이해할 수 없는 관계였으나, 어쨌든 카루나를 올벤으로 끌고 오는데 도움이 될 거라 생각해 두 사람의 그 애틋한 관계를 이용했다.

그랬기에 더더욱, 홀로 도망간 카루나와 홀로 남은 라크안이 이해 가지 않았다. 납득할 수 없는 상황은 언제나, 알 수 없는 변수가 난입하여 발생하기 마련이다. 그리고 그 알 수 없는 변수는 늘, 의외의 결과를 낳는다. 시스는 올가가 걱정됐다.

'내 생각이 괜한 것이기를 바랄 뿐.'

시스는 애써, 카루나를 붙잡아 돌아오는 올가와 중간에서 마주치는 자신을 상상하며 불안한 마음을 억눌렀다. 그렇게 시스가 추격단과 함께 떠났다.

선택받지 못한 자들은 절뚝거리며 뒷수습을 했다. 동료의 시신을 수습하고, 늑대를 단단히 결박했다. 부서진 철창을 대충 수리하여 늑대와 동료들의 시신을 얹고, 저 앞의 도시로 향했다. 하늘을 찌를 듯 높이 솟은 왕성의 황금 탑이 그들을 반겨 주었다.

* * *

추격단은 곧 큰 바위 근처에 도착했다. 인기척이 없기에 그냥 지나칠 뻔했지만.

"잠깐!"

시스가 일행을 멈춰 세우고, 낙타에서 뛰어내렸다. 피 냄새가 났다. 시스는 숨을 가득 들이마시며, 발 아래 모래를 헤쳤다. 한 꺼풀이 벗겨지자 피에 젖어 굳은 모래덩이가 드러났다.

"주변을 수색해라."

시스의 말이 끝나기 무섭게 올벤인들이 주변으로 흩어졌다. 다른 흔적을 찾는 데까지 그리 많은 시간이 걸리지 않았다.

"왕이시여."

"찾았습니다!"

올벤인 둘이 바위 뒤에서 천 쪼가리와 모래 한 줌을 양손으로 떠서 내밀었다. 뭉쳐진 천 쪼가리에서 무언가 툭, 떨어졌다. 찰랑- 맑은 소리를 내는 한 쌍의 팔찌였다. 시스는 천천히 허리를 숙여 그것을 주워 들었다.

얼굴이 서늘할 정도로 무표정했다. 내내 불안했던 건, 어떤—예감이었던 걸까? 소중한 것을 허망하게 잃을지도 모른다는. 시스는 다른 사내가 공손히 내민 모래를 살폈다. 모래에 푸르스름한 돌조각 같은 것과 가늘고 긴 은침이 섞여 있었다.

시스는 모래를 움켜쥐어 흩뿌렸다. 푸른 돌조각이 손가락 끝에 걸렸다. 그것이 무엇인지 바로 알아차렸다. 어찌 모를 수 있을까. 제 손으로 구해다가 귀에 채워 준 것인데.

피 묻은 천, 속박이 풀린 물의 팔찌, 그리고 산산조각 난 올가의 귀걸이.

그 조합으로 판단할 수 있는 상황 중 최악의 상황이 시스를 집어삼켰다. 시스의 눈이 돌변했다. 지독한 신음이 목울대를 울렸다. 그의 주변에 물방울이 생겨나 휘휘 돌기 시작했다.

그걸 본 올벤인들이 기겁하며 그를 말렸다. 시스는 이미 늑대와의 전투에서 많은 힘을 소비했다. 오아시스도 없는 사막 한복판에서 또 물의 힘을 썼다가는 몸이 잘못될지도 몰랐다.

"왕이시여!"

"분노를 가라앉히십시오."

앞에 선 두 사내는 시스의 분노를 정면에서 받아 내며 몸을 떨었다. 시스는 그들의 어깨 너머로 보이는 바위를 봤다. 보라색 눈이 분노로 일렁였다.

"감히!"

시스가 옆에 선 사내의 창을 빼앗아 단숨에 집어 던졌다. 콰직. 창이 바위에 박혔다. 바위가 쩌적- 소리를 내며 두 쪽으로 갈라졌다. 그 바위 뒤에도 핏자국이 남아 있었다.

피. 또 피였다. 카루나와 올가, 둘 중 모래 바람이 가리지 못할 정도로 많은 피를 흘린 사람은 과연 누구일까. 올가가 자신에게 돌아오지 않았다는 것만으로도, 그 피의 주인이 누구일지 예측할 수 있었다. 그 예측이

시스를 분노로 돌아 버리게 만들었다.

"시신은, 찾았는가?"

시스가 목소리를 쥐어짜내며 물었다. 십수 명의 부하들이 늑대에게 죽어 가도 눈 한 번 꿈쩍하지 않았던 시스답지 않은 모습이었다.

"아니요. 올가 님은 보이지 않으십니다."

"올가 님이 잘못되셨을 리 없습니다. 분명, 무슨 상황이-."

시스에 기세에 눌린 올벤인들은 더듬더듬, 말을 늘어놓았다.

"찾아라."

시스는 그들의 말을 묵살하며 나직한 목소리로 명령했다.

"온 사막을 뒤져서라도, 머리카락 한 올이라도 찾아내라. 반드시."

"……명을 따릅니다."

"왕이시여, 올가 님께서 살아 계실지도 모른다는 것을 염두에 두고 찾겠나이다. 올가 님이 그런 비리한 여인 한 명에게 어찌 되실 분은 아니지 않습니까."

"그렇다면 살아 있는 올가를 당장, 찾아내어 내 앞으로 데리고 오라. 그러지 못한다면 너와 네 가족, 네 친척 모두를 죽여 버리겠다."

"왕이시여!"

"진정하십시오, 왕이시여!"

"또 제 가족의 명줄을 내 창 아래 바칠 자가 있다면 나서라. 함부로 희망을 지껄이며 날 현혹시키려고 한 대가를 치르리라."

일순간, 주변이 고요해졌다. 늑대와 한차례 싸움을 벌이느라 지칠 대로 지친 몸과 마음이 분노로 뒤덮였다. 아무 근거 없는, 무책임한 희망을 말하는 자들이 모두가 카루나, 라크안처럼 보였다.

숲의 심장이라고, 그 숲의 심장이 좋아하는 늑대라고 고분고분하게 대해 줬더니, 감히 그의 유일한 혈육을 죽여 버린 자들.

시스의 주변의 물방울들이 화살촉보다 날카롭게 변했다. 그 예리한 끄트

머리가 사방을 향했다. 추격단은 급히 고개를 숙이고 그의 눈을 피했다. 분노에는 눈이 없는 법. 시스가 자신들에게 분풀이를 할지 모른다는 두려움을 이기지 못한 것이었다.

허나 그들의 걱정과 달리 시스의 분노는 곧장 다른 곳을 향했다. 시스는 돌아서 제가 달려온 길을 돌아보았다. 왕궁의 높은 황금 탑이 보였다. 피투성이가 된 늑대가 사슬에 묶여 저곳으로 가고 있을 터였다.

"내 사람을 죽였으니, 반드시 보답해야겠지."

시스는 손바닥에 남은 가느다란 은침을 꽉 움켜쥐었다.

* * *

얼마나 시간이 지났는지 알 수 없었다. 모래 아래에 돌로 쌓은 지하 감옥에는 빛 한 점 들지 않았으니까. 추위도 더위도 모래 위 세상의 사정이었다. 다만 숨 쉬기 버거울 정도로 습했다.

지하 감옥 아래에 수원이 흐른다고 했다. 돌바닥에 미지근한 이슬이 맺히고, 그 습기가 모래와 돌에 갇힌 공기를 썩게 만들었다. 거기에 갇힌 자의 지친 숨과 피가 더해지니 공기가 더없이 탁했다.

최근 지하 감옥에 끌려온 죄수는 남쪽의 늑대였다. 사람 형상을 한 늑대였는데, 여간 독한 것이 아니었다. 옷이 해질 때까지 채찍질하고 아무리 고문해도 붉은 눈은 꺾이지 않았다. 어둠 속에서 흉흉하게 빛나며 간수를 노려볼 뿐이었다.

그 눈빛 때문에, 간수는 죄수에게 약간의 연민도 느끼지 못했다. 묶여 있어 당하고 있을 뿐. 혹시라도 속박이 끊긴다면 당장 네 목을 물어 버리리라 벼르고 있는 늑대에게 연민이라니? 목숨이 여러 개가 아닌 이상, 불가능한 일이었다.

"독한 놈!"

간수는 이를 갈며 채찍을 휘둘렀다. 좌악, 채찍이 죄수의 가슴에 달라붙었다 떨어졌다.

"……."

그래도 죄수는 신음하지 않았다. 간수는 치를 떨며 채찍에 물을 먹여 다시 휘둘렀다. 피와 먼지로 엉긴 검은 머리가 푹, 꺾였다. 고통을 견디지 못해 기절한 것이었다.

늑대의 두 팔과 다리는 쇠사슬에 묶인 채로 벽에 고정되어 있었다. 몸이 힘없이 늘어져도 바닥에 닿지 못했다. 손목과 발목만 쇠사슬에 죄여 비틀릴 뿐이었다.

"으으, 정말이지 독하군."

간수는 질린다는 듯, 커다란 물동이를 낑낑대며 끌고 왔다. 귀한 물을 한 바가지 퍼서 늑대에게 부었다.

"큭."

늑대가 진저리를 치며 고개를 들었다. 까만 머리카락 사이로 붉은 눈이 섬뜩하게 빛났다. 늑대는 제 입술에 고인 물기를 혀로 핥고는 삐딱하게 웃어 보였다.

"힘이 약하군. 그래서야 어디, 밥값이나 제대로 하겠나?"

"뭐야? 그래도 이놈이!"

간수가 발끈하여, 벽에 세워 놓은 창대를 들었다. 날카로운 촉은 뺐지만, 모래 나무로 만든 긴 창대는 유연하면서도 강철 같은 강도를 자랑했다. 죄수에게는 채찍보다 더 고통스러운 고문 기구였다. 간수가 그것을 있는 힘껏 휘두르려 할 때였다.

"거기까지."

철창 밖에서 다른 사람의 목소리가 들렸다. 끼익- 하고 녹슨 쇠문이 열리는 소리도 이어졌다.

"누가…… 헉."

방해받은 간수가 버럭 소리를 지르다 말고 바닥에 넙죽 엎드렸다.

"와, 왕이시여. 어찌 이런 누추한 곳까지 오셨나이까."

왕은 어둠 속에서도 횃불처럼 빛나는 붉은 머리카락을 가지고 있었다. 한때는 개털 같은 잿빛 머리카락으로 변신했던 적이 있으나, 왕궁에 돌아오자마자 변신 마법을 던져 버렸다.

그 머리 위에는 커다란 터번을 쓰고 있었다. 그 터번에 달린 56개의 청금석은 그가 56개 오아시스의 충성 맹세를 받은 진정한 왕이라는 뜻이었다. 간수는 사시나무처럼 떨며, 두려움으로 그를 영접하였다.

악시스, 남쪽에서는 시스라 부르며 신분을 속였던 올벤의 왕은 손짓 하나로 간수를 내보냈다. 뒤따라온 호위 기사들마저 철창 뒤로 물린 후, 간수가 쓰던 낡은 의자를 끌고 와 죄수의 앞에 놓고 앉았다.

손을 들어 턱을 잡아 올리니, 어둠 속에서도 선명한 붉은 눈이 시스를 보았다. 뚝, 뚝. 검은 머리카락에서 피인지, 물인지 모를 것이 떨어졌다.

"라크안."

시스의 부름에 죄수, 라크안의 어깨가 움찔 떨렸다.

"그게 네 이름이지? 그녀는 항상 라안이라고 부르던데. 그걸 따라 불러 줄 순 없겠군. 늑대의 애칭까지 불러 줄 정도로 기분이 좋진 않아서 말야."

튀- 라크안은 대답 대신 침을 뱉었다. 안타깝게도 시스에게 닿지는 못했지만.

"너한테 나의 진짜 이름을 허락하지 않았다. 영원히 부를 생각 따위, 하지 마라."

"할 필요 없는 자백이라도 할 수 있게 해 달라고 빌게 만들라고 했는데, 실패한 것 같군."

쯧, 시스가 못마땅하다는 듯 혀를 찼다. 그의 지하 감옥 간수는 꽤 실력이 좋은 자이나, 이 붉은 눈의 늑대를 다루기에는 역부족이었다.

크게 기대를 하고 맡긴 건 아니었기에 실망도 크진 않았다. 다만 라크안을 죽도록 고통스럽게 괴롭히고 싶었을 뿐이다. 도망친 카루나에 대한 단서가 잡힐 때까지. 하지만 사흘, 나흘, 닷새가 되도록 카루나는 잡히지 않았다.

'급히 국경을 막았으니 제국으로까진 도망치지 못했을 텐데. 그렇다면 저 뜨거운 모래사막 어딘가에서 죽은 걸까?'

시스는 고통스럽게 숨을 몰아쉬는 늑대를 구경하며 생각했다.

'그럴 리가.'

야무지게 수통과 지도, 망토까지 훔쳐 간 여인이 그리 쉽게 죽을 것 같지는 않았다. 숲의 심장이 사막의 모래 위에서 죽을 리 없다는 낭만적인 생각을 하는 건 아니었다.

'그 시간 동안 혼자서 올가를 죽이고 시체조차 찾을 수 없도록 처리할 수 있었을까?'

시간이 흘러도 분노는 여전했지만, 이성이 제자리로 돌아와 제 역할을 다하기 시작했다. 시스는 올가가 살아 있을지도 모른다고 생각했다.

'그럼 지금까지 영애가 잡히지 않는 게 당연하고.'

카루나가 무슨 방법을 써서든, 이를 테면 협박이라든가 세뇌라든가…… 그런 게 올가에게 통할 리는 없겠지만, 어쨌든. 카루나가 올가의 협조를 받았다면, 닷새가 문제랴. 한 달 이상 시스의 눈을 피해 사막에서 버틸 수 있을 것이다.

'어쩌면 애써 상황을 낙관적으로 생각하고 싶은 내 마음의 억지일지도 모르겠지.'

물의 팔찌를 풀었으니, 카루나는 숲의 힘을 쓸 수 있다. 그러니 그 힘으로 올가를 처치했을 가능성도 없진 않았다. 정말로 올가가 죽었을지 모른다는 생각이 들자, 손발이 차갑게 식었다.

'만약 그런 거라면, 그대도 반드시 내 사막에서 죽는 게 나을 거야. 영애.'

열사의 사막 어디선가 헤매다 비참하게 말라 죽기를. 시스는 간당간당한 이성의 힘으로 간신히 바랐다.

물의 장벽에서 10년을 버텼고, 백여 명이 넘는 형제자매를 죄다 죽였다. 그들을 따르던 56개 오아시스를 전부 정복했으며, 기어이 남쪽으로 내려가 숲의 심장을 납치해 오기까지 했다.

그 이유는 단 하나였다. 여동생이 죽지 않아도 되는 세상을 만들기 위해서. 그런데 여동생을 위해 시작한 일의 일환으로 납치해 온 카루나가 그 여동생을 죽였다면. 그런 주제에 여태 살아남아 산 채로 잡혀 온다면.

'나는…… 제정신을 유지할 수 있을까?'

자신이 카루나를 죽일지 죽이지 않을지, 올가가 없는 올벤을 유지시키기 위해 카루나를 살려 결혼을 할지, 그 자신도 알 수 없었다. 그러니까 올가가 죽었다면 차라리 카루나도 어딘가에서 죽어 버렸기를 바랄 뿐이었다.

'그냥 죽기를 바라? 그게 네 각오인가? 여동생의 생사도 모르는 판국에, 일족도 구하지 않겠다고? 진정한 복수도 포기하겠다고?'

증오가 시스의 귀에 속삭댔다. 평소라면 마음을 누르고 귀를 기울이지 않았을 것이다. 올가가 옆에 서서, 그러지 말라고 충고해 줬을 테니까. 하지만 지금, 그의 곁에는 올가가 없었다.

진중하고 착한 여동생을 잃은 그는, 폭력적이고 다혈질에 증오와 원망으로 가득 찬 젊은 왕이었다. 거기에 '미쳐 가고 있는'이라는 수식어를 덧붙이게 될 날도 머지않았을지 모른다.

시스는 고개를 들어 라크안을 올려다보았다. 제 목숨보다 소중한 것을 빼앗기고 잃은 두 남자가 서로를 바라보았다.

"그녀를 놔줘, 더 이상 건들지 마."

사슬에 묶였으면서도 라크안은 당당했다. 라크안의 그런 모습이 시스를 좀 더 잔혹하게 만들었다.

'너는 아직, 네가 소중히 여기는 사람이 살아 있다고 믿을 수 있으니 그런 안일한 말로 나를 꾸짖으려고 하는 거겠지.'

이쪽은 살았는지 죽었는지도 알 수 없는데.

"역시, 생각을 바꿔야겠어. 나는 그녀가 아직 죽지 않았으면 좋겠어."

시스가 히죽, 웃어 보였다. 보랏빛 눈이 증오를 먹고 자라난 광기로 번들거렸다. 시스는 일어서 라크안의 뒷머리를 움켜쥐었다.

"윽."

잡아당겨 고개를 들게 만드니, 뺨에 난 상처가 보였다. 그 상처는 뺨에 길게 그어져 있었는데, 눈에 보일 정도로 빠르게 아물고 있었다.

시스는 라크안의 몸을 훑어보았다. 몸은 며칠 동안 고문당한 사람답지 않게 꽤 미끈했다. 자세히 보면, 상처들이 조금씩 아물고 있었다. 피가 그치고 피딱지가 생겼다. 새살이 돋고 있었다.

"대단한 회복력이군."

시스는 라크안의 왼쪽 어깨에 난 상처를 보았다. 창에 꿰뚫린 것처럼 패고, 뼈가 드러나 있었다. 쉽게 죽여선 안 된다고 했더니, 창에서 촉을 빼는 대신 끝을 날카롭게 깎은 듯했다. 그 창대가 제대로 박혔는지 어깨에 구멍이 뚫려 있었는데 그 상처마저 아물고 있었다. 시스는 그 상처를 손으로 꾹- 눌렀다.

"돌연변이 늑대들은 제 부서진 영혼을 어떻게 해서든 지키기 위해 강인한 신체를 타고난다고 하더니, 진짠가 보군."

"윽."

라크안은 짧은 신음을 뱉었다가, 그마저도 꿀꺽 삼켰다. 이를 악물고 버텨 내는데, 두 사람의 눈이 맞붙었다.

"내가 재미있는 옛날이야기를 해 줄까?"

"무, 슨 끄윽."

시스의 손가락이 상처를 후비고, 살을 헤집었다. 겨우 그쳤던 피가 다시 흘러내렸다. 라크안의 눈에 핏발이 섰다. 시스는 만족스럽게 웃었다.

"사막의 밤은 길지. 낮은 뜨겁고. 쉬이 밖으로 나갈 수 없는 사람들이 모여서 뭘 하겠나, 조상으로부터 전해져 내려오는 이야기를 계속 이어서 전달하고, 또 전달하지 않았겠나? 그래서 우리 올벤에는 동쪽과 남쪽보다 과거에 대한 기록이 꽤 남아 있는 편이지."

"……."

"지금부터 내가 해 주는 이야기는 천 년도 더 전의 이야기야. 우리의 조상들이 악룡을 무찌르고자 치열하게 싸웠던 그 시절에……."

그 시절에, 그 시절에도 숲의 일족은 반려를 찾아 행복한 결혼식을 올리는 풍습을 가지고 있는 평범한 인간이었다. 늑대로 변하는 일 따위 없는.

평범한 인간들이 아무리 힘을 모은들 악룡을 무찌르는 건 불가능한 일이었다. 일족마다 전해져 내려오는 신비로운 능력이 있다 하나 그 능력을 쓸 수 있는 건 몇 명뿐이었다.

악룡을 상대하기 위해서는 더더욱 강해져야 했다. 그리하여 카스라는 제 일족이 인간의 몸을 벗고 늑대의 몸으로 둔갑할 수 있게 만들었다. 그렇게 숲의 일족은 평범한 인간은 가질 수 없는 강인한 힘과 능력을 얻었다. 그 대가는 힘만큼이나 강인한 본능을 심장에 새기는 것이었다.

숲의 일족은 철저한 일부일처제였다. 그러니 결혼은 조심스럽고 신성한 것이었다. 평생토록 사랑할 단 한 사람을 만나기 위해, 젊은 시절 세상을 떠돌며 제 짝을 찾는 것이 풍습이 되었다.

그런 풍습에 불과했던 것이 심장을 옭아매는 속박이 되었다. 숲의 일족은 일생의 짝, 반려를 찾지 못하면 세상의 어떤 행복도 기쁨도 맛볼 수 없게 되었다. 영혼의 한 조각이 부서진 채로 태어나는 것이었다.

반려에 대한 집착은 그들의 불완전한 영혼을 좀먹어 가며, 끝내 산산이 부숴 버렸다. 숲의 일족은 그 대가를 기꺼이 받아들였다.

"악룡을 물리칠 수만 있다면야 무엇이든 못 하리."

"반려를 찾아야 살 수 있는 삶이라면, 반려를 찾으면 되지 않는가."

숲의 일족은 대범한 낙천주의자들이었다. 숲의 일족은 악룡과 싸우면서도 반려를 찾았고, 반려와 사랑을 나누었다. 반려와 함께 살 수 있는 평화로운 세상을 만들기 위해 더욱 처절히 싸웠다.

전투가 사랑의 크기만으로 이길 수 있었다면 악룡은 일찌감치 사라졌을 것이다. 하지만 악룡과의 전쟁, 그리고 숲의 일족이 뒤집어쓴 마법의 저주는 마냥 낭만적인 것은 아니었다.

매 전투마다 많은 숲의 일족이 반려를 잃었다. 치열한 전투가 계속되자, 반려를 찾지 못하고 죽는 늑대들도 속속 생겨났다. 아마도 그들의 반려였을 아이들이 태어나기도 했다. 이미 반려가 죽고 없는 세상에 태어난 것이었다.

반려를 잃은 늑대. 반려를 만날 수 없는 세상에 태어나 버린 늑대.

그들은 영혼이 부서져 가는 고통을 느끼며 미쳐 날뛰었다. '발작'을 일으키는 것이었다. 적과 일족을 구분하지 못하고 날뛰는 미친 늑대는 전생에 도움이 되지 않았다.

"그래서 너희의 자랑스러운 시조가 반려를 잃은 자신의 일족에게 무슨 짓을 했는지 아는가?"

시스는 숲의 일족이 잃어버린, 혹은 고의로 잊어버린 천 년 전의 기억을 끄집어냈다.

"세뇌시켜, 스스로 악룡에게 걸어가도록 만들었다. 그리고 악룡 앞에서 발작을 일으켜 악룡과 싸우다 죽게 만들었지."

"……!"

"그 또한 마법이었다. 하지만 숲의 일족 모두에게 다시 한 번 그 마법을 걸 수는 없었지. 이미 숲의 일족은 늑대로 변할 수 있는 힘을 얻은 대가로 지독한 저주를 얻지 않았는가. 반려를 잃으면 스스로 악룡에게 걸어가도록 세뇌시키는 마법을 그 영혼에 새기면, 무슨 부작용이 또 나타날지 모르는데 어찌 또 모험을 할 수 있었겠는가."

최선의 방법은 누군가 발작을 일으키는 늑대가 생길 때마다 세뇌 마법을 거는 것이었다. 카스라는 고뇌했다. 자신이 멀쩡한 상태일 때야, 자신이 이 짐을 지고 있으면 될 일이었다. 하지만 카스라 역시 숲의 일족. 늑대의 마법을 영혼에 걸고, 저주를 심장에 새긴 자였다.

그녀 역시 반려를 잃으면 발작을 일으키고 날뛸 터. 그녀에게마저 세뇌 마법을 걸어 줄 수 있는, 마법에서 자유로운 조력자가 필요했다. 그리하여 카스라는 세뇌 마법을, 자신이 가장 믿고 있는 동료에게 알려 주었다.

늘 최전방에서 함께 싸우며, 때론 늑대가 된 숲의 일족 위에 올라타 한 몸이 되어 악룡에게 덤벼드는 용맹한 일족.

물의 일족, 아탈라에게.

"그의 피와 지혜가 천 년을 이어 내 안에 흐르고 있지."

시스가 씩, 웃으며 라크안을 올려다보았다.

"……설마."

"그래. 나는 그걸 지금, 네게 걸어 볼 생각이야."

시스는 늑대의 이빨 자국이 선명한 제 팔을 들어 올렸다.

"왜 내 피가 너희들에게 독이겠나."

라크안이 고개를 저으며 몸부림쳤으나 시스를 막을 수는 없었다. 시스가 라크안의 머리채를 움켜쥐었다. 라크안의 목이 뒤로 꺾였다. 어둠 속에서 붉은 눈과 보랏빛 눈이 치열하게 맞붙었다.

"내 선조가 네 선조에게 그런 위험한 마법을 그냥 넘겼을 리 없어."

"맞는 말이야. 숲의 카스라는 내 선조를 믿었으나 그 후손까지 믿지는 않았지."

시스가 순순히 고개를 끄덕였다.

"그래서 내 선조는 맹세했다. 반려를 잃은 늑대와 애초부터 반려 없이 태어나는 돌연변이 늑대에게만 세뇌 마법을 걸겠다고."

"그렇다면 넌 내게……."

"그렇기에 난 네게 세뇌 마법을 걸어도 돼."

"……!"

순간, 라크안의 눈동자가 흔들렸다. 시스는 그 동요를 놓치지 않았다.

"뭐야, 설마 모르고 있었던 건가? 아니면 모르는 척하고 있었던 건가."

"무슨 말을 하려는 거냐."

"네가 반려 없이 태어난 늑대라는 것 말이다."

"……."

크르르. 짐승의 울음소리가 라크안의 목울대를 타고 울렸다. 시스가 픽, 웃으며 라크안의 머리채를 강하게 잡아당겼다.

"큭."

"모를 리가 없을 텐데? 반려가 없으니, 태어나면서부터 발작에 시달렸을 테니 말이야."

"닥, 쳐."

"옛날도 아니고 요즘에 돌연변이 늑대가 태어나다니. 나도 널 보고도 안 믿기긴 했지. 기록에서만 봤던 걸 실제로 보게 돼서 신기하기도 했고."

"그만해!"

붉은 눈이 차갑게 가라앉았다. 시스는 그걸 즐겁게 바라보며 물었다.

"역시, 알고 있었군. 난 또. 숲의 심장을 제 반려라 착각이라도 하고 있나 의심했지 뭐야."

시스가 아무렇지 않게 라크안의 심장을 후벼 팠다.

"돌연변이 늑대든 반려를 잃은 늑대든, 본능적으로 숲의 심장에게 끌리기 마련이지. 제 심장에 반려에 대한 갈망을 심어 준 시조 카스라의 힘을 이어받은 존재니까 말이야."

그의 말은 라크안이 가장 외면하고 싶었던 진실이었다.

눈의 땅에서 온 존재는 카루나를 노리면서 그를 '돌연변이 늑대'라고 말했다. 처음엔 그 말을 알아듣지 못했다. 라크안은 그저 반려를 만난 적도 없는데 반려를 잃은 고통에 시달리며 발작을 일으키는 자신을 비꼬는 말이라고 생각했다. 하지만 눈의 땅에서 온 존재는 그에게 '반려가 없는 주제에 남의 반려를 빼앗으려 한다.'고 말했다.

적의 마음을 어지럽히려는 술수라고 생각하기에는 뭔가 걸렸다. 거기에 더해, 리센은 카루나가 그의 반려가 아니라고 단정적으로 말했다. 카루나가 제 반려도 아닌데, 카루나에게 절대적이다 싶을 정도로 애정과 충성의 감정을 느끼는 철십자 기사들을 보며 섬뜩한 기분이 들기도 했다.

그들의 모습이 마치 자기 자신을 보는 듯했다. 카루나만 보면 기쁨과 행복을 느끼며, 절대적으로 복종하고 싶은 마음이 드는 자신을.

쐐기를 박은 건 숲의 장로였다. 장로는 라크안에게 카루나는 너의 반려가 아니요, 자신의 뒤를 이어 숲의 장로가 되어야 한다고 말했다.

이상한 일이었다. 반려란 본인이 느끼고 알아보는 것. 다른 사람이 알려 주고 확정 지을 수 없는 것이었다. 드물지만 두 늑대가 한 사람을 반려로 삼아 세 명에서 기묘한 관계를 이루는 경우도 있다.

그럼에도 리센과 숲의 장로는 카루나가 라크안의 반려일 리 없다고 단정했다. 눈의 땅에서 온 존재에 이어 숲의 장로와 그 후계자까지. 라크안은 문득, 생각했다.

내가 정말 반려 없이 태어난 늑대이고, 카루나는 자신의 반려가 아닐지도 모른다는 끔찍한 생각.

다섯 살 때, 발작이 시작됐다. 아버지는 숲에 조언을 구했고, 원로급 일족들은 고서를 뒤져도 그와 같은 경우를 찾아볼 수 없다고 했다. 그저 반려를 잃고 미쳐 날뛰던 늑대들의 모습과 비슷하니, 반려를 찾으면 진정될 거라고 했다.

하지만 만약 그런 게 아니라면? 같은 증상을 보이던 늑대가 이전에도 있었지만 그 기록을 장로나 장로 후계자만 볼 수 있던 거라면? 숲의 장로가 그 사실을 숨기고 희망 고문을 한 거라면? 눈의 땅에서 온 존재가 말한 것처럼 남의, 그것도 제 하나뿐인 친구의 반려를 빼앗으려 들었던 거라면?

그런 생각이 머릿속에 가득 차 있건만. 카루나는 그의 앞에서 아무렇지 않게 숲의 능력을 꺼내 보였다. 그의 복종이 그 능력에 끌려서라고 말하듯이.

'네가 내 반려가 아닌 걸까? 단지 네가 가진 능력에 취해서 내 발작이 가라앉은 거고, 네게 복종하는 마음을 사랑이라고 착각하는 걸까?'

생각하는 것만으로도 발작이 일어날 것만 같았다.

'아냐, 그럴 리 없어.'

부인하고 싶었다. 그래서였다. 카루나가 가진 능력이 일시적인 거라고 말한 건. 카루나의 능력이 정말로 일시적인 거라면, 그래서 금방 사라진다면, 그녀에게 끌리는 건 그녀가 자신의 반려이기 때문이다. 그렇게 우길 수 있었다.

하지만 카루나의 능력은 사라지지 않았고, 그녀의 곁에 있으면 발작은 잠잠했다. 카루나와 멀어지면, 카루나가 제 앞에서 다치거나 사라지는 상상을 하는 것만으로 발작이 일어났다. 마치 수인에게 복종하여 죽으라면 죽는 시늉까지 하는 노예처럼.

다른 숲의 일족 중 누구도, 반려와 떨어져 있는 것만으로 발작이 일어나거나 하지는 않는다. 미쳐 날뛰는 건 대개 반려를 잃었을 때뿐.

세나는 아무렇지 않게 최초의 숲으로 떠났고, 이 사막까지 쫓아왔다. 그녀의 반려는 여전히 남쪽의 먼 곳에 있는 데도 불구하고. 마음에 자리 잡은 불안이 속살거렸다.

너는 반려가 없는 돌연변이 늑대라고. 카루나는 너의 반려가 아니라고.

'아니, 그럴 리 없어.'

라크안은 필사적으로 외면했다. 카루나를 보면 입가에 절로 웃음이 났다. 카루나를 행복하게 만들어 주고 싶었다. 카루나의 옆에 있고 싶었다. 카루나를 위해서라면 무엇이든지 할 수 있었다. 이 마음이 반려를 향한 사랑이 아닐 리 없다고, 필사적으로 믿었다.

카루나는 내 반려야. 그녀가 내 반려야. 끊임없이 되뇌었고, 카루나에게도 기회가 될 때마다 속삭였다.

한편으로는 비겁한 생각도 들었다.

'만약 카루나가 내 반려가 아니어도, 뭐 어때? 내가 내 반려라고 생각하면 되는 거지. 설사 카루나가 리센의 반려라고 해도 어차피 그 녀석은 죽고 없으니까. 카루나를 내 반려로 삼아도 되잖아.'

그 생각을 하자마자 자신의 비겁함에 토악질을 하며 후회했지만. 카루나를 살리기 위해 죽은 친구의 마음마저 부정했다. 서쪽에서 내려온 시스가 자신을 돌연변이 늑대라고 부른다는 카루나의 말을 애써 무시했다.

그렇게 외면해 왔던 진실이 그의 코앞에 들이밀어졌다. 여태껏 외면했던 죗값을 치르라는 듯이.

"자, 숲의 심장과의 달콤한 과거는 이제 끝이다, 돌연변이 늑대. 네 원래 운명대로 피의 길을 걸어라."

어둠 속에서 보랏빛 눈이 요사스럽게 빛났다. 시스가 제 손의 상처를 물어뜯어 피를 냈다.

"안 돼, 하지 마! 하지 마…… 읍!"

라크안은 입 속으로 쏟아지는 피를 뱉어 내려 했지만 그러지 못했다. 시스가 라크안의 귓가에 대고 주문을 외웠다. 혼혈인 라크안으로서는 귀동냥으로나 접해 본 고대 숲의 언어였다. 현재 숲의 일족의 언어와 비슷하면서도 다른, 알아들을 수 있을 것 같으면서도 생소한. 대부분 알아들을 수 없었으나 어떤 단어만은 분명하게 들렸다.

복종, 피, 언약. 주문이 라크안의 귓가를 타고 머리로, 심장으로 퍼졌다. 뇌가 녹고 심장이 찢기는 듯한 고통이 이어졌다. 익숙한 고통이었다. 발작이 일어날 때 늘 이만큼 아팠으니까.

"아아아아악!"

라크안은 몸부림쳤다. 벌어진 입으로 시스의 피가 더 많이 흘러들었다.

"우윽."

시스의 피가 목구멍으로 넘어갔다. 시스의 눈이 라크안의 눈을 옭아맸다. 고통에 가득 찬 라크안의 눈이 점점 흐려지기 시작했다.

"내게 복종해라, 늑대."

나직한 목소리가 라크안의 심장을 옭아맸다. 물과 쇠로 만든 사슬보다 더 질긴 속박이었다. 라크안은 정신이 아득해지는 것을 느끼며, 제 기억의 한 조각을 떠올렸다.

"어쩌면 좋아? 정말로 나랑 그렇게 치고 박고 싸웠던 그 바이켈드 공작 맞아요? 왜 이렇게 허술해! 이러니까 내가 옆에 있어 줄 수밖에 없잖아요. 아, 맞다. 또 어디 가서 납치당하고 그러지 말아요. 구해 온 다음에 아주 후추 가루로 목욕을 시켜 줄 거야!"

푸른 하늘 아래, 카루나가 곱게 눈을 흘겼다. 옆에 바짝 붙어 선 세나는 뭐가 그리 즐거운지 킬킬대며 웃느라 바빴다.

'그 때 나는 뭘 하고 있었지?'

기억은 금세 흐릿해졌다. 카루나에게 뭐라고 변명을 한 것 같은데 기억이 나지 않았다. 곧 세나의 모습이 흐려졌다. 이내 생긋 웃는 카루나의 모습까지 물에 번진 잉크처럼 흩어졌다.

'생각하는 것만으로도 이렇게 애틋한데, 왜 이 마음이 사랑이 아닐까. 왜 네가 내 반려가 아닐까.'

흐려진 붉은 눈에서 눈물이 한 줄기 흘러내렸다.

잠시 뒤. 감겼던 눈이 뜨였다. 빛바랜 루비처럼 흐릿한 눈동자가 느리게 감겼다 뜨이더니, 제 앞에 서 있는 시스를 비췄다.

"내 이름은 악시스. 너의 왕이며 너의 주인이다."

시스가 손을 까딱였다. 그러자 라크안을 속박하고 있던 손발의 사슬이 끊겼다. 라크안은 갑작스러운 자유를 감당하지 못했다. 몸이 크게 휘청였다. 넘어지기 직전, 가까스로 벽을 붙잡고 섰다.

머리가 어질했으나 숨을 크게 들이쉬었다 내쉬자 괜찮아졌다. 라크안은 다시 흐린 붉은 눈을 깜박이며 고개를 들었다. 머릿속이 짙은 안개에 싸인 듯 했다. 아무리 헤쳐도 아무 기억도 나지 않았다. 단 하나의 목소리만이 그를 지배할 뿐이었다.

'네가 마신 피의 주인에게 복종하라. 그의 명령을 따라라.'

그 목소리를 쫓으니 시스의 얼굴이 보였다. 그의 왕, 그의 주인이었다.

"……나의 왕, 나의 주인."

"그래."

시스가 다시 손을 까딱였다. 더 이상 그를 속박하는 사슬은 남아 있지 않은데.

'어째서?'

라크안은 멍한 머리로 그 손짓의 의미를 고민했다. 답은 금방 나왔다. 라크안은 돌바닥에 주저앉았다. 주저 없이 고개를 숙여 시스의 발등에 입을 맞췄다. 절대 복종의 의미였다. 시스가 이를 드러내고 웃었다.

"좋아, 총애의 의미로 특별히 네 이름을 불러 주마."

시스가 손끝으로 그의 턱을 치켜들었다. 라크안은 저항하지 않고 순순히 손길을 따랐다. 잘 길든 고양이 같았다.

"라안."

"……."

"네가 해 줘야 할 일이 있다."

라크안은 그의 말을 들으며 눈을 내리깔았다. 시스의 말에서 몇몇 단어가 그의 심장을 꽉 조여 왔다. 카루나. 도망. 숲의 심장. 하지만 라크안은 그 통증에 반응할 이유를 알지 못했다.

"명령을 받듭니다."

그저 복종할 따름이었다.

* * *

시스는 발 빠르게 국경을 봉쇄했고, 카루나와 세나는 좀 헤매다 뒤늦게 국경 근처에 도착했다. 당연하게도 카루나와 세나는 국경을 통과하지 못했다. 세나 혼자라면 가능했을지 모르나, 세나 옆에는 꼬맹이 카루나와 꽁꽁 묶여 있는 올가가 있었다.

세나는 숲과 맞닿아 있는 동쪽 국경으로 갈까, 아니면 올가를 버리고 자신은 죽지 않을 정도로만 다치는 선에서 남쪽 국경을 뚫는 모험을 해 볼까 고민했다. 카루나는 그런 세나의 생각을 금방 알아차리고는 세나를 말렸다.

"잠깐 몸을 숨기도록 해요."

"하지만, 아가씨."

"나는 세나 경도 내가 두고 온 라안 님도 잃을 수 없어요. 나한테 둘 중 하나, 아니면 둘 다를 포기하라고 말하지 말아요."

맑은 녹색 눈이 세나를 똑바로 바라보며 말했다.

"내 말대로 해요, 세나 경."

세나는 카루나의 목소리와 눈빛을 피해 딴생각을 할 수 없었다. 그저 카루나의 말을 따르고, 그녀에게 복종해야 된다는 생각이 들 뿐이었다. 설령 그게 상황을 더 복잡하고 안 좋게 만들 위험이 있다고 해도.

라크안이 함께 있었다면 그의 존재감 때문에 카루나를 향하는 복종이 옅어질 수 있었을 것이나, 지금 세나에게 영향을 끼치는 사람은 오직 카루나뿐이었다. 세나는 한숨을 푹 내쉬며 고개를 숙였다.

"알겠습니다. 아가씨의 명령을 따르겠습니다. 단, 아가씨가 위험한 상황에 처하지 않아야 합니다. 만약 그런 상황이 온다면, 저는 무조건 아가씨의 안전을 최우선으로 하여 움직일 겁니다."

"좋아요, 세나 경."

카루나가 생긋, 웃으며 세나의 고개를 들어 올렸다. 세나는 환히 웃는 카루나의 얼굴을 보며 잠시, 넋을 잃었다. 카루나를 보고 있노라면 자꾸만, 가슴 한구석에서 울컥울컥, 감정이 치밀었다.

심장이 그녀에게 말을 걸었다. 카루나에게 복종하라고, 죽으라고 하면 죽은 시늉이라도 해야 한다고. 그 본능의 소리는 카루나를 좋아하는 세나의

490 악녀 카루나가 작아졌어요 5

마음과 찰떡같이 어울려, 세나를 길이 잘 든 늑대로 만들었다. 남들에게는 날카로운 이빨을 드러내며 사납기 그지없는 늑대가 카루나의 작달막한 손 아래에서 애교를 부렸다.

올가는 입이 막히고 손발이 묶인 상태로 그 광경을 지켜보았다. 카루나는 그 시선을 느끼고, 세나에게 지도를 건네받아 올가에게로 갔다. 세 사람은 국경에서 떨어져 나와 모래 언덕 한복판에 서 있었다. 주변에 살아 있는 건 아무것도 없었다. 그래서 마음 놓고 올가의 입을 풀어 줄 수 있었다.

"아가씨, 위험합니다. 물지렁이에게도 이빨은 있으니 말입니다."

세나는 딱 한 번 말리고는, 카루나가 못 들은 척하자 검을 뽑아 들고 올가의 목을 겨눴다. 조금이라도 허튼짓을 했다가는 검이 목을 관통할 터였다. 올가는 엎드려 있는 자세였다. 뒷덜미에 와 닿는 차가운 금속의 예리함을 느끼며 고개를 치켜들었다.

"제게 무얼 원하십니까."

"정보요."

"정보라 하심은?"

"나는 올벤에 대해 아무것도 몰라요."

"왕의 비가 되신 다음 차근차근 배워 가시면 될 것들입니다. 심려치 마십시오."

"뭔 개소리를 신박하게 지껄이는 거야. 누가 누구의 뭐?"

세나가 이를 갈며 올가의 등을 발로 밟았다.

"큭."

"후우, 세나 경을 너무 화나게 하지 말아요. 정 힘들면 그냥, 왕비가 될 나에게 미리 올벤에 대해 알려 준다고 생각해도 좋아요."

'절대 될 일은 없겠지만.'

세나가 나쁜 간수 역할을 맡았으니 카루나는 착한 간수가 되어야 했다. 카루나는 살살 올가를 구슬렸다.

"당신의 왕은 나를 찾고 있겠죠. 내가 국경 밖으로 도망치는 것과 이 사막 안에서 어떻게든 숨어 있으려고 하는 것. 어느 게 당신의 왕이 날 찾기 더 편한 상황일까요?"

"국경은 봉쇄되었습니다. 영애."

"하지만 뚫릴 거예요."

"저 기사 한 명으로는 불가합니다."

"왜 세나 경 한 명뿐이라고 생각해요?"

"……영애께서도 싸우시려는 겁니까?"

올가는 카루나의 앙증맞은 흰 손을 바라보며 물었다. 카루나는 제 작은 손으로 세나의 검을 들어 보이는 대신, 국경을 가리켰다.

"국경 밖에 라안 님을 따르는 기사단과 제국의 군대가 와 있을지 몰라요. 지금 당장은 확실한 증거가 없어 대기하고 있겠지만, 세나 경이 작정하고 소란을 일으키고, 자신을 희생해서라도 나만 내보내고자 한다면 …… 대기 하고 있던 제국의 기사단에게 좋은 빌미가 생기겠지요."

카루나의 손엔 아무것도 안 들려 있었지만, 그녀의 말은 올가의 정신을 흔들었다.

"영애께서는 이 기사를 희생시키고 싶어 하지 않으십니다."

"맞아요. 그래서 당신의 도움이 필요한 거예요. 올가 경. 아니, 올가."

카루나가 무릎을 굽히고 앉아 올가와 눈을 마주쳤다. 생긋, 웃는 얼굴은 전혀 순진해 보이지 않았다.

"우린 지금 기묘하게 이해관계가 맞아 떨어지는 상황이에요."

"……."

"당신은 나를 이 사막 밖으로 내보내고 싶지 않고, 나 역시 당분간 이 사막 안에 숨어 있을 계획이니까. 나에게 이 사막 나라에 대한 정보를 줘 요. 그럼 내가 국경 밖으로까지 나가진 않고 이 사막 안에서 열심히 도망 다녀 볼게요. 어때요?"

녹색 눈이 생기 있게 반짝였다. 숲의 늑대도 아니고, 모래 폭풍이 부는 날 사막에서 태어나 단 한 번도 푸르른 녹음 따위 제 것으로 삼아 본 적 없는 올가지만. 어째서인지 이 녹음의 눈을 가진 소녀에게 무한한 애정과 신뢰를 보이는 세나의 마음을 이해할 수 있을 것 같았다. 이런 얼토당토않은, 말도 안 되는 제안을 받아들이겠다고 고개를 끄덕일 만큼.

진정으로 올가는, 이 녹음의 소녀가 다시 제 오라버니의 품으로 돌아갈 수 있기를 바랐다. 그러려면 그 말대로, 그녀를 일단 사막에 붙들어 두어야 했다. 찾는 건 시스의 몫이었고, 올가는 시스가 반드시 해낼 거라고 믿었다.

"……알겠습니다."

올가는 카루나에게 제 이름과 전사의 맹세를 걸고 진실한 입을 가질 것을 맹세했다. 여전히 제 목을 노리는 세나를 등 뒤에 둔 채, 바른 자세로 앉았다. 카루나는 그녀의 앞에 지도를 평평하게 펴 주었다.

서쪽 사막은 마냥 메마른 모래 언덕만 존재하는 것 같아 보이지만, 사실 모래 언덕은 마르지 않는 샘을 품고 있다. 올벤인들은 그 샘을 오아시스라고 불렀다. 사막 곳곳에는 크고 작은 오아시스들이 많지만, 그중 사람들이 모여 살 만한 크기의 오아시스는 56개.

56개의 오아시스에는 이름을 계승하는 가문이 지배하는 도시가 들어서 있다. 가장 큰 오아시스에는 가장 큰 도시가 들어서 있는데, 그 도시의 이름은 악시스룸. '악시스의 도시'라는 뜻이었다. 악시스는 아탈라를 이어 올벤의 2대 왕이 되었던 막내아들의 이름이었다. 이후 올벤의 왕이 되는 자는 어릴 적 이름을 버리고 악시스란 이름을 계승했다.

올가는 제일 먼저 악시스룸, 카루나가 코앞까지 갔다가 도망쳐 온 도시를 알려 주었다. 그런 다음 국경 근처의 오아시스 도시들을 하나하나 설명해 주었다. 어느 가문이 다스리고 있으며, 그곳의 치안 상태가 어떠한지.

"흐응, 그렇군요. 다 그럭저럭 잘 관리되고 있다는 거네요. 짜증 나게."

"네?"

"아니, 아무것도 아니에요. 계속 말해 봐요."

카루나는 국경 근처의 도시들에 대한 설명을 들으면서도 시큰둥했다. 올가는 저도 모르게 카루나의 눈치를 살피며 다섯 번째 도시에 대해 설명했다. 그때, 카루나의 눈이 반짝였다.

"좋아, 바로 거기예요!"

"……?"

"……?"

말하던 올가도, 같이 듣고 있던 세나도 왜 카루나가 기뻐하는지 알지 못했다. 카루나는 얼굴에 물음표를 띄운 두 여인을 재촉해 그 다섯 번째 도시로 향했다.

그 도시의 이름은 카리룸. 큰 호수 정도 되는 오아시스 주변에 들어선 도시로, 카리 가문의 지배를 받는 곳이었다. 남쪽 국경에서 사흘 정도 낙타를 몰면 도착할 수 있는 거리에 위치해 있었다. 악시스룸과는 닷새 정도의 거리였다.

카리룸은 적당히 번창하고, 적당히 살기 힘든 도시였다. 이번 대 카리는 욕심이 많은 지배자였다. 그는 자신의 상단에 온갖 특혜를 주고, 다른 상단에는 무겁게 세금을 부과했다. 오아시스 수로 정비 사업을 한다며 온갖 세금 항목을 신설하기까지 하니, 카리룸에 사는 올벤인 중 카리를 욕하지 않는 사람은 아무도 없었다.

그의 저택은 물과 황금이 넘치고 매일같이 아름다운 무희가 춤추는 연회가 벌어진다. 카리룸의 거리는 온갖 상점의 호객 행위로 시끌벅적하다. 하지만 거리 뒤편에는 굶주린 걸인들이 발에 채일 정도로 차고 넘쳤다. 딱 이방인이 숨어들기 좋은 곳이었다.

"차라리 악시스룸인지 뭔지로 가시지요. 그런 말도 있지 않습니까……."

"등잔 밑이 어둡다?"

"네. 그 말입니다."

"아니요, 그것도 상황을 봐가면서 써야 하는 말이에요. 지금 상황에서 악시스룸에 들어가는 건, 스스로 호랑이굴에 걸어 들어가는 거예요. 호랑이가 두 눈을 번쩍 뜨고 굴 입구를 바라보고 있는데 말이죠."

등잔 밑이 어둡다는 말은 제국 안에서 마카레나 백작의 눈을 피할 때나 통할 전법이었다. 생판 남의 땅에서, 그 땅의 왕을 피하기 위해 쓸 만한 계책은 아니었다.

'올 때만 해도 국경에는 아무런 성도, 병력도 없었어. 그런데 그 며칠 사이, 나를 잡기 위해 병력들을 겹겹이 쌓았지. 그 짧은 시간에 그 많은 사람들을 이동시킨 거야. 그 정도 능력이 있는 왕인 거야. 시스란 사내는.'

카루나는 자신이 외지인이고, 시스가 꽤나 훌륭한 왕이라는 사실을 염두에 두고 카리룸을 선택한 것이었다.

"무슨 말인지 알아들었습니다. 그런데 다음부터는 호랑이 말고 늑대로 예시를 들어 주시면 안 됩니까? 호랑이가 뭐 무섭다고 호랑이를 예로 드십니까. 뭐니 뭐니 해도 무서운 건 늑대죠!"

세나가 슬그머니 당부했다. 카루나는 다음부터는 꼭 늑대 굴로 기어들어 간다고 말하겠노라 약속했다.

카리룸으로 숨어들어, 남몰래 자리를 잡는 건 쉬운 일이 아니었다. 제국과 그나마 약간의 교류라도 하는 숲과 달리, 올벤은 국경에서 군사적 충돌이 일어나는 것 말고는 별다른 교류가 없었다. 뜨거운 뙤약볕에 탈색된 머리와 그을린 구릿빛 피부를 가진 올벤인과 다르게, 피부가 흰 카루나와 세나는 외지인 티가 확 났다.

카루나는 카리룸으로 가기 전 발견한 작은 오아시스 바닥에서 물에 젖은 진흙을 긁어내 얼굴과 팔다리에 발랐다. 세나도 카루나를 열심히 따라 했다. 흰 피부는 가렸지만, 그 바람에 거지꼴이 되었다. 카루나와 세나는 서로를 바라보며 깔깔 웃었다. 올가는 그런 둘을 떨떠름하게 바라보았다.

카리룸에 도착해서는 한밤중에 몰래 성벽을 타넘었다. 카리룸의 경비는 변경을 지키고 선 것만 못하였다. 느슨한 경비를 피해 성벽을 기어오르는 건 세나에게는 숨 쉬는 것만큼이나 쉬운 일이었다. 카루나 역시 그 작은 몸을 날래게 움직여 가볍게 해냈다. 귀한 공작가 약혼녀가 아니라, 뒷골목에서 꽤나 날린 소매치기 같은 모습이었다.

올가는 너무도 쉽게 카리룸으로 숨어들어 가는 두 사람에게 덩달아 끌려가며 약간의 자괴감을 느꼈다.

'왕께 돌아가면, 각 도시의 방비에 대해 반드시 건의해야지.'

카리룸에 들어가서는 카루나가 세나와 올가를 이끌었다. 어딜 가나 굶주리고 어두운 뒷골목 생활은 비슷했다. 카루나는 오랜만에 어릴 적 갈고 닦았던 실력을 발휘했다.

길바닥에 놔둬도 누가 주워 가지 않을 넝마를 훔쳐서는 둘러쓰고, 세나와 올가에게도 둘러 주었다. 그러고는 습하고 어두운 구석을 헤쳐 기어이 음습한 토굴 같은 보금자리를 만들었다. 그곳에 올가를 처넣었다.

미리 자리 잡고 있던 뒷골목 빈민들은 새로 나고 드는 사람에게 관심을 가지지 않았다. 그저 또 누가 카리에게 고리대금을 갚지 못해 집과 가게를 빼앗기고 뒷골목으로 숨어든 거라고 생각했다.

카루나는 세나에게 올가의 감시를 맡기고 생계를 책임졌다. 오랜만에 하는 거라 처음 몇 번은 들킬 뻔했지만, 몸은 금세 옛날의 손재주를 기억해 냈다.

카루나는 슬슬, 카리룸의 신예 소매치기로 유명해지기 시작했다. 그렇게 카루나와 세나, 올가는 카리룸의 뒷골목에 오래전부터 존재했다는 듯 숨어들었다.

〈다음 권에서 계속〉